Isabel Beto arbeitete als Malerin, bevor sie anfing zu schreiben. Sie liebt es, ganz in ihre Geschichten und Bilder einzutauchen und so fremde, exotische Welten erleben zu können. Im Rowohlt Taschenbuch Verlag erschienen bereits «Die Bucht des grünen Mondes» und «An den Ufern des goldenen Flusses».

ISABEL BETO

Korallenfeuer

ROMAN

ROWOHLT TASCHENBUCH VERLAG

Originalausgabe
Veröffentlicht im Rowohlt Taschenbuch Verlag, Reinbek
bei Hamburg, April 2014
Copyright © 2014 by Rowohlt Verlag GmbH,
Reinbek bei Hamburg
Redaktion Stefanie Kruschandl
Umschlaggestaltung Hafen Werbeagentur, Hamburg
(Abbildung: Deb Perry, SGM, MONTICO Lionel/
Hemis.fr/Getty Images)
Satz aus der Adobe Jenson, PageOne,
bei Dörlemann Satz, Lemförde
Druck und Bindung CPI books GmbH, Leck
Printed in Germany
ISBN 978 3 499 26722 2

Wir haben ein Ende gemacht mit der Tyrannei der Privilegien. Wir haben ein Ende gemacht mit den uralten Übeln, jenen Herrschaftsrechten und Gewalten, auf die kein Mensch ein Anrecht hatte. Wir haben ein Ende gemacht mit dem Alleinanspruch von Reichtum und Geburt auf alle Entscheidungen unseres Staates, unserer Kirchen, unserer Armee. Gereinigt haben wir jede Vene und jede Arterie dieses großartigen Körpers des Staates Frankreich. Wir haben erklärt, dass der einfachste Mann gleich ist mit dem Größten im Land. Wir haben uns die Freiheit genommen und gaben sie unseren Sklaven. Wir überlassen es der Welt, aufzubauen auf der Hoffnung, die wir geboren haben. Das zählt mehr als ein Sieg in einer Schlacht, mehr als alle Schwerter und Kanonen all dieser glänzenden Kavallerien Europas. Es ist eine Inspiration für die Visionen aller Menschen überall; ein Lufthauch von Freiheit, der sich nicht mehr verleugnen lässt.

Georges Danton
Politiker, Rechtsanwalt
1759 – 1794

Ihr müsst den Franzosen hassen wie den Teufel.

Horatio Nelson
Admiral
1758 – 1805

Prolog

Sie wusste noch, dass sie gespielt hatte. Damals, im Alter von sechs oder sieben Jahren, am Rande einer der vielen Kokosplantagen. Sie hatte sich Schlingengewächs ins Haar geflochten. *Ich bin eine feine Dame in Versailles und trage eine Perücke. Ich schreite durch das große Schloss, und man blickt mir nach. Alle Menschen haben mich gern.* Was all das bedeutete, hatte sie nicht gewusst. Nur dass es ganz anders als ihr Leben war. Ganz anders.

Dann war Pompé vorübergekommen, glänzend vom Schweiß der Arbeit und mit einem Gesicht zum Fürchten. Pompé war ein Riese. Ein schwarzer Riese. Aus seinem Körper hätte man drei weiße Männer machen können.

«Du wirst keine Dame.» Pompé beugte sich aus großen Höhen zu ihr herab und deutete auf das Mal auf seiner ebenholzschwarzen Brust. «Hat dir niemand gesagt, woher das kommt?»

Noëlle schüttelte den Kopf. Alle Erwachsenen trugen es. Sie fand es hübsch, diese lustigen Kringel um das, was man ‹Buchstaben› nannte. Kleine Kinder, wie sie eines war, hatten so ein Zeichen nicht. Daher nahm sie an, dass es einen irgendwann anflog. Einmal hatte sie Madame Hodoul ge-

7

fragt, wie ihres aussähe. Die weiße Madame hatte vor Empörung gejapst und dann geschimpft. Warum nur? Bestimmt war ihres doch viel schöner. Wie ja auch Madames Kleider viel schöner als die der anderen waren. *Sie* war ganz bestimmt irgendwann einmal durch Versailles gelaufen, bevor sie auf die Insel gekommen war.

Grob tätschelte Pompés Pranke Noëlles Kopf. «Eines Tages werden die Herrschaften zu dir sagen, dass du zum Schmied musst. Vielleicht werden sie behaupten, du hättest einen faulen Zahn, der herausmuss. Sie werden den Arm um dich legen und irgendetwas Nettes sagen. Dann weißt du, es ist so weit. Dann lauf weg. Ich hätte es damals tun sollen.»

Er richtete sich wieder auf und ging weiter seiner Arbeit nach. Noëlle verstand weder, was er gemeint, noch weshalb er es ihr gesagt hatte. Bisher hatte er sie keines Blickes gewürdigt.

Danach hatte er es auch nie mehr getan. Und sie hatte die Begebenheit vergessen.

Heute, eine Woche nach ihrem dreizehnten Geburtstag, fiel sie ihr wieder ein.

Monsieur Hodoul trug zu diesem Anlass seinen besten Frack. Er hatte den Arm um ihre Schultern gelegt, als er mit ihr in den Schatten der Remise trat. Der Schmied eines Kaperschiffes, das gestern im Hafen eingelaufen war, hatte hier seine tragbare Esse und einen Arbeitstisch aufgebaut. Die Siedler hatten sogleich all ihre Gerätschaften, die ausgebessert werden mussten, zu ihm gebracht. So machte man es hier seit jeher; eine eigene Schmiede gab es auf der

Insel nicht. Der Schmied legte den Kochkessel, den er flickte, beiseite, wischte sich die Hände an seiner Schürze ab und eilte auf Monsieur Hodoul zu.

«Was kann ich für Sie tun?», fragte er eilfertig.

Wortlos schob Monsieur Hodoul sie an den Schultern nach vorne und reichte dem Mann einen länglichen Gegenstand. Der Schmied nickte. «Ah, ja. Gut, wie Sie wünschen.» Er wusste Bescheid.

Sie ebenso.

Natürlich war ihr längst klar, dass Monsieur Hodoul und seine Gattin *das Zeichen* nicht trugen. Ebenso wenig wie all die anderen weißen Herrschaften unter ihren Hemden, Blusen und Korsetts. Sie wusste, dass es einen nicht anflog. Sondern gemacht wurde. Und sie wusste auch, wie.

«Ich warte draußen», sagte Monsieur Hodoul, strich ihr über die zu einem Knoten gebundenen Haare und ging hinaus. Er war liebenswürdig. Nicht so garstig wie viele andere Herren. Daher hatte er sie auch nicht mit einer Lüge herlocken müssen. Vielmehr hatte er gesagt, sie dürfe später zur Belohnung ein wenig naschen. *Vielleicht sogar vom Gelee der coco de mer?*, hatte er augenzwinkernd hinzugefügt.

«Ja, Monsieur Hodoul», sagte sie. Er nickte ihr von draußen zu und schloss die Tür.

Allein der Gedanke an Gelee oder sonst irgendeine seltene und begehrte Leckerei ließ sie jetzt würgen. Die Furcht lag schwer in ihrem Magen, wie einer der Granitfelsen, welche die Strände säumten. Ein anderer Teil von ihr war noch ganz ruhig. Als weigere sich ihr Geist zu glauben, was ihr bevorstand. *Dass* sie das Zeichen bekäme, o ja, das wusste sie. Doch nicht, was es wirklich bedeutete. Sie würde lediglich ein paar Atemzüge tun, ein paarmal blinzeln, dann aufstehen, hinaus in die leuchtende Sonne gehen, wieder das ewige Rauschen der Brandung hören, das Flüstern der Palmen, sehen, wie sich die mächtigen Blätter im Wind wiegten; alles wäre wie zuvor, wie es sein musste. Nur dass sie jetzt das Zeichen trug.

Der fremde Schmied deutete auf einen Hocker. Wirklich dunkel war es hier nicht, denn die Bretter der Wände konnten das grelle Licht nicht völlig aussperren; es stach wie Nadeln durch Ritzen und Löcher. Außerdem überzog die Glut der Esse alles mit einem wütenden Rot. Noëlle setzte sich gehorsam. Dem Tisch und der Esse wandte sie den Rücken zu. Dem Hantieren des Mannes, dem eisernen Klappern, seinem Schnaufen und dem Knistern der Glut. Schräg vor ihr, an der Wand, stand ein mannshohes, flaches Gestell. Man hatte aus Palmfasern eine Hülle geflochten und es verhängt, doch Zeit und Nässe hatten sie halb aufgelöst. Jetzt konnte man oben das Metall einer Schneide sehen. Es war rostig, schimmerte aber an manchen Stellen. Unten stand ein Korb, als warte er auf den Kopf, der, von der fallenden Schneide abgehauen, hineinfiel. Es lag Brennholz darin.

«Wie alt bist du, Mädchen?», wollte der Schmied plötzlich wissen.

Er war bereit, verriet seine Frage. Sie schluckte. Ihr Magen schmerzte, als wollte die Furcht ihren Körper sprengen.

«Dreizehn.» Ihre Stimme war nur ein kehliger Hauch.

«Mach dich obenherum frei.»

Sie öffnete ihre Bluse und ließ sie bis fast über ihre noch

winzigen Brüste herabgleiten. Das musste sein. Seine Schritte näherten sich. Und mit ihnen die Hitze. Noëlle suchte den Geist in sich, der ihr Ruhe versprochen hatte. Er war fort.

Sie wünschte sich, jemand würde ihre Hand halten. Aber sie hatte niemanden und gehörte niemandem. Doch, sie gehörte Monsieur und Madame Hodoul. Ihr Leben, ihr Dasein. Aber das war nicht, was sie meinte und was sie sich sehnlichst wünschte – einen Menschen zu haben, der ihr zuflüsterte: *Du gehörst mir. Weil du der wichtigste Mensch für mich bist.* Wie es eine Mutter zu ihrer Tochter sagen würde. Sie hatte nur Onkel Hugo. Der war sowieso nicht da; er arbeitete unten in der Werft. Hier und jetzt und für immer war sie allein. Kein Geistwesen stand ihr bei, kein Ahne, kein Zauber.

Der Schmied umrundete sie und blieb vor ihr stehen. Er hielt etwas in der Hand, von dem sie wusste, was es war, dessen Existenz sie jedoch leugnen wollte. Sie sah nur den Handschuh, mit dem er den Stiel hielt. «Geht ganz schnell», sagte er. Er nuschelte es, wollte es selbst rasch hinter sich bringen. Seine andere Hand packte ihre Schulter. Sie war entschlossen, es auszuhalten. Nicht zu fliehen, wie Pompé es ihr damals geraten hatte. Aber sie wünschte sich, den Mut zu haben, um sich zu schlagen. Sie war nicht der aufsässige Pompé, der etliche Male von Auspeitschungen auf seinem prächtigen Körper trug. Sie war nur Noëlle. Was eine Noëlle ausmachte, wusste sie noch nicht. Sie blickte hinüber zur Guillotine und stellte sich vor, das Todesinstrument würde zum Leben erwachen und den Schmied verschlingen. Doch die Hitze des Brandzeichens, das sich ihr näherte, verschmolz alle Gedanken zu einem harten Klumpen. Sie wollte schreien. Zurückweichen, fliehen.

Im nächsten Augenblick explodierte ihre kleine Welt in grellem Rot.

I

Wenn ein jeder sich selbst genug wäre, bräuchte er nur das Land zu kennen, das ihn ernähren kann.

Jean-Jacques Rousseau
Schriftsteller, Philosoph
1712 – 1778

1.

1790

London

Zwei Minuten. Doc Gillingham hatte es einmal in anderthalb geschafft, dieses Glanzstück aber nie wiederholen können. Zwei Minuten waren sehr gut. Zweieinhalb gut. Drei – auch noch passabel. Seth starrte auf den winzigen Strahl herabrieselnder Körner. Es half, von dem abzulenken, was hinter ihm geschah. Zugleich lauschte er, musste lauschen, um parat zu stehen, sobald Mr. Gillingham fertig war. Abrupt hörte der Sand zu fließen auf. Vier Minuten. Wie ein Automat schoss Seths Hand vor und drehte die Sanduhr um.

«Finden Sie den Stein nicht, Mr. Gillingham?» Die Stimme der Frau war schrill vor Furcht. «Vielleicht ist ja gar keiner da?» Man konnte die verzweifelte Hoffnung heraushören, es möge so sein.

James Gillingham war kein Stümper. Er hatte bereits zahlreiche Harnsteine entfernt und wusste genau, wo das Konkrement lag, wie es beschaffen war und wie groß. Der Weg dorthin jedoch war mit vielen Unwägbarkeiten gepflastert, wie er zu sagen pflegte. Trotzdem rühmte er sich auf seinen Ankündigungsplakaten zu Recht, dass mindestens siebzig von hundert Männern hernach *unbeschädigt* geblieben waren. Eine solche Quote hatte sonst nur der berühmte Anatom und Chirurg William Cheselden erreicht, und sie wäre sogar noch besser, würde es nicht gelegentlich vorkommen, dass sich ein Patient den Griffen der Gehilfen entwand, vom Tisch sprang und floh.

Fünf Minuten. Der Mann schrie, und seine Freunde, die ihn niederhielten und ihm unablässig Brandy einflößten, ächzten. Wieder einmal drohte sich zu rächen, dass der Doctor auf Gurte verzichtete, da ihr Anblick so manchen schon im Vorfeld die Flucht ergreifen ließ.

«Haltet ihn ruhig, um Gottes willen», knurrte Gillingham. Wenn der Mann starb, wäre sein Geschäft fürs Erste gelaufen: Jene Zuschauer, die gekommen waren, sich ebenfalls einer Lithotomie zu unterziehen, würden das Weite suchen. Dann würde er warten müssen, bis Gras über die Sache gewachsen war; das konnte ein paar Wochen dauern. So lange gäbe es für Seth keinen Lohn, und sein Vater würde ihm wieder in den Ohren liegen, dass er doch eine Lehre als Midshipman anstreben solle, um es später vielleicht bis zum Lieutenant zu bringen. *Die Royal Navy würde dich lehren, was ich alter Narr versäumt habe, mein Junge: Zucht und Ordnung. Stattdessen umgibst du dich mit zwielichtigen Gestalten wie diesem Tom. Willst du etwa ein Diebesfänger werden wie er? Mach mir keine Schande!*

Sechs Minuten. Tom wollte mit ihm zum Execution Dock unten am Kai, dort sollte heute ein Pirat gehängt werden. Um sechs Uhr abends, und St. George in the East hatte eben fünfmal geschlagen. Pünktlich fing das Spektakel nie an, aber wenn man einen guten Platz haben wollte, musste man zeitig sein. Seth hatte bisher zwei Hinrichtun-

gen zugesehen. Er hatte es schrecklich gefunden, aber nicht
gruselig. Da war er anderes gewohnt. Einmal war er sogar
Zeuge gewesen, wie der Leichnam eines Gehängten aufge-
schnitten und in seine Einzelteile zerlegt worden war. Doc
Gillingham hatte ihn ins Anatomische Theater des St. Bartholomew's Hospital mitgenommen, in einem seltenen An-
fall von Großzügigkeit, denn die Eintrittskarten waren für
Nichtstudenten teuer. Wie in einer kleinen, steilen Arena
hatte Seth auf einen Körper hinabgeblickt, der in seine Einzelteile zerlegt worden war. Hautschichten, Fett, Muskeln,
das Bauchfell, das Gewirr der Organe – das Öffnen einer
Schatzkiste hätte nicht aufregender sein können.

Wenn er Tom und den anderen Jungs vom dem erzählte,
was hier in *Doctor Gillinghams wundersamem Steinschneiderzelt* geschah, wurden manche schon vom Zuhören asch-
fahl.

Sieben. Seth drehte die Uhr. Der Patient schrie jetzt
schwach, seine Gattin umso lauter. *Bete*, hatte Gillingham
auf seine Frage geantwortet, ob er während der Bewachung
der Uhr noch etwas anderes tun könne. Mehr als ein Vater-
unser brachte er jedoch nicht zustande.

Der Delinquent unten am Dock sei ein Pirat, hatte Tom
gesagt. Der Schrecken der sieben Weltmeere. Natürlich
nicht so berühmt wie etwa William Kidd, der vor etlichen
Jahren unten am Dock gehängt worden war. Drei Jahre,
so erzählte man sich heute noch, hatte Kidds geteerte und
in Eisen gelegte Leiche am Galgen gehangen, zur anschau-
lichen Abschreckung jener, die gegen Recht und Gesetz
und gegen England aufbegehren wollten.

Acht Minuten. Der Mann schrie wieder aus Leibeskräften. Gillingham pflegte zu sagen, man solle nie hoffen, dass ein Patient das Bewusstsein verliere. Zwar gestalte sich dann alles leichter, aber die Gefahr des Exitus sei zu groß. Jetzt wäre er sicher froh, wenn der Mann in Ohnmacht fiele. Wenigstens seine Frau, die schrillte, als läge sie selbst auf dem Operationstisch. «Nun machen Sie schon!», heulte sie. «Gott im Himmel, so werden Sie doch endlich fertig!»

«Ich habe alles im Griff.» Gillingham klang gefasst. Seth hörte jedoch seine Nervosität deutlich heraus. Auch ihn hatte sie gepackt. Drehte er die Uhr jetzt zum neunten oder gar zehnten Mal? Rasch wagte er einen Blick in die Reihe der Zuschauer. Das Zelt war an einer Seite offen und stand auf dicken Strohmatten, in denen das Blut versickern konnte. Von Mauer zu Mauer des Hofes, in dem es stand, war ein dickes Seil gespannt, das die Zuschauer auf Abstand hielt. Hier im Holly's Inn Court an der Wapping Street pflegte Gillingham seit bald zwanzig Jahren den Leuten die Blasensteine zu entfernen. Sein Ruf war gut, besser als der seiner Kollegen, und da der Ruf der Taverne bestens war, strömten die steingeplagten Männer aus der ganzen Gegend hierher. Henry, der Wirt des Holly's Inn, spendierte für jeden Stein, den James Gillingham entnommen hatte, ein Pint Bier.

Es zahlte sich aus, denn auch die Zuschauer orderten fleißig Getränke. Seeleute, Dockarbeiter, Huren, Mollys, Strolche und Waisenkinder, das ganze menschliche Elend Wappings drängelte sich am Absperrseil. Seth entdeckte Tom in der Menge. Neuerdings trug er einen Hut und kaute Tabak – er war vierzehn geworden und kam sich wie ein Mann vor. Sein Vater war der Anführer einer Bande von Diebesfängern, selbst ein Bandit und überall gefürchtet. Tom würde in die Fußstapfen seines Vaters treten. Jetzt schon war er der beste Messerkämpfer weit und breit, hatte ein Mädchen und war sogar in die Druckereiläden in der Grub Street spaziert, um obszöne Zeichnungen zu klauen. Doch selbst er war jetzt kalkweiß im Gesicht.

Eine Frau wedelte sich Luft zu, und eine andere wankte zum Eingang des Holly's Inn. Eine dritte hielt ihrem Kind die Augen zu. Die Männer hatten aufgehört, Wetten abzuschließen, und glotzten. Als Seth erneut nach der Sanduhr greifen wollte, hörte er endlich den erlösenden Ruf:

«Ich habe ihn! Mein Gott, was für ein Kerl von einem Stein. Seht euch das an! Groß wie ein Gänseei!»

Die Erleichterung, dass es geschafft war, brach sich in Jubel Bahn. Doc Gillingham stolzierte vor den Leuten hin und her, den gewaltigen Stein stolz auf der blutigen Hand. Die Gattin des Patienten drängte ins Zelt, wo sich dieser auf die Seite wälzte. Er sah aus wie ein lebender Toter. Doch er lächelte, glücklich, dass die Tortur vorbei war. Der rechte Moment für Seth, die Knoten der Plane zu lösen und sie herabzulassen, langsam, wie nach einer Theatervorstellung. Gillingham schlüpfte durch einen seitlichen Spalt in das nun düstere Zelt, drückte der Frau den Stein in die Hand und eilte sich, die Wunde zu versorgen. Seth tränkte ein sauberes Leintuch in Eigelb, bestrich es mit Salbe und reichte es dem Doc, der es auf den Schnitt presste und mit Leinenbinden fixierte.

«Haben Sie jemanden, der Ihren Gatten nach Hause bringt?», fragte er die verheulte Frau, die heftig nickte. «Er soll mindestens eine Woche im Bett verbringen. Geben Sie ihm gut zu essen. Sorgen Sie für frische Luft und ein sauberes Bett, in dem sich möglichst kein Ungeziefer tummelt. Danach soll er wiederkommen, damit ich ihm die Wundklammern entferne. Das macht zehn Shilling, Madam.»

Sie zahlte; zwei Männer, offenbar Brüder des Patienten, kamen herein und halfen ihm von der Pritsche und in einen Handkarren. Die Zuschauer klatschten, als sie abzogen. Was blieb, waren blutige, zerknüllte Laken, eine entsetzlich stickige Luft und Doc Gillingham, der sich auf einen Hocker setzte, sein Halstuch abknüpfte und damit über das Gesicht und den Nacken fuhr.

«Wie lange?»

«Fast zehn Minuten, Mr. Gillingham», antwortete Seth.

«Zehn! Weiß Gott kein Ruhmesblatt. Ich hoffe, der junge Mann überlebt die nächsten Tage. Und ich hoffe, er hat schon Kinder.» Der Doc griff nach der Brandyflasche. Ein honigfarbener Rest schwamm darin. Er trank und schüttelte sich. «Seine Gattin wird nicht mehr in gute Hoffnung geraten. Jedenfalls nicht von ihm. Mach hier sauber und dann … Teufel, was willst *du* hier?»

Seth fuhr herum. Unbemerkt hatte sich Tom an der Plane vorbeigestohlen. «Mr. Gillingham! Madam Brackett schickt mich. Eines ihrer Mädchen braucht Ihre Hilfe.»

«Doch wohl eher die einer Hebamme.»

«Die ist betrunken. Ich soll sagen, dass sie … dass es wirklich ernst ist. Seit zwei Tagen schon. Soll ich sagen.» Er starrte auf den blutfleckigen Boden, was Seth erstaunte. Tom, der fast erwachsene Tom, beschämte es, über die Not einer Gebärenden zu sprechen? Seth musste sich ein Grinsen verkneifen. Ob Tom ihn wohl belogen hatte, was seine

20

Erfahrungen mit dem weiblichen Geschlecht betraf? Vielleicht war er ja doch noch Jungfrau.

«Ich bin müde.» Gillingham winkte ab.

«Aber Jenny ist schon dem Tode nah. Soll ich sagen.» Umständlich kramte Tom in der Hosentasche und förderte eine glänzende Guinee zutage. «Madam Brackett gibt Ihnen noch eine, wenn Sie kommen ...»

«Sollst du sagen.»

«Genau.»

Mr. Gillingham stand auf und betrachtete die Goldmünze. Seth hatte dergleichen bestenfalls von weitem in den Händen von Gentlemen gesehen. Oder von Männern, die es ihnen im Vorbeilaufen klauten. «Diese Jenny muss ja ein Naturtalent auf ihrem Gebiet sein, dass sie ihrer Herrin so viel wert ist», murmelte der Doc und seufzte. «Oder willst du mich bloß in eine dunkle Ecke locken, damit mich irgendwelche Gestalten überfallen? Seth, ist deinem Freund zu trauen?»

«Aber Sir!» Entrüstet warf sich Tom in die Brust. «Natürlich!»

«Ja, Mr. Gillingham», sagte Seth, und die Guinee verschwand in der Rocktasche des Arztes.

«Also gut. Ich brächte es ungern über mich, eine Frau im Stich zu lassen. Derweil räumst du hier auf.»

«Ich möchte mitkommen», sagte Seth. Da bei Geburten selten Ärzte, sondern Hebammen halfen, hatte er noch nie gesehen, wie ein Kind auf die Welt kam. Und dieser Fall war sogar schwierig. Vielleicht so schwierig wie damals bei seiner Mutter, als sie seine geliebte Bess zur Welt gebracht hatte ... «Bitte, Mr. Gillingham.»

Der Blick des Arztes war so erschöpft wie wohlwollend. «Dein Wissensdurst ist wirklich vorbildlich. Aber erst wird aufgeräumt, und dann muss ich schnell noch etwas essen. Mit knurrendem Magen kann ich nicht arbeiten.»

Seth beeilte sich, die blutigen Laken zusammenzulegen und in den Korb für die Wäscherin zu tun. Mr. Gillingham wischte mit einem Lappen seine Instrumente ab. Nur die Griffe, damit sie das nächste Mal wieder gut in der Hand lagen. Mehr war nicht nötig, pflegte er zu sagen. Bald würden die Klingen ohnehin wieder schmutzig werden.

Wenn sein Vater wüsste, dass er im Begriff war, ein Bordell zu betreten ... Jonathan Morgan, erfolgloser Komponist und verarmter Adliger, verabscheute Wapping, das schmutzige, quirlige Hafenviertel, wo an jeder Straßenecke eine abscheuliche Sünde wartete. Entlang der Themse reihten sich Spelunken, Hurenhäuser, Opiumhöhlen und düstere Höfe aneinander, aus denen das schrille Kreischen der Hähne drang, die in kleinen Arenen aufeinandergehetzt wurden. Dass Seth hier war, um seinem Herrn zur Hand zu gehen – zu *helfen* –, würde in des Vaters Augen keine Rolle spielen. Huren waren selbst schuld an ihrem Unglück. Alle Menschen hier. Dass er ein Teil Wappings war, übersah der verbitterte Mann. Wahrscheinlich sähe er seinen Sohn lieber am Execution Dock. Der Anblick einer Hinrichtung konnte schließlich lehrreich sein.

«Musst du da mit rein?», knurrte Tom. «Der Pirat tanzt nicht mehr, aber ansehen könnten wir ihn uns trotzdem noch.»

«Dann geh doch hin.» Seth war allmählich von Toms

Hartnäckigkeit genervt. Wieso trollte er sich nicht? Er kannte doch genug andere Jungs, die er viel besser damit beeindrucken konnte, zu lachen und zu klatschen, während sie kotzen mussten.

«Vielleicht sehen wir ja diesen Kapitän, der voriges Jahr in der Südsee von Meuterern in einem Beiboot ausgesetzt worden ist. Seine Ankunft wird jeden Tag erwartet.»

«Keine Lust.»

«Die Huren hier sind so hässlich, von denen kriegt man schon Ausschlag, wenn man sie bloß ansieht.»

«Ist doch Blödsinn.»

«Doch, doch! Morgen hast du Pickel im Gesicht, glaub's mir.»

Grinsend tippte sich Seth an die Stirn. «Ach so, daher stammt dein knallroter Hügel da oben.»

Tom setzte eine finstere Miene auf. «Du wirst es bereuen, wenn du jetzt nicht mit mir kommst.»

Aha, jetzt kehrte er den Sohn des gefürchteten Diebesfängers heraus. Seth strafte ihn mit Missachtung. Vor Jahren, als er Tom auf der Straße kennengelernt hatte, hatte er den großmäuligen Jungen bewundert und sich an seine Fersen geheftet. Mittlerweile beschlich ihn immer öfter das Gefühl, dass sie nicht zusammenpassten. Sein Weg war ein anderer. Zwei Matrosen wankten aus einem Bordell, ein seliges Lächeln auf den erschöpften Gesichtern. Sie rempelten Gillingham an, der auf dem schmierigen Kopfsteinpflaster stolperte und mit einem Stiefel in den Unrat trat, der sich in der mittigen Abflussrinne der Gasse türmte.

«Das kommt Sie noch teurer als zwei Guineen zu stehen, meine Liebe», brummte der Arzt, während er entschlossen den Kragen seines Überziehers hochschlug. Es war März und immer noch kalt. Mittlerweile dämmerte es; allerorten flammten Lichter hinter blinden Butzenscheiben, vernagelten Fensterläden und Türen auf, die Schauerleute und Seemänner auf Landgang schluckten und ausspuckten, ebenso Gentlemen in Begleitung angeheuerter Schläger, die sie schützten; und auch das ein oder andere Mitglied einer Diebesfängerbande ließ sich blicken. Betrunkene grölten zotige Lieder; weiter voraus prügelten sie sich, und irgendwo schrie eine helle Stimme flehentlich um Hilfe. Seth zog den Kopf ein und umklammerte das kleine Messer in seiner Jackentasche.

«Das ist doch nur eine Hure, die kreischt, weil ihr Freier es von ihr erwartet.» Gillingham klang zutiefst verärgert, dass er sich auf diesen Hausbesuch eingelassen hatte. «Du wirst gleich noch mehr von der Sorte zu sehen bekommen. Ich könnte jetzt bei einem guten Glas Bitter sitzen! Stattdessen … Wirst du wohl verschwinden!» Er trat nach einem Schwein, das aus der Abfallrinne kam und ihm zwischen die Füße geriet. Ein junger Molly näherte sich mit wiegenden Schritten und bot sich ihm gestenreich an. Er stieß den Strichjungen fort. Ein anderer fuchtelte mit einer Zeitung vor seiner Nase herum. Bei der Karikatur eines fetten Kerls, der am Nasenring tanzte, während bewaffnetes Volk ihm in den Allerwertesten stach, musste es sich um den französischen König handeln. Auch dafür hatte Gillingham keinen Viertelpenny übrig. Wenigstens wurde man nicht von Bettlern belästigt; die wagten sich nicht hierher, und zu geben hatte niemand etwas. Seth reckte die Nase Richtung Themse, die nur wenige Yards entfernt an die Kaimauer plätscherte. Aber der Fluss stank kaum weniger als dieser braune Matsch, in dem man beständig auszugleiten drohte, wenn man nicht höllisch aufpasste. Sie passierten eine Toreinfahrt, kamen in einen Hof mit einer Brandybude zur Linken und einem Cockpit zur Rechten, aus dem die Hahnenfedern flogen. Von irgendwo weiter oben erklangen die schiefen Töne einer Fidel.

Hier war Seth noch nie gewesen. Aber von Madam Bracketts Etablissement, dem *Calypso*, hatte er schon gehört. Es war berühmt für seine Pracht und Sauberkeit. Von außen ließ sich das kaum erahnen; wie alle Gebäude hier war es mehrstöckig, mit bröckelndem, rauchgeschwärztem Verputz und windschief, als könne es jederzeit in sich zusammenfallen. Tatsächlich hatte man die Vorderfront mit Planken abstützen müssen. Ein rot bemaltes Schild mit einer barbusigen Sirene knarrte über dem Eingang. Im Fenster darüber brannte eine Laterne hinter rotem Glas.

Gillingham griff nach dem Messingklopfer. Noch während er schlug, flog die Tür auf. Ein Schwarzer in türkischer Verkleidung und mit rot geschminkten Lippen grinste breit. «Ihr seht wie ein anständiger Mensch aus, Herr», begrüßte er ihn auf veraltete höfische Art. «Kommt nur herein, wir haben hier eine prächtige Auswahl hübscher und kultivierter Damen ...»

«Eine von ihnen braucht ärztliche Hilfe, sagte man mir», schnaubte Gillingham. «Bring mich zu ihr; ich will diese Angelegenheit hinter mich bringen.»

Der Mohr murmelte eine Entschuldigung und machte Platz. Hinter Gillingham betrat Seth einen Empfangsraum mit roten Samtsesseln und Seidentapeten. Goldgerahmte

Spiegel glänzten zwischen den Zimmertüren. Auf einem Tischchen aus schwarzem Tropenholz stand chinesisches Teeporzellan. Eine schwere süße Duftwolke legte sich klebrig in seine Nasenlöcher. War er wirklich noch in Wapping? Oder doch in einem Teezimmer Seiner Majestät? Solchen Pomp konnte man höchstens in den eleganten Geschäften der Bond Street oder des Strand bewundern, aber das wusste er auch nur vom Hörensagen.

Als eine Frau mit müden Schritten die Treppe herunterkam, zerschlug sich die Illusion, ein feines Haus betreten zu haben. Zwar war sie in üppige Stoffe gehüllt, doch ihr Ausschnitt so tief, dass geschminkte Brüste hervorspitzten. Auf den weiß gepuderten Wangen prangten Schönheitspflästerchen, die wie winzige Segelschiffe geformt waren.

Doc Gillingham deutete einen linkischen Diener an und stellte sich vor. «Man sagte mir, eine der hiesigen … *Damen* sei in Geburtsnöten.»

Unter den schweren, rot geschminkten Lidern schien die Frau eben erst aufzuwachen. «Ja? Ach ja. Nun, da Sie es sagen …» Sie gähnte, und fast schien es Seth, als müsse sie sich ein Grinsen verkneifen. «Warten Sie einen Augenblick.» Auf der Treppe drehte sie sich um. Und schrie mit einer Stimme, die er in diesem kleinen Körper niemals vermutet hätte, nach jemandem namens Ebenezer. «Der Chirurg ist da! In welches Zimmer soll er denn?»

Ein alter Mann in einer Dienerlivree wieselte die Treppe herunter und schob sich an ihr vorbei. Nervös rieb er sich die Hände. «Ah, der Doctor! Welche Freude! Wenn Sie mir bitte folgen wollen. Wer ist der junge Mann?»

Mr. Gillingham legte eine flüchtige Hand auf Seths Schulter. «Mein Lehrling.»

«Ich weiß jetzt gar nicht, ob er mitgehen soll.» Der Alte kratzte sich am Kopf.

Tom zischte in Seths Ohr: «Komm, lass uns verschwinden!»

Seth schüttelte den Kopf. Hinrichtungen hatte er schon gesehen – das Innere eines Bordells noch nie. Nackte Brüste kannte er nur von zotigen Flugblättern oder wenn Tom ihm mal wieder eine geklaute Zeichnung zeigte. Und ja, seine Schwester Elizabeth hatte er auch schon nackt erblickt, aber ihre zarten Brüste für einzigartig gehalten. *Diese* Frau hier besaß ähnlich kleine Apfelhälften mit vorwitzig aufgerichteten Spitzen. Die rote Schminke, fand er, war völlig überflüssig. Warum verschandelte sie sich so? Mochten das die Männer? Mit geziertem Getue ließ sie sich auf einem Sessel nieder, schlug die Beine übereinander und ordnete umständlich ihr Seidenkleid. Mr. Gillingham starrte stur geradeaus.

«Wenn Sie jetzt bitte …»

«Ja, natürlich. Folgen Sie mir.» Der Alte verschwand im Schatten unterhalb der Treppe, wo sich eine weitere Tür befand.

«Verdammt, Seth!», rief Tom.

Seth beachtete ihn nicht weiter. Er folgte seinem Lehrherrn, während er nicht lassen konnte, die Frau anzustarren. Ihr Lächeln war so verführerisch wie verächtlich. Eine weitere erschien oben am Treppenansatz. Eine dritte. Irgendwo gellte ein spitzer Schrei, gefolgt vom tiefen Stöhnen eines Mannes. «Sündenbabel, elendes», murmelte Gillingham in den Bart. Die Worte klangen in Seths Kopf wie die mahnende Stimme des Vaters. Vielleicht hätte er doch lieber auf Tom hören sollen. Andererseits – er wollte Arzt werden. Es wäre dumm, eine solche Gelegenheit auszulassen.

Als kräftige Hände Gillingham am Schultercape seines Mantels packten und in die kleine Kammer zerrten, wusste Seth, dass ihrer beider Dummheit noch viel größer war.

«Lauf, Seth!» War es Tom, der da gerufen hatte, oder Doc Gillingham? Der zappelte im Griff zweier grobschlächtig aussehender Männer, und von Tom war nichts mehr zu sehen. Er hatte sich wohl aus dem Staub gemacht. Seth dachte, dass er ihm keinen Vorwurf machen konnte; Tom hatte ihn warnen wollen, aber er, Seth, war mit großen Augen in die Falle spaziert. Er wusste durchaus, worum es sich bei diesem Überfall handelte. Und der armen Frau würden er und Gillingham jetzt nicht mehr helfen können. Dieser Gedanke ließ ihn bitter auflachen. Im ganzen Haus gab es keine Gebärende, und in diesem Zimmer mit den rosa Seidentapeten schon gar nicht. Stattdessen einen Tisch, hinter dem ein Mann in einer Lieutenantsuniform thronte, die so abgewetzt aussah, als trüge er sie seit James Cooks letzter Weltreise am Leib. Er erhob sich, während Mr. Gillingham vor den Tisch geschoben wurde. Seth drehte sich um. Die Tür war zu. Auf beiden Seiten standen je zwei Männer in Seemannskleidung und dunkelblauen Tätowierungen auf den Handrücken.

Einer packte ihn, als er flüchten wollte, und drehte ihm den Arm auf den Rücken. Eine gewaltige Maulschelle ließ seinen Kopf klingeln. Als er wieder klar sehen konnte, hockte Gillingham vor dem Tisch auf einem Schemel und kämpfte um Fassung. Nur langsam drangen die Worte des Marinelieutenants zu Seth hindurch. Er sprach von einem Versetzboot, auf das man die Gepressten schaffte, und von dort aus wurden sie auf andere Schiffe verteilt, nach teils wochenlanger Wartezeit.

«Normalerweise. Aber das können wir euch ersparen. Die *HMAV Confidence* läuft bereits in vier Tagen aus.» Der Lieutenant hatte sich erhoben; er war schmal gebaut und maß mehr als sechs Fuß. Er nahm seinen Dreispitz ab und legte ihn auf den Tisch. Seine sehnige Hand spielte mit dem Pistolenholster an seiner Hüfte, die andere umfasste gewichtig das weiße Bandelier, das quer über seiner Brust hing. «In Spithead werden wir dann das Ziel der Reise erfahren. Es ist ein geräumiger, voll getakelter Dreimaster. Da der Bordchirurg einen Herzanfall hatte, wird ein neuer dringend benötigt.»

Gillingham presste eine Hand gegen die Brust, als befürchte er das gleiche Schicksal. «Sir … Sie sprechen doch nicht von mir? Dazu tauge ich nicht.»

«Dazu taugt jeder Metzger und Quacksalber. Einen anständigen Arzt findet man heutzutage sowieso nicht. Alles Pfuscher, die die Leute eher umbringen, statt sie zu heilen. Ginge es nach mir, würden wir besser ohne medizinische Betreuung unter Segel gehen.» Der Lieutenant stieß ein verächtliches Lachen aus. Er besaß ansehnliche Gesichtszüge, doch im Licht des dreiarmigen Kerzenleuchters wirkten sie wie versteinert, als hätte er in seiner Dienstzeit bereits mehr gesehen, als eine Seele vertrug. Trotz seines Lächelns blieb sein Blick mitleidlos.

29

«Mr. ...»

«Lieutenant Bartholomew Sullivan, zu Diensten.»

«Mr. Sullivan, ich bin auf das Steinschneiden spezialisiert.»

«Ich sagte doch, *jeder* wird genommen. Es sei denn, Sie haben einen Freibrief der Admiralität oder sonst irgendein Papier, dass Sie als Gentleman ausweist. Dann können Sie gehen.»

«Ein ... natürlich. Ja.» Gillingham begann in den Taschen seines Mantels zu wühlen. Schweiß floss ihm über das kalkweiße Gesicht. Ein Freibrief? So etwas besaß er bestimmt nicht. «Ich finde ihn gleich, Sir. Wahrscheinlich ist er mir auf dem Weg hierher aus der Tasche gerutscht. Ganz sicher sogar. Oder ... oder er liegt im Holly's Inn Court, dort war ich zuletzt.»

«Feine Ecke.» Der Lieutenant lachte. Er stank noch schlimmer als seine ungewaschenen Kerle. Man konnte sich ausrechnen, dass aus ihm kein Admiral werden würde. «Ich kenne zufällig das Holly's Inn Court. Guten schottischen Whisky haben sie da. Und obszöne Zeichnungen an den Wänden. Gentlemen verkehren dort jedenfalls nicht.»

«Obszön? Es sind anatomische Zeichnungen, Sir, ich habe sie selbst aus Lehrbüchern kopiert.» Und dem Wirt als Bezahlung für alte Schulden geschenkt, wusste Seth.

«Als Chirurg werden Sie auf einem Schiff der Royal Navy ein interessantes Betätigungsfeld vorfinden.» Der Lieutenant hob eine Braue, und einer der Matrosen gluckste. Verzweifelt blickte Gillingham die Männer einen nach dem anderen an, als erhoffe er sich Beistand ausgerechnet von diesen grobschlächtigen Kerlen.

«Sir, bitte … Ich habe Familie», flehte er.

«Nach den Informationen, die man mir zukommen ließ, haben Sie auf einem Kohlenschiff gearbeitet und sind somit tauglich für den Marinedienst.»

«Das ist fast zwanzig Jahre her! Ich kann eine Schot nicht mehr von einem Geitau unterscheiden!»

«Es wird Ihnen rasch wieder einfallen.»

«Meine Frau erwartet ein Kind!»

Sullivan rollte die Augen; wahrscheinlich hatte er diese Lüge schon oft zu hören bekommen. Seth hatte über jene Männer, die den Auftrag hatten, Schiffsmannschaften auf Sollstärke zu bringen, schlimme Dinge gehört. Raufbolde, die keine Skrupel kannten, wenn es galt, ihre von der Royal Navy geforderte Quote zu erfüllen. Gelegentlich hatte er es auch gesehen. Man durfte nicht durch London und schon gar nicht durch Wapping laufen, ohne zu vergessen, dass man an der nächsten düsteren Straßenecke von Pressleuten geschnappt oder gar niedergeschlagen werden konnte. Mit Schaudern dachte er daran zurück, wie er selbst einmal von einem Mann festgehalten worden war, der behauptet hatte, einer Wohlfahrtsgesellschaft anzugehören, die sich zur Aufgabe gemacht hatte, Waisen auf Schiffe zu vermitteln, damit sie dort die Offiziere bedienten. Seth hatte ihm versichert, Familie zu haben, und ihm dann kräftig in die Eier getreten und die Flucht ergriffen. Der Bedarf an Seeleuten und jungen Dienern war so gewaltig wie der an Holz für den Schiffsbau, der, so hatte sein Vater gesagt, halb England seiner Wälder beraubt hatte. Und das alles nicht nur wegen des Hungers der Krone nach den Schätzen fremder Länder. Sondern auch wegen der Froschfresser, mit denen man so oft im Krieg war, zuletzt vor sieben Jahren.

All das ging ihm hier und jetzt wieder durch den Kopf, hier, da er Doc Gillingham in sein Unglück schlittern sah. Er wünschte sich weit, weit fort. Oder wenigstens bis zum Execution Dock, wo er in der Masse der Gaffer unsichtbar gewesen wäre.

Tom hatte seiner Bande immer eingeschärft, vorsichtig zu sein und schnelle Beine zu haben. Dass er sich dazu hergab, selbst den Pressgangs in die Hände zu spielen, hätte Seth niemals vermutet. Er schwor sich, zukünftig niemandem mehr zu trauen. Niemals. Bis zum Tode nicht mehr.

Bartholomew Sullivan stand auf, umrundete den provisorischen Schreibtisch und legte eine Hand auf Gillinghams Schulter. «Melden Sie sich freiwillig, dann kriegen Sie wenigstens noch das Handgeld. Die Goldguinee werden Sie mir natürlich aushändigen.»

Mit der anderen Hand zog er einen Zettel und einen Gänsekiel heran. Den tauchte er in ein Tintenfässchen und hielt ihn Gillingham hin. Der unterschrieb den Kontrakt mit Tränen in den Augen und bebender Hand.

Sullivan setzte sich wieder und legte das Schriftstück in eine Mappe.

«Nun zu dir, Junge.»

Seths Gedanken hatten darum zu kreisen begonnen, was aus ihm nun werden würde. Das wundersame Steinschneiderzelt würde es vorerst nicht mehr geben. Ob sich wohl ein anderer Arzt fand, der bereit war, einen Lehrling für wenig Geld auszubilden? Einer, der ihm mehr vermitteln konnte als die drei überkommenen Säulen Aderlass, Klis-

32

tier und Erbrechen? Wahrscheinlich würde ihm Tom in den Ohren liegen, dass er sich der Diebesfängerbande seines Vaters anschließen solle.

«Wie alt bist du?»

Bevor Seth antworten konnte, platzte Gillingham heraus: «Er ist zwölf.»

«Zwölf?», fragte Sullivan zweifelnd.

«Er ... er ist ein wenig schmächtig und klein geraten, aber ein heller Kopf.»

«Das stimmt doch gar nicht!», rief Seth und fing sich eine weitere Kopfnuss des Mannes ein, in dessen Griff er hing. «Ich bin zehn!»

«Zu jung», sagte Sullivan. «Könnte bestenfalls als Pulveraffe eingesetzt werden, aber von denen haben wir genug.»

«Er ist zwölf, ich schwöre es.»

«Doc Gillingham!», schrie Seth. «Warum sagen Sie das?»

«Ich will nicht allein auf große Fahrt gehen», sagte der Doctor leise, und etwas lauter: «Sir, ich brauche ihn. Er ist schlau und weiß, was zu tun ist, wenn's drauf ankommt.»

«Aber meine Schwester! Sie kennen sie doch, sie kommt ohne mich nicht zurecht. Bitte, Sir ...» Auch Seth wandte sich an Lieutenant Sullivan. «Sie ist ...»

«Was?», fragte dieser.

Seth schluckte. *Nicht ganz richtig im Kopf.* Es kam ihm schäbig vor, Bess so zu bezeichnen, mochte es auch die Wahrheit sein. Bess, seine um drei Jahre ältere Halbschwester, war im Geiste viel jünger als er. Ein kleines Kind. Es hatte an der schweren Geburt und einer unfähigen Hebamme gelegen. Und an dem Pfuscher, der, als Bess fünf Jahre alt gewesen war, einige derbe und sinnlose Therapien an ihr versucht hatte.

«Sie ist noch jung und braucht Unterstützung, Sir.»

«Lebt ihr beide etwa allein?»

«Nein, bei meinem Vater, Sir.»

Bartholomew Sullivan rieb sich die Nasenwurzel. «Dann ist sie ja versorgt.»

Das stimmte natürlich. *Aber Vater mag sie so wenig wie mich*, dachte Seth. *Deshalb braucht sie mich.* Aber dieses Argument wäre verschwendet. Er kämpfte mit den Tränen und dem schlechten Gewissen. Viel zu oft hatte er Bess allein in der düsteren Wohnung gelassen, um mit Tom herumzuziehen und dem Doctor zur Hand zu gehen. Natürlich, sie brauchten das Geld. Trotzdem. Er wünschte sich, wieder frei zu sein, um es besser machen zu können. Gott im Himmel, er würde Bess gar nicht mehr wiedersehen. Jahre vielleicht! Ihm wurde übel, und er schwankte.

Zwei kräftige Hände drückten ihn auf den Schemel vor dem Tisch.

«Zwölf ist genau das richtige Alter, um erstmals in See zu stechen. Kannst du schreiben?» Sullivan schob ihm ein Papier hin, dazu das Tintenfässchen und eine Schreibfeder. «Wenn nicht, mach drei Kreuze. Es ist dein Heuervertrag.»

Seth blinzelte die Tränen zurück. Es war ein harter Kampf, aber letztlich gelang es ihm. Er schaffte es sogar, das Papier näher heranzuziehen, ohne dass seine Finger zitterten.

«Sieht aus, als könne der Bengel lesen», sagte jemand.

Seth hob den Kopf und blickte in das hagere Gesicht des

Lieutenants. Ihm lag die freche Frage auf der Zunge, warum man ihm einen Kontrakt hinhielt, wenn man davon ausging, dass er den ohnehin nicht verstand. Er las langsam, vermochte aber nichts in sich aufzunehmen. Die Buchstaben drohten zu verschwimmen. Alles in ihm sperrte sich dagegen, seinen Namen darunterzusetzen, auch wenn sein Verstand ihm sagte, dass eine Weigerung ihn nicht rettete.

Der Lieutenant seufzte und legte ihm eine Zeitung hin. «Du kannst ja lesen. Also bitte, lies die Schlagzeile. Und dann ist dir hoffentlich klar, dass es Wichtigeres auf der Welt gibt, als seiner Schwester den Rotz von der Nase zu wischen.»

Es war eine Zeitung. In großen Lettern sprangen ihm die Worte *WAPPNET EUCH, KRIEG DROHT!* entgegen.

«Außenminister Lord Grenville», las Seth langsam und stockend, «und der Erste Lord der Admiralität Pitt baten den Em-Emissär der französischen Revolutionsregierung de la Gi-Guillotine zum eindringlichen Gespräch …»

«Er kann wirklich lesen.»

«Aber nicht gerade schnell.»

«Sind ja auch schwierige Wörter.»

«Maul halten, Männer.» Sullivan nahm ihm die *London Tribune* wieder ab. «Seit die Frösche ihren König wie eine Marionette tanzen lassen, sind sie unberechenbar. Bald wird es wieder knallen, weil Europas Monarchien dem nicht ewig zusehen werden. Und jetzt sag nur, du hast davon nichts gewusst.»

Natürlich gab es auf den Straßen Gerüchte, es könne, nein, müsse irgendwann zum Krieg mit dem aus den Fugen geratenen Frankreich kommen. «Es ist noch früh am Tag,

Sir», erwiderte Seth. «In einer halben Stunde redet bestimmt ganz Wapping darüber.»

Sullivan verengte die Augen. «Solche lahmen Witze wird man dir in der Navy austreiben, Junge. Du siehst jedenfalls, wie wichtig jetzt jeder Mann ist. Nun unterschreib.»

Seth starrte auf den Kontrakt, unfähig, sich zu rühren. Auch dann nicht, als Sullivan sich erhob, den Tisch umrundete und neben ihm aufbaute.

«Gegen Franzosen zu kämpfen, muss dich doch reizen. Stell dir vor, welch ruhmreiche Seeschlachten du erleben wirst.»

Ruhmreich? *Wohl kaum*, dachte Seth. Vor seinen Augen erschien das Bild schreiender und strampelnder Soldaten, die man auf Operationstischen festschnallte. Blutige Aderpressen und glühende Eisen und kochendes Öl. Kanonendonner, der die Ärzte aus der Fassung brachte, während sie ihre Sägen ansetzten … Mochte er auch den Anblick von Blut ertragen, *das* wäre zu viel.

«Ich bin kein Mann, Sir! Ich bin zehn. Zehn!»

Das Entsetzen, das sich seiner bemächtigt hatte wie ein bösartiges Geschwür, brach aus ihm heraus. Er schnellte hoch, gab dem Lieutenant einen Stoß, dessen Stärke ihn selbst überraschte, und stob herum. Wo war die verdammte Tür? Er sah nur hochgewachsene Männer, die sich um ihn schlossen und nach ihm griffen. *Vater! Bess, Bess!* An der Schulter wurde er herumgewirbelt. Drohend ragte die Gestalt Bartholomew Sullivans über ihm auf. Erst als der Lieutenant nach seiner Hand schlug, begriff Seth, dass er sein Messer gezogen hatte. Irgendwo schlug es klappernd auf. Wieder stieß er nach dem Mann, doch da er keinen

Fluchtweg sah, stürzte er an ihm vorbei zum Tisch und schnappte nach dem Kontrakt. Wenigstens zerreißen musste er ihn, dann konnte man ihm keine Unterschrift und keine Kreuze abzwingen. Zugleich ahnte er, wie dumm dieser Gedanke war. Sullivan schlug ihm in den Nacken. Seth krümmte sich und würgte. Seine schmerzenden Finger bekamen nur die Zeitung zu fassen, zerknüllten das Wort *WAPPNET*, fegten es zu Boden. Sullivan packte ihn im Nacken. Gillingham schrie, man möge gnädig sein. Auch Seth schrie. Trat um sich und boxte. Bis er Bartholomew Sullivan nach dem Tintenfass greifen sah. Der Mann holte aus, dann schnellte sein Arm vor.

Im nächsten Moment wurde es schwarz vor Seths Augen, und zugleich drohte sein Kopf in tausend Stücke zu zerspringen.

* * *

Er träumte von einer Frau. Sie stand plötzlich inmitten der Männer, die bei ihrem Erscheinen noch finsterer wirkten. Eine schlanke Dame, die nach der feinsten Seife duftete und ein Kleid aus roter Seide trug. Unter ihrem Turban, auf dem die riesigen Federn eines fremdartigen Vogels wippten, ringelten sich kastanienbraune Locken. Sie tanzten über einem tiefen Ausschnitt, der den Ansatz ihrer hochgeschnürten Brüste sehen ließ. Unzweifelhaft war sie die schönste Frau, die er je gesehen hatte. Ihr Gesicht war dezent gepudert, und sie trug nur ein Schönheitspflaster: eine Sonne über der linken Braue. Ihre vollen Lippen bewegten sich. *Was tun Sie in meiner Kammer?*, schrie sie empört. Offenbar war sie nicht eingeweiht. *Männer, geleitet die ‹Lady› hinaus*, drang Sullivans spöttische Stimme wie aus weiter Ferne zu ihm. Sie fauchte; die schwarze Sonne wuchs, verschlang ihr Gesicht und dann ihn.

Als er erwachte, mit schmerzendem Kopf wie ein Betrunkener, spürte er unter sich eine runde, harte Unterlage. Schwarzes, stinkendes Eisen. Licht schimmerte vor seinen Lidern. Er zwang sie hoch und sah – Wapping Waterfront. Die geschäftig hin und her hastenden Matrosen, die Säcke trugen und Fässer rollten, elegante Navyoffiziere, zwei Kutschen mit feinen Damen, die ihre Herren tränenreich verabschiedeten. Dazu Dutzende von Möwen, und Möwenscheiße überall. Erleichtert atmete er auf: Er war nicht auf dem offenen Meer! Er war in Wapping, und wahrscheinlich sah er auch gleich Tom und … Aber weshalb konnte er sich nicht rühren? Und war der Schlag so hart gewesen, dass sämtliche Geräusche, das Trappeln und Rumpeln, jetzt dumpf klangen und so merkwürdig hallten, als befände er sich …

«Jesus Christus!» Er begriff – und wollte hochrucken. Doch er konnte von der Kanone nicht heruntersteigen, er war auf ihr festgebunden. Bäuchlings wie ein Matrose, dem man zur Strafe mit einem Tampen den Hintern verdreschen wollte. Entblößt war er nicht, doch so fest geschnürt, dass er lediglich den Kopf heben konnte. «Bindet mich los!», krächzte er, und dann lauter: «Ihr Schweine! Lasst mich herunter!»

Das Batteriedeck, in dem er sich befand, bebte, während hinter ihm die Ladung verstaut wurde. Er drehte den Kopf, so weit es ging, sah Männer, die Pulverfässer und Kisten mit

Kanonenkugeln hin und her schoben und sicherten. Zehn gewaltige schwarze Kanonen waren auf ihren hölzernen Lafetten festgezurrt. Auf zwei weiteren lagen Männer und kämpften vergebens gegen ihre Fesseln an. Einen band man los; offenbar hatte er sich bereiterklärt, den Heuervertrag zu unterzeichnen.

«Solltest auch aufgeben, Junge», sagte eine raue Seemannsstimme hinter ihm. «Und zwar schnell, dann kriegst du noch das Werbegeld. Hab gehört, du hast deine Kreuze nicht machen wollen.»

Seth blickte über die Schulter. Der Mann war schon weitergestiefelt, ein kleines Pulverfässchen auf dem Arm.

«Nein», rief Seth, und das Entsetzen und das Gepolter ringsum machten seine Stimme erbärmlich klein. «Ich gehöre nicht hierher! Ich bin ganz zu Unrecht hier!»

Natürlich war es so, doch wen interessierte das? Der Gepresste, der von der Kanone stieg und seine schmerzenden Glieder streckte, warf ihm einen unglücklichen Blick zu. Dem anderen, der sich wie toll gebärdete, stopfte jemand ein Stück Tau in den Mund. Seth schwieg. Was um alles in der Welt sollte er tun? Mr. Gillingham, wo war er? Gott verfluche ihn und seine Lügen! Und Gott verfluche Tom, diesen falschen Freund, diesen Heuchler und Betrüger! Seth kämpfte mit den Tränen des Zorns und der Verzweiflung. Durch die offene Stückpforte sah er Bartholomew Sullivan in seiner abgewetzten Lieutenantsuniform; er stolzierte dicht am Kai hin und her, als sei er der Kapitän von Seiner Majestät Schiff. *Kann dich bitte jemand stoßen, damit du in die dreckige Themse fällst?* Seth spuckte in seine Richtung; es war das Einzige, das er tun konnte.

Ein Mann, alt und gebeugt, hinkte auf Sullivan zu. In Seths Kopf rauschte es – sein Vater. Sein Vater! Jonathan Morgan machte vor Sullivan, der ihn nur langsam bemerkte, eine tiefe Verbeugung. Seth reckte den Kopf, so weit es ging, missachtete den Schmerz, der durch Hals und Schultern jagte. Die beiden Männer befanden sich dreißig Fuß entfernt. Trotz des Lärms konnte er ein paar Worte verstehen. *Ich hörte, mein Junge … wie … passiert?* Von Sullivans Lippen las er ganz deutlich den Namen des Bordells, und Jonathan Morgan schlug eine Hand vor den Mund und schüttelte so entsetzt wie angewidert den Kopf.

«Vater, ich bin hier oben!», rief Seth. Doch sein Vater hörte ihn nicht. Wie versunken stand er da, die Hand auf das Gesicht gepresst; sein Adamsapfel hüpfte auf und nieder, während er um Fassung rang.

«Nicht schreien, Junge.» Ein Matrose packte Seth im Nacken und drehte seinen Kopf, sodass er in ein grobporiges, von zu viel Alkohol gerötetes Gesicht blickte. «Sonst müssen wir dich doch noch in die Bilge sperren, und da unten ist es wirklich unangenehm. Versuch dich lieber mit deinem neuen Leben abzufinden. Ich hab läuten hören, dass es in den Indischen Ozean geht, französischen Freibeutern das Fell gerben. Hast du denn nie von Gefechten auf See, fernen Ländern, tropischen Inseln geträumt? Bestimmt, jeder Junge tut das. Und das wird jetzt alles Wirklichkeit. Machst es dem großen James Cook nach. Der ist doch der Held aller kleinen Jungs. Oder Lieutenant Bligh. Von dem hast du bestimmt gehört, oder?»

«Wer nicht, Sir? Allerdings kenne ich kaum einen, der deshalb zur See gehen mag.»

«Heult auf der Kanone und hat trotzdem eine große Klappe, haha. Vielleicht entdeckst du ja noch den Südkontinent?»

Südkontinent? Indischer Ozean? *Das ist alles nicht wahr*, dachte Seth. So musste sich ein Verrückter fühlen, der sich eingekerkert im Irrenhaus Bedlam wiederfand und nicht begriff, was um ihn herum geschah.

«Sullivan hat dich geschnappt, hab ich gehört, Junge. Wie heißt du?»

«Seth», wisperte er. «Seth Morgan, Sir.»

«Bin doch kein Sir. Also, Seth.» Der Matrose gab ihm einen kräftigen Klaps auf die Schulter, sodass Seth fürchtete, in seinen Fesseln von der Kanone zu rutschen. «Vor Sullivan nimm dich in Acht. Er riecht, wenn du am Rumfass nur geschnuppert hast. Und wen er gepresst hat, den hat er auf dem Kieker. Als wärst du sein Pflegekind, dem er gute Erziehung angedeihen lassen muss, haha! Ich geb dir einen guten Rat: Tu deine Pflicht, auch wenn dir die Zähne bluten. Sonst hängst du öfter gefesselt in den Wanten, als dass du unten das Deck schrubbst. Hast du das begriffen?»

Das hier klang schlimmer als das berüchtigte Irrenhaus, mit dem die Eltern schon ihren kleinen Kindern zu drohen pflegten, wenn sie nicht spurten. Das Entsetzen schwappte über Seth hinweg wie eine Springflut. «Mein Vater ist dort unten am Kai! Bitte, Sir …»

«Dein Vater? Das haben wir gleich.» Der alte Matrose schob sich an der Kanone vorbei; Seth glaubte für einen Herzschlag, er wolle seinen Vater tatsächlich rufen, doch er zog nur die Stückpforte zu. Während er sich wieder entfernte, klopfte er begütigend auf Seths Rücken.

Seth hatte noch sehen können, dass sich Jonathan Morgan abgewendet hatte. Sein schwacher Vater hatte nicht um ihn gekämpft. Warum auch? Er hatte ja immer gepredigt, Seth solle zur Marine gehen, um Zucht zu lernen. Fünfzig Peitschenhiebe täglich würden ihn in die richtige Richtung des Lebens lenken. Seth legte eine Wange auf das kalte Eisen. Er verfluchte seinen Vater, sehnte sich heftig nach der Schwester und heulte still in sich hinein.

2.

1811

Mahé, Hauptinsel der Séchellen

Behutsam löffelte Noëlle das kostbare Gelee aus der Séchellennuss und füllte es in zwei Porzellanschälchen. Um die Herrschaften zu erfreuen, dekorierte sie es mit ein paar frisch gepflückten Frangipani-Blüten. Sie stellte die Schälchen auf ein Silbertablett, dazu eine Karaffe frisch gepressten Mangosaft; dann trug sie das Dessert ins Esszimmer. Monsieur Hodoul und seine Gattin hatten sich inzwischen ans Eck des umlaufenden Balkons zurückgezogen, wo sie einen guten Blick über den Hafen und die Häuser des Dorfes genossen. Noëlle trat hinaus. Jean François Hodoul hatte die Hände über dem üppigen Bauch gekreuzt und die Augen geschlossen, erschöpft von dem opulenten Mahl.

«Ach, Noëlle, ich schaffe kein Dessert mehr», seufzte er. «Morgen habe ich eine Speckrolle mehr auf den Rippen. Du kochst einfach viel zu gut. Ich werde mich zurückhalten.»

«Wie er sich immer ziert.» Madame Hodoul zwinkerte Noëlle zu. «Aber wenn man einen Augenblick wegsieht, hat er sämtliche Schüsseln geräubert. Du kannst mir deinen Anteil gerne überlassen, mein Herz. Dieses wundervolle Dessert könnte ich jeden Tag essen.»

Noëlle lächelte nur. Ja, hätten die weißen Herren die Bestände der Séchellennusspalme nicht fast vollständig vernichtet, um das wertvolle Holz an die Île de France und Île Bonaparte, die beiden französischen Dependancen Hunderte Seemeilen südlich, zu verkaufen, müsste man nicht den weiten Weg hinüber zur Nachbarinsel Praslin auf sich nehmen, um dort die begehrten Nüsse zu ernten. Monsieur Hodoul dachte vielleicht ähnlich, denn er aß die wenigen Löffel mit Bedacht und sagte: «Chérie, was im Überfluss verfügbar ist, schmeckt lange nicht so gut. Weißt du noch, als wir ein halbes Jahr keine Seife mehr hatten? Nachdem die Boote mit unseren Exportgütern irgendwo auf der Strecke nach Port Louis verschwunden waren? Alle sechs?»

Olivette Hodoul rollte mit den Augen. «Erinnere mich nicht daran. Es war eine schreckliche Zeit.»

«Ja, und als dann wieder Lieferungen kamen, hast du geschworen, noch nie ein Bad so genossen zu haben. Obwohl es Kernseife war, die kein bisschen geduftet hat. Etwas mehr Luft, Coquille, deine Herrin schwitzt.»

Die junge Sklavin, die hinter der Madame stand, hörte erschrocken auf, einen aus Palmblättern geflochtenen Fächer zu bewegen. Unauffällig deutete Noëlle zu einem größeren Fächer in der Ecke. Das Mädchen, dem seine Herrin den hübschen Namen Coquille – Muschel – gegeben hatte, tauschte mit hastigen Bewegungen die Fächer aus. Die Hodouls hatten sie vor einigen Wochen von einem Holländer gekauft, der auf seinem Schiff einen Sklavenmarkt abgehalten hatte. Die dreizehnjährige Madagassin war noch immer ein Bündel voller Furcht und beherrschte

44

die Sprache schlecht. Erst gestern hatte sie ihren ersten Satz gesprochen. Madame Hodoul hatte ihr über die streng zurückgekämmten Krauslocken gestrichen und sich erfreut darüber gezeigt, dass das Mädchen nicht wie befürchtet stumm war.

Du kannst deinen Ahnen danken, dass sie dich in Monsieur Hodouls Haus geführt haben, hatte Noëlle zu ihr gesagt. *Auf Mahé gibt es auch schlimme Herren.*

«Das kann man doch nicht vergleichen», widersprach Madame Hodoul. Eifrig kratzte sie ihre Schale aus und steckte den letzten Löffel genüsslich in den rot geschminkten Mund. «Damals hattest du auch Wein getrunken, den du normalerweise niemals angerührt hättest.»

Jetzt war es ihr Gatte, der das Gesicht verkniff und sich schüttelte. «Ich habe ihn nicht getrunken, ich habe ihn degustiert! Aus reiner Neugierde, was die Briten an Wein wohl so zurechtpanschen. Todesmutig! Er war aus Wales, oder? Ich hoffe, man hat diesen sinnlosen Versuch, dort Wein anzubauen, wieder aufgegeben. Dass solches Waschwasser überhaupt nach Port Louis gelangte! Doch nur, weil die Briten ihre Nase überall in die Weltmeere stecken. Gott möge uns davor bewahren, dass sie Mahé erobern. Ich meine, *wirklich* erobern, nicht diese lächerlichen Spielchen, bei denen ein paar lustlose Marinesoldaten ihre Stiefelabdrücke im Sand hinterlassen, sich die neuen Herren nennen und wieder in See stechen. Denn dann gnade Gott unseren Geschmacksnerven.»

Madame Hodoul neigte sich vor und legte ihre Hand auf seine. «*Du* hast mit ihnen gespielt, mein Lieber. Du und viele andere tapfere Korsaren, die den Rotröcken hoffentlich noch lange die Lust vergällen, unsere schönen Inseln in Besitz zu nehmen. Coquille, etwas sanfter bitte!»

Die schmale Coquille schien in Tränen ausbrechen zu wollen. Dabei war sie in diesem Hause noch kein einziges Mal gezüchtigt worden. Was mochte sie zuvor erlebt haben? Noëlle verspürte Mitleid, doch eigenartigerweise auch Neid. Sie selbst hatte nie erfahren, was es hieß, frei geboren zu sein. Ein richtiges Zuhause zu haben. Ihr Vater war ein schwarzer Sklave gewesen, ihre Mutter war eine Weiße: die Besitzerin des *La Maison Confortable*, des einzigen Bordells der Séchellen. Wie es dazu gekommen war, dass sie sich mit einem Sklaven eingelassen hatte, wusste Noëlle nicht. Hélène sprach nicht darüber. Und der Vater hatte es ihr nie sagen können: Noch vor ihrer Geburt war er wegen Arbeitsverweigerung hingerichtet worden.

Nein, Coquille war nicht zu beneiden. Ganz im Gegenteil. Was man nie besessen hatte, konnte einem nicht entrissen werden. Und Noëlle mochte die Hodouls und ihr Haus. Hier durfte sie ein winziges Zimmer unter dem Palmblattdach ihr Eigen nennen, mitsamt Matratze, einer hübschen Truhe und einer großen Spiegelscherbe. Und es lag sogar in nordsüdliche Richtung, was ihrem Glauben nach als machtvoll galt. Auf ganz Mahé gab es nur wenige Sklaven, denen es besser erging. Außerdem – *sie* war bereits gebrandmarkt. Coquille stand die grausame Prozedur noch bevor.

Das Mädchen stellte das Wedeln ein. Doch nicht aus Furcht, wie Noëlle feststellte. Coquille starrte aufs Meer hinaus.

Ein Fregattvogel schwebte weit draußen vor dem Blau

46

des Himmels. Über den fernen Umrissen Praslins wanderten kleine Schönwetterwolken. Der beständige Passatwind bauschte die Wasseroberfläche zu Wellen auf, deren Gischt im Türkis des Meeres leuchtende Streifen zauberte. Noëlle brauchte einen Augenblick, ehe sie den kleinen weißen Flecken am Horizont erkannte.

«Monsieur Hodoul, sehen Sie! Ein Schiff.»

«Hoffentlich kein Engländer.» Er schob die geleerte Schale von sich. «Bouffon, mein Fernrohr!»

Der zwergenhafte Sklave, der einige Schritte entfernt die Blumenkästen goss, verneigte sich entschuldigend. «Monsieur Hodoul, die Linse ist beschädigt. Sie hatten in Port Louis eine neue bestellt.»

«Ach ja, das habe ich ganz vergessen. Noëlle, sei so nett; im Sekretär in der obersten Schublade liegt mein Theaterglas.»

Noëlle eilte sich, das Gewünschte zu bringen. Monsieur Hodoul seufzte enttäuscht, kaum dass er einen Blick hindurchgeworfen hatte. «Natürlich viel zu schwach, die Flagge ist nicht zu erkennen.»

«Was ist es denn?», fragte Madame Hodoul aufgeregt.

«Ein Dreimaster. Mindestens zehn Kanonen.»

«Hoffentlich kein Brite.»

Mit dem Glas vor Augen schwenkte er auf dem Gesäß herum. «Wollen doch mal sehen, mit welcher Flagge unser verehrter Gouverneur den Neuankömmling begrüßt.»

Noëlle begann das Dessertgeschirr abzuräumen. Unter den Sklaven gab es einige, die eine britische Übernahme begrüßen würden. Denn es gab Gerüchte, wonach die Briten der Abschaffung der Sklaverei aufgeschlossen gegenüberstünden. Doch als sie mit Onkel Hugo einmal darüber gesprochen hatte, hatte er nur gemeint, dass es Hirngespinste seien, gegründet allein auf Hoffnung. Wer unter seinem weißen Herrn litt, malte sich die Briten als edle Befreier aus. Vielen Sklaven jedoch erging es auf den Séchellen besser als anderswo, und daher wollten sie keine Veränderung. Nicht dass es schlimmer kam.

Wie auch immer, ein einzelnes Schiff war keine Invasion. Bestimmt war es ein …

«Es ist die Trikolore!», rief Monsieur Hodoul.

Madame Hodoul entspannte sich aufatmend, und Noëlle lächelte. Natürlich, ein Korsar. Ein französischer Korsar. So wie Jean François Hodoul einer gewesen war. Heute lebte er von seinen Prisen – den Schätzen, die er auf seinen Fahrten erbeutet hatte – und der Werft unten in der Hafenbucht, wo seine Sklaven derzeit eine gekielholte Schaluppe von Seepocken und Muscheln befreiten, beschädigte Planken auswechselten und kalfaterten. Ihre Stimmen und das Hämmern und Klopfen waren hinter dem Rauschen der Palmen und der Brandung deutlich zu hören. Noëlle ging ins Esszimmer, räumte das Geschirr mit den Resten des Hühnchencurrys aufs Tablett und begab sich auf den Weg zur Küche. Auf der Treppe zum Erdgeschoss kam ihr der alte Savate entgegen.

Als er sie sah, blieb er gebeugt stehen, die knorrige Hand am Treppengeländer. «Noëlle», keuchte er.

«Savate, mein Guter, hetz dich nicht so ab, wir haben das Schiff schon gesehen.»

«Ein Schiff?» Savate schüttelte den Kopf. «Aber ich komme doch nicht deshalb. Es ist wegen Hugo. Er ist …»

Der alte Mann japste und presste eine Hand auf die nackte Brust. Auch er trug dort das verschnörkelte ‹H› der Hodouls. «Er ist verletzt!»

«Was ist passiert?» Noëlle durchfuhr es heiß und kalt.

«Beim Annageln einer Planke ist sie abgerutscht. Auf seinen Arm. Der ist gebrochen.»

«O nein!» Sie drückte Savate das Tablett in die Hände und rannte an ihm vorbei die Treppe hinab, durch den Salon und aus dem Haus. Draußen hoben die Bediensteten, die den Garten pflegten, die Köpfe, als sie an ihnen vorbei den Aufweg hinunterlief, das schlichte Trägerkleid bis über die Knie gerafft. Sie rannte durch Monsieur Hodouls Obstgarten, sprang durch das matschige Schildkrötengehege und war schon fast am Rande des Dorfes, das sich hochtrabend *Établissement du Roi*, des Königs Niederlassung, nannte. Zwischen dem Gästehaus und dem Lädchen der La Geraldys hastete sie hindurch und bog in die Straße ein, die aus kaum mehr als zwei Dutzend Häusern bestand. Hinter ihnen schimmerte der Strand der Hafenbucht, und man konnte auch das auf der Seite liegende Schiff sehen, an dessen Rumpf die Arbeiter werkelten, dahinter die Inselchen Saint Anne und Cerf. Hugo kam, gestützt von zwei Männern, herangeschlurft; er hielt sich den rechten Arm, der dick mit einem Arbeitsschurz umwickelt war.

«Onkel Hugo!» Sie umarmte ihn vorsichtig. «Ist es schlimm?»

«Nein, nein. Es tut weh, ja. Aber in ein paar Tagen ist das bestimmt wieder gut.» Schief grinste er sie an, und sie wusste nicht, ob sie ihm wegen des Herunterspielens dankbar oder böse sein sollte. Er wusste, wie sehr sie ihn liebte;

er war ja die einzige Familie, die sie besaß. Hugo war alt genug, dass er ihr Großvater hätte sein können. Stets ging er leicht gebeugt, und die Haare hatte er längst verloren.

«Ich werde nachher die Ahnen um ihren Beistand bitten.» Noëlle küsste seine Glatze. «Aber jetzt kommst du mit ins Hospital.»

Einen einfachen Bruch vermochte Noëlle zu richten und zu schienen. Doch als sie den Stoff löste, durchfuhr sie ein tiefer Schreck. Alles war voller Blut. Am Ellbogen klaffte ein Spalt; das Fleisch ringsum war rot und prall. Zuerst musste sie die Blutung stillen. Sie holte aus dem Instrumentenschrank das Tourniquet. Vorsichtig schob sie den Gurt der Aderpresse über den Arm und drehte die Schraube an. Hugo stöhnte. Dann schickte sie einen Sklaven nach frischem Meerwasser und säuberte die Wunde mit einem Leinenlappen. Hugo, der im Behandlungszimmer auf der Pritsche lag, biss die wenigen Zähne zusammen, die ihm noch geblieben waren.

Die Bruchkanten ließen sich ertasten, und wenn Noëlle das Fleisch ein Stück verschob, blitzte das Weiß der Knochen hervor.

«Das sollte sich Monsieur Poupinel ansehen», sagte sie.

Hugo japste, entweder vor Schmerz oder Empörung. «Der versoffene Stümper soll bloß die Finger von mir lassen! Mach du das.»

«Aber das ist ein komplizierter Bruch. Ich kann das nicht.»

«Was ist denn hier los?» Emmanuel Poupinel erschien, eine Hand am Türrahmen, damit er nicht schwankte; die andere Hand trug schwer an einer Rumflasche. Wie üblich sah der Dorfarzt aus, als habe er tagelang in seinen Kleidern geschlafen. Unsicher schob er seine kleine, dickliche Gestalt in den Raum.

«Es ist nichts, Monsieur Poupinel», sagte Hugo.

«Nichts? Das Blut tropft von deinem Arm, als verpasse dir gerade jemand einen Aderlass, und du sagst, es ist nichts?» Der Arzt stellte die Flasche auf einer der Kommoden ab, schlurfte näher und kraulte sich den Backenbart. «Oh, das sieht aber böse aus. Der Arm muss ab. Sechs Zentimeter über dem Ellbogen, würde ich sagen.»

Hugo wollte hochschnellen, doch er war zu schwach. Aufstöhnend warf er den Kopf herum, als Poupinel die Wunde befingerte. Noëlle umfasste Hugos andere Hand und hielt sie so fest, als suche sie selbst Halt.

«Das Schraubentourniquet ist ja schon angelegt. Also geh, Noëlle, und hole die Amputationssäge, das Knochenmesser, die Schere, Zange, Kompressen, Fäden, na, du weißt schon. Und ein paar kräftige Sklaven, die ihn festhalten. Haben wir eigentlich noch Kupfervitriol?» Poupinel gähnte, und der Geruch seines Fusels überlagerte den des Blutes. «Ansonsten brenne ich die Arterien mit dem Brandeisen aus.»

«Nein, Monsieur!», rief sie. «Das können Sie nicht tun!»

Beim Verarzten war Poupinel manchmal entsetzlich langsam. Beim Austeilen von Ohrfeigen oft erstaunlich schnell. Noëlles Wange brannte, ehe sie recht begriff, dass er sie geschlagen hatte.

«Da will ich das Leben deines Onkels retten, und du fährst mir so frech in die Parade? Ich kann's auch lassen!»

«Es wird bestimmt nicht nötig sein, seinen Arm abzunehmen. Bitte, Monsieur le Docteur.» Ihre Stimme war heiser vor Schreck. Wie eine Erwiderung auf ihr aufgewühltes Inneres begann es draußen zu donnern. Kein Gewitter: Das französische Schiff war in die Bucht eingelaufen und hatte zum friedlichen Willkommensgruß seine Geschützbatterie geleert.

«Willst du klüger sein als ich?»

«Monsieur Hodoul wird nicht erfreut sein, wenn er hört, dass Sie nicht sorgsam mit seinem Eigentum umgehen.»

«Du … du …» Er machte einen Schritt auf sie zu, und sie wich zurück. «Du glaubst mal wieder, weil deine Haut nicht so schwarz wie die der anderen ist und weil Hodoul dich mag, kannst du dir Unverschämtheiten herausnehmen?» Erneut riss er die Hand hoch, doch diesmal blieb der Schlag aus. Er stapfte zur Kommode und schnappte im Hinauswanken seine Flasche. «Wenn du wieder vernünftig geworden bist, kannst du gerne kommen und dich entschuldigen, und dann operiere ich ihn. Derweil bereite das Krankenzimmer für die Leute von dem Kaperschiff vor.»

Er verschwand, und Noëlle atmete auf. Wenn Poupinel nicht betrunken war, konnte man durchaus mit ihm auskommen. Im nüchternen Zustand hätte er auch nicht sofort mit der Säge gedroht. Nur, wann war es wieder so weit? Bis dahin konnte Hugo tot sein.

Das Schiff war eine Fregatte, und die provisorischen Reparaturen an der Reling und am Fockmast erzählten von einem Kampf auf See. Tatsächlich war bald ein Boot mit einem Offizier gekommen, hatte die Einklarierung abgewickelt und um Gastfreundschaft und Unterstützung ersucht. Natürlich hatte man sie ihm gewährt. Noch war die Mannschaft an Bord. Die Gerüchte gingen bereits um: Die Freibeuter hatten sich nahe der Île de France ein Gefecht mit einem englischen Kriegsschiff geliefert. Und sie hatten einen verletzten englischen Gefangenen an Bord.

Noëlle saß auf einem Granitfelsen am Strand und blickte auf das schwarze Meer hinaus. Die Nacht war schnell hereingebrochen; die Arbeiter hatten die Werft verlassen. Onkel Hugo schlief im Krankenzimmer der Sklaven. Sie hatte es geschafft, seine Blutung zu schwächen, wenn auch nicht zu stillen. Und sie hatte den Ahnen der Familie ein Rauchopfer dargebracht und um Beistand gefleht.

Er brauchte dringend einen fähigen Arzt.

Schiffsärzte waren oft nicht besser als Poupinel, der selbst in jungen Jahren bei der Marine Nationale, den französischen Seestreitkräften, gedient hatte. Außerdem hatten diese Männer immer alle Hände voll zu tun; jedes Gefecht brachte viele Verletzte mit sich. Das war ganz anders als auf Mahé, wo Noëlle zumeist nur Peitschenstriemen und Prellungen mit Salbe und Verbänden linderte. Nein, dieser Schiffsarzt würde gewiss nicht erfreut reagieren, wenn eine Sklavin kam und ihn bat, sich um ihresgleichen zu kümmern.

Was sie dennoch vom Felsen springen und über die Bohlen des Anlegestegs laufen ließ, war nichts als ein Gefühl der Zuversicht. Sie hatte es gespürt, als sie mit den Ahnen gesprochen hatte. Ein Wispern in ihrem Kopf: *Geh.* Man konnte es so leicht überhören. Falsch deuten. Gewissheit verspüren, wo Zweifel angebracht wären. Vielleicht war sie nur guten Mutes, weil sie es sein wollte. Nur eines war sicher: Sie musste handeln.

Sie stieg in eines der schmalen Fischerkanus, löste das Seil und ergriff das Paddel. Das Meer lag ruhig. So war es ein Leichtes, auf das Schiff zuzuhalten, immer das Licht seiner Laternen im Blick. Bald ragten die geschwungenen Spanten des Galions über ihr auf. Wie stets, wenn Noëlle ein Schiff von nahem sah, brachte sie das gewaltige Gebilde mit seinem knarrenden Takelwerk, all die Seile und Taue, die hölzernen Aufbauten in fremdartiger Vielfalt zum Staunen. Ebenso die Gerüche nach Salz, Teer, nach Holz und nach dem Schweiß etlicher auf engstem Raum eingesperrter Menschen. Manchmal kam alle paar Tage ein Schiff, manchmal ein paar Monate keines. Zumeist erblickte sie es nur von weitem oder kieloben in Hodouls Werft. Selten, dass sie eines betrat, und wenn, dann nur eins der Schiffe der kleinen Flotte der Siedler. Das waren nur Kutter, Barkassen, eine Schaluppe – kleine Lasttesel, nicht ein solch majestätischer Dreimaster. Er erzählte von der Welt, von Entdeckungen, Stürmen und Flauten, vom Kämpfen und Leiden und vom erstaunlichen Leben in den Heimatländern der Kolonialherren. Sogar das Château des Gouverneurs war, so sagte er selbst, nicht einmal ein fernes Echo der Größe und Pracht europäischen Schaffens. Sie vermochte sich das nicht vorzustellen. Doch wenn sie ein solches Schiff sah, vermochte sie es zu *glauben*.

Mehrere Boote hatten am Rumpf festgemacht. Aus der Ferne war Stampfen zu hören: Die Matrosen tanzten und sangen, und Noëlle nahm an, dass sich die Frauen aus dem

Bordell unter sie gemischt hatten, um sich mit ihren Diensten rasch ein paar begehrte Tauschwaren zu sichern. Sie machte an dem dicken Ankertau fest und kletterte flink die Stufen hoch, die in die Bordwand eingelassen waren. Natürlich wurde sie sofort entdeckt, als sie sich über die Reling schwang. Ein Mann begrüßte sie mit einer Hand an der Stirn und mit einem fetten Grinsen.

«Eine hübsche dunkle Austernperle! Gleich endet meine Wache, wartest du so lange auf mich?» Er langte sich zwischen die Beine. «Ich hab das richtige Werkzeug, deine Schale zu öffnen, du wirst sehen.»

Noëlle duckte sich leicht, eine Hand um das Schälmesserchen in ihrer Kleidtasche. Zu befürchten hatte sie nichts, so hoffte sie – eine Sklavin schützte die Tatsache, das Eigentum hoher Herren zu sein, von denen sich die Korsaren Unterstützung erhofften. Sie machte um den Mann einen weiten Bogen. Vorsichtig in alle Richtungen blickend, auch hinauf in die gewaltige Takelage, huschte sie zum Heck. Monsieur Hodoul hatte so oft von seinen Abenteuern auf See erzählt, dass sie ungefähr wusste, wo sich die Räume der Offiziere und des Arztes befanden. Mehrere Augenpaare folgten ihr neugierig zum Achterdeck. Doch niemand hielt sie auf. Oben auf dem Poopdeck, dem höchsten Punkt des Schiffes, marschierten zwei mit Musketen bewaffnete Männer hin und her. Sie steckten kurz die Köpfe zusammen und feixten, dann setzten sie ihren Marsch fort. Als Noëlle vor der Niedergangsluke stand, die in den dunklen, modrigen Bauch des Achterschiffs führte, quoll jäh die Furcht ihre Kehle herauf. Dort unten feierten die fremden Männer. Bestimmt auch der

Schiffsarzt – wie kam sie nur dazu, zu glauben, er warte in seiner Kabine auf sie? Fortjagen würde er sie, eine Sklavin.

Die Ahnen heißen es gut, vergiss das nicht, ermahnte sie sich. Und selbst wenn sie sich getäuscht hatte – versuchen musste sie es. Sie warf einen unauffälligen Blick zu den Offizieren und stieg die schmale Treppe hinab.

Hier war die Luft abgestanden und von ungesunder Feuchte. Eine Laterne schaukelte unterhalb der niedrigen Decke. Über ein Wasserfass gebeugt stand ein Matrose und trank. Langsam streckte er sich, und die Augen wollten ihm aus dem Kopf fallen. Er griff nach Noëlle, doch sie schlüpfte unter seinem Arm hindurch, drehte sich und wartete, was er tun wollte. Er rieb sich den Bart. Schließlich zuckte er die Achseln und kletterte aufs Oberdeck hinauf.

Sie wartete, ob er Alarm schlug. Nichts geschah. Auf den Zehen wanderte sie von einer geschlossenen Tür zur nächsten, lauschte, wagte es auch, zu klopfen. Niemand öffnete. Feierten auch die Offiziere? Das Gelächter und die Musik klangen dumpf hier unten, begleitet vom unheimlichen Knarren des Holzes und dem Gluckern des Wassers, das von außen gegen die Schiffshaut schlug.

Sie fand eine weitere Luke, die ins Deck darunter führte. Nein, dorthin wagte sie sich nicht; sie ging nur in die Knie, ließ sich auf die Hände hinab und steckte den Kopf hindurch.

Dicht vor ihren Augen tauchte ein Gesicht auf. Ihr entwich ein heiserer Schrei. Nur mit einer viel zu weiten Hose bekleidet, sprang ein schmächtiger Junge aus der Luke. «Was machst du hier, Weibsstück?», fauchte er. «Stehlen, was? Dich leg ich über die Kanone, wenn ich dich erwische!»

Er fuchtelte mit einer Pistole vor ihrem Gesicht herum. Vermutlich war er selbst schon Dutzende Male über ein Geschütz gebunden worden. Noëlle blieb ruhig, auch wenn ihr Herz unangenehm pochte. Dieses Ding war hoffentlich nicht geladen.

«Ich bin keine Diebin», sagte sie ruhig.

«Aber eine Frau. Weiber haben nichts verloren auf einem Schiff; sie bringen nur Unglück. Es sei denn, du bist eine Hure. Die Mannschaftsquartiere sind nicht achtern! Ich bringe dich hin, los, geh voraus, mach schon!» Er deutete hinunter.

Dieser Knabe machte ihr Angst. Er erinnerte sie an Sklavenjungen – geschlagen und gebeutelt, wurden sie zu kleinen Teufeln, wenn sie plötzlich Oberwasser bekamen. Noëlle stieg die Treppe hinab in das darunterliegende Deck. Auch hier verbreitete eine Laterne gedämpftes Licht. Vor ihr sprang der Junge auf die Planken und hob die Pistole.

«Ich heiße Noëlle und suche den Schiffsarzt. Mein Onkel ist schwer verletzt», versuchte sie auf ihn einzureden. «Kannst du mir helfen? Wo finde ich den Arzt?»

Allmählich schien ihm die Waffe schwer zu werden. Sein ausgestreckter Arm begann zu zittern. In diesem Augenblick erhob sich ganz in der Nähe über den gedämpften Lärm hinweg ein Schrei.

Der Junge deutete mit der Pistole hinter sie. «Da.»

Noëlle trat zu einer Tür. Das Stöhnen dahinter klang anders als das aus dem Mannschaftsdeck. Es klang vertrauter: nach Schmerzen. Durch die Lamellen erblickte sie einen erhöhten Tisch. Ein Mann lag darauf, breite Riemen fesselten Arme und Beine an das Holz. Seine Stirn bedeckte ein Leintuch mit leuchtend roten Flecken.

«Ist das der Engländer, von dem ich hörte?», fragte sie leise den Jungen.

Er spuckte in Richtung des Mannes aus. «Ja. Er ist der Arzt von der *Honorable*, so heißt das Schiff, das wir versenkt haben. Hat eine Kugel im Schädel. Monsieur Carnot will ihn retten, aber ich hoffe, der Sauerkrautfresser verreckt.»

«Sauerkrautfresser?» Sie kannte einige Schimpfworte, die man den Briten gab, dieses jedoch nicht.

Er zuckte die Achseln. «In der britischen Marine müssen sie gegen Skorbut Sauerkraut essen. Das ist so ungefähr das Widerlichste, was man sich vorstellen kann. Dann fress ich lieber die Ratten, die der Koch manchmal mit in den Topf schmeißt.»

War dieser Mann einer der gefürchteten und verhassten Engländer? Er warf den Kopf herum; seine Lider flatterten. Bleich war er, mit hellem Haar, das ihm in verschwitzten Strähnen bis auf die Schultern reichte. Er bewegte die ebenso blassen Lippen. Wie es schien, wollte er aufwachen, verhindern, dass der Arzt, der auf der anderen Seite des Tisches stand, sich seiner annahm. Docteur Carnot? Der Mann krempelte die Ärmel seines gerüschten Hemdes hoch und band sich eine schwarze Schürze um, während der Gehilfe an seiner Seite ein Etui öffnete, mit routinierten Bewegungen Instrumente herauszog und auf den Bauch des Patienten legte.

«Geben Sie ihm Laudanum, Le Petit.»

«Ja, Monsieur Carnot.»

Langsam grub der Arzt die Finger in die Wunde. Die

Glieder des Engländers spannten sich, doch diesmal schrie
er nicht.

«Meine Brille.»

«Hier, Monsieur Carnot.»

«Die Polypenzange.»

Der Engländer begann sich zu winden und fremdartig
klingende Worte hervorzustoßen. Noëlle verstand kein
Englisch, glaubte aber die Sprache zu erkennen.

«Dem Sauerkrautfresser gefällt's anscheinend nicht, wie
Docteur Carnot ihn behandeln will», raunte der Schiffsjunge.

«Noch mehr Laudanum, Monsieur Carnot?»

«Nein, das hat keinen Zweck, Le Petit. Er muss es so
durchstehen.»

Der Engländer war groß und muskulös; zumindest hatte
er auf seiner Reise in den Indischen Ozean nicht allzu
schlimm darben müssen. Die Gurte knirschten, während
er die Fäuste ballte. Doch dann erschlaffte er. Die beiden
Männer arbeiteten schnell und konzentriert. Ein metalle-
nes Geräusch erklang: eine Kugel, die von der Spitze einer
Zange in eine Schale fiel.

Docteur Carnot trat einen Schritt zur Seite, nahm die
Brille ab, dann das Halstuch, mit dem er sich den Schweiß
vom Gesicht wischte. «Jetzt füge ich noch ein vier Zentimeter langes Stück Scharpie in die Wunde ein, um die Brand-
kruste einzuweichen», sagte er mit einer rauen Stimme, aus
der die Anspannung sprach. «Und das wär's dann. Säubern
Sie noch einmal das ganze Gebiet mit Schusswasser.»

«Ja, Monsieur le Docteur.»

«Ob wir sein Leben retten konnten, werden wir in den

nächsten Tagen wissen. Was er jetzt brauchte, wäre eine gute Fleischsuppe. Allerdings haben wir nichts mehr an Bord, was man reinen Gewissens ‹gut› nennen dürfte. Aber nun muss ich dringend an die frische Luft.» Er zerrte die Schürze herunter und warf sie auf einen Stuhl. «Entschuldigen Sie mich, Le Petit.»

Er marschierte zur Tür und riss sie auf. Noëlle konnte nicht zurückweichen; sie prallte gegen den Schiffsjungen. Stirnrunzelnd blickte der Arzt sie an. Rasch machte sie einen Knicks.

«Auf ein Wort, Monsieur le Docteur. Darf ich mich vorstellen? Mein Name ist Noëlle.»

«Sieht aus wie eine Sklavin und redet wie eine Dame!», rief Le Petit hinter ihm. «Hat sie sich wohl bei ihren Herrschaften abgeguckt.»

Der Arzt hieß den Mann mit einer Geste zu schweigen. Dabei ließ er nicht den Blick von ihr. Er neigte den Kopf und streckte eine Hand vor, offenbar überrumpelt von ihrem Auftreten.

«Mein Name ist … Thierry Carnot», sagte er. Dann schien er sich darauf zu besinnen, dass sie keine Dame war, und ließ sie los, als habe er sich verbrannt.

Er war groß, ein wenig hager. In seiner Gestalt vibrierte Spannung, als sei er zum Kämpfen bereit. Sein Haar war von dunklem Blond, mit einigen helleren und rötlichen Strähnen darin. Hellbraune Augen. Ein anziehendes Gesicht mit einer Narbe unterhalb des linken Auges. Eine so seltsame Narbe hatte Noëlle nie gesehen; sie wurde gebildet aus mehreren winzigen Flecken und Punkten. Von bläulichem Schwarz, wie Tinte.

3.

Was war nur mit ihm los? Beinahe hätte er sich verraten. Nach so langer Zeit hatte ihm plötzlich sein eigener Name wieder auf der Zunge gelegen. Unwillig schüttelte Seth den Kopf. Es musste an dem Landsmann und Kollegen liegen, dem er gerade eine Musketenkugel aus dem Kopf entfernt hatte. Während er die Sonde in den Wundkanal eingeführt hatte, hatte er sich selbst dort liegen sehen: erschossen, weil ihm ein dummer Flüchtigkeitsfehler unterlaufen war.

Nach so langer Zeit noch.

Das darf mir nicht passieren, dachte er, verärgert über sich selbst. *Mein Leben hängt davon ab.*

Er hatte das Bedürfnis, sich noch einmal die Hände an der Schürze, die er fortgeworfen hatte, abzuwischen. Nicht um sich zu reinigen, sondern um Zeit zu gewinnen. Zeit, seiner Verwirrung Herr zu werden. So rieb er sich über die Handrücken, ausgiebig, damit er sich wieder unter Kontrolle bekam. Er zwang sich, tief einzuatmen.

Eigentlich hätte ihm in Fleisch und Blut übergegangen sein sollen, dass er ein Franzose namens Thierry Carnot war. Aber in manchen ungewissen Situationen – wie dieser – kratzte plötzlich die alte Identität an der Oberfläche.

Dann drohte der Fehler. Wie etwa der, *Seth Morgan* zu sagen, wenn er sich vorstellte.

Er hatte sich von dem Gebaren der Frau, die eigentlich eine Sklavin war, ins Bockshorn jagen lassen. Dabei hätte er nur genau hinsehen müssen: Natürlich, sie war schwarz. Nicht so schwarz wie die geteerten Zöpfe der Matrosen. In *diesen* Kaffee hatte jemand einen kräftigen Schuss Milch gemischt. Wahrscheinlich war sie das Kind eines weißen Pflanzers, der sich eine seiner Sklavinnen ins Bett geholt hatte. Sie trug ein helles Leinenkleid, das ihr nicht ganz bis zu den Knöcheln reichte. Ihre bloßen Füße mussten auf jemanden, der lange keine Frau gehabt hatte, geradezu anstößig wirken. Weshalb Le Petit, der sie von oben bis unten anstarrte, der Sabber aus dem Mundwinkel floss. Die Fremde besaß eine schlanke, geschmeidige Gestalt voller Kraft. Unter dem schlicht geschnittenen Trägerkleid zeichneten sich straffe Brüste ab.

Er musste tief Luft holen. «René Le Petit, vergessen Sie den Patienten nicht.»

«Jawohl, Monsieur Carnot.» Le Petit fuhr fort, die Wunde des Engländers zu säubern.

Seth räusperte sich. «Wollen Sie sich mir etwa andienen, Mademoiselle ... Noëlle?» Wie hübsch, ihr Herr hatte sie nach der Weihnacht benannt. Wann und wo hatte er zuletzt einer Frau gegenübergestanden? Er wusste es nicht, konnte sich nur erinnern, eine Hafenhure nach dem ersten Blick unter ihre Röcke angewidert hinausgeworfen zu haben.

Dieses Mädchen war zweifellos gesund; sein Duft ließ an eine Frucht denken, die auf erfrischenden Wellen dahintrieb. Sie machte erneut einen Knicks und strich sich eine Strähne ihrer Haare hinters Ohr. Tiefschwarz und von der Brise zerzaust hingen sie ihr fast bis zu den Ellbogen.

«Sie meinen …? O nein, ich bin gekommen, um Ihre Hilfe zu erbitten, Monsieur le Docteur. Mein Onkel Hugo hat sich den Arm verletzt. Es ist ein offener Bruch. Ich bange um sein Leben.» Sie stockte, schwieg, presste die Lippen zusammen.

Darum also ging es ihr. Aber er war müde und schmutzig; er musste aus den Kleidern heraus. Außerdem brauchte er dringend eine Nacht Schlaf, vorher würde er in seinem Kopf keine Ordnung schaffen können. Die letzten Tage hatten ihm das Äußerste abgefordert.

«Gibt es denn keinen Mediziner auf dieser Insel?», fragte er.

«Doch, gewiss, aber … bitte.»

«Ich entnehme dieser Antwort, dass er nichts taugt. Oder aber Ihr Onkel ist ein Sklave, der sich eines Vergehens schuldig gemacht hat, weswegen ihm jetzt keine Behandlung zuteilwird.»

«Es ist richtig, wir sind Sklaven.» Das wagte sie ihm mit offenem Blick zu sagen. «Aber Hugo hat nichts getan! Außer bei der Arbeit seine Gesundheit geopfert! Monsieur Poupinel will ihm den Arm abnehmen.»

Ihre schwarzen Augen flackerten so empört wie ängstlich. Angst vor ihm, dem Weißen. Und ihrem eigenen Mut. Oder Dreistigkeit? Sklaven, hieß es, erfanden manchmal die seltsamsten Geschichten, um sich eine Gelegenheit zum Stehlen zu verschaffen.

«Sie erwähnten, dass frisches Fleisch fehlt», versuchte

sie ihn zu überreden. «Wir haben im Hospital ein Schildkrötengehege.»

Diese Frau war wirklich hartnäckig. «Antoine», gab Seth mit einem Seufzen nach und winkte dem Jungen, der hinter ihr ausgeharrt hatte. «Sag Barrat Bescheid, er soll aus der Mannschaftsmesse ein paar Leute holen, die noch einen klaren Kopf haben. Man soll die Barkasse klarmachen und das Boot dieser Frau anbinden.» Handeln zu können, fühlte sich trotz der Müdigkeit gut an. Es lenkte von den ewigen Grübeleien und Sorgen ab. «Ich muss mir das Hospital ohnehin ansehen, denn der Brite kann hier nicht bleiben; die Luft ist voller schlechter Miasmen. Mullié berichtete, der Gouverneur der Séchellen sei ein hilfsbereiter Mann. Ich hoffe, ich begehe keinen Fauxpas, wenn ich das Hospital eigenmächtig betrete.»

«Er wird dafür Verständnis haben.»

«Gehören Sie zu seinem Haushalt?»

«Nein, ich bin die Köchin von Monsieur Hodoul.»

«Hodoul? Doch nicht etwa Jean François Hodoul? Der berühmte Korsar, den man in einem Atemzug mit Helden wie Robert Surcouf nennt?»

Sie lächelte stolz. Eine Sklavin, die ihren Herrn mochte. «Genau der, Monsieur Carnot. Er genießt jetzt auf Mahé die Früchte seiner Unternehmungen.»

Antoine pfiff durch die Zähne. «Es geht das Gerücht, er habe irgendwo einen Schatz vergraben …»

«Antoine, nun geh schon!»

«Ja, Monsieur.» Der Junge salutierte und verschwand.

«Werden Sie meinem Onkel helfen, Monsieur Carnot?», fragte Noëlle.

Seth griff nach seiner Arzttasche. «Ja. Nun gehen Sie zurück in Ihr Boot. Ich werde mich bei der Wache abmelden und finde mich dann an Deck ein. Le Petit, Sie bleiben bei dem Kranken.»

«Danke, Monsieur. Vielen Dank.» Ihre Knie knickten ein; ihr Kopf war tief gesenkt. Nun war es die Haltung einer dankbaren Sklavin.

Seth übernahm einen der Riemen. Wenn er etwas mit den Händen tat, fühlte er sich nicht so völlig den Elementen ausgeliefert. Und der Furcht, die ihn begleitete, seit er vor dreizehn Jahren die Spitze des Entermessers am Bauch gespürt hatte. Seit er, eine zerfetzte Trikolore in der Hand, angefangen hatte zu tanzen. *Aux armes, citoyens, formez vos bataillons, marchons, marchons!*, hatten die französischen Piraten dazu gegrölt. Und ihm geglaubt, er sei ein Franzose. Ein fast stummer Franzose – er hatte vorgegeben, ein idiotischer Stotterer zu sein, um Zeit zu haben, ihre Sprache zu hören, zu lernen, zu sprechen. So oft hatte er seitdem die Marseillaise gesungen. Hier, auf Mahé, im Hause des Gouverneurs, würde es womöglich wieder tun müssen. *Ich werde wohl noch als Frosch sterben. Als Chirurg Thierry Carnot. Pest und Verdammnis!*

Der Strand war ein schmales helles Band inmitten der Dunkelheit. Vereinzelt sah man die Lichter von Kochfeuern und Laternen. Die kleine Siedlung verlor sich vor den Umrissen eines felsigen Bergkamms. Eine Brise ließ die Palmen rauschen. Irgendwo krachte eine Kokosnuss zu Boden, und ein Ferkel quiekte zum Gotterbarmen. Capitaine Hippolyte d'Ournier hatte Seth und der restlichen Besatzung ein wenig über die Séchellen erzählt. Als ein Franzose sie vor mehr als sechzig Jahren erforscht hatte, waren die Inseln unbewohnt gewesen. Er hatte sie Îles d'Abondance genannt – die Inseln des Überflusses. Bald darauf, zu Beginn des Siebenjährigen Krieges, hatte Frankreich sie in Besitz genommen, denn sie lagen strategisch günstig auf dem Weg vom Kap der Guten Hoffnung nach Indien. Seitdem waren die Inseln zum Zankapfel zwischen Briten und Franzosen geworden. Wobei die Briten sich erstaunlich ruhig verhielten. Vielleicht nicht verwunderlich, wenn man die ganze Welt beherrschen wollte. Da konnten ein paar kleine pittoreske Inseln schon einmal in Vergessenheit geraten.

Die Barkasse machte an einem schmalen Landungssteg fest. Seth zählte in der Düsternis ein Dutzend Fischerboote, Kutter, sogar eine dreimastige Schaluppe. Am Strand lag ein Schiff kieloben. Ein Trupp Wachsoldaten kam angestiefelt. Der Commandant war ein kleiner alter Herr mit einem Wanst, der seine verschwitzte Uniform zu sprengen drohte.

«Wer da?», rief er.

Seth trat vor. «Thierry Carnot, sehr erfreut. Wir haben einige Verletzte auf dem Schiff, unter anderem jemanden, dem soeben eine Kugel entfernt wurde. Ich ersuche darum, die Patienten alsbald ins Hospital verlegen zu dürfen.»

«Lieutenant Dubois, stets zu Diensten. Folgen Sie mir, ich zeige Ihnen unsere Einrichtung.»

Der Steg erstreckte sich über einen sanft ansteigenden Strand und mündete in eine Straße. Die Häuser und Gärten zu beiden Seiten waren durch niedrige Zäune aus Kokosnussschalen abgetrennt. Hier und da brannten Lichter hinter Bastmatten und ließen erahnen, dass es zwei Dutzend Gebäude sein mochten. Schwerer Duft nach Zimt und Früchten hing in der Luft.

«Sehen Sie die roten Vorhänge am Haus vis-à-vis?» Der Commandant deutete auf das Haus schräg gegenüber. «Das ist Hélènes ‹komfortables Haus›, von dort stammen die Frauen, die sich auf das Schiff haben rudern lassen. Genau wie die schwarze Perle hier.»

Seth warf einen flüchtigen Blick zu Noëlle, die in einigem Abstand neben ihnen ging. Es war zu dunkel, um ihr Gesicht zu sehen. Trotzdem meinte er ein wütendes Flackern in ihren Augen zu erkennen.

«Sie sagte, sie gehört Jean François Hodoul», warf er ein.

«Oh, das ist natürlich richtig; ich wollte damit nicht andeuten, dass sie eine von den Damen ist. Sie ist Hélènes Tochter. Die bezahlte ihre Neugier, was ein Schwarzer im Bett wohl so bringt, mit einem Kind. Wollte aber natürlich kein kaffeebraunes Anhängsel in ihrem Établissement haben. Also gab sie die Kleine, kaum dass sie laufen konnte, Hodoul.» Der Mann schnaufte, Laufen und Schwätzen zugleich strengte ihn an. Sollte er repräsentativ für die hiesige Truppe sein, so hieß das wohl, dass Mahé im Ernstfall nicht imstande war, sich zu verteidigen. «Was hat deine Mutter für dich bekommen, Noëlle? Ein hübsches Geschmeide aus leuchtend roter Koralle war's, oder? Antworte!»

«Ich weiß nicht, ob es so war», gab sie tonlos zur Antwort. «Ich war zu jung.»

«Sei nicht so frech! Sie nimmt sich einiges heraus, Monsieur Carnot, weil sie Hodoul gehört, und der ist zu weich … Will sagen, er hat ein gutes Herz, der ehrenwerte Monsieur Hodoul. Sie sind ja der Bordmediziner – ist es für Hélènes Frauen, nun ja, gefährlich auf dem Schiff? Sie wissen schon.»

«Sie meinen, ob sie sich bei den Männern der *Bellérophon* Geschlechtskrankheiten holen?», fragte Seth. «Das ist natürlich nicht ganz auszuschließen. Wobei ich eher befürchte, dass es umgekehrt sein wird.»

«Sie sind ein Mann offener Worte. Aber Hélènes Frauen sind sauber. Wir sind da, dies ist unser Hospital. Alles steht zu Ihrer Verfügung. Unser Docteur, Emmanuel Poupinel, wird Ihnen mit Freuden zur Seite stehen.»

Auch das Hospital war von einem niedrigen Wall aus Kokosnussschalen umgeben. Es war ein wenig größer als die anderen Häuser und zweigeschossig, dahinter schien sich ein großer Garten zu erstrecken. Noëlle betrat die Veranda und schloss eine aus Palmblättern geflochtene Tür auf. Es gab keinen Empfangsraum, kein Wartezimmer – ein riesiger Behandlungstisch mit schwarzen Blutflecken und angenagelten Gurten ließ an eine Folterkammer denken. Wären da nicht die Apothekerkommoden und Regale gewesen, auf denen kostbare Porzellandosen neben archaischen Behältern aus Kokosnüssen standen. Lieutenant Dubois stellte seine Laterne auf den Tisch, empfahl sich und verließ den Raum. Noëlle öffnete einige Schubladen und erklärte Seth, wo was zu finden war. Sie zeigte ihm sogar einige medizinische Bücher. Er nahm kaum wahr, was sie sagte; all das verwirrte ihn. Gedanklich war er noch auf dem Schiff, mit blutigen Händen und einer blutigen Kugel, und er hörte noch das helle Geräusch, als sie in die Schale fiel. Zugleich betrachtete er die Frau, dieses zarte, zähe schwarze Wesen, durchdrungen von Furcht und Mut. Jetzt wirkten ihre Bewegungen sehr zielstrebig, fast zornig. Zugleich war die Art, wie sie sich eine Strähne hinters Ohr strich, wie sie seinen Blick suchte und fand, fast schüchtern.

Das neuerliche Kreischen eines Ferkels riss ihn aus seiner Benommenheit.

«Weshalb kennen Sie sich hier so gut aus?», fragte er.

Noëlle, die ein zerfleddertes Buch auf dem Arm hielt, zeigte zum ersten Mal den Anflug eines Lächelns. Hatte sie Grübchen? Er war sich nicht sicher; dazu müsste sie ein wenig kräftiger lächeln. «Ich arbeite hier als Heilerin.»

Als Heilerin? Es klang so … mittelalterlich. Wahrscheinlich gab sie den Sklaven irgendwelche Kräutermedizin, während Poupinel sich hauptsächlich um die Belange der weißen Siedler kümmerte. Sie legte das Buch auf den Tisch und öffnete eine rückwärtige Tür.

«Hier ist die Krankenstation der Herrschaften. Derzeit ist sie leer», erklärte sie. Er zählte fünf Holzbetten mit ordentlichen Matratzen und jeweils einem Hocker an der Seite. Ein Kreuz hing an der weiß getünchten Wand, und in der Ecke stand ein zusammengefalteter Paravent, der offenbar dazu diente, die Geschlechter zu trennen, sollte es nötig sein. Noëlle schloss die Tür wieder und ging zu einer schmaleren in der Ecke, die er bisher nicht bemerkt hatte. Er folgte ihr über eine Treppe in das Obergeschoss, das so niedrig wie ein Schiffsdeck war, sodass er den Kopf einziehen musste. Hier gab es keine Betten, nur Matten aus zusammengeschnürten Kokosfasern; darauf lagen drei Schwarze. Noëlle lief zu einem alten Mann, der sich im Sitzen hin und her wiegte, da ihm sein Arm offenbar große Schmerzen bereitete.

Seth kniete an seiner Seite nieder und bedeutete ihm mit einem Lächeln, den Arm zu zeigen. Behutsam schlug er das Leinen auseinander.

Der erste Blick sagte ihm alles.

«Noëlle.»

Mehr bedurfte es nicht; sie begriff. Er sah die Tränen in ihren Augen schwimmen; sie zog die Nase hoch und wischte sich mit beiden Händen durch das Gesicht. Ihre Schultern zuckten.

«Noëlle. Es hätte längst getan werden müssen. Monsieur Poupinel hatte recht. Wer soll mir dabei helfen? Poupinel? Sein Assistent?»

«Es gibt keinen Assistenten», sagte sie kehlig. «Wenn es nötig ist, helfe ich. Ansonsten trommelt der Docteur einfach ein paar kräftige Kerle zusammen.»

«Kommen Sie …» Er erhob sich und half dem Greis hoch, der, kaum dass er stand, am ganzen Leibe zu zittern begann. Seth hob ihn auf die Arme und trug ihn hinunter. Der alte Mann war federleicht; er schien nur aus Knochen und Sehnen zu bestehen. Nun, das würde die Sache erleichtern.

Er legte ihn auf dem Tisch ab. Noëlle umfasste die gesunde Hand ihres Onkels und wisperte seinen Namen. Hugo versuchte sich an einem beruhigenden Lächeln. So war es oft: Die Angehörigen litten fast mehr unter der Furcht als die Patienten selbst. Dass diese Sklavin assistieren wollte, rang Seth einigen Respekt ab. Hoffentlich stand sie es durch. Aber dank der Gurte, die er später um die dürren Glieder des Alten zurren würde, konnte er notfalls auch allein zurechtkommen.

«Ich brauche zunächst ein Schraubentourniquet. Das ist ein …»

«Ich weiß, was das ist.» Sie zog eine Schublade heraus und trug sie an die Seite des Tisches. Die Amputationssäge, das Knochenmesser, die Knochenschere, Arterienzange und Riemen aller Art lagen ordentlich aufgereiht. Dann brachte sie ein Kästchen und öffnete es: Binden, Kompressen, Garn sowie eine Auswahl an Scharpien, dicke Drainagefäden aus Baumwolle, die man in die Wunden einbrachte.

«Wer sind denn Sie?», kam es von der Tür. Ein Mann im Nachthemd schlurfte herein, eine Nachtkerze in der Hand. Er war klein und dicklich und roch nach Fusel.

«Monsieur Emmanuel Poupinel, der Arzt», flüsterte Noëlle. Waren denn hier alle Amtspersonen in einem so lausigen und verweichlichten Zustand? Seth ging auf ihn zu, verneigte sich und reichte dem Mann die Hand.

«Mein Name ist Thierry Carnot, ich bin Chirurg. Sehr erfreut, Monsieur …»

Poupinel musterte ihn aus zusammengekniffenen Schweinsäuglein. Unwillkürlich fragte sich Seth, ob der fette Arzt vorhin so gequiekt hatte. Aber das konnte nicht sein, das Geräusch ertönte soeben wieder.

«Sie sind von dem Schiff, nehme ich an.»

«So ist es.»

«Und welche Therapie gedenken Sie dem Sklaven dort auf dem Tisch angedeihen zu lassen?»

«Sein Arm muss unverzüglich abgenommen werden.»

«Ah, siehst du?», fauchte der Mann in Noëlles Richtung. «Das hättest du gleich haben können, dann hätte er es hinter sich, aber nein, du musstest ja herumzetern. Also bitte, Monsieur … Carnot, fühlen Sie sich ganz wie zu Hause.» Die Worte schienen freundlich, doch der Ärger in Poupinels Stimme war deutlich zu hören. In Wahrheit wünschte er Seth wohl die Pest an den Hals. «Sie werden sicherlich ohne mich zurechtkommen», fuhr er fort. «Ich bin müde und empfehle mich, gute Nacht.» Er machte kehrt und warf Noëlle noch einen letzten scharfen Blick zu: «Wehe, du gibst ihm Laudanum! Wir haben nicht mehr viel.»

Die Tür flog mit einem Knall zu. Seth holte aus seiner Arzttasche ein Fläschchen Laudanum und reichte es ihr. «Nehmen Sie meins, Noëlle.»

Sie dankte ihm mit einem Nicken und flößte es Hugo ein. Im Grunde hatte Poupinel erneut recht gehabt, das Laudanum würde wenig helfen – die Schmerzen waren zu stark; die Wirkung der Opiumtinktur würde verpuffen, sobald Haut und Gewebe inzidiert wurden. Die einzig wirksamen Schmerzmittel waren eine schnelle Ohnmacht oder, falls diese nicht eintrat, schnelles Arbeiten, sodass der Patient möglichst kurz litt.

Während Seth die Instrumente begutachtete und die Klingen mit Kokosnussöl einrieb, damit sie leichter durchs Fleisch gingen, bemerkte er, wie Noëlle ein dünnes Seil um den Arm des Alten wand. Sollte das eine primitive Kompresse sein? Dazu saß es nicht stramm genug. Zudem waren kleine schwarze Splitter auf der Schnur aufgereiht. «Wozu soll das gut sein, Noëlle?»

72

Sie setzte wieder diese abweisende Miene auf, als wolle sie sagen: *Komm mir nicht zu nah*. «Diese Bruchstücke stammen von der *coco de mer*. Es ist eine zauberkräftige Palme.» Da er schwieg, fügte sie widerwillig hinzu: «Sie soll verhindern, dass sich der böse Geist, der jetzt in der Wunde nistet, bei der Amputation in den Körper zurückzieht.»

Er seufzte. Von dieser wundertätigen Palme hatte er bereits auf See gehört; dank der erotischen Form ihrer Nuss und da man lange Zeit nicht gewusst hatte, wo sie wuchs, war sie mit allerlei Legenden behaftet. «Noëlle, mir war schon der Aberglaube der Seeleute lästig, wenn ich sie in der Krankenstation behandelte. Hier an Land will ich mir solche albernen Geschichten nicht auch anhören müssen. Entfernen Sie die Schnur.»

Ihr Kopf ruckte hoch. «Aber sie stört nicht.»

«Sie stört ganz entschieden. Wenn Sie Ihrem Onkel geistigen Beistand leisten wollen, dann beten Sie.» Wobei er nicht wissen wollte, zu wem oder zu was sie beten würde. Doch sie gehorchte und wickelte die Schnur ab. Er band sich die schwarze Schürze um, legte sich dann die Instrumente zurecht und seine Brille, um in dem zu erwartenden Blutbad die Adern gut sehen zu können, wenn er sie vernähte. Hugo sah dem allem mit bangem Blick zu. Er rührte sich nicht. Auch dann nicht, als Seth ihm die Gurte anlegte.

«Sie müssen die Haut in Richtung der Hand ziehen, so weit es geht», wies er Noëlle an. «Damit der Stumpf bedeckt werden kann.» Sie küsste ihren Onkel und tat, wie ihr geheißen. Seth packte mit der linken Hand den Oberarm und setzte das erste Messer an.

4.

Jeder der Anwesenden hob sein Kristallglas. Die Lichter der Kerzen ließen den roten Burgunder wie edles Geschmeide glitzern. Als Seemann kannte Seth sich mit Rum aus, doch nicht mit Wein, und so wusste er nicht zu sagen, ob dies ein guter Tropfen war. Im Hause des Gouverneurs hätte man eigentlich davon ausgehen sollen. Aber die vielen zerschrammten und am Rande gesprungenen Gläser ließen doch leise Zweifel aufkommen. In den Tuilerien, dem Palast Napoléon Bonapartes, hätte man sie entsorgt. Hier, auf einer abgelegenen Tropeninsel, musste der kaiserliche Stellvertreter froh sein, wenn sie bis zur nächsten Ankunft eines Versorgungsschiffes hielten.

Chevalier Jean-Baptiste Quéau de Quinssy, der sich als der *Commandant militaire des Séchelles* vorgestellt hatte, der Herrscher über dieses kleine Inselreich, sagte feierlich: «Vive l'empereur! Vive la France! Vive la France! Auf dass wir unter dem Banner der Trikolore wachsen und gedeihen, in Frieden leben und lieben, ebenso unsere Kinder und Kindeskinder. Ein Hoch auf uns. Ein Hoch auf Bonaparte!»

Seth trank und dachte: *Hip hip hooray! Gott schütze den*

König. Dieser Toast schien ihm angebracht, auch wenn er dereinst vielleicht im Namen Seiner Majestät am Execution Dock in Wapping baumeln würde.

Er hoffte, dass die Honoratioren dieses Dörfchens nicht tatsächlich die Marseillaise anstimmten. Der Text war ihm in Fleisch und Blut übergegangen, wie auch die französische Sprache, die er längst akzentfrei beherrschte. Doch der Gouverneur verschonte ihn. Quéau de Quinssy nippte an seinem Glas und begann mit galanten Gesten die Gäste vorzustellen: seine Gattin Marie Joseph Dubail, die recht verkniffen dreinschaute, als fühle sie sich in ihrem Tagesablauf empfindlich gestört. Seine drei reizenden Töchterchen, die größte im Teenageralter. François Le Roy, seines Zeichens Verwalter und des Gouverneurs rechte Hand. Ein Sklavenhändler namens Michel Blin und der Arzt Emmanuel Poupinel. Ebenfalls am Tisch saß der berühmte Korsar Jean François Hodoul nebst Gattin, beide wohlgenährt. Die Damen trugen allesamt voluminöse Kleider mit Hüftrollen, Schleifen, Bändern und anderem buntglänzendem Putz, die Herren altmodische Fracks, Westen mit Blumenstickereien und Spitzenhalstücher. Es fehlten nur noch Perücken, um Seth das Gefühl zu geben, in die Zeit des Ancien Régime zurückversetzt zu sein.

«Darf ich vorstellen», wandte sich Quinssy an seine Gäste: «Dies ist Monsieur Jean-Auguste Mullié, Steuermann, Navigator und stellvertretender Commandant der Fregatte *Bellérophon.* Ihr Reeder ist kein geringerer als Robert Surcouf, verriet mir unser Gast. Und dies ist der Schiffsarzt und Erste Offizier Thierry Carnot.»

Sofort leuchteten die Augen aller Anwesenden auf. Surcouf war der Held der Franzosen, wie es Horatio Nelson für die Engländer war. Nelson jedoch war bei Trafalgar gestorben, während Surcouf in der Bretagne die Früchte seines Freibeutertums genoss. Auch hier auf den Séchellen hatte er oft Schutz gesucht, wie Capitaine d'Ournier erzählt hatte.

«Stellvertretender Commandant?», fragte Hodoul. Auch dieser Freibeuter hatte einige Berühmtheit erlangt. Das Vermögen, das er gemacht hatte, schien kein geringes zu sein: Sein Brokatrock war mit Juwelen bestickt, und seine Gemahlin trug schwer an ihrem Collier. Die beiden wirkten in ihrem überaus farbenprächtigen Aufzug wie ein Paradiesvogelpaar.

Jean Mullié trat einen Schritt vor und verneigte sich. «Wir hatten die *Montagu*, ein britisches Versorgungsschiff, aufgebracht», erklärte er. «Capitaine Hippolyte d'Ournier will die erbeuteten Waren auf die Île de France schmuggeln. Ich verbessere mich, nach Mauritius. Die Briten haben der Insel ihren alten niederländischen Namen wiedergegeben. Er will dann mit der *Montagu* nachkommen. Mir übertrug er das Kommando über die *Bellérophon*. Sie muss überholt werden.»

«Sie hat im Gefecht ein paar Schrammen abbekommen», fügte Seth hinzu.

«D'Ournier, ein guter Mann, ich kenne ihn.» Hodoul nickte zufrieden. «Auf der Île de France leidet man noch sehr unter der britischen Blockade. Dort wird man eine solche Prise zu schätzen wissen. Hoffentlich ist nicht nur steinharter Pudding an Bord.»

Er erntete Gelächter, dem Seth nur ein gezwungenes

Grinsen beizusteuern vermochte. Warum störten ihn die Ressentiments gegen ein Land, das ihn mit Füßen getreten hatte? Nach so langer Zeit noch? Er war ein Narr, aber es ließ sich nicht ändern.

Mullié überreichte dem Gouverneur eine Porzellandose mit Zigarren und edlem Tabak aus Jamaika, dazu ein Beutelchen mit Feuersteinen für Musketensteinschlösser, und Hodoul bekam von Seth ein Teleskop; Noëlle hatte ihm verraten, dass er ein solches benötigte. Für die Damen gab es bestickte Taschentücher. Dazu ein Modejournal aus Paris; allein Gott mochte wissen, woher Mullié das hatte. Es war leicht aufgequollen und roch feucht, doch dessen ungeachtet, rissen es sich die Damen schier aus den Händen. Aufgeregt fuchtelten sie mit ihren Spitzenfächern herum.

«Willkommen im Schloss Bellevue. Willkommen auf den Séchellen!», rief Gouverneur Quinssy feierlich und bat die beiden, am Ende einer langen Tafel Platz zu nehmen. Schwarze Sklaven in weißer Livree trugen das Entrée auf, Muscheln auf gebratenen Brotfruchtscheiben, die auf Holzbrettern serviert wurden, während das Horsd'œuvre, Kochbananen-Chips auf gerösteten Jackfruchtkernen, auf feinsten Porzellantellern serviert wurde. Das Besteck bestand aus Silber und primitiv geschnitztem Schildpatt. Diese eigenartige Mischung fand sich überall: in den Bilderrahmen, den Möbeln und sogar in der Kleidung. Die Gattin des Sklavenhändlers trug schwer an goldenen Ringen, doch unter ihrem üppigen Rock spitzten Schuhe aus Palmblattfasern hervor.

Das Tischgespräch drehte sich zunächst ausgiebig, wie bei den Franzosen üblich, um das Essen. Die Fischsuppe

77

und knuspriges Maniokbrot wurden in Kokosnussschalen gereicht. Alles schmeckte vorzüglich, doch Seth plagte Appetitlosigkeit. An seine ewige Begleiterin, die Furcht, sich zu entlarven, würde er sich nie gewöhnen. Auch jetzt drohte sie ihm die Kehle zu verschließen. Was, wenn er sich verplapperte? Wenn in seiner Aussprache doch noch der Hauch eines Londoner Akzents mitschwang? Wenn er irgendetwas nicht wusste, was einem Franzmann völlig vertraut war? Diese freundlichen Leute würden über ihn herfallen und ihn als Spion festsetzen. Oder gleich hier im Garten an einer Kokospalme aufknüpfen.

«Santé, Thierry!» Mullié wollte ihn aufmuntern, zwinkerte ihm zu und prostete in seine Richtung. *Reiß dich zusammen*, ermahnte sich Seth. *Über deine verfahrene Lage weinen kannst du abends auf deinem Lager.*

Er hob pflichtschuldig sein Glas und setzte es wieder ab. Im Alkohol hatte er stets nur ein medizinisches Mittel gesehen, und was zu viel Rum aus einem gestandenen Mann machte, hatte er in seiner Zeit bei der Royal Navy ausgiebig beobachten können. Zum Abstinenzler war er jedoch erst vor anderthalb oder zwei Jahren geworden, als ein Schiffsjunge einmal erwähnt hatte, er habe im Schlaf geredet. Unverständliches zwar, doch seitdem plagte ihn die Furcht, sich selbst zu verraten.

Gott sei Dank übernahm Mullié die Aufgabe des Tischgesprächs. Er war ein angenehmer Plauderer; seichte Tischkonversation hatte er neben Fechten und Tanzen auf der Pariser Akademie der Eleganz gelernt. Er erzählte, wie man die überlegene britische Fregatte durch Geschick und die Gunst des Windes manövrierunfähig geschossen hatte.

«Wir holten ihre Flagge herunter, jawohl, und sie hissten die weiße.» Er reckte die Faust. «Sie übergaben uns die *Montagu* und durften dafür in den Beibooten Richtung Madagaskar abziehen.»

«Und wie kam es dazu, dass Sie den verletzten Bordchirurgen übernahmen?», wollte der Sklavenhändler Blin wissen.

«Ich fand ihn blutend auf seiner Station», sagte Seth. Das war eine lahme Erklärung – an jenem Tag war viel Blut über die Decksplanken geflossen. Aber er hatte den Mann nicht liegen lassen können; es war, als habe er sich selbst im geröteten Sand winden sehen, den er zuvor ausgestreut hatte, damit die Füße nicht auf dem blutigen Boden ausglitten, während er zerschossene Glieder amputierte.

«Kollegiales Mitgefühl.» Mullié rollte mit den Augen. «Dabei wäre der arme Teufel vielleicht besser dran, wenn er gestorben wäre. Die Kugel schlug sein Gehirn zu Brei.» Er tippte sich an die Stirn, und die Anwesenden schüttelten sich. Mullié erzählte von den Fahrten im Indischen Ozean, von fetten holländischen Kauffahrern, von monatelangen Aufenthalten im malariaverseuchten Batavia, vom tagelangen Festsitzen im Großen Barrier-Riff Australiens, von Stürmen und Flauten und Gefechten mit primitiven Wilden und bis an die Zähne bewaffneten Schiffen der feindlichen britischen Kriegsmarine. Die Damen riefen «Ah!», «Oh!» und «Mon Dieu!», und die Herren klopften begeistert mit den Fingerknöcheln auf den Tisch. Hodoul steuerte eigene Erlebnisse bei; so erfuhr Seth, dass er in seiner aktiven Zeit als Korsar sieben britische Schiffe aufgebracht hatte und ein gewaltiges Kopfgeld auf ihn ausgesetzt worden war.

«... diese Engländer! Ich war damals ein friedlicher Sklavenhändler, frisch vermählt und verliebt. So verliebt, dass ich mein Schiff nach meiner Frau benannte.» Er legte eine Hand auf die seiner Gattin, und sie erwiderte den schmachtenden Blick. «Dann kamen sie her, protzten mit ihren drei Fregatten, die mit Soldaten und Kanonen geradezu vollgestopft waren – ein Wunder, dass sie unter dem Gewicht nicht sanken –, stampften ihre Flagge in den Boden und behaupteten, sie hätten Mahé erobert. Als Prise forderten sie von Seiner Exzellenz meine *Olivette*. Gott, es war ein so schönes Schiff, ich habe es geliebt. Hätte ich die Wahl gehabt – eher hätte ich es verbrannt!»

Er nippte genüsslich an seinem Weinglas und fuhr dann fort: «Aber was blieb mir übrig? Mehr als tausend Männer hatten sie, mehr als einhundertfünfzig Kanonen, wir dagegen sechzig altersschwache Gewehre und kaum Leute, die damit umgehen konnten. O ja, mit schierer Größe konnten die Rotröcke schon immer beeindrucken. Aber ich beschloss, ihnen ein Stachel im Fleisch zu sein. Ich ersuchte in Port Louis um einen Kaperbrief. Und machte den Sauerkrautfressern in den nächsten Jahren die Hölle heiß!»

Hodoul sonnte sich im Trommeln und Johlen, das sich zu einem ersten Höhepunkt steigerte. In dieser Gesellschaft alter Haudegen fühlte sich Mullié sichtlich wohl. Seth tat so, als ließe er sich von den Sperbertäubchen ablenken, die zuhauf durch offene Türen und Fenster gekommen waren und ungeniert auf den Stuhllehnen und sogar dem Tisch herumspazierten. Er hatte sich schon gefragt, wozu die Gazeschirmchen auf den Speiseplatten dienten, da nicht eine Mücke zu sehen war.

80

«Neunundneunzig geriet ich bei Kalkutta in britische Gefangenschaft», parlierte Hodoul munter weiter. «Drei Jahre später entließen sie mich, unter der Bedingung, mich zur Ruhe zu setzen. Ich hatte ohnehin genug Abenteuer erlebt, selbst der Sklavenhandel war mir zu anstrengend geworden. Ich unterhalte nur noch meine kleine Werft und ein paar Plantagen. Bei Gott, hätte es damals nicht diesen sogenannten Frieden von Amiens gegeben, ich wäre nach England verschifft worden, in Ketten eingeschnürt, hätte dort Jahre im Verlies vor mich hin gemodert, um letztlich an einem Galgen zu baumeln. Sie haben dort in London, so hörte ich, ein Dock eigens für Hinrichtungen ...»

Unter Seths Fingern zerbröselte das Brotstück, an dem er seit einer halben Ewigkeit herumnagte. Sofort hüpften zwei Täubchen herbei und begannen die Krümel aufzupicken. Wie kleine Maschinen gingen ihre Köpfe auf und nieder.

«Ist Ihnen nicht gut, Monsieur Carnot?», fragte Quinssy.

«Danke, Exzellenz, ich bin nur ein wenig müde», murmelte Seth. «Wenn Sie erlauben, gehe ich kurz frische Luft schnappen.»

Der Gouverneur nickte wohlwollend, und Seth entschuldigte sich.

Allein im Freien streifte er die französische Uniformjacke ab, löste sein Halstuch und öffnete den gerüschten Ausschnitt seines Hemdes. So war es besser, endlich konnte er aufatmen. Er blickte in einen tiefblauen Himmel, den kaum ein Wölkchen trübte. Die Nacht hatte er im Behandlungsraum des Hospitals verbracht, und heute hatte er dafür gesorgt, dass der britische Arzt vom Schiff gebracht wurde.

Mullié hatte recht, es war sinnlos. Aber man tat so vieles, das man besser hätte lassen sollen.

Er schritt die Freitreppe hinunter und wanderte über den mit Sand bestreuten Aufweg. Rings um ihn herrschte üppiges Grün, das die beständige Meeresbrise zum Schwingen und Rauschen brachte. Sklaven pflegten die Pflanzenarrangements und putzten einen luftigen Pavillon. Einer war auf eine Kokospalme gestiegen und schnitt welke Blätter ab, die krachend zu Boden fielen. Ein schwarzer, drosselähnlicher Vogel flatterte lärmend in der Krone eines mächtigen Mangobaumes, von dem, fast zum Greifen nah, unzählige reife Früchte hingen. Der Weg, der den Rasen in zwei Hälften teilte, war gesäumt von riesigen Drachenblutbäumen, dazwischen blühten Hibiskusbüsche, und an der niedrigen, ebenfalls aus Kokosnussschalen errichteten Umfassungsmauer erhoben sich zwei gewaltige Ravenala-Palmen mit ihren fächerförmig angeordneten Blättern. Sie bildeten eine Art Tor. Seth spazierte hindurch und gelangte zu einer Obstplantage, durch die ein kurzer Weg zum Dorf führte. Er hob eine der vielen herumliegenden Kokosnüsse auf, wog sie in der Hand und warf sie wieder fort. *Inseln des Überflusses*. Wohin er nur schaute, wuchsen Mangos, Papayas, Bananen, Brot-, Stern- und Jackfrüchte. Er pflückte eine kleine, birnenähnliche Frucht, die rosa leuchtete, und biss hinein. Sie schmeckte angenehm erfrischend. Je länger er dem Rauschen zuhörte, desto ruhiger wurde er. Doch dann vernahm er das dumpfere der Brandung draußen, das ihn daran erinnerte, auf ewig dazu verdammt zu sein, die Meere zu kreuzen, immer auf der Flucht vor seinen eigenen Landsmännern und den Schatten der Vergangenheit.

Er kehrte zum Palmentor zurück. Das Château Bellevue war, vergegenwärtigte man sich den Rest des Siedlerdorfes, wahrhaftig ein Schloss, mitsamt zehnstufiger Treppe, die zu einer Loggia mit zwei Säulen führte, beschattet von einem ausladenden Dach aus dichten Palmblattschichten. Die Rasenfläche mit ihren exakt gezirkelten Winkeln und Blumeninseln schien der Abglanz eines Schlossparks in Europa sein zu wollen. Abseits entdeckte er ein kleines Haus, eher eine Hütte, halb verborgen hinter Hibiskussträuchern. Auf einem schmalen Weg huschten die Sklaven mit Tabletts hin und her. Im Herrenhaus schwirrten die Stimmen umeinander, inzwischen begleitet von der zarten Melodie einer Violine: Die mittlere Tochter des Hauses zeigte ihre Künste.

Aus der linken Rasenfläche ragte ein Granitfelsen, darauf ein schwarzer Steinwürfel. ‹Île de Séchelles› war darin eingraviert. Es musste sich um einen Besitzstein handeln. So hatten die Nationen fremde Territorien markiert, zu jenen Zeiten, als die Welt noch nicht vollständig entdeckt worden war. Einiges war herausgemeißelt worden. Vermutlich von den Briten, die später gekommen waren. Neben dem Felsen erhob sich der Mast, an dem die Trikolore flatterte.

Es war dringend geboten, zurückzukehren. Franzosen waren heikel, was ihre Tischsitten betraf, und vor dem Dessert und erst recht vor dem Hauptgang so lange fortzubleiben, war die Tat eines Sonderlings. Seth stieg die Stufen hinauf. Plötzlich hörte er ein Geräusch hinter sich. Es war niemand anderes als Noëlle, die aus der Richtung der Kochhütte kam, mit Lappen einen großen Topf haltend.

Sie stockte, schien nicht zu wissen, wie sie sich mit dieser Last angemessen verbeugen sollte.

«Nanu?», entfuhr es ihm. «Erst Köchin bei Hodoul, dann Heilerin, und jetzt Köchin oder Serviererin beim Gouverneur?»

«Und Sie, Monsieur?», gab sie zurück. «Erst Bordchirurg, dann Erster Offizier?» Für eine Sklavin konnte sie recht forsch sein. Sehr forsch.

«Als Jean Mulliés Stellvertreter und nur, solange Capitaine d'Ournier fort ist. Leider starb unser Zweiter Offizier. Die Bordhierarchie pflegt während eines Seegefechts jedes Mal durcheinandergewürfelt zu werden. Auf diese Art war ich sogar schon Commandant.»

«Verzeihung, Monsieur le Docteur», stieß sie hervor und senkte die Lider.

«Wofür?»

«Für meine Neugier. Sie müssen mir nichts erklären.»

«Aber das tue ich doch gern. Sofern Sie mir Ihre Erklärung nicht schuldig bleiben.»

«Zu besonderen Gelegenheiten leiht mich Monsieur Hodoul an Seine Exzellenz aus. Verzeihung, Monsieur le Docteur, wenn ich bitte vorbeidarf ...»

«Oh, natürlich. Ich will nicht schuld daran sein, wenn das Essen kalt wird.» Er machte einen Schritt beiseite und folgte ihr in den Salon, wo ihr Erscheinen begeistert aufgenommen wurde.

«Ah! Noëlles Spezialität!»

«Es wird Sie aufmuntern.» Quéau de Quinssy erhob sich und bat Seth mit einer freundlichen Geste, sich wieder zu setzen. Noëlle, die heute ein blau-weiß kariertes Kattunkleid mit Puffärmeln und einem blütenweißen Fichu trug, dazu eine Hibiskusblüte im geölten Haar, das sie zu einem runden Chignon aufgesteckt hatte, hob den Deckel, rührte mit der Kelle um und füllte die Teller. Es war ein würzig duftendes Curry mit braunen und grünen Würfeln. Diese entpuppten sich als Brotfrucht- und Avocadostücke. Die Soße war von kräftigem Braun und wahrhaftig sehr wohlschmeckend. Aber die Fleischbröckchen?

«Was ist das?», fragte Mullié. Hodoul machte ein quiekendes Geräusch, das Seth sofort an die Ferkel erinnerte, die er schon kreischen gehört hatte.

«Schwein?», fragte er, aber ihn beschlich ein düsterer Zweifel.

«Nein, Capitaine!», rief Hodoul lachend, der sich auf recht unfranzösische Art über das Curry hermachte. «Flughund!»

5.

Noëlle kniete neben Hugo. Er lag auf seiner gesunden Seite und schlief. Sie betrachtete ihn eine Weile, zählte jede Schrunde in seinem von zahllosen Falten durchzogenen Gesicht. Jede einzelne war ihr vertraut wie die eigenen kleinen Makel des Körpers. Sie versuchte in ihnen zu lesen, wie es um ihn stand: Die Nacht hatte er gut überstanden. Doch war dieser dürre, kleine Mann stark genug, weiter den Jahren, die an ihm nagten, zu trotzen? Oder war diese schwere Operation der Beginn seines Endes?

Dass er in der Werft nicht mehr arbeiten konnte, war ihre geringere Sorge. Monsieur Hodoul war ein Mann des Genusses, der Leichtigkeit; er war kein harter Herr. Davon zeugte, dass einige alte Sklaven sein Anwesen sauber hielten, indem sie gemütlich und mit einer Hand auf dem Rücken den Palmblattbesen schwangen und jeden Zweig und jedes Blatt einzeln aufhoben. Hodoul konnte sich so viel vergeudete Arbeitskraft leisten: Angeblich hatte er auf der Nachbarinsel Silhouette einen Schatz vergraben. Eine Truhe voller englischer Münzen und Geschmeide, ging unter den Hausklaven das Gerücht. Tatsächlich konnte man an Madame hin und wieder neuen Schmuck entdecken.

Wie gestern, als sie im Dekolleté eine in Gold eingefasste riesige Barockperle getragen hatte.

Könnte ich dich doch nur freikaufen, Onkel, dachte Noëlle. *Dir eine Hütte bauen. Zeit für dich haben, um für dich zu sorgen.*

Es gab einige Freigelassene. Aber sie dienten als Aufseher auf den Plantagen; sie arbeiteten hart und waren hart, weil sie sich für etwas Besseres hielten. Doch jeder trug das Brandmal ewig. Noëlle berührte das wulstige, gerötete ‹H› auf Hugos Brust. *Frei sind wir nicht. Aber es geht uns gut.*

Freiheit, was hieß das überhaupt? Die weißen Damen in ihren engen, unbequemen Kleidern konnten den lieben langen Tag nichts anderes tun, als in ihren Gärten zu flanieren, zu parlieren, zu poussieren, sich über dies und das zu echauffieren und dabei kräftig zu schwitzen. Oder aber sie mussten den Männern auf andere Art zu Willen sein, wie etwa jene ‹Damen› in Hélènes *La Maison Confortable.* Noëlle dachte, dass echte Freiheit anders aussah. Sie, die schwarze Sklavin, konnte wenigstens am Abend, sobald die Herrschaften ihr Abendessen eingenommen hatten, an einen der einsamen Strände laufen und sich ins erfrischende Wasser stürzen. Nackt. Das konnte Madame Hodoul nicht.

«Woran denkst du, Noëlle?»

«Daran, dass wir beide bald schwimmen gehen werden. Wenn es dir wieder besser geht.»

«Das wäre schön. Einmal, als ich jung war, bin ich bis nach Saint Anne hinübergeschwommen und habe mich für drei Tage in den verfallenen Hütten der ersten Siedler versteckt. Den Ahnen sei Dank hatte es mich nicht mehr als einen gepeitschten Rücken gekostet.»

Sie nickte. Das und andere lange zurückliegende Begebenheiten erwähnte Hugo umso öfter, je älter er wurde. Und dann vergaß er, dass sie sich selbst manchmal auf Saint Anne herumtrieb. Dann, wenn Monsieur Hodoul meinte, es sei Sonntag und sie solle sich einen schönen Tag machen.

«Ich habe dir etwas mitgebracht.» Sie öffnete einen Tontopf und hielt ihm die zwar kalten, aber duftenden Reste des Currys unter die Nase. «Flughund, den magst du doch so gern.»

«Noëlle, alle unsere Ahnen sollen dich segnen!» Er strahlte und mühte sich, sich aufzusetzen. Sie half ihm. Sein Stumpf war mit einem komplizierten Muster unterschiedlicher Binden und Heftpflaster bedeckt. Einige hellrote Flecken hatten sich abgezeichnet; hierbei handelte es sich jedoch nur um das Ausschwitzen der Wunde. Das Schraubentourniquet, das er noch immer trug, sollte verhindern, dass die Wunde noch einmal zu bluten anfing. Mit der gesunden Hand begann Hugo zu essen, während sie den Topf hielt. Er seufzte wohlig. Doch ein paar Löffel genügten, und er sank erschöpft auf den Rücken.

«Dessert gibt's auch noch», sagte sie lächelnd. Und zeigte ihm eine kleine Kokosnussschale, die sie mit einer anderen abgedeckt hatte.

«Was ist das?»

«Das Gelee», flüsterte sie.

«Noëlle! Du hast … Wie konntest du nur? Wenn dich jemand erwischt hätte, dass du vom Gelee klaust?»

«Mich hat aber niemand erwischt. Iss schnell, bevor jemand hereinkommt.»

«Das machst du aber nicht noch einmal, ja? Ich weiß

noch, zehn Jahre ist's her, da war ein Sklave fürs Stehlen einer Nuss verbrannt worden. Verbrannt!»

«Ja, ich weiß.» Schon seit Jahren wurde jede einzelne Nuss an den wenigen Bäumen, die es hier auf Mahé noch gab, gezählt und protokolliert und ihr Werden bis zur Reife genau beobachtet. «Aber ich habe ja keine Nuss gestohlen. Nur eine Winzigkeit vom gestrigen Dîner abgezweigt. Und nein, Monsieur Hodoul hat es *nicht* gemerkt.» Hodoul, der Genießer, behauptete, am Gesicht seines Gegenübers ablesen zu können, ob er vom Gelee genascht habe. Weil man die Verzückung nicht verbergen könne. Sie dachte an Thierry Carnot. Er war so müde und in sich gekehrt gewesen, dass er ihr Curry nicht gewürdigt hatte. Steif und mit einem höflichen Nicken hatte er darauf herumgekaut. Auch den kostbaren Palmherzensalat hatte er lediglich gekostet. Überhaupt hatte er, ganz und gar unfranzösisch, wenig über das Essen gesprochen. Doch das Gelee der *coco de mer* hatte seine Miene aufgehellt.

Es war nicht nur eine Leckerei, es konnte Krankheiten lindern. Dem Gemüt aufhelfen. Die Weißen hatten viele merkwürdige Namen dafür: Manna, Nektar, Ambrosia. Die madagassischen Sklaven hielten es für ein Geschenk Zanaharys, des Schöpfergottes. Früher, als die Menschen noch geglaubt hatten, die Palme existiere in den Tiefen des Meeres, hatten europäische Könige Berge von Gold für eine Nuss bezahlt. Geradezu ehrfürchtig nahm Hugo den kleinen Schildpattlöffel und leerte das Schälchen. Er seufzte und stöhnte vor Wonne. «Bei den Ahnen, ist das gut …»

«Ja, die Ahnen …» Sie nahm es ihm ab. «Die dürfen wir nicht vergessen.»

Während Noëlle sich erhob und zum Fenster ging, kratzte sie die Nuss aus. Draußen sah sie einen Sklaven über die Wege im Gras huschen. Er kam mit einer Kalebasse; vermutlich war sie mit Palmwein gefüllt, den Poupinel am liebsten trank. Er saß jenseits des Gartens vor seinem Haus, sah den Schildkröten beim Nichtstun zu und streckte gierig die Hände nach der Kalebasse aus. Doch plötzlich sprang er hoch und hieb mit dem Ziemer, der immer an seinem Gürtel hing, auf den jungen Sklaven ein. Vielleicht hatte dieser zu kosten gewagt oder einen Tropfen verschüttet.

«Geist der Séchellennuss», sagte sie leise und schleuderte mit dem Löffel den letzten Rest aus dem Fenster in die Wiese. «Geister der Ahnen. Steht uns bei.»

Als sie sich umdrehte, erschrak sie. Thierry Carnot hatte das Krankenzimmer betreten. Und – seinem Stirnrunzeln nach – gesehen, was sie getan hatte.

«Guten Morgen, Noëlle. Wie geht es deinem Onkel?»

«Gut, danke, Monsieur le Docteur», erwiderte sie steif. *Deinem* Onkel? Hatte er sich also darauf besonnen, dass sie eine Sklavin und keine Dame war, die man höflich siezte. Er ging zu Hugo und kniete sich hin. Sie hielt den Atem an – konnte er das Gelee riechen? Besaß er eine so feine Nase? Hoffentlich hielt Hugo den Mund.

Thierry Carnot lockerte ein wenig das Tourniquet. «Es sieht gut aus; in ein paar Tagen können wir den Verband wechseln. Noëlle, geh hinunter und mach ihm ein stärkendes Tonikum aus Ätherweingeist, Chinin und Zucker.»

«Ja.» Sie erhob sich.

«Und nichts anderem!»

Ja!

Als sie wiederkehrte, saß er bei einem der anderen Sklaven und horchte dessen Brustkorb ab. Der Sklave, Trompette aus dem Haushalt des Sklavenhändlers Blin, lag steif und ängstlich unter ihm. Wenn Poupinel eine solche Untersuchung vornahm – *wenn* er es tat –, pflegte er seinen Ziemer aus Schildkrötenleder auf den Schenkeln des Patienten abzulegen. Wehe denen, die jammerten.

Carnot ging mit dem Mann um wie mit einem ganz normalen Menschen. Jede seiner Bewegungen war bedächtig, fast schon zögerlich, als denke er erst einen Augenblick über die Folgen seines Tuns nach. So war es auch beim Dîner gewesen. Jedes Wort, das er gesprochen hatte, schien wie über eine innere Hürde gekommen, ganz anders als die Plauderei seines Begleiters Mullié. Lediglich einmal war ihm ein Scherz entfleucht – als er das Curry vorsichtig gekostet hatte. Jetzt nahm er ihr den Becher mit der Medizin aus der Hand, schnupperte daran und nickte zufrieden.

«Unten ist der Commandant Ihres Schiffes, Monsieur Mullié», sagte sie. «Er meinte, er hätte eine Wette verloren.»

Er stieß einen Laut aus, der ein spöttisches Lachen hätte sein können. «Wurde auch Zeit, dass er es einsieht. Komm mit.»

Rasch drückte sie Hugo einen Kuss auf die Wange, dann folgte sie Carnot hinunter ins Behandlungszimmer. Mullié hatte seinen Degen abgeschnallt und auf den Tisch gelegt.

«Ich werde zur Waffe greifen, wenn du nicht sanft mit mir umgehst, ist das klar?», sagte er.

Der Arzt zeigte sich unbeeindruckt. «*Sanft* hättest du es vielleicht haben können, wärst du beizeiten zu mir gekommen.»

«Kein vernünftiger Mensch geht zu einem Chirurgen, wenn's noch nicht pressiert. Das weißt du ganz genau.»

«Ich schätze, dank dieser ‹Vernunft› wirst du jetzt ein besonderes Vergnügen erleben.»

«Für dich könnte es allerdings auch vergnüglich werden – hinterher.» Anschaulich ballte Mullié eine Faust, die Carnot spielerisch beiseiteschob. Noëlle brauchte eine Weile, bis sie begriff, dass dieser Schlagabtausch nicht ihre Abneigung, sondern ihre Freundschaft unterstrich. Carnot zeigte wieder sein seltenes Lächeln.

Er bedeutete Mullié, sich auf einen Stuhl zu setzen. Zu ihr gewandt, sagte er: «Ich habe mit ihm gewettet, dass er spätestens auf Mahé wegen seines kranken Zahns zu mir kommen wird. Er dagegen meinte, er täte das niemals.»

«Und danach wurden die Schmerzen erst so richtig schlimm.» Der Commandant verzog kläglich das Gesicht. «Als wolle Gott mich dafür strafen, gewettet zu haben wie ein verfluchter Engländer. Apropos, was macht eigentlich dein Kollege?»

«Er ist nach wie vor bewusstlos. Lenk nicht ab und sperr dein ungewaschenes Maul auf.» Carnot beugte sich über ihn. «Teufel, das ist ja wirklich ungewaschen.»

«Ich dreh dir den Hals um, Carnot!»

«Sei still, sonst überlasse ich dich Le Petit!»

«Das wäre wohl mein Glück!»

Noëlle musste schmunzeln. Endlich gaben die beiden Ruhe; Carnot zog seine Brille aus der Hemdentasche und untersuchte gründlich die Mundhöhle. «Der Backenzahn muss kauterisiert werden», sagte er schließlich.

Mullié wurde bleich. Noëlle kannte solche Behandlungsmethoden von Poupinel; häufig führten sie zu Ohnmachten. Nicht verwunderlich, wenn die weißen Siedler plötzlich glauben wollten, *gris-gris*, die schwarze Magie, könne sie von ihren Leiden befreien.

«Wenn ich etwas sagen darf ...», begann sie. «Manchmal genügt es, den Zahn auszuräuchern.»

«Ausräuchern?», echote Carnot verwirrt.

«Den bösen Geist, der im Zahn sitzt.»

«Thierry, das hört sich vernünftig an ...»

«Vernünftig!» Carnot rollte mit den Augen. «Noëlle, mach ein Feuer auf dem Herd und heize den Kauter an.»

«Aber das ist vielleicht nicht nötig», widersprach sie. Und zuckte zurück, als er die Brille herunterriss und sie aus schmalen Augen musterte.

«Ich weiß nicht, ob Poupinel dich in Fragen schwarzen Aberglaubens konsultiert hat. *Ich* tue es jedenfalls nicht. Und jetzt geh.»

Sie fuhr herum und rannte in den Garten, wo an der Hauswand getrocknete Kokosnussschalen gestapelt waren, füllte einen Eimer und trug ihn hinüber zu der Hütte, die als Hospitalküche diente. Hier entfachte sie in dem niedrigen Steinherd ein Feuer, danach suchte sie in den Schubladen nach dem Kauterbesteck. Seltsam, sie hatte immer geglaubt, Matrosen seien der Magie nicht abgeneigt. Viele trugen Amulette und Tätowierungen, um sich gegen die Gefahren der See und die Unwägbarkeiten einer langen Reise zu wappnen. Auch bei Thierry Carnot blitzten blaue

Tätowierungen am geöffneten Ausschnitt seines Hemdes hervor. Doch er hatte sich wie ein frommer Bordgeistlicher gebärdet. Es kam ihr vor, als habe dieser Mann zwei Gesichter. Eines, das scherzte; ein anderes, das ernst dreinblickend jedes Wort abwägte.

Sie rannte mit dem glühenden Instrument zurück.

«Halte meine Hand, Schöne», verlangte der Commandant und streckte seine Hand aus. Sie ergriff sie.

«Monsieur le Docteur», murmelte sie ein wenig ängstlich. Dieser Mann war imstande, ihre Finger zu brechen. «Wollen Sie nicht Ihren Gehilfen rufen, Monsieur Le Petit?»

«*Du* bist mein Gehilfe.» Carnot zwinkerte ihr zu. «Le Petit ist der Schiffszimmermann. Und jetzt Mund auf, Mullié.»

* * *

Schloss Bellevue zu betreten fühlte sich wie ein Gang in die Höhle des Löwen an. Seth begriff zunächst nicht, warum er so empfand. Seine Exzellenz Jean-Baptiste Quéau de Quinssy war höflich, freundlich und hilfsbereit. Nichts an seinem Interesse deutete darauf hin, dass er einen Verdacht hegte.

Es ist meine tief verankerte Furcht, dachte Seth, während er den Weg zum Schlösschen hinaufschritt. *Die sich mit den Jahren bedauerlicherweise nicht abgeschwächt hat.*

Damit musste er leben.

Ein Diener empfing ihn bereits im Schatten der Loggia, verneigte sich und bot ihm eine geköpfte Kokosnuss mitsamt Strohhalm an. Seth bedankte sich und kostete von dem süßen und erfrischenden Fruchtsaft. Bei solcher Hitze verspürte man häufig Durst. Sein Hemd fühlte sich klamm an, kaum dass er es angezogen hatte, und seine indigofarbene Jacke kam ihm bei diesem Klima viel zu eng vor. Wie schon bei seinem ersten Besuch nahm er den Degen ab und gab ihn dem Sklaven zur Verwahrung. Anders als Jean Mullié war er nicht der beste Degenfechter unter der Sonne. Für den Notfall trug er in der Innentasche seiner Jacke sein Skalpell. *Damit* konnte er besser umgehen.

Er folgte dem Sklaven in den Empfangsraum. Eine Kaminuhr – ohne Kamin – schlug fünf. Auf dem großen Esstisch standen polierte Schalenhälften der Séchellennuss, mit haufenweise Bananen darin, teils überreif und schwer duftend. Seth bedauerte, dass die junge Sklavin, die Mangos und verschiedene Melonensorten in mundgerechte Häppchen schnitt und auf einem Silbertablett anrichtete, nicht Noëlle war. Wie alle Sklavinnen schenkte sie ihm ein Lächeln und einen freundlichen Blick, doch kein Wort.

Ausräuchern! Er schüttelte den Kopf, als er an die gestrige Episode zurückdachte. Sklaven mochte man zugutehalten, dass sie sich magischer Rituale bedienten, um sich die Illusion zu schaffen, sie besäßen irgendwelche Macht. Aber Noëlle, als Gehilfin eines Arztes, sollte klüger sein. Nein, dumm war sie nicht, keinesfalls. Sie machte einen wachen, intelligenten Eindruck. Und unter ihrer entzückend hellbraunen Haut brodelte Energie. Aber was sollte er sich in die Gedankenwelt einer solchen Person hineinzufühlen versuchen? War das nicht zum Scheitern verurteilt? Wie auch immer, Mullié würde ihm dankbar sein, dass er mit diesem magischen Unsinn keine Zeit vergeudet hatte. Sobald er wieder auf den Beinen war …

Der Gouverneur hatte sich aus einem kleinen Sessel erhoben und kam, zu Seths Erstaunen, in einem Banyon auf ihn zu. Der seidene Hausmantel mit royalistischen Lilien auf weißem Grund sprang vorne auf; das Halstuch war äußerst locker um den hochstehenden Vatermörderkragen geschlungen. Quinssy reichte Seth die Hand, während die andere geschickt mit einem Spitzenfächer spielte.

«Ich dachte, Monsieur Carnot, ich zeige Ihnen alsbald, wie wir uns hier zu kleiden pflegen, nämlich dem Klima angemessen. Unter uns: Ich habe bei unserem Abendessen in Weste und Frack fürchterlich gelitten. Falls Sie sich Ihrer Jacke entledigen wollen – tun Sie sich keinen Zwang an.»

Seth ahnte, aus welchen Quellen sich sein ungutes Gefühl speiste. Quinssy besaß große Augen mit schweren Lidern; die hellblaue Iris schien zu leuchten. Eine wuchtige Nase, ein kleiner, fein gezeichneter Mund. Die Art, wie er Seth musterte und die aristokratischen Lippen zu einem Lächeln hob, war heiter, ein wenig überheblich und wissend, als könne er alles und jeden durchschauen. Bei diesem Mann hieß es, ganz besonders aufzupassen.

Seth übergab seine Jacke einem Sklaven; ein anderer führte ihn auf Quinssys Wink hin zu einem Teetischchen und rückte ihm ein mit Brokat gepolstertes Fauteuil zurecht. Ein dritter Sklave brachte ein Tablett mit einer chinesischen Teekanne und zwei Tassen. Der Mann war gekleidet wie ein türkischer Mohr, ganz ähnlich wie der Diener in Madam Bracketts Bordell in Wapping.

«Man könnte nicht guten Gewissens behaupten, die Briten seien Kulturbringer.» Quéau de Quinssy ordnete seinen Hausmantel und ließ sich auf dem anderen Sessel nieder. «Aber für die Erfindung des Nachmittagstees darf man sie ruhig einmal loben. Es gibt sogar feine Pâtisserie dazu.» Er schob Seth einen Teller mit runden Küchlein hin. «Allerdings aus Maismehl. Greifen Sie zu.»

Seth kostete von allem, was man ihm anbot. Oft drückten ihm die Sorgen auf den Magen, sodass er zu wenig aß, was bei der grässlichen Schiffskost kein Verlust war. Doch all diese Früchte und das Gebäck waren viel zu köstlich, um sie liegen zu lassen. Es gab sogar ein wenig des kostbaren Gelees der *coco de mer*. Es machte den stechenden Blick Napoléon Bonapartes, der ihm die Happen in den Mund zu zählen schien, erträglicher. Das Portrait hatte den Transport über das Meer schlecht überstanden, war fleckig und verzogen. Ein leuchtend grüner Gecko hatte es sich auf dem goldenen Rahmen bequem gemacht. Die Einrichtung war eine seltsame Mischung aus europäischem Mobiliar mit kostbaren Intarsien und Schnitzereien, gar eine Kommode mit einer Platte aus weißem Marmor, und Stühlen und Pflanzenpodesten aus Palmholz und Palmfasern. Die Raumdecke protzte mit Rocaille-Stuck, doch die Treppenaufgänge in den Ecken waren schmal und schlicht. Daneben standen Kübel mit blühendem Hibiskus, in dem schwarze Webervögel mit langem, gebogenem Schnabel nach Nektar suchten, und riesige, violette Bougainvilleen, jene Pflanze, die nach dem berühmten Weltumsegler Louis Antoine de Bougainville benannt worden war, überwucherten zwei Stützpfeiler. Über all der Pracht drehte an der

Decke ein Ventilator seine Runden, vermutlich im oberen Geschoss bedient von einem Sklaven.

«Ein wunderbarer Geschmack, nicht wahr?»

Seth beeilte sich zu nicken. «Was ist das?»

«Ananas.»

Er schob sich das leuchtend gelbe Häppchen in den Mund und genoss den fremdartigen Geschmack. Wie bei den Franzosen üblich parlierte sein Gastgeber zunächst über das Essen. Ebenso über die vielfältigen Verwendungsmöglichkeiten der Kokosnuss. Seth kostete Nougat aus Kopra, wie man das Kokosfleisch nannte, watteweichen Kuchen aus dem Keim der Kokosnuss und Wein aus Kokosblüten. Alles war lecker, süß, eine einzige Verführung, auch der Tee, der nach Vanille duftete. Wahrscheinlich würden ihm all diese Süßigkeiten nächtliche Bauchschmerzen bescheren.

Sperbertäubchen spazierten unter dem Tisch und suchten nach Krümeln. Eines war frech genug, sich über den Teller mit dem Teegebäck herzumachen. Weder Quinssy noch die Sklaven machten Anstalten, es zu unterbinden. Ein paar andere Tauben warteten geduldig auf den Tasten eines Clavichords, das unter dem Gemälde stand. Der weiße Lack war brüchig, das Bild auf der Innenseite der hochgeklappten Abdeckung – eine mäßige Kopie der *Einschiffung nach Kythera* von Watteau – verblasst. In einer Ecke des Deckels klebten zwei braun-schwarz gebänderte Achatschnecken, so hübsch wie fett.

«Die kleine ist Paul», sagte Quinssy. «Die größere heißt Marie-France. Madame Pompadour und Louis quatorze sind anscheinend gerade unterwegs. Ich weiß, Schnecken sind Zwitter. Aber, man mag es nicht glauben, sie sind auch echte Persönlichkeiten, und manche wirken weiblich, andere männlich. Marie-France zum Beispiel ist besonders neugierig. Louis ist unser Gourmet; er ist sehr wählerisch. Und die kleine Duchesse ist schüchtern. Wahrscheinlich klebt sie gerade auf der Rückseite.»

«Ich bin einigermaßen verblüfft», murmelte Seth. «Von daheim bin ich eher Wanzen und Ratten gewöhnt.»

«Woher kommen Sie?»

«Aus einem Fischerdorf in der Bretagne. So winzig, dass ich den Namen längst vergessen habe.» Es klang wie ein Scherz, und bisher hatte nie jemand nachgehakt. Er hoffte, dass ihm sein Glück treu blieb.

«Ich verstehe. Es klingt, als wollten Sie Ihre Vergangenheit hinter sich lassen. Wie so viele Männer, die zur See fahren. Wie sehen Sie Ihre Zukunft, Monsieur Carnot?»

Das ist etwas, das ich tunlichst vermeide. «Satt und zufrieden, auf einem Landsitz meine Prisen genießend; sieht es nicht jeder Korsar so?»

«Utopisch? Wer weiß …» Quinssy erhob sich und schritt zu dem Instrument. Seine gepflegten Finger glitten über die Tasten, und die Täubchen flatterten zu Boden. «Das einzige Stück aus meiner alten Wohnung in Versailles, das die Zeit überdauert hat. Es kommt Ihnen hier alles ein wenig, nun, gestrig vor, nicht wahr?»

«Das mag ich nicht leugnen, Exzellenz.»

«Ich wuchs am Königshof in Versailles auf in dem Wissen und mit dem Wunsch, Louis XVI. zu dienen. Was dies verhinderte, wissen Sie ja: die Revolution. Für einen Royalisten war der damals übliche Weg der aufs Schafott. Ich habe meine monarchistische Gesinnung natürlich nicht vor mir hergetragen, trotzdem war es ein kleines Wunder, dass mich der Nationalkonvent anno dreiundneunzig hierher beorderte. Nein, eigentlich war es ein ziemlich großes Wunder.»

Oder großes Geschick.

«Während der Zeit der Republik haben wir als treue Bürger Frankreichs ebenfalls versucht, hier etwas Ähnliches zu schaffen. Es misslang, und im Grunde waren wir alle froh, als die Sache mit der Machtergreifung Napoléons wieder Geschichte war. Wir sind treue Untertanen des Kaisers …»

Seth nickte, trank und aß und hörte einige Geschichten und Geschichtchen dieser kleinen Kolonie. Noch während er überlegte, ob es sich hier um nettes Geplauder oder mehr handelte, sagte sein Gegenüber: «Ich möchte Sie fragen, ob Sie sich vorstellen können, sich hier niederzulassen.»

Verwirrt griff Seth nach seiner Teetasse und nippte. «Habe ich eben richtig gehört?»

«Dass ich so unverfroren bin und Sie Ihrem Schiff und Ihrer Mannschaft abspenstig machen will?» Quinssy lachte. «Das haben Sie.»

«Mit Verlaub, Exzellenz, ich möchte nicht Gefahr laufen, etwas misszuverstehen …»

«Gut, ich will offen sein. Dass Emmanuel Poupinel keine Zierde seines Berufsstandes ist, haben Sie vielleicht bereits bemerkt.»

Ich habe bemerkt, dass er ein versoffenes Schwein ist, falls Sie das meinen, dachte Seth.

«Hier gilt bisher das bekannte Motto des Schriftstellers

Beaumarchais, Sie werden es kennen: ‹Wenn eine Medizin nicht schadet, soll man froh sein und nicht obendrein noch verlangen, dass sie etwas nütze.›»

Seth kannte es nicht. «Nun, das gilt wohl auch im fortschrittlichen Europa noch. Und was Ihre Frage betrifft, Exzellenz: Ich habe leider Verpflichtungen.» *Nämlich vor meiner Vergangenheit davonzulaufen. Das kann ich besser auf dem Meer.*

«Verstehen Sie, ich *muss* Sie fragen, Monsieur le Docteur. Denn eine andere Möglichkeit, als einen Schiffschirurgen anzuwerben, gibt es kaum.»

«Woraus ich entnehme, dass Poupinel auf die gleiche Art herkam wie ich und Sie ihm damals den gleichen Vorschlag gemacht haben.»

«So war es.» Quinssy schob sich den Klavierhocker zurecht und setzte sich darauf. «Er kam übrigens unter ganz ähnlichen Umständen wie Sie: Die *La Flêche* war ein Kaperschiff und von Briten attackiert worden. Dass sie sank, erleichterte Poupinel die Entscheidung. Ebenso die Tatsache, dass in Frankreich keine Familie auf ihn wartete.»

Er hob die Brauen. Seth tat ihm den Gefallen, die unausgesprochene Frage zu beantworten: «Auf mich auch nicht, das ist wohl wahr.»

«Ah! Und wir haben einige wunderhübsche, angesehene Töchter, deren Väter es als Ehre und Privileg ansähen, einen Chirurgen zum Schwiegersohn zu bekommen.»

Seth wollte sich erst gar nicht vorstellen, welche Verwicklungen und Anstrengungen auf ihn zukämen, müsste er auch noch in seinem Privatleben den Franzosen spielen. Besser, er hatte keines. Er dachte an Bess, seine Schwester, die einzige Frau, die ihm je etwas bedeutet hatte. Bess, die er schmerzlich vermisste. Sofern er sich gestattete, über ihren Verlust nachzudenken.

Zu viert hockten die Täubchen inzwischen auf dem Teetisch; zielstrebig machten sie sich daran, die Gebäckkrümel aufzupicken. Nun erst bemerkte Seth, dass er das Küchlein vollkommen zerbröselt hatte.

Bess …

Ausgelöscht. Wie sein früheres Leben. Und alles nur, weil man ihn als Kind unrechtmäßig auf ein Schiff gepresst hatte. Unrechtmäßig? Für die Royal Navy gab es dieses Wort nicht.

«Monsieur le Docteur, ist Ihnen nicht wohl?»

Er wischte sich die Krümel von den Fingern. «Verzeihen Sie, Exzellenz. Warum hat Monsieur Poupinel niemanden herangezogen, der sein Nachfolger werden könnte?»

«Sie meinen, einen Lehrling ausgebildet? Es gab niemanden, der Interesse daran hatte. Die Söhne der Sklavenhändler und Plantagenbesitzer sind nicht an anderen Tätigkeiten interessiert.»

Und vermutlich hatte niemand Lust verspürt, unter Poupinels Knute zu stehen.

«Ich wollte ihm schon vorschlagen, Noëlle mehr Verantwortung zu übertragen», fuhr der Gouverneur fort, während er mit einem Finger über eine der Riesenschnecken strich. «Stellen Sie sich das vor! Eine Sklavin, eine Negerin, die zu Ahnengeistern betet und irgendwelche kruden Sachen sammelt, weil sie glaubt, die seien zauberkräftig. Ich habe es dann doch nicht getan.»

«Noëlle scheint mir verständig zu sein, und offenbar haben die Siedler kein Problem damit, sich einer Schwarzen anzuvertrauen.»

«Ach, das ist ganz unterschiedlich; manche wollen mit ihr nichts zu tun haben, manche doch, und eben deshalb gibt es sogar Schwarze, die nicht von ihr behandelt werden wollen. Es gäbe Gerede und Gezänk, auf das ich gut verzichten kann. Wenn Sie mir diesen Einschub vergeben wollen: Während des Dîners hatte ich den Eindruck, dass Sie Noëlle, nun, etwas genauer anschauten. Bedenken Sie bitte, dass sie Monsieur Hodouls Eigentum ist. Wenn Sie verstehen, was ich meine.»

«Selbstverständlich», murmelte Seth überrascht.

«Für die Befriedigung Ihrer … Bedürfnisse haben wir im Dorf einige hellhäutige Damen, die sich dieser Aufgabe mit Freuden widmen.»

«Danke für den Hinweis.» *Für diesen so überaus direkten*, dachte er überrumpelt. Wenn man von seiner Nase ablesen konnte, dass er sich über Noëlle den ein oder anderen Gedanken machte, so war es wohl angebracht, sich besser im Zaum zu halten. Wobei – die Überlegung, wie es wäre, würde er Noëlle, nun … berühren, hatte etwas für sich. Natürlich würde er es nicht darauf ankommen lassen, Gott bewahre.

Die schlanken Finger begannen die Tasten zu drücken. Seth runzelte die Stirn: Die Töne eines Clavichords hatte er eindeutig anders in Erinnerung.

Quinssy ließ die Hände sinken. «Dass es so schief klingt, liegt am feuchten Klima. Es ist wie alles hier: Man hat mitunter etwas Kostbares, aber niemanden, der es erhalten oder reparieren oder stimmen könnte. Wie das Geschirr –

feines Porzellan, das ein Handelsschiff vor Jahren brachte –, doch was zerbricht, muss anders ersetzt werden. Man arrangiert sich damit, und irgendwann kommen einem die falschen Töne richtig und das Sammelsurium schön vor.»

«Darf ich auch einmal spielen?»

«Selbstverständlich.»

Er machte den Platz für Seth frei, der sich fragte, wann er zuletzt an einem Clavichord gesessen hatte. Und ob er überhaupt noch etwas Hörenswertes zustande brachte. Dann begann er aufs Geratewohl, und es half, seine Gedanken zu ordnen. Wie sah er seine Zukunft? Es gab keine – irgendwann würde ihn die See holen. Eine Krankheit, eine Verletzung. Und das wäre eine gute Zukunft. Die andere … Gehängt am Execution Dock, in Eisenbänder gelegt und mit Teer konserviert, damit er für einige Jahre als Beispiel dienen konnte, was die Gerichtsbarkeit mit einem wie ihm tat. *Zum Trocknen aufgehängt wie William Kidd*, wie man in London zu sagen pflegte. Vielleicht endete er auch an einer Rahnock in Portsmouth oder in Plymouth. Wie jene berühmten Bounty-Meuterer, die zu finden man alles in Bewegung gesetzt hatte. *Die Royal Navy verzeiht nie und vergisst nie*, entsann er sich der Worte Bartholomew Sullivans, an jenem schicksalhaften Tag vor dreizehn Jahren. *Keine Expedition, keine Reise ist zu aufwendig oder zu teuer, Verbrecher wie dich aus ihrem Versteck zu treiben. Die Welt ist dank aufrechter britischer Männer wie Cook zu klein geworden. Die Welt ist britisch. Ich finde dich, Seth Morgan, das ist ein Versprechen. Denk daran an jedem Abend, wenn du dich schlafen legst, und an jedem Morgen, wenn du aufwachst. Und ich wünsche dir für die Nächte die schlimmsten Albträume.*

Es hatte Jahre gedauert, bis Seth wieder eine Nacht hatte durchschlafen können. Schlechte Träume plagten ihn immer noch. Das würde sich wohl auch nicht mehr ändern.

Eine Zeitlang hatte er erwogen, sich zu stellen. Dann wäre es endlich vorbei. Doch für einen Mediziner war der Tod niemals etwas, das man freiwillig suchte. Wahrscheinlich war er auch nur zu feige. Wie auch immer – sich auf einer abgelegenen Insel zu verstecken, wie man es von den Bounty-Meuterern vermutete, sollten sie noch leben, war die einzige Alternative.

Seine Finger glitten über die Tasten. Erstaunlich, wie leicht man sich nach so langer Zeit an Noten und Melodien erinnerte. Als Kind hatte er es gehasst, wenn sein Vater ihn zum Üben angehalten hatte. Erst später hatte er seine bescheidenen Fähigkeiten wertgeschätzt – als Jonathan Morgan das Instrument zum Pfandleiher gebracht hatte. Flüchtig fragte er sich, ob Seine Exzellenz mit «London Bridge is falling down» etwas anfangen konnte. Aber ein Franzose würde ein englisches Kinderlied schwerlich kennen. Die schlichte Melodie erleichterte es ihm, seine Gedanken treiben zu lassen. Hinzu kam das Rauschen eines Regengusses. Die Tropfen prasselten durch die geöffneten Fenster und nässten den Boden aus dunklem Tropenholz, doch auch daran störte sich hier niemand. Ein Versteck auf einem paradiesischen Eiland … *Wenn* er darüber nachgedacht hatte, hatte er es sich immer als eine karge, düstere Höhle vorgestellt, wo er zwischen den vermoderten Knochen einst ausgesetzter Piraten kauerte. Oder als eine ärmliche Hütte, umgeben von einer lächerlichen Palisade, hinter der er sich vor feindlichen Wilden verschanzte.

105

«Hübsches Lied. Wussten Sie, dass es auf den Séchellen keine gefährlichen Krankheiten und keine Tropenfieber gibt?», drang die Stimme des Gouverneurs in seine Gedanken. «Und keine gefährlichen Tiere? Bis auf einen giftigen Tausendfüßler, und, ach ja, in den Mangroven gibt es noch ein paar Krokodile, aber da verirrt sich niemand hin. Ich glaube, nirgends auf dieser verrückten Welt kann man derzeit in größerer Sicherheit leben.»

Seth ließ die Hände sinken. Marie-France – oder war es die Pompadour? – hatte die Fühler gereckt, als hielte sie nach ihm Ausschau. Hier leben? Auf immer und ewig? Der Gedanke war verlockend. Könnte er es besser treffen als auf den ‹Inseln des Überflusses›?

«Ist es wirklich so ruhig hier? Die Briten wollen die Herrschaft über den Indischen Ozean. Nein, sie *haben* sie. Die Inseln, die unter ihrer Seeblockade gelitten haben bis aufs Blut, haben sich ihnen unterworfen. Île Bonaparte, Île de France … Die Séchellen liegen auf der Route Kapstadt-Indien. Es ist doch nur eine Frage der Zeit, bis die Briten wieder hier auftauchen.»

Zu seiner Verblüffung begann Quinssy zu lachen. «Sie kommen immer wieder, und wissen Sie, was ich dann tue? Ich hisse die Kapitulationsflagge – Sie kennen die Geschichte ja schon: damals anno vierundneunzig, als sie mit ihren Linienschiffen vierten Ranges protzten und Monsieur Hodouls *Olivette* forderten. Dann mache ich meinen Kotau; sie sind zufrieden, laden ihr Schiff bis zum Platzen voll mit Schildkröten, Früchten und unserer guten Baumwolle, verschwinden wieder und lassen uns in Ruhe. Denn, bei allem Respekt vor unserer günstigen Lage, mehr als das haben wir denn doch nicht zu bieten. Ich bin zuversichtlich, dass sich daran nicht viel ändern wird.»

«Ich weiß nicht …»

Quéau de Quinssy trat an seine Seite; die Seide seines Banyon raschelte. «Ich hatte andere Bordärzte gefragt, von denen ich glaubte, es lohne sich. Ich hatte ein Gesuch an die Kolonialregierung in Port Louis geschickt; es kam nie eine Antwort, und jetzt wird erst recht keine mehr kommen. Wenn Sie sich entschließen, sorge ich dafür, dass man Ihnen ein Haus baut. Als Jahressalär biete ich Ihnen eine Summe, über die Sie sich nicht werden beklagen können; ich möchte aber hinzufügen, dass Geld hier einen anderen Stellenwert hat. *Sie* sind der richtige Mann, Monsieur Carnot. Das sage ich durchaus nicht uneigennützig. Ihr Freund Jean Mullié erwähnte, dass das Steinschneiden Ihre Spezialität sei. Ich habe ihn gefragt: Demnach hatten Sie in den letzten Jahren zwei Besatzungsmitglieder erfolgreich operiert.»

Seth dämmerte, was er damit andeutete. «Sie leiden unter *Urolithen?*»

«Ich bin mir recht sicher, ja.»

«Schmerzen beim Wasserlassen?»

«Als würde ich Nägel pinkeln, mit Verlaub.»

«Mit Blutbeimengung? Eiter?»

«Gelegentlich.»

«Wie gestaltet sich der Harnabgang?»

«Tröpfchenweise. Manchmal schaffe ich es nur auf den Knien, als wollte ich beten.»

Und Poupinel hatte er vermutlich niemals an sich herangelassen. Verständlich. Seth nickte langsam. «Sollte ich mich gegen Ihr Angebot entscheiden, so würde ich Sie vor meiner Abreise selbstverständlich ...»

«Bei allem Respekt, Monsieur Carnot ...» Quinssy legte eine Hand auf seine Brust. «Meines Wissens ist die Wahrscheinlichkeit, nach einer Operation erneut einen Stein auszubilden, nicht eben gering. In Versailles hatten einige hohe Beamte über Jahre hinweg ihre eigenen Steinschneider angestellt. Ich würde mir sehr wünschen, dass Sie bleiben, um mir bei dieser Malaise dauerhaft beizustehen.»

«Und Monsieur Poupinel? Erwarten Sie, dass er das Hospital für mich räumt, fortan in der Hängematte liegt und die Kokosnüsse in den Bäumen zählt?»

«Ja, das erwarte ich.»

Einer der Haussklaven erschien und murmelte, der Commandant wünsche den Gouverneur sofort zu sprechen. Auf Quinssys Wink hin erschien jener nachlässig gekleidete Truppenführer, der Seth bei der Ankunft im Hafen in Empfang genommen hatte. Lieutenant Dubois salutierte und rief: «Schon wieder ein Schiff am Horizont, Exzellenz! Es segelt unter britischer Flagge!»

Quinssy verzog das Gesicht. «Wenn man vom Teufel spricht ... Monsieur Carnot, das bedaure ich. Aber dann sehen Sie gleich, wie es so ist, wenn wir britischen Besuch bekommen. Und denken Sie daran: Sie sind kein Korsar!»

6.

Hodoul zog das neue Taschenteleskop auseinander und hielt es sich vors Auge. «Wann hatten wir den letzten englischen Besuch, Chérie?»

Er gab das Fernrohr an seine Gattin weiter, die so ungeschickt damit hantierte, dass er ihr helfen musste. «Im vorigen Frühjahr», erwiderte Olivette Hodoul. Heute trug sie ein Kleid, dessen tiefer Ausschnitt ein Kranz aus weißen Seeschwalbenfedern zierte. «Es muss Mai gewesen sein, kurz nach der Windstille. Oh, das ist aber ein prächtiges Schiff! Sogar ein Dreidecker! Ich habe noch nie ein Schiff mit drei Batteriedecks gesehen. Und sie fieren schon das Beiboot ab.»

«Noëlle, jetzt nicht! Hilf mir lieber, die passende Garderobe auszusuchen. Entschuldige mich, Chérie.»

Es war schade um die gute, in Bananenblättern gedünstete und mit gerösteten Jackfruchtkernen gefüllte Muräne. Noëlle bedeckte Schalen und Teller und drückte der jungen Coquille das Tablett in die Hand, damit sie es in die Küche zurücktrug. Dann folgte sie ihrem Herrn ins Ankleidezimmer und öffnete den Kleiderschrank. Nacheinander zog Hodoul einige Uniformjacken und Ausgehröcke heraus. «Zu altmodisch … zu klein … zu wenig britisch … und das hier? Gott, die Ärmelkanten sind ja ganz zerschlissen.»

«Darf ich?» Sie zog eine rote Jacke heraus, die gewiss noch passte, mit breitem Kragenspiegel und goldenen Stickereien. Mit ärgerlichem Schnauben wuchtete Monsieur Hodoul sich hinein.

«Zum Teufel, früher habe ich die Rotröcke bekämpft, heute spiele ich ihnen eine Posse vor. Nur weil ich faul und fett geworden bin und meine Ruhe haben will. Du bist schuld, Noëlle! Dein Essen ist zu gut. Und hör auf zu grinsen. Den Stock.»

Sie zwang sich zu einer ernsten Miene und reichte ihm den Gehstock, dessen Knauf er mit seinem Taschentuch polierte. Rasch bückte sie sich und brachte die großen Schnallen seiner Lackschuhe auf Hochglanz. Derweil brüllte er über ihren Kopf hinweg nach seiner Sänfte.

«Dreidecker!», brummte er in sich hinein, während er durchs Haus stiefelte. «Das bedeutet, mehrere Hundert Mann Besatzung. Hoffentlich fallen die nicht wie die Heuschrecken über unsere Kolonie her. Zum Teufel mit ihnen allen!»

Noëlle schlenderte hinter seiner Sänfte her. Viele weiße Siedler hatten sich bereits am Landungssteg versammelt. Im Gegensatz zu Hodoul, dem alten Haudegen, machten sie sich wenige Sorgen. Seit bald zwei Jahrzehnten half Gouverneur Quinssys Verhandlungsgeschick, dass die Briten die Niederlassung weitgehend in Ruhe ließen. Ein Schiff, auch ein Kriegsschiff wie dieses, versprach immerhin ein wenig Abwechslung und einige Dinge, die man eintauschen konnte. Werftarbeiter und Handwerker unterhielten sich darüber, ob man wohl fehlendes Werkzeug und Nägel bekäme, und die Damen aus Hélènes *komfortablem Haus* klagten, dass mit Stoffen und Kleidern und anderen Dingen, die das Inselleben etwas zivilisierter gestalteten, wohl eher nicht zu rechnen war. Auch Emmanuel Poupinel hatte sich mit einer Liste dringend benötigter Arzneimittel eingefunden.

Noëlle lief ins Hospital und schaute nach den Kranken. Hugo hockte auf seinem Kokossack und wiegte sich summend, während er seinen Talisman umklammert hielt, einen winzigen Lederbeutel mit ein wenig Asche seiner Ahnen. Wenn er Zwiesprache mit den Ahnengeistern hielt, wollte sie ihn nicht stören. Unten im Krankenzimmer der Weißen saß Monsieur Carnot bei dem bewusstlosen Briten und horchte seine Brust ab. Die beiden Matrosen, die unter Skorbut litten, schnarchten. Noëlle ging in den Garten. Im Schildkrötengehege schaufelte ein junger Sklave den Mist beiseite und streute Mais und Gras aus. Das war seine Aufgabe, seit er hier war, weshalb ihm Poupinel den Namen ‹Schildkröte› gegeben hatte.

«Tortue, ist dir nicht gut?», fragte sie.

Er presste die Lippen zusammen und schwieg. Noëlle seufzte. Er mochte sie nicht, weil sie es besser hatte. *Als ob ich etwas dafür könnte*, dachte sie. Der Anblick seiner ausgemergelten Gestalt und der vielen Striemen, auf denen Fliegen hockten, dauerte sie. Da sie für die Kranken fette Brühe kochen wollte, beschloss sie, ihm etwas zukommen zu lassen. Im Schatten der Küchenhütte feuerte sie den Steinherd an, schnitt getrocknetes Schildkrötenfleisch und Brot

III

in feine Streifen. Auf dem Boden lauerten schon die Bülbüls und Sperbertauben auf Krumen.

*Thierry Carnot könnte auch eine warme Mahlzeit gebrau-
chen*, ging es ihr durch den Kopf.

Er war groß und schmal, zu schmal. Seine Unterarme
indes kräftig und sehnig; er war ein Mann, der gute Nah-
rung brauchte, aber zu wenig zu sich nahm. Und zu wenig
schlief. Seit drei Tagen war er hier auf Mahé, doch geschlafen hatte er bisher auf einem Stuhl im Behandlungszimmer.

«Noëlle?»

«Tortue?»

Er reckte den Kopf durchs Fenster. «Komm doch herein», sagte sie freundlich. «Monsieur Poupinel ist am Hafen, der merkt nicht, wenn du dich eine Weile hinsetzt.»

«Der vielleicht nicht», antwortete Tortue muffig. «Aber
die Tochter vom Gouverneur schon. Sie will dich sprechen.»

Er verschwand wieder. Noëlle säuberte ihre Hände an
einem Tuch und ging hinaus. Tatsächlich, Joséphine Anne
Catherine Anne de Quinssy stand im Schatten eines mit
Früchten prallvollen Mangobaums; sie schien sich unter ihrem aus Palmfasern geflochtenen Sonnenschirm verstecken
zu wollen. Schuldbewusst blickte sie über die Schulter zum
Hospital, und als sie Noëlle bemerkte, lief sie rasch auf die
andere Seite der Hütte.

Noëlle folgte ihr und machte einen Knicks. «Mademoiselle Joséphine, was kann ich für Sie tun?»

Joséphine räusperte sich und druckste herum, als sei
Noëlle ihre Mutter und nicht eine Sklavin. Ihr Blick
huschte über den Boden, dann hinauf zu den hängenden
Früchten. «Ich bekomme ein Kind.»

Sie war mit dem Ältesten von Michel Blin verlobt. Die Hochzeit war dieses Jahr angedacht, soweit Noëlle wusste. Nun, eine vorzeitige Schwangerschaft war durchaus kein Drama. Hier auf den Séchellen, wo es kaum geistlichen Beistand gab, ja, nicht einmal ein Kirchengebäude, sah man solche Dinge nicht ernster, als sie waren. Wenn sich Joséphine Sorgen machte, konnte das nur eines bedeuten.

«Darf ich fragen, von wem es ist?»

«Von …» Joséphine holte krächzend Luft. «Von … vom Prinzen.» Sie schlug eine Hand vor das Gesicht. «Mein Vater wird mich totschlagen, und Étienne wird die Hochzeit platzen lassen.»

Das war selbst für hiesige Verhältnisse ein Skandal, in der Tat. Der Prinz, wie ihn hier jeder nannte, war vor Jahren auf einem holländischen Handelsschiff hergekommen. Er hatte behauptet, Louis Charles de Bourbon zu sein, der verstorbene Sohn Louis XVI., des während der Revolution hingerichteten Königs. Seiner abenteuerlichen Geschichte nach hatten ihn Helfershelfer in einem Heuwagen aus einem Pariser Gefängnis geschmuggelt. Natürlich glaubte ihm niemand. Aber der Gouverneur hatte ihm in alter Königstreue eine kleine Maniokpflanzung und ein paar Sklaven geschenkt. Was natürlich nicht bedeutete, dass er ihn als Schwiegersohn willkommen hieße. «Wie konnte das passieren?», entfuhr es Noëlle.

«Denk nicht, ich sei leichtfertig!», fauchte Joséphine.

«Ich würde es nie wagen, Mademoiselle», murmelte Noëlle.

«Pierre-Louis Poiret will nach Frankreich zurück und seinen Thronanspruch geltend machen. Er hat gesagt, dass er mich nicht mitnehmen wird.» Joséphine ließ sich auf einen aus dem Gras ragenden Granitfelsen plumpsen und begann bitterlich zu weinen. «Und jetzt stehe ich da!»

Aber das war doch dumm! Der ‹Prinz› faselte des Öfteren davon, dass er Napoléon vom Thron stoßen wolle. Doch das waren nur Hirngespinste eines Mannes, der in einer Hütte lebte und den Namen eines Schneiders trug, den er angeblich zu seinem Schutz angenommen hatte. Sollte er tatsächlich eines Tages wieder nach Paris gelangen, so doch nur zurück ins Gefängnis. Und zwar dorthin, wo man die Verrückten wegsperrte.

«Ich hasse das Leben hier! Es ist so langweilig! Was kann man denn hier anderes tun als den Krabben am Strand hinterherzujagen?» Joséphine heulte in ihre Hände und schüttelte sich, sodass der Schirm von ihrer Schulter rutschte. «Wäre ich in Paris, würde ich auf den Champs-Élysées promenieren, auf Maskenbälle gehen, berühmte Kastraten in der Oper sehen, in den Salons feiner Damen verkehren und über Philosophie und Kunst und Astrologie parlieren. Und hier? Unsere Gouvernante kommt mir mit dämlichen Lotteriespielen, als sei ich noch ein Kind, und Maman hält mich allen Ernstes zum Sticken an. Das ist doch nicht zum Aushalten!»

Noëlle fühlte sich hilflos. Sie hob den Schirm auf. «Ich hole ein wenig Laudanum; das wird Sie beruhigen.»

Joséphine ruckte hoch; ihre Hand schloss sich um Noëlles Arm. «Ich brauche kein Laudanum. Es sei denn, es tut weh, wenn du mir das Kind wegmachst.»

«Das kann ich nicht!»

«Du kannst nicht? Was soll das heißen? Du verstehst

114

dich doch auf schwarze Magie. Das, was du mit deinem Onkel treibst. Das *gris-gris*. Man hört ja so einiges.»

Noëlle wusste darauf nichts zu sagen. Es stimmte, die schwarzen Frauen behalfen sich damit. Sie gingen zum *bonhomme du bois*, dem Mann des Waldes, wie auch Onkel Hugo einer war. Aber selten zu ihr – sie war nun einmal nicht schwarz genug.

«Ich wende keinen Schadenszauber an», sagte sie vorsichtig. Das war Mana, eine böse Kraft. Ein solches Tabu bräche sie niemals. «Ein Kind abtöten, das werde ich nicht. Falls es mir überhaupt möglich wäre.»

«Was bildest du dir ein? Ja, glaubst du denn, ich würde zu *dir* gehen, wenn ich eine andere Wahl hätte? Soll ich mich vielleicht an Madame Radegonde Payet wenden? Wenn ich zu der schwatzhaften Dorfhebamme gehe, kann ich die Sache doch gleich an die große Glocke hängen!» Joséphine versuchte zu lächeln; es geriet hochmütig. «Ich gebe dir Geld. Ich habe daheim ein paar Livres.»

Ich mag eine Sklavin sein, aber dumm bin ich deshalb nicht, dachte Noëlle wütend. Münzen waren auf Mahé nicht viel wert. Und in den Händen von Sklaven gar nichts. Zumal der letzte französische Handelsfahrer diese alte Währung gar nicht mehr angenommen hatte.

«Also, was ist?»

Noëlle schüttelte den Kopf. «Ich kann das nicht.»

Joséphine gab ihr mit beiden Händen einen so kräftigen Stoß, dass Noëlle ausglitt und auf den Hintern fiel. Sie sah den Schirm auf sich niedergehen, kreuzte die Arme vor dem Gesicht und hielt still, während die Gouverneurstochter sie schlug. «Du glaubst wohl, weil du Hodoul gehörst, kannst du dir einiges herausnehmen? Du blöde Schildkröte!» Joséphine raffte ihren ramponierten Schirm auf und hastete davon. Noëlle erhob sich und wischte sich die vom letzten Regen schlammige Erde vom Kleid. Dann kehrte sie an den Herd zurück, atmete tief durch und schüttelte das Erlebte ab. Solche Dinge geschahen.

* * *

Im Garten des Châteaus, über den Wipfeln der Drachenblutbäume, wehte nun die weiße Kapitulationsflagge mit dem Union Jack im Eck. Man konnte sie sogar vom Hafen aus sehen, wo Seth in der Tür des einzigen Lädchens stand, das die Siedlung zu bieten hatte. Der Besitzer war mit drei Sklaven und einem riesigen Handkarren am Hafen, um seinen Warenbestand aufzustocken. Hinter der Verkaufstheke putzte seine Gattin leere Gefäße. «Wenn Sie vielleicht morgen wiederkommen, Monsieur le Docteur?», schlug sie vor. «Wir sind leider völlig ausgeplündert. Mit den letzten Schiffen hatten wir wenig Glück. Dieses hat hoffentlich Mehl und Reis. Und Salz. O Gott, ja, Salz, das fehlt an allen Ecken und Enden.»

«Haben Sie Kerzen, Madame? Im Hospital fanden sich nur noch ein paar Stummel. Und Seife?»

Madame machte ein leidendes Gesicht, während sie fortfuhr, die Schalen aus der Nuss der *coco de mer* zu polieren. «Haben Sie eine Ahnung, wie begehrt solche Dinge hier sind? Und aufgrund der Seeblockade der Briten ist in den letzten Jahren hier immer weniger angekommen. Wegen der schlechten Ausstattung des Hospitals hatte sich der

Gouverneur auch schon in Port Louis beschwert. Verhungern können wir nicht, aber in manchen Jahren fallen uns bald die alten Sachen vom Leib. Ich hörte, der Capitaine der *Bellérophon* will bald mit einem gekaperten Versorgungsschiff herkommen?»

«So ist es, Madame.»

«Es wird hoffentlich prall gefüllt sein.» Sie lächelte. «Ah, ich glaube, ein Stück Seife habe ich noch. Möchten Sie es?»

«Gern.» Er bekam eine kleine Kugel aus Kokosfasern, die er behutsam auseinanderzog. Das winzige Seifenbröckchen darin war schwarz und geruchlos. «Was verlangen Sie dafür?»

«Einen Liter Baumwolle.»

Ein Liter, das war eine der neuen Maßeinheiten aus dem revolutionären Frankreich, knapp zwei Pints. Aber wo sollte er Baumwolle hernehmen?

«Sie können auch mit Essen bezahlen, Monsieur le Docteur. Mit einem Korb Mangos, beispielsweise.»

«Im Hospitalgarten liegen reichlich Kokosnüsse …»

«Danke, die behalten Sie schön. Vielleicht haben Sie ja Gewürze in Ihrer Apotheke? An Pfeffer haben wir immer Bedarf.»

«Hm. Zimt?»

«Den schneidet sich hier jeder selber, dafür muss man bloß ein Stück in den Wald gehen. Vanille würde ich nehmen. Haben Sie Laudanum?»

«Viel zu wenig. Eine Apotheke können sich die halb leeren Schütten in den Kommoden des Behandlungszimmers kaum nennen. Münzwesen hat doch seine Vorteile, stelle ich gerade fest.»

«Nun, der Gouverneur genießt es sicherlich, seine Steuern direkt zu Munde führen zu können.» Sie lachte. «Wir kommen mit unserer Tauschwirtschaft klar, und Zeit zum Feilschen haben wir auch reichlich.»

Das Ladenglöckchen bimmelte. Ein Mann kam herein, ein Weißer, doch keiner von den Stadtnotabeln; er schien ein Fischer oder Fallensteller zu sein. Er grüßte und hob einen Bastkäfig auf die Theke. Der gefangene Flughund flatterte und quiekte ermattet. *Diese* Tauschware war der Geschäftsfrau willkommen. Seth tat, als denke er nach, und trat ans Fenster. Drei Schiffsoffiziere marschierten vom Hafen herauf, begleitet von zwei rotberockten Marinesoldaten mit geschulterten Musketen. Zwei Matrosen, die eine Seekiste trugen, dazu ein pickliger Junge in der Uniform eines Seekadetten. Und der Verwalter der Kolonie, Le Roy, der eine steife, finstere Miene aufgesetzt hatte. Seth kannte das Procedere; man würde einige nützliche Dinge wie Werkzeuge, Nägel, Seile, Arzneien bieten, um als Gegenleistung das Ladedeck des Schiffes mit Proviant und Wasser vollzubekommen. Auch nutzte man meist die Gelegenheit, Verletzte an Land pflegen zu lassen, was hier zu seiner großen Erleichterung aber nicht der Fall war. Lieutenant Dubois' armseliges Trüppchen stand vor der kleinen Hütte, die sich Kaserne nannte, und präsentierte, als die Engländer vorübermarschierten, veraltete Musketen.

In Seths Rücken beklagte sich die Frau bei ihrem Kunden, dass es eine Schande sei, vor diesen Roastbeefs – es klang wie *Rosbifs* – den Kratzfuß machen zu müssen. Und dass Robert Surcouf, der berühmte Korsar, sich doch bitte aus Frankreich, wo er derzeit seine eroberten Prisen genoss, aufmachen solle, um die Briten endgültig aus dem Indischen Ozean zu vertreiben. *Weltfremdes Gejammer*, dachte Seth. Der Krieg um die Herrschaft über die Weltmeere war endgültig entschieden.

Die Ladeninhaberin lachte schrill, als wie aus heiterem Himmel einer dieser schnellen und heftigen Regengüsse auf die Soldaten niederging, die sogleich einen deutlich weniger respektablen Eindruck machten. Der Flughundfänger ging.

«Ich mache Ihnen einen Vorschlag», wandte sie sich wieder an Seth. «Sie kriegen die Seife, wenn Sie sich um meinen Mann kümmern. Er hat einen Abszess am ... verlängerten Rücken.»

«Das ist eine gute Idee, Madame. Schicken Sie ihn zu mir.» Er verabschiedete sich und trat zurück auf die Straße. Hier herrschte ungewohntes Gewimmel, in dem er sich sicher fühlte. Fast ein wenig wie in den Häfen großer Städte, aber ohne den Schmutz und den Gestank. Man grüßte ihn freundlich, und wenn die Männer der *Bellérophon* vorüberliefen, salutierten sie. Die Ranghöheren waren im Gasthaus einquartiert worden, die anderen in Hütten weiter südlich. Jedem war eingeschärft worden, dass sie hier auf friedlicher Mission Rast machten, nämlich als Besatzung eines Handelsschiffes, das Kokosnüsse, Baumwolle und Zuckerrohr nach Mosambik bringen wollte. Quinssy hatte Mullié mit gefälschten Papieren ausgestattet. *Wenn ihr wüsstet, welchen falschen Penny ihr mit euch führt*, dachte Seth. *Ihr würdet euch auf mich stürzen und meinen Landsleuten zu einem Paket geschnürt übergeben, als Bezahlung, dass sie so bald wie möglich wieder verschwinden.* Mullié hatte ihm erzählt, dass in der Remise des Châteaus eine alte Guillotine stand. Sie war verrostet, verzogen und unbrauchbar; nicht verwunderlich bei diesem Klima.

Hier richtet man ganz mittelalterlich, hatte er gesagt, genüsslich in eine Banane beißend. *Mit Feuer und Schwert. Mangels Schwert eher mit Feuer. Jedenfalls die Sklaven. Anaïs hat's mir erzählt.* Anaïs war eine der Damen aus dem einzigen Bordell hier, dem *komfortablen Haus.* Wie es schien, verbrachte Mullié seine Tage fast ausschließlich dort. Seth zog es vor, sich nachts in eine dunkle Ecke des Hospitals zu verkriechen – in seinen Kleidern. So fühlte er sich sicherer.

Er blickte in den Himmel: Die Sonne berührte bereits die Berge der Insel, und auf ihn wartete eine weitere unbequeme Nacht. Fischerboote und ein Kahn, der die wenigen Siedler auf den fünfundzwanzig Seemeilen entfernten Nachbarinseln Praslin und La Digue versorgte, kehrten zurück. Er sah auf dem Deck der *Billy Ruff'n,* wie er die *Bellérophon* insgeheim nannte, die Wache herumschlendern. Auf dem britischen Neuankömmling herrschte die Geschäftigkeit einer Ameisenarmee. Viele rothaarige Iren sah man; auch einige schwarzhaarige Sepoys aus Indien. Befehle wurden gebrüllt, Tampen auf die Rücken säumiger Männer niedergeklatscht. Matrosen hockten auf den Außenplattformen und besserten die Kupferverkleidung des Rumpfes aus, die Toppsgasten turnten durch die Rigg bis hinauf zu den Krähennestern, schwangen breitbeinig auf den Manntauen, beugten sich über die Rahen und lösten die Segel, um sie zum Ausbessern hinabzulassen. Zwischen den geschwungenen Galionsspanten hockten schmale Kerle und lackierten die ramponierte Bugzier neu. Ein britischer

Wappenlöwe zierte das Galion. Welcher Name am Heck wohl stand? Wahrscheinlich *Potency*, *Merciless*, *Violence* oder ähnlich Einschüchterndes.

Wie oft hatte er selbst auf der *Confidence* auf den Knien die Planken geschrubbt, den blutigen Sand in der Krankenstation zusammengekehrt und dann, weil er so verklumpt gewesen war, mit den Fingernnägeln aus den Ritzen gepult? Wie oft hatte er die Gräting nach einer Bestrafung geputzt? Wie oft das Blut von Freunden abgewaschen? Das eigene? Als zwei Männer von einer der Niedergangsluken die Gräting abnahmen, um sie steuerbords an die Wanten zu hängen, wandte er sich ab. Einer Bestrafung wollte er nicht zusehen.

Allmählich zerstreuten sich die ersten Siedler und verschwanden in ihren pittoresken, mit Palmblättern oder Holzschindeln gedeckten Häusern. Andere umringten den britischen Quartiermeister, um mit ihm zu verhandeln; er hatte ein dickes Listenbuch gezückt und ordnete lautstark den Andrang.

Seth folgte in einigem Abstand der britischen Abordnung, bis diese durch das Tor der beiden majestätischen Ravenala-Palmen in den Schlosspark einbogen. Niemand hatte auf ihn geachtet, niemand ihn entdeckt. Wie auch? Er war Thierry Carnot. Ein Franzmann.

Er schlenderte hinüber zum Hospital, das verlassen wirkte. Zwei Flughunde kreisten über dem Garten. Blätter raschelten, als sie sich in einer Kokospalme niederließen. Das Gezeter der beiden Fledertiere begleitete ihn, als er durch die Veranda ins Behandlungszimmer trat. Die Weite und Luftigkeit seiner neuen Behausung gefielen ihm – keine stickige Kabine, keine Deckenbalken, an denen man sich den Kopf zu stoßen drohte. Und dazu gab es ein weibliches Wesen, das sich um sein Wohlergehen zu sorgen schien. Denn auf dem Operationstisch stand sein Abendessen bereit.

Er lüpfte den Gazeschirm und fand frittierte Bananen, dazu einen Salat aus Früchten und Fisch. Noëlle konnte kochen, bei Gott; kein Wunder, dass sie bei Hodoul einen derart hohen Stand innehatte. Rasch aß er im Stehen ein paar Happen, dann ging er hinüber zu seinen Patienten. Die Pupillen des Briten zeigten kaum eine Reaktion. Seth seufzte. Dieser Mann war so gut wie tot, auch wenn er sich mit letzter Kraft am Diesseits festklammerte.

Oben schaute er nach den Sklaven. Hugo ging es gut; er hockte auf seiner Matratze und legte Karten. Noëlle, die ihm zusah, sprang auf.

«Guten Abend, Monsieur le Docteur», sagte sie steif und verneigte sich. Warum kam sie nicht näher? Im Zwielicht der Dämmerung wirkte ihr Gesicht irgendwie verändert. Er winkte sie heran, und da sie störrisch weiter zu Boden starrte, hob er ihr Kinn.

«Wer hat dich geschlagen?»

«Sind Sie schon fertig mit dem Essen? Ich trage es schnell ab.» Sie huschte an ihm vorbei und rannte die Treppe hinunter.

Hatte er sich dem Gefühl hingegeben, fern und sicher, zumindest vorerst, von Peitsche und Blut zu sein, so sah er sich getäuscht. Man war nie sicher, nie und nirgends. Das galt für ihn, und für sie, eine Sklavin, erst recht. Kein Ort konnte so paradiesisch sein, dass sie sicher wäre. Diese Erkenntnis schmeckte bitter.

Er folgte ihr. «Wer hat dich geschlagen?», fragte er noch einmal.

«Irgendjemand. Das passiert nun einmal: Sklaven schlägt man.»

«Du gehörst doch Hodoul?»

«Glauben Sie wirklich, ich würde jedes Mal zu Monsieur Hodoul rennen?»

Hier im Licht sah er ganz deutlich den Bluterguss unterhalb ihres linken Auges. Der kleine verkrustete Riss verriet ihm, dass sie heftig geblutet hatte. Er hob eine Hand, wollte sie berühren, sorgsam die Schwellung ertasten. Zwei Fingerbreit vor ihrem Gesicht hielt er inne. Warum, wusste er nicht. Vielleicht wegen ihres abweisenden Blickes.

«Du musst Kopra auftragen, mit Kokosöl vermischt.» Eine exotische, aber einfache Behandlungsmethode, die er schon auf den Schiffen der Royal Navy kennengelernt hatte.

«Das habe ich längst getan.»

«Entschuldige, dass ich dir einen Vorschlag machte! Nun rede schon, was ist da passiert?»

Sie tippte sich auf die Wunde. «Was ist *Ihnen* da passiert?»

Unwillkürlich berührte er seine Narbe unterhalb des linken Auges. Die gleiche Stelle, die gleiche Verletzung. Ärger brodelte in ihm. In diesem Augenblick empfand er Noëlle beinahe anmaßend. Was fiel ihr ein, an seiner Wunde, seiner *inneren* Wunde, zu rühren? Sie hatte Mut, das musste man ihr lassen. Sein dummer Ärger verflog so schnell, wie er gekommen war. Die Frage, warum ihr Mut ihm so gefiel, war einer längeren Überlegung wert.

«Ich wurde als Kind zum Dienst auf einem Schiff gezwungen.» Das zu sagen, stellte kein Problem dar. Gepresst wurde überall, wenn auch nicht mit der grausamen Perfektion der britischen Marine. «Da ich mich wehrte, verpasste man mir einen Hieb.»

«Und diese kleinen blauschwarzen Flecken?»

«... mit einem Tintenfass», ergänzte er. Das kam ihm plötzlich so absurd vor, dass er lachen musste. Zaghaft erwiderte Noëlle sein Lächeln. In der Düsternis wirkten ihre Zähne besonders hell. Und ja, sie hatte Grübchen, stellte er entzückt fest. *Du darfst ruhig öfter ein Lächeln zeigen*, dachte er. *Es gefällt mir.*

Im nächsten Moment war ihr Lächeln verschwunden. Sie holte tief Luft. «Jemand bat mich um einen Zauber, um ein Kind abzutreiben. Aber da ich böse Magie nicht anwende, setzte es halt einen Schlag.»

Jesus Christus! Dazu wollte ihm jetzt nichts einfallen. Verlegen starrte er auf das Essen.

«Das heißt, einmal tat ich es. Es ... es war die Tochter eines Pflanzers; das Kind war von ihm. Aber es hatte gar nichts bewirkt, gar nichts; sie trug es aus. Hugo vermutete, dass er sich mit einem stärkeren Zauber geschützt hat.»

«Wo bin ich hier bloß hingeraten?» Er warf die Hände hoch. «Dass Väter ihre Töchter schwängern, hörte man zwar auch in Wapping, aber der Aberglaube hielt sich wenigstens in Grenzen, und mit Flughunden hat man auch nicht bezahlt ...» Noch beim Reden ging ihm auf, dass der lahme Scherz denkbar ungeeignet war, sie zu beruhigen. Wie man es richtig machte, wollte ihm nicht recht einfallen. Es hatte seine Nachteile, ständig mit rauen Kerlen zusammengepfercht gewesen zu sein. Er hob die Hand, wollte sie auf Noëlles Schulter legen. «Es tut mir leid.»

Er stockte. Hatte er eben wirklich Wapping erwähnt? Seit Jahren war ihm das nicht mehr passiert. Solche Nachlässigkeit ließ sich nur mit der fehlenden strengen Schiffsroutine erklären. Verdammt, er konnte sich solche Fehler nicht leisten.

«Du kannst das wegräumen», sagte er ruppig. «Und ich sage dir, falls ich es nicht eh schon tat: Lass die Finger von diesen lächerlichen Zaubersachen. Sie sind völlig nutzlos.»

Sie setzte wieder die starre Miene einer Sklavin auf, nahm das Tablett und lud alles darauf. «Sie haben viel zu wenig gegessen, Monsieur le Docteur. Hat es nicht geschmeckt?»

Er winkte ab, während er müde zu seinem Stuhl ging und sich darauf niederließ. Ihm fiel die Seife ein. Es war dringend geboten, sich einmal gründlich zu waschen. Seine Kleider zu säubern. Sich eine anständige Schlafunterlage zu suchen. Und über das Angebot des Gouverneurs nachzudenken.

7.

Zwei riesige Pranken packten seinen Arm und zerrten ihn zu einem Kohlebecken. Er wehrte sich mit Händen und Füßen und Zähnen. Umsonst. Einst hatte man ihm Geschichten erzählt, in denen Wilde ihre Gefangenen über solche glühenden Kohlen legten und ihre verzweifelten Schreie mit Johlen und Gelächter begleiteten. Und nun wurden diese Geschichten wahr. Aber es waren keine Wilden, die ihn hielten. Es waren Männer in teuren Uniformen, an denen goldene Orden, goldene Knöpfe und Stege und goldene Epauletten blinkten. Seine Folterknechte waren die höchsten Würdenträger der Royal Navy – Admiräle, Konteradmiräle, Flottenkapitäne. Unter ihnen gar der Erste Seelord selbst. Er sah gepuderte Haare, Locken über den Ohren, Zöpfe in schwarzen Samtschleifen. Nur ihre Gesichter, die sah er nicht. Dafür zeichnete sich im Kohlefeuer eines ab. Ein breiter Mund, mit dem die Glut sprach: Verräter, Verräter! Und ihn auslachte. Seine gespreizten Finger wurden in die glühenden Kohlen hineingedrückt. Sein Hemdsärmel begann zu brennen, lichterloh, bis hinauf zur Schulter, und dann war er von grellem Weiß umhüllt …

Im Dorf krähte ein Hahn. Es war bereits hell, aber Monsieur Carnot rührte sich nicht. Er hatte seinen Stuhl an den Behandlungstisch gestellt und den Kopf auf die gekreuzten Unterarme gebettet. Er atmete tief und schwer, doch seine Züge waren nicht entspannt. Möglichst leise stellte Noëlle das Tablett mit seinem Frühstück ab. Er ruckte hoch, blinzelte und rieb sich über das Gesicht.

«Danke. Musst du nicht den Hodouls das Frühstück servieren?»

«Sie sind schon früh zu einer Bootspartie aufgebrochen und werden ein paar Tage unterwegs sein.»

Carnot schob das Tablett mit den Früchten und dem Maniokbrot heran. «Ich brauche einen Muntermacher. Verstehst du dich auf einen guten Kaffee?»

«Gleich am Morgen schon? Wie Sie wünschen.» Sie verließ das Haus, ging hinüber in die kleine Küche, um den Kaffee zu brauen, und als sie wiederkehrte, hatte der Docteur das Essen kaum angerührt. Stattdessen stand er in der Ecke über das Lavabo gebeugt. Zum ersten Mal sah sie seinen Rücken, sehnig, kräftig und zugleich schmal. Die Narben stammten vermutlich von Züchtigungen, die er als Schiffsjunge empfangen hatte. An den Armen und auf dem rechten Schulterblatt waren, wie bei Seeleuten üblich, maritime Bilder eintätowiert. Neptun, Anker, Möwen, Seejungfern und dergleichen, und eine Kanone deutete darauf hin, dass er einmal bei der Marine Nationale gedient hatte. Das Wasser ließ das dunkle Blau glänzen. Auch die dunkelblonden Haare hatte er sich gewaschen, die ihm nun lang und nass auf den Schulterblättern klebten.

Geräuschvoll stellte sie die Kanne und den Zinnbecher

ab. Er drehte sich um, lächelte sie aus einem eingeseif-ten Gesicht an. Die schmale, sehnige Hand zog routiniert das Rasiermesser über den Streichriemen. Auch auf der Brust hatte er ein Bild – einen Dreimaster, doch Genaueres konnte sie zu ihrem Bedauern nicht erkennen. Sowie er seine Rasur beendet hatte, wusch er sich Seife und Stop-peln herunter, schlüpfte in sein Hemd, kämmte rasch mit den Fingern das Haar und band es im Nacken mit einer schwarzen Seidenschleife.

Er trat an den Tisch und trank.

«Ist er gut?», fragte sie.

«Morgen nimmst du die dreifache Menge Pulver auf einen Humpen. Dann darfst du auch behaupten, mir einen Kaffee gekocht zu haben. Für dies hier», er tippte gegen den Becher, «muss ich mir noch überlegen, was es sein könnte.»

Manchmal war er so … überheblich. Oder sie schätzte ihn falsch ein. Er wäre leichter zu mögen, würde er sie nicht so verwirren. «Es tut mir leid, bitte entschuldigen Sie. Beim nächsten Mal mache ich es besser.»

Er strich sich ein paar feuchte Strähnen aus der Stirn. «Das war ein Scherz! Auch wenn der Kaffee wirklich nichts taugt.»

«Draußen ist Monsieur Le Franc, er leidet unter Übel-keit», sagte sie kühl.

«Gut. Ich bin so weit.» Er öffnete die Tür und ließ den jungen Mann herein. Sofort begann er ihn auszufragen und zu betasten, was diesem sichtlich lästig war.

«Noëlle soll meine Fußnägel mit ihren besonderen Kräu-tern verbrennen, dann ist es wieder gut», sagte Le Franc un-wirsch.

«Fußnägel?»

Er ließ ein paar abgeschnittene Nägel auf den Tisch rieseln. «Wenn ich den Rauch einatme, geht es mir wieder besser.»

«Bisher hat es immer geholfen», warf sie ein.

Carnot schloss kurz die Augen und nahm einen tiefen Atemzug. «Mir scheint, hier wäre der gute alte Aderlass angebracht. Bitte legen Sie sich auf den Behandlungstisch, Monsieur Le Franc.»

Der tat, wie ihm geheißen, doch sein Blick war mehr als misstrauisch, während der Chirurg seinen Ärmel hochkrempelte, einen Ledergurt darüber schob und fest anzog.

«Den Schnepper, Noëlle.»

Sie gehorchte. Sie musste ja. «Bitte.» Sie legte ihm das messerähnliche Instrument in die ausgestreckte Hand. Doch kaum setzte er es in der Ellbogenbeuge an, sprang Le Franc mit bleichem Gesicht auf und rannte hinaus. Achselzuckend gab Carnot ihr den Schnepper zurück.

Der nächste Patient war Madame Blin. Die Gattin des reichen Sklavenhändlers hatte sich in einer Sänfte hertragen lassen. Sie rauschte wie ein voll beladenes Linienschiff herein, sackte auf den nächstgelegenen Stuhl und fächerte sich laut schnaufend Luft zu. «Ich fühle mich von dieser Luftfeuchtigkeit mal wieder wie erschlagen.» Ihr pausbäckiges Gesicht war gerötet und glänzte wie eine Speckschwarte. «Daheim in Lyon wandte unser Arzt immer die magnetische Kur an. Ich musste die Füße in ein Wasserbad stellen, einen Baum umarmen und dazu singen. Es war stets sehr wohltuend. Docteur Poupinel versuchte es auch, aber er versteht sich leider nicht auf diese Wissenschaft. Sie vielleicht?»

«Das ist keine Wissenschaft, Madame Blin. Das ist ... europäisches *gris-gris*.»

«Spotten Sie nur!», empörte sie sich.

«Wenn Sie Noëlle gestatten würden, die Schnürbrust zu lockern ...»

Sie tat es mit eisiger Miene. Er legte das Ohr an die wogende Brust seiner Patientin, fühlte ihren Puls und befragte sie eingehend. Schließlich sagte er: «Ich fürchte, Madame, das Einzige, was Ihnen helfen kann, ist eine Gewichtsreduktion.»

«Unerhört! Ich esse doch nur Obst!»

Sie wuchtete sich hoch, ordnete ihr Kleid und schritt hinaus. Der Nächste war ein riesenhafter Schwarzer. Er präsentierte einen blutigen Rücken.

«Herr Rossigno mich geschickt, mach Baumwolle pflück, immer faul. Dann hauen, aber faul. Immer hauen, hauen. Was soll?»

Noëlle übersetzte das ungeschickte Pidgin in verständlichere Worte und erklärte Monsieur Carnot, dass der geraubte Madagasse unter Schwermut litt, seit er von seiner Familie getrennt worden war, die auf Praslin arbeitete.

«Noëlle wird deine Fleischwunden mit einer Tinktur aus Essig und Schwefelsalbe säubern», erklärte ihm Carnot. Doch der Sklave weigerte sich, ihr den Rücken zuzukehren. Sein Gebaren war ihr peinlich.

«Docteur machen, bitte», sagte er.

Monsieur Planeau, der weiter südlich eine kleine Werft unterhielt und Pirogen baute, kam herein. Der kleine, drahtige Mann deutete sofort auf den Sklaven.

«Verschwinde, du kannst warten. Ich habe mir einen

Zeh gebrochen! Bin über einen Granitbrocken, der aus dem Sand ragte, gestolpert.»

Der Sklave sprang vom Stuhl hoch und rannte hinaus; Carnot blieb mit der Tinktur und dem Baumwolltuch in den Händen zurück.

«Noëlle, hol ihn zurück», befahl er. Und zu Planeau mit kühlem Lächeln gewandt: «Einer nach dem anderen. Warten Sie bitte auf der Bank draußen auf der Veranda.»

Planeaus Augen wurden groß. «Ich soll wegen eines Sklaven warten?»

«So ist es.»

«Das ist doch … Sind Sie noch bei Trost?» Wutschnaubend machte Planeau kehrt, und da er sich nicht auf die Veranda setzte, sondern ging, war es mit seinem Zeh wohl doch nicht so schlimm. Noëlle fing den Sklaven wieder ein, und als dieser versorgt und gegangen war, wischte sich Carnot mit dem Ärmel den Schweiß von der Stirn.

«Keine einfachen Leute, diese Franzosen.»

«So wie auch Sie kein einfacher Franzose sind», entschlüpfte es ihr. Ein gewagter Scherz für eine Sklavin. Doch er stutzte nur, runzelte die Stirn und hieß sie, ihm Wasser einzuschenken.

«Ich bin den Umgang mit Sklaven nicht gewohnt. Auf der Krankenstation eines Schiffes hat man weder Platz noch Zeit, auf irgendwelche Hierarchien Rücksicht zu nehmen, wenn es nicht gerade den Capitaine betrifft.» Gierig trank er den Becher leer. «Warum wollte der Sklave nicht von dir behandelt werden?»

Sie hob die Schultern. «Manche neiden mir meine Stellung. Und meine Haut.»

131

«Deine Haut? Ah, ich verstehe. Du bist nicht so schwarz wie die meisten. Wie kam es denn zu der ungewöhnlichen Verbindung Madame Hélènes mit deinem Vater, wenn die Frage gestattet ist?»

«Ich weiß es nicht. Einmal, ich war noch ein junges Mädchen, fragte ich Madame Hélène das Gleiche. Sie schwieg. Ich bat und bettelte, und als das nicht half, wollte ich wissen, ob er ihr Gewalt angetan habe. Da hat sie nur einen kurzen Augenblick versonnen gelächelt und nein gesagt.» Noëlle staunte über sich, dass sie diesem Mann mehr verriet als nötig. Schwer fiel es ihr nicht. «Wie war er, habe ich darauf wissen wollen, und sie meinte: ‹weise›.»

«Dann war er wohl ein ... wie nennt ihr solche Männer? Ein *bonhomme du bois*.»

Sie nickte. Ein weiser Mann des Waldes, ein Schamane.

«Und ...» Plötzlich weiteten sich seine Augen, und er verschluckte sich. Hastig stellte er den Becher fort. Noëlle fuhr herum. Ein Mann in einer roten Uniformjacke, mit weißen Culottes und schwarzen Gamaschen betrat den Raum. Er lüpfte den Hut mit der schwarzen Kokarde und lehnte zugleich seine Muskete an die Wand.

«Noëlle», sagte Thierry Carnot. «Mach mir bitte einen richtigen Kaffee.»

«Sehr wohl», murmelte sie, verneigte sich und ging. Sie nahm sich vor, ihn diesen Kaffee so bald nicht vergessen zu lassen.

Er wollte sie nicht hierhaben. Nicht, solange er sich diesem englischen Seesoldaten widmen musste. Er hatte in ihrer Gegenwart schon zu viele kleine Patzer begangen. «Was kann ich für Sie tun, Monsieur …»

«Lieutenant Thomas Hallpike, von Seiner Majestät Schiff *Tethys*.»

Doch kein martialischer Name, dachte Seth. Nun, Mythologie war auch in Großbritannien beliebt. Vielleicht war es auch ein erobertes französisches Schiff, und der Name der Meeresgöttin war beibehalten worden, um die Umlackierung am Heck zu sparen.

Der Mann grinste schief. «Ich habe wunde Stellen an meinem *dick*.»

«Dann machen Sie sich bitte frei.»

«Kein Problem, Doc. Aber halten Sie sich die Nase zu – der kleine Kerl da unten hat seit langem keine Seife mehr gesehen.»

«Mir ist nichts Menschliches fremd, Lieutenant.»

«Wie Sie wollen, Doc …»

Der Brite sprach ein halbwegs ordentliches Französisch, von einigen englischen Einsprengseln abgesehen. Seth bemühte sich, einen guten Franzmann abzugeben: Er sprach melodiös und dramatisch und gestikulierte. «Sieht ganz nach Syphilis aus, Lieutenant.»

«*Damn*, die französische Krankheit. Hab's mir schon gedacht. Und jetzt?»

«Sauberkeit, Enthaltsamkeit … und Fasten. Mehr kann ich Ihnen nicht raten.» Es gab die langwierige Methode der Quecksilberbehandlung, doch vielversprechend war das nicht und auf einem Schiff, selbst wenn es dort Quecksilber gäbe, kaum durchführbar. Der Mann war früher oder später dem völligen Verfall geweiht.

133

«Gott verfluche Sie, Doc! Sie sind doch ein *quack* wie alle anderen! Was hab ich auch von einem Froschfresser erwartet?» Hallpike zerrte seine Kniebundhosen hoch und knöpfte sie zu. «Was bin ich Ihnen schuldig?»

«Einen Liter Baumwolle.»

«Was? Wollen Sie mich zum Narren halten?» Er knurrte etwas, das wie *goddamned frog* klang. Seth hörte es gern – er *hatte* den Mann erfolgreich zum Narren gehalten.

«Sie schulden mir nichts», sagte er. «Doch auf ein Wort noch: Wie lange gedenkt Ihre Mannschaft zu bleiben?»

Hallpike ordnete seine Uniformjacke, setzte sich den schwarzen Filzhut auf und nahm seine Muskete. «Wir werden übermorgen wieder unter Segel gehen, solange der Nordwestpassat noch weht», antwortete er ein wenig ruhiger. «Nicht dass uns hier die Umschlagperiode festhält.»

Die Umschlagzeiten – daran hatte Seth gar nicht mehr gedacht. Bis ins Frühjahr hinein wehte der Passat aus Nordwest; danach folgte eine mehrwöchige Windstille, bis der Passat für das nächste halbe Jahr aus Südost kam. Das bedeutete, dass Capitaine d'Ournier frühestens Anfang April zurückkehren würde.

Und dass er, Seth, einige Wochen, vielleicht sogar anderthalb Monate Zeit hatte, über seine Entscheidung nachzudenken.

Hallpike kramte in seinen Hosen und legte einen Penny auf den Tisch. Da Seth nicht sofort zugriff, sagte er mit einem überheblichen Grinsen: «Ist kein Froschlaich, ich weiß.»

«Froschlaich?»

«Na, Froschgeld! Das hier ist gute, britische Währung, die bald auch hier gelten wird. Also sparen Sie ihn mal schön.» Er salutierte und ging.

* * *

Noëlle winkte mit einem dicken Stück Jackfrucht. Esmeralda kam aus ihrem Schlammloch gekrochen und schob sich mit durchaus respektabler Geschwindigkeit an den Rand des Gatters. Der runzlige, mit getrocknetem Schlamm bedeckte Kopf machte sich lang. Die kleinen Augen blickten freundlich und wissend. Für eine Landschildkröte war Esmeralda noch nicht alt – vierzig Jahre. Noëlle hielt ihr das saftige gelbe Fruchtstück hin. Esmeralda kaute langsam. Derweil nahm Noëlle eine Bürste zur Hand und schrubbte mit reichlich Wasser Vogelkot von dem dicken Panzer. Das tat sie öfter, und sie hatte den Eindruck, dass die Schildkröten es mochten.

«Hoffentlich wählen die Briten nicht ausgerechnet euch», sagte sie zu Esmeralda und den fünf anderen Schildkröten. Sie öffnete das Gatter, damit die Reptilien sich im Garten unter den Büschen verkriechen konnten. Dann wäre es den Matrosen hoffentlich zu mühselig, sie zusammenzusuchen. Sollten sie sich doch an denen von Blin, Marconnet oder Rossigno schadlos halten. Traurig war der Gedanke dennoch. Man würde die armen Schildkröten im Ladedeck stapeln und gelegentlich mit Wasser besprengen, gerade so, dass sie am Leben blieben. Wohl denen, die alsbald in den Kochtöpfen der Kombüse landeten und nicht erst nach einigen Monaten.

Die Nacht war hereingebrochen. Noëlle hockte sich auf den festgetrampelten Weg zwischen Küche und Hospital und blickte in den Himmel. Hier kreiste ein Flughund und verschwand in irgendeinem Baum, dort ein weiterer. Vorhin hatte sie in Schloss Bellevue ihr Curry serviert. Anwesende Gäste: der britische Capitaine, der sich hochtrabend *Master and Commander* nannte. Zwei Offiziere und ein Seekadett. Die Stadtnotabeln Blin, Le Roy, der Notar Jérôme Dumont und natürlich Seine Exzellenz, Quéau de Quinssy. Der hatte etwas entsetzt geschaut, als sich in der Schale des überheblichen Commandanten fast nur Knochen gefunden hatten. So war es eben mit diesen verflixten kleinen Flughunden: Auf ein wenig gutes Fleisch kam eine Handvoll dünne Röhrenknochen. Der Engländer hatte alles, was er sich in den Mund geschoben hatte, mühselig wieder herausziehen müssen. Und Noëlle hatte still und heimlich in sich hineingelächelt.

Es hatte sie auch ein wenig amüsiert, dass der Gouverneur wieder alles getan hatte, seine Gastgeber glauben zu lassen, man sehe sich als Untertan Georges III. Dessen Portrait prangte dort, wo sonst Napoléon Bonaparte hing. Dazu eines aus der Zeit des *Ancien Régime*, eine Dame, vermutlich Marie Antoinette, als Schäferin. Quinssy hatte von den Zeiten am französischen Hof in Versailles geplaudert, jedoch die spätere Revolution und die Zeit des Empire mit keinem Wort erwähnt. Man gab sich als Anhänger der alten Monarchie. Als eine Kolonie, die nichts dagegen hatte, dem Reich King Georges anzugehören. Jedoch hatte Seine Exzellenz die Tafel früh aufgehoben. Ihn plage ein Steinleiden, so seine Entschuldigung. Was ja stimmte. Aber vielleicht waren ihm die Schmerzen nicht ganz unwillkommen gewesen.

Noëlle verstand nicht viel von Politik. Aber aufschnappen ließ sich hier und da doch einiges. Zum Beispiel, dass die Briten die Sklaverei abschaffen wollten. Behaupteten sie. Nur taten sie nichts dafür. Ab und zu kamen sie, protzten herum, verschwanden wieder.

Und wenn ich keine Sklavin mehr wäre? Was dann?

Dann wäre sie ... wie nannte Quinssy es, der der Sklaverei das Wort redete? Vogelfrei. *Dort, wo die Sklaven befreit wurden, arbeiten sie weiter auf den Plantagen, und der Hungerlohn, den sie bekommen, ernährt sie auch nicht besser. Und die Frauen müssen tun, was Madame Hélènes Damen tun. Nur nicht so komfortabel.*

Sagte er das nur, damit man stillhielt, wenn die Ziemer auf einen niedergingen und man des Nachts in einen Erdgraben gesperrt wurde? Oder sprach er die Wahrheit? Er nannte sich einen Ehrenmann, dessen Wort etwas galt – und log und foppte die Engländer ganz nach Belieben. Sie mochte ihn, wie ihn die ganze Kolonie mochte. Und vergaß nicht, mit welcher Strenge er das *Établissement* führte, wenn es notwendig war.

Die Séchellen sind das Paradies, sagte er. *Unser Arkadien. Ich tue alles, was in meiner Macht steht, damit es das Unsrige bleibt.*

Das hatte er sogar zu seinen Besuchern gesagt. Und sie glauben gemacht, er drücke damit seine Loyalität gegenüber der englischen Krone aus. Dazu hatte Noëlle auf Seiner Exzellenz Befehl hin das Gelee der *coco de mer* serviert, und sie hatten selig gelächelt.

Eine Mango fiel vor ihr auf den Boden. Sie nahm die aufgeplatzte Frucht, nagte die ledrige Schale ab und grub die Zähne ins Fruchtfleisch. Süßer Saft quoll über ihre Finger. Sie hatte ein gutes Leben, fand sie. Ja, die Schwarzen und die anderen Mischlinge betrachteten sie misstrauisch, sahen in ihr einen Liebling der Weißen, eine Privilegierte, weil sie das Glück hatte, in den Haushalt des freundlichen und angesehenen Monsieur Hodouls gekommen zu sein. Die Weißen – auch die Hodouls, wenngleich sie nett waren – sahen in ihr nur eine schwarze Sklavin. Freiheit würde daran nichts ändern. Oder etwa doch?

Ein Schatten kam aus dem Haus und wanderte ein paar Schritte über den Rasen. Noëlle hörte auf zu essen, damit Thierry Carnot sie nicht bemerkte. Auch er bückte sich nach einer gefallenen Frucht, warf sie hoch und fing sie mit einer geschickten Handbewegung wieder auf. Er legte den Kopf in den Nacken, als zwei Flughunde kamen und in einer Baumkrone verschwanden. Ihr Geschnatter hallte weithin.

Thierry Carnot. Bliebe er doch für immer. Seit er hier war, ließ sich Poupinel kaum noch blicken. Unter Carnot erging es den Sklaven und sämtlichen anderen Patienten so viel besser. Und Hugo – ohne Carnot wäre Hugo vielleicht tot.

Aber er wirkte immer so gehetzt, der Docteur. Vielleicht war er nicht fürs Landleben gemacht; vielleicht sehnte er sich nach der See. Wobei, sie hatte eher den Eindruck, er sehne sich nach *Flucht*.

Vielleicht wälzte er ähnliche Gedanken, denn er blickte hinüber zu Poupinels halb hinter Büschen verborgenem

138

Haus, das im Dunkeln lag. Dann in den Himmel. Als er schließlich kehrtmachte, entdeckte er sie und schlenderte auf sie zu. Sie wollte aufspringen, um sich zu verneigen.

«Bleib sitzen, Noëlle.»

Sie gehorchte und knabberte weiter an der Frucht. Auch Carnot entsann sich seiner Mango, zog ein Skalpell aus der Innenseite seiner Jacke und begann sie zu schälen.

«Es war gut, dich heute den ganzen Tag hierzuhaben. Würde ich bleiben …» Er hielt inne, schien über seine eigenen Worte verwundert und fuhr dann fort, mit geschickter Präzision die Schale zu entfernen. «Dann würde ich dich von den Hodouls loszueisen versuchen.»

«Ich glaube nicht, dass sie sich darauf einlassen würden.»

Er nahm einen Bissen und schluckte. «Dann sind sie hoffentlich wenigstens lange fort?»

«Einige Tage sicherlich. Mit Sack und Pack sind sie auf die Westseite Mahés aufgebrochen. Dort wollen sie den Sonnenuntergang über dem Meer genießen.»

«Tatsächlich?»

«Ja, wahrscheinlich sitzen sie gerade jetzt an einem Tisch am Strand, mit Kerzen und Palmwein und einem süßen Liqueur aus dem Fleisch der *coco de mer*. Lassen sich die nackten Füße vom Wasser umspülen und lauschen dabei dem Violinespiel eines Dieners.» Sie nahm an, dass der Zweck dieses Ausflugs nicht nur das Tête-à-tête war – Monsieur Hodoul wollte seiner Gattin die Gegenwart der verhassten Rotröcke ersparen.

«Und wenn die Flaute sie festsetzt?»

«Dann lassen sie sich in ihren Sänften über die Berge zurücktragen.»

«Unglaublich. Wie die alten Ägypter.»

Sie zuckte mit den Achseln. «Sie machen öfter mal einen Ausflug. Als sie jünger waren, waren sie manchmal sogar einen ganzen Monat fort. Auf La Digue und Praslin und auf Cousin und Cousine ...» Als sie noch ein kleines Kind gewesen war, hatten sie sie gelegentlich mitgenommen. Noëlle erinnerte sich noch gut daran, wie Madame Hodoul sie auf dem Arm getragen und so getan hatte, als seien die gewaltigen Granitfelsen am Strand von La Digue die Mauern eines französischen Schlosses. Besonders fasziniert hatten Noëlle damals die Felshöhlen, in denen das Rauschen des Wassers von den Wänden widerhallte. Madame Hodoul hatte sie hochgehalten, damit sie nach Felsenspringern und Krebsen schnappen konnte. Die sie natürlich nie erwischt hatte.

«Cousin und Cousine, das klingt hübsch für zwei Inseln», murmelte der Docteur, während er kaute. «Die beiden kommen mir ein wenig weltfremd vor.»

«Cousin und Cousine?»

«Nein.» Er grinste. «Louis Capet und Marie Antoinette.»

Sie runzelte die Stirn; sein Humor war manchmal eigenartig. Er beugte sich vor, damit ihm der Saft nicht aufs Hemd troff. Rasch hatte er den Kern abgenagt und warf ihn fort. Sie sprang hoch, um eine Kalebasse mit Wasser zu holen. Gegenseitig wuschen sie sich die klebrigen Finger.

«Dein Kaffee war übrigens nicht schlecht», sagte er. «Irgendwann – ich schätze, kurz bevor ich wieder aufbreche – wirst du ihn richtig machen.»

Scherzte er jetzt wieder? Erst wenn er wieder aufbrach,

würde sie diesen Mann vielleicht richtig einschätzen können. Nach der Flaute.

Hoffentlich, dachte sie, *lässt der Passat dieses Frühjahr
lange auf sich warten. Und hoffentlich bleiben auch die Hodouls
lange fort.*

8.

Seth hatte dieses Leben nicht freiwillig gewählt. Man hatte es ihm aufgezwungen, und er hatte es lange gehasst. Doch wenn es etwas gab, was ihm sein Schicksal von Anfang an versüßt hatte, so war es die berauschende Weite und Schönheit des Meeres. Die Kraft und die Eleganz der Wellen. Die Leuchtkraft eines Sandstrandes und die Farben des Wassers. Es war erstaunlich, wie viele verschiedene Töne etwas aufweisen konnte, das im Grunde farblos war. Das kräftige Blau in der Ferne, die weiße Linie der Brandung über den äußeren Korallenriffen, das helle Türkis, wo der Grund sandig war, und das dunklere, wo Seegras schwamm. Bauschten sich die Wellen auf, so leuchtete ihr Inneres wie flüssiges Edelgestein. In gläsern wirkenden Schichten schoben sie sich auf dem Strand übereinander; ihre weißen Kanten verwandelten sich im Abfließen in die dunkelgrünen Linien des zurückbleibenden Seegrases. Kleine Wolken warfen dunkle Flecken und verschwanden wieder. Ja, er hätte ewig auf diesem Granitfelsen sitzen können, dem Spiel der Natur zusehen und ihrem beruhigenden Rauschen zuhören. Es löste die Spannung in seinem Körper. Es löste die Gedanken.

Sogar die Furcht. Dieses Tier, das ihm immer im Nacken saß. Mal unterschwellig, mal laut wie ein brüllender Dämon. Nachts verschwand es nie. Auf See, wenn er mit hundert anderen Männern auf kleinem Raum eingepfercht war, auch nicht. In der geschäftigen Enge fremder Häfen ebenso wenig.

Doch hier. Hier auf Mahé. Hier war er frei. Ein Gottesgeschenk.

War es *sein* Weg, hier zu leben? Konnte er hier vergessen? Die Trauer um Bess, den Zorn auf den Vater, den Hass auf Bartholomew Sullivan?

Die Furcht?

Die *Tethys* hatte heute früh wieder Segel gesetzt. Am Horizont sah er sie noch als weißen Flecken. Keiner seiner Landsleute hatte Lunte gerochen. Zur Abwechslung einem Engländer gegenüber so zu tun, als sei er Franzose, hatte sogar ein wenig Spaß gemacht. In einem Haus arbeiten zu können, statt in einer stickigen, stinkenden Kabine, war eine Freude. Ebenso, dass er nicht nur von lärmenden Haudraufkerlen umgeben war. Es war sogar eine Freude, Noëlle ...

«Monsieur le Docteur? Sind Sie bereit? Dann lasse ich die Hose runter.»

Seth blinzelte und entzog sich dem einlullenden Anblick der Brandung. Die Müdigkeit war schuld. Er musste damit aufhören, in seinen Kleidern und auf einem Stuhl sitzend die Nächte zu verbringen. Als müsse er bereit sein, wenn jemand heranstürmte und seinen wahren Namen brüllte ... Er setzte die Brille auf. Dann winkte er den Schiffszimmermann näher heran. Der schnürte seine ausgeblichene Seemannshose auf und ließ sie fallen.

143

«Irgendwelche Beschwerden, Le Petit?», fragte Seth.

«Nein, Monsieur le Docteur.»

«In Ordnung, du kannst dich wieder anziehen. So viel Sauberkeit hätte ich bei dir gar nicht vermutet.»

Der wuchtige Mann mit Armen so dick, wie andere Männer Schenkel hatten, zerrte mit breitem Grinsen die Hose hoch. «Wer bei Hélène einkehren möchte, dem bleibt nichts anderes übrig, als sich ordentlich zu waschen. Aber es lohnt sich!»

«Ich werde es im Hinterkopf behalten.» Seth winkte ihn fort. Der Nächste in der Reihe war der Moses, das jüngste Besatzungsmitglied. Dass sich Antoine im Schritt kratzte, war kein gutes Zeichen. «Na, dann zeig mal her, Antoine.»

Die Pickel des Dreizehnjährigen schienen vor Scham zu blühen, als er die Hose öffnete. Die spöttischen Kommentare der Wartenden hinter ihm – zwanzig Mann von der *Bellérophon* hatten sich aufgereiht – sorgten dafür, dass seine Hände zitterten. Ein Zimmermannsnagel fiel ihm aus der Hosentasche. Kurz fragte sich Seth, was er damit wohl wollte, bis ihm die alte Geschichte von den einfältigen Insulanerinnen einfiel, die sich hergegeben hatten für einen solchen Nagel. Irgendjemand musste den Jungen gefoppt haben.

«Vielleicht finden sich andere interessante Dinge, die du dagegen eintauschen kannst», sagte Seth, um Ernsthaftigkeit bemüht. Der Mann hinter Antoine, einer der erfahrenen Toppsgasten, kämpfte darum, nicht laut loszuprusten. Seth gab dem Jungen den Nagel zurück und warf einen missbilligenden Blick auf dessen Geschlechtsteil. «Zum Beispiel Kokosöl. Du hast deine Hygiene vernachlässigt.»

Der Moses schlug die Augen nieder. «Bin ich jetzt krank?»

«Du hast Filzläuse. Du wirst dich da unten rasieren müssen und dann mit Öl einschmieren. Frag den Koch.»

Antoine stöhnte und eilte sich, die Hose hochzuziehen. «D'accord, Monsieur le Docteur.» Als Nächstes kam einer der Marsmatrosen, der über Zahnfleischbluten klagte. Das alte Übel, Skorbut. *Die Strenge der Royal Navy hat zumindest ihr Gutes*, dachte Seth säuerlich. *Man würde diesem Mann notfalls mit der Neunschwänzigen das Rückgrat freilegen, damit er seine Sauerkrautportion frisst.* Er hieß ihn, sich im Hospital einzufinden. Als die Truppe endlich an ihm vorbeidefiliert war, hielt er es nicht mehr aus. Er eilte am Strand entlang, bis er eine halbwegs sichtgeschützte Stelle fand, riss sich die Kleider und Stiefel vom Leib und rannte ins Wasser.

Nackt, erfrischt und mit einem brennenden Fuß – er war in einen Seeigel getreten – stapfte er den Strand entlang. Der Wind trocknete ihn rasch. An einem schmalen Bachlauf, der sich eine zehn Zoll tiefe Furche durch den Sand gegraben hatte, wusch er seine Kniebundhosen, seine Strümpfe und das Hemd. Er warf alles über den gelbfleckigen Stamm einer Kokospalme, die fast quer über den Sand wuchs. Während die Sachen trockneten, schlug er an einem kantigen Stein eine der herumliegenden Kokosnüsse auf, befreite sie mit kräftigem Ruck von der faserigen Hülle und öffnete sie mit geduldigen Hieben. Dann löschte er den Durst und kratzte mit seinem Skalpell das Fleisch heraus. Auch das half, seinen Gedanken freien Lauf zu lassen. Wem hatten sie zuletzt gegolten? Richtig, Noëlle. Das milchkaffeebraune Mädchen mit dem Weihnachtsnamen. Es war eine Freude, Widerspruch in ihren Augen zu entdecken. Und ihr seltenes Lächeln.

Woher ihr Vater wohl stammte? Aus Madagaskar, wie die meisten hiesigen Sklaven? Welch schlimmes Schicksal hätte er zu erzählen, würde er noch leben?

Und – welches wartete auf sie? Dass sie den Hodouls gehörte und von ihnen gemocht wurde, schützte sie. Aber das mochte ja nicht ewig so bleiben. Beide waren nicht mehr jung. Und welche Art Zuneigung war das? Wie die zu einem Schoßhündchen, zu einem Spielzeug – oder tief und echt?

Und wie tief und echt war die seine? Worauf gründete sie sich überhaupt? Nein, es war nach wie vor verwirrend, darüber nachzudenken. Zu *früh*.

Der nächste plötzliche Regen kam, machte seine Versuche, die Sachen zu trocknen, zunichte, und verschwand wieder. Nun, das machte im Grunde keinen Unterschied. Hier schwitzte man ständig, sodass feuchter Stoff eher eine Wohltat auf der Haut war. Er zog sich an, schnappte seine Stiefel und schlenderte weiter. In der Wurzel eines knorrigen Baumes entdeckte er einen brütenden Bootsmannvogel. Das hübsche Tier hielt still, als er langsam die Hand unter den Leib schob und sich das Ei stahl. Im Weitergehen saugte er es aus. Er gelangte in einen Kokospalmenwald. Hier und da krachten welke Wedel herunter, abgeschlagen von Sklaven, die in den Kronen herumturnten. Andere luden die Nüsse auf Matten und zogen sie zu einer Lichtung, um sie dort zu stapeln. Irgendwo brüllte ein Aufseher, sie sollten sich sputen.

Was war das? Fast erschien es ihm wie ein gefällter, von Feuer geschwärzter Stamm. Es war ein Sklave, der bäuchlings auf dem Boden lag, halb unter einem Gebüsch verborgen. Hatte man ihn zu Tode geschlagen und liegen lassen? Der Rücken zeigte die deutlichen Male der Peitsche, doch vernarbt. Seth kniete sich nieder und drehte den Mann vorsichtig auf die Seite. Wahrscheinlich war er vor Erschöpfung zusammengesunken. Er schien ihm auch durstig zu sein. Er lief zurück zum Bach und füllte die liegen gelassene Nuss. Als er zurückkam, hatte sich der junge Mann aufgesetzt. Sein Blick war schwer zu deuten. Zornig oder trübselig? Seth dachte an die grausame Maßnahme, Sklaven zu brechen, indem man sie von ihren Familien trennte. Sie mit Leidensgenossen zusammensteckte, die von anderswo kamen, damit sie sich nicht verständigen konnten. *Er könnte Noëlles Bruder sein, und sie wüssten nichts voneinander*, dachte er. *Arme Teufel.*

«Trink.» Seth hielt ihm die Nuss hin. Zögerlich ergriff der Schwarze sie. Und warf sie fort. Er sprang hoch und rannte in den Wald.

«Immer hilfsbereit, Monsieur le Docteur?»

Jean Mullié stand am Rand der Plantage unter einem mächtigen Brotfruchtbaum und schlug am Stamm sein Wasser ab.

«Was machst du denn hier, Mullié?»

«Die Beine vertreten, wie du. Diese herrliche Landschaft genießen. Versuchen zu vergessen, was du mir angetan hast.» Mulliés Wange war noch geschwollen, doch über Zahnschmerzen musste er nicht mehr klagen. Er ordnete sich und rückte den Degen zurecht. An seiner Seite machte sich Seth zurück zur Siedlung auf. «Sag mal, was, glaubst du, sind die Schwarzen? Tiere oder Menschen? Die Gelehrten sind sich da ja nicht sicher.»

«Ich kann wohl schwerlich beantworten, was der Wissenschaft und den Philosophen noch Rätsel aufgibt.» Seth dachte an den jungen Sklaven, der die Nuss wie ein Affe zu Boden gewischt hatte. An Noëlle. *Schon wieder. Gesund ist das nicht.* Allmächtiger, wie konnte man glauben, sie sei kein Mensch? Oder besäße auch nur den kleinen Teil eines Tieres? Sie war auf ihre Art klug, durchaus nicht ungebildet, wusste sich auszudrücken, und äußerlich war sie ohnehin eine Augenweide. «Also gut, ich versuche es einfach: Sie sind Menschen. Zu der Behauptung, ausnahmslos alle, mag ich mich nicht versteigen, aber … Herrgott, Mullié, was soll das? Solche Fragen hast du dir noch nie gestellt, und mir schon gar nicht!»

Mullié warf zufrieden seine üppige Lockenpracht zurück. «Ach, weißt du, mein Freund, solche Fragen kommen sogar einem wie mir in den Sinn, wenn man sich plötzlich im Garten Eden aufhält.» Er beschrieb eine weit ausholende Geste. «Ich meine, wir *sind* doch im Paradies, oder nicht? Wir haben ja schon einige Inseln gesehen … Du hast doch auch die *Reise um die Welt* von de Bougainville gelesen, oder?»

Seth nickte. Die Lektüre des berühmten Seefahrers Louis Antoine de Bougainville, der als erster Franzose um die Welt gesegelt war, war Pflicht in französischen Schulen. Er hatte es schleunigst nachgeholt.

Mullié senkte seine Stimme. «Ich habe sogar das Buch über James Cooks erste Reise gelesen …»

«Was du nicht sagst, du Vaterlandsverräter.»

«Ja. Darin steht, die Frauen im Garten Eden trügen Blätterröckchen und seien für einen Zimmermannsnagel zu haben. Jeder Seemann träumt davon. Aber was einen hier erwartet, oh là là! Hélènes Haus ist das Paradies auf einem paradiesischen Flecken. Und das Schildkrötenragout, das die Damen einem dort servieren! Gott ist nicht in Frankreich, nein, er ist hier.»

«Jean! So viel dummes Zeug am Stück hast du noch selten geschwätzt! Worauf willst du eigentlich hinaus?»

«Nun. Bisher hast du dich noch nicht bei Hélène blicken lassen. Sie hat schon nach dir gefragt. Ich glaube, die Dame wäre nicht abgeneigt, dir einen, wie soll ich sagen, günstigen Preis ...»

«Es ehrt dich, dass du sie mit mir teilen willst, noch dazu zu Vorzugskonditionen. Leider habe ich keinen Nagel.»

«Ich bin dein Freund, Thierry! Grüß sie von mir, wenn du zu ihr gehst. Sie ist wirklich eine Wucht. So, jetzt lasse ich dich aber in Ruhe. Wir sind gleich zurück im Dorf, und dort drüben wartet Anaïs auf mich, eine von Hélènes Damen. Ah, siehst du sie? Dort hinten; vor der Tür.»

Sie gelangten an den Anfang dessen, was sich hier eine Straße nannte. Linkerhand erhob sich ein niedriger Kokosnusszaun, dahinter, halb von Palmen und Bananenstauden verborgen, das prächtige, palmblattgedeckte Haus eines Pflanzers. Kokosnüsse säumten den Aufweg: nicht orange wie an den Bäumen, sondern von hellem Grau, als lägen sie seit Urzeiten da. Ein weiteres Herrenhaus schloss sich an, dann folgte das Haus, über dessen Eingang ein aus Holz geschnitzter Diwan in der Brise schaukelte.

«Ich verlasse dich hier, Freund.» Mullié schlug ihm auf die Schulter. «Es sei denn, du entschließt dich, mit hineinzukommen.»

Seth schüttelte den Kopf. Er ging weiter, während Mullié mit ausgebreiteten Armen auf die Dame – wenn man sie so nennen wollte – zueilte. Sie stieß quietschende Laute aus, als sie sich herzen ließ, und lachte. Er legte den Arm um sie und zog sie mit sich ins Haus. Wie alle Huren auf der Welt tat sie so, als erfreue sie ihr Liebesdienst selbst am meisten. Hier, im Garten Eden, mochte man es beinahe glauben.

Was es war, das Seth dazu brachte, sich noch einmal umzuwenden, wusste er nicht. Die Tür klappte zu. Doch darüber, im Obergeschoss, lehnte sich eine andere Frau aus dem Fenster und sah ihm nach.

Er erstarrte. Die tropische Hitze stürzte auf ihn hernieder wie ein Regen aus Feuer. Oder aus Kälte.

Sie war es. Die Frau aus seinem Traum.

Sie stand plötzlich inmitten der Männer, die bei ihrem Erscheinen noch finsterer wirkten. Eine schlanke Dame, die nach der feinsten Seife duftete und ein Kleid aus roter Seide trug. Unter ihrem Turban, auf dem die riesigen Federn eines fremdartigen Vogels wippten, ringelten sich kastanienbraune Locken. Sie tanzten über einem tiefen Ausschnitt, der den Ansatz ihrer hochgeschnürten Brüste sehen ließ. Unzweifelhaft war sie die schönste Frau, die er je gesehen hatte. Ihr Gesicht war nur leicht gepudert, und sie trug nur ein Schönheitspflaster: eine Sonne über der linken Braue. Ihre vollen Lippen bewegten sich. Was tun Sie da?, schrie sie empört. Offenbar wusste sie nicht, dass ihre Herrin gemeinsame Sache mit einer Pressgang machte – andernfalls spräche es sich herum und die Kundschaft bliebe aus. Männer, geleitet die ‹Lady› hinaus, drang Sullivans spöttische Stimme wie aus weiter Ferne zu ihm. Sie fauchte; die schwarze Sonne wuchs, verschlang ihr Gesicht und dann auch ihn …

Seth zwang sich, sich umzuwenden und weiterzugehen, als wäre nichts geschehen. Ihm war schlecht. Er bog ab, stapfte hinunter zum Hafen und suchte Schutz im Schatten eines Granitblocks. Tief aufatmend lehnte er sich an das warme Gestein.

Die Hure aus seinem Traum …

Viele Jahre hatte er geglaubt, sie sei ein Traum gewesen. Es hatte lange gedauert, bis ihm schließlich aufgegangen war, dass sie tatsächlich existierte: Er hatte sie als zehnjähriger Junge gesehen, im gleichen Augenblick, als er von Bartholomew Sullivan niedergeschlagen worden war. Ein Bild, das sich ihm in allen Einzelheiten eingebrannt hatte.

Sie war hier. Sie war – Hélène. Zwar trug sie jetzt keinen Turban, sondern die Haare offen. Ihr Gesicht schien diesmal ungepudert gewesen zu sein. Dennoch, unfasslich schön war sie noch immer, nach all den Jahren. Das Haar rötlich braun, gelockt und an den Schläfen ergraut. Die Lippen die reinste Sünde. Und, als hätte es noch dieses Beweises bedurft, eine schwarze *mouche* über der Braue. Keine Sonne, ein Mond.

Trotzdem, völlig sicher konnte er sich nicht sein. Oder doch? Er fuhr sich durch die Haare. Es war die allgegenwärtige Furcht vor der Entlarvung, die ihm diesen Streich spielte! Er sah Gespenster, das war es. Irgendein *gris-gris*-Unfug.

Sie kann es nicht sein, dachte er. *Sie kann nicht erst in London und dann hier sein, hier im Indischen Ozean. Fast am anderen Ende der Welt. Nein.*

Er kehrte auf die Straße zurück und marschierte zum Hospital.

Sie konnte nicht hier sein.

Sie konnte es doch.

Ich bin ja auch hier.

Nachdem er das Behandlungszimmer betreten und die Tür hinter sich geschlossen hatte, trat er zu dem Spiegel an der Wand über der Apothekerkommode. Er zog sein Hemd aus dem Hosenbund und hob es hoch. Sein Finger fuhr über die Tätowierung des Dreimasters und das Banner mit dem Namen des Schiffes darin. Und die breite, wulstige Narbe daneben.

Hier heißt die Dame Hélène, dachte er. *Und in Wahrheit vielleicht Helen.* Wie leicht konnte man aus einem englischen einen französischen Namen machen. Man musste nur ein, zwei Akzente hinzufügen. Und einen Buchstaben.

So wie er es getan hatte. Hier auf seiner Brust.

* * *

Einen adligen Schwanz erkannte man sofort. Das behaupteten die Matrosen, wenngleich sich Seth fragte, woher um alles in der Welt sie das wissen wollten. Seiner Exzellenz bestes Stück war in der Tat anders: bleich, jedes Härchen ausgezupft, der Körpergeruch mit Parfüm überdeckt.

«Ich würde Ihnen raten, Exzellenz, einen Beistand herzubitten», sagte er.

«Sie meinen wohl ein paar kräftige Kerle, die mich fixieren», erwiderte Quinssy. «Das wird nicht nötig sein. Monsieur Poupinel hat, wozu Sie sich soeben anschicken, *ein Mal* gemacht. Ich habe es tapfer durchgestanden. Sie haben meine Erlaubnis, mit dieser delikaten Angelegenheit zu beginnen. Hiermit überreiche ich Ihnen einen Kranz mit Vorschusslorbeeren.»

«Mit verbindlichstem Dank. Beten Sie, dass ich ihn nach der Operation auch aufsetzen kann.»

Quinssy umklammerte die Lehnen seines Fauteuils. Er saß mit bis zu den Knien heruntergelassener Hose neben dem von feinster Gaze umgebenen Himmelbett. Seth hatte am Rande bemerkt, dass es zu schmal für zwei war. Offenbar pflegte die Gattin des Hauses, Madame Marie Joseph de Quinssy, geborene Dubail, allein zu schlafen. Bisher hatte er die verkniffene Dame nur beim Dîner gesehen, danach einmal in einer Sänfte über die Straße schwebend. Auch da – verkniffen. Ihre dunkle, hochgeschlossene Kleidung, die sie unerträglich schwitzen lassen musste, war sicher nicht der Grund. Doch er hatte gedacht, dass so viel Stoff der Besserung ihrer Laune nicht zuträglich war. Neben dem Bett, über dem Gouverneur schwebend, hing ein maritimes Ölgemälde. Drei Fregatten in einer Schlacht. Über dem Schiff *Clarisse* flatterte eine riesige Trikolore. Matrosen wuchteten Kanonen über Bord. Es musste sich um jene berühmte Begebenheit im Golf von Bengalen handeln, als Robert Surcouf sein Schiff auf diese Weise erleichtert hatte und seinen Verfolgern knapp entkommen war. *Doch zurück zur Sache*, dachte Seth. Hier und jetzt galt es, eine andere Schlacht zu schlagen.

153

Heute würde er den Gouverneur lediglich untersuchen. Nicht nur, um sich ein Bild von dessen Leiden zu verschaffen. Er musste sich selbst erst wieder mit der Materie vertraut machen. Wie jedes Handwerk brauchte das Steinschneiden Übung. Seine letzte Lithotomie lag zwei Jahre zurück; er hatte dem Lotsen der *Bellérophon* einen kleinen Stein entfernt. Fast mühelos; der freche Kerl hatte sogar gegrinst dabei. Gestorben war er dennoch: einen Monat später bei einem Seegefecht im Golf von Aden.

Seth schüttelte den Kopf. Seit Jahren hatte er nicht mehr an Doc James Gillingham gedacht. Dass er plötzlich seine Stimme im Ohr zu haben meinte, lag nicht nur an dem, was er soeben tat. Schuld war auch Helen. Die Geister der Vergangenheit traten nach und nach aus den Schatten.

Er sah sich zurück an Bord der *HMAV Confidence*, in den Tiefen ihres düsteren Rumpfes. Man hatte einen Patienten gebracht und auf dem Operationstisch festgeschnallt. Gillingham hatte ihn nicht operieren können – seit er von der Royal Navy gezwungen worden war, wieder auf See zurückzukehren, war er zum Säufer verkommen. Er hatte die See gehasst. Seth hasste sie nicht. Seth hasste Bartholomew Sullivan.

Meine Hände schaffen das nicht mehr, Junge. Und du – du bist alt genug für deine erste Lithotomie. Der Mann ist vollgepumpt mit Opium. Adlige Familie, deshalb kann er sich so viel davon leisten, dass es für einen monatelangen Schlaf reicht. Also führe beherzt die Sonde ein. Wenn du dich nicht überwinden kannst, bedenke, dass er zu einem Viertel ein Franzose ist; seine Großmutter soll's mit einem Froschfresser zu tun gehabt haben. Sag ihm das aber nicht, sonst fordert er dich zum Duell, und wenn du den Stein noch so gut herausbekommst. Los, fang an! Mach schon! Das muss schneller gehen! Jeder andere, der sich nur ein bisschen weniger Opium leisten kann, wäre schon wach und würde herumbrüllen. Was hat Gott sich nur dabei gedacht, als er den Mensch mit solch einem Schmerzempfinden schuf?

Gillingham hatte auf einem Schemel neben dem Tisch gehockt, die halbleere Brandyflasche auf dem Schenkel. Seths Bitten, er möge still sein, waren vergebens an den feuchten, schimmligen Wänden der Krankenstation verhallt.

Ruhig soll ich sein? Stell dir vor, dort oben würde eine Schlacht toben! Jeden Augenblick kann ein verdammter Franzmann hier mit dem Entermesser eindringen und es dir an die Kehle halten – genau jetzt, da du die Sonde in den Schwanz dieses Mannes einführst! Und da stört dich mein Gequassel? Du rührst schon seit vier Minuten mit dem Kochlöffel in der Suppe herum! Verdammt sollst du sein, du Nichtsnutz! Der Mann ist schon tot! Ihn hat's hingerafft wegen deiner Unfähigkeit. Fünf Minuten, Herrgott. Fünf!

Das Knallen der Sanduhr auf den Tisch, mit der Gillingham jedes seiner Worte unterstrichen hatte, vergaß Seth nie. Auch nicht das Getrampel und Gebrülle draußen auf dem Gang: Matrosen hatten auf Mr. Gillinghams Geheiß den Lärm inszeniert. Der Patient selbst war kein adliger Offizier, sondern ein am vorigen Tage an Skorbut verstorbener Marsmatrose. Immerhin, Seth hatte bei dieser Übung tatsächlich ein kleines Konkrement in der Blase gefunden ...

Jetzt trocknete er seine schweißfeuchten Hände an

einem Baumwolltuch und wischte damit noch einmal über die Sonde. Dann nahm er das Glas, das ihm ein Diener hinhielt, und trank langsam. Auch Quinssy bekam noch einen Schluck. Zwei schwarze Sklaven und sein Kammerherr und *maître de la garderobe* Fouquet tupften seine Stirn und fächelten ihm Luft zu. Eine Flasche Laudanum stand bereit, doch er hatte es abgelehnt. Die Wirkung war ohnehin sehr begrenzt.

Seth tunkte die gebogene Spitze der Sonde in ein Schälchen mit Kokosöl.

Er setzte sie am Harnröhrenausgang an. «Ich werde sie jetzt einführen, um das Konkrement zu ertasten.» Er begann; Quinssy kniff die Augen zusammen und keuchte. Tief presste er sein Becken in die Polster.

«Verzeihung», japste er. Der Schweiß rann ihm über das bleiche Gesicht in das locker gebundene Halstuch. «Gegen den Drang meines Körpers, flüchten zu wollen, komme ich nicht an.»

«Sie machen das sehr gut, Exzellenz.» Mit den Fingern der anderen Hand versuchte Seth die Strukturen der Blase zu ertasten, die zu diesem Zweck gut gefüllt war. Dann beugte er sich vor, um das Ohr an die metallene Scheibe am Ende der Sonde halten. Er brauchte einige lange, seinem Gefühl nach viel zu lange Augenblicke, bis er es geschafft hatte, Quinssys Stöhnen, das schwere Atmen der staunenden Zuschauer und das ewige Rauschen des Windes und der Brandung auszublenden. Dazu die eigenen Gedanken, die ihn zur Eile trieben, damit der Patient nicht länger als nötig litt.

Die Spitze der Sonde kratzte über das Konkrement.

«O Gott, ja!», stieß Quinssy hervor. «Da sitzt der verdammte Brocken!»

Zwei Minuten. Oder schon zweieinhalb? Ein rascher Blick hinauf: Quinssy liefen Tränen über die bleichen Wangen. Jemand hatte ihm ein Stück Tuch zwischen die Zähne geschoben, auf dem er wie ein Besessener herumkaute.

Plötzlich schrie er auf und spuckte es aus. «Ich ... ich wäre Ihnen sehr verbunden, wenn Sie das Brecheisen endlich wieder herausziehen würden!»

«Sofort.» *Lass dich nicht erweichen, wenn sie schreien*, vernahm Seth Gillinghams Stimme irgendwo in den Tiefen seines Selbst. *Wenn du drin bist, bist du drin, und dann nutze die Gelegenheit. Besser, als die Sonde ein zweites Mal hineinzubohren.*

«Ich flehe Sie an!»

Seth zog die Sonde heraus. Die Zeit hatte er nicht gemessen, doch er schätzte sie auf zweieinhalb Minuten. Zu viel für eine Untersuchung. Blutiger, sandiger Eiter klebte an der Sondenspitze und quoll aus der Harnöffnung. «Ich denke, wir haben es hier mit einem wachteleigroßen Stein zu tun. Dazu Blasengries.»

Quinssy warf mit einem langen Aufseufzen den Kopf zurück. «Erklären Sie mir alles, Monsieur le Docteur», verlangte er mit belegter Stimme. «Ich will wissen, was bei der Operation auf mich zukommt.»

Eine Bitte, die Seth normalerweise abgeschlagen hätte. Zu viel Vorwissen war schädlich, das hatte er schon in Gillinghams *Wundersamem Steinschneiderzelt* gelernt. Doch Quéau de Quinssys gallige Entschlossenheit rang ihm Bewunderung ab. «Gut. Zunächst müssen wir die Blase füllen. Da ich dazu nicht die passende Gerätschaft habe, werde ich Ihnen den Penis abbinden, und Sie werden so viel trinken, wie Sie es noch aushalten. Ich werde nach der Methode von Cheselden operieren: Zunächst werde ich wieder die Sonde einführen, um den Stein zu orten. Dann etwa drei Zentimeter neben den Anus mit dem Bistouri inzidieren.»

«Bitte?»

«Verzeihung. Mit dem Steinschneidemesser den Einschnitt machen, die Blase freilegen und die Blasenwand öffnen.»

Quinssy ächzte, als bereue er es, nachgefragt zu haben.

«Das austretende Wasser erleichtert es mir, den Conductor einzuführen, der den Schnitt weitet und offen hält. Dann übergebe ich die Sonde einem Assistenten, führe eine Zange an ihr entlang ein und versuche den Stein zu fassen und herauszuziehen. Wenn das gelungen ist, muss ich noch einmal mit einem Löffel hinein, um kleineres Konkrement, Gries und Eiter zu entfernen.»

«Wie lange wird dieser Höllenritt dauern?»

«Das ist schwer zu sagen. Zwei Minuten sind das absolut mindeste.» Der große Steinschneider William Cheselden hatte es in einer knappen Minute geschafft. Das erschien Seth undenkbar. «Die Wunde gedenke ich nicht zu vernähen, sondern mit einem Pflaster zu versorgen, das mit einem Balsam bestrichen ist, über dessen genaue Zusammensetzung ich noch nachdenken muss, denn hier fehlen die mir vertrauten Ingredienzen. Danach: Bettruhe und Diät.»

«Ich frage mich gerade, ob ich die konservativen Methoden wirklich und wahrhaftig ausgeschöpft habe.»

Als da waren das Trinken von Kräutertees, versetzt mit Kalk und Asche. Die Anwendungen von Pflastern mit gemahlenem Skorpion und einigen unappetitlichen Zutaten aus der Drecksapotheke. Blasenspülungen mit allem, was die Phantasie und die Inseln hergaben: Seifenlauge, der Magensaft einer Ziege, der mit Milch vermengte Kot der Sperbertäubchen und natürlich das wundersame, hierzu verdünnte Gelee der *coco de mer*. Nicht zu vergessen die üblichen Klistiere. Um das durchzustehen, musste man so verzweifelt wie robust sein.

«Gibt es keine Möglichkeit, den Stein zu zerstören, ohne mich aufzuschneiden?», stellte Quinssy eine Frage, aus der seine ganze Verzweiflung sprach.

«Soweit ich weiß, forscht man nach Möglichkeiten der sogenannten Lithotripsie. Aber falls es mittlerweile eine derartige Therapie gibt, die tatsächlich auch hält, was sie verspricht, so müssten Sie sich nach Paris einschiffen und in die Hände hochqualifizierter Spezialisten begeben.»

«Und die Séchellen ein Jahr sich selbst überlassen? Darüber habe ich natürlich nachgedacht, doch es nicht ernsthaft erwogen. Am Ende komme ich zurück, und über dem Stuhl an meinem Schreibtisch hängt eine rote Uniformjacke. Nein, Sie werden mir den Stein entfernen. Ich weiß nur noch nicht, wann. François Le Roy versteht sich recht passabel aufs Erstellen von Horoskopen; ich werde ihn darum bitten. Eine Frage bleibt noch: Wie ist es hinterher um meine männliche Kraft bestellt?»

«Nun, das dürfte auch in den Sternen stehen. Das Gelee der Séchellenpalme soll helfen, hörte ich.»

Quinssy schnaubte. Er erhob sich breitbeinig, eine Hand

auf dem geschundenen Gemächt, und wedelte Seth mit einem Spitzentaschentuch hinaus. «Gehen Sie, Sie Schinder.» Es sollte ein Scherz sein, doch er sah aus, als müsse er jeden Augenblick erneut in Tränen ausbrechen. Seth beeilte sich, seine Instrumente zusammenzuraffen, verneigte sich und eilte hinaus, bevor er mit ansehen musste, wie sich der Gouverneur zusammengekrümmt auf das Bett fallen ließ.

9.

Ein Gutes hatte die Exploration von Quéau de Quinssys Blasenstein gehabt: Seth hatte für eine kurze Zeit Helen vergessen. Doch kaum war er durch das Tor der Ravenala-Palmen getreten, wusste er wieder, was er fürchten musste.

Es war möglich, dass sie sich an ihn erinnerte. Aber wie wahrscheinlich war es? Dass er in ihrem Bordell von Bartholomew Sullivan zum Seedienst gezwungen worden war, lag einundzwanzig Jahre zurück. Damals war er ein zehnjähriger Junge gewesen. Helen hatte ihn nur dieses eine Mal gesehen. Wobei, sicher sein konnte er sich dessen nicht. Vielleicht hatten sich ihre Wege ja doch noch einmal gekreuzt, ohne dass er es bemerkt hatte. Oder sein Anblick hatte sich Helen damals so tief eingeprägt, dass sie ihn nie vergessen konnte. Nicht einmal im verruchten Wapping, wo sich täglich ein Toter am Morgen in den Gassen fand, vergaß man den Augenblick, da ein Marinelieutenant ein Kind im eigenen Hause mit einem Tintenfass niederschlug. Er berührte seine Wange unterhalb des linken Auges, wo sich dieser Hieb wie eine kleine, wirre Tätowierung verewigt hatte.

Er könnte in ihrem Bordell einkehren. Vor ihr Angesicht

treten und sehen, was geschah. Oder wäre genau das der Fehler? Vielleicht sollte er ihr besser unauffällig aus dem Wege gehen und hoffen, dass er keine schlafenden Hunde weckte. Denn letztendlich schützte ihn der Umstand, dass sie sich auf einer entlegenen Insel im Indischen Ozean wiederbegegnet waren. Falls sie jetzt ebenfalls darüber nachgrübelte, ob Thierry Carnot in Wahrheit ein Londoner Bengel namens *Seth So-and-so* war, so würde sie zu der Entscheidung kommen *müssen*, dass es einen solchen Zufall unmöglich geben konnte.

Es war eine schwache Argumentation, die ihn dennoch ein wenig beruhigte. Vorerst. Er versuchte nicht daran zu denken, dass er selbst keine Mühe hatte, an diesen Zufall zu glauben.

* * *

Die beiden an Skorbut erkrankten Matrosen konnten das Hospital verlassen. Auch Hugos Stumpf verheilte gut. Andere Herren hätten ihn längst an die Arbeit gerufen, doch Thierry Carnot verbot ihm, in Hodouls Werft zurückzukehren. Den Sklavenaufseher beschied er, sich bei Monsieur Hodoul zu beschweren. Doch der war noch unterwegs. Carnot gab Hugo leichte Arbeit, nämlich das Fegen der Räumlichkeiten und der Gartenwege. Noëlle freute es, mit ihrem Onkel ein kurzes Schwätzchen zu halten, wenn sie in die Küchenhütte ging oder die Schildkröten fütterte. Glücklicherweise ließ sich Poupinel kaum noch blicken. Er hatte Carnot vorgeschlagen, den Tag aufzuteilen: Der jüngere Arzt solle am Nachmittag arbeiten, er selbst würde sich die Vormittagsstunden vorbehalten. *Dann kann er ja gar nicht seinen Suff ausschlafen*, hatte Hugo gespottet. Doch es geschah etwas Seltsames: Plötzlich gaben sich an den Nachmittagen die Leute die Klinke in die Hand.

Jeder, der sein Zipperlein mit sich herumgeschleppt hatte, bis man bei einem Schiffsarzt vorstellig werden konnte, suchte nun den Rat des fremden Docteurs.

«Noëlle, was ist mit den Leuten los?», fragte Carnot. Er hatte soeben einen wuchtigen Backenzahn des ebenso wuchtigen Michel Blin gezogen, der, statt zu poltern, mit schmerzverzerrter, aber freundlicher Miene gegangen war. «Ich hätte ja eher damit gerechnet, dass er mir die Pein mit einem Kinnhaken vergilt. Stattdessen hat er mir nicht einmal vorgeworfen, dass ich seiner Gattin die magnetische Kur verweigert habe.»

«Es hat sich herumgesprochen, dass Sie den Gouverneur von seinem Steinleiden befreien wollen», erwiderte sie. «Sie wissen ja, wie sehr man ihn schätzt. Und da er Sie schätzt ...»

«Vorschusslorbeeren können ein Gericht verderben, Noëlle.»

Sie verstand nicht, was er damit meinte. Wohl aber, dass er unter dem Druck litt. Oft rieb er sich die Augen, fuhr sich durchs Haar, wischte sich mit dem hochgekrempelten Ärmel über die Stirn. Oder hockte am Behandlungstisch und schlief.

So wie jetzt.

Es war bereits dunkel geworden. Sie hatte in der Küche Früchte ausgepresst und den Saft zu den Kranken hinaufgetragen. Im Trakt der Weißen lag ein junges Mädchen, das am Strand auf den Felsen herumgeklettert und ausgeglitten war; es hatte sich den Kopf angestoßen und klagte über Benommenheit und Schmerzen. Hinter dem Paravent, der als Trennwand diente, wartete unverändert der bewusstlose englische Arzt auf seinen Tod. Beiden hatte sie den Saft eingeflößt.

Vielleicht sollte sie das auch bei Carnot tun. Auf der Schale mit Melonenstücken, die sie ihm vor einigen Stunden hingestellt hatte, hockten inzwischen die Fliegen. Thierry Carnot hatte den linken Ellbogen auf den Tisch gelegt und seinen Kopf halb auf dem Arm, halb auf das Buch gebettet, in dem er sich müde gelesen hatte. Seine Brille hing nur noch an einem Ohr. Die dunkelblonden Haare sahen aus, als sei er hundertmal mit den Fingern hindurchgefahren. Noëlle schob die fast heruntergebrannte Kerze ein Stück zurück, damit er sie nicht im Schlaf umstieß. Dann nahm sie behutsam die Brille ab, faltete sie zusammen und legte sie auf den Tisch.

Der Abbildung nach behandelte dieses Buch die Kunst des Blasensteinschneidens. Es gehörte Carnot, ebenso die vielfältigen Instrumente, die er auf dem Tisch aufgereiht hatte. Als habe er in Gedanken die schwierige Operation wieder und wieder durchgespielt. Eine Zeichnung zeigte das Becken eines Mannes. Mit einem Graphitstift hatte der Docteur Linien hinzugefügt. Neugierig wollte Noëlle die Seite umblättern; da wieselte ein hellgrauer Hausgecko unter dem Blatt hervor und sprang vom Tisch. Überrascht zog sie die Hand zurück und wischte versehentlich den Stift herunter. Doch selbst das Klacken, als er auf den Holzboden fiel, weckte Carnot nicht.

Ein seltsamer Gedanke war plötzlich da: Wie wäre es

wohl, die Freiheit zu haben, einen Mann zu wählen? Noëlle schüttelte den Kopf. Sie war schwarz. Sie war nicht fähig, irgendetwas zu wählen.

Du bist nicht ganz schwarz. Du bist nicht ganz gefangen. Nicht so wie die anderen.

Aber auch dieser Gedanke kam ihr im gleichen Moment unsinnig vor. Die Freiheit, die sie genoss, war von Monsieur Hodouls Gnaden. Er könnte sie auch schlagen und töten, ganz wie es ihm beliebte. Nur beliebte es ihm nicht. Sie war dennoch seine Gefangene, so wie Tortue oder einer der anderen den Launen Poupinels ausgeliefert war.

Vorsichtig zog sie das zweite Buch näher. Die Schrift auf dem Einband war kunstvoll verschnörkelt, wie die Muster auf den Fracks der hohen Herren oder die Brandzeichen auf der Haut der Sklaven. Sie hatte es schon in Seiner Exzellenz Haus gesehen; es musste sich um einen dieser französischen Philosophen handeln, die angeblich die Welt so anders sahen. Sie zog es näher und schlug es auf. Zu lesen vermochte sie nichts. Die Etiketten auf den Dosen mit den Arzneien, ja, doch das war kein Lesen, es war das Wiedererkennen vertrauter Zeichen. Die Schrift in diesem Buch war wie ein Wust. Dass man anhand weniger Buchstaben fremde Texte, sogar ganze Bücher lesen konnte, war ihr ein Rätsel. Poupinel hatte gesagt, Neger seien gar nicht dazu fähig, dies zu erlernen. Nun, das mochte sein; sie wusste es nicht. Aber sie wusste einiges von dem, was in solchen Büchern stand, denn sie konnte zuhören und sich Dinge merken. Zum Beispiel den schönen Satz eines französischen Gelehrten, dass das Alphabet der Faden der Gedanken und der Schlüssel zur Natur sei.

Sie blätterte und fand Zeichnungen dunkelhäutiger, mit Blättern bekleideter Männer und Frauen, die miteinander zu tanzen schienen. Nackte Schwarze und bekleidete Weiße tauschten Geschenke aus. Keines dieser Bilder zeigte die Wahrheit. Leise schloss sie das Buch wieder und schob es zurück. Warum las Thierry Carnot darin? Und warum dachte sie über all das nach?

Die lederne Kante berührte seine Finger. Er bemerkte es nicht. Noëlle stand auf und trat an seine Seite. Sie bückte sich, hauchte ihren Atem auf seine Wange. Nichts; er war völlig müde und ausgelaugt.

Plötzlich war ihre Hand in seinem Haar. Ihre Finger krümmten sich langsam, bohrten sich in die Strähnen. Weich und sauber fühlten sie sich an. Ein eigenartiges Gefühl durchströmte ihre Finger, fuhr ihre Arme hinauf, erfasste ihren ganzen Körper und ließ ihn vibrieren. *Ich fasse einen Weißen an*, dachte sie. *Dafür könnte man mich töten.*

Irgendetwas in ihr schien herausfordern zu wollen, dass er erwachte und bemerkte, was sie tat. Dann hätte sie einen Grund, zu sagen, was ihr auf dem Herzen lag.

Aber was ist das denn? Könnte ich es überhaupt in Worte fassen?

Behutsam hob sie den Kopf zwei Fingerbreit an. Der Mann war der Erschöpfung nahe; anders war nicht zu erklären, dass er immer noch nicht erwachte. Seine Lippen öffneten sich leicht. Durch den Spalt konnte Noëlle seine Zähne erahnen. Als Arzt wusste Carnot um ihre Wichtigkeit; sie waren hell und gepflegt. Nicht so wie die Hodouls und manch anderer, die schlechte Zähne oder noch schlechtere Gebisse aus Knochen und Schildpatt hatten. Noëlle

≈ 166 ≈

hob den Kopf noch ein Stück höher. Sie stellte sich vor, wie sie eine Klinge an die Haut hielt. Wie der Docteur die Augen öffnete und begriff, dass sie in diesem Augenblick mächtiger als alle Weißen war. Dass sie imstande war, sich zu nehmen, was sie wollte. Sie glaubte schon seine Lippen auf ihren zu spüren.

Er riss die Augen auf. Erschrocken ließ Noëlle los und sprang zurück.

Sein Kopf sackte auf seinen Unterarm. Ihr Herz drohte ihre Brust in tausend Stücke zu hauen. Carnot brauchte endlich ein gescheites Lager. Morgen würde sie versuchen, ihm ins Gewissen zu reden, dass er für erholsamen Schlaf sorgen musste.

Sie bedauerte, dass er ihr gegenüber seine Last verbarg. Wenn er doch mit ihr spräche. So gerne täte sie einen Blick in dieses zweifellos von wirrem Geflecht durchzogenes Inneres.

Aber weshalb wollte sie seine Last kennenlernen? Was war mit ihrer eigenen?

Und warum empfand sie ihr Leben plötzlich als eine Last? *Alle mächtigen Ahnen, befreit mich von diesen unnützen Gedanken!* Könnte sie lesen, vielleicht fände sie dann Antworten in solchen Büchern. Obwohl – selbst der Docteur schien hier keine zu finden. Noëlle gab dem Buch einen Stoß, sodass es über die Tischkante glitt und mit einem Knall auf dem Boden aufschlug. Thierry Carnot erwachte.

«Was ist … oh, das Buch. Es muss mir aus den Händen gerutscht sein.» Er bückte sich; gleichzeitig fiel das chirurgische Lehrwerk herunter, und er stöhnte entnervt.

Rasch ging sie in die Hocke und las die Bücher auf.

«Danke, Noëlle. Wenn du so gut wärst und mir noch eine Kerze holst …»

«Sie müssen schlafen, Monsieur le Docteur.»

«Ja. Ja, später. Ich muss …» Er presste den Handrücken vor den Mund und unterdrückte ein Gähnen.

Er sagte noch mehr, doch sie hörte es kaum. Sie konnte ihn nur anstarren.

Sie nahm ausschließlich, was man ihr gab, niemals von sich aus. Das verbotene Naschen am Gelee einer *coco de mer* war ihr bisher als das Abenteuerlichste erschienen, was sie je getan hatte. Einmal, einmal wollte sie nehmen – ergreifen, stehlen, an sich reißen, gewaltsam, und wenn man sie dafür schlüge. Die Geister der Ahnen schienen ihr zuzuflüstern: *Nimm dir.* Entschlossen streckte sie die Hände aus und packte seine Ohren, was ihr falsch und ungeschickt erschien, doch sie wusste es nicht besser. Dann riss sie seinen Kopf zu sich herum und presste ihren Mund auf seinen.

Was – tust – du.

Als habe sie sich am Herd verbrannt, warf sie die Hände hoch. Sie sprang zurück und rannte zur Tür.

«Noëlle! Komm zurück!»

«Nein.»

«Das ist ein Befehl!»

Sie erschrak, so sehr glich seine Stimme einem Donnerhall. Solches Gebrüll hätte sie Carnot niemals zugetraut. Er packte sie am Handgelenk und wirbelte sie herum.

«Was sollte das?»

«Nichts», fauchte sie halbherzig, da sein Schrei sie so beeindruckt hatte. Er ließ sie los, und sie stürzte in die Nacht hinaus.

Sie wollte zur Küche, doch da sie befürchtete, er werde sie dort stellen, schlug sie die Richtung zum Strand ein. Weit kam sie nicht – eine Gestalt sprang sie von der Seite an und packte sie an den Schultern. Als Noëlle aufkeuchte, presste sich eine Hand auf ihren Mund.

«Still! Ich bin's, Joker.»

Der große Sklave wirkte furchterregend mit seinen kreuzähnlichen Tätowierungen auf den Wangen. Er hatte diesen mächtigen Schutzzauber selbst eingeritzt und dafür zehn Schläge von seinem Herrn erhalten. Hatte Joker etwa gesehen, dass sie Thierry Carnot geküsst hatte? Aber nein, die Tür war geschlossen gewesen.

«Du musst mir helfen, Noëlle.» Er löste die Hand. «Du musst mir Haare, Fingernägel oder Ähnliches von Poupinel besorgen.»

«Wozu?»

Er schüttelte sie erneut. «Stell dich nicht dumm. Der verdammte Hund soll krank werden und in seinem Bett krepieren. Er hat es verdient, das weißt du. Tortue ist vor lauter Angst nur noch ein Schatten seiner selbst, und die anderen sind zu feige. Ich werde die Sachen einem *bonhomme du bois* bringen; dann müssen du und Hugo sich nicht die Finger schmutzig machen. Ihr mögt den Weißen ja kein Haar krümmen!»

«Aber bringen soll ich es dir schon, ja?», gab sie mit demselben Hohn in der Stimme zurück.

«Du kommst an ihn heran, ich nicht.»

«Lass mich los!» Sie schob Joker von sich. «Poupinel verkriecht sich in seinem Haus; ich habe also auch keine Möglichkeiten. Und wenn, ich tät's nicht, das weißt du genau.»

«Ich schlag ihn tot, Noëlle!»

«Dann tu's doch!»

Stattdessen schlug er sie. Ihr Kopf wurde nach hinten geschleudert; sie taumelte zwei Schritte zurück und sackte auf den Hintern. Benommen und verwundert zugleich betastete sie ihre aufgeplatzte Lippe. Joker machte einen langen Schritt auf sie zu. Doch im nächsten Moment wurde er zurückgestoßen. Über ihr erschien Monsieur Carnot. «Mach, dass du wegkommst», knurrte er. «Einmal noch so ein Vorfall, und du hängst am nächsten Baum, verstanden?»

Joker rannte in die Dunkelheit. Carnot half ihr auf und führte sie zurück ins Hospital. Benommen ließ Noëlle es geschehen, dass er sie auf den Stuhl drückte, auf dem er eben noch geschlafen hatte, und ihre Lippen mit einer Tinktur behandelte. Die Lippen, die ihn geküsst hatten. Sie hielt still, schämte sich zu Tode und hoffte, es möge schnell vorübergehen. Doch Carnot ließ sich Zeit, und sie hasste ihn dafür. Zugleich wünschte sie, dieser Augenblick möge lange andauern.

Zu Hugos Schätzen gehörte ein Magnet, den er vor langer Zeit am Strand gefunden hatte. Dazu über die Jahre gesammelte Nähnadeln, Nägel, Haarklammern. Sie vermochten Aufschluss über die Zukunft zu geben, wenn man sie zu lesen verstand. Hugo beherrschte diese Kunst jedoch weitaus besser als sie. Nein, wenn sie ehrlich war, konnte sie es fast gar nicht. Auch die Spielkarten blieben ihr ein Rätsel. Genau wie Hugos Äußerungen, wenn er sie legte, den Magneten drehte oder Kokosnussfasern zerpflückte und verbrannte.

Sie hatte sich damit abgefunden, die Zukunft nicht zu kennen.

Doch nun, da Thierry Carnot auf den abgelegenen Séchellen inmitten des Indischen Ozeans erschienen war, war der Wunsch wieder in ihr aufgeflammt.

Sie sehnte sich nach Wissen. Würde er bleiben? Würde der Gouverneur genesen? Oder gar sterben? Was, wenn den Hodouls etwas zustieß? Was würde aus ihr?

Dass es ihr gutging, hatte eindeutig auch Nachteile. Man wurde nicht satt, wenn man vom Schönen gekostet hatte, man wollte mehr. Noch mehr Sonne, noch mehr von dieser ungewohnten Fröhlichkeit. Mehr Zuversicht. Aber was hatte es ihr gebracht, sich den Kuss eines unerreichbaren Mannes gestohlen zu haben? Nur sehnsüchtige Träume. Sie dachte an jenen Sklaven, der sich in den Dschungel der Berge geflüchtet hatte. Mahé war so klein, und doch hatte man ihn nicht gefunden. Die Mangrovenwälder am Küstensaum hätten ihn geschluckt, hatte man sich erzählt. Die Krokodile. Das Meer. Die Geister hätten sich seiner bemächtigt und seine Seele in das Loch eines Krebses gezogen. Oder ihn in einen Tropikvogel verwandelt, dazu verdammt, vollkommen arglos zu sein, sodass eine Menschenhand ihn einfach vom Ast schlagen konnte, wie alle seiner Art.

Nach vier Jahren war er zurückgekehrt: verwahrlost, krank und fast stumm. Seine Exzellenz Quéau de Quinssy hatte ihn zum Tode verurteilt.

So erging es Sklaven, die sich noch etwas vom Leben erhofften.

Hugo schlief unten im Garten; seit seiner schweren Operation war er ständig müde. Noëlle schnürte das Bündel mit

171

seinen Habseligkeiten auf und holte den Magneten und das verrostete Blechdöschen mit den Nadeln und den Haarklammern hervor. Sie schüttete alles auf den Boden, kauerte sich davor und erflehte von den Ahnen ihres Vaters, dass sie ihr Erkenntnis schenken mochten. Dann stellte sie den Magneten darauf ab und drehte ihn. Wie kleine, wütende Wesen sprangen ihn die metallenen Gegenstände an. Noëlle betrachtete das wirre Muster von allen Seiten. Sie seufzte. Wieso wollte ihr dazu partout nichts einfallen?

Vielleicht war der Geist des Docteurs schuld, der Magie für Humbug hielt.

* * *

Bartholomew Sullivan legte die Schlinge um seinen Hals. ‹Ich sagte, ich finde dich. Großbritannien beherrscht die Welt. Der Flecken, auf dem du dich bis ans Ende deiner Tage verstecken kannst, muss erst noch aus dem Meer auftauchen. Und auch dann würden wir dich finden.› Die Klappe in der Plattform des Schafotts fiel. Seth stürzte ins Leere. Er erstickte; gleichzeitig stand er daneben und sah sich selbst beim Sterben zu. Besen wurden in Eimer mit heißem Teer getaucht und klatschten auf seinen noch zuckenden Leib. Wie von selbst schmiegten sich Eisenbänder um ihn. Sullivan war fort, stattdessen wies Quéau de Quinssy ihn an, seinen eigenen Tod festzustellen. Seth kniete sich hin und wühlte in seiner Arzttasche nach Instrumenten, die ihm alle riesig und wie Folterwerkzeuge erschienen. Mit beiden Händen griff er hinein, ohne zu wissen, wonach er eigentlich suchte. Seine Finger schnitten sich an Messern und Lanzetten. ‹Schneller, Monsieur le Docteur, Sie gottverdamm-

ter Froschfresser!›, brüllte die Gouverneursgattin mit Bartholomew Sullivans Stimme. ‹Sonst mache ich Ihnen mit der Neunschwänzigen Beine!› Und Quinssy flehte: ‹Um Gottes willen, machen Sie doch hin, wir werden alle sterben!› Tumult brach aus. Ganz Wapping stürzte auf ihn zu, all die Fischweiber, Bauchhändler, Schauerleute, das Diebesgesindel, Hunde, Hühner, Schweine – alles kreischte in Todesangst. Seth wühlte in der Tasche; er wühlte nach irgendetwas, das sein Leben rettete. Zwei weibliche Hände halfen ihm. Sie waren dunkel, schlank, doch kräftig. Noëlle. Er hob den Kopf und blickte in Bess' schwachsinniges Gesicht. Ihre Augen waren fort, die Höhlen schwarz und blutverkrustet. Bess, liebe Schwester, wo bist du? Sie öffnete den Mund. Doch was sie ihm sagen wollte, ging unter im Lärmen der Schweine.

Seth riss die Augen auf. *Mal wieder ein Albtraum.* Schwer atmend hob er sich auf die Ellbogen. Dass er sich nach der Abreise der *Tethys* dazu durchgerungen hatte, endlich des Nachts seine Kleider abzulegen und sich auf einer weichen, mit Kokosfasern gefüllten Matratze auszustrecken, wurde nicht mit einem erholsamen Schlaf belohnt. Oder was hatte ihn gestört? Die Schweine kreischten immer noch. Nein, es waren die verdammten Flughunde. Was hatten die nur immer miteinander auszufechten? Er rollte sich auf die Seite und langte nach seinem Hemd, um sich damit über die schweißfeuchte Brust und den Nacken zu fahren. Draußen raschelte das Gras. Wer lief mitten in der Nacht durch den Garten? Er hörte ein energisches «Ksch-ksch!». Noëlle?

Gähnend wuchtete er sich hoch und trat ans Fenster. Der prächtige Sternenhimmel der südlichen Hemisphäre erhellte ein wenig die Nacht; genug, um zu erkennen, dass es wahrhaftig Noëlle war. Nah am Schildkrötengehege stand sie unter einer Kokospalme, reckte sich und fuchtelte mit den Armen. Tatsächlich, die Flughunde, die offenbar in der Krone hingen, verstummten. Noëlle wartete eine Weile, und er meinte etwas zu hören wie «Monsieur Carnot braucht seinen Schlaf, ihr beiden Schlingel». Seth schmunzelte. Gute Noëlle. Es war ein Segen, diese schwarze Perle hierzuhaben.

Es war auch ein Segen, von ihr geküsst worden zu sein. Wenn sie es noch einmal täte – und wenn sie mehr als das täte –, dann wäre er wirklich im Land Arkadien angekommen. Im Garten Eden. Wie Eva stand sie da, über den Baum der Erkenntnis nachsinnend. Aber da die Flughunde nicht wieder aufmuckten, huschte sie zurück in die Kochhütte, wo sie sich ein kleines Nachtlager gebaut hatte. Kaum hatte Seth sich wieder auf die Matratze gleiten lassen, setzen die Flughunde ihr Nachtkonzert fort. Seufzend verschränkte er die Hände hinter dem Kopf. Er war müde, doch er hatte keine Lust, seinen Albtraum fortzusetzen. Besser war es, an Noëlle zu denken. Sich vorzustellen, sie säße hier und beuge sich über ihn, um …

«Ihr elenden Biester!», dröhnte Poupinels Stimme durch die Nacht. «Irgendwann knall ich euch ab!»

Seth war sich nicht sicher, ob sein französischer Kollege von Sklaven oder Flughunden sprach. Immerhin, die Tiere verstummten. Eine Bastmatte raschelte, als habe Poupinel sie heruntergelassen und versuche nun weiterzuschlafen.

Andere Menschen, andere Sorgen, dachte Seth.

Als er hinunter ins Behandlungszimmer kam, erwartete ihn Noëlle erneut mit einer Überraschung: Sie strahlte ihn an. Schon fühlte er wieder ihre Lippen auf seinem Mund, diesmal nur als Einbildung, doch sogar das gefiel ihm. Die zweite Überraschung war das Clavichord, das soeben zwei Sklaven neben der Tür abstellten. Rasch band Seth die Schleife im Nacken und rückte sich den Rüschenkragen seines Hemdes zurecht. Noëlle war ein Anblick, der die Lebensgeister weckte. Er konnte sich nicht sattsehen an ihrem Lächeln. Sie war schön, seine schwarze Perle. Auch sie trug heute das Haar zurückgebunden; an ihrer Schläfe leuchtete eine weiße Frangipani-Blüte.

«Was hat es damit auf sich?» Er deutete auf das Clavichord.

Die beiden Sklaven verbeugten sich. Noëlle gab ihnen mit einer Handbewegung zu verstehen, dass sie wieder gehen sollten. Dann legte sie behutsam die Hand auf den geschlossenen Deckel. Von außen sah das Clavichord wie eine seltsam flache Truhe auf vier langen, gedrechselten Beinen aus. «Seine Exzellenz schickt es Ihnen, dazu diesen Brief.» Sie hielt ihm ein zusammengefaltetes Stück Papier hin; es trug sogar ein Siegel: die geschwungenen Umrisse einer *coco de mer*. Seth nahm es; seine Fingerspitzen streiften Noëlles, und spätestens jetzt war er hellwach. Neugierig riss er das Papier auseinander.

«Der Gouverneur schreibt, dass das Clavichord zu meiner uneingeschränkten Verfügung steht. Es möge mir zur Entspannung und zur Inspiration dienen, und er hofft, dass ich mich nicht allzu sehr an den schiefen Klängen störe. Dazu schickt er mir eine Flasche Palmwein.» Seth ließ den

Brief sinken. «Ob der Wein dafür sorgen soll, dass mir das gelingt?»

Noëlle kicherte.

Er ging zu dem Instrument und hob den Deckel an. Es hätte ihn nicht verwundert, wenn die Achatschnecken noch im Eck säßen. Doch weder Paul noch Marie-France noch Marie Antoinette oder – der Name der vierten Schnecke wollte ihm nicht einfallen – klebten auf dem farbenfrohen Gemälde. Er schlug einige Tasten an. Wahrhaftig erschienen ihm die Töne fast wohlklingend, schön, *richtig*. Das bildete er sich doch nur ein? Im Stehen spielte er, was ihm in den Sinn kam. Dabei blickte er zur Seite, betrachtete Noëlle. Ihre Hände hingen an den Seiten; die Fingerspitzen bewegten sich, als ersehne sie, an seine Seite zu treten und mit ihm zu spielen. Vielleicht war auch das nur Einbildung. Wahrscheinlicher war, dass sie an den Grund dachte, weshalb er diese Leihgabe erhalten hatte: seine Bürde, den Gouverneur zu heilen. Die Last kehrte zurück, legte sich schwer auf seine Schultern. Seth richtete sich auf und schloss den Deckel.

«Wohin nur damit?» Er wischte ein paar Regentropfen herunter, die sich auf das Holz verirrt hatten. «Ich kann es doch nicht hier im Behandlungszimmer aufstellen.»

«Wäre es nicht an der Zeit, sich ein Haus bauen zu lassen? Ich meine ...» Verlegen griff sie in den Nacken und zog ihren Haarstrang nach vorne.

Er ahnte, was sie sagen wollte: dass er beinahe schon hierher gehörte. Was natürlich völlig falsch war. «Ich denke, dort drüben ist es erst einmal aus dem Weg.»

Ihr Lächeln geriet ein wenig schmaler. «Ja, natürlich.»

Gemeinsam trugen sie das Clavichord neben eine der Apothekerkommoden. An der Tür klopfte es, und Noëlle eilte sich, zu öffnen. Es war Michel Blin, der sich unter dem Türrahmen hinwegduckte und eintrat. Der Sklavenhändler war ein Schrank von Mann in einem gut geschnittenen weißen Anzug. Anders als dem Gouverneur war ihm höfisches Gebaren völlig fremd. Ein Mann, der seinen Aufstieg der Revolution zu verdanken hatte, hieß es. Ungewöhnlich, dass er den aus Palmfasern geflochtenen Hut in den klobigen Händen drehte wie ein schüchterner Junge. «Monsieur Carnot, guten Morgen.» Er tippte sich an die Stirn. «Darf ich ... darf ich Ihnen ...»

«Was kann ich für Sie tun, Monsieur Blin?», half Seth ihm auf die Sprünge.

«Es ist wegen der ... wegen dem, was Sie bei Seiner Exzellenz tun wollen. Ich dachte, dass Sie vielleicht vorher ein paar Fingerübungen machen wollen.»

«Fingerübungen?»

«Ja, nun, ich dachte ...» Blin trat zur Seite und winkte einen Mann herein. «... ich biete Ihnen hierzu einen meiner Sklaven an. Er sagt, dass er Schmerzen beim Pinkeln hat. Zumindest glaube ich, das verstanden zu haben; sein Pidgin-Genuschel ist eine Zumutung. Wie auch immer, Sie können ihn haben.»

Seth benötigte einen Augenblick und einen Blickwechsel mit Noëlle, bis er das Gehörte verstanden hatte. «Vielen Dank, Monsieur Blin», sagte er verblüfft. «Ich werde mich um diesen Mann kümmern.»

Blin verabschiedete sich wieder, und Seth hieß den Sklaven, auf der Veranda zu warten. «Noëlle, was kommt als

⁓ 177 ⁓

Nächstes? Ein Sack voller Kokosnüsse? Eine Leibrente bis zu meinem Tod? Oder was mag den Leuten noch einfallen, was es mir erleichtern könnte, die Lithotomie erfolgreich hinter mich zu bringen?»

«Sie lieben und verehren eben alle den Gouverneur.»

«Du auch?»

Sie verschränkte die Hände hinter dem Rücken. «Ja, gewiss. Sie wollen wirklich an einem Menschen proben?»

«Ich habe das schon oft getan. Allerdings an Leichen.»

Ihre Augen weiteten sich.

Entschuldigend hob er die Hände. «Das Sezieren gehört zur Ausbildung eines Chirurgen.» Dass es ebenso üblich war, sich das Anschauungsmaterial in Gefängnissen und sogar auf Friedhöfen zu beschaffen, würde er tunlichst verschweigen. «Natürlich werde ich den Mann untersuchen, und falls ich zu dem Schluss gelange, ihm müsse ein Stein entfernt werden, so werde ich ihn operieren.»

Der nächste Besucher war der Mann, den alle den Prinzen nannten. Auch er wollte Seth auf seine ganz eigene, beinahe schnöde wirkende Art helfen: Er bot ihm Geld, eine wilde Mischung verschiedenster Münzen. Unter anderem einen alten Louisdor mit dem Profil Louis XVI. Genau wie sein angeblicher Vorfahr besaß auch der Prinz eine Hakennase und ein Doppelkinn, was aller Wahrscheinlichkeit nach aber Zufall war. «Ich verdanke dem Gouverneur viel», sagte Poiret. «Beinahe so viel wie jenen Männern, die mich damals aus den Verliesen der Conciergerie befreit haben. Ich hoffe darauf, dass Seine Exzellenz mir finanzielle Unterstützung für die Rückeroberung des Bourbonenthrons gewährt.»

«Oh, natürlich, natürlich.» Seth zuckte mit keiner Wimper. «Ich wünsche Ihnen gutes Gelingen, Monsieur Poiret.»

«Vielen Dank.»

In den nächsten Tagen machte das halbe Dorf, so schien es Seth, seine Aufwartung. Die Frauen brachten Körbe mit Obst, die Männer Palmwein, Rum oder ein aus Brotfrucht oder Maniok gebranntes, grauenhaftes Gesöff, das höchstens zum Säubern von Wunden taugte. Die Hodouls, die von ihrem Ausflug zurückgekehrt waren, schickten ihm gleich eine ganze Kiste mit Wein, Liqueur, Würsten und Spitzentaschentüchern. Seth war durchaus nicht glücklich über die Aufmerksamkeit, die seiner Person zuteil wurde. Geschweige denn über die Erwartungen, die man in ihn steckte. Woher kam das nur?

Er fragte Noëlle.

«Ich denke, es braucht nicht viel, die Leute zufrieden zu stellen, wenn sie krank sind», sagte sie. «Ein aufmunterndes Wort, eine aufmunternde Geste, einen Schluck Laudanum – und schon möchten alle glauben, dass nicht wie üblich ein Metzger am Werke ist, sondern ein Magier.»

«Ich bin alles andere als das, Noëlle.»

«Das weiß ich doch, Monsieur le Docteur.»

Wie viele Damoklesschwerter schweben eigentlich über mir?, fragte Seth sich gallig. Mittlerweile ging kein Lüftchen mehr. Jedes seiner Kleidungsstücke klebte am Leib und war zu viel. Oft lief er, nur mit seinen Culottes bekleidet, am Wassersaum entlang, kühlte sich die Füße oder, wenn er es anders nicht aushielt, sprang zur Gänze in die Fluten. Noëlle sorgte für frisches Wasser und köstliche Säfte, die sie in Bodenlöchern gekühlt hatte. Er war froh, dass die Sterne noch nicht günstig standen, wie ihm der Gouverneur in einem Billet übermittelt hatte. Bei dieser Hitze würde ihm ohnehin das Bistouri aus den schweißnassen Fingern gleiten.

Madame La Geraldy, die Inhaberin des Lädchens, schenkte ihm einen der beliebten Palmblatthüte, die man sogar bis nach Port Louis exportierte. Er hatte den Abszess ihres Mannes erfolgreich entfernt, und so scheute sie sich nicht, ihm weiteren Kredit in Form von Lebensmitteln zu gewähren. Ein Aufseher brachte bald darauf die verschrobene Échalas zu ihm: Das lange Elend nannte man die Sklavin, da sie groß und dürr wie eine Palmblattrippe war und immer zu Boden starrte. Während Seth ihre aufgerissenen Finger behandelte – sie stellte die Hüte her –, sah er nicht ein einziges Mal ihre Augen, die unter der Hutkrempe verborgen blieben. Ein seltsames Wesen. Der eigenartige Prinz ließ sich erneut blicken, weil ihn Sodbrennen plagte. Von ihm hätte Seth es gerne gesehen, dass er schwieg und den Kopf senkte. Stattdessen plapperte der Mann unentwegt über seine politische Gesinnung. Den Rat, den Genuss von Palmwein zu reduzieren, nahm er pikiert zur Kenntnis. Denselben Rat empfing Hodoul, der über Leberschmerzen klagte. Voltaires Maxime, in allem Maß zu halten und sich Bewegung zu verschaffen, damit man sich wohl fühle, nahm er sich jedoch zu Herzen: Er brach zu einer weiteren mehrtägigen Bootspartie auf.

Seth stand am Hafen und sah der kleinen Barke nach. Die Hodouls wollten Rémy Jean d'Argent besuchen, Quinssys Schwiegersohn, der mit der Gouverneurstochter

aus erster Ehe auf La Digue lebte. Die Zeit der Flaute
schien ihrem Ende entgegenzugehen. Das Rahsegel war ge-
bläht, und ein paar Rudersklaven halfen dem schlanken
Boot auf die Sprünge. Madame Hodoul promenierte in feiner Toilette über das Deck.

«Sind schon ein komisches Völkchen hier, was?», sagte
Mullié, der sich neben ihm am Strand eingefunden hatte
und den beiden nachblickte. «Haben die Revolution und
Napoléon zwar irgendwie registriert, leben aber noch wie
zu Zeiten des Ancien Régime.»

«Glückliches kleines Arkadien», murmelte Seth.

«Ja. Sechs Wochen sind wir nun hier, und man hat kaum
gemerkt, wie die Zeit verging. Könnten sechs Tage oder
sechs Monate gewesen sein.»

Schweigend standen sie beieinander, sahen dem kleiner
werdenden Boot nach, bis die schwache Tide ihnen das
Wasser um die Stiefel spülte. Mullié stieß ihm den Ellbogen gegen den Arm. «Na, komm, lass uns nicht Maulaffen
feilhalten. Im Gasthaus gibt es einen Billardtisch; ich wette,
von dem hast du noch nie gehört, geschweige denn ihn gesehen.»

«Stimmt, hab ich nicht.»

«Dann los!»

10.

Seth trat zwischen den Palmen hindurch. Gischtgekrönte Wellen lockten, sich in ihnen zu erfrischen. Beinahe zerriss er das Hemd, als er es sich vom Leib zerrte. Achtlos warf er es über den fast waagerecht über dem Sand schwebenden Stamm einer Kokospalme. Schon wollte er losstürmen, als er Stimmen vernahm. Das Jauchzen von Kindern, das Mahnen Erwachsener. Nun, das störte ihn nicht. Doch dann sah er, dass es die weiblichen Mitglieder der Gouverneursfamilie waren, die sich zu einem Strandpicknick eingefunden hatten. Die Entourage bestand aus den drei Mädchen, zwei hellhäutigen Dienerinnen, vermutlich Gouvernanten, zwei älteren Lakaien und ein paar Sklavinnen. Und abseits hockte einer von Dubois' Soldaten, die Muskete zwischen den Knien und den Finger in der Nase.

Verfolgt von ihren Gouvernanten rannten die beiden jüngeren Mädchen am Wassersaum hin und her. Der Saum ihrer Kleider war sandig, und ständig stolperten sie bei ihren vergeblichen Versuchen, nach den Strandkrabben zu haschen. Eher lustlos schlenderte Joséphine Anne Catherine Anne, die älteste Tochter, umher und blickte dabei aufs Meer hinaus.

«Joséphine! Geh nicht so weit hinaus. Man kann ja deine Waden sehen!»

Wenn er sich nicht täuschte, so gehörte diese schneidende Stimme der Gouverneursgattin. Seth wagte sich ein Stück aus der Deckung der Kokospalme, um nach Marie Joseph Dubail Ausschau zu halten. Doch er entdeckte nur einen geschlossenen Tragstuhl mit zugezogenen Vorhängen, der strandaufwärts im Schatten stand. Dass Madame de Quinssy vorzog, diesen Ausflug in der Hitze und Dunkelheit ihrer Sänfte zu verbringen, passte zu dem Wenigen, das er über sie gehört und von ihr gesehen hatte. Lebhaft vermochte er sich ihre unleidliche Miene auszumalen. Was es wohl war, weswegen die Vorzüge dieses Paradieses an ihr abprallten? Nun, nicht jeder war dafür gemacht. Vielleicht hatte sie nie aus Frankreich fortgehen wollen, um der Berufung ihres Gemahls zu folgen, und auch der Blick der Tochter wirkte, als ersehne sie heftigst einen Ausflug in zivilisiertere Gegenden.

«Du fällst noch hin!», schrie Madame Quinssy.

Er konnte förmlich hören, wie die junge Dame in sich hineinknurrte. Hoch waren die Wellen nicht, doch ihre Ausläufer besaßen genügend Kraft, ein zartes Mädchen umzuwerfen. Die Gouvernanten achteten streng darauf, dass die jüngeren allerhöchstens benetzt wurden, doch die Demoiselle schien es darauf anzulegen, den Zorn der Mutter zu erregen. Sie trat nach einer angeschwemmten Kokosnuss, verlor fast das Gleichgewicht, stakste herum und fiel letztlich doch auf die Knie.

«Mein Gott, Joséphine!»

Seth dachte, dass er längst hätte gehen sollen, wollte er

vermeiden, entdeckt zu werden und den Retter spielen zu müssen. Die Mädchen lachten, Joséphine fluchte undamenhaft – wo mochte sie das aufgeschnappt haben? – und schaffte es nach einigen mühseligen Versuchen, wieder auf die Füße zu kommen. Nass bis zur Hüfte, lief sie zu einer der ausgebreiteten Decken und ließ sich theatralisch fallen. Sofort waren die Sklavinnen zur Stelle, um Tücher und Erfrischungen zu reichen und ihr das aufgelöste Haar zu ordnen. Mit mürrischem Gesicht ließ sie alles über sich ergehen. Als man ihr ein Tablett mit feinem Gebäck reichte, stopfte sie alles wahllos in sich hinein.

Plötzlich spürte Seth etwas Hartes im Rücken. Sofort war ihm klar, dass es sich um eine Bajonettspitze handelte. Er hob die Hände, machte einen langsamen Schritt nach vorne und drehte sich um.

«Sie?!»

«Guten Tag, Lieutenant Dubois.»

«Was machen Sie hier, Docteur Carnot?»

Seth deutete mit dem Daumen hinter sich. «Ich wollte baden, aber das Wetter ist heute eher schlecht; dort hinten hat's eine fette Wolke.»

Dubois starrte in den strahlend blauen Himmel. Stirnrunzelnd schüttelte er den Kopf. «Dieser Strandabschnitt ist heute der Familie des Gouverneurs vorbehalten.»

«Oh, tatsächlich …»

«Lieutenant Dubois!»

Der feiste Soldat trat an Seth vorbei aus dem Schatten der Palme und salutierte. «Zu Ihren Diensten, Madame!», schrie er.

«Bitte geleiten Sie Monsieur Carnot zu mir.»

«Sie haben's gehört, Docteur. Folgen Sie mir.»

Als Seth hinter Dubois herstapfte, durch den knöchelhohen Sand, die allgegenwärtigen Krabben fortscheuchend, hatte er erneut das Gefühl, in einer völlig unwirklichen Szenerie gelandet zu sein. Die Sklaven, Gouvernanten, Lakaien erstarrten; sogar die Kinder hörten zu spielen auf. Nun sah er, dass die Tür der Sänfte einen Spalt offen stand; sie schwang gänzlich auf, und eine helle Hand schob den dunkelgrünen Vorhang beiseite.

«Madame?» Er verneigte sich vor der Gouverneursgattin und bedauerte, dass er sein Hemd zurückgelassen hatte. So war es denn auch seine verschandelte Tätowierung, die sie als Erstes musterte, jedoch nur so lange, wie es gerade noch schicklich war. Trotzdem hatte er das Bedürfnis, die verräterische Fälschung mit der Hand zu bedecken.

«Sie sind ein wenig rustikal unterwegs, Monsieur Carnot.»

Eine Stimme wie ein Messer, das nicht nur heiße Luft zu durchschneiden vermochte. «Ich bitte um Verzeihung, Madame de Quinssy, aber ich wollte soeben baden und wusste nicht, dass ich im Begriff war, einen Fauxpas zu begehen.»

Hochmütig blickte sie an ihm vorbei in die Ferne. «Wie gestalten sich Ihre Studien, Monsieur le Docteur?»

«Meine Studien?»

«An dem Sklaven von Monsieur Blin, den er Ihnen freundlicherweise als Objekt zur Verfügung gestellt hat.»

«Ich habe den Mann untersucht und seine Blase gespült. Er ist in der Tat ein Kandidat, ein Lithom auszubilden, doch zu operieren gibt es noch lange nichts.»

«Dann sollten Sie es nachholen.»

185

«Madame, er …»

Ihre Augen waren schmal, als sie ihn ansah. «Die Erwartungen der ganzen Kolonie, dass Sie meinen Gatten von seinem Leiden befreien, sind immens. Sie sollten jede Hilfe und jede Gelegenheit nutzen, die wir Ihnen bieten.»

Er sah, dass Dubois gewichtig nickte, und ihm lag die Frage auf der Zunge, ob sich nicht der Lieutenant als gewissenhafter Untertan des Gouverneurs und des Kaisers zur Verfügung stellen mochte. Aber da er nicht herausfinden wollte, ob Blicke tatsächlich töten konnten, verkniff er es sich. «Gewiss, Madame. Ich werde tun, was richtig ist und was in meiner Macht steht.»

«Gott helfe Ihnen.» Ihr Gesicht war gerötet, vielleicht vor Empörung, vielleicht weil ihr die in der Sänfte gestaute Hitze zusetzte.

«Madame, darf ich Ihnen den ärztlichen Rat geben, sich ein wenig der frischen Brise auszusetzen?»

«Mir geht es sehr gut, danke der Nachfrage. Ich mag weder das Grelle noch den Sand in den Schuhen und ziehe es vor, hier drinnen zu meditieren. Sagen Sie, ist Capitaine d'Ournier ein verlässlicher Mann?»

«Selbstverständlich. Weshalb fragen Sie?»

Wieder ein scharfer Blick. «Sind Sie ein guter Katholik, Monsieur Carnot?»

Er war Anglikaner und kein Katholik, und ein guter sowieso nicht. Aber das konnte er schwerlich sagen. «Ich glaube an den Herrn und dass wir eines Tages alle vor seinem Richterstuhl stehen werden, Madame de Quinssy. Wie darf ich diese Frage verstehen?»

«Nun, wie Ihnen nicht entgangen sein dürfte, entbehren

wir hier des geistlichen Beistandes. Es gab einmal ein kleines Kirchengebäude, doch das ist verfallen. Mein Gatte hat immer wieder bei der Kolonialregierung um Abhilfe gebeten, doch aufgrund der Kriegswirren stets vergeblich. Also spielen wir hier Rousseaus ‹Wilde›.» Sie rollte mit den Augen. «Einigen, wie der putzsüchtigen Madame Hodoul, gefällt das ja sogar. Ich jedoch … Joséphine!»

Das Mädchen war unbemerkt wieder aufgestanden, zum Wasser gelaufen und der Länge nach hineingefallen, wofür ihm Seth, er konnte es nicht leugnen, dankbar war. Sämtliche Sklaven und Diener stürzten zu Joséphine und halfen ihr auf. Sogar Dubois und sein Soldat waren einige Schritte durch den Sand gelaufen, doch ihr Eingreifen war nicht mehr nötig. Triefend nass und mit Sand verklebt, ließ sich Joséphine von ihren Gouvernanten vor das Angesicht der Mutter führen, die sich aus der Sänfte herausbeugte und der jungen Dame eine schwache, nichtsdestotrotz demütigende Ohrfeige gab.

«Du gehst sofort nach Hause, Joséphine.»

«Das ist mir recht, Maman.» Das Gesicht des Mädchens verkrampfte sich in dem verzweifelten Versuch, nicht zu heulen. Madame de Quinssy winkte einer der Gouvernanten, doch Joséphine schüttelte den nassen Kopf. «Ich möchte alleine gehen.»

«Gut», sagte die Mutter eisig. «Du wirst heute Abend auch alleine soupieren und früh zu Bett gehen.»

«Wie Sie wünschen, Maman.» Joséphines Blick streifte Seth, als sie sich abwandte, und ihr vor Wut und Scham erhitztes Gesicht rötete sich noch mehr.

Als sie gegangen war, legte Madame de Quinssy eine

Hand auf die Brust, schloss die Augen und atmete tief durch. «Wo war ich stehengeblieben, Monsieur le Docteur?»

«Sie mögen keinen Sand in den Schuhen, Madame», antwortete Seth.

«Ich mag auch keine Scherze, Monsieur Carnot», gab sie scharf zurück. «Vor allem nicht, wenn man sie mit mir macht. Also: Joséphine ist mit dem Sohn von Michel Blin verlobt; sobald ein Schiff einläuft, will mein Gatte den Commandanten bitten, sie zu vermählen. Sofern dieser Mann respektabel und ein Capitaine ist. Daher möchte ich Sie um Ihr Urteil über d'Ournier bitten, den wir ja alle hier erwarten.»

«Besitzt nicht auch Monsieur Hodoul das *brevet de capitaine* ...»

«Respektabel, sagte ich!»

«Nun, Hippolyte d'Ournier ist ein angesehener, ehrenhafter Mann und entstammt altem Adel. Er ist ein Freund Robert Surcoufs.»

Ein wenig glättete sich ihr Gesicht, und sie gestattete sich sogar die Andeutung eines Lächelns. «Ja, ich wünschte, unser aller Held Surcouf würde die Trauung vornehmen, es wäre uns eine große Ehre, doch er hat sich ja bedauerlicherweise zur Ruhe gesetzt. Soll ich Ihrem Urteil trauen?»

«Weshalb denken Sie, dass Sie es nicht sollten?»

«Weil ich nicht weiß, ob ich Ihnen trauen darf.»

Aha. Dies war also der Zweck des Verhörs. Ihr Scharfsinn war bewundernswert. Oder er hatte wieder einen Fehler gemacht, dessen er sich nicht bewusst war. Er wusste nicht, was er sagen sollte. Nachzuhaken käme ihm vor, wie ins offene Messer zu laufen.

«Dass Sie ein Protegé meines Gemahls sind, ist seiner Verzweiflung geschuldet», fuhr Madame de Quinssy fort. «Und ich will zugeben, dass Sie einigen Siedlern Linderung verschafft haben. Sie sagten ja auch, dass Sie Ihre Kenntnisse frühzeitig bei einem Steinschneider erworben haben. Aber im Grunde läuft alles darauf hinaus, dass Sie Ihre schnell eingenommene und herausragende Position einzig der Unfähigkeit Emmanuel Poupinels verdanken. Ich weiß leider nicht, ob diese zweifelhafte Qualifikation ausreicht, Hand an meinen Gemahl zu legen, und diese Ungewissheit passt mir nicht.»

Erleichtert atmete er aus. Aus dieser Richtung also wehte der Wind. Bei Gott, es ängstigte ihn weniger, bei dieser Operation zu versagen, als bei seiner Schauspielerei. Zumindest jetzt noch.

«Was sagen Sie dazu, Monsieur Carnot?»

«Mir fällt leider nicht immer etwas ein, Madame de Quinssy … außer dass wir alle in Gottes Hand sind.»

Ihre Miene verkniff sich noch ein wenig mehr. «Eine kluge Antwort», gab sie schließlich zu. «Gut, ich danke Ihnen, Monsieur Carnot. Sie dürfen sich entfernen.»

Er verneigte sich und ging, und während er an Lieutenant Dubois vorüberging, der ihm salutierte, dachte Seth, dass er sich wie ein Lakai fühlte. Aber so erging es vermutlich jedem Menschen in Madame de Quinssys Gegenwart. Er hoffte für sie und sich selbst, dass sie über eine robuste Natur verfügte und er sie niemals in seinem Behandlungszimmer würde begrüßen müssen.

Es war früh am Morgen. Das *Établissement* schlief noch, als Noëlle hinunter zum Hafen lief, sich eines der schmalen Fischerboote nahm, hineinsprang und ein Stück hinauspaddelte. Sie hatte ein wenig Küchenabfall mitgenommen, um Fledermausfische anzulocken. Es gefiel ihr, wenn die großen dunklen Kerle, die Rückenflossen fast aus dem Wasser, an den Brocken knabberten, und dann machte sie sich einen Spaß daraus, nach ihnen zu schnappen. Erwischt hatte sie noch nie einen. Sie paddelte ein wenig an der Küste entlang, bis die Häuser und Hütten des Dorfes fast außer Sicht gerieten. Die ordentlichen Pflanzungen wichen wild hingeworfenen Steinhaufen, danach einer sichelförmigen Bucht. Hier irgendwo lag das Wrack der *La Flêche*, auf der Poupinel als Bordarzt gedient hatte; sie war einst in einem Gefecht mit einer britischen Fregatte namens *Victor* gesunken. Früher, als er noch nicht ständig an der Flasche gehangen hatte, hatte er manchmal davon erzählt. Die *Victor*, obschon selbst beschädigt, hatte das Schiff mit Breitseiten beharkt, und der Capitaine hatte es anzünden und auf Grund setzen lassen, um es nicht übergeben zu müssen. Am Ufer hatten sich die Kontrahenten getroffen und sich gegenseitig für ihren Mut und ihr Geschick gratuliert.

Noëlle warf den Anker und ließ sich über die Bordwand gleiten. Erfrischendes Wasser umfing sie. Sie schmeckte das Salz wie köstliches Gewürz, ließ sich von sanften Wellen umspülen und tauchte unter in eine andere Welt. Farbenprächtige Fische huschten über feurig leuchtende Korallen hinweg. Poupinel hatte ihr erklärt, dass die kräftig blauen, die man hier überall zuhauf sah, Chirurgenfische genannt wurden, da sie skalpellähnliche Fortsätze an ihren

Schwänzen trugen. Sie umringten sie neugierig. Spielerisch streckte sich Noëlle nach ihnen, und ebenso spielerisch huschten sie davon, doch wie es schien, ganz ohne Furcht. Sie sah einen winzigen Hai, der unter einer Schule fast durchsichtiger schimmernder Fische seine Kreise zog. Ein Rochen floh mit wellenartigem Flügelschlag in schützenden Sand. Papageienfische ästen zwischen den Fäden tanzenden Seegrases. Ein Fisch, den man Trompette nannte, da er unverwechselbar so aussah, schlängelte sich inmitten eines Schwarms roter Riffbarsche, deren leuchtende Farbe die geschminkten Lippen der Damen weit übertraf. Diese Schönheit war geradezu aberwitzig verschwenderisch. Gesprenkelte, gezackte, gestreifte, durchscheinende, leuchtende Wesen in allen nur denkbaren Farben. Und Noëlle kam der Gedanke: *Hatte die Menschheit dies verdient?*

Ihr war dies alles seit ihrer Kindheit vertraut, und doch wurde sie nie satt, sich daran zu ergötzen. Jetzt aber erschienen ihr all diese Farben, all das Leben, der Geschmack und der Duft noch intensiver als sonst. Noch stärker. Als sei dies eine Heimkehr und sie würde sich dessen nun erst mit aller Kraft bewusst. Die Seeleute, wusste sie, empfanden so, wenn sie nach langen Monaten auf See den Fuß wieder auf festen Grund setzten. Aber sie war ja nicht fort gewesen. Woran lag es? An Thierry Carnot. Er war heimgekehrt, an ihrer statt. Ihre Gedanken glitten durch das Wasser, fingen sein Gesicht ein. Der französische Arzt hatte sich ihrer Gedanken bemächtigt. *Er behauptet, seine Magie wäre schwach? Meine ist es.*

Zugegeben, es war eine Lust, sich seiner Stimme zu vergegenwärtigen, seiner ansehnlichen Züge, seiner intelligenten Mimik, seiner bedächtigen Gesten. Seines Spottes, der sie so oft ärgerte, doch nie verletzte.

Sie schloss die Augen, streckte die Arme aus, so weit sie konnte, und glitt durch die sonnenhellen Tiefen. Ihre Finger pflügten durch den Sand, rissen eine Handvoll mit sich, sodass das Wasser für einen Augenblick trübe wurde und alles in der Nähe davonstob. Schwarz-weiß gezeichnete Fische umschwärmten eine runde, feuerrote Koralle. Ihre Strukturen erinnerten an die Zeichnungen menschlichen Gehirns, die sie in einem von Thierry Carnots medizinischen Büchern gesehen hatte; eine lustige Laune der Natur. Oder des Schöpfergottes, wessen auch immer: Zanahary oder der der Christen. Ein Rotfeuerfisch schoss aus dem Schatten eines Felsens hervor. Rasch sorgte Noëlle für Abstand. Denn dieses filigrane Wesen konnte für schmerzhafte Stiche sorgen. Und da war auch das Wrack – gleich einem schlafenden Ungeheuer ruhte es auf dem Grund der See.

Unweit des Bootes reckte sie den Kopf aus dem Wasser und sog tief die salzige Luft ein.

«Noëlle! Noëlle!»

Die aufgehende Sonne blendete sie. Verwirrt drehte sie sich. An Backbord einer schlanken Barke stand Madame Hodoul und winkte mit beiden Händen.

«Madame … Hodoul.» Noëlle krächzte, da ihr Wasser in die Kehle geriet. Mit wenigen kräftigen Stößen hielt sie darauf zu; ihre ausgestreckten Hände bekamen ein Seil zu fassen, das ein Matrose ausgeworfen hatte, und dann war sie in Windeseile oben und schwang sich über die Bordwand. Olivette Hodoul umarmte sie und drückte ihr zwei Küsse auf die Wangen.

«Wie schön, dich zu sehen, Noëlle. Hast du uns etwa schon von weitem gesehen und wolltest uns begrüßen?»

Noëlle lachte und schüttelte den Kopf. Monsieur Hodoul wuchtete seinen Bauch heran, nur bedeckt von einem offenen Hemd, das halb aus seinen Culottes hing. Über der Schulter trug er einen Sonnenschirm. Seine Haarschleife hatte sich gelöst; die ergrauten Haare waren feucht und zerzaust. In seinem sonnengegerbten Gesicht leuchteten die Bartstoppeln wie kleine helle Punkte.

Er kniff Noëlle in die Wange. «Nun, alles klar an Land? Gab's wieder englischen Besuch? Wem scheißen seiner Exzellenz Achatschnecken jetzt auf den Kopf? Bonaparte oder George III.?»

«Immer noch dem Kaiser, Monsieur Hodoul. Die Briten konnten während der Windstille doch gar nicht stören.»

«Denen traue ich alles zu», brummte er.

Madame Hodoul klatschte in die Hände. «Auf unseren verehrten Gouverneur ist eben immer Verlass; wie erginge es uns wohl ohne sein diplomatisches Geschick? Du bist doch bestimmt durstig.» Sie winkte die junge Coquille heran. Das Mädchen hatte am Eingang des Zeltes gewartet, das man achtern errichtet hatte; nervös kam die Sklavin herangehastet und verbeugte sich. Sie wirkte nicht mehr gar so eingeschüchtert wie zu Anfang. Der rasche Blick in den Ausschnitt ihres strahlend weißen Baumwollkleides, das ihre Haut schwarz wie eine polierte Séchellennuss wirken ließ, verriet Noëlle, dass sie noch nicht markiert worden war.

«Bring ein Glas Wasser, Müschelchen.» Coquille eilte sich, das Gewünschte zu holen; Noëlle bedankte sich artig und trank.

193

«Wir haben dir etwas …», begann Madame Hodoul.

«Nicht doch, Chérie.» Ihr Gatte berührte ihren Ellbogen. «Warte mit der Überraschung, bis wir daheim sind.»

«Meinst du? Na schön.» Sie seufzte enttäuscht.

Noëlle musste sich ein Grinsen verkneifen. Bei dieser Überraschung würde es sich um eine schöne Muschel oder die Schale einer *coco de mer* handeln; viel mehr gab es auf den abgelegenen Inseln nicht. Es sei denn, das Paar wäre auch dort gewesen, wo es seinen Schatz hortete. Vielleicht bekäme sie dann ja eine glänzende Münze.

«Du bist ein munteres Mädchen, Noëlle, aber *so* fröhlich doch eher selten. Wie kommt's?»

«Ach, es ist nur … es ist so schön hier.» Noëlles Arm beschrieb einen Kreis, der Mahé und die fernen Inseln Praslin und La Digue einschloss. «Ich bin …»

«Ja?»

Sie zuckte mit den Achseln. Sie war so froh, auf diesem Flecken Welt und nirgends anders zu leben. Im Garten Eden, wie die Siedler sagten. Aber das zu sagen wäre ihr wie ein Gefühlsausbruch vorgekommen, der zu einer Tochter dieser beiden Menschen gepasst hätte, nicht zu deren Sklavin. Hastig holte sie die längst fällige Verbeugung nach. «Ich freue mich, dass Sie wieder zurück sind.»

«Oh, wir auch. Obwohl es so schön war. Wir haben … Nein, das kann ich doch nicht verraten!» Madame Hodoul rang die Hände.

«Sag schon, Chérie», raunte ihr Gatte ihr zu.

«Na schön!» Sie umfasste Noëlles Schultern und zog sie zu sich heran, sodass sie in ihr Ohr flüstern konnte: «Wir haben *nackt* gebadet.»

Darauf wusste Noëlle nichts zu antworten. Madame Hodoul räusperte sich, umarmte verlegen den Mast des Rahsegels und deutete hinaus. «Oh, fliegende Fische. Sind sie nicht schön?»

Das wundersame Inselleben wurde nur von einem Mitglied der eigenen Mannschaft gestört: Der Schiffskoch hatte sich der Tochter der Eheleute de la Rancière auf denkbar unverschämte Art genähert. Der stets gutgelaunte Mullié hatte daraufhin mit eisiger Miene verkündet, dass der Mann zur Strafe gekielholt werden solle. Hierzu hatten sich am Hafen sämtliche weißen Siedler eingefunden. Ebenso Seth, der sich wieder einmal an alte Zeiten bei der Royal Navy erinnert fühlte. Das Kielholen war eine Bestrafung, die dem Zuschauer nichts weiter abverlangte. Erst als der Körper des Kochs, an tausend Stellen aufgerissen und blutend, das Gesicht eine unkenntliche Masse, aus dem geröteten Wasser gezogen worden war, waren die Ersten entsetzt davongestoben. Andere hatten sich gekrümmt und erbrochen.

Ermattet kehrte Seth ins Hospital zurück und ging hinauf in die kleine Kammer neben dem Sklaventrakt, die zuvor als Remise gedient hatte und nun sein Logis war. Da er nicht im belebten Gästehaus schlafen wollte, hatte Noëlle hier für eine weiche Matratze gesorgt, einen Stuhl und sogar einen kleinen Tisch, der ihm als Schreibtisch diente; hier lagen seine ärztlichen Bücher und einige kostbare Ausgaben, die ihm der Gouverneur geliehen hatte, als da waren die unvermeidlichen Werke von Jean-Jacques Rousseau und Voltaire, eine Monographie über den Helden der Revolution Danton, dazu Montesquieu, Rivarol, Seneca und einiges mehr.

Auch das Clavichord hatte hier noch ein Eckchen gefunden. Er zog den kleinen Drehhocker hervor und setzte sich. Vorsichtig hob er den Deckel – er hatte die eigenartige Vorstellung, dass sich einige der allgegenwärtigen Achatschnecken Zugang durch die offene Rückseite verschafften. Doch nur ein kleiner grüner Gecko ließ sich blicken, der sofort davonhuschte. Seth legte die Finger auf die Tasten. Ihm wollte kein Stück einfallen. Bestenfalls eine schaurige Todesmelodie, wie sie manchmal ein Matrose vor oder nach einer Schlacht auf einer Fidel spielte.

Plötzlich donnerte es: Ein kräftiger Regen wollte ihn am Spielen hindern. Die mächtigen Wedel der Kokospalmen rauschten. Wie wütende Finger trommelten die Tropfen auf das Dach dicht über ihm. Er sah den Regen an den Palmrippen entlangrauschen, wie das verwässerte Blut des Smutje. Vergebens hatte Seth versucht, das Leben des Verurteilten zu retten. Doch zumeist waren die Verletzungen, die das Kielholen verursachte, tödlich. So auch diesmal.

Mit aller Gewalt schlug er auf die Tasten ein. Das Instrument protestierte mit einem grässlichen Misston. *Lass das,* ermahnte er sich, *nicht auszudenken, wenn dem Gouverneur zu Ohren käme, dass ich dieses kostbare Möbel zerstört habe. Wobei – es klingt immer noch ein wenig schauderhaft.*

Als er den Deckel wieder schloss, hörte er hinter sich den Holzperlenvorhang rasseln. Es war Noëlle, die auf diese Art anklopfte. Sie steckte den Kopf durch die Perlen hindurch. «Möchten Sie eine Erfrischung, Monsieur Carnot?»

«Ja, ein wenig mit Wasser verdünnten Saft, wenn das möglich ist.»

«Aber natürlich.» Sie verschwand und kehrte bald darauf mit einer geöffneten Kokosnuss zurück, über deren Rand eine gelbe Flüssigkeit schwappte. Seth trank hastig, um nichts zu verschütten. Es tat gut.

«Draußen sind die Leute in Aufruhr», sagte Noëlle.

Er nickte. «Nicht verwunderlich, wenn jemand hingerichtet wurde.»

«Nicht wegen dieser schrecklichen Sache. Man hat am Horizont ein Schiff gesichtet.»

Zwischen den Schulterblättern spürte er ein Schweißrinnsal, das sich wie flüssiges Eis anfühlte; eigentlich unmöglich bei diesen Breitengraden. «Die Flagge?»

«Ich weiß es nicht. Seine Exzellenz Quéau de Quinssy und Monsieur Hodoul sind ja die Einzigen, die ein Teleskop besitzen.»

«Verdammt», brummte er in sich hinein und sprang auf. «Ich muss sofort zu Mullié, der hat auch eins, und ich hoffe doch, dass er es in seinem Quartier aufbewahrt und nicht auf dem Schiff.» Er stutzte. «Wahrscheinlich ist er gar nicht zu Hause, sondern lümmelt wie gewöhnlich auf Hélènes komfortablem Sofa herum. Dieses Schiff wird doch hoffentlich ...»

«... nicht wieder ein britisches sein», ergänzte sie. Schwer atmend ließ sie die Schultern sinken, dann wandte sie sich ab. «Ich werde nach unserem Patienten sehen, wenn es Ihnen recht ist, Monsieur Carnot.»

«Tu das, Noëlle. Und, danke.»

Noch einmal drehte sie sich um. «Wofür?»

«Für deine Hilfe.»

Sie blickte ihn ein wenig erstaunt an und ging.

197

Der Regen hatte wieder nachgelassen; nun würden nur noch die Rinnsale, die aus dem Blattwerk und über dem Boden hinweg seewärts rauschten, sein Spiel stören. Schon wollte er wieder das Clavichord öffnen, als er von unten die helle, schmierige Stimme Dubois' vernahm, des Commandanten des lächerlichen Grüppchens, das sich eine Soldatentruppe nannte. Er schob den Vorhang zur Seite und trat an die Treppe. Die andere Stimme war tief, jedoch eindeutig weiblich. Seth musste einen Augenblick nachdenken, wem sie gehörte. Dann wich das eisige Gefühl einer Hitze, die geradewegs aus der Hölle zu stammen schien.

Helen. Hélène.

Gott im Himmel, dachte er. *Das ist kein Zufall.*

Man hatte gesehen, dass auch dieses Mal nicht die Trikolore am Heck wehte, und nun kam Helen, die Hure aus Wapping, um ihn mit ihrer Erinnerung zu konfrontieren. Er war enttarnt.

Er trat durch den Vorhang des Sklaventraktes, eilte an den Matratzen vorbei, wo zwei Schwarze verwundert ihre Köpfe hoben, und zog die Bastmatte des Fensters hoch. Ein rascher Blick: Niemand war im Garten. Lediglich Esmeralda, die alte Landschildkröte, beobachtete ihn. *Altes Mädchen, verrate mich nicht*, dachte er, während er ein Bein über die Brüstung schwang. Es war der einzige klare Gedanke, den er fassen konnte; zwei Herzschläge später landete er auf den Füßen, die heftig schmerzten. Und nun? Panik war kein guter Ratgeber. Wohin jetzt? In den Wald flüchten, wie jener Sklave, der vier Jahre später reuig und zermürbt zurückgekehrt war, im sicheren Wissen, dass es ihn das Leben kosten würde? Ein Paradies war die Insel allein hier in der Siedlung, doch gewiss nicht draußen in der Wildnis.

Das war jetzt unwichtig. Er rannte durch den Garten, setzte durch das Gehege – *Esmeralda, bete für mich* – und stürzte an Poupinels Haus vorbei in die Düsternis dicht an dicht stehender Zimtbäume und Kokospalmen. Ein einzelner Flughund, der eindeutig zu früh am Tage war, schickte ihm sein Kreischen hinterher.

II.

Noëlle durchquerte die Krankenstation mit raschen Schritten. Die Bastmatte vor dem Fenster war so heftig hochgerissen worden, dass einige Fasern gebrochen waren und in Stücken am Boden lagen. Sie lehnte sich hinaus. «Habe ich das eben wirklich gesehen?», murmelte sie.

«Dass der Docteur aus dem Fenster gesprungen ist?» Einer der Sklaven hatte den mit einer baumwollenen Binde umwundenen Kopf gehoben. «Ja, das hast du.»

«Aber warum?»

«Das hat er nicht gesagt.» Der Mann ließ sich wieder auf die Matratze sinken und schloss die Augen.

Was war nur in Thierry Carnot gefahren? Ihr Blick schweifte durch den Garten, das Gewirr der Äste und im Wind schwingender Palmblätter. Sonderbar war er ja oft, doch dieses Verhalten war völlig unerklärlich. Es wirkte ja fast, als müsse der Docteur vor irgendetwas oder jemandem flüchten. Kopfschüttelnd wandte sie sich ab und kehrte auf die Veranda zurück. Der schmerbäuchige Dubois hatte sich auf der Bank neben dem Eingang niedergelassen, seinen Zweispitz abgenommen und wedelte damit vor seinem Gesicht herum, während Madame Hélène zwischen den

zwei ausgetretenen Verandastufen und dem Schildkrötengehege hin und her lief, die Arme ungeduldig verschränkt.

«Verzeihung.» Noëlle verneigte sich. «Der Docteur ist
gar nicht da, das wusste ich nicht.»

Hélène stemmte die Hände in die Seiten. «So. Wann
wird er denn wiederkommen?»

«Das weiß ich leider nicht.»

Unwillkürlich zog Noëlle den Kopf ein, als Hélène auf
sie zukam. Dank der hochhackigen Schuhe der englischen
Madame musste Noëlle zu ihr aufsehen. Immer wenn sie
ihre Mutter sah, fragte sie sich, was hinter dieser Stirn vor-
ging. Dachte Hélène daran, dass sie ihrem eigenen Kind
gegenüberstand? Empfand sie Abneigung, weil sie diesen
milchkaffeebraunen Bastard geboren hatte? Manchmal –
selten – meinte Noëlle ein trauriges Flackern in ihren euro-
päisch hellen Augen zu sehen. *Nenn mich nur einmal Tochter*, dachte Noëlle, *berühre nur einmal mit den Fingerspitzen
meine Wange.*

Es würde ihr genügen für den Rest ihres Lebens. Doch
Hélène tat es nie.

Irrte sie sich, oder zeigte Hélènes Miene die Andeutung eines Lächelns? Noëlle ermahnte sich, in dieses hoch-
mütige, gepuderte Gesicht nichts hineinzudeuten. Mochte
diese Frau sie auch geboren haben, so war sie dennoch nicht
ihre Mutter. Es war wichtig, sich gelegentlich in Erinnerung zu rufen, dass sie keine Familie hatte. Ihr musste genügen, Trost und Wärme in den Armen des Meeres zu finden, umhüllt von all den Wundern.

«Anaïs leidet ganz besonders unter ihren monatlichen
Vapeurs, wenn der Wind wie jetzt aus Südost kommt. Au-

ßerdem wäre es wohl angebracht, wenn sich der Docteur einmal alle meine Damen ansehen würde; in letzter Zeit gab es ja reichlich fremden Besuch in meinem Haus. Carnot ist ja sehr beliebt, wie mir scheint. Zu Recht, Noëlle?»

«Ich denke schon, Madame Hélène.»

«Nun gut. Mache ich eben nachher noch einen Spaziergang hierher; das schadet ja nichts.»

«Wäre ich eine so schöne Madame», warf Dubois ein, «würde ich mich in einer Sänfte hertragen lassen.»

Hélène stieß einen verächtlichen Laut aus, drehte sich auf dem Absatz um und stöckelte zurück ins Dorf, das bordeauxfarbene Seidenkleid mit einer Hand gerafft und mit der anderen den Schirm drehend. Noëlle wandte sich dem Lieutenant zu. Der winkte ab und stand auf.

«Mein Anliegen hat Zeit. Ich werde halt auch später … Aber wen haben wir denn da? Monsieur Poupinel!» Dubois hob eine Hand an die Stirn. «Lange nicht gesehen, Monsieur le Docteur, wie geht's Ihnen?»

«Gut», schnaubte der Arzt. Er war so nachlässig gekleidet wie Monsieur Hodoul bei seiner Rückkehr, doch auf eine heruntergekommene Art, voller Flecken und nach altem Schweiß stinkend. Den Backenbart hatte er sich offenbar seit Wochen nicht mehr ordentlich gestutzt. «Suchen Sie den Neuen?» Er deutete hinter sich in die Tiefe des Hospitalgartens. «Dann werden Sie sich wohl oder übel in die Büsche schlagen müssen. Hat er nämlich eben auch getan. Hat sich dabei geduckt, als hätte er einen der verdammten Flughunde im Nacken sitzen.»

«Wieso denn das?»

«Keine Ahnung. Aber mit dem stimmt was nicht.»

«Sie meinen wohl, er ist zu gut, um wahr zu sein.»

«So gut wie er war ich noch immer! Was plagt Sie, Commandant? Ich werde mich sofort um Sie kümmern.» Poupinel rieb sich die Hände. «Noëlle, du ...»

Der Lieutenant schüttelte rasch den Kopf. «Aber nein, nur keine Umstände, Monsieur Poupinel. Ich wollte Docteur Carnot nur um einen Termin bitten, meine Truppe zu inspizieren. Aber da kommt's ja nun nicht auf einen Tag an.» Er hob seinen ausgefransten Zweispitz. «Ich empfehle mich und wünsche Ihnen noch einen schönen Tag.» Eilig machte er, dass er davonkam.

«Ein wahrlich mustergültiger Soldat», knurrte Poupinel in sich hinein. Dann rief er dem Lieutenant hinterher: «Auf ein Wort noch! Was ist das eigentlich für ein Schiff da draußen?»

Dubois drehte sich um. «Ein Franzose!»

Noëlle entdeckte Hugo; er war ins Schildkrötengehege gestiegen und begann, Esmeraldas Rücken zu schrubben. Mit einer gemurmelten Entschuldigung huschte sie aus Poupinels Blickfeld. «Onkel Hugo», flüsterte sie, «hast du etwas gesehen?»

«O ja, ich habe gestern die Karten gelegt.»

«Aber ich meinte doch ... Was sagen sie denn?»

Er wiegte den faltigen Glatzkopf. «Es wird Schwierigkeiten geben.»

Nun, man musste nur einen Blick auf Poupinel werfen, um das zu wissen; hierzu bedurfte es keiner seherischen Fähigkeiten.

203

Am Abend war Thierry Carnot noch immer nicht zurückgekehrt. Sie sagte sich, dass sie weder einen Grund zur Sorge hatte, noch eine Berechtigung. Er durfte schließlich tun und lassen, was er wollte. Vor einigen Tagen hatte sie beobachtet, wie er am Strand entlang und dann ins Wasser gelaufen war; jauchzend wie ein Kind hatte er die Arme hochgerissen und sich in die Wellen gestürzt. Vielleicht tat er das auch jetzt. Doch was, wenn er nicht gut genug schwimmen konnte, um gegen die Strömungen anzukämpfen? Was, wenn es ihn gegen die Granitfelsen stieß? Matrosen konnten zumeist schlecht schwimmen, hieß es. Und wenn er nun …

Wütend über sich selbst stieß Noëlle den armlangen Mörser in die Holzschale. Sie stand in der Küchenhütte und bereitete ein Mus aus Brotfrucht zu. Sputen musste sie sich, um rechtzeitig zurück bei den Hodouls zu sein; die beiden hatten von ihrem Ausflug einen Barracuda mitgebracht, den sie in Zitronengrassoße verspeisen wollten. Dazu gab es natürlich das Séchellennussgelee. Auf Praslin, wo die Bestände der *coco de mer* noch nahezu unangetastet waren, hatten die Hodouls sich mit einem Dutzend der begehrten Nüsse eingedeckt.

Ein Zungenschnalzen schreckte sie auf. Es war Patrocle, ein Arbeiter aus der Werft, der den Türrahmen verdunkelte.

«Und?», fragte sie keuchend, während sie den Mörser niederstieß.

«Hab keinen Zipfel von ihm gesehen», antwortete der Sklave. «Die, die ich fragte, auch nicht.»

Sein Blick schien zu sagen: *Was geht's dich auch an.* Patrocle zuckte mit den Achseln und verschwand wieder.

Noëlle seufzte. Vorhin war sie durchs Dorf gelaufen und hatte ein paar Sklaven befragt und sie gebeten, Ausschau zu halten; doch die meisten hatten abgewinkt. Nicht etwa, weil ihnen das Schicksal des Docteurs gleich war. Nein, das war nicht der Grund. Aber diese Männer und Frauen, die sich von ihren weißen Herren peitschen lassen mussten, wollten sich nicht noch mehr auf die gebeutelten Schultern laden lassen. Erst recht nicht von ihr. Wenigstens Patrocle und Trompette hatten dann eingesehen, dass das Wohlergehen Carnots ihnen allen diente.

Später am Abend stand Noëlle am Hafen, denn sie war immer noch und vor allem Monsieur Hodouls Sklavin. Mit französischer Überschwänglichkeit und ausgebreiteten Armen begrüßte er den Neuankömmling, der sich als Commandant Jacques-Louis Bonnet aus Saint Malo vorstellte. *Saint Malo an der bretonischen Küste! Die Heimat Robert Surcoufs!*, schallte es ihm begeistert entgegen. Auch das Schiff, die *Iphigénie*, stammte wie die *Bellérophon* aus der Reederei des berühmten Freibeuters. Noëlle seufzte leise. Diese Nacht würde lang werden.

Auch Jean Mullié war da. Bevor die drei Männer ihre Köpfe zusammenstecken und ihre Abenteuer austauschen konnten, wandte sich Noëlle mit einer Verbeugung an Monsieur Mullié.

«Was? Ob ich weiß, wo Carnot ist? Keine Ahnung! Du kennst ihn doch; er ist ein Sonderling. Ich habe irgendwann aufgehört, mich allzu sehr über ihn zu wundern. Er war ja noch nicht *ein Mal* in Hélènes Haus, und das halte ich für mindestens genauso seltsam. Der kommt schon wieder.»

Monsieur Bonnet, ein alter Mann in einem schwarzen Frack, erzählte leise und ernst von den Begebenheiten auf Mauritius, vormals Île de France.

«Haben Sie Capitaine Hippolyte d'Ournier getroffen?», fragte Mullié. «Oder etwas von ihm gehört?»

«Nein, tut mir leid. Aber Mauritius ist derzeit ein Irrenhaus. An allen Ecken und Enden gibt es Leute, die noch Widerstand leisten, was meiner Meinung nach dumm ist; und der neue britische Gouverneur greift natürlich hart durch.»

«Natürlich? Das kennt man hier gar nicht so», murmelte Hodoul.

«Nun ja, die Séchellen gelten als eine Ansammlung von Felsblöcken mit ein paar Schildkröten darauf.»

«Vergessen wir mal die Briten», sagte Monsieur Hodoul. Er entschuldigte den Gouverneur, den derzeit ein Leiden plage, und versprach mit blumigen Worten höchste Genüsse, welcher sich nicht einmal Paris rühmen könne. Noëlle machte artig einen Knicks, als ihr Herr sie als die weltbeste Köchin vorstellte.

«Der Reichtum der Inseln macht es leicht, ein gutes Essen zu zaubern», wies sie brav das Kompliment zurück.

Dann bat sie, vorher noch einmal bei den Kranken nach dem Rechten sehen zu dürfen. Hodoul tätschelte wohlwollend ihre Schulter und ließ sie gehen. Natürlich hoffte sie, im Hospital Thierry Carnot vorzufinden. Und wahrhaftig, als sie die Stufen zur Veranda hinauflief, vernahm sie das Geräusch knisternder Blätter, das jedes Mal ertönte, wenn er in einem seiner Folianten las. Erleichtert drückte sie die angelehnte Tür auf.

Doch es war nicht Carnot, der, am Tisch sitzend, seine Lektüre unterbrach und den Kopf hob.

«Schöne Schmöker hat Seine Exzellenz ihm da geliehen.» Poupinel schlug das Buch zu, jenes, das erzählte, wie die europäischen Menschen von der wilden Natur dachten. In der Linken hielt er eine Flasche Palmwein, die bereits halb geleert war. Er schob das Buch beiseite. Einige Schubladen und Schütten waren geöffnet, als habe er kontrolliert, was Carnot entnommen oder hineingetan hatte. Poupinel hob die Flasche und trank. «Na, komm schon herein und mach die Tür zu, bevor du da Wurzeln schlägst.»

Sie gehorchte, obwohl sie liebend gern wieder hinausgelaufen wäre.

«Du könntest doch ein bisschen nett zu mir sein», sagte er unvermittelt.

«Gab mein bisheriges Benehmen Grund zur Klage?» Noëlle hatte das Bedürfnis, die Arme vor dem Leib zu verschränken. «Dann bitte ich Sie um Entschuldigung.»

Im nächsten Moment zuckte sie wie unter einem Peitschenhieb zusammen, als Poupinel ausholte und den Flaschenboden mit aller Macht auf den Tisch hämmerte. «*Dann* bittest du mich? Entscheidest du, wann? *Das* zum Beispiel ist mangelndes Benehmen! Du nimmst dir Freiheiten heraus, die dir nicht zustehen.»

War der Docteur nur betrunken oder auch verwirrt? Gewöhnlich genügte es, ihm aus dem Weg zu gehen, wenn seine Launen ihn überkamen. Das war schon häufig vorgekommen, auch zu jenen Zeiten, als er sich noch nicht in seinem Haus verkrochen hatte. Langsam wich Noëlle zur Tür zurück. «Darf ich gehen?» Sie tastete hinter sich. «Ich muss zu Monsieur Hodoul; er hat doch heute Gäste im Namen des Gouverneurs.»

«Jaja, irgendwelche Piraten; was schert's mich.» Er hob die Flasche an die Lippen und trank gierig. «Stimmt es, dass du Carnot geküsst hast?»

Erneut fuhr ihr der Schreck durch alle Glieder. Woher wusste er davon?

«Tortue hat es mir erzählt», beantwortete der Arzt die offensichtliche Frage.

Wann, wie? Ihre Finger umschlossen den Türgriff. Hatte Poupinel den jungen Sklaven wieder einmal geschlagen? Oder wie sonst war er zu diesem Wissen gekommen? Tortue war niemand, der leicht den Mund aufbekam.

Poupinel rülpste. «Du überlegst. Das heißt dann ja wohl, dass du an einer Lüge feilst. Untersteh dich.»

«Aber nein, Monsieur Poupinel, ich würde es nie wagen. Mir wollte nur nicht gleich einfallen, von welcher Situation Sie da sprechen.»

Er lachte auf. «Dein Versuch, selbige herunterzuspielen, ist lächerlich.»

«Ich ... ja, ich habe ihn geküsst, aber es war nicht so, wie Sie vielleicht denken.»

Er hatte recht, es klang mehr als lächerlich. Wie sollte es auch anders gewesen sein? *Hätte ich doch nur nicht ...* Sofort schob sie den Gedanken beiseite. Dieser geraubte Kuss war es wert gewesen, jetzt vor Poupinels Tribunal zu stehen. Sollte er sie doch schlagen; das wäre morgen vergessen. Ihre Lippen auf Thierry Carnots Mund – auch wenn es nur ein Augenblick gewesen war –, die würde sie dagegen niemals vergessen. Und wenn ...

208

Dieses Mal donnerte Poupinel die Flasche so heftig auf den Tisch, dass sie beinahe barst. Er sprang hoch. «Du willst behaupten, du wüsstest, wie ich, ein weißer Herr, denke? In Hodouls Haushalt hat man dir viel zu selten den Hintern verdroschen, sonst wüsstest du, dass sich solche Frechheiten nicht gehören.» Er stemmte sich aus dem Stuhl hoch und kam um den Tisch herum. Sein Blick flackerte auf eine Art, die ihr Magenschmerzen bereitete. Sie ahnte, was kommen würde, doch glauben wollte sie es noch nicht. Das tat sie erst, als der Arzt mit drei schnellen Schritten bei ihr war, nach ihrer Hand griff und sie von der Tür fortriss. «Küss mich auch, Noëlle. Ich will wissen, wie sich das anfühlt.»

Säuerlicher Weinatem schlug ihr entgegen. Kurz war sie versucht, die freie Hand gegen ihn zu erheben, doch wenn sie das tat, war sie verloren. «Ich bitte Sie, Monsieur Poupinel, lassen Sie mich los; jeden Augenblick könnte jemand hereinkommen!»

«Hoffst du, dass es Carnot ist? So lange, wie der inzwischen fort ist, wird er nicht ausgerechnet jetzt hereinplatzen.» Sein Kopf ruckte vor; sie schaffte es gerade noch, ihm auszuweichen, sodass seine Lippen nur ihr Ohr trafen. Trotzdem wollte sie vor Abscheu schreien.

«Monsieur le Docteur, vergessen Sie bitte nicht, dass ich den Hodouls gehöre!»

«Jean François Hodoul ist ein Narr, den kann ich nicht ernst nehmen. Seine Gattin schon gar nicht. Außerdem, zu den Zeiten, wenn du hier bist und mir dienst, bist du auch in meinem Besitz. Ich glaube nicht, dass der Gouverneur das anders sähe, würde ich es auf einen Rechtsstreit ankommen lassen.»

«Aber Monsieur …»

«Nun ist's aber genug; ich bin dir doch keine Erklärungen schuldig! Komm her …» Seine Finger bohrten sich in ihre Wange und zwangen ihren Kopf herum. «Lass mal sehen …»

Seine Zunge bemächtigte sich ihres Mundes. Ihr wurde übel und schwindlig zugleich. Poupinel ließ sie los; sie taumelte durch den Raum, stieß sich an der Kante des Behandlungstisches und krümmte sich.

«Ach, Noëlle, was machst du denn da! Hast du dir weh getan? Zeig mal her.»

Er griff nach ihr, drehte sie um. Und ehe sie einen klaren Gedanken fassen konnte, klatschte ihre Hand auch schon in sein Gesicht.

Poupinel glotzte sie so fassungslos an, dass sie es beinahe komisch gefunden hätte. Natürlich würde sie alles bereuen, das wusste sie. Alles. Dass sie ihn anspuckte. Ein zweites Mal die Hand gegen ihn erhob. Schnell, schnell, bevor die Gelegenheit vorbei war, ihm zu zeigen, dass sie ein Mensch und kein Stück Dreck war. *Halte dich aufrecht*, befahl sie sich, als er seinen Ziemer vom Gürtel riss und auf sie einschlug. Doch im nächsten Augenblick sackte sie hart auf die Knie. Er packte ihre Haare und zwang ihren Kopf in den Nacken.

«Du bist ja eine Furie. Nun, beginnen wir noch einmal von vorn. Küss mich.»

Sie versuchte den Kopf zu schütteln.

«Sei vernünftig. Ich will ja nur, was du ihm gegeben hast. Er hat doch schon alles, dieser Störenfried: mein Hospital, meine Instrumente, meine Patienten …»

Und nichts davon hat er gestohlen, dachte sie erbost.

«Hätte ich damals schon gewusst, wie undankbar die Leute hier sind! Dann hätte ich mich nicht von Quinssy einlullen lassen und wäre auf dem nächstbesten Schiff wieder fortgesegelt. Ich könnte jetzt …»

Der Rest der jämmerlichen Litanei ging unter im Brausen, das in ihrem Kopf tobte. Tausend Nadeln stachen auf sie ein; ihr war, als risse Poupinel ihr die Haare büschelweise aus. Mit fahrigen Bewegungen knöpfte er seinen Hosenlatz auf. Etwas Widerliches, Hartes drängte sich ihr entgegen. Sie sammelte Kraft, um ihn von sich zu schieben. Da betrat ihr Onkel den Raum. Alle Geister der Ahnen, nicht jetzt! Nicht er! Wenn sie jetzt kämpfte, würde sie ihn mit in den Untergang reißen. *Geh einfach, geh*, flehte sie im Stillen, während sie zulassen musste, dass Poupinel sein abstoßendes Fleisch zwischen ihre Zähne zwang. Sein Becken stieß vor und zurück; ihr Kopf schlug gegen die Tischkante. Hugo krümmte sich und stieß ein entsetztes Keuchen aus. Ein zweiter Mann kam herein. Nicht Carnot, nein. Ein Sklave war es, dessen Hand sich um den Flaschenhals legte, die Flasche hob und sie mit aller Kraft auf Poupinels Hinterkopf niedersausen ließ.

Der Arzt stürzte. Noëlle sackte vornüber auf ihre Hände.

Ein dumpfer Aufschlag folgte. Dann herrschte Totenstille. Tortue, die zerbrochene Flasche noch halb erhoben, näherte sich vorsichtig der Gestalt am Boden. Das Gesicht des jungen Sklaven war voller Angst, und nur langsam schien ihm zu dämmern, was er getan hatte. Noëlle wusste, dass ihm nur eine einzige Rettungsmöglichkeit blieb: Er musste Poupinel umbringen und seine Leiche im Wald verbergen. Dann würde jeder glauben, der Arzt sei davongelaufen in seinem Suff. Tortues Hand zitterte; sein ganzer Körper schlotterte wie der eines Fieberkranken, während Hugo noch immer völlig erstarrt war. Als sich Poupinel bewegte, ließ Tortue die Flasche fallen und floh. Wankend und ächzend kam der Arzt auf die Füße. Seine ausgebreiteten Arme schwangen herum, suchten Halt und wischten die Instrumente vom Tisch.

«Das … das werdet ihr …» Ein Blutrinnsal troff ihm aus den Haaren ins Auge; er rieb darüber. «Ihr Schweine, das werdet ihr bereuen.» Er stapfte auf Noëlle zu und rammte ihr den Fuß in den Magen. «Brennen werdet ihr dafür.»

Er wankte hinaus. Sie würgte, kotzte, würgte wieder, bis nichts mehr kam. Dann sackte sie der Länge nach hin und schloss erschöpft die Augen. Hier und heute, das wusste sie, war ihr bisheriges Leben zu Ende gegangen. Ob sie morgen überhaupt noch leben würde, und wenn ja, wie – das wusste sie nicht.

War der Kuss *das* wert gewesen?

Sicher nicht.

II

*Es ist gut, in Bedrängnis zu leben.
Das wirkt wie eine gespannte Feder.*

Charles de Montesquieu
Philosoph, Schriftsteller
1689–1755

I.

Er hörte das Plätschern von Wasser. Es zog ihn an wie magisches *gris-gris*. Mit der Machete schlug er sich einen Weg durch das Dickicht. Wahrhaftig, ein Wasserfall stürzte das Felsgestein hinab und mündete in einen kleinen Tümpel, umgeben von wildem Gewächs, in dessen bunten Blüten Insekten schwirrten. Sonnenstrahlen, die durch das Grün brachen, ließen die Wasseroberfläche verheißungsvoll glitzern. Er zerrte die Stiefel von den Füßen, und da der steinerne Grund ohnehin glitschig war, ließ er sich mitsamt den Kleidern ins Wasser fallen. Es roch modrig, war grünlich und von schwimmenden Seerosen bedeckt, dennoch trank er hastig ein paar Schlucke, um den größten Durst zu löschen.

Seth legte sich auf den Rücken, streckte alle Glieder von sich und blickte in den von kleinen Schönwetterwolken durchzogenen Himmel. Wie er so im Wasser trieb, glitt alle Anstrengung von ihm ab. Durst litt er nicht mehr, und dem knurrenden Magen ließ sich mit wilden Früchten, nach denen man nur die Hand auszustrecken brauchte, abhelfen. Dennoch vermochte er sich nicht vorzustellen, wie man es in diesen Nebelwäldern an den Hängen der Berge vier Jahre aushalten konnte. Unwillkürlich fiel ihm jener flüchtige Sklave ein, von dem Noëlle erzählt hatte. Wie hatte er geheißen, Castor? Doch auch Castor hatte irgendwann beschlossen, dass es besser war, sich zu stellen und zu sterben, als in dieser paradiesischen Wildnis, in der man kaum ein Tier fürchten musste, selbst zum Tier zu werden.

Und er?

Tief atmete er ein und drehte sich auf den Bauch. Grünliche Dunkelheit umhüllte ihn.

Nach der Flucht aus dem Haus war er im Schutz der Bäume am Rande der Plantagen und vorbei am Friedhof der Siedlung nordwärts gelaufen. Er war sich sicher, dass niemand ihn gesehen hatte: Weiße Herren hatte er nicht bemerkt, und die Sklaven waren zu sehr mit sich und ihren Lasten beschäftigt gewesen. Er hatte eine herumliegende Machete an sich genommen, sich einen Weg in die Tiefe der Insel gebahnt und dann, als die Dämmerung hereingefallen war, schnell ein paar Palmwedel abgehauen, um darunter die Nacht zu verbringen. Keine angenehme: Von weitem hatte der Wind klagende, schaurige Töne herangetragen, deren Ursprung ihm fremd war. Sobald es hell geworden war, war er weitergelaufen, getrieben von dem eigenartigen Gefühl, erst dann wieder einen klaren Gedanken ergreifen zu können, wenn er einen allumfassenden Überblick über die Inseln, den Hafen und das Meer gewann.

Der vernünftige Teil seines Selbst sagte ihm, dass er es nur hinausschob, wieder zurückzukehren. Ein anderer wollte genießen, wollte sich dieser Natur lustvoll ausliefern, wollte den schweren Duft, diese würzigen Miasmen, das satte Licht, das Rauschen, Klacken und Trällern ringsum mit jeder Pore aufsaugen. Zahllose Vögel hatte er gesehen, ebenso die rotbepelzten Köpfe schaukelnder Flughunde. Immer wieder war er auf seinem Weg stehen geblieben, um die prächtigen Orchideen zu bestaunen, von leuchtend gelben Wespen umringt, ebenso die bauchigen Blüten fleischfressender Kannenpflanzen, gesprenkelte Palmspinnen und neugierige Eidechsen. Die Gelehrten des Londoner Kew Gardens hätten ihre helle Freude gehabt.

Dennoch, hier würden vier *Tage* genügen, um ihm den Verstand zu rauben. Nein, heute noch musste er zurück. Jetzt. Er war kein Sklave, der nicht anders konnte, als sich allein vom Instinkt weitertreiben zu lassen. Oder war er genau das? Ein Sklave seiner Umstände? Gezwungen, sich auf ewig mit falschen Geschichten und schnellem Mundwerk durch alle Widrigkeiten und Untiefen hindurchzulavieren?

Die Luft war seinen Lungen längst entwichen. Er kämpfte weiter, noch einen Herzschlag, noch einer ... Dann endlich warf er sich herum und machte einen tiefen, erlösenden Atemzug.

Also dann.

Er stieg aus dem Tümpel, schlüpfte in die Stiefel, zog das Skalpell aus der Hemdentasche und rieb es trocken, damit es keinen Rost ansetzte. Die nasse Kleidung kühlte angenehm die Haut. Während er den Pfad, den er sich geschlagen hatte, zurücklief, hielt er Ausschau nach einem großen Baum, der leicht zu erklettern war, und fand nach einiger Zeit einen prächtigen Brotfruchtbaum. In seine Krone zu steigen war nicht schwieriger, als die Takelage eines Schiffes zu erklimmen. Eine Nebelwand behinderte die Sicht, nass und dicht; und seine alte englische Seele war versucht zu glauben, das Wetter sei auf lange Sicht verdorben. Doch es dauerte nur wenige Minuten, bis die Sonne den Nebel aufgelöst hatte, als habe es ihn nie gegeben. Die unzähligen Blau- und Grüntöne des Meeres erstreckten sich bis zum Horizont. Dunkel wölbten sich die bewaldeten Inselchen Saint Anne, Cerf und ein paar kleinere, deren Namen er nicht kannte, aus dem Wasser. Wenn er weiter nordwärts blickte, konnte er die Ausläufer der Mangroven sehen, an deren Rande er eine Weile herumgestolpert war, ohne auch nur die Schwanzspitze eines Krokodils zu entdecken. Verborgen hinter Blattwerk blieb der Hafen, auch die Häuser waren nicht zu sehen. Dafür erkannte Seth etwas anderes umso klarer: die Flagge, die hoch über dem Schlossgarten wehte.

Es war die Trikolore.

Am Rande der Siedlung fuhr er sich mit den Fingern durch die Haare und richtete notdürftig seine Kleidung. Da er nicht mehr wusste, wo er die Machete an sich genommen hatte, hatte er sie nun an einer gut sichtbaren Stelle in eine Kokospalme gehauen. An seinem Hintern, den Armen und im Nacken juckte es, doch für einen Ausflug in den Urwald war es eine erstaunlich geringe Ausbeute an Mückenstichen – sogar in dieser Hinsicht waren die Séchellen ein gesegnetes Land; anderswo hätten ihn die Moskitos umgebracht. Gemächlich schlenderte er durch die Pflanzungen: Kaffee, Kokosnüsse, Baumwolle, wieder Kokosnüsse, dann schimmerten die ersten Häuser zwischen den Palmstämmen, und menschliche Stimmen waren zu hören. Seth blickte auf. Vor der Hütte des langen Elends, wie man die

Hutmacherin nannte, unterhielten sich zwei Siedler. Ein Mann, dessen Name er vergessen hatte. Und eine Frau.

Helen. Keine andere als Helen.

Gott, du hast Humor.

Gut, dann stellte er sich eben sogleich der Gefahr. Er versuchte sich damit zu beruhigen, dass nicht der Union Jack über Mahé wehte. *Diese* Flagge wäre das Menetekel seines baldigen Untergangs gewesen. Das Abbild seiner Seele, abgeschlagen von seinem Körper, aufgespießt und in die Höhe gereckt, wie es die Franzosen während der Revolution mit ihren Gegnern getan hatten.

Vor den Siedlern kauerte Échalas auf den Fersen, den Kopf tief gesenkt, sodass der breitkrempige Hut sie fast verbarg. Sie wagte nicht, zu den weißen Herrschaften aufzublicken. Selten hatte Seth sie bisher gesehen, doch wenn, dann stets in dieser Haltung. Um sie herum hatte sie eine Auswahl an Kopfbedeckungen ausgebreitet. In heiterer Stimmung probierte die illustre Kundschaft einige an, plauderte und lachte. Seth beschloss, auf das Grüppchen zuzugehen. Alles andere wäre unklug. Es hätte die Furcht in seinen Tiefen ohnehin nicht gemildert.

«Sehen Sie, dort ist ja der Vermisste!», rief Madame Hélène sogleich. Sie nahm einen Sonnenhut und winkte ihm damit zu.

Seth zwang sich zum Schlendern. Als er die beiden erreicht hatte, verneigte er sich vor Hélène und nicht ganz so tief vor dem Herrn. Ihr Begleiter war untersetzt und trug unter dem Hut lichtes Haar; der Degen an seiner Seite wollte nicht recht zu ihm passen. «Guten Tag, Monsieur le Docteur», sagte er. «Wie nett, Sie einmal zu treffen.»

«Vergeben Sie mir, Monsieur, doch leider ist mir Ihr Name entfallen …»

«Pierre Michel Inard. Pflanzer.» Er warf sich in die Brust.

«Ah! Sie machen in Kokosnüssen, wie ungewöhnlich.»

«Äh, ja. Es freut mich, endlich Ihre Bekanntschaft zu machen, Monsieur Carnot.»

Niemand schrie nach Lieutenant Dubois und seinem Trüppchen. Niemand hielt Seth eine Pistole an die Schläfe und spuckte ihm ein herzhaftes ‹Sauerkrautfresser› entgegen. Er hatte sich von seiner eigenen Furcht ins Bockshorn jagen lassen. *Besser einmal zu viel Vorsicht als einmal zu wenig,* versuchte er sich die sinnlose Hatz schönzureden. «Besonders erfreulich ist wahrscheinlich, dass Sie meine Bekanntschaft nicht im Behandlungszimmer machen müssen, vermute ich», erwiderte er.

«Haha, genau!» Zu seinem Erstaunen begann Inard ein Lied anzustimmen: «Frère Jacques, Frère Jacques, dormez-vous, dormez-vous? Sonnez les matines, sonnez les matines, ding ding dong, ding ding dong!» Die letzten Worte gingen in Gelächter über, und er schwenkte vergnügt seinen Hut.

«Aber Monsieur Inard!» Hélène prustete hinter vorgehaltener Hand.

Seth hatte das Gefühl, sich bloßzustellen, wenn er jetzt zugab, nicht zu wissen, weshalb dieser Bruder Jacques, statt zu schlafen, zur Frühmesse läuten solle. Immerhin begriff sogar Helen, die Engländerin, diesen französischen Witz. Wenn es denn einer war.

«Frère Jacques, verstehen Sie nicht?», rief Inard. «So alt sind Sie doch nicht, dass Sie sich nicht daran erinnern?»

«Aber natürlich erinnere ich mich.» Seth beeilte sich zu lachen. «Gute Pointe, Monsieur Inard.»

«Das will ich meinen! Aber nun zu Wichtigerem: Finden Sie nicht auch, dass dieses Modell Madame Hélène vortrefflich steht?»

Sie hatte sich von Échalas einen Hut heraufreichen lassen, der fast die Größe eines Wagenrads besaß; seine hohe Spitze ließ ihn ein wenig asiatisch wirken. Mit einer Hand hielt Hélène ihn; dann drehte sie sich um die Achse, und ihr rosafarbenes Seidenkleid bauschte sich.

«Ein sehr raffinierter Hut», sagte Seth. «Man könnte das Modell eines Segelschiffes darauf tragen, wie einstmals Marie Antoinette.»

«Sie haben einen merkwürdigen Humor», sagte Inard pikiert. «Madame, in jedem Salon in Paris könnten Sie damit Ehre machen. In London gewiss auch.»

«Meine Herren, Sie belieben beide zu scherzen!», rief Hélène kokett.

«Bei meiner Seele, nein, er ist superb!» Inard rang die erhobenen Hände, und Seth dachte wieder einmal, dass sich die Franzosen gebärdeten, als führten sie eine Oper auf. «Sie sollten sich auch einen Hut zulegen, Monsieur le Docteur.»

«Ich habe einen», erwiderte Seth, «der liegt allerdings im Hospital.»

«Deshalb braucht ein Herr zwei», entgegnete Inard. «Échalas gehört dem Gouverneur. Demzufolge auch alles, was sie herstellt. Bedienen Sie sich einfach! Ich regele das. Wie wäre es mit diesem hier?»

Seth nahm einen schlichten, breitkrempigen Hut entgegen, von dem er dachte, dass er ansehlich und auch recht brauchbar wäre, um sich vor der Sonne zu schützen. «Seien Sie bedankt …»

«Keine Ursache. Sie könnten sich revanchieren, indem Sie die Dame nach Hause geleiten. Mich ruft die Arbeit.»

«Selbstverständlich.»

Monsieur Inard empfahl sich mit einer Verbeugung und eilte seines Weges. Hélène hakte sich bei Seth unter, was ihm unangenehm war. Kam jetzt das Unvermeidliche? Im Weggehen lüpfte er den neuen Hut in Échalas' Richtung, doch die Sklavin, die unverwandt zu Boden starrte, konnte seinen Gruß kaum bemerken. Zu seiner Erleichterung löste sich Hélène nach einigen Schritten, da ihr Hut an seinen stieß. Einen züchtigen Abstand zwischen sich schritten sie den sandigen Weg entlang. Linkerhand erhoben sich die licht gepflanzten Kokospalmen, während sich rechts sanfte Wellen den Strand hinaufschoben und schwarzglänzende Granitblöcke umspülten. Auf hochhackigen Schuhen tänzelte Hélène neben ihm her, als sei sie ein junges Mädchen und keine Frau reifen Alters. Er schätzte, dass sie die vierzig weit überschritten hatte. Von ihrer früheren Attraktivität hatte sie jedoch wenig eingebüßt. Auch heute trug sie ein Schönheitspflästerchen über der Braue, eine Muschel diesmal. Das Gesicht hatte sie nur leicht gepudert und auf das Nachziehen der Lippen verzichtet. Unauffällig musterte er sie von der Seite. Ihr Profil war vollkommen. Ganz wie das ihrer Tochter, Noëlle.

Nach wie vor erschien es ihm unfasslich, dass jene Frau, in deren Gegenwart Bartholomew Sullivan ihn damals niedergeschlagen hatte, hier war, hier auf den Séchellen, Tausende Meilen von London entfernt.

Sie erinnerte sich nicht. Er hätte sich sparen können, die Flucht in den Wald zu ergreifen. Was immer sie im Hospital gewollt hatte, war offenbar so unwichtig gewesen, dass sie es jetzt nicht für nötig hielt, davon zu sprechen. Und was Lieutenant Dubois betraf – den hatte vielleicht auch nur ein eingewachsener Zehennagel zu ihm getrieben.

«Oh, verzeihen Sie, Monsieur Carnot!» Madame Hélène schlug die Hand vor den Mund. «Das hatten wir gar nicht bemerkt!»

«Was denn?»

«Dass Sie trauern.» Sie zupfte an seinem Arm. «Ihr Ärmel hatte den Trauerflor bedeckt.»

Er hatte sich seine Haarschleife um den Oberarm gebunden, falls ihn jemand sähe und die unangenehme Frage stellte, was er im Wald wolle. «Gestern war der Todestag meiner Schwester. Deshalb hatte ich mich zurückgezogen: Ich wollte allein mit mir und meiner Trauer sein. Dann hatte ich mich ein wenig verirrt, die Zeit nicht bedacht; plötzlich war es dunkel, und so verbrachte ich die Nacht im Wald. Aber das war gestern, und heute ist heute.» Er zerrte das schwarze Band von seinem Arm, bündelte seine Haare im Nacken und knotete es zu einer ordentlichen Schleife. «Deshalb bin ich ein wenig zerzaust …»

«Ach, wir sind doch alle ein wenig leger unterwegs. Einem Herrn steht das, einem Korsar sowieso. Wie hieß denn Ihre Schwester?»

«Marie.» Ein neues Steinchen in seinem Mosaik aus Lügen … Die Wahrheit war, dass er nicht wusste, wann Bess gestorben war. Ihr Todestag war jener, an dem er beschlossen hatte, sie sei tot. Und auch das war nicht im April gewesen.

Bess, verzeih mir, dass ich deinen wahren Namen nicht nennen darf, dachte er. Er senkte die Lider, als befürchte er, sie könne in diesem Augenblick vom Himmel auf ihn herabschauen. Falls sie überhaupt tot war.

Dann dachte er an Noëlle, der er von Bess noch nie erzählt hatte. Könnte er ihr gegenüber ebenso lügen? Nun, weshalb nicht? Bisher war es ihm gelungen. Doch wenn er von Bess und seiner Vergangenheit spräche, käme es ihn noch härter an. Nein, er war zum Schweigen verdammt.

«Wie kamen Sie hierher, wenn die Frage gestattet ist, Madame Hélène? Eine Engländerin in dieser Siedlung …»

«Selbstverständlich dürfen Sie fragen, Monsieur le Docteur.»

«Darf ich auch fragen, wie Sie in Wahrheit heißen?»

«Helen», antwortete sie.

Treffer.

Sie winkte galant ab. «Früher arbeitete ich in einem Bordell, in einem ziemlich verrufenen Hafenviertel. Gott, war es dort laut und dreckig; es war, als wehte ständig der Atem der Pestilenz über den Dächern. Eines Tages quartierte sich ein Presskommando der Royal Navy ein. Schreckliche Männer, stinkend und hässlich, trugen aber die Nasen so weit oben, als hielten sie sich für Konteradmiräle. Wollten allen Ernstes ohne Bezahlung unter unsere Röcke … Da habe ich einem von ihnen die Geldkatze gestohlen. Das Ende vom Lied, um es kurz zu machen: Ich sollte in die Sträflingskolonie Australien transportiert werden; Sie wissen schon, dorthin, wo man seit dem Verlust der amerikanischen Kolonien die Verurteilten bringt, weil Englands Gefängnisse überquellen. Die Überfahrt war die Hölle. Mein Schicksal teilten drei weitere Frauen; man pferchte uns in einem winzigen Verschlag an Deck ein. Bis dahin hatte ich geglaubt, es sei allein Meuterern vorbehalten, sechs Monate wie Hühner im Käfig zuzubringen, die ganze Zeit Wind, Wetter und der Häme der Mannschaft ausgeliefert. Ich wünsche jedem, der damals seine Pfoten durch die Latten steckte, einen erbärmlichen Tod und keine Nachkommenschaft!»

Ihre schönen Züge hatten sich verzerrt, und plötzlich erblickte Seth hinter der damenhaften Fassade jene wilde, harte Hure, die sie in Wapping gewesen sein musste.

«Drei Fregatten waren es», fuhr sie etwas gemäßigter fort. «Hier legte Commodore Newcome an, um sie überholen zu lassen und Proviant aufzunehmen; bei dieser Gelegenheit forderte er den Gouverneur auf, Mahé zu übergeben. Seine Exzellenz Quéau de Quinssy konnte aushandeln, dass das Eigentum der Siedlung respektiert wurde, bis auf das schöne Schiff Monsieur Hodouls …»

«… die *Olivette*», ergänzte er. «Ich entsinne mich; das ist jene Geschichte, in der er aus Rache zum Freibeuter wurde und es den Rotröcken doppelt und dreifach heimzahlte.»

«Ganz recht. Bald zwanzig Jahre ist das nun her. Es war das erste Mal, dass hier die britische Flagge wehte – zumindest so lange, bis die Engländer wieder abgesegelt waren. Ja, und was mich betrifft: Mich haben sie einfach hier am Strand abgesetzt. Denn meine drei weiblichen Mitgefangenen waren während der Fahrt gestorben, und Newcome hatte beschlossen, dass ich, die ich auch krank war, mich hier erholen solle. Dieser Anflug von Milde kam wahrlich nicht zu früh; ich war dem Tode näher als dem Leben! Ich glaube, er hatte vor allem keine Lust, sich länger mit weiblicher Last abzuplagen. Also wies er Seine Exzellenz an, mich wegzusperren, bis ein anderes Schiff mit Deportierten käme und mich aufnähme. Und wissen Sie was? Es kam nie eines!» Sie lachte schallend. «Zumindest keines, das je nach mir gefragt hätte, und Quinssy, frisch im Amt, hatte damals schon seinen eigenen Kopf und dachte nicht daran, mich auszuliefern. Ich war frei. Mehr, als ich es in England je gewesen war. Und ich vermisse mein Land nicht, das können Sie mir glauben! Sehen Sie!» Mit französischer Theatralik raffte sie ihr Seidenkleid, so hoch, dass ihre Beine fast bis zum Knie sichtbar wurden. «Makellos, nicht wahr?»

«Weiß Gott.»

Sie ließ die Stofffülle wieder fallen und ordnete sie hingebungsvoll. «In England reichten mir die Flohbisse bis zur Scham.»

Weniges machte ihn sprachlos; dies war einer jener Momente.

«Wissen Sie, dass Sie mich an jemanden erinnern?», fragte sie unvermittelt.

«Nein, woher sollte ich?» *Sieh sie an*, befahl er sich. «An wen?»

«Ich weiß nicht …»

«Nun, bei der Größe dieser Stadt hier kann man schon einmal ein Gesicht vergessen.»

Sie lachte. «Was Sie so reden! Nein, nein, es muss lange her sein. Ach, das fällt mir niemals wieder ein.» Schweigend erreichten sie die Schänke. Die wenigen Menschen, die in der Mittagshitze unterwegs waren, hoben grüßend die Hüte oder winkten. Er hatte Zeit, über das Gehörte nachzudenken. Hier war der Ankerplatz für all die Geschundenen und Gebeutelten, die das hartherzige Europa verstieß. Auch er könnte hier frei sein. Und plötzlich durchschoss ihn der feste Gedanke: *Ich bleibe hier.*

«Madame Hélène, sagen Sie, ist Monsieur Mullié zufällig in Ihrem Haus?», fragte er. «Ich müsste ihn dringend sprechen.»

Sie öffnete das Türchen ihres Kokosnussschalenzauns. «Ich denke doch; sehen wir nach. Es wird ja auch Zeit, dass Sie meinem Gasthaus einen Besuch abstatten, finden Sie nicht auch? Folgen Sie mir bitte.»

Er dachte zurück an den Moment, als er hinter Doc James Gillingham das *Calypso* betreten hatte, jenes Bordell, in dem Helen den Freiern Wappings zu Diensten gewesen war. Er konnte sich gut erinnern: an die heruntergekommene Fassade, an das Schild mit der nackten Sirene über der Tür, eine deutliche Aufforderung an die Matrosen – kein dezenter und doch so verheißungsvoll wirkender Diwan wie hier. Er dachte zurück an den Mohr in türkischer Verkleidung, der Mr. Gillingham empfangen hatte. An die zahllosen Spiegel an den Wänden, an die Seidentapeten und Samtsessel, welche einen süßen und modrigen Duft ausgedünstet hatten. Hier im *La Maison Confortable* hatte man die Holzwände mit unterschiedlichen Tüchern und Stoffbahnen verhängt, eben was die Jahre und die Lieferungen hergegeben hatten. Der komfortable Diwan, der dem Hause seinen Namen gegeben hatte, entpuppte sich als ein riesiges Brett, das an Tauen von der Decke hing, belegt mit einer dicken Matratze und einer bunten Mischung von Kissen und Nackenrollen, die so prunkvoll mit goldenen Schnüren verziert waren wie die Epauletten hochdekorierter Militärs. Davor stand ein winziges Tischchen mit chinesischen Elfenbeinintarsien. Ein Gazeschirm schützte eine Schale mit Gebäck und Obst. Und über einem Sessel aus Rohrgeflecht hing unverkennbar Mulliés Uniformjacke.

«Ah, er ist da», sagte Hélène. «Oben haben wir vier kleine Kammern, je eine für meine Damen und mich. Dorthin ziehen wir uns mit den Gästen zurück. Dies hier ...» Sie breitete die Arme aus «... ist unser kleiner Salon. Gefällt er Ihnen?»

«Er ist ... sehr apart.» Fast versteckt hinter langen Tüchern gab es eine kleine Tür; vermutlich führte sie zu einem Treppenaufgang, einer Wirtschaftskammer, der Küche und dergleichen. «Fehlt nicht etwas? Der türkische Mohr?»

Dass er es nicht lassen konnte, mit dem Feuer zu spielen ... Fragend blickte sie ihn an. «Sie meinen ... O ja, der fehlt hier. Aber was in England pittoresk anmutet, ist hier so alltäglich, dass man besser darauf verzichtet. Die Gäste wollen es hier doch ein wenig anders als zu Hause haben. Und es gefällt ihnen, wenn sie ausnahmsweise von weißen Damen bedient werden. So nehmen Sie doch Platz, Monsieur Carnot, und legen Sie ab. Was darf ich Ihnen anbieten? Es ist kurz vor Mittag, also beste Frühstückszeit. Wenn Sie möchten, lasse ich Ihnen eine englische Spezialität zubereiten: Scones mit Sahne und bitterer Marmelade. Klingt das gut?»

Es hatte ganz entschieden seine Vorteile, der angesehene und beliebte Arzt eines kleinen Dorfes zu sein. Überall wurde man umsorgt. Seth legte den neuen Hut auf eine Kommode. «Was sind Scones?», fragte er unschuldig. Leckeres Gebäck, das man in der Pfanne briet. Die Zugehfrau in der Wohnung des Vaters hatte es sonntags zubereitet – bevor Jonathan Morgan sie aus Geldnöten hatte entlassen müssen.

«Eine süße britische Sünde. Die Sahne ist allerdings Picandou aus Ziegenmilch, und in der Marmelade sind leider keine Orangen, sondern Mangos und Zitronen. Für den Herrn dazu einen Kaffee mit einem Schuss Batavia-Arrak?»

«Das klingt verlockend.»

«Sehr gut! Aber zuerst schaue ich nach Monsieur Mullié.» Sie trat durch die rückwärtige Tür, und er hörte sie ins Obergeschoss steigen; kurz darauf kicherte eine Frau, und ein Klaps war zu hören, als schlüge Mullié seiner Gespielin aufs Achterdeck. Sie lachte. Unter seinen schweren Schritten knarrte die Treppe. Die Tür schwang zurück.

«Thierry! Hast du dich endlich hergetraut! Madame Hélène sagte, du wolltest mich sehen. Mich und nicht etwa Anaïs oder Eugénie oder Félicité? Bist du dir ganz sicher?»

Mullié gähnte herzhaft, kratzte sich die Wange, die eine Rasur bitter nötig hatte, und ließ sich ihm gegenüber in einen Sessel fallen. Ungeniert hob er den Gazeschirm, befingerte einige Früchte und wählte eine Banane. Während er sie schwungvoll schälte und dabei selbstgefällig in sich hineinlächelte, schlug er ein Bein über das andere. Bis auf seine Kniebundhosen trug er nur ein Halstuch.

«Jean, mir scheint, das Inselleben bekommt dir nicht gut.»

«Oh, mir geht es prächtig. Du bist doch nicht gekommen, um mich mit falschen Vermutungen zu behelligen?»

«Du verlotterst», sagte Seth liebenswürdig.

«Ja, ein wenig. Wie es so ist bei Seemännern, wenn der Landgang zu lange dauert. Wobei, die Disziplin der Männer ist noch nicht wieder zu beklagen. Die harte Bestrafung des Kochs zeitigte ihre Wirkung: Seitdem mussten wir nur einmal die Gräting hochziehen.» Herzhaft biss Mullié in die Banane, die somit zur Hälfte verschwunden war. «Aber nun sag schon, was dich umtreibt. Wo warst du eigentlich? Einige Leute hatten nach dir gefragt.»

«Im Wald. Gestern vor fünfzehn Jahren starb meine Schwester ...»

«Ich verstehe, du wolltest deine Ruhe haben.» Stirnrunzelnd betrachtete Mullié den Rest der Frucht. «Sagtest du nicht mal, sie sei im Oktober gestorben?»

«Nein. Es war April. Der elfte April.»

«Dann habe ich das falsch in Erinnerung. Allerdings war gestern dem Logbuch nach der achte April.»

Verdammt.

Mullié neigte sich über den chinesischen Tisch und klopfte sanft auf Seths Arm. «Es tut mir leid, Freund. Deine Schwester hat es gut dort, wo sie jetzt ist. Gott holt die geistig Armen zu sich in sein Himmelreich. Jedenfalls hörte ich das mal in einer Predigt.»

«Ich hoff's», murmelte Seth.

Der Blick aus Mulliés dunklen Augen war ungewohnt verständnisinnig. «Da auch die aufrechten Männer in den Himmel kommen, werdet ihr euch ganz bestimmt wiedersehen.»

Wohl kaum, dachte Seth. «Was du so daherredest, wenn dir der Tag zu lang ist, Jean ...»

«Kluge Dinge, ich weiß.» Inzwischen hatte Mullié die nächste Banane verschlungen. «Hättest du wohl die Güte, mir endlich zu sagen, was du willst? Anaïs wartet auf mich.»

Seth stützte die Ellbogen auf die Knie und rieb sich das Gesicht. Teufel auch! *Ich will dich, Capitaine d'Ournier und die Bellérophon im Stich lassen* – als ob dies so leicht auszusprechen wäre ...

Hélène kehrte zurück, mit einem Tablett in den Händen, das sie auf dem Tisch abstellte. «Greifen Sie zu, Messieurs.» Sie stellte vor jedem eine Tasse Kaffee ab, dazu ein Schälchen mit gemahlenen Gewürzen. Es folgten Teller mit Teigbällchen, dicken Klecksen grellroter Marmelade und Käse, jeder dekoriert mit einer Hibiskusblüte. Seth hätte Clotted Cream vorgezogen; trotzdem lief ihm augenblicklich das Wasser im Munde zusammen.

«Gott segne Sie, Madame», sagte Mullié inbrünstig und bediente sich. «Du kannst getrost zugreifen, Thierry. Diese britische Spezialität ist erstaunlicherweise sehr lecker.»

Seth tunkte ein Scone in die Marmelade und steckte es sich in den Mund. «Ich würde sagen», sagte er nach einer Weile des Sinnierens, «dieses Gebäck ist mehr séchellisch denn britisch. Hervorragend, Madame Hélène. Seien Sie bedankt.»

Hélène lächelte zufrieden. «Dann werde ich die Herren

wieder ihren wichtigen Gesprächen überlassen. Nehmen Sie sich ein Beispiel an Commandant Mullié und fühlen Sie sich ganz wie zu Hause, Monsieur Carnot.»

Er versprach, es zu tun, und sie zog sich in den Garten zurück. Durch ein Fenster konnte er sehen, wie sie einen Hibiskusstrauch umrundete und rote Blüten abkniff.

Der Kaffee mundete vorzüglich. Seth stellte seine Tasse ab. «Das Schiff ist ausgebessert und auslaufbereit», begann er vorsichtig. «Das Verstauen des Proviants und das Ausklarieren würden nur zwei Tage in Anspruch nehmen. Das Wetter ist gut. Es fehlt nur noch die Rückkehr Capitaine d'Ourniers mit der *Montagu*.»

«Es fehlt noch ein bisschen mehr, Thierry. Nämlich dass du den Gouverneur endlich seiner Klunker entledigst. Denn vorher können wir nicht unter Segel gehen.»

«Jean, es ist so ...»

«Aber das ist es nicht, was mir Sorge bereitet.»

«Sorgen? Dieses Wort aus deinem Mund?»

«Durchaus.» Mullié setzte eine für ihn ungewohnte ernste Miene auf. «D'Ournier ist längst überfällig. Sollte ihm etwas dazwischengekommen sein, gab er mir Order, mit der *Bellérophon* nach Sainte Marie zu segeln ...»

Sainte Marie, das war eine Insel vor der madagassischen Ostküste, wo einstmals berühmte Piraten Zuflucht gesucht hatten, wie etwa der später in Wapping zum Trocknen aufgehängte William Kidd. «Das sagst du mir *jetzt*?»

«Eigentlich sollten du und die Mannschaft es erst erfahren, sobald klar ist, dass d'Ournier nicht kommen wird. Aber ich bin zuversichtlich, dass er bald zurückkehrt, ganz unversehrt.»

«Du sorgst dich und bist trotzdem ein unverbesserlicher Optimist, Jean.»

«Ich muss es ja für dich mit sein.» Mullié grinste. Eifrig rieb er mit dem letzten Scone seinen Teller aus. «Weißt du, du hast recht. Zu viele Inselträume sind nicht gut. Erinnerst du dich an die Geschichte mit den englischen Meuterern? Damals im Jahr der Revolution? In den Gazetten gab es ja einiges darüber zu lesen. Die hatten damals auch zu lange im eigenen Saft auf ihrer hübschen Insel geschmort, wie hieß sie noch, Tahiti?» Er rollte mit den Augen. «Eine ziemlich abenteuerliche Geschichte ...»

... *die mich an meine eigene erinnert, danke,* dachte Seth säuerlich. Er stellte seine geleerte Tasse ab. «Mullié, lass das Schwätzen und hör mir zu. Ich muss mit dir reden.»

«Das tust du doch schon seit einem halben Glas. Zum Thema ‹schöne Frauen› fällt mir übrigens Hodouls Köchin ein. Die, die auch bei dir im Hospital arbeitet. Warst du schon bei ihr?»

«Wie – bei ihr?»

«Na, im Gefängnis. Sie hat doch diese wandelnde Fuselflasche geschlagen. Behauptet selbige zumindest.»

«Mullié!» Seth sprang auf, packte ihn am Halstuch und zerrte ihn auf die Füße. «Wovon redest du?», schrie er ihn an.

Mullié hob die Brauen. «Das habe ich doch gerade gesagt. Was ist mit dir, dass dich das so aus der Fassung bringt?»

Statt einer Antwort stieß Seth ihn in den Sessel zurück und stürmte aus dem Haus, vorbei an Madame Hélène. Sie rief ihm etwas hinterher, doch er achtete nicht auf sie; andernfalls hätte er auch sie angeschrien. Sie war Noëlles Mutter – und hatte weder ein Wort verloren noch eine Spur von Sorge gezeigt. Ihr galt die Tochter offenbar nichts. Zur Hölle mit ihnen allen!

Was um alles in der Welt war überhaupt passiert?

2.

Noëlle versuchte, nicht an ihren Durst zu denken. Diejenigen, die sie weggesperrt hatten, dachten ja auch nicht daran. Lieutenant Dubois' Miene war völlig unbeteiligt gewesen, als er sie hierhergebracht hatte. Als sei sie kein Mensch, sondern ein Tier, das man in den Käfig steckte, um es später für das Abendessen zu schlachten. Derselbe Dubois, der einmal beim Anblick von Docteur Poupinels schrecklichen Instrumenten ängstlich ihre Hand ergriffen hatte.

Nein, sie würde nicht nach Wasser rufen. Nicht etwa, weil sie so stolz war. Das war sie nicht. Sie fürchtete nur, Dubois werde ihre Bitte mit Schweigen beantworten. Und das wäre wie ein vorzeitig gesprochenes Todesurteil.

Wie es wohl Onkel Hugo und Tortue auf der anderen Seite der Wand erging? Sie schob sich über den Boden und lehnte die Schulter an das Holz. Draußen machte ein frecher Bülbül Lärm, und der Soldat, der vor der Gefängnistür Wache hielt, gähnte herzhaft. Angestrengt lauschte sie und hörte – nichts. Wahrscheinlich waren beide ebenfalls gefesselt und brüteten über das, was die Zukunft für sie bereithielt. Vielleicht flehten sie in diesem Moment zu den Ahnen und bedauerten, dass sich mit auf den Rücken gebundenen Händen keine Magie wirken und kein Orakel lesen ließ.

Noëlle verbarg ihr Gesicht zwischen den Knien und erlaubte sich ein paar stille Tränen. Sie hatte gehofft, jemand würde für sie einstehen. Schließlich gehörte sie nicht sich selbst; sie war wertvoller Besitz. Doch weder Monsieur Hodoul noch Monsieur Carnot waren gekommen. Allmählich glaubte sie wirklich, dass Thierry Carnot etwas zugestoßen war.

Warum halfen ihr die Hodouls nicht? Galt ihre Zuneigung jetzt Coquille? Vorgestern erst hatte Noëlle die heiße, geschwollene Haut auf der Brust des Mädchens mit einer Salbe gelindert und es getröstet, da es vor Schmerzen geheult hatte. Und vor Verzweiflung, weil es sich nicht damit abfinden mochte, für den Rest des Lebens von einem Brandzeichen entstellt zu sein.

Das Leben, das so kurz sein konnte ...

Noëlle seufzte. Irgendwie hatte sie immer geglaubt, auf eine besondere Art geschützt zu sein. Weniger Sklavin zu sein als andere. Und dass ihr niemals geschehen könne, zu brennen wie der flüchtige Castor oder der gefährliche Pompé und wie sie alle geheißen hatten, jene, die ihr Schicksal nicht hatten hinnehmen wollen. Zum Glück kam das nicht oft vor; die meisten wurden erträglich behandelt. Anderswo wurden die Sklaven zu Tausenden gemordet, und zu Tausenden erhoben sie sich gegen ihre weißen Herren. Das zumindest wehte gelegentlich als Gerücht vom Meer herüber auf die Insel; vielleicht waren es nur Lügen. Sie, Noëlle, war bevorzugt worden, und wenn nicht geliebt, so doch gemocht. Welcher Herr brachte seiner Sklavin von

seinem Ausflug ein so schönes Geschenk mit? Ein Papagei
war es gewesen, ein kleiner, schwarzer Vasapapagei. Diese
Vögel lebten in den Wäldern der Séchellennusspalme, wo
sie sich hoch oben in den Kronen verbargen. Gelegentlich
hörte man sie, hatte Monsieur Hodoul erzählt, doch sehen
konnte man sie selten. Dieser kleine Kerl hatte am Boden
gehockt. Vielleicht war er erschöpft gewesen oder verletzt.

Nun lebte er in einem Käfig im Salon der Hodouls.
Noëlle war es gestattet worden, ihn zu pflegen, füttern und
herauszuholen, wann immer sie mochte.

Such ihm einen schönen Namen aus, Noëlle, hatte Madame Hodoul gesagt.

Zanahary.

Zana-was?

Zanahary. Unser Schöpfergott.

Olivette Hodoul hatte das Gesicht verzogen. *Ich glaube,
er ist ein Mädchen. Wie wäre es mit Agneau? Er ist doch jetzt
unser kleines schwarzes Schaf.*

Lämmchen, Müschelchen, Schildkröte, ja, so benannte
man Sklaven.

Noëlle sank nieder und bettete den Kopf auf den harten
Erdboden. Ihre Zunge fühlte sich dick an, doch den Durst
nahm sie nur noch am Rande wahr. Plötzlich überkam sie
der heftige und angesichts ihres Schicksals denkbar un-
wichtige Wunsch, den Käfig des Papageis zu öffnen und
ihn in die Freiheit zu entlassen. Die Angst, die seit der Festnahme wie ein kleiner Stein in ihrem Magen rollte, wuchs
zu einem Geschwür an, das drohte, sich ihres ganzen Körpers zu bemächtigen. Was, wenn sie dazu keine Gelegenheit mehr bekäme? Wenn sie Zanahary niemals wieder-

sehen würde, auch nicht das Haus der Hodouls, ihre Kammer, das Hospital, das Schildkrötengehege mit Esmeralda, die alte Siedlung auf Saint Anne – wenn sie all ihre geliebten Plätze und Orte niemals mehr würde betreten dürfen? Wenn sie Hugo nicht mehr in die Arme schließen konnte? Wenn man sie holte, um nur noch ein paar kurze Schritte zu tun: zu einem Scheiterhaufen, einem Galgen oder der rostigen Guillotine aus der Remise des Châteaus?

Was, wenn sie Thierry Carnot nicht mehr sah …

Sie biss sich auf die Lippen, um nicht laut aufzustöhnen.

Ihr Leben war gut, doch seit der Ankunft des Docteurs war sie versucht gewesen, es sogar schön zu finden. Und ausgerechnet jetzt drohte es ihr entrissen zu werden.

Sie hob sich auf die Knie und streckte den Rücken. «Ich habe Durst! Bitte gebt mir zu trinken! Ich …»

Männerstimmen näherten sich und wurden lauter. Sie hörte Lieutenant Dubois mit jemandem debattieren. Konnte es wahr sein? Thierry Carnot? Er war zurückgekehrt! Eine dritte Stimme mischte sich darunter, die des Wachsoldaten vor der Tür. «In Gottes Namen, lassen Sie den Docteur hinein, bevor er die Gefängnishütte niederreißt!», wies Dubois ihn an. Das Geräusch, als der Schlüssel ins Schloss gestoßen wurde, schlug schmerzhaft gegen ihre Ohren. Unwillkürlich presste sie sich an die Wand, zog den Kopf ein und die Knie an. Die Tür schwang auf. Thierry Carnot musste sich ducken, da er so groß und die Decke so niedrig war. Rasch ließ er den Blick schweifen – die Zelle war klein, kahl bis auf einen Notdurfteimer; spärliches Licht fiel durch ein paar kleine Wandlöcher unterhalb der Decke.

«Warum ist sie gefesselt?», fragte er Dubois, der gemeinsam mit dem Wachsoldaten den Kopf durch die Tür streckte. Der Lieutenant brummte etwas Unverständliches. Carnot ging vor ihr in die Hocke. Die Härte seines Blickes wurde für einen Moment durch Mitgefühl und Wärme verdrängt. Noëlle starrte in seine hellbraunen Augen, sog die Hoffnung auf, die sein Erscheinen in ihr wachrief. Er griff in die Tasche seiner Kniebundhosen und zog einen schmalen Gegenstand heraus.

«Was haben Sie da, Docteur?», verlangte Dubois sofort zu wissen. Ohne ihn anzusehen, hob Carnot das Skalpell.

«Ich werde ihre Fesseln entfernen.»

«Das werden Sie schön bleiben ...»

«Das ist eine ärztliche Entscheidung, Lieutenant! Diese Haltung bereitet der Gefangenen unnötige Schmerzen. Wozu ist sie überhaupt gefesselt, noch dazu mit den Händen auf dem Rücken? Was könnte sie hier tun?»

«Das steht so in den Vorschriften. Und die habe ich mir nicht ausgedacht.»

«Vorschriften, mein Gott! Sie kennen doch Noëlle! Fürchten Sie, dass sie Ihnen Ihre alte Muskete stiehlt, die wahrscheinlich sowieso nicht mehr geradeaus schießen kann?»

«Sehr witzig, Monsieur le Docteur», knurrte Dubois. «Was weiß denn ich, was plötzlich im Kopf einer Negerin vorgeht? Dass sie Poupinel vermöbelt hat, hätte ja vorher auch keiner geglaubt.»

Carnot zog die lederne Schutzhülse von der Klinge und beugte sich über Noëlle. Es fühlte sich fast wie eine Umarmung an, als er mit beiden Händen hinter sie griff und behutsam die Fessel durchschnitt. Nur mit Mühe konnte sie einen Schmerzenslaut unterdrücken, als das Blut wieder zu zirkulieren begann. Unwillkürlich hob sie die Hände, um sich die Schultern zu reiben, und erwiderte versehentlich Carnots Geste. Peinlich berührt ließ sie die Arme sinken, kauerte sich zusammen und senkte den Kopf. So musste er sie loslassen, was sie bedauerte.

«Ich habe Durst …», flüsterte sie.

Sofort wandte er sich an Dubois. «Weshalb bekommt sie nichts zu trinken?», fragte er scharf.

Der Lieutenant beeilte sich, die eigene Flasche vom Gürtel zu nesteln und ihm auszuhändigen. «Sie hätte nur etwas zu sagen brauchen. Wir sind doch keine Unmenschen.»

«Aber gedankenlos, wie mir scheint!»

«Kein Grund, sich so aufzuregen», brummte er.

Carnot blickte über die Schulter. «Meine Herren, ich danke Ihnen», sagte er eisig. «Sie können jetzt die Tür schließen.»

Dubois knirschte mit den Zähnen. «Wie Sie wünschen.» Mit einem Nicken befahl er dem Soldaten, zurückzutreten, und zog die Tür hinter sich zu. Docteur Carnot tat einen tiefen Atemzug.

«So», sagte er. «Du hast also Poupinel vermöbelt. Reife Leistung.»

«Ich habe mich nur gewehrt.»

«Weshalb?»

Sie presste die Lippen zusammen und senkte den Kopf noch tiefer. Niemals, niemals würde sie sagen, was Poupinel ihr angetan hatte. Vielleicht würden Hugo und Tortue reden – sie jedoch nicht. Niemals.

Ein Finger schob sich unter ihr Kinn und hob sanft ihren Kopf an. «Ich fürchte, ich verstehe. Noëlle, ich bedaure zutiefst, dass ich dich im Stich ließ. Und das auch noch völlig umsonst.»

Sie hätte gerne gewusst, weshalb er fortgelaufen war. Aber zu fragen wagte sie nicht; es erschien ihr auch nicht mehr wichtig. Vor allem jedoch schwieg sie, um diesen Augenblick der Nähe nicht mit einem überflüssigen Wort zu beenden. Als sie schon fürchtete, er werde seinen Finger zurückziehen, legte er die ganze Hand an ihre Wange.

«Ganz ruhig», sagte er leise. «Das alles … sieht bestimmt nur schlimmer aus, als es ist. Ich werde beim Gouverneur intervenieren. Gleich gehe ich zu ihm. Und dann …» Er schloss die Augen und schüttelte den Kopf, als beklage er innerlich, keine klaren Worte des Trostes sagen zu können. Seine Hand glitt herab und legte sich auf ihre Schulter; plötzlich spürte Noëlle, wie er beide Arme fest um sie schlang. Ihr blieb kaum eine andere Wahl, als ihn ebenfalls zu umarmen. *Das ersehnte ich von meiner Mutter*, dachte sie, und dann: *Aber das hier ist völlig anders.* Ihr Herz hämmerte. Wie war möglich, dass dies geschah? Der gestrige Tag war ihr als der schlimmste ihres Lebens erschienen; der heutige kaum besser.

Und nun dieses unverhoffte Glück.

«Carnot?», ertönte von draußen Dubois' Stimme.

Der Arzt löste sich von ihr. «Einen Augenblick noch!», rief er. «Noëlle, ich muss gehen.»

Sie warf die Hände vors Gesicht und schluchzte auf. Er strich ihr durch das Haar. Irrte sie sich, oder spürte sie tatsächlich seine Lippen auf der Stirn? Sie musste an sich halten, nicht ihre Arme um seinen Nacken zu werfen und sein Hierbleiben und einen weiteren Kuss zu erzwingen. Noch einmal seinen Mund zu schmecken. Sich an jenen anderen Moment erinnern, als ihre Welt noch halbwegs in Ordnung gewesen war. «Mir ... mir ging es doch gut», schniefte sie. «Und plötzlich das!»

«Nun ja. Drei Mal sah ich dich schon mit Blessuren, und du sagst, es ging dir gut. Noëlle, ich wünschte, ich könnte dir versprechen, dass alles besser wird. Aber ich kann nur versprechen, dass ich alles tun werde, dir zu helfen.»

«Bitte ... helfen Sie auch meinem Onkel. Er ist der Einzige, der wirklich gar nichts getan hat.»

«Ich versuche es.»

Dubois' Klopfen unterbrach ihn. Er löste sich von ihr, stand auf, öffnete halb die Tür und blickte noch einmal zurück. Dann eilte er hinaus. Noëlle ließ sich auf die Seite fallen und umschlang die Knie. Nichts mehr wollte sie sehen und hören, nur noch an seine Gegenwart denken und dieser Umarmung nachspüren.

* * *

Seth stürmte durch das Ravenala-Tor, den Aufweg hinauf, der zum Schloss Bellevue führte, und die Freitreppe hoch. Ein Wachsoldat war bereits von seinem Stuhl hochgesprungen und baute sich breitbeinig auf. «Ich muss zum Gouverneur!», rief Seth. Er stellte sich auf ein langes Hin und Her ein, doch der Mann salutierte und klopfte ohne Federlesen an die Tür, die sofort aufschwang.

«Führen Sie den Docteur zu Seiner Exzellenz», befahl

der Soldat dem alten Türhüter und raunte Seth zu: «Geht's jetzt los?»

Einen Moment lang war Seth verwirrt. Dann begriff er, dass der Mann von der Operation sprach. Er rang sich ein paar medizinische Begriffe ab, die den Soldaten eifrig nicken ließen, dann folgte Seth dem Diener durch die Empfangshalle und die schmalen, in die Ecken gedrängten Treppen hinauf. Oben führte ihn der Lakai einen lichten, mit Pflanzenkübeln geschmückten Korridor entlang bis zu einer Tür an der Stirnseite.

Als er die Hand hob, um anzuklopfen, drang aus dem Nachbarraum ein langgezogenes Stöhnen.

«Es ... es geht ihm nicht gut», murmelte der alte Mann entschuldigend.

Seth nickte; er hatte keine Mühe zu erraten, dass der Gouverneur sich soeben beim Wasserlassen quälte. Der Versuch gipfelte in einem erstickten Schrei.

«Können Sie nichts tun?» Der Lakai rang die Hände.

«Oh, natürlich kann ich das. Sobald Seine Exzellenz der Meinung ist, die Sterne stünden gut ...»

Der Gouverneur sagte ein paar Worte; ein Diener oder Sklave schien etwas zu erwidern, dann waren Stühlerücken und das Klappen einer Tür zu hören. Offenbar war die Sache erledigt. Der Lakai klopfte an und öffnete die Tür. Seth betrat ein geräumiges Arbeitszimmer, dominiert von einem riesigen Schreibtisch im Louis-quinze-Stil, mit geschwungenen Füßen, zahlreichen Ornamenten, Blattgold und allerlei Intarsien. Unwillkürlich rechnete er aus, wie viele Gallonen Wasser man statt dieses Monstrums übers Meer hätte transportieren können. Ein Sklave half Jean-Baptiste Quéau de Quinssy in einen Brokatrock; der Gouverneur selbst ordnete nachlässig den Kragen seines offenen Hemdes.

«Ah, Monsieur le Docteur, wie schön, Sie zu sehen. Wo waren Sie denn, wenn die Frage gestattet ist? Die Gerüchteküche kochte ja geradezu über. Man hatte sogar eine Inventur der Boote gemacht, weil man befürchtete, Sie wären davongerudert.»

Seth verneigte sich, während es in ihm brodelte. «Ich habe nur einen längeren Spaziergang gemacht, Exzellenz. Hätte ich geahnt, dass ich die Leute so sehr beunruhige und was während meiner Abwesenheit geschieht, so hätte ich das Hospital niemals verlassen, das können Sie mir glauben. Vergeben Sie mir, dass ich mit der Tür ins Haus falle. Noëlle und Hugo im Gefängnis, das ist ein Unding! Die beiden haben nichts getan!»

Quéau de Quinssy entließ seine Diener mit einer Handbewegung; lediglich ein Inder in weißer Pluderhose, der hinter dem Schreibtisch Aufstellung genommen hatte, fuhr fort, mit einem großen Palmwedel für eine frische Brise zu sorgen.

«Setzen Sie sich», sagte Quinssy, noch sichtlich ermattet von seiner ausgestandenen Pein. Vorsichtig ließ er sich auf dem Schreibtischstuhl nieder, der offenbar aus einer späteren Lieferung stammte, denn er zeigte die strengen, der Antike angelehnten Linien des Empire. Aus dem Ärmel seines Rocks zog der Gouverneur ein Spitzentaschentuch und tupfte sich die Stirn. «Monsieur Poupinel sagte, die beiden hätten ihn geschlagen.»

«Hugo? Ein alter Mann, der nur noch einen Arm hat? Und Noëlle – können Sie sich *das* vorstellen?»

Quinssy wischte sich über Hals und Nacken und stöhnte verhalten. «Es ist drückend heute, finden Sie nicht?»

«Ja.»

«Nun setzen Sie sich doch bitte, Monsieur le Docteur.» Er winkte dem Inder, der seinen Wedel in die Ecke stellte und zu einem Sideboard eilte, wo er aus einer Zinnkaraffe zwei Gläser füllte und zum Schreibtisch trug. Quinssy schob Seth ein Glas hin und hob das andere. «Ich schätze, ein Schluck Palmwein tut uns beiden jetzt gut. Und bitte, *setzen* Sie sich!»

Seth sank in den Korbsessel, der schräg vor dem Tisch stand. Er zwang sich, wenigstens zu nippen, und drehte das Glas in den Händen. Der ungewohnte Wein entfaltete eine beruhigende Wirkung.

Auch in diesem Raum hing ein Portrait Napoléons, doch nur ein Kupferstich; er zeigte ihn beim Überqueren der Alpen, hoch zu Ross und mit flatterndem Umhang. Ein weitverbreitetes Bild, dem man nicht einmal im endlosen Indischen Ozean entkommen konnte. In einer Vitrine befand sich die Bibliothek des Gouverneurs. Mit dem Glas deutete Seth darauf.

«Sie lesen Rousseau, Exzellenz, und der sagt: ‹Der Mensch ist frei geboren, und doch liegt er überall in Ketten.› Sie können diese Ungerechtigkeit nicht zulassen.»

«Ich lese ihn, wie auch viele andere Fürstenspiegel: Seneca und Julius Caesar, beispielsweise. *De bello gallico*, sehr interessant … Ich regiere eine Kolonie. Meine Schultern sind letztlich die einzigen, auf denen diese Last ruht. Port Louis war selten eine rechte Hilfe, bevor es sich den Engländern unterwarf, und Frankreich ist so weit weg, es könnte genauso gut auf dem Mond liegen. Wir haben hier um die dreihundert Siedler, und auf jeden einzelnen kommen etwa zehn Sklaven. Ich bin gezwungen, hart durchzugreifen; andernfalls gäbe es eines Tages vielleicht dreitausend Sklaven, die Herren spielen wollen, und dreihundert Tote.»

«Übertreiben Sie nicht ein wenig?»

«An anderen Orten auf der Welt geschahen solche Dinge bereits.»

«Und an wiederum anderen Orten wurde die Sklaverei friedlich abgeschafft.»

Quinssy hob eine Braue und betrachtete ihn aus seinen aristokratischen blauen Augen. «Solche Debatten muss ich in schöner Regelmäßigkeit mit den Briten führen, wenn sie sich hier blicken lassen. Bitte ersparen Sie mir, Monsieur Carnot, es jetzt auch mit einem Landsmann tun zu müssen. Jene Länder oder Inseln, welche ihre Sklaven in die Freiheit entließen, sind um einiges größer; dort hat man es von Küste zu Küste mit etwas mehr als nur ein paar Kilometern zu tun. Wir jedoch können ohne unsere Sklaven nicht existieren.»

Dann gebt doch die verdammte Kolonie auf. Aber dieser Gedanke war natürlich Unsinn. Niemand würde um einiger Schwarzer willen einen solch hübschen Flecken hergeben. Seth hatte sich um solche Dinge bisher ebenso keine Gedanken gemacht. Warum jetzt? Weil Hugo und Noëlle für ihn keine namenlosen Schwarzen mehr waren? Ebenhölzer, wie man sie an manch anderen Orten nannte; als seien sie nichts weiter als ein Wertstoff, den man nach Belieben zersägen, zerhacken und verbrennen durfte. Er konnte sich erinnern, selbst versklavte Männer geschlagen zu haben. In Häfen, auf Landgängen; und er hatte sich nichts dabei gedacht. Auf den britischen Schiffen hatte er selbst zu den Geprügelten gehört. Es war völlig normal.

Noëlle ... Verdammt, sie war kein Stück Holz und kein Tier; man musste blind sein, wollte man es leugnen. Er dachte daran, wie er sie im Arm gehalten hatte – am ganzen Körper zitternd und von sehr menschlichen Gefühlen schier zerrissen: von dem Zorn über die Ungerechtigkeiten, die ihr widerfuhren; von der Sehnsucht nach dem Leben. Er hatte an sich halten müssen, sie nicht zu küssen, und jetzt fragte er sich, warum eigentlich. Noëlle war mutig genug gewesen, sich einen Kuss zu rauben. Kluges Mädchen. Vielleicht hatte sie gewusst, dass es die einzige Gelegenheit bleiben würde.

Er trank sein Glas leer und hob die Hand, als der Diener nachschenken wollte. «Exzellenz, was sagen eigentlich die Hodouls dazu?»

«Sie sind durchaus sehr betrübt», antwortete der Gouverneur. Mehr sagte er dazu nicht, doch die Antwort verriet, dass von dieser Seite keine Hilfe kommen würde.

«Poupinel braucht doch nur auf die Anklage zu verzichten ...»

«Das ist richtig.»

«Ich wäre bereit, ihm eine Entschädigung zu zahlen.»

«Was die Hodouls ihm boten, hat er bereits abgelehnt.» Quinssy nahm sein elfenbeinernes Siegel und begann es enervierend in den Fingern zu drehen. «Monsieur Carnot, ich bin über Ihre finanziellen Mittel natürlich nicht im

Bilde, doch Sie sollten inzwischen wissen, dass hier nur eine Währung echten Wert hat …»

«Baumwolle?», entfuhr es Seth.

«Arbeitskraft! Sie können im Grunde nur mit sich selbst bezahlen.»

Der gewiefte Gouverneur hatte die Gelegenheit beim Schopf gepackt, einen geschickten Schachzug zu tun. Er wollte ihn festnageln, ihm die Zusage, hier dauerhaft als Mediziner zu praktizieren, entreißen. Und Seth musste sich nur Noëlles verzweifeltes Gesicht vergegenwärtigen, um den Drang zu verspüren, seine Seele zu verkaufen. «Exzellenz», sagte er, und seine Stimme klang belegt, «auf diesen Preis wird ausgerechnet Poupinel nicht scharf sein.»

«Das käme auf einen Versuch an.»

Seth stellte das Glas auf den Tisch, da er befürchtete, es vor Wut zu zerbrechen. «Würde er seine Sklaven nicht so schikanieren, wäre es nicht so weit gekommen!»

«Wie weit?», fragte der Gouverneur lauernd. «Dass Noëlle ihn schlägt?»

Seth ballte eine Faust. «Sie hat ihn nicht geschlagen!»

«Bewahren Sie Contenance, guter Mann, mag die Lage noch so prekär sein. Das zeichnet einen Gentleman aus.»

Seth hatte sich halb erhoben; langsam setzte er sich wieder. «Verzeihen Sie, Exzellenz. Es ist nur …» Was steckte hinter der Bemerkung mit dem Gentleman? Vermutlich gar nichts, und jetzt war auch nicht der rechte Moment, Gespenster zu sehen. Trotzdem musterte er unauffällig das edle Gesicht seines Gegenübers, die großen, hellen Augen, die immer ein wenig verschmitzt schauten, selbst jetzt.

«Pardon gewährt, Monsieur le Docteur. Sie dürfen nicht zu hart mit Emmanuel Poupinel ins Gericht gehen. Er kam unter unglücklichen Umständen, vergessen Sie das nicht: Sein Schiff gesunken, und dann starb auch noch die Siedlerin, die er bald darauf heiratete. All das hat ihn ein wenig, nun, zermürbt. Dann schlug einer seiner Sklaven, ein gewisser Pompé, voriges Jahr einen Pflanzer nieder. Monsieur Inard erlitt einige schwere Verletzungen …»

«Pierre Michel Inard?»

«Sie kennen ihn?»

«Seit heute. Seinem sonnigen Gemüt hat der Überfall jedenfalls nicht geschadet.»

«Nein.» Der Gouverneur lächelte. «Pompé verschwand danach im Wald. Nach einem Jahr griff man ihn auf. Ich schickte eine Adresse nach Port Louis, in der ich die Kolonialregierung bat, ihn hier auf Mahé aburteilen zu dürfen, damit es schnell ging – Mauritius, vormals Île de France, drohte an die Briten zu fallen, und die hätten Pompé womöglich freigesprochen. Nun, um es kurz zu machen: Ich habe ihn verurteilt, hier in diesem Haus, und er wurde noch am selben Tag verbrannt. Seitdem hat Monsieur Poupinel immer wieder Ärger mit seinen Sklaven. Vielleicht verstehen Sie jetzt, weshalb sein Ziemer besonders locker sitzt.»

«Ich kann es nachvollziehen, aber dennoch kein Verständnis dafür aufbringen. Poupinel mag einige Schicksalsschläge eingesteckt haben … Gott, wir sind erwachsene Menschen; wir sind dazu gemacht, zu lernen, sie zu tragen.»

Der Gouverneur nickte. «Gut gesprochen, Monsieur.

249

Lernen Sie zu tragen, dass Noëlle hart bestraft werden muss.»

«Soll sie etwa auch brennen?», schrie Seth, und er dachte, dass er sich selbst kaum wiedererkannte. Was war nur los mit ihm?

«Bitte, Monsieur le Docteur.» Quinssy hob die Hände. «Es wird auf zwanzig Hiebe mit der Neunschwänzigen hinauslaufen. Für sie und Hugo.»

Seth schloss die Augen. Das vermochte er sich nicht vorzustellen. Zwanzig Schläge … So manchen gestandenen Matrosen hatte eine solche Bestrafung das Leben gekostet. Wenn nicht durch die Gewalt der Peitsche, dann durch heftige Wundinfektionen und geraubte Lebenskraft. «Es *muss* eine andere Lösung geben. Sie sagen, Arbeitskraft zählt? Noëlle ist mir eine wertvolle Hilfe, auf die ich nicht verzichten kann.»

«Sie mögen sie sehr, nicht wahr?»

«Das tue ich.»

Quinssy tupfte lange und nachdenklich den Schweiß von der Lippe. «Bedenken Sie den Rat, den ich Ihnen gab: sich nicht mit ihr einzulassen. Sie hätten nicht ausgerechnet auf Noëlle ein Auge werfen sollen. Sie ist zu schön, zu intelligent, auch ein wenig forsch, gerade so, dass man es nicht als störend, sondern als reizvoll empfindet. Denken Sie nicht, ich verstehe nichts von Frauen; immerhin war ich auch mal jung und bin schon das zweite Mal verheiratet … Außerdem ist zu viel Milch im Kaffee. Sie verstehen?»

«Sie meinen, Noëlle hat alle Voraussetzungen, unfreiwillig zum Zankapfel zu werden.»

«Sehr richtig. Das Beste wäre, Sie schlagen sie sich aus

250

dem Kopf. Worin sie allzu fest zu stecken scheint, denn – woraus sonst würde sich die Vehemenz nähren, mit der Sie sie verteidigen?»

«Ich …» Fast hätte Seth aufgelacht. Fragend blickte der Gouverneur ihn an, und er schüttelte leicht den Kopf. *Sie ist eine Sklavin. Man hätte ihr beibringen sollen, Männern keine Küsse aufzuzwingen. Dann säße sie vielleicht etwas weniger fest in … mir.*

«Denken Sie nicht von mir, ich sei hartherzig, Monsieur Carnot.» Der Gouverneur lächelte gequält. Schwankend erhob er sich und presste eine Hand auf den Unterleib. «Ich glaube zwar nicht, dass Monsieur Poupinel seine Anklage zurückziehen wird, aber ich tue Ihnen den Gefallen und rede noch einmal mit ihm. Und jetzt entschuldigen Sie mich bitte …»

In unziemlicher Hast eilte er zur Durchgangstür, die in den Nebenraum führte, in dem offenbar sein Leibstuhl auf ihn wartete.

«Exzellenz, was sagen die Sterne?», fragte Seth, doch Quéau de Quinssy war schon im anderen Raum und schlug die Tür hinter sich zu.

3.

Noëlle war todmüde, doch der Schlaf wollte nicht kommen. Ermattet hatte sie sich auf dem harten Boden ausgestreckt und die Arme unter dem Kopf gekreuzt, dankbar, dass es ihr wieder möglich war, sich zu bewegen. Auch für etwas zu essen hatte Monsieur Carnot gesorgt. Mehr als ein paar Bissen des Maniokbrotes hatte sie jedoch nicht herunterbekommen, obwohl ihr Magen unangenehm knurrte. Selbst das Trinken hatte ihr Mühe bereitet, trotz ihres Durstes.

Sie versuchte sich ins Meer zu träumen. In Hugos tröstende Arme. Nein, in Thierry Carnots Arme. Sie stellte sich vor, wie sie an seiner Seite durch die buntschillernden Tiefen schwamm und ihm all die Wunder zeigte. Ihre Insel. Ihr Mahé. Sie war doch Noëlle, zur Hälfte eine weiße Frau. Eine halbe Britin gewissermaßen, aber das wusste er ja, und er hatte nie angedeutet, dass ihn dieser Umstand störte. Nun, niemand tat das; sie war nur Noëlle, die Sklavin, die schwarze Frau mit zu viel Milch im Kaffee.

Hör doch auf zu grübeln, ermahnte sie sich. *Träum lieber weiter.*

Er war nebenan bei Hugo und Tortue gewesen; sie hatte

seine Stimme gehört. Und die eines anderen Mannes, der offenbar, dem Geschirrklappern nach zu urteilen, die beiden Gefangenen mit Essen versorgt hatte. Dann war Carnot seines Weges gegangen. Zum Gouverneur. Aber was konnte er dort erreichen? Jean-Baptiste Quéau de Quinssy handelte immer zum Wohl der Kolonie. Immer. Und zum Wohle der Kolonie mussten Sklaven leben und arbeiten. Und sterben.

Hör auf …

Träum weiter …

Die Bilder nahmen ihr die Angst. Es war ähnlich, wie sich im Anblick der Muster zu verlieren, welche die Nadeln an Hugos Magneten oder die Spielkarten bildeten. Sie sah sich am Strand, wohlig ermattet vom Schwimmen und Tauchen und Herumtollen. Drüben auf Saint Anne, wo niemand sie stören würde. Thierry ließ sich neben ihr in den Sand fallen, streckte alle viere von sich und blickte mit einem glückseligen Lächeln in den Himmel, den kein Wölkchen trübte. Sie betrachtete seine heftig atmende Brust. Die Bräune seiner Glieder, die Muskeln, Sehnen und Narben. Die eintätowierten Bilder. Die Tropfen, die über seine Haut rannen, die Sandkörner und die Härchen auf seinen Unterarmen, weiß vom Salz.

Wenn er über seinen Büchern saß, das Gesicht angespannt und müde, war er der gelehrte Chirurg; doch wenn sie wie jetzt seinen hochgewachsenen, schmalen Körper in seiner Gänze betrachten konnte und dazu den spöttischen, manchmal sogar fröhlichen Ausdruck seiner Augen genießen durfte, dann war er der Korsar, und sie konnte den Traum weitertreiben, hinaus auf ein Schiffsdeck, hinein in ein Gefecht. Sie musste sich nicht fürchten, denn der Traum machte sie beide unverwundbar.

Thierry rollte sich herum, griff nach ihr und zog sie zu sich hinunter. An seiner Seite streckte sie sich aus. Sein Gesicht war ganz nah. Seine Lippen öffneten sich. Es war ein Traum, und so störte sie keine Erinnerung an das, was Poupinel mit ihr getan hatte. Bei ihm war alles gut und richtig. Thierry strich ihr über die Schläfe, die Wange, berührte mit dem Zeigefinger ihren Mund. Sie öffnete die Lippen, umschloss seinen Finger und lutschte daran. Woher wusste sie, dass man solche Dinge tun konnte? Er lachte, machte eine spöttische Bemerkung – der genaue Wortlaut wollte ihr nicht einfallen, denn es war ja *ihr* Traum, und sie besaß nicht seinen Humor. Dann umfasste er ihren Hinterkopf und küsste sie. Ihre Empfindung war undeutlich, denn bis auf jenen Augenblick im Hospital, als sie ihn überrumpelt hatte, besaß sie keine Erfahrung in solchen Dingen. Aber sie hörte umso schärfer das Rauschen der Brandung, welche die Felsen und den Strand und ihrer beider Füße umspülte.

Das Trommeln des Regens auf das Dach zwang Noëlle in die Wirklichkeit zurück. Plötzlich kam ihr alles albern vor. Falsch und dumm. Sie sprang hoch und machte vier Schritte; mehr erlaubte der Raum nicht. Vier zurück, wieder vier vor. *Dumm!* Als ob Thierry sich jemals mit ihr im Sand wälzen würde. Da nahm ja noch eher der ‹Prinz› Joséphine mit nach Frankreich und setzte ihr die Krone der Kaiserin aufs Haupt, wie einstmals Napoléon seiner Joséphine Beauharnais.

Es war bereits dunkel geworden, als man Seth ein Billet übergab. Er wurde gebeten, den Gouverneur aufzusuchen. Hastig zog er sich ein frisches Hemd und seine Uniformjacke an und machte sich auf den Weg. Ein Fackeljunge leuchtete ihm den Weg. Da die tropische Nacht lang war, waren die Fenster der meisten Häuser erhellt. Nicht verwunderlich, dass Kerzen ein begehrter Artikel im Laden der La Geraldys waren. An den Ravenalas erwartete ihn ein Diener mit einem fünfarmigen silbernen Leuchter; er führte ihn durch den kleinen Park zum Pavillon, und Seth befürchtete schon, vor die Gattin des Hauses treten zu müssen. Doch es war Quéau de Quinssy, der sich aus einem der gepolsterten Korbsessel erhob und ihn mit ausgebreiteten Armen empfing.

«Wie schön, Monsieur le Docteur, dass Sie es heute noch einrichten konnten. Ich bitte um Entschuldigung, dass ich Ihnen wegen dieser leidigen Sache kostbare Zeit raube.»

«Guten Abend, Exzellenz.» Seth verbeugte sich. «Wie ist Ihr Befinden?»

«Danke der Nachfrage, gut. Ich habe den Eindruck, dass es mir bekommt, mich im Freien aufzuhalten. Sie haben doch nichts dagegen, dass wir uns hier ein wenig nonchalant unterhalten? Nehmen Sie Platz, ganz wo es Ihnen beliebt. Oder sollen wir ein Stück durch den Garten laufen?»

«Später vielleicht.» Seth setzte sich zwischen zwei indisch anmutende Kissen in einen Sessel, der unter seinem Gewicht knarrte. Die stillen Helfer waren sofort zur Stelle, ihn mit Fruchtsaft, Palmwein und in Kokosfleisch gewälztem Gebäck zu versorgen. Schnüre mit bunten Papierlampions waren von Baum zu Baum gespannt. Laternen erhellten die Loggia und die Freitreppe. Aus einem der Fenster des Obergeschosses drangen die schrillen Laute einer gequälten Violine und dazu die mahnende Stimme der Gattin des Hauses; vermutlich plagte sich wieder eine der Töchter mit Geigenunterricht.

«Ich hoffe, das Clavichord macht Ihnen Freude und verschafft Ihnen Entspannung», sagte der Gouverneur. «Ein wenig zumindest.»

«Ich bin froh, es zu haben», entgegnete Seth. Das war die Wahrheit. Das Instrument hatte ihm geholfen, sich abzulenken. Nicht an Noëlle denken zu müssen. Vielmehr, an Noëlle auf eine Art zu denken, die mit der Wirklichkeit nichts gemein hatte: Er hatte sich ausgemalt, Seite an Seite mit ihr am Strand entlangzuschlendern, ganz so, wie er es mit Hélène getan hatte.

«Das freut mich, sehr schön. Ich möchte mich noch einmal in aller Form für meinen heutigen Fauxpas entschuldigen, Monsieur Carnot ...»

«Wovon sprechen Sie?»

«Davon, dass ich Sie heute Vormittag in so schlechte Stimmung versetzte.»

Seth schüttelte den Kopf. Ihm wollte dazu nichts einfallen; sein Repertoire an derlei Floskeln war erschöpft. «Exzellenz, bitte – haben Sie eine Lösung für das Problem gefunden?»

«Ja.» Quinssy öffnete ein Kästchen und entnahm eine dicke Zigarre. Genüsslich roch er daran. «Fangen wir mit Noëlle an: Poupinel hat auf eine Anklage verzichtet und die Entschädigung akzeptiert, die Hodoul ihm geboten hat. Die fällt allerdings deutlich gesalzener als ursprünglich aus:

drei Sklaven, eine Liste von Gütern – unter anderem eine Kiste mit Palmwein und zehn Séchellennüsse – und auch Geld. Damit ist der Abschreckung Genüge getan, denn nur Hodoul ist imstande und willens, mit einer solchen Summe für einen seiner Sklaven zu haften.»

Seth konnte nicht anders; er stützte die Ellbogen auf die Knie und barg das Gesicht in den Händen. So hielt er eine Weile still, bis er wieder ruhig atmen konnte. Er straffte sich. «Es freut mich, das zu hören», sagte er mit belegter Stimme.

«Was wiederum mich freut. Mögen Sie auch eine Zigarre?»

«Nein, danke. Sie wird also nicht bestraft?»

Quinssy neigte sich über das Teetischchen und entzündete die Zigarre an einer Kerze. Tief sog er den Rauch ein. «Sie darf für drei Monate nicht mehr im Hospital arbeiten. Auch nicht für mich oder die Hodouls kochen. Sie soll für alle sichtbar niedrige, schwere Arbeit tun; in den Plantagen soll sie arbeiten. Es dient lediglich dem Anschein, dass sie nicht straffrei ausgeht; verstehen Sie?»

Seth nickte. Er verstand, und trotzdem gefiel ihm nicht, dass Noëlle erniedrigt werden sollte. Schließlich war sie unschuldig. «Sie sind also entschlossen, die Operation noch drei Monate aufzuschieben?»

«Was hat meine Operation damit zu tun, Monsieur Carnot?»

«Nun, es braucht jemanden, der mir zur Hand geht. Und zwar, um es genau zu sagen, die Sonde festhält, nachdem ich sie in Ihre Blase eingeführt habe. Sie erinnern sich an meine Ausführungen, Exzellenz? Es braucht eine zarte, ruhige Hand, die weiß, was sie tut, und der ich vertraue. Die weder gefühllos noch erschöpft ist von irgendeiner sinnlosen Schufterei.»

Quinssy riss seine großen, blauen Augen auf, verschluckte sich an dem Qualm und hustete. «Ich wusste nicht, dass Sie dabei an Noëlle denken.»

Seth winkte ab. «Aber natürlich kann das auch Poupinel übernehmen. Oder Le Petit, der Zimmermann der *Bellérophon*. Er ist mir schon öfter zur Hand gegangen. Zwar bei Amputationen, aber … Ach, es wird schon gehen.»

Der Gouverneur glotzte ihn an. Und lachte auf. «Mir sagt man nach, gewieft zu sein. Wie mir scheint, sind Sie in dieser Disziplin kein Unbedarfter. Wenn Noëlle diese heikle Aufgabe übernimmt, ist ihre Strafe dadurch nur aufgeschoben; das ist Ihnen doch klar?»

Seth zuckte mit den Achseln. Ein Aufschub war zunächst besser als nichts. «Wissen die Sterne denn nun, wann Sie sich unters Messer legen sollen?»

«Bald, bald, Monsieur Carnot. Kommen wir nun zu Tortue. Er ist selbstverständlich nicht zu retten und wird durch Feuer gerichtet.»

«Das ist barbarisch!»

«Ja, das ist es. Wir haben zwar eine altersschwache Guillotine, aber derzeit keinen Henker, und in Port Louis jemanden anzufordern, können wir uns bei den jetzigen wirren Verhältnissen sparen.»

«Warum erschießt man Tortue nicht?»

«Auch unsere Soldaten sind keine Henker.»

«Eine Fackel in einen Scheiterhaufen zu stecken, ist also alles, wozu die Männer hier fähig sind?»

«Sie sind Mediziner. Wenn Sie es übernehmen, Tortue zu exekutieren, wäre ich Ihnen sehr verbunden.»

Seth beeilte sich, sein Glas Palmwein zu leeren. Dass er sich aus Alkohol nichts machte, ließ sich auf dieser Insel leicht vergessen. Hatte Poupinels moralischer Abstieg ähnlich begonnen? Ein Schauder rann ihm den Rücken hinunter, und er schüttelte sich. «Ich tue es», sagte er rasch, bevor er es sich anders überlegen konnte. An die Konsequenz dieser Zusage, wenn er sich hier dauerhaft niederließ, wollte er jetzt nicht denken. «Was ist mit Hugo? Und sagen Sie bitte nicht, dass auch er zum Tode verurteilt wurde.»

«Nein, er wird nach Praslin verbannt. Dort gibt es unter der Aufsicht meines Schwiegersohns einige wenige Siedler, die Boote bauen. Bei einem von ihnen wird er bleiben bis an sein Lebensende.»

«Ich verstehe nicht. Ist er unschuldig, darf er doch nicht bestraft werden. Und wenn er schuldig ist, müsste er nach dem Gesetz sterben.»

«Ganz recht.»

War dies das Recht, das sich die französische Nation während der Revolution erkämpft hatte? Oder jenes, das Napoléon in seinem Gesetzeswerk erarbeitet hatte? Nein, es war allein der Wille des Gouverneurs Quéau de Quinssy, seines Zeichens Herrscher eines winzigen Operettenstaates irgendwo in den Weiten des Indischen Ozeans. Das Wohl der Kolonie zählte. Allein ihr Wohl.

In das erbarmungswürdige Geräusch der Violine mischte sich das Quieken eines Flughundes. Beides zerrte an Seths Nerven, und er wünschte sich, einfach aufspringen und sich ins erfrischende Meer stürzen zu können.

«Um noch einmal auf Noëlle zurückzukommen …», sagte er erschöpft. «Was soll mit ihr geschehen, bis sie ihre Strafe antreten wird?»

«Ich denke, es wird das Beste sein, wenn man sie wegsperrt.»

«In diesem Loch von einem Gefängnis?», fuhr Seth auf.

«Aber nein. Bei den Hodouls bewohnt sie eine kleine Kammer; das dürfte ausreichen. Nur werden Sie leider so lange auf ihre Dienste verzichten müssen. Ich hoffe, Sie sehen das ein.»

Seth nickte. So war sie wenigstens den Augen Poupinels entzogen. Dass er selbst für unbestimmte Zeit auf ihre Gegenwart verzichten musste, traf ihn hart. Aber er sollte dankbar sein – sie durfte leben.

«Exzellenz … bitte überlassen Sie es mir, Noëlle davon zu unterrichten.» Er fürchtete sich jetzt schon davor, ihr sagen zu müssen, dass sie ihren Onkel nie mehr wiedersehen würde. Aber diese schwere Aufgabe wollte er keinem anderen überlassen. Wem auch? Wie es aussah, war er, der fremde Schiffsarzt, der einzige Halt, den sie noch besaß.

«Selbstverständlich, Monsieur le Docteur.»

* * *

Fast das ganze Jahr hindurch kleideten sich die Siedler leger, wie sie es nannten. Die Hemden locker über den üppigen Bäuchen; Kniebundhosen, deren Schnallen und Knöpfe an den Seiten oftmals bequem offen standen. Die beliebten Palmblatthüte und gelegentlich eine hübsche Weste. Bei den Frauen war es nicht verpönt, unterhalb der stets züchtigen und bodenlangen Baumwollkleider gelegentlich auf ein Korsett oder eine Schnürbrust zu verzichten. Hier zeigte man Macht und Reichtum mit der Anzahl seiner Sklaven oder der aufwendigen Verzierung seiner Sänfte, in der man sich herumtragen ließ. Es gab jedoch Tage, an denen man seine Kleidertruhen plünderte und sich in großer Toilette präsentierte. Der Jahrestag der Inbesitznahme der Séchellen durch Capitaine Morphey anno 1756 – der Stein der Besitzergreifung im Schlossgarten zeugte davon – war ein solcher Tag. Der Geburtstag seiner Exzellenz Quéau de Quinssy und natürlich der des Kaisers Bonaparte wurden stets gefeiert. Ebenso der Jahrestag des Föderationsfestes, als der später hingerichtete Louis XVI. einen Eid auf die neue Verfassung geschworen hatte, auch wenn sich hier kaum jemand für die einstmals errungenen Ideale der *liberté, egalité, fraternité* interessierte.

Und dann gab es noch eine ganz andere Art von Feiertagen. Jene, an denen eine Hinrichtung stattfand.

Oft geschah das nicht – zuletzt vor einem Jahr, als Pompé qualvoll in den Flammen gestorben war, und in den Jahren davor Castor, der hoch oben in den Nebelwäldern ein lebenswertes Leben gesucht und nicht gefunden hatte.

Weder den einen noch den anderen hatte Noëlle sterben sehen. Während jener grauenvollen Minuten war sie damit beschäftigt gewesen, das Abendessen für Monsieur Hodoul zuzubereiten, dessen Appetit unter dem Anblick der brennenden Männer keineswegs gelitten hatte. Sklaven waren nicht verpflichtet, einen der ihren sterben zu sehen. Zum einen wollten die Pflanzer nicht, dass alle Arbeit liegen blieb; zum anderen sollte vermieden werden, dass so viele Sklaven an einem Ort beisammen waren und die Funken des Feuers aufrührerische Gedanken in ihnen entfachte. Wer wollte, durfte aber kommen, und so stand Noëlle in einem Grüppchen jener Schwarzen, die Tortue gekannt hatten. Sie hatte das schlichtere ihrer beiden Kleider gewählt, das weiße mit den breiten Trägern und dem knöchellangen Saum. Die Haare trug sie offen und ungekämmt – dies erschien ihr angemessen. Sie sehnte sich danach, eine Hand zu umfassen. Doch Poupinels Feldsklaven – vier Männer und zwei Frauen – straften sie mit Verachtung. Die beiden Haussklaven waren gar nicht erst erschienen. Also wäre es ohnehin allein Hugos verbliebene Hand, die ihr hätte Tröstung verschaffen können. Und die Carnots.

Doch beide waren für sie unerreichbar.

Am Morgen hatte sie am Hafen Abschied von ihrem Onkel genommen. Er hatte sie geherzt und geküsst und mit dem rauen Handrücken die Tränen von ihren Wangen gestrichen.

Um mich musst du dich nicht sorgen, liebes Kind, hatte er lächelnd gesagt. *Praslin ist so schön. Es ist die Heimat der coco de mer. Der Geist der Séchellennuss lebt in einem wunderschönen, geheimnisumwobenen Tal. Er wird über mich wachen, denn ich werde aus den Nussschalen schönes Geschirr schnitzen; mehr gibt man einem alten, versehrten Mann wie mir doch nicht zu tun. Und wenn ich dabei am Strand sitze, werde ich zu Mahé hinüberschauen und dich sehen.*

Dieser alte, liebe Narr. Von Praslin aus konnte man nicht einmal ein Schiff im Hafen sehen.

Er war in eine Piroge gestiegen; und während das Schiff fortgesegelt war, hatte er sich ans Heck gestellt und gewinkt. Noëlle hatte es geschafft, aufrecht zu stehen, bis das Segel nur noch ein heller Punkt auf dem Wasser gewesen war. Dann war sie in sich zusammengesunken, hatte die Arme um die Knie geschlungen und geweint. *Wozu hat Thierry Carnot ihn gerettet?*, schickte sie ihre bittere Klage an die Ahnengeister. Für dieses Los? Denn natürlich würde Hugo schuften müssen, bis er abends völlig verausgabt auf seine Matte sank und irgendwann nicht mehr aufstehen konnte. Es war ungerecht. Ungerecht! Hugo, der ihr als Kind ihre Tränen getrocknet hatte … Der ihr angeboten hatte, sie Onkel zu nennen – der einzige Mensch, der bereit gewesen war, ihr die Familie zu ersetzen. Schreien hatte sie wollen, schreien, was die Kehle hergab, schon als Carnot es ihr gesagt hatte. Er hatte sie an den Schultern gepackt, geschüttelt, dann an sich gezogen und für eine Weile festgehalten. Welch eine schöne Geste, und welch ein hässlicher Anlass …

Seht nur, Noëlle, die Stolze. Die immer geglaubt hatte, ihr gehe es besser. So hatte sie geglaubt, dass die Siedlerinnen in ihrem Rücken tuschelten, während sie auf den Knien gekauert hatte. Gehört hatte sie nichts. Doch sie war sich völlig sicher. *Jetzt liegt sie auch im Dreck.*

Ihre Wangen hatten gebrannt vor Scham.

So auch jetzt.

«Hört, sie kommen», sagte ein Mann.

Eine Trommel schlug einen martialischen Takt. *Tamm-tammtammtamm-tamm. Tamm-tammtammtamm-tamm.* Es schien ewig zu dauern, bis der junge Trommler, der der Parade vorausging, in Sichtweite kam. Ihm folgten mehrere Sänften, von schwarzen Dienern in weißer Livree getragen.

Danach das kleine Dutzend von Lieutenant Dubois' Soldatentrupp; es führte den gefesselten Tortue in seiner Mitte. Auf Höhe des Hafens, zwischen La Geraldys Lädchen und dem Haus Michel Blins, kam der Zug zum Stillstand. Hier hatte man ein Podest gezimmert und den Behandlungstisch aus dem Hospital aufgestellt, und hier hatten fast alle Siedler und die Mannschaften der *Bellérophon* und der *Iphigénie* entlang der Straße Aufstellung genommen. Auch die Commandanten Mullié und Bonnet waren da. Nur wenige glänzten mit Abwesenheit, unter anderem Poupinel. Sorgsam ließen die Träger die Sänften ab, und die Diener öffneten die Schläge. Den Tragstühlen entstiegen jene, die Tortue zum Tode verurteilt hatten: der Gouverneur als Gerichtspräsident, die Messieurs Le Roy und Hodoul als Stellvertreter sowie der Notar Dumont. Und der Mann, der das Urteil vollstrecken sollte.

Thierry Carnot.

Fast hätte Noëlle ihn nicht wiedererkannt. Heute hatte er sein langes, dunkelblondes Haar nicht nur im Nacken zusammengebunden, sondern sogar geflochten. Die schwarze Schleife war gebügelt, die Rüschen seines Hemdes gestärkt. Um den Kragen hatte er ein blütenweißes Halstuch geschlungen. Bei dem Brokatfrack aus rosafarbener Seide mit gewebten Rankenornamenten handelte es sich um eine Leihgabe Monsieur Le Roys, der dieselbe schmale Statur besaß. Die Herren, ebenso die Soldaten, hatten ihre besten Uniformen und Zweispitze auf Hochglanz bringen lassen, und sogar die alten Musketen von Dubois' Trupp waren gewichst und poliert.

Zwei Soldaten fassten Tortue, der nur eine einfache

Kniehose trug, an den Oberarmen und führten ihn zu dem Podest. Er sträubte sich nicht, doch als er hinaufsteigen wollte, stolperte er über seine nackten Zehen und schlug hart auf die Knie. Ohne Hast halfen ihm die Männer auf. Sie wirkten befangen; man sah ihnen deutlich an, dass sie, obschon Soldaten, nicht gewohnt waren, jemanden in den Tod zu führen. Als sie die oberste Stufe erreicht hatten, bedeuteten sie Tortue, sich auf den Tisch zu legen. Dem kam er mit zittrigen Bewegungen nach. Auch als sie seine Hand- und Fußgelenke mit den Gurten fixierten, wehrte er sich nicht. Vielleicht hatte Monsieur Carnot ihm Laudanum gegeben. Oder er weigerte sich zu begreifen, was ihm geschah. Er war jung, viel zu jung; wie sollte er das Leben und das Sterben in seiner ganzen Tragweite erfassen können? Oder aber er wusste es ganz genau. Vielleicht hatte er seine Familie sterben sehen. Woher sollte sie, Noëlle, die selbst das Leben so wenig kannte, das wissen? Er hatte es ihr nie erzählt.

Die Soldaten traten zurück; einer klopfte auf Tortues Schulter, bevor er sich entfernte. Dann betrat der Notar das Podest. Er zog eine schwarze Kladde unter seiner Achsel hervor und klappte sie auf. Noëlle wusste, dass er sich anschickte, Anklage und Urteil zu verlesen. Doch kaum hatte er begonnen, verdüsterte sich der Himmel, und kräftiger Regen setzte ein. Die Damen öffneten ihre Schirme; die Herren ließen sich trotz ihrer feinen Kleidung durchnässen. Notar Dumont plagte sich nicht damit ab, gegen das laute Prasseln anzukämpfen. Ruhig verlas er seinen Text und verließ dann das Podest; wahrscheinlich hatten ihn nur die Nächststehenden verstanden.

Eine unerträglich lange Zeit geschah nichts. Erst als Hodoul die Schulter des Docteurs berührte, trat dieser an den Tisch.

Der wieder einsetzende Trommelwirbel zerrte an Noëlles Nerven. Carnot legte ein Etui neben Tortues Beinen ab und öffnete es. Was er dann tat, entzog sich ihren Blicken, da er mit dem Rücken zu ihr stand. Sie schwankte und kämpfte verzweifelt darum, aufrecht stehen zu bleiben. Leicht vornübergebeugt stand Thierry Carnot da; der Regen rann ihm aus dem Zopf, tanzte auf seinen Schultern und ließ den schwarzen Leib Tortues glänzen. Die Versammelten schwiegen, und trotz des Trommelns und Prasselns und Rauschens kam es Noëlle vor, als herrsche Totenstille. Sie sah den Docteur hantieren; offenbar öffnete er soeben mit einem Skalpell Tortues Hand. Der Sklave hatte den Kopf zur Seite gedreht und starrte in weite Fernen. Kein Tropfen Blut ging zu Boden des Podests, denn eine Schale stand bereit. Die Glieder des Sklaven begannen zu zittern. Es gab keinen Priester, der ihm hätte die Hand halten und ihn segnen können – Tortue starb so einsam, wie er gelebt hatte. Noëlle ersehnte sich den Mut, zu ihm zu gehen. Sie fand ihn nicht. Allmählich wich die Spannung aus seinem Körper. Es war Thierry, der schließlich die Hand des Sterbenden ergriff und die andere an seine Schläfe legte. *Ich danke dir*, dachte sie, und ebenso: *Ich danke dir dafür, Tortue, dass du mir beigestanden hast.*

Carnot verließ das Podest. Sein nasses Gesicht war steinern. Der Regen nahm noch zu und zerstreute die Menge. Monsieur Hodoul war der Erste, der zu seiner Sänfte eilte. Er entdeckte Noëlle und bedeutete ihr, ihm zu folgen.

266

«Du weißt, dass du dich in der nächsten Zeit nicht in der Siedlung blicken lassen darfst.»

«Ja, Monsieur Hodoul.»

«Also komm.»

Mit gesenktem Kopf tappte sie neben den Sänftenträgern her, dem Regen dankbar, dass er ihre Tränen verbarg.

4.

Der Regen hatte sich zu einem Sturm ausgeweitet. Zu einem verheerenden Zyklon. Alle Häuser hatte er zum Einsturz gebracht, sämtliche Bäume entwurzelt und die Sträucher herausgerissen. Eine Flut ergoss sich über das Land. Welches Land? Seth, der sich durch den kniehohen Morast kämpfte, wusste es nicht. War dies die Insel Mahé? Oder die Insel Großbritannien? Er sah in einer wassergefüllten Grube eine Frau auf dem Rücken treiben; ihre tiefbraune Haut zeichnete sich scharf vom hellen Grau des Himmels ab. Er stürzte in die Grube und packte ihre Schultern. War es Noëlle? Als er sie schüttelte, sprangen ihre Augen auf, zeigten leere Höhlen. Bess, es war Bess. Seine Schwester, der er nicht hatte beistehen können. Verflucht seist du, Vater, warum hast du mir nicht geholfen? Ich hätte bei euch sein können … stattdessen bin ich zum Töten gezwungen. Noëlle, vergib mir. Komm, erhebe dich. Ich brauche dich. Doch sie bewegte sich nicht. Tief kniete er sich nieder in das schlammige Wasser, umarmte sie und versuchte sie herauszuziehen. Er kam gegen den Sog nicht an. Finstere Kräfte zerrten an ihr. Alles war kalt und schwer, das Wasser eine schleimige Masse. Sie drang ihm in Mund und Nase, machte ihm das Atmen fast unmöglich …

«Du träumst unruhig, Chéri.» Jemand klopfte gegen seine Wange. «Komm, wach auf.»

Seth tat einen tiefen Atemzug und zwang die bleischweren Lider auseinander. Kein Sturm, kein Wasser, das ihn ersticken wollte. Natürlich nicht. Durch ein geöffnetes Fenster drangen Sonnenstrahlen. Sie schmerzten, und so wälzte er sich auf den Bauch und presste das Gesicht in das Kissen. Seine Finger ertasteten eine Kante aus Spitze. Eigenartig, ein solches Kissen besaß er nicht. Wer hatte da überhaupt geredet? Und – weshalb schmerzte sein Kopf so sehr?

Langsam und mühevoll trug er die Erinnerungen an den gestrigen Tag zusammen: die Hinrichtung mitten auf der Straße, die schweigenden, glotzenden Siedler vor den Häusern; der lästige Regen, der ihm die Arbeit erschwert hatte; das furchterfüllte Gesicht des Sklaven. Das Skalpell in seiner Hand ... Er zerrte das Kissen unter sich hervor und drückte es sich mit beiden Händen auf den Hinterkopf. *Was soll's*, dachte er. Viele Menschen waren ihm auf dem Operationstisch verstorben. Tortue war nur einer mehr gewesen.

Aber es sich auf diese billige Art aus der Seele herauszureden, war ihm gestern schon nicht gelungen. Wie auch, er hatte noch niemals ein ärztliches Instrument benutzt, um einen Menschen zu töten. Ja, selbst in einem Seegefecht hatte er Degen und Entermesser nur verwendet, um sich zu verteidigen. Er war kein Held und auch kein Mörder.

Gott, verzeih mir.

Nachdem er Tortues Tod offiziell festgestellt hatte, war er von dem Podest gestiegen und prompt auf den Commandanten der *Iphigénie* getroffen – einen alten Mann mit unangenehm prüfendem Blick, dem sich Seth rasch hatte entziehen wollen. Erleichtert hatte er Mullié in der Menge bemerkt, der ihm eifrig zuwinkte, und gemeinsam hatten sie den Weg fortgesetzt – hin zu einem Ziel, das unvermeidlich gewesen war.

Das Kissen wurde ihm aus den Händen gezerrt. «Thierry …» Fingerspitzen streichelten sanft seine Wange. «Ist alles gut mit dir?»

Er rollte sich auf die Seite und blickte in die hellgrünen Augen Félicités. Sie war doch Félicité? Oder Eugénie? Nein. Anaïs auch nicht, da war er sich sicher; mit ihr war Mullié in einer anderen Kammer verschwunden. Félicités zerzauste, dunkelbraune Haarpracht verbarg nicht ihre Brüste, deren verführerische, von einem Korsett hochgedrückte Spitzen in die Nähe seines Mundes gerieten, als sie sich zu ihm herabbeugte. Sie duftete nach Frau und ein wenig nach Schweiß, doch nicht, wie er es erwartet hätte, nach süßem Parfüm. Wahrscheinlich verirrte sich solch ein Luxusartikel selten hierher und dann eher in die Hände der reichen Pflanzersgattinnen. Sie strich ihm die verschwitzten Haare aus der Stirn und wickelte eine Strähne um ihren Finger.

«Chéri, ich habe die Nacht so sehr genossen. Du warst wundervoll!», säuselte sie.

Seine Glieder schmerzten, als er sich aufsetzte. Jetzt erinnerte er sich, auch von Wapping geträumt zu haben. Von Madam Bracketts Bordell, in dem Helen früher gearbeitet hatte. Im Schlaf hatte ihn die Furcht erfüllt, wie damals niedergeschlagen und verschleppt zu werden. Er rieb sich das Gesicht und die Haare aus der Stirn und gähnte herzhaft. «Das ... freut mich zu hören», murmelte er, ohne sich recht entsinnen zu können, was er getan hatte. Gesoffen, o ja. Rum und Palmwein und irgendeinen grässlichen Schnaps. Alles war ihm recht gewesen, solange es vergessen half. Notfalls auch der Körper einer Hure. Er bezweifelte jedoch, dass er etwas zustande gebracht hatte, was eines besonderen Lobes wert gewesen wäre.

«Du hast im Schlaf geredet.» Félicité sank an seiner Seite nieder und hob ein Bein in die Luft, um sich hingebungsvoll daran zu kratzen. Unterhalb des Korsetts war sie nackt. Ihr herber Duft, als sie die Schenkel spreizte, drang ihm unangenehm in die Nase.

«So, was denn?» Er hoffte, unbefangen zu klingen.

«Ich habe es nicht verstanden.»

«Wieso, war's eine fremde Sprache?»

«Ach, halt irgendein Gestammel. Mehr als ‹Maman› versteht man doch meistens nicht.» Sie kicherte. «Matrosen rufen oft im Schlaf nach ihrer Mutter, hast du das gewusst?»

Er schüttelte den Kopf, was ein unangenehmes Stechen hervorrief. «Ich habe ganz bestimmt nicht nach meiner Mutter gerufen.»

«Bitte entschuldige. Was möchtest du frühstücken, Chéri? Oder ist es dir noch zu früh?»

Was sollte dieses ‹Chéri›? Er hieß doch nicht Jean François Hodoul, und sie war nicht Madame Olivette. «Ein Muntermacher wäre mir recht», antwortete er. Nein, eigentlich war ihm dieser schmerzende, pelzige Zustand, der irgendwann gestern Abend begonnen hatte, sich seines

Kopfes zu bemächtigen, viel lieber, denn er erschwerte das nutzlose Nachdenken. Gehorsam sprang Félicité aus dem Bett. Tänzelnden Schrittes ging sie zu einer schmalen Tür, wo sie sich noch einmal umwandte und ihm zuwinkte.

Als sie fort war, atmete Seth erleichtert auf. Er hätte sie jedoch zuallererst um ein wenig Wasser bitten sollen, denn in seinem Mund nistete ein grauenhafter Geschmack. Er blickte sich um. Zu beiden Seiten des breiten Bettes gab es ein Nachttischchen, an einer Wand ein Canapé und an der anderen einen halb geöffneten Paravent, über dem Félicités Chemise und ihr geblümtes Samtkleid hingen. Worin der Sinn lag, sich erst hinter einer Wand zu entkleiden, um dann nackt über ihn herzufallen, wollte sich ihm nicht erschließen. Mullié würde es gewiss erklären können; bestimmt hatte er solche Dinge in der Akademie des Savoir-vivre gelernt. In einer Ecke des üppig mit Tüchern und Kissen dekorierten Boudoirs entdeckte er ein Lavabo. Er schälte sich aus den verschwitzten Laken und wankte darauf zu. Das Wasser in der Emailschüssel machte einen frischen Eindruck, also hob er begierig einige Handvoll an den Mund. Als er sich wieder umdrehte, entdeckte er auf dem Boden, halb unter dem Bett verborgen, seine Kleider. Sogar der kostbare Brokatrock aus Monsieur Le Roys Garderobe lag achtlos hingeworfen. Er hob das gute Stück auf, schüttelte es aus und legte es halbwegs ordentlich über eine Stuhllehne.

Also war er gestern auf geradem Wege von der Hinrichtungsstätte in dieses Bett gelangt, eventuell mit einem kleinen Umweg über den kommoden Diwan im Erdgeschoss. *Schande über mich.* Er hockte sich auf die Bettkante und legte das müde Gesicht in die Hände. Noëlle. Hatte sie Tortues Tod zugesehen? Er konnte sich nicht erinnern, sie unter den Anwesenden entdeckt zu haben; zu sehr war er damit beschäftigt gewesen, sich innerlich abzuschotten. Was jedoch trotz der Kopfschmerzen mit aller Klarheit zurückkehrte, war die Erinnerung an jenen Augenblick, da er sie zuvor in der Gefängnishütte in die Arme geschlossen hatte.

Welch ein berauschender Augenblick ... Eine sanfte Berührung, mehr nicht, doch dazu angetan, Nächte wie diese um ein Vielfaches aufzuwiegen. Und er fühlte sich schuldig. Als habe er sie durch sein Tête-à-Tête mit Félicité beleidigt. Dabei wäre es ihr, wüsste sie davon, wahrscheinlich entsetzlich gleichgültig.

Herrgott, Seth, was denkst du dir überhaupt? Noëlle war eine Sklavin. Das Eigentum eines anderen Mannes. Ob Monsieur Hodoul jemals Hand an sie gelegt hatte? Kaum, der liebte seine Olivette über alles und interessierte sich nicht für andere Brüste. Ja, solche Herren gab es. Doch Poupinel? Der war ... Nein, bei ihm gab es bedauerlicherweise keinen Grund, weswegen er sich *nicht* an seinen Sklaven vergreifen sollte.

«Verdammt.» Der Länge nach ließ Seth sich auf das Bett fallen. «So schlecht kann es mir gar nicht gehen, dass ich die Grübelei bleiben lassen könnte.»

Félicité kehrte zurück, ein Frühstückskörbchen an der wiegenden Hüfte. Im Schneidersitz hockte sie sich neben ihn und platzierte den Korb zwischen den Schenkeln. In dieser Haltung ließ sich jedes einzelne ihrer Schamhärchen zählen, und er sah unwillkürlich genauer hin.

«Guckst du, ob ich sauber und gesund bin, Docteur?»

«Verzeihung.»

«Du darfst es gerne gleich noch einmal überprüfen», kicherte sie. «Die Brötchen sind aus gutem Weizenmehl – von dem englischen Schiff, das neulich seine Aufwartung machte. Ebenso diese Marmelade.»

Er riss eines der winzigen Brötchen in zwei Hälften und tunkte die Stücke nacheinander in die dunkle Marmelade, die ihm viel zu süß vorkam. Félicités Kopf schnellte vor; sie leckte über seinen Mund und das halbe Gesicht.

«Du hast dich bekleckert, Chéri», lachte sie.

«Gibt's auch Tee?», fragte er indigniert.

«Kaffee!», kam es von der Tür her.

Mullié trug ein Tablett, auf dem er eine Zinnkanne und zwei Porzellantassen balancierte. Den freien Arm hatte er um Anaïs' Taille gelegt. Seine Favoritin trug ein Negligé mit zartem Spitzenbesatz, er jedoch – nichts. Nackt wie Gott und seine Eltern ihn geschaffen hatten, von zwei tanzenden Nixen auf der behaarten Brust und anderem maritimen Schmuck abgesehen, verbeugte er sich vor Seth und Félicité und bot ihnen das Tablett dar. «Dazu frische Kuhmilch, Verehrtester?»

«Kuhmilch?»

Mullié hob ein Kännchen, und auf Seths Nicken goss er ein wenig in die Tasse und ein wenig mehr in die andere; offenbar kannte er bereits Félicités Vorlieben. «Sehr, sehr kostbar, mein Lieber! Fast so kostbar wie das begehrte Gelee der Séchellennuss. Hodoul ist der Einzige, der eine kleine Rinderherde besitzt: drei Tiere. Ich glaube, der Gouverneur hat auch noch eine Milchkuh. Und eine Stute, aber deren Milch verschwindet im Badewasser der feinen Damen. Genieß es, Freund.»

Seth kostete mit geschlossenen Augen. Besseren Kaffee als hierzulande hatte er selten getrunken.

«Wie geht's dir heute?», erkundigte sich Mullié. Seth sah zu ihm auf. Im stoppelbärtigen Gesicht des Franzosen las er Mitgefühl.

«Besser», erwiderte er, obwohl er nicht so empfand. «Ich danke dir.»

«Ha!» Mullié richtete sich wieder auf. «Ich weiß doch, was einem Mann guttut.»

«Ich meinte den Kaffee.»

«Natürlich, was sonst? Wenn du mich jetzt bitte entschuldigst … Mich rufen noch andere Verpflichtungen.» Er klopfte Anaïs aufs Hinterteil, die diese Aufforderung mit einem hingebungsvollen Seufzer kommentierte.

«Auf ein Wort noch, Jean», rief Seth ihm nach.

An der Tür drehte sich Mullié um. «Ich ahne, welches: Du willst wissen, wann wir unter Segel gehen.» Seine sonst so heitere Miene verdüsterte sich.

«Du kannst nicht länger auf den Capitaine warten.»

«Ich weiß …» Er zog Anaïs mit sich und verließ die Kammer.

Seth seufzte. Er hatte nicht ‹wir› gesagt, doch das war Mullié vermutlich nicht aufgefallen. *Wir versuchen uns beide zu einer Entscheidung durchzuringen und schaffen es doch nicht*, dachte er, während er in seine Tasse starrte. *Uns beide hat der alte Seemannsfluch erreicht: Wir drohen dem Zauber einer traumhaften Insel zu erliegen und uns in den Netzen schöner Meermaiden zu verheddern, wie weiland Odysseus in denen der Calypso.* War es wirklich nur die Hoffnung auf ein Ende seiner Flucht, die ihn erwägen ließ, hier auf Mahé zu siedeln? Oder trieb ihn ebenso der Wunsch, Noëlle zu beschützen? Es war jetzt nicht das Schlechteste für sie, im Hause der Hodouls allem Verdruss eine Weile entzogen zu sein. Doch danach wäre sie wieder Poupinels Launen ausgeliefert. Es sei denn, Hodoul, der durchaus nicht so leichtfertig war, wie es scheinen mochte, entzog ihr die Erlaubnis, im Hospital zu arbeiten. Was sie ebenso hart ankäme.

Bliebe er, Seth, jedoch im Hospital …

«Die Briten sagen: Ein Penny für deine Gedanken.» Félicité schmiegte sich an ihn. Er ließ geschehen, dass sie ihm die fast geleerte Tasse aus der Hand nahm. In seinem benommenen Zustand konnte er sich nicht erinnern, sie ausgetrunken zu haben. Rasch stellte Félicité das Tablett auf das Nachttischchen. «Komm, du wolltest doch einen Nachschlag.» Sie umschlang ihn und drückte ihn auf die Matratze. Der Korb kullerte mitsamt den restlichen Brötchen und dem Marmeladetopf zu Boden. Sie schob sich auf ihn, umklammerte seine Hüfte mit kräftigen Schenkeln und liebkoste mit Händen und Lippen seine Brust. «Oh, là là, du bist eine Augenweide. Woher stammt diese Narbe?»

«Entermesser», murmelte er.

«So sieht sie aber gar nicht aus.» Ihre Lippen wanderten weiter, fuhren sanft wie ein Windhauch über sein Gesicht. «Und diese dunkelblauen Punkte?» Ihre feuchte Zunge leckte über die Haut unterhalb des Auges.

«Tinte.»

«Du bist voller Geschichten.»

«Wie jeder, der zur See fährt.» Er hätte nicht sagen können, woran er es erkannte. Doch sie wusste, dass er log. Dessen war er sich völlig sicher. Und plötzlich fühlte es sich an, als raune ihm eine Stimme zu: *Du kannst es nicht ewig weitertreiben. Bald wirst du dir das Genick brechen.*

«Du bist ein wundervoller Mann, Docteur. Deine Chirurgenhände wissen auf dem Musikinstrument einer Frau zu spielen. Komm, du darfst das Stück noch einmal anstimmen. Und ich singe dir ein Lied dazu.»

Sie führte seine Hand zwischen ihre Beine. *Das* also hatte er heute Nacht mit ihr getan, unter anderem? Erneut versuchte er sich auf das Spiel einzulassen, umfasste mit der Linken ihren Nacken, zog sie heran und küsste sie. Doch was er schmeckte, sagte ihm nicht zu, und sein Körper reagierte nur zögerlich. Es fehlte der Alkohol, doch allein der Gedanke daran tötete jegliches Lustgefühl vollends ab. Eilig schob Seth sich unter ihr hervor und schlüpfte aus dem Bett.

«Ach, Chéri», maunzte sie enttäuscht, was sie vielleicht gar nicht war.

«Es war schön mit dir», sagte er entschuldigend und ohne jede Überzeugung in der Stimme, während er begann, seine Kleider aufzuraffen. Er schlüpfte in die Kniebundhosen; den Rest warf er sich über die Schulter. Er musste hier heraus; jede dumme Ausrede war ihm recht. «Aber ich muss Le Roy den Frack zurückbringen.» Und Hodoul das teure Halstuch; dabei, so hoffte er, würde er Noëlle sehen können. Vielleicht sogar mit ihr reden, wenngleich er keine Ahnung hatte, was. Egal. Man würde weitersehen, von Tag zu Tag, von Augenblick zu Augenblick. Wie er es schon sein Leben lang tat. Bis er sich irgendwann das Genick brach.

5.

Noëlle freute sich, dass das Schäfchen die Sternfrucht ohne
Zögern oder Furcht an sich nahm. Sie konnte sich nicht erklären, weshalb dieser wunderschöne, eigentlich äußerst
scheue Vogel auf Praslin in die Arme der Hodouls gelaufen
war. Vielleicht war Agneau ein Geschenk der Geister? Das
Schäfchen war ihr in dieser Zeit ein kleiner Trost. Wenn er
seine Possen riss, durfte sie sich wie ein junges Mädchen
fühlen, das noch daran glaubte, es könne alles gut ausgehen.

Es ist ja alles gut, hatte Madame Hodoul gesagt. Und ihr
über das Haar gestrichen. Nichts war gut. Ein Mann war
ihretwegen gestorben; ein anderer musste allein im Hospital zurechtkommen. Und sie – sie musste darauf verzichten, für ihn zu arbeiten. An seiner Seite zu sein.

«Du machst aber eine Sauerei», schalt sie den schwarzen
Papagei. «Denk daran, dass ich nicht einfach hinunterge-
hen und einen Lappen holen darf.»

Ja, nicht einmal das. Monsieur Hodoul hatte gesagt, es
sei zu ihrem Besten, wenn sie die Kammer nicht verließ.
Damit sich niemand beklagen könne, sie sei nicht hart genug bestraft worden. Savate kümmerte sich um sie. Der alte
Sklave brachte ihr das Essen und trug ihre und des Papa-

geien Hinterlassenschaften hinaus. Noëlle hatte sich den Vogel erbeten; er war ja ihrer, und unten im Salon hatte sie nichts von ihm. Doch sie schämte sich, ihm zuzumuten, dass sein Gefängnis hier in dieser winzigen Dachkammer ein noch kleineres war. Sie wünschte sich, den Mut zu haben, seinen geöffneten Käfig an das winzige Fenster zu stellen. Ja, es fehlte ihr an Mut. Und selbst wenn sie ihn besäße, was täte sie dann? Hinauslaufen – verschlossen war ihre Kammer nicht – und allen ins Gesicht schreien, wie grausam die gestrige Ungerechtigkeit gewesen war?

«Ich würde schreien: Wo sind denn diese seltsamen Dinge, die ihr ‹Freiheit, Gleichheit, Brüderlichkeit› nennt? Aber dann würden die Herren sagen: Das haben wir nun davon, dass wir sie so nah an uns heranließen, wenn sie uns ihr Curry servierte. Da hat sie sich unsere philosophischen Gespräche gemerkt. Es hat schon seine Richtigkeit, dass man die Schwarzen nichts lehrt. Ja, das würden sie sagen.»

Das schwarze Schäfchen schwieg dazu. Das Schäfchen? Er hieß Zanahary. Dieser Name passte zu ihm, denn auch von dem Schöpfergott sagten die Weisen, dass er einsam seine Speisen einnahm und selten einen Gedanken an die Belange der Menschen verschwendete. Ungerührt hielt Zanahary die Sternfrucht in den Krallen, knabberte die Kanten ab und schüttelte sich gelegentlich, wobei der Fruchtsaft umhersprizte.

«Aber einer denkt nicht so. Thierry Carnot. Ich weiß, dass er anders ist. Denn er geht mit mir wie mit seinesgleichen um. Gut, er hat nichts übrig für den Glauben an die Ahnengeister, das *gris-gris* und all das. Er sagt, wir bilden uns das ein, damit wir uns nicht ganz so hilflos fühlen.»

Sie musste sich eingestehen, dass seine Sicht der Dinge vernünftig klang. Die Hilfe der Geister fiel recht spärlich aus. Einmal jedoch, einmal hatten sie geholfen, daran glaubte sie ganz fest. Als sie die Kraft und die Lust in sich verspürt hatte, Thierry Carnot zu küssen. Sich einfach zu nehmen, was sie wollte, und es mit aller Kraft festzuhalten.

Was er wohl gerade tat? Sicherlich war er bei den Patienten, vielleicht bei dem britischen Kollegen, den unvermindert die Fesseln eines unnatürlichen Schlafes gefangen hielten. Oder vielleicht gönnte er sich gerade eine Pause und saß am Clavichord, um seine Gedanken zu zerstreuen. Was Thierry gestern getan hatte, konnte nicht spurlos an ihm vorübergegangen sein, mochte er auch viele schlimme Momente während seiner Korsarenzeit erlebt haben. Vielleicht bedurfte auch er ihres Trostes und vermisste ihre Gegenwart? Doch wahrscheinlich war das nur Einbildung, Wunschdenken. *Sei's drum*, dachte Noëlle. Es war schön, es sich vorzustellen.

Sie hob die Matratze an, die ihr als Bett diente, und zog das Kästchen hervor, in dem sie ihre gesammelten Schätze aufbewahrte: getrocknete Blüten, Steinchen, den Magneten und die Nadeln, einige Spielkarten – dazu ein paar Muscheln, bei denen sie das Gefühl gehabt hatte, gute Geister könnten sich eingenistet haben. Und der Talisman, den Hugo ihr geschenkt hatte, das winzige Lederbeutelchen mit der Asche eines Ahnen. Sie umklammerte und küsste es. «Schick Thierry Carnot einen Gedanken», flüsterte sie. «Einen guten Gedanken. Einen an mich.»

Vielleicht half es, sich kräftig vorzustellen, dass sie bei ihm war. In Gedanken wanderte sie mit ihm durch die

Räume des Hospitals, durch den Garten, zum Schildkrötengehege. Gemeinsam berührten sie die warmen Panzer und bewunderten die uralten, so weise wirkenden runzligen Gesichter. Sie lauschten dem frechen Gezwitscher zweier Bülbüls und warfen den Sperbertauben Brotkrumen zu. Am Hafen sahen sie den Fischern beim Entladen der Boote zu, ebenso den Frauen, die schnell herbeieilten, um die besten Stücke zu ergattern. Reiher ließen sich auf Riffbarschen, Goldlachsen, Fledermausfischen und sogar einem Hai nieder und schnappten nach den Fliegen, weshalb man sie gewähren ließ.

Dann rannten sie über den Steg, sodass die Bohlen knatterten, und sprangen in eines der Boote, legten ab und ruderten hinaus. Einfach fort ... hinüber nach Praslin. Dort würden sie Hugo suchen. Und wenn sie ihn fänden, zufrieden und unversehrt, würde Noëlle nicht wissen, wohin mit so viel Glück.

Sie streckte sich auf der Matratze aus. Mit geschlossenen Augen lauschte sie. Wie war das möglich? Ganz deutlich hörte sie seine Stimme. Sie wollte schon glauben, dass die Ahnen ein Wunder wirkten; doch dann begriff sie, dass er wirklich hier war. Hier vor dem Haus der Hodouls.

War das ein Zeichen? Aber wofür? Hier oben hatte sie weniges, das sich als Orakel nutzen ließe. Sie vermochte die Zeichen ohnehin nicht richtig zu lesen.

Sie sprang auf, lief zur Tür und berührte den Griff. Nein, das durfte sie nicht.

Hab Mut.

Leise öffnete sie und schlich sich hinaus. Hier oben dicht unter dem Dach reihten sich mehrere solcher kleinen Kammern aneinander, mit schräger Decke und so niedrig, dass man kaum stehen konnte. Eine schmale Stiege führte in das Obergeschoss hinunter. Ihr schlug das Herz vor Sorge, jemand könne ihr begegnen. Oft saßen die Hodouls draußen am Eck der umlaufenden Balustrade und tafelten dort. Tatsächlich schien Madame Hodoul dort zu sitzen. In ihre helle Stimme mischte sich das Klappern einer Schere; wahrscheinlich war die Schneiderin bei ihr. Noëlle schlich sich durch die Zimmer und gelangte zur Hofseite, wo sie vorsichtig auf die Balustrade trat. Hinter einem üppigen Frangipani-Strauch verborgen, sah sie Thierry Carnot an Monsieur Hodouls Seite durch den Garten flanieren. Auch hier gab es ein Schildkrötengehege – bei den weißen Herren galt es als schick, diese Tiere zu halten, seit sie an der Westküste beinahe ausgerottet worden waren. Während Monsieur Hodoul temperamentvoll die Arme hochriss, blieben Thierrys Gesten sparsam. Er bewegte sich auf eine disziplinierte Art, dennoch kraftvoll; irgendwie unfranzösisch.

«Das geht doch nicht!», rief Monsieur Hodoul.

«Jetzt nicht, ich weiß. Aber sobald die drei Monate ihres Hausarrestes vorüber sind.»

«Doch nicht deshalb. Pardon, sie dürfte Ihnen schlichtweg zu teuer sein.»

Sie gingen weiter, und das Rauschen der Palmen übertönte alle weiteren Worte. Was hatte sie da gehört? Allen Ernstes, dass Thierry Carnot sie *kaufen* wollte?

Die beiden Männer hatten das Gehege umrundet und kehrten in ihre Nähe zurück. Sie ging in die Hocke, um nicht entdeckt zu werden.

«Sie sind ja ein Korsar wie ich», sagte Hodoul. «Wie viele Schiffe haben Sie im Laufe Ihrer Tätigkeit eigentlich aufgebracht?»

«Ich war seit jeher nur der Bordarzt.»

«Betreiben Sie keine Wortklauberei, Monsieur. Dann eben Ihr jeweiliger Commandant!»

«Nun ... vierzehn.»

«So viele? Belügen Sie mich auch nicht?»

«Ich bemühe mich, ehrlich durchs Leben zu gehen.» Thierry verzog gequält das Gesicht. «Sie verpassen mir gerade einen Einlauf, als hätte ich gewagt, um die Hand Ihrer Tochter zu bitten.»

Hodoul lachte dröhnend. «Nun, in diesem Falle würde ich sagen, dass Sie keine überaus gute Partie, aber ein veritables Mannsbild mit einem ehrbaren Beruf sind. Wahrscheinlich hätte ich kein Problem damit, dass Sie weder Sklaven noch Land besitzen. Aber es geht nicht um eine Tochter, die ich sowieso nicht habe. Es geht um die Veräußerung einer Sklavin, noch dazu einer teuren. Ein reines Geschäft also, und da bin ich unerbittlich. Doch um auf Ihre Karriere zurückzukommen: Sie haben doch gewiss einen erklecklichen Anteil an den Prisen erhalten?»

«... der so erklecklich nicht war, jedenfalls lohnte es sich nicht, ihn auf einer einsamen Insel zu vergraben. Die Summe, die Sie fordern, kann ich nicht aufbringen.»

«Das ist bedauerlich.»

Eine Hand legte sich auf ihre Schulter. Zu Tode erschrocken fuhr Noëlle herum. Savate legte einen Finger auf die breiten Lippen und bedeutete ihr mit den Augen, sich zu entfernen. Sie atmete auf. Er würde sie nicht verraten.

Doch sie bedauerte es, wieder in ihrem Zimmer verschwinden zu müssen. Dort unten wurde immerhin über ihr Schicksal verhandelt. Andererseits sah es nicht so aus, als könne Monsieur Carnot ihm eine andere Wendung geben. Sie wollte sich geduckt von der Balustrade zurückziehen, da sah sie unten im Garten einen von Monsieur Hodouls Dienern auf die beiden Männer zuhasten. Er verneigte sich und streckte auf einem Tablett einen Zettel vor.

«Ein Billet von Seiner Exzellenz für Monsieur Carnot.»

«Nur noch einen Augenblick», bat sie Savate, der mit den Augen rollte. Thierry faltete den Zettel auseinander.

«Lassen Sie mich raten», sagte Hodoul amüsiert. «Die Sterne stehen gut, und er möchte jetzt den Ballast aus der Bilge werfen.»

Carnot ließ die Botschaft sinken. «Sie haben ins Schwarze getroffen. In einer Woche soll es so weit sein.»

«Schön zu hören. Es wird auch Zeit! Ein Quéau de Quinssy, der sich quält, ist nicht das, was die Kolonie braucht. Gott möge ihm beistehen. Und Ihnen, Monsieur le Docteur. Und Ihnen …»

«Dann beten Sie», seufzte Carnot. «Den Wievielten haben wir heute? Das Billet ist leider nicht datiert.»

«Irgendetwas um den Siebzehnten herum. François», wandte sich Hodoul an den Diener, «du weißt es nicht zufällig?»

«Bedaure, Monsieur Hodoul.»

«Dann gehen Sie zum Kammerherrn Seiner Exzellenz oder zu Le Roy, die wissen es in jedem Falle.»

«Danke für den Rat», sagte Thierry Carnot.

Erneut klopfte Savate auf Noëlles Schulter. Sie nickte

ihm dankend zu und huschte zurück ins Haus. Als sie wieder auf ihrer Matratze lag, gestattete sie sich ein Aufatmen. Ein paar Tage noch, dann würde man sie rufen. Nur um sie danach für drei Monate wegzusperren.

* * *

«So, meine Liebe.» Es war Monsieur Hodoul persönlich, der sich heraufbegab und Noëlle aus der kleinen Kammer entließ. «Es ist so weit. Sei brav und mach mir keine Schande. Wenn alles gutgeht, darfst du während der Monate deines Arrestes auch abends eine Stunde hinunter in den Salon. Hier oben ist es ja doch recht stickig.» Ihm war der Schweiß ausgebrochen, und er tupfte sich das weiche Gesicht, das seinen lustvollen Lebenswandel verriet. «Jetzt komm. Der Docteur wartet schon.»

Ihr war mehr als mulmig zumute. Sie griff in den offenen Käfig, aus dem Zanahary selten herauskam, und strich ihm sanft über die glänzenden Bauchfedern. Von Tag zu Tag war er ruhiger geworden, und der Blick seiner kleinen, dunklen Augen erschien ihr traurig. Wenn sie ihre endgültige Strafe antrat, würde sie den Papagei unten im Salon lassen müssen.

Ihr Geister, steht mir jetzt bei. Helft auch Monsieur Carnot und Seiner Exzellenz.

Unten auf der Veranda empfing sie Madame Hodoul mit einer Umarmung. «Alles Gute, Noëlle. Grüß den Docteur von uns.»

Es war noch düster, und damit niemand sah, wie sie das Château Bellevue betrat, musste sie in eine geschlossene

Sänfte steigen. Es war das erste Mal, dass sie in einer solchen saß, und sie kam sich vor wie in einer Seemannskiste, die jemand über Bord geworfen hatte. Ein schreckliches Gefühl. Vielleicht musste man eine Dame mit kostbaren Schuhen sein, um diese Art der Fortbewegung akzeptabel zu finden. Sie fühlte sich durchgeschaukelt, und als der Boden wieder fest wurde, hätte sie nicht sagen können, wie viel Zeit vergangen war. Als sie ausstieg, fand sie sich vor der Freitreppe des Schlosses wieder. Ein schweigsamer Lakai führte sie hinauf, zwischen den Säulen der Loggia hindurch und in den großen Empfangsraum. Zuletzt war sie hier gewesen, um den Korsar Bonnet aus Saint Malo zu bedienen. Niemals jedoch hatte sie das obere Stockwerk betreten. Wie sonderbar: Als eine Sklavin mit dem Makel des Verbrechens, gegen ihren Herrn die Hand erhoben zu haben, würde sie es erstmals tun.

Der Diener, ebenfalls ein Mischling, fuhr auf halber Treppenhöhe zu ihr herum: «Du fasst nichts an, verstanden?»

Wütend gab sie den unfreundlichen Blick zurück. Hatte sie jemals im Salon oder der Küche lange Finger gemacht? Sie dachte daran zurück, wie Joker von ihr verlangt hatte, Haare oder Fingernägel von Poupinel zu stehlen. Gut, dass sie standhaft geblieben war. Sonst stünde sie jetzt nicht an der Tür zum Schlafgemach des Gouverneurs, sondern würde an der Seite ihres Vaters aus dem Geisterreich auf Seine Exzellenz herabblicken.

Jean-Baptiste Quéau de Quinssy saß in seinen glänzenden Banyon gehüllt an einem Tischchen und bastelte versunken am Modell eines Dreimasters.

286

Der Diener räusperte sich. «Die Sklavin Noëlle, Exzellenz.»

Quinssy nahm seine Brille ab. «Ah, Noëlle. Schön, dass du da bist. Wie geht es dir?»

Er lächelte leutselig, und sie musste an ein Gespräch der Herren beim Souper denken, als sie sich über den letzten Bourbonenkönig unterhalten hatten und darüber, mit welcher Würde und Gelassenheit er seinem sicheren Tod entgegengesehen habe. Quéau de Quinssy machte einen ruhigen, gefestigten Eindruck, als habe er vorsorglich mit sich und der kleinen Welt, die er beherrschte, abgeschlossen.

«Danke der Nachfrage, Exzellenz.» Sie machte einen tiefen Knicks. «Ich bin nervös.»

«Schrecklich nervös, nehme ich an.» Er lächelte ein wenig steif. «Mich zerreißt's gerade innerlich auch. Tragen wir es mit Fassung, eine andere Wahl haben wir ja nicht. Hast du gut gefrühstückt?»

«Ja, danke.»

«Wir haben noch ein wenig Zeit. Die Sonne muss erst durchs Fenster scheinen, damit der Docteur alles gut im Blick hat. Du kannst dort auf der Bank warten, wenn du magst.»

Sie bedankte sich ein drittes Mal und ging, vielmehr schlich zu dem Bänkchen aus kunstvoll verflochtenem Lianengewächs. Mittlerweile war die so bang erwartete Sonne über den Wipfeln aufgegangen. Noëlle knetete ihr Kleid, während sie hinausblickte. Von hier oben hatte man den Aufweg gut im Blick, und die ersten Bediensteten und Siedler strömten herauf. Einige Damen und Herren erschienen in großer Toilette. Man begann sich aufgeregt zu unterhalten und mit Spitzenfächern Luft zuzufächeln. Das Geschnatter musste bis an des Gouverneurs Ohren dringen, doch er feilte konzentriert an der Miniatur einer Marsplattform.

Noëlle achtete darauf, nicht gesehen zu werden; sie hatte jedoch den Eindruck, dass ihre Entdeckung in der allgemeinen Aufregung nicht mehr von Belang wäre. Einmal hob Quinssy den Kopf und zwinkerte ihr zu. «Die machen ein ganz schönes Aufhebens, was? Siehst du den alten Rossigno?»

Vorsichtig reckte sie den Kopf. «Nein, Exzellenz.»

«Ha! Weil er als Einziger weiß, worum es wirklich geht. Vier Steine soll ihm der Schiffsarzt, der uns damals besuchte, herausgeholt haben.»

Zum ersten Mal sah sie in den großen blauen Augen Furcht aufflackern. Doch einen Moment nur, dann schien sich Quinssy wieder mit großer Hingabe seinem Zweidecker zu widmen und platzierte eine winzige Drehbasse am Bug.

«Ist Monsieur Carnot noch nicht zu sehen?»

«Nein, Exzellenz.»

«Anscheinend weiß er, dass der Held der Geschichte möglichst spät die Szenerie betritt.»

Oder ihm war übel. So wie gestern, als Noëlle ins Hospital hatte gehen dürfen, um mit ihm die Operation zu besprechen und die Handgriffe zu proben. Die ganze Zeit war er unter seiner Sonnenbräune blass gewesen; seine Gesichtszüge hatten wie gemeißelt gewirkt, und sie hatte den heftigen Wunsch verspürt, sie mit ihrer Hand zu glätten.

Schließlich hatte sie ihm den Vorschlag gemacht, den Rauch verbrannten Zitronengrases, mit Kaffeeblättern vermischt, einzuatmen. Natürlich hatte er zunächst pikiert abgewinkt – sich dann aber doch gefügt. Vergebens. Mit den Händen am Bauch war er hinausgewankt und hatte sich erbrochen.

Einige Herren begannen zu klatschen, und da wusste sie, dass Thierry Carnot kam. Nicht ganz so fein herausgeputzt wie bei der Exekution, doch auch heute sehr ansehnlich in seinem weißen Hemd und einer bordeauxfarbenen Weste. Statt des Degens trug er dieses Mal *zwei* Taschen. Er lächelte verlegen, als er durch das Spalier schritt, das man ihm bildete. Und stutzte, als jemand im Hintergrund die ersten Töne von ›Frère Jacques‹ trällerte. An der Treppe empfing ihn Madame de Quinssy; als Einzige trug sie ein dunkelbraunes Kleid, das ihr den Schweiß aus allen Poren treiben musste. Vollendet verbeugte sich Thierry und hob ihre Hand in Kinnhöhe. Was sie sagte, verstand Noëlle nicht, doch es klang wie eine Ermahnung.

«Ich gebe mein Bestes», hörte sie ihn antworten, dann verschwand er aus ihrem Blickfeld im Haus.

«Er kommt, Exzellenz», sagte sie und erhob sich.

«Nun denn. Gehen wir es an.» Quinssy schlug ein Kreuz, stand ebenfalls auf und nahm vor seinem Bett Aufstellung. «Ich lasse bitten.»

Der Lakai öffnete die Schlafzimmertür. Thierry Carnot trat ein; ihm folgten die Herren mitsamt einem ganzen Schleppnetz voller Diener und Sklaven. Seine Exzellenz schien sich daran nicht zu stören; er begrüßte die Notabeln mit einem Handschlag und netten Floskeln. Jeder verbeugte sich und versicherte ihn der besten Wünsche und inbrünstigsten Gebete. Noëlle fühlte sich an die Geschichten der alten Könige erinnert, die ihren Hofstaat allmorgendlich in ihrem Schlafgemach empfingen. Tatsächlich schien dem Gouverneur diese Art der Aufmerksamkeit ein Trost zu sein.

Auch Thierry Carnot verneigte sich. Augenblicklich hatte er sie entdeckt, und seine düstere Miene erhellte sich ein wenig. Ihm war immer noch schlecht, wie sie unschwer sah, daher versuchte sie, ihn mit einem Blick und guten Gedanken aufzumuntern.

«Legen Sie doch ab, Monsieur le Docteur», bat Quinssy.

Carnot stellte seine Taschen auf einem Hocker neben dem Bett ab, entledigte sich der Weste, schnürte den Hemdkragen auf und krempelte die Ärmel hoch, damit ihn nichts behinderte. Dann band er sich die schwarze Schürze um, um seine Kleidung vor den Blutspritzern zu schützen. «Sind Sie bereit, Exzellenz?»

«Ich habe alle meine Gebete gesprochen.»

«Gut. Dann sollten Sie alle aus dem Raum schicken, deren Beistand Sie nicht benötigen.»

Der Gouverneur hob eine Hand. «Sie haben's gehört, verlassen Sie den Raum! Bis auf Sie, Fouquet», sagte er zu seinem Kammerherrn. «Und die Herren Blin, Le Roy, Le Petit, Planeau und Lieutenant Dubois – ich vertraue Ihnen, Messieurs, und lege mein Wohlergehen in Ihre kräftigen Hände.»

Madame de Quinssy rauschte auf ihren Gatten zu und ergriff seine Hände. «Sie werden es schaffen, Gott ist mit Ihnen.»

«Ich danke Ihnen.» Er erwiderte ihren Händedruck, dann entließ er sie, und wahrhaftig sah Noëlle in den stets so harten Zügen der Gouverneursgattin eine Träne aufblitzen. Man bildete ihr eine Gasse; schließlich folgte ihr der Rest der Anwesenden wie eine Schar Küken der Mutterhenne. Derweil hatten sich auch die angesprochenen Männer allem entledigt, was ihnen hinderlich war. Der Diener wollte die Tür schließen, doch ein anderer erschien auf der Schwelle und überreichte ein geöffnetes Kästchen. Fouquet nahm es und brachte es seinem Herrn.

«Also sind sie doch noch gekommen», seufzte dieser erleichtert. Unauffällig reckte Noëlle den Hals. Sie sah die gebänderten Gehäuse seiner Achatschnecken. «Paul, Louis, Marie-France und Madame Pompadour, da sind sie alle beisammen.» Er zeigte das Kästchen herum wie eine Kostbarkeit. «Sie waren verschwunden, noch dazu ungewöhnlich lange, und ich hielt es schon für ein schlechtes Omen. Umso erfreulicher, dass sie noch rechtzeitig gekommen sind. Sehen Sie einem alten Mann nach, dass er einer abergläubischen Schwäche nachgibt.»

Quinssy legte das Kästchen mit den Glücksbringern auf den Nachttisch. Dann streifte er seinen Banyon ab und übergab ihn Fouquet. Darunter trug er nur ein Nachthemd. Plötzlich durchfuhr ihn ein Angstbeben, und er sackte auf die Bettkante. Sofort war sein Kammerherr bei ihm, um ihn zu stützen, doch er winkte ab.

«Es geht schon», sagte er mit schwacher Stimme. Sein Gesicht schien jegliche Bräune verloren zu haben. Umständlich begann er das Hemd zu raffen; Fouquet half ihm dabei und zerrte die Bettdecke zurück. Der Gazehimmel war bereits gerafft. «Ich habe bereits fleißig getrunken, Monsieur le Docteur. Ganz nach Ihrer Anordnung.»

«Sehr gut, Exzellenz», sagte Thierry Carnot.

Vorsichtig, als bette er sich auf rohen Eiern, streckte sich der Gouverneur aus. Noëlle, die noch nie einen der weißen Herren nackt gesehen hatte – Poupinel und auch Carnot hatten sie, wenn es nötig war, aus dem Behandlungszimmer geschickt –, fand es höchst befremdlich, ausgerechnet diesen Mann entblößt zu sehen. Seine Schenkel waren weiß und glatt wie gegartes Muschelfleisch. Thierry Carnot dirigierte ihn hinunter ans Fußende, dann wies er die Männer an, das Fensterbänkchen heranzuschaffen, um seine Taschen darauf abzustellen. Er entnahm ein schmales, seidenes Band, mit dem er den Penis des Gouverneurs abband, was dieser mit einem peinlich berührten Gesichtsausdruck über sich ergehen ließ. Das Wasserglas, das Fouquet brachte, leerte Quinssy in einem Zug; viermal füllte der Diener nach, und bald stöhnte Quinssy vor Schmerzen.

«Es ist so weit.» Thierry Carnot nahm einen Schwamm und die nur noch zu einem Viertel gefüllte Laudanumflasche zur Hand. Noch immer war kein Nachschub eingetroffen, also musste man sich mit den kümmerlichen Resten begnügen. Der Docteur tränkte den Schwamm und beugte sich über den heftig zitternden Patienten.

«Sind Sie bereit, Exzellenz?»

«Gott steh mir bei», murmelte dieser. «Noëlle. Noëlle, komm her!»

Sie brauchte einen langen Augenblick, bis sie begriff, dass sein Ruf ihr galt. Eilig lief sie auf die andere Seite des

292

Bettes und ergriff die Hand, die er nach ihr ausstreckte. Sie wollte fragen, was er wünsche, doch da er nichts sagte, ersehnte er offenbar nur einen Halt. Gerne hätte sie ein aufmunterndes Wort gesagt. In dieser Runde einschüchternder Herren wagte sie jedoch nicht, den Mund aufzutun. Ihr fiel ohnehin nichts ein. Wie sollte man jemanden trösten, der sogleich entsetzliche Schmerzen würde erdulden müssen? Nicht einmal die Opiumtinktur, die er einatmete, als Carnot ihm den Schwamm auf Mund und Nase presste, würde ihm eine große Hilfe sein. Da man sparsam damit umgehen musste, hatte sich der Docteur für diese Art der Einnahme entschieden. Es dauerte lange, bis die schweren Lider sanken und sich der Körper des Gouverneurs entspannte.

Nun zog Thierry aus einer Tasche ein prall gefülltes Etui. Bedächtig, als seien es kostbare Muscheln, zog er seine Steinschneideinstrumente heraus und reihte sie in der Reihenfolge des Gebrauchs auf: die Sonde, den Dilatator, das Bistouri, den Conductor und schließlich einen Löffel, um die Blase nach der Entfernung des Konkrementes von Blasengries, Sand und Eiter zu befreien. Als Nächstes legte er verschiedene Tücher und Binden bereit. Pflaster, Kompressen, Scharpien, Klammern. Fouquet hatte bereits eine Schale mit Wasser gebracht. Eine zweite füllte Carnot mit Essig, eine dritte mit Eigelb, eine vierte mit Kokosöl. Noëlle hätte es gerne gesehen, dass er sich noch einmal die Hände mit heißem Wasser wusch. Vergebens hatte sie es ihm noch am Vorabend ans Herz gelegt.

Meine Hände sind doch sauber, hatte er gesagt.

Sie könnten noch sauberer sein.

Wozu bloß? Eine glatte Hand hält das Bistouri nicht ganz so gut.

Weil im geringsten Schmutz Geister nisten könnten.

Noëlle! Du kannst es nicht lassen, was?

Vielleicht hatte er ja recht. In Hugos Armstumpf war während der Operation kein böser Geist geschlüpft, wie sie damals befürchtet hatte.

Der Docteur gab dem Kammerherrn eine Sanduhr. «Ihre Aufgabe ist es, die Zeit zu messen. Und nun, Messieurs …» Schwungvoll setzte er sich vor dem Bettende auf den bereitgestellten Drehhocker. «…wenn Sie bitte Ihre Positionen einnehmen würden …»

Die Männer, denen der Gouverneur sein Vertrauen schenkte, nahmen zu beiden Seiten des Bettes Aufstellung. Während der letzten Tage hatte Monsieur Carnot sie zu sich ins Hospital gebeten, um ihnen anhand eines Sklaven, der sich auf den Behandlungstisch gelegt hatte, zu erklären, wo und wie sie den Patienten festhalten sollten. Den Vorschlag, den Tisch mitsamt den Gurten zu nutzen, hatte Quéau de Quinssy entschieden zurückgewiesen: Wolle er sich wie ein Gefangener fühlen, der sich in einem mittelalterlichen Kerker einer peinlichen Folter unterzog, würde er es den Docteur wissen lassen. Hinter seinen Kopf musste sich der wuchtige Michel Blin setzen und die Beine unter die Schultern schieben, dann von oben unter die Achseln greifen. Le Roy und Planeau fiel es zu, neben dem Gouverneur zu knien und seine Schenkel zu umfassen. Der Schiffszimmermann und der Lieutenant, auch heute in Uniform, legten die Hände auf die erschlafften Arme.

Nun erst ließ Noëlle seine Hand los und nahm den ihr

zugewiesenen Platz an der Seite Thierry Carnots ein. Er nestelte seine Brille aus der Westentasche und setzte sie sich auf.

Das Einführen der Sonde geschah in fast völliger Stille; der Gouverneur stöhnte nur leise und warf den Kopf herum.

«Noëlle.» Carnot übergab ihr die Sonde. Sie zitterte nicht, als sie sie mit der rechten Hand übernahm und mit der anderen, wie er es ihr erklärt hatte, den Hodensack umfasste und anhob. Der Docteur nahm das Bistouri und setzte die Klinge zwei Fingerbreit neben den Anus an.

«Ich mache jetzt den Schnitt. Seien Sie bereit, Messieurs.»

Einen Herzschlag später tat der Gouverneur einen markerschütternden Schrei, wie ihn die ehrwürdigen Zimmer des Châteaus vermutlich noch nie gehört hatten.

6.

Seiner Exzellenz erging es zunächst schlecht. Wie erwartet hatte der unerträgliche Schmerz ihn in Ohnmacht fallen lassen. Der Schock hatte das Verhältnis der Körpersäfte und das Vorhandensein der *vis naturae medicatrix*, der Heilkraft der Natur, aus dem Gleichgewicht gebracht. Besorgniserregend war das noch nicht. Man musste warten. Seth hatte ihm einen Sud aus der Hülsenfrucht des Flammenbaums eingeflößt – ein Rat, den ihm Noëlle gegeben hatte. Da diese Heilmethode nicht darauf fußte, dass irgendwelche Geister in den Früchten hockten, hatte er ihr in Ermangelung von etwas Besserem vertraut. Dreimal hatte er heute, einen Tag danach, seinen Patienten besucht. Und zufrieden bemerkt, dass dieser kurzzeitig aufgewacht und klaren Sinnes gewesen war.

Nun saß Seth am Behandlungstisch im Hospital, die Reste eines schnellen Mahls neben sich, dazu Bücher, und wog gedankenverloren ein Rumglas in der Hand. Knapp drei Minuten. Kein Ruhmesblatt, wie James Gillingham sagen würde. Aber es hätte schlimmer kommen können.

Das konnte es noch.

Er rieb sich die Augen, setzte die Brille wieder auf und

starrte in das Glas. Das Licht dreier Kerzen fiel auf den Stein darin. Annähernd so groß wie ein Hühnerei. Erstaunlich, dass Quinssy es mit diesem blinden Passagier so lange ausgehalten hatte. Seine Rossnatur würde ihm hoffentlich bald wieder aufhelfen.

Wir haben's hinter uns, dachte er. Ihm hätte ein Brocken vom Herzen fallen sollen. Noch ein größerer als der, den er dem Gouverneur herausluxiert hatte. Aber die Furcht, einen Fehler begangen zu haben, wollte nicht weichen. Nein, er hatte keinen Fehler gemacht. Alles war vorbildlich verlaufen. Wenn man davon absah, dass es ein wenig schneller hätte gehen können. Nun ja. Drei Minuten waren besser als vier.

Er schob das Glas beiseite und eines der Bücher heran. Ein ganzer Stapel lag auf dem Tisch, alles, wovon er glaubte, es könne ihn ablenken und ermüden. Eine Abhandlung der Französischen Revolution. In der Geschichte ‹seines› Landes war er ausreichend bewandert, doch es konnte nicht schaden, diese Kenntnisse aufzufrischen. Er las von hehren Idealen und abartigen Grausamkeiten, bestaunte Kuriositäten wie Uhren mit Dezimalzifferblättern, stolperte über ein Zitat des berüchtigten Robespierre, das ganz nach Rousseau klang – *der Mensch ist für das Glück und die Freiheit geboren, und überall ist er Sklave und unglücklich* –, und landete beim Ausgangspunkt seiner Gedanken.

Noëlle.

Sie hatte ihre Aufgabe mit Ruhe und Sorgsamkeit erfüllt und war gegangen, zurück ins Haus der Hodouls, das sie noch fast drei Monate verschlingen würde. Was sollte er so lange ohne sie tun? Dieses Hospital war ohne sie ein bloßer

Bau aus Holz, ohne Seele, so schien es ihm. Er vermisste nicht nur ihre Gegenwart. Er vermisste ihr Gespür für das, was Kranke benötigten, und wenn es nur eine tröstende Hand und ein gutes Wort waren. Sogar, musste er sich eingestehen, ihre Kenntnisse über Heilkunde fehlten ihm. Und die kleinen Dispute über Geister und die seltsamen Orte, wo sich diese verbargen.

Sollte er sich eine andere Sklavin besorgen und unterweisen? Poupinel wäre ihm keine Hilfe; der ließ sich ohnehin nicht blicken. Inard hatte gespottet, dass die Docteurs hierzulande in den Wald zu laufen pflegten. Nun, was immer sein Kollege ausbrütete – Gutes war es wohl kaum, aber Seth hatte nicht die geringste Lust, darüber nachzudenken. Die einzig greifbare Lösung war, dass die Kolonisten während der nächsten drei Monate weder krank wurden noch Unfälle erlitten.

Genug gegrübelt. Er machte einige Notizen für den nächsten Tag: Nach dem Gouverneur schauen, die Mannschaft der *Bellérophon* inspizieren. Dann nahm er den Kandelaber, stattete seinem britischen Patienten noch einen Besuch ab – *dich plagen wenigstens keine Sorgen, Kollege* – und sank auf seine Matratze.

Dass Noëlles Rat, gegen Kopfweh Bananenblätter auf die Stirn zu legen, kein schlechter war, hatte er an sich selbst bereits feststellen können. Seth fixierte die Blätter auf dem Kopf des Gouverneurs mit einer feuchten Binde. Zur Stärkung hatte er einen Tee aus Zitronengras kochen lassen, in den er einige Tropfen Ätherweingeist und den verbliebenen Rest des Laudanums goss. Er wies den Kammerherrn an, darauf zu achten, dass der Patient alle zwei Stunden davon trank. Dazu eine kräftige Brühe aus Schildkrötenfleisch.

«Wie fühlen Sie sich, Exzellenz?», fragte er, während er das Laken zurückschlug. Das Becken und die angewinkelten Beine waren auf dicken Kissen gelagert, sodass nichts die Wunde belastete. Sie war heiß und geschwollen, und die Scharpie, die wie ein Wurm aus ihr heraushing und das Wundwasser ableitete, nass und gerötet.

«Miserabel», murmelte Quéau de Quinssy.

«Werfen Sie einen Blick auf den Nachttisch», schlug Seth vor, während er ein frisches Pflaster mit Schwefelsalbe bestrich. Das Rumglas, das er dort abgestellt hatte, kratzte über die hölzerne Tischplatte, als Quinssy ächzend versuchte, es an sich zu bringen.

«Allmächtiger. *Das* war in mir drin?»

«Das und reichlich eitriger Sand.»

«Dieser Stein ist es wert, in einem goldenen Kästchen aufbewahrt zu werden …»

Das taten viele, die von ihrem Steinleiden befreit wurden, hatte Gillingham erzählt. Man ließ die Konkremente in Gold einfassen, nutzte sie als Talisman oder opferte sie einer Kirche als Votivgabe. Auf Mahé würde es eine hübsch polierte Kokosnussschale oder Muschel tun müssen. Seth legte das Pflaster auf die Wunde. Dem Kammerherrn fiel die Aufgabe zu, darauf zu achten, dass es nicht abfiel. Danach empfahl sich Seth bis zum Abend. Den Rest des Tages nutzte er, die Mannschaft in einer Reihe antreten zu lassen. Während die Matrosen sich vor ihm entblößten, beklagten sich einige über die Langeweile.

«Wir sind doch Seeleute», sagte der *maître voilier*, der

für den Zustand der Segel verantwortlich war. «Capitaine d'Ournier hätte uns längst wieder eine fette Prise verschafft.»

«Und uns in einen Hafen geführt, wo man sie auch ausgeben kann!», fügte der *maître calfat* hinzu.

«Ich würd gern bleiben», meinte der neue Smutje selig lächelnd.

«Bist du still!» Der Zimmermannsgehilfe stieß ihm in die Seite.

«Behaltet eure Klagen für euch», unterbrach sie Seth, «wenn ihr nicht wollt, dass Commandant Mullié die Anweisung gibt, die Grätings von den Luken zu nehmen. Antoine, wie ich sehe, bist du deine Filzläuse los, sehr gut. Morgen früh tretet ihr noch einmal an, und zwar zur Rumausgabe. Und jetzt weg mit euch!»

Wie erwartet erhellte sich die Stimmung; wenn es Rum gab, unterschieden sich Franzmänner nicht von Engländern. Danach suchte er Mullié, der sich ausnahmsweise an Bord und nicht auf dem Diwan aufhielt, und teilte ihm mit, dass sich aufrührerische Gedanken bei der Mannschaft breitmachten. Mullié wusste das natürlich – trotz seines Laisser-faire war er ein gewissenhafter Offizier, dem wenig entging; andernfalls hätte d'Ournier ihm nicht das Kommando übergeben.

Mullié marschierte vor der Kapitänshütte auf und ab, eine Hand am Griff des Degens. Sein Blick glitt zum Horizont, zum Himmel und dann zur Siedlung, in jene Richtung, wo das *Maison* lag. «In einer Woche hissen wir die Segel», sagte er schließlich. «Dann wird Seine Majestät dich doch entbehren können, oder?»

«Er wird zwar behaupten, dass er das niemals könne, aber – ja, ich denke schon.»

Noch eine verdammte kurze Woche. Seth nickte. Jetzt, *jetzt*, wäre ein guter Zeitpunkt, Mullié seine Entscheidung zu verkünden, ihn zu verlassen. Wie oft hatte er das eigentlich schon versucht? Nur um doch wieder zu schweigen. Von dieser Warte aus betrachtet, war eine Woche lang.

«Jean ... Lass uns in einigen Tagen gemeinsam zu Abend essen. Im Hospital, dort haben wir unsere Ruhe.»

Mulliés Lachen klang wehmütig, als litte er bereits unter Abschiedsschmerz. «Ist dir die Ruhe so wichtig, dass du mir dieses appetitverderbende Ambiente aufzwingst?»

«Dort stört uns niemand.» Seth ging der Gedanke durch den Kopf, dem Mann, der ihn *bon ami* – einen guten Freund – nannte, zum Abschied seinen wahren Namen zu verraten. Doch das wäre unnötiger Wahnsinn.

«Du machst es aber geheimnisvoll», sagte Mullié. «Gut, morgen? Nein, übermorgen Abend finde ich mich im Hospital ein.»

«Abgemacht.»

Als Seth von der Gangway auf den Steg lief, fragte er sich, ob er möglicherweise zum letzten Mal auf diesem Schiff gewesen war.

Nach drei weiteren Besuchen im Bellevue erwartete ihn anderntags ein Hilferuf von der Insel La Digue. Dort lebten unter der Leitung von Quinssys Schwiegersohn d'Argent einige Siedler, die von der französischen Regierung nach Ostindien hatten deportiert werden sollen, schuldig gesprochen wegen Attentatsversuchen auf Napoléon. Man mochte es kaum glauben, doch sie hatten den Commandanten des Transportschiffs erfolgreich überredet, sie auf La Digue auszusetzen, das ihnen weit weniger unwirtlich erschien. Der gastfreundliche Quinssy hatte sich ihrer angenommen, und seitdem lebten sie vom Ertrag einer Kokosplantage und dem Bau kleiner Pirogen. Eine solche brachte Seth nun auf die fünfundzwanzig Seemeilen entfernte Insel, wo noch weit mächtigere Granitfelsen als auf Mahé dem Meer und dem Sand erwuchsen. Der Regen hatte tiefe Rinnen und Wölbungen in das schwarze, grau und rotbraun schimmernde Gestein gegraben; wie die Buckel gewaltiger urzeitlicher Tiere erhob es sich auch aus dem Grün der Wälder und Pflanzungen. Vor einem solch zerklüfteten Riesen, gewiss mehr als dreißig Fuß hoch, war der sechsjährige Junge eines der Verbannten gestürzt.

Er lag noch auf dem harten Erdboden, als Seth hinzukam. Sein Fuß war vollkommen zerschmettert. Der Vater hatte den Unterschenkel mit einem Gürtel abgebunden und die klaffende Wunde mit siedendem Öl zu schließen versucht. Diese Methode habe er sich im Zelt eines Feldarztes abgeschaut, erklärte der heftig schwitzende Mann. Ein Wunder, dass der Junge noch lebte. Seth kniete im Staub, und während er in all dem Blut und Dreck versuchte, die gerissenen Adern zu vernähen und den Tod dieses zitternden Bündels aufzuhalten, lag nur drei Schritte entfernt in seinem Blut der Sklave, den der Vater mit der Pistole gerichtet hatte – in der sicheren Überzeugung, dieser habe es versäumt, auf seinen unternehmungslustigen Jungen aufzupassen. Oder ihn sogar herabgestoßen.

Auf der Rückfahrt segelte Seth selbst, um Kopf und Herz freizupusten. Fast war er dankbar, dass sich der Himmel verdunkelte und der erfrischende Passat aus Südost zu einem Unwetter auswuchs. Hart schlug der Bug auf die Wellen, sodass Seth Mühe hatte, auf den Füßen zu bleiben, und die Gischt ihn durchnässte. Als der Himmel – wie so oft in diesem Archipel – ganz unverhofft aufklarte und sich die See beruhigte, als sei nichts gewesen, lag das gebirgige Mahé in all seiner majestätischen Pracht vor ihm.

Die Sonne ließ die Wellenkämme weiß aufleuchten und das türkisfarbene Edelgestein des Wassers glitzern. Er fühlte sich von ungewohnter Wärme erfüllt. In die Hafenbucht einzulaufen, war wie heimzukehren. Und das lag nicht am erhabenen Anblick der *Bellérophon*, auf der rege Geschäftigkeit herrschte. Es lag an den Nebelfetzen, die an den bewaldeten Hängen waberten. An dem Schatten eines Fregattvogels auf den Wellen; an der gefleckten Karettschildkröte, die gänzlich unbeeindruckt steuerbord vorbeipaddelte, und an der Schule fliegender Fische, die quecksilbergleich dicht über der Wasseroberfläche dahinschoss.

Nachdenklich betrachtete Seth die Häuser mit ihren Palmblattdächern und den hübschen Kokosnussschalenzäunen, die farbenprächtigen Blüten der Hibiskus- und Frangipani-Sträucher und die Fülle der Früchte in den Bäumen. Waren diese Inseln denn nicht eine Zuflucht für Korsaren wie Surcouf oder Hodoul? Warum also nicht für ihn? Der Heimathafen einer verlorenen Seele.

Der Kontrast zu dem vorhin Erlebten ließ die Schönheit der Natur noch strahlender erscheinen. Der Tod weckte die Gier nach dem Leben. Seth wollte überleben. Er wollte das Leben Noëlle schenken. Sie verdiente es, sich ebenso daran zu berauschen, und zwar nicht nur in gestohlenen Augenblicken, sondern frei, zu tun, was ihr beliebte.

Im Vorbeifahren winkte Seth der Mannschaft; Mullié, der an die Reling getreten war, hob lachend eine Hand. *Wenn du wüsstest*, dachte Seth. *Morgen weißt du's.*

Kurz vor dem Steg überließ er Segel und Pinne dem Mann, der ihn hinübergebracht hatte, riss sich den Hut herunter und sprang kopfüber ins Wasser. Er verausgabte sich im Kampf mit den Wellen und wankte schwer atmend den Strand hinauf. Die plötzliche Zuversicht berauschte ihn. Drei Monate musste Noëlle in ihrer Kammer aushalten. Was waren drei Monate? Viel Zeit, sich einfallen zu lassen, wie er sie für sich gewinnen konnte. Irgendwie würde er eine Summe aufbringen, die Hodoul akzeptabel fand.

In nassen Kleidern rannte er die Dorfstraße entlang, und Spaziergänger drehten sich nach ihm um. Seine Arzttasche war noch im Boot; jemand würde sie ihm schon bringen. Im Hospital sah er nach den Patienten und spielte ein paar Takte auf dem Clavichord, und als die Dämmerung hereinbrach, setzte er sich an den Behandlungstisch, um zu lesen.

Es klopfte.

So spät noch? Er nahm den Kerzenleuchter und öffnete die Tür.

Draußen stand ein Mann, von dem er einen Augenblick überlegen musste, woher er ihn kannte. Richtig, Jacques-Louis Bonnet, der Commandant der *Iphigénie*.

Der alte Mann lüpfte eine schlichte Kappe. «Darf ich eintreten?»

«Bitte.» Seth trat zur Seite. «Was kann ich für Sie tun,

Monsieur?» Dieser Besuch war ihm höchst unwillkommen. Nicht nur, weil er müde war und bald zu Bett wollte; der Tag war hart genug gewesen. Er entsann sich, dass dieser Mann ihn einmal von weitem auf eine unauffällige, doch eindringliche Art gemustert hatte. Diese Neugier hatte nicht dem Arzt des Gouverneurs gegolten. Nein, da hatte etwas ganz anderes dahintergesteckt. Und wahrscheinlich nichts Gutes. Zumal Bonnet nicht die Gelegenheit ergriffen hatte, sich ihm vorzustellen. Er hatte ihn nur angestarrt. Als unterzöge er ihn einer Prüfung. Und genau das tat der Commandant jetzt wieder, während er in eine Tasche seines schwarzen Fracks langte und ein Taschentuch hervorzog.

Bonnet hustete lange.

«Verzeihung», sagte er schließlich. «Mich plagen meine Lungen, seit ich in der Festung von Port Louis in einem Kerkerloch saß.» Er räusperte sich. «Über mir war nichts als ein Gitter; ich musste den Regen über mich ergehen lassen, ohne jede Möglichkeit, mich zu schützen. Vier Wochen saß ich im Nassen.»

«Darf ich fragen, was man Ihnen vorwarf?»

«Waffenschmuggel. Der britische Gouverneur war überzeugt davon, dass ich Musketen an französische Aufständische geliefert habe. Das stimmte aber nicht – es waren Fässer mit Schwarzpulver. Letztlich konnte er mir nichts beweisen und ließ mich frei.»

«Eine üble Geschichte, die Sie, von Ihrem Husten abgesehen, aber gut überstanden zu haben scheinen.»

Bonnet nickte. «Eine Blasenentzündung hatte ich danach auch, aber die ist abgeklungen.» Schmerzlich verzog er die schmalen Lippen. «Ich hielt sie für eine Strafe Gottes, doch wenn man so hört, was Gouverneur Quéau de Quinssy durchmachen muss, will ich mich im Nachhinein nicht beklagen. Der Bordarzt sagt immer nur, ich solle gegen den Husten viel Grog trinken. Ich wäre Ihnen sehr verbunden, wenn Sie meine Lunge abhören würden und einen anderen Rat für mich hätten.»

«Natürlich. Machen Sie bitte den Oberkörper frei.»

Der Commandant legte den Frack ab, löste sein Halstuch und zog sich ein fadenscheiniges Hemd über den Kopf. Ein bleicher, magerer, äußerst sehniger Leib kam zum Vorschein, dessen Tätowierungen verrieten, dass Bonnet einst die polynesischen Inseln bereist hatte. Seth hieß ihn auf einem Stuhl Platz zu nehmen, legte das Ohr an die eingefallene Brust und lauschte den rasselnden und pfeifenden Atemgeräuschen. Danach ließ er sich den Auswurf zeigen, einen gelblich grünen Schleim, und bat seinen Besucher, ein Glas mit Urin zu füllen.

«Man hatte mir die magnetische Kur empfohlen», sagte Bonnet zaghaft, als er sich die Hose zuknöpfte. «Was halten Sie davon?»

Seth betrachtete den Urin im Kerzenlicht. «Guter Mann, die Kur, die ich Ihnen empfehlen würde, wäre, sich zur Ruhe zu setzen.»

«O nein. Ich bin überzeugt davon, dass Gott mich auf dem Meer zu sich holen wird.»

Diese Worte überraschten Seth nicht; der Mann machte den Eindruck eines asketischen Predigers, der seinen gewählten Weg bis zum Ende ging. «Dann bleibt mir nur, Ihnen einen Aderlass zu empfehlen, um das Blutsystem zu beruhigen. Und auf alles zu verzichten, was es anregt, also kein Fleisch, wenig Gewürze. Lassen Sie sich dreimal täglich im Gasthaus einen Tee aus der Hülsenfrucht des Flammenbaums zubereiten, und stärken Sie sich morgen mit einem guten, aber einfachen Frühstück. Danach kommen Sie zu mir. Wenn ich nicht hier bin, warten Sie auf der Veranda; es wird nicht lange dauern.»

Bonnet nickte und begann sich wieder anzukleiden. «Ich danke Ihnen, Docteur Carnot. Übrigens ist Ihr Französisch hervorragend.»

Wieder dieser prüfende Blick. *Er weiß es*, dachte Seth. Eine Erkenntnis, die ihm den Boden unter den Füßen fortziehen sollte. Doch zu seinem eigenen Erstaunen blieb er völlig gelassen. Noch.

«Als ich in Port Louis einsaß, zeigte man mir Steckbriefe», ließ Bonnet die Katze aus dem Sack. «Einen ganzen Stapel. Unter anderem die jener Männer, die man wegen der Bounty-Meuterei immer noch sucht. Und den eines Mannes, dessen Beschreibung auf Sie passt: groß, dunkelblond, hellbraune Augen – und kleine Tintenmale unterhalb des linken Auges. Darin stand auch zu lesen, dass *Seth Morgan* aller Wahrscheinlichkeit nach als Arzt praktizieren würde.»

Seth schwieg. Er lauschte dem Rauschen des Windes und seinem eigenen Atem.

«Sie müssen nicht fürchten, dass ich Sie verrate. Ich bin alt und mittlerweile ohne jeden Ehrgeiz; daher habe ich kein Interesse daran.» Bonnet nickte ihm zu und setzte seine Kappe auf. «Guten Abend, Monsieur Carnot», sagte er und ging.

307

Sechzehn Jahre alt war er gewesen, als er seinen Dienst als Assistent des Bordarztes auf Seiner Majestät Schiff *Nereid* angetreten hatte. Ein prächtiges Linienschiff. Ein Zweidecker. Achtzig Kanonen, sechshundert Mann Besatzung. Er war stolz gewesen. So stolz, dass er sich das Schiff mitsamt Namen auf die Brust hatte tätowieren lassen, wie so viele Matrosen.

Zwei Jahre später hatte er es bereut.

Er stand vor dem Spiegel, der über der Apothekerkommode hing, und fuhr mit den Fingerspitzen über die wulstige Narbe, die er sich mit einem Messer zugefügt hatte, um wenigstens das verräterische *HMS* vor dem Namen loszuwerden. Kein feindliches Entermesser hatte ihn dort verletzt, wie er seitdem jedem, der fragte, weismachen wollte.

Er selbst hatte die Klinge geführt. Und dann selbst eines Nachts, heimlich, beim Schein eines Talglichtes im Kabelgatt, mit Nadel, Tinte und der Hilfe einer Spiegelscherbe aus der englischen *Nereid* eine französische *Néréide* gemacht.

Daran, auch die verräterischen Tintenmale aus dem Gesicht zu tilgen, hatte er damals nur flüchtig gedacht. Zu groß war der Schmerz gewesen – er hatte sich ein Tau zwischen die Zähne gestopft und sich vor und zurück gewiegt, hatte Rotz und Wasser geheult und lautlose Flüche ausgestoßen, während seine zittrige Hand das Messer geführt hatte. Undenkbar, diese Prozedur im Gesicht zu wiederholen.

Vielleicht war es jetzt an der Zeit. Nicht Bonnet machte ihm Sorgen. Bonnet hatte geschwiegen; er würde es weiterhin tun. Aber auf Mauritius brannte bereits die Lunte. Es war nur eine Frage der Zeit, bis das Pulver explodierte und seine Existenz ihm um die Ohren flog.

Seth betrachtete die Klinge des Skalpells in seiner Faust. Es gäbe noch eine andere Möglichkeit: Er könnte sich ein Muster ins Gesicht tätowieren. Eines, das die Tintenspritzer verbarg. Doch abgesehen davon, dass er sich nicht derart verschandeln wollte, würde ihm niemals eine glaubhafte Lüge einfallen, wie es dazu plötzlich gekommen war.

Ein tiefer Atemzug. Zwei. Dann setzte er die Klinge unterhalb des Auges an. Und zog sie nach unten. Es schmerzte höllisch. Übelkeit erfasste ihn, und er musste sich hinsetzen.

Du bist ein feiges Schwein, Seth Morgan. Anderen fügst du Schmerzen zu, und selbst erträgst du es nicht.

Ihm troff das Blut auf die Brust, lief über die *Néréide*. Mit dem Handrücken wischte er sich über die Wange.

Natürlich ertrüge er es – als ein junger Mann von achtzehn Jahren hatte er es auch geschafft. Damals war es um sein Leben gegangen. So auch heute. Er trat wieder vor den Spiegel und hob die Klinge.

Mach schon.

Seine Hand begann zu zittern.

Das Gesicht zu verschandeln, war etwas ganz anderes. Nein, er konnte sich nicht überwinden. Im sicheren Wissen, dass er es noch bereuen würde, vor diesem Schritt zurückgeschreckt zu sein, schob er die Lederhülse zurück über die Klinge.

* * *

Ein Hämmern unten an der Tür riss ihn aus dem Schlaf. «Monsieur le Docteur! Monsieur le Docteur!» Er fuhr in seine Hosen und stürzte ins Erdgeschoss. Als er die Haustür öffnete, blendete ihn eine Sturmlaterne. «Sie müssen schnellstens ins Château, Docteur!» Er brauchte eine Weile, bis er in dem Mann einen der schwarzen Lakaien aus dem Hause des Gouverneurs erkannte. Verdammt, Quinssy ging es schlecht. Er lag vielleicht im Sterben. Verdammt, es durfte nicht sein!

Seth schnappte sich seine Arzttasche und das Hemd, das er sich im Laufen überzog, und rannte barfuß hinaus. In der Loggia des Schlosses erwartete ihn bereits der Türhüter, der ihn eiligst die Treppe hinauf ins Obergeschoss führte. Zu seiner Verwunderung bog der Mann nicht in Richtung des Schlafzimmers Seiner Exzellenz ab, sondern eilte ans andere Ende des Korridors. War der Gouverneur ins Schlafgemach seiner Gattin übergewechselt? Sie stand an der offenen Tür.

«Es geht ihr schlecht», sagte sie ohne jede Begrüßung und winkte ihn hinein. «Kommen Sie, kommen Sie!»

Ihr?

Er betrat ein kleines Zimmer, in dem scheinbar alles, was das Schloss an weiblichem Personal hergab, um ein schmales Himmelbett herumwuselte. Die Tochter des Hauses, die aufsässige Joséphine Anne Catherine Anne, lag bleich und mit geschlossenen Augen in einem Berg von Kissen und bauschigen Laken, sodass sie winzig und zerbrechlich wirkte. Auf dem strahlenden Weiß leuchtete das Rot frischen Blutes.

«Was ist passiert?» Man machte ihm Platz, und behutsam entblößte Seth den Unterleib seiner Patientin. Nun, *was*, war ihm kein Rätsel. Blieb noch die Frage nach dem *Wie*.

«Sie hat mir gestanden, dass das Kind einer Affaire mit dem sogenannten Prinzen entstammte», erklärte Madame de Quinssy mit gewohnt kühler Stimme, in der Ärger mitschwang. «Diese Närrin! Eigenhändig würde ich sie über einen Stuhl legen, wäre sie jetzt nicht genug gestraft. Und dann war sie auch noch so töricht, dieses Kind abtöten zu wollen.»

«Sie ... hat es selbst getan?»

«Natürlich nicht! Es war dieser Zankapfel, diese Sklavin, die immer schon nichts als Schwierigkeiten machte! Noëlle. Dieses Mal ist der Bogen eindeutig überspannt. Sie hat sich damit ihr Todesurteil geschrieben.»

Langsam ließ er das Laken sinken, so langsam, wie sein Verstand das Gehörte aufnahm.

Noëlle hatte das Kind abgetrieben? Schwer vorstellbar. Wie auch immer: Damit war sie des Todes, in der Tat. Er starrte in das eisige Gesicht Madame de Quinssys. *Jesus Christus! Erst Bonnet – und jetzt dies.*

Er hörte die Lunte knistern.

III

*Zwei Dinge bedeuten mir Leben:
die Freiheit und das Objekt meiner Liebe.*

Voltaire
Schriftsteller, Philosoph
1694–1778

I.

«Wie hat es nur so weit kommen können?» Madame Hodoul tupfte sich die Tränen aus dem gepuderten Gesicht.

«Das wird das Gericht ans Tageslicht bringen», sagte Monsieur Hodoul.

«Ich meine doch, wie kann es sein, dass Noëlle so etwas tut? *Unsere* Noëlle?» Schniefend wandte sie sich an Noëlle, die mit hängenden Schultern im Vestibül des Hauses stand. «Du hast es doch gut bei uns. Von dem Stubenarrest abgesehen hattest du doch alle möglichen Freiheiten. Und so viele Güter und Geld haben wir an Docteur Poupinel gegeben, um dich vor einer schrecklichen Strafe zu bewahren. Und jetzt das!»

Monsieur Hodoul legte einen Arm um seine empörte Gattin. «Beruhige dich …»

«Ich will mich nicht beruhigen! Es ist eine Schande. Ein Skandal! Der Tochter des Gouverneurs mit schwarzer Magie schaden zu wollen! Was hast du dir nur dabei gedacht?»

Noch tiefer senkte Noëlle den Kopf. Sie hatte die böse Tat abgestritten, und erklären konnte sie natürlich nichts. Zugegeben hatte sie, dass Joséphine de Quinssy bei ihr gewesen war und einen Abort verlangt hatte. Aber es schien, als sei nur dieser eine Satz in Madame Hodouls Kopf gelangt; alles Weitere – dass Noëlle die junge Dame entschieden abgewiesen und von ihr mit dem Schirm geschlagen worden war – war wie in den Wind geredet.

«Ich bin unschuldig, Madame Hodoul», versuchte Noëlle es erneut.

«Und lügen tust du jetzt auch noch.»

«Nein, ich lüge nicht.»

«Dann lügt also Joséphine?»

Das war die Krux. Noëlle war schleierhaft, weshalb Joséphine sie tot sehen wollte. Doch nicht allein wegen ihrer Weigerung? Gleichwohl, ihre eigene Aussage, sofern man diese denn hören wollte, stand gegen die Joséphines. Und Joséphine war nicht nur die Tochter des Gouverneurs. Sie war vor allem eine weiße Herrin und Noëlle somit chancenlos.

Weshalb um Gehör bitten und sich verteidigen? «Ich lüge nicht, ich schwöre es», sagte sie dennoch. Es klang flehentlich, und sie war den Tränen nahe.

«Bei welchem Gott denn? Deinem heidnischen Geistergott? Nein, nein, das gilt nicht.»

«Ich schwöre es bei meiner Ehre», murmelte sie. Madame Hodoul schnaubte und schüttelte bekümmert den kunstvoll frisierten Kopf, sodass die Schläfenlocken flogen. Natürlich, ein Sklave hatte keine Ehre. Zumindest keine, die sich in die Waagschale werfen ließ.

«Noëlle, du …»

«Lass es jetzt gut sein.» Hodoul legte die andere Hand auf die Schulter seiner Gattin. «Bei der Verhandlung wird es aufgeklärt werden.» Der Blick, den er Noëlle zuwarf, war weniger vorwurfsvoll denn mitleidig. «Du solltest dich zurückziehen und ein wenig ausruhen, Chérie.»

Madame Hodoul nickte und schritt in die Tiefe des Hauses, gefolgt von Coquille, die betreten zu Boden schaute; der tiefe Fall einer privilegierten Sklavin gab dem ängstlichen Mädchen gewiss einiges zum Nachdenken.

Hodoul berührte Noëlle am Arm. «Ich begleite dich hinaus. Lieutenant Dubois ist vielleicht schon da, dich abzuholen. Fasse Mut; Gott ist mit den Gerechten.» Eine Floskel oder Überzeugung? Plötzlich wusste sie die Herrschaften, in deren Haus sie aufgewachsen war, nicht mehr recht einzuschätzen. Die natürliche Kluft war zu groß, war es immer gewesen, und als eine schwarze Sklavin hatte sie niemals in die Rolle einer Tochter hineinwachsen können.

Monsieur Hodoul öffnete die Tür und trat auf die Veranda. Im Garten und auf dem Aufweg hatten sich etliche neugierige Leute eingefunden und die Köpfe zusammengesteckt; offenbar spekulierte man über den Tathergang. Die dicke Madame Blin hatte die Damen des Dorfes um sich versammelt. Alle fuhren herum und musterten Noëlle von Kopf bis Fuß, als sähen sie sie zum ersten Mal. Auf Olivette Hodouls Wunsch hatte sie ihr blau kariertes Kattunkleid mit den gepufften Ärmeln angezogen, dazu das weiße Fichu. Ganz so, wie es die weniger wohlhabenden Frauen unter den Siedlern trugen, schlicht und züchtig. Die Haare jedoch fielen ungebändigt bis zu ihren Ellbogen, wie am Tag von Tortues Hinrichtung. Es ließ sie wild und stolz wirken, das wusste sie, und hie und da wurden die Blicke, die sie vom Scheitel bis zu den nackten Füßen taxierten, missbilligend. *Sklavin*, las sie in den Gesichtern. *Hat geglaubt, sie hätte eine herausragende Stellung, und sich wer weiß was darauf eingebildet.*

Das Korallenfeuer auf ihrer Brust schien aufzuglühen. Sie musste die Hand dagegenpressen, auch um den trommelnden Herzschlag zu beruhigen. Vielleicht war es auch Thierry Carnots Anblick, der ihre Aufregung zusätzlich anfachte. Mit langen Schritten bahnte er sich den Weg, und man wich ehrerbietig vor ihm zurück. Grüße erwiderte er nur mit halber Aufmerksamkeit; sein Blick war allein auf sie, Noëlle, gerichtet.

Er kann dir nicht helfen, versuchte sie die Hoffnung, die entgegen aller Vernunft in ihr erwuchs, sogleich wieder zu ersticken. *Diesmal nicht.*

Er eilte die Stufen herauf und verneigte sich vor Hodoul. Die feine Linie eines Schnittes zeichnete sich auf seiner linken Wange ab – wie mochte er dazu gekommen sein? «Monsieur, was kann ich tun? Ich habe bei Le Roy darum ersucht, vor dem Gericht für Noëlle sprechen zu dürfen, doch er wies mich ab.»

«Sie können nichts tun», sagte Hodoul bedauernd. «Außer beten, wenn Sie mögen.»

Thierry Carnot sah sie an, als sehne er sich danach, mit ihr irgendwo allein sprechen zu können. Dann würde er sie vielleicht wieder tröstend im Arm halten. Doch hier, vor all den Leuten, war das unmöglich.

«Ich habe nichts getan», sagte sie leise.

«Ich weiß es doch, Noëlle.»

Er hob eine Hand, schien ihre Wange berühren zu wollen.

«Ah, der Kollege!», dröhnte es hinter ihm. Er zuckte zurück und wandte sich um. Es war niemand anderer als Poupinel, der da stand, eine ausgestreckte Hand gewichtig auf dem Knauf eines neuen, kostbaren Spazierstocks. Sein Gehrock war aus teurer Seide – alles Dinge, die Monsieur Hodoul ihm gezahlt hatte. Eine Flasche, in der wie üblich nur noch die Neige schwappte, hatte er diesmal nicht bei sich. Doch der übermäßige Alkoholgenuss war ihm anzusehen: Poupinels Gesicht war bleich, voller glänzendem Schweiß und tiefer Falten, die Haare ungepflegt, der Backenbart zottelig. «Guten Tag», sagte er mit einem überheblichen Lächeln. «Überrascht, mich zu sehen? Das sollten Sie nicht sein. Das Hospital ist *mein* Haus, und *ich* bin der Arzt der Kolonie. Ich dachte, es sei an der Zeit, Ihnen diese Tatsache wieder in Erinnerung zu rufen.»

Die Unterhaltungen erstarben; neugierig reckten die Umstehenden die Köpfe.

«Monsieur Poupinel, der Docteur praktiziert auf ausdrücklichen Wunsch des Gouverneurs», warf Hodoul finster ein.

«Ach ja, der Gouverneur. Den er so erfolgreich operiert hat und dem es jetzt so schlechtgeht.» Poupinel stapfte die Stufen hoch und machte eine Verbeugung. «Ihrer Reputation, Kollege, war das ja nicht gerade dienlich, was?»

Dem es schlechtging? Davon wusste Noëlle nichts. Sie hoffte für den Gouverneur, dass Poupinel nur auf den Busch schlug.

Hinter Thierry Carnots verschlossener Miene schien es zu brodeln. «Monsieur, wir haben eine Abmachung getroffen», sagte er eisig. «Ihre Sprechstunde ist am Vormittag; Sie sollten also jetzt gar nicht hier sein.»

«Wo waren Sie überhaupt?», schnaubte Hodoul. «Seit Tagen haben Sie sich nicht blicken lassen, Poupinel.»

«In Kontemplation …»

Monsieur Hodoul lachte.

«Ja, und da sind mir einige Dinge durch den Kopf gegangen», sagte der Arzt etwas gefasster. Er ordnete sein Halstuch, als besänne er sich darauf, dass aller Augen auf ihn gerichtet waren. «Sie halten sich für wichtig, Carnot, weil Sie meinen, Sie sorgen für das Wohlergehen Quinssys und für das der Kolonie, und somit muss man vor Ihnen den Kotau machen? Da täuschen Sie sich mal nicht. Aber die Vereinbarung soll gelten, solange Sie noch hier sind. In den nächsten Tagen werden Sie ja gottlob wieder an Bord gehen. Und von der Gegenwart der aufmüpfigen Noëlle», sein Blick glitt verächtlich über sie hinweg, «werde ich dann auch bald verschont. Endgültig. Die Kolonie wird wieder ihre Ruhe haben.»

Thierry Carnot hielt still. Doch er machte den Eindruck, als wolle er Poupinel an den Hals gehen.

«Mein Gott!», rief Monsieur Hodoul. «Wenn Sie sich duellieren wollen, Messieurs, kann ich das für Sie arrangieren; ich habe zwei sehr schöne Duellpistolen. Morgen Mittag am Hafen?»

Erschrocken wich Poupinel zurück, sodass er fast von der Verandatreppe gerutscht wäre. «Schönen Tag noch», knurrte er und stiefelte, den Stock heftig auf die Stufen stampfend, hinunter und den Weg zurück.

Nun war es Lieutenant Dubois mit zweien seiner Männer, der aufs Haus zumarschierte. «Es ist so weit, Noëlle», sagte Hodoul.

Ihr wurde übel. Sie schob die Hand in die Seitentasche des Kleides und umfasste das lederne Beutelchen mit der Asche. *Ihr Ahnen, steht mir bei,* flehte sie in Gedanken.

Thierry Carnot ergriff ihre Hand. «Ich bleibe hinter dir», raunte er ihr zu. Er führte sie die Stufen hinunter, als sei sie eine Dame.

Dubois salutierte. «Ich habe die Aufgabe, die Sklavin Noëlle ins Haus des Gerichts zu überführen», rief er steif zu Hodoul hinauf. Der nickte nur und verschwand im Inneren, wie Noëlle bei einem letzten Blick zurück bemerkte. «Folge mir», befahl ihr der Lieutenant und von den Soldaten flankiert lief sie mit gerafftem Kleid hinter ihm her.

Thierry hatte sie losgelassen, doch sie wusste, dass er hinter ihr schritt. Seine Gegenwart half ihr durch das Spalier, den die Siedler im Garten der Hodouls und den kurzen Weg hinüber zum Schlossgarten bildeten. Als sie durch die beiden majestätischen Ravenala-Palmen schritt, kam ihr das Château plötzlich fremd vor. Sämtliche Bedienstete hatten sich auf der Freitreppe versammelt. Die Last all dieser Blicke ließ Noëlle straucheln. Sofort war Thierry bei ihr und half ihr auf. *Sei stark,* sagten seine warmen Augen. *Es wird gut ausgehen.* Oder bildete sie sich das nur ein? Sie straffte sich und nahm die letzten Schritte und die Stufen in Angriff. Blickten all diese Leute sie feindselig oder mitleidig an? Egal, sie mühte sich, es nicht wahrzunehmen. Es war jetzt unwichtig. Nur Radegonde Payet, ja, die sah sie ganz deutlich; die alte Hebamme entblößte ihre letzten Zähne zu einem giftigen Lächeln.

Fouquet, prächtig herausgeputzt in seiner Kammerherrnlivree, empfing sie im Schatten der Loggia. Rasch warf Noëlle einen Blick zurück: Thierry stand zwischen den Säulen; scharf zeichneten sich seine Umrisse vor dem blauen Himmel ab. Er hob eine Hand. Wie zum Abschied.

Dubois bedeutete ihr, ins Haus zu gehen. Sie musste Mut fassen, die Schwelle zu übertreten. Dahinter wäre sie allein auf sich gestellt, das wusste sie. Tief atmete sie durch und schloss kurz die Augen. Sie suchte in sich die Gegenwart der Ahnen. Ihren Zuspruch. Doch sie vernahm nichts.

Im Empfangsraum hatte man den großen Esstisch in die Mitte geschoben. Dahinter standen die Herren des Gerichts. Monsieur Hodoul, sonst der Erste Stellvertreter des Gerichts, war wegen Befangenheit nicht berufen worden. Und der Gouverneur, der vielleicht für sie gesprochen hätte, lag krank darnieder. Diese Männer – der Verwalter Le Roy, die Herren Blin und Rossigno, dazu der Notar Dumont – wirkten unter den alten Allongeperücken, aus denen der Puder rieselte, kühl und abweisend.

Dubois berührte Noëlle am Ellbogen und bedeutete ihr, vor den Tisch zu treten. Sie machte einen Knicks, und die Messieurs begrüßten sie mit einem Nicken. Auf dem Tisch lagen ein Tintenfass, Papier, ein Buch; wahrscheinlich eine Bibel. Daneben befanden sich Brillen und Kneifer und ein fünfarmiger Kandelaber, dessen kostbare Kerzen sogar brannten, obwohl es mitten am Tag war.

Ours-dressé, der den türkischen Mohr spielte, versorgte die Herren mit duftendem Kaffee. Die Sklaven Pétale und Ganymède bewegten mannshohe Fächer, und der riesige Deckenventilator sirrte; trotzdem rann den Männern der Schweiß in die Halstücher, die sie sorgfältig um die Vatermörderkragen geschlungen und mit eleganten Schleifen verknotet hatten. Während Monsieur Le Roy die Anklage verlas, ließ Noëlle den unauffälligen Blick durch das große Zimmer gleiten. Wie oft hatte sie hier ihre Speisen serviert – hier an diesem Tisch? Wie viele *Ah!* und *Oh!* hatte sie dafür empfangen? Die feinen Brokatsessel waren noch dieselben, ebenso das Portrait mit dem streng dreinschauenden Napoléon und der leuchtend grüne Gecko, der so gern auf dem goldenen Rahmen hockte – sie sah seinen Schwanz hervorspitzen. Es war ihr alles so vertraut: die hohe Decke mit den muschelähnlichen Reliefs, die blühenden Hibiskusbüsche und die Bougainvilleen dort hinten bei den schmalen Treppen. Die indischen Läufer. Die Uhr aus Gold und Porzellan, von der der Gouverneur einmal gesagt hatte, sie gehöre eigentlich auf einen Kamin.

Die Herren warfen ihre Rockschöße zurück und setzten sich. Ein Pflanzer namens Alphonse de Lavoisier sollte ihre Verteidigung übernehmen, wurde Noëlle kurz und bündig beschieden – der Mann hatte bisher kein Wort mit ihr gewechselt.

Vielleicht war es ein Fehler gewesen, Joséphine abzuweisen, dachte Noëlle. Im nächsten Moment erschrak sie ob dieses bösen Gedankens. Aber dann stünde sie jetzt nicht zu Unrecht hier und müsste zusätzlich zu ihrer Strafe noch den Zorn erdulden, der in ihren Tiefen brodelte. Warum musste sie leiden, weil ein Mädchen, dem sie nicht das Geringste bedeutete, eine Dummheit begangen hatte? Dann rief sie sich in Erinnerung, dass Joséphine litt. Sehr sogar. Trotzdem ließ sich das Gefühl, all diese Männer schütteln und anschreien zu wollen, nicht unterdrücken. Sie malte sich aus, es zu tun, vielleicht half es. Sie malte sich aus, fortzulaufen, hinunter zum Hafen, sich eines der Boote zu schnappen und pfeilschnell irgendwohin zu segeln, wo das angebliche Paradies *wirklich* existierte. Könnte sie sich doch nur in die Lüfte erheben, weit über allem schweben wie die großen Fregattvögel. Oder dicht über den Köpfen wie eine hungrige Möwe, um auf diese lächerlichen Perücken zu scheißen.

«Noëlle, du darfst dich setzen», sagte Le Roy.

Fouquet führte sie zu einem Stuhl; sie strich ihr Kleid glatt und setzte sich. Die Lust an der Aufsässigkeit schwand, und die Furcht um das nackte Leben kehrte zurück.

In ihren Ohren rauschte das Blut, und alles klang dumpf, auch die Anklage, die Le Roy verlas. Und die Aufforderung, sich zu äußern.

«Ich bin unschuldig, hohes Gericht», sagte sie mit bebender Stimme.

«Laut Aussage Madame Radegonde Payets, die dich beobachtete, hast du den Abort durchgeführt. Du hast Joséphine Anne Catherine Annes Gesundheit aufs Spiel gesetzt.»

«Nein, das ist nicht wahr.»

«Du hast ihr Kind abgetötet ...»

So ging es weiter.

Du hast schon einmal mittels schwarzer Magie einer schwangeren Pflanzerstochter ein Kind weggemacht ...

Du hast Hodoul bestohlen, du hast Gelee abgezweigt ...

Du hast Emmanuel Poupinel geschlagen ...

Du bist nicht glaubwürdig.

Sie fand sich vor dem Esstisch auf dem Holzboden wieder, weinend und bettelnd, dass man ihr Glauben schenken möge. All diese Herren mit ihren Perücken, waren es Menschen? Oder hatte sich das böse Mana ihrer bemächtigt, hatte sich materialisiert, ihre Gestalten angenommen? Vor ihnen lag sie auf den Knien und flehte um Gnade, als seien es Götter. Zanahary, der Schöpfergott, der auf seinem Berg thronte und sich nicht für die Belange der Menschen interessierte, besaß mehr Herz und Mitleid.

«Ich bin … unschuldig … hohes Gericht.»

Du hast die Gesundheit von Joséphine Anne Catherine Anne aufs Spiel gesetzt …

Du hast ihr Kind abgetötet …

«Nein, so glauben Sie mir doch.»

Du hast ihr Kind abgetötet …

Du hast …

Sie krümmte sich, barg den Kopf in den Armen und schämte sich zu Tode.

Geschlagen und gedemütigt lag sie in ihrer Zelle. Kalte Gitterstäbe ringsum. Im fauligen Stroh raschelten Mäuse. Ihr schwarzes Haar umgab sie wie ein schützender Schleier. Das Kleid war bis zu den Ellbogen heruntergezerrt, der nackte Rücken blutig. Seth hatte teuer für den Schlüsselbund bezahlt; bis an sein Lebensende hatte er sich verschuldet, um sie dort herausholen zu dürfen. Doch keiner der Schlüssel wollte passen, und wenn er glaubte, es sei jetzt der richtige, glitt er ihm aus den Händen und fiel mit Getöse herunter. Machen Sie schon, sagte Hodoul, bevor ich's mir anders überlege. Der feiste Freibeuter stand mitsamt seiner putzsüchtigen Gattin in einer Reihe neugieriger Adliger. Sich die Verrückten in Bedlam anzusehen, fauliges Obst nach ihnen zu werfen, sie mit den Spazierstöcken zu triezen und sie zu verhöhnen und auszulachen, war eine beliebte Sonntagsnachmittagsbeschäftigung. Irgendwann zwischen dem Lunch und dem Tee kamen sie zuhauf. Alle waren da: die Quinssys, die Hodouls, die Blins, die La Geraldys, die Damen aus dem komfortablen Haus ... Sie ist verrückt, sie ist verrückt!, grölten sie. Noëlle hob den Kopf, und als sie sich umwandte, war es Bess, die ihn voller Verzweiflung und Sehnsucht anstarrte. Bess, Bess, ich hole dich heraus, Bess, Bess ... Doch seine Finger kämpften mittlerweile gegen Ketten an. Plötzlich ließen sie alle von Bess ab und wandten sich ihm zu. Das faule, stinkende Gemüse klatschte in sein Gesicht. Holt ihn euch, diesen Betrüger! Packt ihn, stoßt ihn von den Felsen! Er griff durch das Gitter, wollte Bess oder Noëlle wenigstens berühren. Gib mir deine Hand ... Die Männer zerrten ihn zurück, und dann war er nicht in Bedlam, sondern auf dem sonnendurchfluteten Deck eines Schiffes. Was machen wir mit ihm?, brüllten alle durcheinander. Es war Mullié, der ihn mit dem Degen zur Reling zwang. Über Bord mit dir, rosbif! Runter, runter! Er landete in grellem, heißem Sand. Die Sonne brannte auf ihn herab, doch dann schob sich eine fette Wolke über sein Blickfeld ...

Er erwachte, weil die Wolke über seine Stirn kratzte. Nein, es war sein Hut. Zumindest nahm er das an, da er noch längst nicht klaren Sinnes war. Unter sich erspürte er angenehm warmen Granit, und an seine Ohren spülte die Brandung ihr vertrautes Geräusch.

«Willst du wohl den Herrn in Ruhe lassen? Ksch, ksch, weg mit dir!»

Seth ruckte hoch; er konnte gerade noch den Hut fassen, der herunterzukullern drohte. Die Hutmacherin Échalas sprang von den niedrigeren Steinen des Felshaufens, der wie eine gestrandete Herde versteinerter Wale wirkte. Er war hier heraufgeklettert, um sich die salzige Luft um die Nase wehen zu lassen, um sich auszuruhen – und dabei einzuschlafen. Verblüfft beobachtete Seth, wie Échalas – den Hut tief ins Gesicht gezogen – vor Monsieur Inard auf die Knie fiel, wieder hochsprang, sodass der Sand spritzte, und in den Palmenwald hastete.

«Was wollte das lange Elend von Ihnen?», fragte Pierre Michel Inard. Der kleine gedrungene Mann eilte näher. «Nicht, dass sie Sie beklaut hat?»

Seth richtete sich auf und setzte sich den Hut zurecht. «Ich glaube, sie wollte nur verhindern, dass ich zu viel Sonne abkriege.»

«Meinen Sie? Sehen Sie lieber noch einmal in Ihren Taschen nach.»

Er griff in seine Culottes. Das Skalpell war noch da; sonst trug er nichts Stehlenswertes bei sich. «Nein, nein, sie hat nichts getan.» Augenblicklich kehrten seine Gedanken zu Noëlle zurück, die fälschlich einer bösen Tat beschuldigt wurde. «Wissen Sie, ob die Verhandlung noch im Gange ist, Monsieur Inard?»

Der Pflanzer stapfte näher. «Ja, die Messieurs sind noch nicht fertig. Die Leute haben sich aber inzwischen schon zerstreut. Eine Stunde für eine Sklavin ist doch recht lange … Was meinen Sie, ob sie wohl getan hat, wessen man sie beschuldigt? Ich kann es mir kaum vorstellen.»

«Sie hat es nicht getan.»

«Andererseits kann unsereiner doch gar nicht in den Kopf solcher Geschöpfe blicken.» Inard hielt sich den Hut fest, während er den Kopf in den Nacken legte. «Ich bin ja hier geboren; mein Vater war einer der ersten Siedler und hat noch auf Saint Anne gewohnt. Und er konnte schon die tollsten Geschichten über aufsässige Sklaven erzählen.»

«Fesseln machen einen unberechenbar, Monsieur Inard; weniger die Freiheit, sein Handeln selbst zu verantworten.»

«Das mag ja sein. Wussten Sie, dass wir nach der Revolution kurzzeitig per Dekret die Sklaverei abgeschafft hatten? Aber unsere Kolonie hatte sich nicht als lebensfähig erwiesen, und so hatte man sämtliche Freigelassenen wieder in Ketten gelegt. Als guter Franzose halte ich es mit Rousseau, aber als guter Unternehmer weiß ich, was ich zu tun habe. Bedauerlich, aber dies ändern zu wollen, ist doch Utopie. Wie geht es dem Gouverneur?»

«Den Umständen entsprechend. Das nächste Bulletin gibt es morgen früh.»

«Sie haben jetzt gewiss einiges um die Ohren. Lassen Sie sich nicht von Poupinel ärgern, er ist es nicht wert. Und tragen Sie Ihren Hut! Wer soll Sie denn behandeln, wenn Sie einen Sonnenstich kriegen? Ah, da kommt der Commandant. Ich empfehle mich, Monsieur le Docteur.» Inard grüßte den heraneilenden Mullié und kehrte wieder in seinen Kokoswald zurück.

«Was machst du denn da oben in drei Metern Höhe, Freund?»

«Die Wellen beobachten, Jean.»

«Was gibt es da zu sehen?»

«Wie immer: die Kraft und Größe Gottes.»

«Amen.» Mullié schüttelte seine prächtigen Locken. «Ich habe dich überall gesucht. Ich war im Hospital …»

«Wieso, bist du krank?»

«Thierry, was ist mit dir los? Komm herunter. Lass uns Rum oder Wein trinken; irgendetwas, was den Kopf eines Mannes wieder ins richtige Fahrwasser bringt. Wann hast du eigentlich zuletzt etwas gegessen?»

«Heute früh.»

«Ich meine, mehr als einen Kanten altes Maniokbrot. Du fällst nämlich vom Fleisch.»

«Und du fängst wieder an zu schwätzen, Mullié. Gegen die wohlgenährten Herren hier kommt einem jeder dünn vor. Geh, lass mich in Ruhe.»

«Ich schwätze nicht, ich sage immer nur, wie's ist. *Du* wolltest doch, dass wir uns beide heute unterhalten; deshalb war ich im Hospital. Also komm da herunter und …»

Das hatte Seth in all der Aufregung vergessen. Worum hatte es eigentlich gehen sollen? Ach ja; er wollte Mullié sagen, dass er hierzubleiben gedenke. Wie lange schob er *das* nun vor sich her? Ihn aufzuklären, wäre dringend geboten. Doch er konnte jetzt darüber nicht nachdenken. «Mullié, dreh bei. In Gottes Namen, lass mich in Ruhe.»

«Thierry …»

Seth sprang von der Ansammlung wuchtiger Steinbrocken herunter und schnappte sich sein Hemd, das er nach seinem Sprung in die Fluten auf einem der rundgeschliffenen Brocken ausgebreitet hatte. Im Fortgehen warf er es sich über die Schulter.

«Thierry! So kenne ich dich gar nicht.»

«Ich mich auch nicht, Mullié», knurrte Seth.

«Weißt du, was ich glaube? Du bist in das Mädchen verliebt.»

«Was?» Er fuhr herum. «Wie ich schon sagte: Du schwätzt dummes Zeug.»

Mullié lachte. «Sicher, dass du das beurteilen kannst? Seit ich dich kenne, setzt du eine Leichenbittermiene auf, wenn du dich dazu herablässt, zu einer Hure zu gehen. Und ich dachte anfangs, als wir uns noch nicht lange kannten, dass du ein armer Kerl seist, der nur den Druck loswerden will, um für die nächste Zeit keinen Gedanken mehr daran verschwenden zu müssen. Dass man Frauen auch genießen kann, scheinst du nicht zu wissen.»

Verdammter schwätzender Frosch! «Hast du etwa jedes Mal durchs Schlüsselloch geguckt?»

«Nein, aber dein Gesicht und das der Damen gelegentlich hinterher gesehen. Und ich bin weder blind noch dumm. Ich will dir etwas gestehen: Anfangs erwog ich allen Ernstes, dass es dich zu deinesgleichen zieht.»

«Meinesgleichen?»

Rasch winkte Mullié ab. «Ja. Aber irgendwann habe ich kapiert, dass du es einfach vorziehst, dich in deiner Arbeit zu vergraben. Du bist halt ein Eremit. Sowas soll's ja geben.»

«Mullié, ich kapiere kein Wort von dem, was du sagst. Also komm zum Ende.»

«Was ich sagen will: Gott hat es so eingerichtet, dass es einen Mann zu einer Frau zieht. Nur hast du das bisher kräftig geleugnet, und deshalb könntest du gegen eine Wand rennen und würdest immer noch nicht begreifen, was du für Noëlle empfindest. Deshalb erweise ich dir den Freundschaftsdienst, dich über deine Gefühle aufzuklären. Hast du's jetzt verstanden?»

Seth rollte die Augen. «Ich mag Noëlle, aber das ist auch alles.»

«Lass gut sein.» Mullié schlug ihm im Vorbeigehen auf die Schulter. «Du hast ja ganz recht, ich rede zu viel, und mit einem Narren zu reden, wie du einer bist, ist kein Vergnügen. Also, verschieben wir die Unterhaltung, die du mit mir führen willst, auf morgen.»

Er verschwand im Wald wie kurz zuvor Inard, und Seth konnte nur fassungslos den Kopf schütteln. Mullié und seine verdammte Akademie, da glaubte er wohl gelernt zu haben, den Menschen anzusehen, ob sie … liebten. *Ich liebe sie nicht, Teufel auch, wie könnte ich? Sie ist eine schwarze Sklavin. Eine Madagassin, die an Geister in Muscheln glaubt und sie auf Schnüre aufreiht. Noch dazu ist sie eine Frau, die ich mit Lügen überschüttet habe. Völlig unmöglich.*

Er beschloss, zum Château zurückzukehren. Da sein Schlaf auf dem Felsen ein Wunder gewesen war, das sich nicht wiederholen würde, konnte er genauso gut im Schlossgarten ausharren. Er hoffte nur, dass er dort nicht wieder Poupinel begegnen würde. Sollte dieser seine hässlichen Beschimpfungen gegen Noëlle fortsetzen, würde er nicht mehr wissen, was er täte. Poupinel niederschlagen, ja.

Die Lust, genau das zu tun, rauschte durch seine Adern. Er streckte sich, ballte die Fäuste. Wenn ein Mann um einer Frau willen seine Contenance verlor … hieß das nicht, dass er sie liebte?

Er liebte sie nicht. Wie könnte er?

Warum nicht?, fragte er sich.

Er war in dem ganz eigenen Kosmos eines Segelschiffes groß geworden. Unter Männern, die deportiert worden wären, hätten sie nicht den Seedienst gewählt. Verbrecher, Mittellose, Waisen. Die Ausgestoßenen der Gesellschaft. Er gehörte dazu. Und da sollte er eine Ausgestoßene nicht lieben können?

Mullié, alter Schwätzer. Ich glaube, ich stehe in deiner Schuld.

Vor dem Schloss harrten die Neugierigsten noch aus. In Grüppchen standen sie beieinander. Als Seth über den Aufweg lief, flogen die Gesichter zu ihm herum; die Gespräche verebbten. Eine Dienerin rannte auf ihn zu und knickste: Madame de Quinssy wolle ihn sprechen.

Sie saß im Pavillon, hochgeschlossen gekleidet wie stets; die gefalteten Hände lagen auf einem Büchlein. Er verneigte sich und wartete. Im Gesicht dieser Frau lesen zu wollen, ersparte er sich.

«Ich danke Ihnen, dass Sie meine Tochter gerettet haben», sagte sie schließlich. «Was meinen Mann betrifft, so würde ich auch gerne sagen: Chapeau. Sorgen Sie dafür, dass ich das kann.»

Madame de Qunissy entließ ihn, indem sie hocherhobenen Hauptes zur Seite blickte. Die Türflügel schwangen auf. Zwei weitere Soldaten traten heraus. Zwischen ihnen schritt Noëlle die Treppe herunter, den Blick ebenso starr in weite Fernen gerichtet. An dem Strick um ihre Handgelenke erkannte er, dass sie schuldig gesprochen war.

Er schob sich an den Leuten, die die Köpfe reckten, vorbei und versperrte den Männern den Weg.

«Machen Sie keine Schwierigkeiten, Monsieur Carnot», rief Dubois, der hinter ihnen marschierte. «Wie Sie sehen, hat man ihre Hände dieses Mal nicht im Rücken gefesselt.»

«Ich danke Ihnen für diese Umsicht, Lieutenant. Trotzdem bitte ich Sie, ihr die Fesseln ganz zu lösen, sobald sie in der Gefängnishütte ist. Und dass man sie gut behandelt.» Seth wusste nicht, woher er die Ruhe nahm. Aber seine Stimme klang fest. «Ich werde mehrmals täglich nach ihr sehen und bitte darum, dass ich das jeweils ohne Schwierigkeiten und Einschränkungen tun kann.»

Dubois runzelte die Stirn, nickte aber. «Wie Sie wünschen, Docteur.»

Auch Noëlle war stehen geblieben; doch da sie Seth nicht zu bemerken schien, ging er auf sie zu. Er drückte sie an sich und küsste ihre Stirn. Das gäbe Getuschel, doch das war ihm gleich. Diese Leute wollten, dass er hier praktizierte, also würden sie auch hinnehmen müssen, dass er eine Negersklavin umarmte. Über Noëlles Kopf hinweg sah er das Gericht in den Schatten der Loggia treten. Die Perücken aus Pferdehaar, wahrscheinlich hie und da mit Kokosfasern geflickt, machten die Herren fast unkenntlich. Einer – es war der Notar – hob langsam eine Hand und schlug ein Kreuz.

* * *

Nein! Nein, ihr Ahnen, nein! Sie wollte nicht noch einmal in die Gefängnishütte. Nicht weil es darin so schrecklich war – das war es nicht. Doch es wäre wie die Besiegelung des Urteils, das man über sie gefällt hatte. *Nicht über die Schwelle!*, schienen ihr die Ahnen zuzuschreien. *Das ist dein Tod!* Mit aller Kraft stemmte Noëlle die Fersen in den festgetretenen Boden.

«Hör auf, dich zu sträuben.» Der Soldat, der sie hineinschob, klang eher mitleidig denn ärgerlich. «Das hilft dir doch nicht. Geh hinein, sonst muss ich dir weh tun.»

«Nein, bitte, nein …» Wie sie ihr Flehen hasste! Doch sie konnte nicht anders; die Angst brachte ihren Brustkorb schier zum Platzen. Vergebens sagte ihr der Verstand, dass Bitten und Betteln nichts halfen. Sie drehte sich im Griff des Soldaten und streckte unter seiner Achsel den Arm aus. «Monsieur Hodoul! Bitte helfen Sie mir!»

«Der ist nicht da.»

Er gab ihr einen kräftigen Stoß. Noëlle taumelte in die kleine Gefängniszelle und ruderte mit den Armen, um den Fall aufzuhalten. Ihre Hände berührten die gegenüberliegende Wand und stießen sich an ihr ab; sie sprang auf den Soldaten zu und trommelte mit den Fäusten auf seine Brust.

«Ich bin unschuldig! Ihr seid die Verbrecher, ihr! Ich habe nichts getan, und ihr wisst das alle ganz genau! Ihr …»

Seine Hand flog so schnell in ihr Gesicht, dass Noëlle es erst begriff, als sie zu Boden ging. Der Schmerz machte sie für einen Augenblick blind und taub. Dann hörte sie die zuschlagende Tür und das wütende Rappeln des Schlüssels im Schloss. Sie rollte auf den Bauch und heulte in ihre Arme. Der Zorn, nein, der Hass gegen die Ungerechtigkeit und sich selbst, weil sie sich schon wieder so erniedrigt hatte, schüttelte ihren ganzen Körper.

«Ich bin unschuldig! Ich will nicht sterben. Ich will …» Der Rest ihrer Klage erstarb. Sie fühlte sich völlig ausgehöhlt, zu Tode erschöpft, als habe sie tagelang schwerste Arbeit getan. Sollte sie sich aufgeben? Sich morgen zum

Hafen schleifen lassen, still ihre Strafe empfangen? Oder weiter um ihr erbärmliches kleines Leben kämpfen? Aber sie hatte keine Wahl: Der brodelnde Hass trieb sie wieder auf die Knie. Sie hörte, wie erneut die Tür geöffnet wurde und jemand eintrat. Mit einem Satz durchquerte sie den Raum und stürzte sich auf ihn. Das weiße Schwein! Ihre Fäuste, Handflächen, Nägel gingen auf ihn nieder. Kämpfen, kämpfen! So lange sie es konnte! Sie schrie, nein, brüllte, was ihre Lunge hergab. Und schlug. Er wehrte sich halbherzig. Sie ahnte, dass er, wollte er es, sie einfach niederschlagen oder niederschießen könnte. Doch dieses Wissen fachte ihre Wut auf die Unterdrücker nur mehr an.

«Die ist ja tollwütig. Monsieur le Docteur, gehen Sie beiseite! Ich stoße ihr den Musketenkolben ...»

«Nein, tun Sie ihr nichts, Soldat!»

Der Docteur? Thierry? Sie ließ die Hände sinken; zugleich schlug der Kolben gegen ihren Magen. Sich krümmend taumelte sie zurück. Doch der Hieb war nicht allzu fest gewesen; offenbar war Thierry dem Mann in den Arm gefallen. Sie japste, atmete gegen den Schmerz an, und mit ihm schwand langsam der Rausch. Nicht ganz – leicht gekrümmt blieb sie stehen, um sich zu wehren, sollte Dubois' Mann ein zweites Mal zustoßen wollen. Durch ihre zerzausten Strähnen hindurch sah sie Thierry im nachlässig übergeworfenen Hemd.

«Es ist alles in Ordnung, gehen Sie», wies er den Mann mit ausgestreckter Hand an, ohne den Blick von ihr zu nehmen.

«Sind Sie sich sicher? Sie hat sich in eine Furie verwandelt.»

335

«Ich bin mir sicher. Nun gehen Sie!»

Der Soldat hob zwei Finger an die Stirn und zog sich mit einem letzten misstrauischen Blick auf Noëlle zurück. Da er die Tür nicht ganz schloss, zog Thierry sie zu.

Noëlle zitterte. Nicht aus Furcht, nicht aus Erschöpfung; sein Blick war so seltsam starr. Mit einem Mal stürzte er auf sie zu, so schnell, wie sie zu ihm gelaufen war, riss den Schleier ihrer Haare auseinander und packte grob ihre Wangen. Er zwang ihr einen Kuss auf, so wie sie es einmal getan hatte, als er schlafend am Behandlungstisch gesessen hatte. Nur war der ihre nicht so brutal gewesen. Er warf die Arme um sie und presste sie mit aller Kraft an sich. Sie wehrte sich nicht länger. Ihr Leben war vorbei. Es wäre gut, wenn sie es in seinen Armen aushauchte. Wenn er sie erstickte mit seinen Lippen und erwürgte mit den Händen. Doch dann warf er den Kopf zurück und rang nach Atem.

Zögerlich löste er sich von ihr und hielt sie ein wenig auf Abstand. «Noëlle, hatte ich dir nicht gesagt, dass du die Finger von dieser Magie lassen sollst?» Seine Stimme wurde laut. «Sie ist gefährlich – schon allein, weil dich dann jeder Tom, Dick und Harry beschuldigen kann, Dinge getan zu haben, die überhaupt nicht in deiner Macht standen, und das hast du jetzt davon!»

Sie sah ihn mit großen Augen an. Wollte er *jetzt noch* mit ihr streiten, so wie früher?

«Verzeih», sagte er sofort. «Ich fühle mich nur …» Er hob die Hände und schüttelte den Kopf.

«Hilflos», ergänzte sie.

«Ja. Wütend.» Er stöhnte. «So wie du eben.» Seine Finger glitten an ihren Armen herunter und umfassten ihre

Hände. Auf diese Art berührt zu werden, fühlte sich wunderbar an. Und auf eine seltsame Art völlig alltäglich, wenngleich niemals ein Mann ihre Hände gehalten hatte. Es fühlte sich an, wie es sein sollte.

Er neigte sich vor und küsste eine Träne von ihrer Wange. Sanft diesmal – auch das kam ihr wie das schlichte Glück eines Lebens vor, wie es jeder Frau zustand.

War dies Zuneigung? Gewiss. Liebe? Davon verstand sie nichts. Aber sie wusste, dass ihr Wunsch, weiterleben zu dürfen, so unerträglich drängend war, dass es sie fast von den Füßen riss.

«Ich … bin …», flüsterte sie kehlig und schluckte, weil sich die Angst wieder wie eine mächtige Faust in ihrer Brust ballte.

«Ja, man hat mir gesagt, welches Urteil man gefällt hat.»

«Ich überlebe das nicht», hauchte sie. «Niemals.»

Auch er schluckte. «Gib nicht auf. Ich versuche dir zu helfen.»

An der Tür klopfte es. Er hob ihre Hände an seine Lippen, küsste sie, drückte sie an seine Wangen.

«Bei Gott, gib nicht auf.»

Nein. Jetzt nicht mehr.

2.

«Wie geht es meiner Tochter?» Quinssy öffnete den Mund und empfing aus der Hand seines Kammerdieners einen Löffel würzig duftende Schildkrötensuppe.

«Mademoiselle Joséphine ist außer Lebensgefahr», erwiderte Seth, der sein Verbandsmaterial sortierte und in ledernen Beuteln verstaute. Er hatte Quinssys Operationswunde inspiziert und ein mit Schusswasser getränktes Pflaster aufgelegt; sie machte einen zufriedenstellenden Eindruck. Was sich vom Allgemeinzustand seines Patienten leider nicht sagen ließ. «Ihre Tochter muss sich jetzt nur ausruhen. Ich habe strenge Bettruhe verordnet.»

Quinssys Schlürfen übertönte das Zwitschern eines Bülbüls vor dem Schlafzimmerfenster. Bereits nach zwei Löffeln ließ er den Kopf ermattet in die Kissen zurücksinken. «Weg damit, Fouquet, es ekelt mich an. Monsieur le Docteur, wird sie noch … empfangen können?»

«Das kann ich nicht beantworten, Exzellenz», antwortete Seth.

Fouquet trug die halb geleerte Suppentasse ab und brachte eine Dessertschale. Dass es auch das wundersame Gelee nicht vermochte, Quinssys bleiches, schweißnasses

Gesicht aufzuhellen, zeigte Seth, wie schlecht es ihm ging.

Dennoch kam er nicht umhin, den kranken Mann mit seiner Verzweiflung zu behelligen. Er trat an das Bett und setzte sich auf die Kante.

«Es ist gut, Sie hierzuhaben, Docteur», murmelte Quinssy. «Wir haben es mit unseren Ärzten nicht gut getroffen, was? Der eine taugt nicht viel, und der andere sagt kein Wort.»

«Der andere?»

«Na, Ihr britischer Kollege, der sich immer noch ans Leben klammert. Ist das nicht erstaunlich? Woher nimmt er die Kraft, frage ich mich …»

«Ich weiß es nicht.»

«Denken Sie nicht, es war falsch, ihm geholfen zu haben?»

Sprach Quinssy wirklich von dem bewusstlosen Fremden oder doch von sich? «Nein», antwortete Seth. «Das ist es niemals. Ein Arzt *muss* helfen, sonst wäre er nicht wert, ein Arzt genannt zu werden. Exzellenz, wie kann ich Noëlle helfen? Dass sie zu dieser fürchterlichen Strafe verdammt wurde, macht mich … krank.»

Quinssy hob beide Hände und ließ sie auf die dünne Decke fallen. «Die Messieurs haben entschieden. Da kann man nichts tun. Ich hätte nicht so hart geurteilt, da ich Noëlle zwar eine solche Tat zutraue – sie gab selbst zu, schon einmal einen Abtreibungszauber gewirkt zu haben …»

«… der nicht geholfen hat», fiel Seth ihm ins Wort, «oder glauben Sie etwa an *gris-gris*?»

«Natürlich nicht, aber das ändert ja nichts an ihrer Absicht. Ich glaube jedoch nicht, dass ihre Beteuerungen, bei Joséphine kein *gris-gris* angewandt zu haben, Lügen waren. Nun, leider war ich nicht da, meine Stimme in die Waagschale zu werfen. Ja, ich halte Noëlle für unschuldig, ich gebe es zu. Sie besitzt eine gewisse, nun … Noblesse, möchte man sagen. Aber was ist die Wahrheit?» Quinssy schnaufte, erschöpft von der langen Rede.

«Ich glaube, dass das Ganze eine Intrige Poupinels ist. Wahrscheinlich hat er die Hebamme, die in Wahrheit den Abort vornahm, zur Falschaussage angestiftet, um sich an Noëlle zu rächen. Oder um sein Gesicht wiederzubekommen, das er verloren glaubte, weil eine Sklavin, die ihn schlug, nur mit Hausarrest bestraft wurde. Und die Hebamme redete es ihrer Tochter ein.»

«Es könnte so gewesen sein, ja.»

«Dann ändern Sie das Urteil!»

«Dazu habe ich nicht die Macht, und das wissen Sie.»

«Was ich weiß, ist, dass Sie diese Inseln beherrschen wie ein absoluter Monarch. Sie können Ihr Veto einlegen. Sie können – ich weiß nicht, was Sie alles können; intrigieren, kaufen, bedrohen! Sie haben die Macht!»

Seth wandelte auf einem schmalen Grat, doch einen anderen Weg sah er nicht. Mochte er sich den Gouverneur zum Feind machen; er musste es wagen.

Quéau de Quinssy berührte seinen Arm. «Sie vergessen dabei eines: Das Opfer der – tatsächlichen oder vermeintlichen – Missetat ist meine Tochter. Es gäbe einen Skandal, würde ich im Hintergrund die Fäden ziehen, um eine Sklavin zu retten. Und bedenken Sie: Es handelt sich hier nicht um das Kind irgendeines Pflanzers, es geht um meine eigene Tochter. Das macht es ganz unmöglich! Nein, ich ...» Er entließ seinen heißen Atem mit einem tiefen Seufzen und schloss die Augen. «Es muss ... noch einmal ... ein Exempel statuiert werden. Es ... muss.»

Quinssy begann tief und gleichmäßig zu atmen. Sein gealterter Körper kämpfte darum, die durcheinandergeratenen Säfte wieder ins Gleichgewicht zu bringen. Ein Kampf, den er durchaus verlieren konnte. Er aß viel zu wenig; zum Trinken musste man ihn anhalten. *Ich traue mich nicht zu pinkeln*, hatte er gesagt. Dazu machte ihm zu schaffen, dass er sich nicht bewegen konnte. Becken und Beine waren hochgelagert, um die Wundnaht nicht zu belasten. Doch das ging zu Lasten seiner Muskeln und des Rückgrats, das ihm Schmerzen bereitete. Und zu allem Übel kam hinzu, dass es kein Laudanum mehr gab.

Leise erhob sich Seth und schritt zum Fenster. Der Bülbül war verschwunden; stattdessen hatte sich ein Sperbertäubchen auf dem Fensterbrett eingefunden und beäugte ihn, ob er etwas zu fressen habe. Der Blick führte hinaus auf die Rückseite des Schlosses, wo auf einem sauber gestutzten Rasen die jüngeren Töchter unter der Aufsicht ihrer Gouvernanten Ball spielten. Sie taten es ohne jeden Laut und ohne scheinbare Freude. Die Gärtnersklaven, welche die fein arrangierte Anlage pflegten, wirkten wie düstere Schattenwesen. *Noch einmal?*, gingen ihm die Worte des Gouverneurs durch den Kopf. Ein zweites Exempel? Ein drittes? Wovon hatte Quinssy da gesprochen?

Von den Sklaven, erkannte er. Nicht die weißen Siedler musste er fürchten, denn die fraßen ihm aus der Hand.

Wie bei Tortue sollten die Sklaven sehen, dass es keine Gnade gab. Und das Exempel, das *noch einmal* statuiert werden musste, war keine Bagatelle wie Noëlles Hausarrest. Quinssy hatte von der Hinrichtung Pompés von vor einem Jahr gesprochen. Noëlle musste sterben. Damit die Kolonie weiterhin existieren konnte.

Er dachte an seinen letzten Traum zurück, und das Entsetzen, das er empfunden hatte, wollte sich seiner wieder bemächtigen. Bedlam. Damals hatte er Bess überall gesucht – sogar im Irrenhaus. Nein, *natürlich* im Irrenhaus. Wo sonst sollte man eine stammelnde, schielende Frau hinstecken? Er hatte sich unter die Gaffer gemischt, auch in den Zellen, die jeder gegen ein Entgelt betreten durfte, und eine angekettete junge Frau entdeckt, in der er Bess zu erkennen geglaubt hatte. Es war ein Irrtum gewesen. Ein grausamer Irrtum, wie so oft in jener Zeit. Die Sehnsucht nach seiner Schwester hatte ihn schier zerrissen. Jahre hatte es gebraucht, dieses quälende Gefühl einzudämmen, zu einem kleinen, harten Stein werden zu lassen, der fortan nur noch selten weh tat. Doch Noëlle hatte unwillentlich den alten Quälgeist befreit.

«So ruhen Sie sich doch aus, Monsieur Carnot», drang die schwache Stimme des Gouverneurs durch die erstickende Schicht seiner Gedanken. «Heute Abend sind Sie ja wieder hier, nicht wahr?»

Seth fuhr herum und kehrte ans Bett zurück. Er deutete auf ein Wandbord, auf dem einige Bücher standen. «Denken Sie an Frankreichs großen Mann, Rousseau. Denken Sie an Georges Danton, der sagte: ‹Wir haben erklärt, dass der einfachste Mann mit dem Größten im Lande gleich ist.

Wir nahmen uns die Freiheit und gaben sie unseren Sklaven. Wir überlassen es der Welt, auf jener Hoffnung aufzubauen, welche wir geboren haben.›» Jedes Wort hatte er in sich aufgesogen und keines vergessen. «Denken Sie an das Erbe unserer stolzen Nation.»

«Ein schönes Plädoyer, Monsieur le Docteur. Eines wahren Patrioten würdig.»

«Ich sage es als ein aufgeklärter Mann. Wir leben nicht mehr in den Zeiten, als man die Ware *Mensch* zuhauf aus anderen Ländern heranschaffte und über deren Leid nicht nachdachte. Und das wissen Sie!»

«Ja, ja, ich weiß es doch! Was soll ich sagen? Ich mag mich nicht mit dem Mann streiten, der mit einem Metallding in mir herumgefuhrwerkt hat!» Quinssy faltete die Hände, als sei er es, der von Seth etwas erflehen wollte. «Sagen Sie mir, was ich tun soll! Etwas, das ich tun *kann*!»

Nun war es Seth, der die Hände hochwarf.

«Ich frage mich, ob die Sterne wirklich gut standen», murmelte Quinssy. «Oder ob der Himmel mir nicht eine gewaltige Täuschung unterjubelte. Alles ist ein Irrtum, eine Täuschung, und nichts ist, wie es scheint …»

In jeder Hinsicht, dachte Seth. «Wem werden Sie die ärztliche Aufsicht während der Vollstreckung des Urteils übertragen?»

«Eine gute Frage. Bedauerlicherweise stehen ja nur zwei Mediziner zur Verfügung, und die sind beide, jeder auf eine andere Art, befangen.»

«Poupinel zu wählen, ist indiskutabel, und das wissen Sie. Wenn Sie Noëlle noch auf irgendeine legale Art und Weise helfen wollen, dann überlassen Sie diese Aufgabe mir.»

«Helfen?» Quinssy krächzte und starrte zum Betthimmel. Seufzend schloss er die Augen. «Hundert Peitschenhiebe übersteht nicht einmal der stärkste Mensch. Aber bitte, so sei es. Übernehmen Sie die grausige Pflicht.»

Er träumte wieder etwas Scheußliches, doch dieses Mal so wirr, dass er froh war, sich an keine Einzelheiten zu erinnern. Das mochte auch daran liegen, dass ihm der Kopf zu platzen drohte. Erst als er die leere Palmweinflasche sah, wusste er, weshalb. Hier leben zu wollen, war wohl doch kein so guter Gedanke gewesen; zumindest nicht, wenn es bedeutete, Poupinels absteigenden Weg zu beschreiten. Wie war das noch gewesen – sein Kollege hatte, bald nachdem er sich hier niedergelassen hatte, eine Siedlerin zur Frau genommen? Die dann gestorben war? Eine beängstigende Parallele … Vielleicht lag ein Fluch auf dem Hospital. Böses *gris-gris*. Oder ihn, Seth, holte der eigene Fluch ein. Der Zorn Gottes, weil sein Leben aus Lug und Betrug bestand.

Sein Kopf drohte zu platzen; er musste an die frische Luft. Draußen im Garten waren es jedoch die Flughunde, die ihn quälten. Seth bückte sich nach einer Kokosnuss und wollte sie in die Krone der Palme werfen, wo die Biester miteinander balgten und stritten. Doch er traf nur den Stamm zwei Yards unter ihnen, wovon sie sich nicht beeindrucken ließen. Entschlossen balgten sie sich inmitten Dutzender Früchte um ein und dasselbe Exemplar.

Noëlle, der Zankapfel.

«Wie soll ich sie retten?», fragte er Esmeralda. Was immer die noch junge Landschildkröte darüber dachte, behielt sie für sich. Er lief Runde nach Runde um das Gehege, bis ihm wieder schlecht wurde; dann hockte er sich ins Gras und lehnte den Rücken ans Gatter. «Du könntest etwas redseliger sein. Ihr alle dadrinnen. Sonst schicke ich euch ins Ladedeck der *Bellérophon*. Gott, wenn jemand sieht, dass ich hier sitze und mit euch schwätze, ist's mit meiner Reputation vorbei. Dabei habe ich doch bloß versucht, mir die Angst wegzusaufen.»

Hundert Peitschenhiebe. Eine Bestrafung, die der Royal Navy würdig wäre.

Er rappelte sich hoch und ging in die Küchenhütte. Hier braute er sich einen starken Kaffee, der ekelhaft schmeckte, aber halbwegs seine Sinne klärte. Wahrscheinlich würde er danach drei Tage nicht schlafen. Dann machte er sich an die hässliche Aufgabe, sich wie am Tage von Tortues Hinrichtung herauszuputzen. Le Roy, der ihm auch dieses Mal den teuren Brokatfrack geliehen hatte, hatte ihm gesagt, dass man angemessene Kleidung erwartete. Seth lächelte bitter. Schon merkwürdig: Niemand war bereit gewesen, Tortue zu erhängen oder zu erschießen, da dies die anrüchige Tat eines Henkers war. Doch Noëlle auszupeitschen, auch wenn es zu ihrem sicheren Tode führte, stellte kein Problem dar. Dazu bedurfte es nur eines Sklavenaufsehers, der ohnehin schon die Peitsche am Gürtel trug. *Das ist alles verrückt*, dachte er, während er das Halstuch ordentlich verknotete. *Und der größte Irrsinn ist der, dass ich allen Ernstes hoffe, sie könne es überstehen.*

* * *

Versuch's beim Christengott, wenn die Ahnen nicht helfen, hatte Joker verächtlich gesagt. Der wuchtige Sklave war zufällig – oder weil ihn die Geister geschickt hatten – in der Zelle neben ihr inhaftiert gewesen. Wegen eines verhältnismäßig geringen Vergehens: Er hatte sich aus Poupinels Maniokfeld entfernt, um sich mit einer Sklavin in die Büsche zurückzuziehen. Drei Tage später hatte man ihn wieder entlassen. Die Sklavin hatte man nicht zu Noëlle gesteckt; vielleicht hatte man nicht herausgefunden, wer sie war, und sie war rechtzeitig auf ihre Plantage zurückgekehrt. Noëlle traute Joker zu, stoisch ihren Namen verschwiegen zu haben, während Poupinels Ziemer auf ihn niedergegangen war. In diesen Tagen, da Noëlle, die Köchin, Noëlle, die Heilerin, die angeblich privilegierteste Sklavin ganz Mahés dem Tode entgegensah, war das alles nicht so wichtig.

Zehn Peitschenschläge hatte man ihm verpasst, noch draußen vor der Hütte. Er hatte keinen Schmerzenslaut von sich gegeben.

Sie, Noëlle, würde hundert nicht überleben.

Vater unser ... Wie betete man zu dem Christengott? Als sie klein gewesen war, hatte Madame Hodoul es ihr erklärt und sie angehalten, sich jeden Abend vor die Matratze zu knien und die Worte aufzusagen. Eine Zeitlang war Noëlle gehorsam gewesen, doch dann war Hugo in ihr Leben getreten. Hugo, der *bonhomme du bois.* Der Väterliche, Weise, der immer freundlich und meistens auch heiter war. Der ihre Talente erkannt hatte. Zumindest hatte er behauptet, sie besäße welche. Nun ja. Kochen und ... Mehr wollte ihr jetzt nicht einfallen. *Noëlle ist verständig,* entsann sie sich eines Lobes Monsieur Hodouls. *Wissbegierig, aufmerksam, geduldig. Und kochen kann sie, oh là là!* Das musste zu der Zeit gewesen sein, als der Gouverneur ihre *cuisine* hatte testen wollen. Und irgendwann hatte sie ein Kochbuch der alten Köchin, Mamsell Adélaïde, gesehen und gefragt, was das alles heiße. *Ach, wenn sie doch weiß wäre,* hatte die Köchin zu Madame Hodoul gemeint. *Man könnte eine Vorlesedame aus ihr machen, so wie sie die adligen Herrschaften in Frankreich haben.*

Wenn, ja, wenn …

So aber hatte sie nur dies und das gelernt, von jedem ein bisschen und nichts richtig. Kochen, ja, aber Orakel lesen? Mitnichten. Heilzauber wirken? Thierry Carnot verachtete ihre Künste. Und dieses Gebet hatte sie auch nicht anständig gelernt. *Vater unser, der du bist …* ja, wo? Sie wusste es nicht mehr. Wozu auch? Der Gott des weißen Mannes würde ihr nicht helfen.

Sie gab sich eine kräftige Ohrfeige, um diesen Wust nutzloser Gedanken zu vertreiben. Man sagte, wer vor dem Sterben stünde, sähe sein altes Leben in Fetzen vor sich vorüberziehen. Es schien zu stimmen. Plötzlich erinnerte sie sich an längst vergangene Dinge. Und an die schönen, die sie gestern noch besessen hatte. Ihr Wrack draußen im Meer, die *La Flêche.* Das weiche schwarze Holz unter ihren Fingern. Die Muscheln darauf. Das leuchtende Wasser, das sie umspülte. Ihr Haar, wie es sie umwallte, wenn sie tauchte und mit dem Kopf hin und her ruckte, um den sanften Zug noch deutlicher zu spüren. Wie sie sich drehte, mit den Beinen strampelte, sich nach vorne stieß, wieder zurückschwang; wie sie den Atem aus den Lungen presste, die Blasen betrachtete und an den Fingern abzählte, wie

347

lange sie es ohne Luft schaffte. Sie sah sich selbst die Füße in den Sand bohren, in die Knie gehen und nach oben schnellen, hinein ins Licht, in die Sonne, in die Wärme.

Nie wieder.

Nie wieder ...

Wenigstens ein letzter Glücksmoment blieb ihr noch: Thierry zu sehen. Lieutenant Dubois hatte ihr gesagt, dass er die ärztliche Aufsicht übernehmen würde. Wozu, verstand sie nicht. Er würde doch nicht das Töten übernehmen, wie bei Tortue? Oder ging es nur darum, ihren Tod festzustellen?

Draußen vor der Gefängnishütte erklangen Schritte. Die Tür wurde aufgeschlossen. Noëlle erhob sich. Sie hatte sich entschlossen, alles über sich ergehen zu lassen, still und mit Stolz. Wild um sich zu schlagen, zu heulen und zu treten – nein, diese Blöße gab sie sich kein zweites Mal. Mit durchgedrücktem Rücken wartete sie auf den Soldaten, der geduckt hereinkam, sie mitleidig musterte und sogar mit den Fingern am Zweispitz grüßte.

«Es ist so weit, Noëlle.»

«Ja, Monsieur.» Sie nickte.

Er hieß sie, aus der Hütte zu treten. Draußen nahm der Rest der kleinen Truppe sie in die Mitte.

«Du musst das Kleid ausziehen», sagte Monsieur Dubois. Er nickte einem der Männer zu, und dieser knotete das Seil um ihre Handgelenke auf. Flüchtig kam ihr der Gedanke, die Gelegenheit zu nutzen und davonzulaufen. Aber sie hatte sich vorgenommen, sich nicht zu sträuben. Sie schnürte ihr blau-weiß kariertes Kleid auf und zerrte es herunter. Blieb noch die Chemise. Sie zögerte, doch da Dubois nickte, löste sie auch das Unterkleid, streifte es sich von den Schultern und zog die Arme heraus.

«Das genügt; ganz musst du es nicht ausziehen.» Dubois räusperte sich betreten. Der Soldat fesselte wieder ihre Hände. «Und jetzt los. Wer hat die Trommel?»

«Ich, Lieutenant.»

«Marschieren Sie vorneweg.»

Tamm-tammtammtamm-tamm. Als sie diese durch Mark und Bein gehenden Klänge bei Tortues Hinrichtung gehört hatte, hätte sie niemals geglaubt, schon kurz darauf selbst mit einer Soldateneskorte die Straße entlangzugehen, auf der sich sämtliche Siedler und etliche Sklaven eingefunden hatten. Dieses Mal war der Himmel nicht verhangen. Das Wetter zeigte sich von seiner schönsten Seite, als wolle die Natur ihr noch einmal vor Augen führen, was sie verlor. *Hoffentlich darf ich als Geist in einer Kokoskrone weiterleben,* dachte sie. *Oder in den Wellen. In einem Fisch. Nein, ein Vogel. Ich möchte hinüber nach Praslin fliegen und über Hugo wachen. Und über den Masten der Bellérophon, um Thierry nahe zu sein …*

Sie hielt die gefesselten Hände vor der Brust, damit die Chemise nicht hinabrutschte. Trotzdem stolperte sie einige Male über den Saum. In Gedanken versunken nahm sie kaum wahr, dass sie in die Mitte des *Établissements* gelangt waren, genau an jenen Ort, an dem der Behandlungstisch für Tortue gestanden hatte. Der Tisch, auf dem er gestorben war. Sie hatte sich nicht gefragt, ob das so auch bei ihr sein würde; sie hatte möglichst nicht darüber nachzudenken versucht. Aber dort stand kein Tisch. Die Straße war leer. Dann sah sie die Gräting. Natürlich, es war eine Auspeitschung; hierfür diente die ausgemusterte Abdeckung einer Schiffsluke. Man hatte sie am Straßenrand zwischen zwei Kokospalmen aufgehängt.

Daneben wartete Thierry. Noëlle stolperte und sackte auf die Knie. Ein Raunen ging durch die Zuschauermenge. Wieder hatten sich alle fein gemacht, die Damen in ihren guten Kleidern, die Herren in den guten Anzügen, und viele hielten Palmblattsonnenschirme über ihre wohlfrisierten Köpfe. Auch Thierry Carnot trug heute den Brokatrock. Das Alter – oder das Leben – hatte bereits einige Falten in das Gesicht dieses Mannes gegraben. Doch er war schön; war ihr das je so deutlich aufgefallen? Er eilte auf sie zu und half ihr auf. Den Blick auf ihre Augen geheftet, hob er behutsam den Stoff ihrer Chemise an und bedeckte ihre Brüste. Hastig presste sie wieder die Hände darauf.

Bis zu diesem Augenblick war nicht vollständig zu ihr durchgedrungen, was auf sie zukam. Ihr Verstand hatte es gewusst, ja. Doch ihr Stolz oder was immer es gewesen war – Dummheit vielleicht – hatte ihr gesagt, dass es unmöglich geschehen könne. Wahrscheinlicher war doch, dass sie träumte und jederzeit aufwachen würde, oder nicht? Außerdem konnte oder wollte sie sich nicht vorstellen, was es bedeutete, zu Tode gepeitscht zu werden. Sie wusste, was es hieß, geschlagen zu werden. Dies jedoch überstieg ihre Vorstellungskraft.

Nun, da sie Thierry sah, seine tiefe Trübseligkeit, seine Angst, seine Verzweiflung, begriff sie. Die plötzlich bebenden Knie sackten ihr weg, und er musste ihr ein zweites Mal helfen.

«Thierry», flüsterte sie.

«Ich bin hier, Noëlle.»

Sie hatte ihn bei seinem Vornamen angesprochen. Das gewagt zu haben, fühlte sich tröstlich an – *wenigstens das habe ich noch getan.*

Würde sie es noch schaffen, *«Ich liebe dich»* zu sagen? Er legte einen Arm um ihre Schultern und führte sie zu der Gräting. Das Holz war schwarz von altem Blut. Daneben hatte man einen Hocker aufgestellt, auf dem Monsieur Dumont seine Kladde abgelegt hatte. Und die Peitsche, noch ordentlich zusammengeschnürt.

Sie hörte, wie Thierry darum bat, man möge behutsam mit ihr umgehen. Zwei Männer traten vor. Vermutlich waren es Soldaten, doch Noëlle ignorierte sie und hielt den Blick durch das Gitter der Gräting hindurch fest auf das Meer und Saint Anne gerichtet. Sie spürte, wie die Fesseln gelöst und ihre Arme auseinandergezogen wurden. Die Chemise fiel ihr auf die Hüfte. Dann wurde sie nach vorne gezerrt, an die Gräting. Man hob ihre Arme und fesselte sie an das Holz.

«Ist das nötig?», hörte sie Thierry sagen.

«Ja, Docteur.»

Dass sie gefesselt wurde? Nein, was er meinte, begriff Noëlle erst, als eine Hand ihre Haare zu einem Strang zusammenfasste und packte. Hartes Metall glitt über ihren Nacken, und das Geräusch der Schere, die sich mit ihren dicken Haaren abplagte, drang hart an ihre Ohren. *Sei's drum,* sagte sie sich, und doch traten ihr die Tränen in die Augen. Des plötzlich nackten Rückens schämte sie sich mehr als ihrer entblößten Vorderseite. Schlimmer, es schien ihr, als sei ihr eine schützende Schicht heruntergerissen

351

worden. Aus dem Augenwinkel sah sie, dass jemand die Peitsche vom Hocker nahm. Das Geräusch, als das Marterinstrument ausgeschüttelt wurde, war so bedrohlich wie leise. Sie hörte den Notar sprechen, ahnte auch, dass es um sie und ihre vermeintliche Tat ging, hörte das Wort *hundert* fallen, doch der Rest vermischte sich mit dem Brausen des Blutes in ihren Ohren. Ihre Haut, die den ersten Hieb erwartete, verschloss sich den Empfindungen nicht: In aller Klarheit spürte Noëlle den Wind, der den verbliebenen Rest ihres Haares hob und über ihren Nacken strich. Etwas huschte über ihren Fuß, ein Grashalm vielleicht. Eine warme Hand legte sich auf ihren Arm.

Sie musste den Kopf nicht drehen, um zu wissen, wer es war.

Thierry.

Ganz natürlich fühlte es sich an, ihn so zu nennen. *Thierry, ich hätte dir gerne so viel noch erzählt. Und so Vieles über dich gehört. Aber wir haben zu oft geschwiegen. Ich dachte, mein Leben als Sklavin sei zu belanglos, und du – ich weiß nicht, warum du über deines geschwiegen hast. War ich es nicht wert?*

Sie schämte sich für diese Überlegung. Er hatte ihr das Gefühl gegeben, ein Mensch zu sein, der klug war und eine eigene Meinung haben durfte. Sogar wenn sie sich gestritten hatten, hatte er ihr diesen Eindruck vermittelt: *Sieh her, ich streite mich mit dir. Du bist mir ebenbürtig.* Ein Knallen ließ sie zusammenzucken. Die Gedanken hatten die Zeit verlangsamt, doch das Unvermeidliche nicht aufgehalten.

«Fang an», erging der schroffe Befehl. An wen? Sie wusste es nicht. Wohl an einen Aufseher, und dieser war vielleicht selbst ein Sklave. Wer immer es war, zurückhalten würde er sich nicht, um keine Bestrafung an sich selbst herauszufordern.

Jetzt wünschte sie, er möge schnell beginnen. Damit sie endlich wusste, wie schlimm es werden würde.

Damit es enden konnte.

Ein zweiter Knall zerriss die atemlose Stille; eine Frau keuchte erschrocken auf. Ein Angstbeben durchlief Noëlle. Wo war Thierrys Hand? Natürlich hatte er sich zurückgezogen; sie war gänzlich auf sich allein gestellt. Ihre Selbstbeherrschung schwand wie das Wasser aus einer zerborstenen Kokosnuss. Heiß und nass lief die Furcht an ihren Schenkeln hinab. Der dritte Knall war eine Machete aus Höllenschmerz, die ihren Rücken in zwei Hälften teilte. Das unmenschliche Gellen, das an ihre Ohren schlug, entstammte ihrer eigenen Kehle.

Dies war der erste Schlag gewesen. Der erste von hundert. Am ganzen Leib erzitterte sie. Das ertrug kein Mensch. Der zweite Hieb ließ sie sich in den Fesseln aufbäumen, und sie schrie sich die Kehle wund. Der Schmerz verwandelte sich in Flammen, die sie vollkommen einhüllten; es schien kein Unterschied zu sein, ob man jemanden verbrannte oder zu Tode schlug. Wild warf sie den Kopf hin und her. Tod, Tod, wo war der erlösende Tod? *Tortue, ich beneide dich.* Es war ihr letzter klarer Gedanke, bevor das Feuer sie umschloss und auffraß.

3.

Mit jedem Schrei schien ein Stück von ihm zu sterben. Er glaubte, ihren Schmerz am eigenen Körper zu spüren. Ein törichter Gedanke: Was Noëlle ertragen musste, konnte kein Mensch ermessen. Ja, er selbst hatte auf den Schiffen Seiner Majestät oft genug die Neunschwänzige gespürt. Jedoch nicht als der Beginn eines Höllenrittes, der ihn aus dem Leben riss. Der Mann mit der Peitsche war ein großer, muskulöser Kerl. Was immer er empfand, verbarg er unter der Maske der Teilnahmslosigkeit. Auch Dumont und die anderen versammelten Honoratioren mühten sich sichtlich, möglichst wenig wahrzunehmen. Die Quinssys waren abwesend; ansonsten waren alle gekommen. *Weshalb nur?*, fragte Seth sich bitter. *Um Noëlle die Ehre zu erweisen?* Die Hodouls hatten es sich nicht nehmen lassen, sich in ihrer besten Garderobe einzufinden. Monsieur Hodoul hatte das Gesicht unter einem von Échalas' großen Hüten verborgen, während Olivette ein zerknülltes Spitzentaschentuch vor Mund und Nase presste.

Er selbst rang um ein utopisches Gefühl der Sachlichkeit. Er musste klaren Sinnes sein, um den erbärmlichen Plan, den er ersonnen hatte, angehen zu können. «Warten

Sie», sagte er zu dem Aufseher. Dumont hatte ihm den hochgewachsenen Mischling vorgestellt, doch Seth konnte sich auf seinen Namen nicht besinnen. Der Mann hielt inne. Auf seiner breiten Brust zeigten sich die ersten Schweißrinnsale.

Seth trat zu Noëlle. Ihr Anblick zerriss ihn innerlich. Die geschlossenen Lider flatterten; ihre Lippen bewegten sich, als versuche sie sich an einem Gebet. Die milchkaffeebraune Haut war erschreckend bleich. Ein Blutstropfen quoll aus ihrem Mundwinkel. Wie hatte er nur so gedankenlos sein können? Hastig kramte er in seiner Arzttasche und förderte einen Beißknebel zutage. Als er vorsichtig ihre Wange berührte, um eine klebrige Haarsträhne zurückzuschieben, zuckte sie zusammen.

«Ich bin es, Chérie, ich stecke dir etwas zwischen die Zähne.»

Ein wenig öffnete sie den Mund; er schob das runde Lederstück hinein und verknotete die Schnüre in ihrem Nacken. Hatte er sie wirklich ‹Liebes› genannt? Er trat zurück. «Sie können weitermachen.»

Der dritte Hieb. Ein Ruck ging durch sie, und sie bäumte sich auf. Wenn er ihr wenigstens Laudanum … Aber es war nichts mehr da, und es hätte ohnehin nicht geholfen. Der vierte Schlag … der fünfte … Die Haut platzte auf; blutige Linien kreuzten sich auf ihrem Rücken. Noëlle schwankte, erzitterte wie Palmwedel in einem Sturm; sie warf den Kopf hin und her und tat Schreie, die sein Herz peitschten. Er liebte sie, Jesus Christus, er liebte diese Frau – ihre Seele und den Körper, den er noch vor kurzem im Arm gehalten hatte und der jetzt zerstört zu werden

355

drohte. War dies der rechte Moment für eine solche Erkenntnis? Jeder weitere Hieb vertiefte nur diese erstaunliche Liebe. Sechs Schläge zählte er, entsann sich der quälenden Augenblicke vor der Sanduhr. *Sechs Minuten, sieben ... oder doch schon acht ...* Und dabei hatte es erst begonnen.

Plötzlich wich die Spannung aus Noëlles Körper. Die Knie sackten ihr ein; die Arme strafften sich. Schlaff hing sie in den Fesseln. Seth hob die Hand und eilte zu ihr.

Ihr Kopf hing im Nacken. Behutsam stützte er ihn mit einer Hand; mit der anderen löste er den Knebel, tupfte Schweiß und Speichel aus ihrem Gesicht und schob weitere verklebte Strähnen zurück. Nein, bewusstlos war sie noch nicht. Ihre Lider waren halb geöffnet, und ihre Brust pumpte in wilden Stößen die Luft. Er wartete eine Weile, bis sie etwas langsamer atmete, und knebelte sie wieder.

«Fahren Sie fort.»

War das Wahnsinn oder der Mut der Verzweiflung? Egal. Es musste sein.

Der neunte Schlag.

Noch einer, dachte Seth. *Nein, noch zwei. Gott im Himmel, sie hält es aus. Sie ist stark. Noch einer – nein!*

«Hören Sie auf!», schrie er.

Schwer schnaufend trat der Aufseher zurück und wischte sich mit dem Handrücken über das Gesicht.

Seth trat zu Noëlle, obwohl es ihn grauste, wie sie zerschunden und halbtot in den Fesseln hing. «Es ist vorbei», sagte er und schämte sich für diese Lüge, die sie jedoch ohnehin kaum wahrnahm. Er wandte sich an Dumont: «Ich muss die Bestrafung abbrechen lassen.»

356

Der Notar nickte und zückte seine Kladde. «Wann, denken Sie, kann sie fortgesetzt werden?»

Darüber hatte Seth lange nachgedacht. Noëlles einzige Chance, diese Tortur zu überstehen, war, Pausen zu erzwingen. Noch auf eine Leiche einzudreschen, war in der Royal Navy nicht unüblich. Er entsann sich einer grausigen Szene im Hafen von Kalkutta. Sämtliche britischen Kriegsschiffe hatten sich aufgereiht, als Ehrenspalier für eine Pinasse, auf der ein Matrose seine Schläge empfangen hatte. Was an der *HMAV Confidence* vorbeigefahren war, war nur noch eine blutige Masse ohne jedes Leben gewesen. Während Seth fassungslos gestarrt hatte, hatten die anderen Matrosen der Reihe nach gekotzt.

Eine Leiche zu peitschen, dieser Gedanke war den Leuten hier fremd – glücklicherweise. Doch er durfte den Bogen nicht überspannen, indem er sagte, Noëlle brauche eine lange Erholungszeit. Poupinel würde in Geschrei ausbrechen; sein Kollege hatte bereits den Mund aufgesperrt und seinen Spazierstock gehoben, um ihn auf den Boden zu stampfen.

Drei Tage; er benötigte wenigstens drei Tage, während der er sie pflegen und stärken und trösten konnte. Das war zum Sterben zu viel und zum Leben zu wenig.

«Monsieur Carnot?», fragte Dumont.

Seine Gedanken rasten. Drei Tage? Zwei ...? Noch während er die Worte hervorstieß, wusste er, dass er das Falsche sagte: «In zwei Tagen.»

Poupinels Gesicht lief rot an; seine Faust ballte sich um den Stock. Da sank Madame Hodoul mit einem lauten Seufzen in sich zusammen. Ihr Gatte kniete neben ihr und hielt sie im Arm. Der Zeitpunkt war gut gewählt, wenn auch sicherlich nicht absichtlich. Seth schnappte seine Tasche und kauerte sich neben Madame Hodoul nieder. Mehr als ihr das Riechfläschchen unter die Nase zu halten, war nicht nötig. Sie klapperte mit den tränenverklebten Lidern, von denen die Schminke gelaufen war. «Ich will nach Hause», schluchzte sie und schlang die Arme um ihren Gatten, der ihr aufhalf und sie zu ihrer Sänfte geleitete. Dieser bemerkenswerte Abgang schien das Signal zum allgemeinen Zerstreuen zu sein. In tiefem und höchst ungewöhnlichem Schweigen schlichen die Leute davon.

Seth wartete nicht, dass die Soldaten Noëlle losbanden; er zog sein Skalpell und schnitt die Fesseln durch. Es war der Mann mit der Peitsche, der ihm half, sie bäuchlings auf die bereitgestellte Trage zu legen. Poupinel, der als einer der wenigen noch ausharrte, rührte keinen Finger.

Seth baute sich vor ihm auf. «Ich will Sie während dieser zwei Tage nicht im Hospital sehen», sagte er. «Andernfalls komme ich auf Monsieur Hodouls Vorschlag zurück und fordere Sie zum Duell.»

Poupinels Zornesröte wich einer Blässe. «Weshalb sollte ich das Hospital betreten?», schnappte er. «Ich habe es dank Hodouls Entschädigung nicht mehr nötig, mir die Hände schmutzig zu machen. An der schon gar nicht.» Er schob sich an Seth vorbei und stiefelte davon.

* * *

Wir haben erklärt, dass der einfachste Mann gleich ist mit dem Größten im Land. Wir haben uns die Freiheit genommen und gaben sie unseren Sklaven. Wir überlassen es der Welt, aufzubauen auf der Hoffnung, die wir geboren haben. Seth ließ das Buch sinken, zog seine Brille ab und rieb sich die müden Augen. Die Worte des großen Georges Danton nützten Noëlle nichts. Es war noch früh; die tropische Nacht lag noch fast zur Gänze vor ihm, und ihm graute jetzt schon vor der Helligkeit.

Ein Flüstern ließ ihn aufmerken. Noëlle hatte sich bewegt.

«Zanahary», wisperte sie. Flehte sie zu ihrem Gott? «Zanahary ... Thierry ... bitte ...»

Sofort war er bei ihr. Doch sie hatte das Gesicht im Laken unter sich vergraben. Bäuchlings lag sie auf dem Behandlungstisch, den er mit seiner Matratze gepolstert hatte, zwei weitere Kissen unter den Füßen, damit ihre Beine nicht gestreckt lagen, und zusammengerollte Tücher unter der Brust und den Schultern. Von einem Tuch über dem Gesäß abgesehen war sie nackt. Jeglichen Besuch hatte er sich verbeten, um sie nicht zu stören, und er hoffte, er bliebe von Notfällen verschont. Die vor der Tür postierte Wache würde dafür sorgen, dass es keine unliebsamen Zwischenfälle gab.

Nur kurz war er bei Quinssy gewesen, um nach ihm zu sehen. Natürlich wusste der Gouverneur, was sich zugetragen hatte; dennoch hatte Seth ihm noch einmal von der grässlichen Sache berichten müssen. *Ich wünsche Ihnen, dass Sie sie auf diese Weise retten können*, hatte Quinssy halb im Fieberschlaf geantwortet. *Doch ich ... glaube es ... nicht ...*

Seths Magen knurrte, und er zwang sich, noch einen

Kanten Maniokbrot zu essen, den er in der Hospitalküche aus einem Topf geholt hatte. Mehr bekam er nicht herunter. Morgen früh würde er sich einen Sklaven schnappen, der ihm irgendeine Köchin besorgte, um für Noëlle fette Brühe zuzubereiten. Er stellte den Kerzenleuchter neben ihre Hüfte. Ihr Rücken glänzte von dem Kokosöl, mit dem er ihn eingerieben hatte, nachdem er zuvor eine Mischung von Schuss- und Salzwasser auf den geschwollenen Wundrändern verteilt hatte. Zehn lange Male ... zehn. Dass noch neunzig folgen sollten, vermochte er sich nicht vorzustellen. Konnte er wahrhaftig alle zehn Schläge eine Erholungspause erzwingen? So würde sich die Bestrafung Wochen hinziehen, und letztlich würde Noëlle doch sterben, weil vielleicht ein kraftstrotzender Seemann eine solche Tortur als Krüppel überstand, nicht jedoch sie.

Ich hätte nicht intervenieren sollen, überlegte er. *Dann wäre sie jetzt tot. Erlöst.*

Die Ungerechtigkeit ließ ihn aufstöhnen. ... *ein Lufthauch von Freiheit, der sich nicht mehr verleugnen lässt ...* Er wünschte sich, Poupinel würde es wagen und hier erscheinen, dann könnte er ihn niederschlagen.

Plötzlich glaubte er zu verstehen, welchen Zanahary sie meinte. Ihren Papagei. Mitten in der Nacht bei den Hodouls aufzukreuzen und um den Vogel zu bitten, war in dieser besonderen Situation hoffentlich nicht unangemessen. Er machte sich auf den Weg; derweil ging ihm die unpassende Frage durch den Kopf, ob er morgen früh Le Roys brokatenen Rock zurückbringen und sich einen eigenen besorgen solle. Wenigstens blieb ihm erspart, die Hodouls zu wecken; die Sache war damit getan, dass der

Türhüter einen Sklaven nach dem Tier schickte und es ihm übergab.

Er stellte den Käfig auf einen Hocker neben dem Tisch.

Noëlle sagte nichts, lächelte nicht; allein ihre Augen verrieten, dass sie ihm dankbar war.

«Wie fühlst du dich?», fragte er leise.

Aus halb geschlossenen Lidern blickte sie ihn kurz an.

«Müde, Thierry.»

Offenbar gefiel es ihr, seinen Namen auszusprechen. Seinen falschen Namen. Er wünschte sich, ihr seinen wahren verraten zu können. Sprach irgendetwas dagegen? Ja, dieses Wissen wäre jetzt eine Last für sie, die sie nicht tragen konnte. Er umschloss ihre Hand, die seitlich neben ihrem Kopf lag, bückte sich und küsste die Fingerspitzen. Sie schlief ein, und ob sie es noch gespürt hatte, wusste er nicht.

Was tun? Was tun? Er holte sich aus der Kiste, die Monsieur Hodoul ihm geschenkt hatte, eine Flasche Palmwein, entkorkte sie und goss sich ein halbes Glas voll. Während er nippte, ordnete er mit der freien Hand einige herumliegende Gegenstände. Was tun? Noëlle retten zu wollen, indem er dafür sorgte, dass sie ihre Strafe in Etappen empfing, war von Anfang an eine dumme Idee gewesen. Selbst wenn sie es überlebte, so war es nur eine Frage der Zeit, bis Poupinel sie eines weiteren Vergehens beschuldigte. Vielleicht sollte er den alten Säufer tatsächlich zum Duell fordern. Aber selbst wenn diese Gefahr eliminiert war, würde von irgendwoher eine andere erwachsen. Das mildeste Schicksal, das hier auf Noëlle wartete, war, so wie das lange Elend Échalas zu werden: still, gebeugt, gebrochen.

Dazu würde es nicht kommen. Gleich morgen früh würde er zu Mullié gehen und ihm sagen, dass sie spätestens am nächsten Tag unter Segel gehen mussten. Mit ihm und Noëlle an Bord.

Heiser lachte er auf. Gut, dass er seinen Entschluss, sich hier niederzulassen, so lange vor sich hergeschoben hatte! Am liebsten wäre er sofort losgestürmt. Doch ein nächtlicher Auftritt im *Maison* brachte garantiert die Gerüchteküche zum Brodeln. Nein, er musste sich noch etwas gedulden. Aber sobald es hell wurde, würde er vor dem Bett stehen, in dem Mullié schlief. Und bis dahin wollte er versuchen, sich in den Schlaf zu lesen.

Er rannte mit ihr am Strand entlang. Ständig stolperte sie, drohte zu stürzen, und er musste sie mit aller Kraft weiterzwingen. Männer mit Musketen – kräftig und riesenhaft – verfolgten sie. Nur wenige Schritte entfernt, draußen auf den Wellen, wartete eine Barkasse. Er zerrte Noëlle mit sich ins Wasser. Es machte ihre Schritte langsam und schwer. Sie würden es nicht schaffen …

Noëlles Schlaf war eine Abfolge wilder Träume und ständigen Erwachens; und dann wusste sie kaum, wo sie war. Aber Zanahary war bei ihr und wachte über sie. Irgendwann begriff sie, dass sie im Behandlungsraum auf dem Tisch lag. Die Kerzen im Kandelaber auf der Apothekerkommode waren bis auf eine erloschen. In der fahlen Düsternis sah sie Thierry zusammengekauert auf einem Stuhl. Vor seinen Füßen lag ein aufgeschlagenes Buch. Ihr kam der Gedanke, dass sie gerne lesen lernen würde, um diese Erfahrung mit ihm zu teilen. Lächerlich! Wozu noch etwas lernen? Sie würde sterben. Oder war sie bereits tot? Ihr Rücken glich einem schlafenden Monster, das bei der geringsten Bewegung zum Leben zu erwachen und sie zu verschlingen drohte.

Sich auf die Seite zu rollen, hochzustemmen, vom Tisch zu gleiten und aufrecht zu stehen, war wie ein Sprung in einen Schwarm todbringender Rotfeuerfische. Hundert Hiebe ... Bekommen hatte sie zehn. Sie meinte diese Zahl gehört zu haben – zu zählen hatte sie sie nicht vermocht. Aber vielleicht war alles gar nicht wahr ... vielleicht träumte sie noch immer. Auch Zanaharys Anwesenheit war gewiss nur ein Traum, denn wie sollte er hierhergekommen sein? Sie schob einen Finger durch die Gitterstäbe, und er äugte herüber. Er musste fort, frei sein. Und auch sie musste fort, fort ... den restlichen Hieben entkommen.

Thierry erwachte nicht, als sie, einen Fuß vor den anderen setzend, zur Tür ging und sie öffnete. Frische Nachtluft strich über ihr glühendes Gesicht. Die Bohlen der Veranda knarrten leise, doch der Soldat, der auf der Wartebank hockte, schlief ebenfalls weiter. Das Ungeheuer, das auf ihrem Rücken hockte, erwachte, als sie langsam die Verandastufen hinabstieg. Es war ihr möglich zu laufen, stellte sie erleichtert fest. Sie ging, wankte, stolperte und rappelte sich wieder auf. Weiter, weiter! Was bedeuteten Schmerzen? Wenig. Freiheit bedeutete alles. Wer frei war, traf seine eigenen Entscheidungen. Und sie gehörte jetzt zu diesen freien Menschen. Denn lief sie nicht die Straße entlang, zwischen den Häusern, in denen die weißen Herren schliefen, ohne dass jemand sie aufhielt? Und trug sie nicht Zanahary, den Schöpfergott, in einem Käfig an der Hand?

Sie gelangte zum Hafen und tappte über die leise knarrenden Holzbohlen. Das vertraute auf- und abschwellende Rauschen der Brandung lockte sie. Das Wasser versprach Linderung. Es war ihr Schutz und ihre Heimat. *Spring und lasse dich umfangen, bis du allen Atem verströmt hast*, raunte es ihr plätschernd zu. Doch eine innere Kraft trieb sie weiter, vorbei an den ankernden Pirogen, den Kuttern, der Schaluppe, vorbei an den beiden mächtigen Fregatten der Freibeuter und über das Ende des Stegs hinaus. Die Flut war gekommen, hatte die kleinen Ruderboote angehoben. Halb kletterte sie, halb fiel sie in ein Kanu. Das Ungeheuer schlug seine Fänge in ihren Rücken; der gellende Schmerz drohte ihr das Bewusstsein zu rauben. *Warum fliehst du, wer hat dir das eingegeben?*, fragte sie sich. Zanahary? Den kümmerte ihr Geschick nicht. Der Christengott, den Thierry manchmal anrief? Vielleicht waren es die Ahnen, die sie hinaus aufs Meer riefen. Nein, ihr eigenes Herz drängte fort, hinüber nach Praslin. Zu Hugo. In seinen Armen zu sein, erschien ihr plötzlich als das höchste Glück. Die Sehnsucht wollte ihr die Brust aufschlagen, kraftvoller noch als das Leder der Peitsche. Fast blind vor Schmerz tastete sie nach dem Paddel. Wie sollte sie in diesem Zustand rudern können? Aber die leise Stimme der Vernunft, die ihr riet, besser ins Hospital zurückzukehren – war dort nicht ein Mann, der ihr beistand? –, ging unter im Brüllen des Monsters und im Aufschreien ihrer Seele. Sie *musste* nach Praslin. Nicht allein um Hugos willen; sie musste Zanahary an den Ort zurückbringen, wo die Hodouls ihm die Freiheit geraubt hatten. Das Tal der *coco de mer*, seine Heimat, wo die Geister zuhauf in den Kronen der erhabenen

Palmen saßen. Dorthin würde sie flüchten ... und niemals gefunden werden ... Die Séchellennuss würde sie ernähren ... das Gelee heilen ... die Geister der Sterne sie leiten. *Steht mir bei ... lasst es mich ... schaffen ...*

* * *

Gähnend trat Mullié aus der Tür des *Maison*. «Thierry, mein Freund, was kann ich für dich tun, mitten in der Nacht?»

«Mit mir ein Stück am Strand entlanglaufen.»

«Es ist vier Uhr!»

«Ja, und deshalb wäre ich dir sehr verbunden, wenn du leise sprichst.»

Mullié kratzte sich den zerzausten Lockenkopf, den er in den Nacken legte, als irgendwo über ihm Anaïs' schläfrige Stimme bat, wieder hereinzukommen. «Mir drückt die Blase, Chérie», rief er gedämpft hinauf. «Ich bin gleich wieder bei dir.»

Seth zog ihn mit sich hinunter zum Strand und dann weiter südwärts, bis er sicher sein konnte, dass niemand sie hörte. Das vertraute Brandungsrauschen vermochte sein Gemüt nicht zu beruhigen. Er hockte sich auf einen Felsen und rieb sich das Gesicht. Tief atmete er die salzige Luft ein.

«Hättest du nun die Güte ...», begann Mullié, der sich vor ihm aufbaute.

«Noëlle ist fort.»

«Was? Wie ist das möglich? Hat jemand sie geraubt?»

Das hatte Seth auch im ersten Augenblick geglaubt. Aber

dann wäre der Posten vor dem Hospital aufgewacht, gleichgültig, wie tief der Mann geschlafen hatte. Außerdem war auch der Käfig mit dem Vasapapagei weg. Warum hätte man den klauen sollen? Nein, sie war gegangen. War im Delirium des Schmerzes aus dem Haus gewankt, mitsamt dem Tier, das ihr offenbar viel bedeutete. Ja, vielleicht hatte sie flüchten wollen, um der weiteren Bestrafung zu entgehen. Vielleicht hatte sie aber gar nicht gewusst, was sie tat. Und deshalb war es unmöglich, sie zu finden – inmitten der Nacht. Er hatte im Garten bei den Schildkröten nachgesehen, in der Hoffnung, sie bei Esmeralda zu entdecken. Zum Haus der Hodouls war er gelaufen, doch auch dort im Garten war sie nicht, und zu klopfen hatte er nicht gewagt.

«Nein, sie ist fortgelaufen. Wir müssen sie finden, Jean. Bevor der Morgen graut und jemand ihre Abwesenheit bemerkt.»

Mullié schnaufte empört. Doch dann erwiderte er nur: «Gut, ich gehe hinüber zu den Hütten der Mannschaft und suche mir ein paar gewitzte Kerle zusammen, Barrat und den jungen Antoine und natürlich Camille, unseren Mann für solche Aufgaben; wer schon für Napoléon feindliche Festungen ausspioniert hat, wird Noëlle sicher finden. Aber was tun wir mit ihr, wenn wir sie haben? Unbemerkt kriegen wir sie nicht zurück ins Hospital.»

«Wir müssen sie auf dem Schiff verstecken.»

«Aha! Du willst sie hinausschmuggeln? Bis wir auslaufen können, wird man ihre Abwesenheit bemerken. Morgen soll doch ihre Bestrafung fortgesetzt werden.»

Ja. Hätte er doch nur drei Tage verlangt und nicht bloß zwei – Seth wollte sich die Haare raufen.

«Man wird auf dem Schiff nach ihr suchen wollen», ergänzte Mullié.

Seth sprang hoch. «Dann verweigere es ihnen! Was sollen sie dagegen tun? Wir könnten ihr Dorf mit einer Breitseite niedermachen!»

«Bist du wahnsinnig? Hast du vergessen, dass es sich um unsere Landsleute handelt? Ich werde das nicht tun, schon gar nicht wegen einer Sklavin, und man würde mir auch nicht abnehmen, dass ich dessen fähig wäre.»

«Sklavin! Könntest du es nicht wegen einer Frau, die du liebst? Du hast mir auf den Kopf zugesagt, dass ich Noëlle liebe, und, verdammt, du hast recht gehabt.»

«Thierry!» Mullié warf die Arme hoch. «Ich liebe die Frauen, aber ich weiß ganz genau, wann man um einer einzigen willen nicht zu weit gehen sollte.»

«Du vielleicht», brummte Seth. «Ich nicht, denn ich war nicht auf der Akademie.»

«Und was ist mit der Schule des Lebens, hm?»

Er sackte zurück auf den Stein. «Die habe ich, was die Liebe betrifft, bisher auch geschwänzt. Mullié, ich weiß nur, dass ich ohne Noëlle nicht sein kann. Es ist, als sei ich vorher nur ein halber Mensch gewesen. Ich ...» *Ich dachte, ich flüchte vor meiner Vergangenheit,* ergänzte er in Gedanken. *Aber vielleicht floh ich auch vor meiner Leere.* «Nein, ich wollte dich nicht allen Ernstes zum Kampf anstiften, vergib mir, Jean. Ich bin nur verzweifelt.»

Mullié klopfte ihm auf die Schulter. «Schon vergessen, mein Freund. Pass auf, wir werden das Gerücht streuen, sie habe sich in den Wald davongemacht, wie dieser Sklave damals, wie hieß er noch? Der nach vier Jahren zurückkehrte.»

«Castor.»

«Genau der. Dann wird niemand sie auf der *Bellérophon* vermuten. Allerdings werde ich die Männer gut mit Münzen und Rum schmieren müssen, damit sie dichthalten und nicht murren, weil eine Frau auf dem Schiff ist, mit der sie nichts anfangen können. Wenn du verstehst, was ich meine …»

«Ja.»

«Diese Schulden wirst du bezahlen, und zwar nicht mit Baumwolle, ist dir das klar? Anderswo ist Geld gottlob noch gefragt.»

«Was immer du willst, Jean. Es tut gut, dich wieder plaudern zu hören.»

Mullié verpasste ihm eine sanfte Ohrfeige, die Seth mit einem Lächeln quittierte.

Sie hatten ausgemacht, dass er am Strand auf der Höhe von La Geraldys Lädchen wartete; er sollte sich an der Suche nicht beteiligen, damit man ihn fände, sobald es eine Neuigkeit gäbe. Seine Arzttasche hatte er wohlweislich bei sich. Seth hockte sich im Schatten der Hütte nieder und beschäftigte sich damit, die Fasern einer Kokosnuss herunterzuzerren, eine Aufgabe, die seine ganze Kraft verlangte und reichlich Zeit fraß. Er machte sich die heftigsten Vorwürfe. Als er zum ersten Mal bemerkt hatte, dass Noëlle geschlagen wurde – von Mademoiselle Joséphine, dann von Joker –, hätte er sie schnappen und auf die *Bellérophon* bringen sollen. Aber er war ja zu sehr mit sich und seinem Verfolgungswahn beschäftigt gewesen. Allein an sich hatte er gedacht, hatte sich hier ein Nest bauen, es sich in seiner paradiesischen Zuflucht bequem einrichten wollen. Nur deshalb hatte er zugelassen, dass Noëlle ihre ersten zehn Schläge empfing. Er riss sich die Fingernägel blutig, während er an den Fasern zerrte und sie mit wütendem Schnaufen von sich warf. Idiot, Idiot! Wie dumm konnte ein Mann sein? Sollten doch alle zur Hölle fahren, die ihn umgarnt hatten, allen voran Seine ehrenwerte Exzellenz mit dem Sirenengesang vom schönen Leben als Arzt der Kolonie. Quéau de Quinssy, der einem mit seinen großen blauen Augen schöntat und dann kaltblütig mit ansah, wie Unschuldige litten.

Wo, verdammt, blieben die Männer? Seth sprang auf, marschierte einige Schritte, dann wieder zurück. Er ersehnte sich einen Sprung ins erfrischende Nass, den er aber nicht wagte, um niemanden zu verpassen. Die Tropendämmerung brach an; in weniger als einer Stunde würde es taghell sein. Irgendwo krähte ein Hahn. Die ersten Sklaven schlurften die Straße entlang, und draußen waren ein paar Fischer unterwegs. Verdammt, verdammt …

Selbst wenn sich der Posten vor dem Hospital inzwischen bequemt hatte aufzuwachen, so würde er noch keine Lunte riechen. Aber die Siedler, wenn sie ihn, Seth, hier sähen …

«Guten Morgen, Kollege.»

Emmanuel Poupinel lächelte ihn schmierig an.

«Guten Morgen», presste Seth zwischen den Zähnen hervor. Ein falsches Wort …

«Ich wollte bei Monsieur La Geraldy nach Kokosöl fragen.» Poupinel zögerte. Hatte er seine Lektion gelernt? Es würde sich gleich zeigen. «Darf ich Ihnen eine Frage stellen?»

«Bitte», knurrte Seth. Hoffentlich kam nicht ausgerechnet jetzt einer der Matrosen.

«Gedenken Sie nach den gestrigen Vorfällen immer noch, auf Mahé zu bleiben?»

Das also trieb den Kollegen um. Vielleicht wanderte Poupinel seit geraumer Zeit nicht minder rastlos umher und hatte ihn nun entdeckt. Dann wäre es allerdings ein Wunder, wenn er vom nächtlichen Drama nichts mitbekommen hatte. Nun, es sollte ja Wunder geben, und ein weiteres wäre jetzt dringend geboten.

«Meine Pläne gehen Sie nichts an, Monsieur.»

«Doch, das tun sie.» Poupinel reckte herausfordernd den Kopf. «Immerhin ist meine berufliche Existenz mit der Ihren verknüpft ...»

«Sagten Sie nicht, dank Hodouls Zahlungen anderweitig versorgt zu sein?»

«Da werden Sie sich verhört haben. Ich bin Mediziner mit Leib und Seele, das legt man nicht ab wie einen alten Mantel!»

«Sie werden meine Absichten zu gegebener Zeit erfahren. Und jetzt entschuldigen Sie mich bitte.»

Poupinel trat näher. «Die Zeit ist *jetzt* gegeben! Sie ... Sie ... was fällt Ihnen ein, in mein Leben zu treten und alles durcheinanderzuwirbeln und dann so zu tun, als sei das allein Ihre Sache?»

«Mäßigen Sie sich, oder wollen Sie das ganze Dorf aufwecken?»

«Es kann ruhig jeder wissen, was für ein arroganter Kerl Sie sind. Und unfähig noch dazu. Ich hätte den Gouverneur jedenfalls nicht so leichtfertig unters Messer gelegt.

Sie sind ein Hochstapler, Monsieur. Nicht einmal einen alten Sklaven könnte man Ihnen anvertrauen. Sie ...»

Seths Faust schlug in sein Gesicht. Unter den Fingern spürte er die Nase krachen. Wie eine gefällte Palme stürzte Poupinel der Länge nach hin.

Das war's, dachte Seth. Falls er noch geringste Zweifel an seinem Vorhaben gehabt hatte, war das jetzt hinfällig. Soeben hatte er seiner Zukunft als Arzt der Kolonie den entscheidenden Schlag verpasst. Er bereute es nicht, Poupinel das Maul gestopft zu haben; dazu war das Gefühl der Genugtuung zu angenehm. Dennoch kniete er neben ihm und überprüfte, was er angerichtet hatte. Eine gebrochene Nase, mehr nicht. Poupinels Atmung war normal; er würde bald wieder aufwachen. Und dann?

«Monsieur le Docteur.» Ein Junge kam herangelaufen. Erst auf den zweiten Blick sah Seth, dass er ein gestreiftes Seemannshemd trug. Es war Antoine, der hastig einen Diener machte. Was immer er sagen wollte, blieb ihm angesichts des Bewusstlosen im Halse stecken.

«Kümmer dich nicht um ihn», sagte Seth. «Rede schon, habt ihr Noëlle gefunden?»

Jesus Christus, lass es so sein. Doch Antoine schüttelte den Kopf.

«Nein, Monsieur, aber ein Boot fehlt. Ein kleines, schmales Kanu. Camille sagt, er wüsste ganz genau, dass am Ende des Stegs eines festgemacht hatte.»

«Einer der Fischer könnte es genommen haben.»

«Die anderen haben Perrin gefragt, der am Achterdeck die Hundewache hatte; er ist sich ganz sicher, dass es zu Beginn noch da war, und als er ging, nicht mehr.»

Demnach hatte es jemand irgendwann zwischen Mitternacht und vier Uhr genommen. Seth hatte Noëlle bereits früher in einem solchen Kanu rudern sehen. Er hatte sie gefragt, ob es ihres sei, und sie hatte gemeint, es gehöre Hodoul, der nichts dagegen habe, wenn sie es sich gelegentlich auslieh. Trotzdem war es weitaus wahrscheinlicher, dass ein anderer das Kanu genommen hatte. Wie hätte Noëlle in ihrem Zustand dazu fähig sein sollen? Andererseits: Es war ihr auch gelungen, das Hospital mitsamt einem unhandlichen Papageienkäfig zu verlassen. Sie war stark.

Poupinel bewegte stöhnend den Kopf. Es war besser, woanders zu sein, wenn er erwachte. Also klopfte Seth dem Schiffsjungen auf die Schulter und eilte zum Steg. An dessen Ende stand Mullié mit Camille. Er hatte die Arme verschränkt und starrte aufs Meer hinaus – wahrscheinlich stellte er sich die gleiche Frage: Wenn es Noëlle gewesen war, wohin war sie verschwunden? Das Knattern der Bohlen, als Seth zu ihm lief, ließ ihn sich umwenden.

Unter der Achsel zog er das Taschenteleskop hervor und reichte es ihm. «Sie ist nicht zu sehen, Thierry.»

Seth nahm es und zog es auseinander. Die aufgehende Sonne war hinter Wolken verborgen; in etwa drei Kilometern Entfernung schüttete es. Die Regenlinie wanderte auf Mahé zu und würde die Insel in vielleicht zwanzig Minuten erreicht haben. Erst nach dem Guss wäre die Sicht besser. *Bis dahin ist Poupinel wach*, ging es ihm durch den Kopf. «Ich fürchte, sie will nach Praslin.» Er ließ das Teleskop sinken. «Zu ihrem Onkel.»

«Praslin?» Mullié kratzte sich die Locken. «Dann ist sie

ein Teufelsweib. Das sind fünfundvierzig Kilometer, und ein Kanu hat kein Segel.»

«Nicht der ausdauerndste und kräftigste Matrose würde das schaffen», warf Antoine, der Seth hinterhergelaufen war, gewichtig ein.

«Vergesst nicht, was es war, das sie hinaustrieb. Wenn man in Panik ist, springt man auch in die Tiefe, um dem Feuer zu entkommen. Weit kann sie ja nicht gekommen sein.»

«Warten wir das Ende des Regens ab», sagte Mullié.

Seth krauste die Stirn, als er in den Himmel blickte. Und wenn sich der Regen entschied, länger zu bleiben? Nein, das Herumstehen würde er nicht ertragen. Irgendwo dort draußen hinter der Regenwand dümpelte sie herum, bewusstlos vielleicht. Sterbend ... «Allmächtiger, nein! Mullié, lass die Barkasse abfieren. Schnell!»

Mullié blähte die Backen, starrte ihn an, dann Antoine und Camille; und plötzlich eilte er zwischen ihnen vorbei auf die *Bellérophon* zu. Seth hörte, wie er den Befehl hinaufrief, und atmete erleichtert aus.

Der Regen erwies sich als hartnäckig. Er peitschte die Gischt in die Gesichter der Männer auf der Barkasse; er prasselte auf die Wellen und verbarg Praslin gänzlich hinter einem Schleier. Seth stand am Bug und blickte in alle Richtungen. Nichts. Auch über Mahés Küstenlinie ließ er das Teleskop schweifen, doch auch dort konnte man die Palmkronen, die sich im Wind bogen, nur erahnen. Vermutlich war Poupinel längst wieder auf den Beinen, spuckte Blut und Galle und trommelte das Dorf zusammen, um allen zu verkünden, welch eine gefährliche Natter sie an ihrem Busen genährt hatten.

Und dabei kannten sie immer noch nicht die Wahrheit.

Er dachte daran, dass er längst beim Gouverneur seine Aufwartung hätte machen sollen, um zu sehen, wie es ihm ging, um die Pflaster zu wechseln und ihm zu berichten, wie es um Noëlle stand. Dieser Pflicht würde er nicht mehr nachkommen; nun würde Poupinel beweisen müssen, ob mehr in ihm steckte, als man gemeinhin annahm.

Die Männer segelten die Barkasse zwischen den Inseln Saint Anne und Cerf hindurch. Die Wellen wuchteten das Boot in die Höhe und ließen es wieder in ihre Täler hinabstürzen; das Segel war prall, die Schoten straff gespannt. Mullié war auf der *Bellérophon*, um das Schiff seeklar zu machen – sie hatten ausgemacht, dass man noch zur Mittagszeit den Anker lichten würde. Bis die Ladung verstaut und die Ausklarierung abgewickelt war, wollte er den Unschuldigen spielen, der von nichts wusste. Später dann sollte die *Bellérophon* an die Nordspitze Mahés segeln, wo kein Siedler sie sähe; dort würde das Schiff die Barkasse wieder aufnehmen. *Für uns französische Freibeuter sind die Séchellen als Zufluchtsort zu wichtig, als dass wir es uns wegen dieser Sache auf alle Zeit mit den Siedlern verscherzen sollten,* hatte Mullié, die Hände theatralisch hochwerfend, zu Seth gesagt. *D'Ournier macht mir deshalb sowieso die Hölle heiß! Und weißt du, wer ihm den Marsch bläst? Na? Kein anderer als Robert Surcouf! Die Sache könnte Kreise ziehen bis an den französischen Hof! Was sagst du dazu, mein Freund?*

Seth hätte liebend gern geantwortet, dass es ihm als Brite herzlich gleichgültig war, wenn Napoléon beim Frühstück seine militärischen Depeschen las und plötzlich den Appetit verlor. Doch für eine solche Bemerkung war jetzt nicht der rechte Augenblick.

Etwas weckte seine Aufmerksamkeit. Flecken von Grau inmitten der grünen Hänge. Er hob das Teleskop vors Auge. Gebleichte Dächer aus Palmwedeln. Es musste sich um die Überreste der ersten Siedlung handeln. Anno 1770, so war ihm erzählt worden, hatte der Gouverneur der Île de France einige Leute hierherbeordert. Sie hatten Nutzpflanzen kultivieren und eine kleine Niederlassung unterhalten sollen, ein Rastposten für französische Schiffe auf dem Weg nach Indien. In erbärmlicher Armut hatten sie gelebt; jegliche Appelle an die Regierung in Port Louis, Versorgungsschiffe zu schicken, waren ungehört verhallt. Und so hatten sie bereits nach kurzer Zeit die kleine Siedlung aufgegeben. Manche waren auf die Île de France zurückgekehrt; andere hatten ihr Glück auf Mahé gesucht. Weshalb nicht von Beginn an? Das konnte sich Seth, während er mit den Augen das winzige Eiland absuchte, nicht erklären. Aber er meinte sich zu erinnern, dass Noëlle ihm einmal gesagt hatte, dass man zunächst vor Mahés Mangroven mitsamt den sagenumwobenen Krokodilen zurückgeschreckt sei. Und hatte sie ihm nicht auch erzählt, dass …

«Natürlich! Verdammt soll ich sein, wenn ich mich täusche!»

«Monsieur Carnot?»

Er riss das Fernrohr herunter. «Kurs auf Saint Anne! Ich glaube, sie ist dort.»

4.

Die Männer fragten nicht nach; sie waren sichtlich erleichtert, nicht länger ziellos herumschippern zu müssen. Bald darauf näherten sie sich dem schmalen Strand. Das Wetter war jetzt ein Geschenk Gottes, denn der dichte Regen bewahrte sie davor, von Mahé aus gesehen zu werden. Seth sprang ins kniehohe Wasser. «Verbergt euch bei den Felsen!», rief er gegen das Prasseln an. Er schnappte sich seine Arzttasche. Die Wellen warfen ihn förmlich ans Ufer, und völlig durchnässt rannte er über den Sand.

«Monsieur le Docteur!», rief Antoine dicht hinter ihm. «Sehen Sie, da ist ein Kanu.» Es dümpelte am Wassersaum. «Und da oben, da sind die Hütten.» Er deutete den Hang hinauf.

«Du hast gute Augen», erwiderte Seth. Er ließ ihn die Führung übernehmen. Dicke Tropfen platschten ihnen ins Gesicht, während sie sich durch das wilde Gestrüpp von Laubhölzern und nadelbewehrten Palmstämmen kämpften. Ein hüfthoher Zaun aus grob aufgeschichteten Steinen verriet, dass man hier Schildkröten als lebendigen Schiffsproviant gehalten hatte, und hie und da ließ der Erdboden unter dem Bewuchs erahnen, dass dort Erdgruben für

Sklaven gewesen sein mussten. Die erste Hütte war nur noch ein am Boden liegendes Palmblattdach. Die zweite besaß immerhin noch ihre Stützpfeiler. Von der Vegetation fast gänzlich umschlossen, zählte Seth sechs, sieben Überreste solcher Hütten. Sie hatten nichts gemein mit den großzügigen Pflanzerhäusern im Dorf; sie erzählten von Entbehrungen und Elend.

Ein wahrhaft passender Rückzugsort für eine verzweifelte Sklavin.

Er durchquerte die erste Hütte und das dahinter verwilderte Maniokfeld. In der nächsten hatten Wurzeln den festgetretenen Boden angehoben. Im Schatten des halb herabhängenden Daches entdeckte er die Reste geflochtener Gefäße und einen zerbrochenen Schemel. Alles war voller Laub und Dreck. In einem zerbrochenen Keramiktopf brütete ein Bootsmannvogel. Das hübsche schwarzweiße Tier mit dem langen, hochgestellten Schwanz zeigte keine Furcht, als er mit langem Schritt über es hinwegstieg, um in die nächste Hütte zu gelangen.

Allmächtiger, wo …

«Monsieur le Docteur! Hier!»

Er lief zu Antoine, der am Eingang einer Hütte stand, deren Wände noch intakt waren. Sie war um einen Mangobaum herum errichtet worden; auf dem Dach lagen einige Früchte. Der Junge deutete hinein. Ungeduldig schob Seth ihn beiseite.

«Sie ist … nackt», murmelte Antoine mit glühenden Wangen.

Noëlle lag mit dem Gesicht nach unten auf einer Kokosmatratze. Die dünne Matte musste sie früher irgendwann

377

hergeschafft oder selbst hergestellt haben. Wie sie auch das Unkraut entfernt und den Boden sauber gehalten hatte. An einer Wand standen Gefäße aus Kokosnüssen und Flechtwerk ordentlich aufgereiht, und von der Decke hingen sogar Schnüre mit Muscheln.

Und da war auch der Käfig – offen. Der schwarze Vasapapagei hockte in der Laibung des einzigen Fensters.

«Geh zu den anderen», wies Seth den Jungen an. «Sag ihnen, sie sollen in den Hafen zurückkehren, um keinen Verdacht zu erregen. Wenn die *Bellérophon* morgen früh ablegt, soll sie hier haltmachen und uns aufnehmen.»

«Jawohl!» Antoine riss die Hand an die Schläfe und machte, dass er fortkam.

Morgen früh, dachte Seth, während er zu Noëlle trat und neben ihr niederkniete. Er wünschte, der Regen würde sich zu einem Unwetter auswachsen und einen Tag – einen nur! – anhalten. Es würde die Lust der Siedler, Boote auszusenden, um eine flüchtige Sklavin zu suchen, merklich dämpfen. Aber sosehr der Regen den Anschein erweckte, sich für Tage, gar Wochen niederlassen zu wollen, so wahrscheinlich war, dass in wenigen Minuten die herrlichste Sonne schien.

Der Zustand ihres Rückens war unverändert. Auf den Krusten klebte ein wenig Laub, das er vorsichtig abzog. Ihre Haut fühlte sich warm, doch nicht erhitzt an; ein gutes Zeichen. Sie war stark, seine Noëlle, sie würde es überstehen. Zorn wallte in ihm auf, blanker Hass. Er wünschte sich selbst einen Ziemer, um ihn auf Poupinel, auf Quinssy und auch auf Bartholomew Sullivan niedergehen zu lassen. «Dieser Körper wird nicht neunzig weitere Schläge erdulden müssen, das schwöre ich.»

Er nahm eines der Gefäße, kehrte zum Strand zurück und füllte es mit Meerwasser. Zurück in der Hütte tränkte er sein Hemd und breitete es über ihrem Rücken aus. Das wiederholte er einige Male, bis er fand, es sei genug. Noëlle schlief weiter. Er hatte Zeit, die Gefäße genauer in Augenschein zu nehmen. In zwei Schalen lagen zerstoßene Muscheln und Steinchen, in einer kleinen Kokosnusshälfte Asche. Orakelwerkzeug. Hier hatte sie zu ihren Geistgöttern gefleht und die Zukunft erkunden wollen. Dumme Menschen, dass sie wider besseres Wissen Derartiges taten. Dumme Menschen, dass sie die Hoffnung auf eine bessere Zukunft nicht aufgaben und um ihre Liebe kämpften. *Gott, ich liebe sie, was hast du uns beiden aufgebürdet?*, dachte er, zugleich von Dankbarkeit erfüllt.

Der Gedanke, eine dunkelhäutige Sklavin zur Frau zu nehmen, bereitete ihm keine Sorge – viele weiße Siedler taten das, zumindest an anderen Orten der Welt. Aber wo war der Platz, an dem Noëlle und er leben konnten? Irgendwo außerhalb der Reichweite der Royal Navy. Und auch der französischen Marine. Doch einen solchen Ort gab es nicht. Es sei denn auf einer unbekannten Insel, irgendeinem schroffen Eiland, das auf keiner Karte verzeichnet war – wie jenes, auf dem man die letzten Bounty-Meuterer vermutete. *Guys, hättet ihr noch ein Plätzchen für einen Piraten und seine Frau?*

«Zanahary ...» Noëlle hob den Kopf. «Zanahary, wo bist du?»

«Im Fenster.»

Sie krauste die Stirn, als überlege sie, ob wahrhaftig der Vogel sprach. Dann blickte sie in seine Richtung. Er lächelte.

«Thierry …»

Mein Name ist Seth. Nein, dazu war es zu früh. Das würde er ihr erst am endgültigen Ziel der Reise sagen können. Nicht einmal auf der *Bellérophon*, unter einer Mannschaft, die ihm noch zum Feind werden konnte, durfte es herauskommen. Erst danach würde Noëlle mit dieser Enthüllung leben müssen. Ziemlich schändlich, ihr keine Wahl zu lassen …

Sie schlug die Augen nieder. «Verzeih … verzeihen Sie, Monsieur le Docteur.»

«Vergiss den Docteur, Noëlle. Wie fühlst du dich?»

«Ein wenig besser. Ich war … ich bin … ich …»

«Du bist weggelaufen», half er ihr auf die Sprünge.

Sie wollte sich hochkämpfen, und er half ihr, sich aufzusetzen. Ihr lautes Stöhnen schnitt ihm ins Fleisch. Schließlich hatte sie es geschafft und saß an seiner Seite, wo sie sich vor Schmerz vor- und zurückwiegte. Fahrig griff sie nach ihren Haaren, wie um sich daran festzuhalten, doch die kurzen Strähnen verwirrten sie, und so knetete sie nur die Finger. «Ich glaube, ich wollte nach Praslin. Zu Onkel Hugo. Aber ganz sicher bin ich mir nicht. Es ist alles so verschwommen. Ich kann mich nicht erinnern, wie ich hierhergekommen bin.»

«Mit einem Kanu. Offenbar hat dich die Strömung der einsetzenden Ebbe hergetrieben, und dann bist du hier heraufgelaufen. Eine beeindruckende Leistung, Noëlle.»

Sie schlug die Hände vors Gesicht und begann zu zittern. «Man wird mich totschlagen! Oh, ihr Ahnen! Bitte … ich will zu Hugo.» Gequält heulte sie auf, ein Laut, der ihm durch Mark und Bein ging. Liebend gern hätte er sie an sich gezogen, doch ihre Wunden machten das unmöglich. So sanft wie hilflos strich er ihr über die Hände.

«Niemand schlägt dich mehr, Noëlle, ich verspreche es.» Gewagt! Noch waren sie nicht gerettet. *Aber sei's drum.* «Morgen gehst du mit mir an Bord der *Bellérophon*, und dann verschwinden wir.»

Sie ließ die Hände sinken und sah ihn aus großen Augen an. «Ich soll … meine Heimat verlassen? Onkel Hugo nie wiedersehen?»

«Noëlle», sagte er ernst. «Du hast keine Heimat mehr, und deinen Onkel hättest du ohnehin nie wiedergesehen.»

«Nein! Nein! Ich will das nicht hören! Es tut so weh … so weh!» Sie umschlang die Knie, schrie vor Schmerzen auf und begann um sich zu schlagen. Vergebens versuchte er sie an den Händen zu packen. Wie tollwütig gebärdete sie sich; jede Bewegung musste die Schmerzen nur mehr anfachen, und sie schrie und heulte. Er überlegte, sie mit einer Ohrfeige zur Besinnung zu bringen. Dann hätte er sein Versprechen augenblicklich gebrochen. Endlich gelang es ihm, sie an den Schultern festzuhalten.

Ihr Geschrei ging in Schluchzen über. Mit der Handkante wischte er ihr den Rotz von den Wangen. «Gut, es ist ja alles gut … Leg dich wieder hin, das ist das Beste, was du jetzt tun kannst.»

«Bitte bleib bei mir», schniefte sie.

Er half ihr, sich wieder auf den Bauch zu legen. Ein weiteres Mal tunkte er das Hemd ins Seewasser und säuberte ihren Rücken von dem Blut, das bei ihrem Toben hervorgebrochen war. Dann holte er aus seiner Tasche das Fläschchen mit Kokosöl und rieb die heiße und pralle

Haut behutsam ein. Wenn sich ihr Blut erhitzte, war ein Aderlass gewiss angebracht; doch der Gedanke, ihr mit dem Schnepper Schmerzen zuzufügen, stieß ihn ab.

Abrupt hörte das Prasseln auf, und die Sonne brach hervor. «Ich gehe nur vor die Tür», sagte er, nahm das Teleskop und trat aus der Hütte. Er sah, dass die Barkasse drüben am Steg anlegte. Die Männer hatten das Kanu mitgenommen. Soeben eilte Lieutenant Dubois über den Steg, so schnell, dass die Bohlen fast hüpften. Es entspann sich ein Disput mit reichlich französischer Gestik. Einer der Matrosen deutete aufs Meer hinaus; offenbar wollte man Dubois weismachen, man habe das Kanu weit draußen gefunden. Raffinierte Hunde, diese französischen Korsaren. Dubois glauben zu machen, Noëlle sei ertrunken, war das Beste, was ihr passieren konnte.

Nun erschien ihm der Tag, den sie noch ausharren mussten, nicht mehr wie eine unüberwindliche Hürde. Ein Tag, was war das schon? Trinkwasser fände sich dank des ausgiebigen Regens reichlich, und angesichts von Jackfrucht- und Brotfruchtbäumen würden sie nicht hungern müssen. Zurück in der Hütte sah er, dass sich Noëlle auf die Füße zu kämpfen versuchte.

Sie schniefte wieder. «Ich muss.»

«Um Gottes willen, bleib sitzen! Deshalb musst du nicht aufstehen.» Er raffte eine der ausgehöhlten Kokosnüsse auf und hielt sie ihr unter. Noëlle klammerte sich an ihm fest.

«Das ist beschämend.»

«Unsinn. Ich bin dein Arzt, schon vergessen?» Während es unter ihr plätscherte, kam er nicht umhin, ihre kleinen Brüste zu bemerken und die Art, wie sie gegen seinen nackten Oberkörper strichen. Noëlle sah ihn aus großen Augen an; ihr Mund war leicht geöffnet, und er neigte sich vor und küsste sie. Abwartend zunächst, doch als er ihre Zunge an seiner spürte, saugte er sich fest. Erschrocken keuchte sie auf.

Rasch löste er sich von ihr, auch wenn es ihn alle Willensanstrengung kostete. «Verzeih ...»

«Nein», murmelte sie und schlug die Augen nieder. «Wenn du das möchtest ...»

«Noëlle, du bist nicht meine Sklavin.» Dennoch überwältigte ihn ihre Schüchternheit, und er musste an sich halten, nicht noch einmal seinen Mund auf ihren zu pressen. Und mehr als das zu tun. Solche Ansinnen, die sein Körper plötzlich entwickelte, war er kaum gewohnt.

Sie runzelte die Stirn. Was hatte er bloß angerichtet? Er und die Frauen! Mullié hatte ganz recht, er war ahnungslos.

«Thierry ...»

Er räusperte sich. «Ja?»

«Würdest du mich noch einmal küssen?»

«Habe ich dich da richtig verstanden?»

Sie musste schlucken. «Ich denke schon. Würdest du mich noch einmal küssen?»

Ihre Stimme war wie ein Hauch. Doch er glaubte sich nicht verhört zu haben. Behutsam legte er die Hände auf ihre Schultern. Wartete eine Weile, ob sie wirklich so viel Nähe wollte. Hilflos lächelte sie; er sah ihre Zähne aufblitzen, und da wagte er es, sich erneut vorzuneigen. Dieses Mal ging er sehr langsam und vorsichtig vor. Er schmeckte ihre Süße, ihre Lust, forderte ihre Zunge zum Spiel auf, und sie erwiderte seine Vorstöße auf ähnlich unschuldige

Art. Etwas pochte in ihm. Nein, nicht allein sein Körper. Es schien das Trommeln der Welt selbst zu sein. Fast hätte er vergessen können, wo er sich befand. Seine Finger glitten über ihre Wangen, ihren Hals hinunter, und sie legte ihre Hände auf seine, als wollte sie sie wärmen. Als er sich löste, hatte er das Gefühl, ein anderer geworden zu sein. Brauchte man für solche Erkenntnisse eine Akademie? *Du bist ein Idiot, dass du selbst jetzt einen dummen Witz machen musst, und wenn's für dich selbst ist*, dachte er. Trotzdem lachte er auf. Er strich über Noëlles Wange.

«Nun leg dich wieder hin.»

Dieses Mal bemühte sie sich, halb auf der Seite zu liegen, um ihn zu betrachten. Ihr Blick blieb lange an der Tätowierung der *Nereid* hängen. «Warum willst du mit mir weg?», fragte sie schließlich. «Du bist doch jetzt der Arzt des *Établissements.*»

«Weil du mir viel zu viel bedeutest, um dich allein gehen zu lassen. Allein mit einer Mannschaft von Freibeutern, das ganz nebenbei. Ich möchte, dass du bei mir bist. Ich will, dass du lebst.»

«Aber …» Sie runzelte die Stirn. Offenbar fiel es ihr schwer, aus ihren Überlegungen zu tilgen, dass sie eine Sklavin und er ein Herr war.

«Nun, es gibt noch einen anderen Grund.» Er lächelte. «Ich habe Poupinel zu Boden geschickt.»

«Zu Boden …?»

«Niedergeschlagen.» Er ballte eine Faust.

«Bei allen Geistern!»

«Ja, ich schätze, die sind ihm in diesem Augenblick allesamt erschienen.»

384

«Und ... Seine Exzellenz?»

«Muss ohne mich auskommen. Bedauerlich, aber nicht zu ändern. Jetzt ruh dich aus. Ich gehe derweil ein paar Früchte und Wasser suchen.»

«Bitte ...» Sie streckte die Hand nach ihm aus, und er ergriff sie. «... bitte geh nicht zu weit fort. Ich habe Angst, dass meine Seele meinen Leib verlässt, weil er geschwächt ist.»

«Versprochen, Chérie.» Er hob ihre Hand an seine Lippen.

In Mulden und Blättern fand er reichlich Regenwasser, das er in den Nussschalen sammelte. Er wollte ein paar Kokosnüsse aufschlagen, um an das Kopra zu kommen; da entdeckte er einige nah beieinander stehende Séchellennusspalmen. Einer der mehr als dreißig Yards hohen Bäume trug schwer an den riesigen Früchten, während der benachbarte die Blütendolden in seine Richtung auszustrecken schien. Ein Bronzegecko hockte auf der phallusartigen Dolde und zupfte die winzigen hellen Blüten. Auf dem Boden fand Seth eine Frucht. Das Ding war gewaltig und schwer. Stunden, so schien es ihm, brauchte er, um sie mit Hilfe scharfer Steine von der fleischigen Hülle zu befreien und die Fasern herunterzureißen. Was er vorfand, war eine Nuss, die einem weiblichen Becken glich. Nicht verwunderlich, dass die Seefahrer heute noch glaubten, die Bäume vereinigten sich auf menschliche Weise.

Er plagte sich, die Nuss zu öffnen. Als er die Hand hineinstecken konnte, kostete er von dem kostbaren Gelee. Genau das, was Noëlle jetzt brauchte. Die Nuss schleppte er in die Hütte, wo Noëlle erfreut lächelte; dann zog er wieder aus, Wasser, Papayas, eine Jackfrucht und überreife Bananen zu sammeln. Alles schnitt und zerpflückte er mit Hilfe seiner chirurgischen Instrumente in mundgerechte Häppchen.

«Voilà. Lass es dir schmecken.» Er schob ihr eine zum Überquellen gefüllte Kokosnussschale hin.

Sie schob den Kopf darüber und begann zu essen. «Eigentlich bin ich doch diejenige, die dir das Essen zubereiten sollte.»

«Jetzt ist eben alles anders. Mir gefällt es so. Und schwer ist es auch nicht. Solange du keinen Flughund von mir willst.»

Sie kicherte; der Saft rann ihr aus den Mundwinkeln, und er ging auf die Knie nieder, um sich vorzubeugen und die Tropfen abzulecken. Es war die perfekte Gelegenheit für einen Kuss; einige Fruchtstücke gerieten in seinen Mund, und er schluckte sie. «Auch eine Möglichkeit, den Hunger zu stillen», raunte er ihr zu. «Und jetzt der kulinarische Höhepunkt.»

Einen chirurgischen Löffel benutzte er, um ihr das Gelee zu verabreichen. Der Zauber wirkte auch bei ihr; ihre Augen leuchteten. Doch ihr Lächeln geriet schief; sie schob seine Hand von sich und ließ ermattet den Kopf sinken.

«Mein Rücken tut weh», murmelte sie.

«Ruh dich aus. Ich werde ihn vorsichtig mit dem Gelee einreiben.»

Seine Fingerkuppen glitten über die geschwollene Haut, ohne die Wunden zu berühren. Unter dieser äußerst behutsamen Behandlung entspannte sich Noëlle allmählich. Vielleicht war es entgegen der herrschenden Lehrmeinung angebracht, auch die Blutkrusten zu versorgen. An Geister glaubte er nicht, jedoch an die heilsame Wirkung des Gelees. Schließlich glänzte ihr ganzer Rücken.

«Ich spüre schon den Geist der *coco de mer*», flüsterte Noëlle. «Er ist mir gewogen. Seine Macht ist groß; seit Tausenden von Jahren lebt er irgendwo unten im Meer.»

«Das ist eine Seefahrergeschichte.»

«In alten Zeiten – in Indien, hat Onkel Hugo erzählt – töteten die Maharadschas jeden, der eine angeschwemmte Nuss vom Strand auflas. Nicht nur Sklaven, sondern freie Männer. Für so mächtig hielten sie die Palme ...»

«Seit die Franzosen die Bestände plünderten, hat sie, glaube ich, ein wenig von ihrer Zauberkraft eingebüßt.»

«Ach, du spottest wieder! Ich hatte den Geist der Nuss darum gebeten, dir einzugeben, an mich zu denken. Und du hast es getan.»

«Ich gebe mich geschlagen!» Er säuberte die Finger mit einem Tuch aus seiner Tasche. «Wozu dient dies hier?» In einer Ecke hatte er ein ausgehöhltes Aststück gefunden.

«Blas hinein.»

Er tat es. Ein grässlicher Ton dröhnte, und er ließ es erschrocken sinken. «Lass mich raten: Damit verscheucht man die Geister.»

«Nein, das ist ein Musikinstrument. Hugo hat erzählt, dass die Sklaven früher hier auf Saint Anne viel Musik gemacht haben, mit solchen Blasrohren, mit Rasseln, Schneckenmuscheln und der Zeze, einem Saiteninstrument. Aber drüben dann wuchs das Dorf, die weißen Herren bekamen ihre Violinen und Tasteninstrumente, und irgendwann duldeten sie nicht mehr, dass die Sklaven für sich spielten. Jetzt tun sie es nur noch in den Hütten, die weit genug vom *Établissement* weg sind.»

Der alte Hugo schien ja wirklich eine unerschöpfliche Quelle für Geschichten gewesen zu sein. Seth entsann sich, Musik gehört zu haben, als er diesen sinnlosen Tag im Wald verbracht hatte. Darum also hatte es sich gehandelt. Der gleiche Schauder, der ihm damals den Rücken hinuntergelaufen war, ließ ihn auch jetzt kurz erzittern. «Wir dürfen keinen Lärm – verzeih, keine Musik machen, wenn wir nicht riskieren wollen, dass uns jemand hört.»

Sie senkte den Kopf. «Das vergaß ich. Weißt du … Ich kann sogar die Schmerzen vergessen, wenn auch nur ganz kurz. Es ist … weil … du bei mir bist. Hier in dieser Hütte. Und ich dir von mir erzählen kann. Es ist …» Sie biss sich auf die Lippe, ein hinreißender Anblick. Félicité hatte es auch getan; doch bei ihr hatte es ihn kaltgelassen. Diese Lippe jedoch, diese Zähne wollten ihn locken, sich auf sie zu stürzen und sie zu verschlingen wie eine süße Speise.

Was für Gedanken! Später, wenn sie in Sicherheit waren, würde er mit Mullié über diese Dinge reden müssen.

«Ich glaube, ich weiß, was du meinst, Noëlle. Ganz ähnlich war es im Behandlungsraum – du und ich und all die Arzneien und Instrumente. Wenn ich dir etwas erklären konnte, hat mich das erfreut.»

«Tatsächlich?»

«Aber ja.»

«Und ich habe immer gedacht, du wolltest den überlegenen Mediziner herauskehren. Den Mann des Wissens, der meinen Geisterglauben verachtet.»

«So kann man sich täuschen.» Er grinste sie an, und sie

lächelte wieder. Diese Grübchen! Die kurzen Haare, fand er, ließen ihr Gesicht noch spitzbübischer wirken. «Nun gut, was ist das?» Er hob eine Kalebasse an und schüttelte sie. «Ist das Sand?»

«Nicht!» Sie streckte die Hand aus. «Bitte stell es wieder hin. Darin ist die Asche von Hugos Vater.»

Er beeilte sich, die Flasche wieder an Ort und Stelle zu platzieren. «Warum hat man ihn nicht begraben?»

«Weil er ein sehr weiser *bonhomme du bois* war. Er konnte in die Zukunft blicken und jedes Orakelmuster deuten. Sagte Onkel Hugo jedenfalls; ich kannte Lolo nicht. Dort in der Ecke findest du noch mehr von ihm.» Sie deutete auf einen geflochtenen Korb. «Aber erschrick nicht.»

Seth griff hinein und förderte ein altes Einmachglas mit einer Skeletthand zutage. Da gab es nichts zu erschrecken; während seiner Lehrzeit hatte er viele Körperteile in Alkohol eingelagert gesehen. Er pfiff durch die Zähne. «Hübsches Andenken an den alten Herrn.»

«Dank dieser Hand besitzt die alte Hütte gutes, kraftvolles Mana. Der Siedler, der hier wohnte, hatte sie unwissentlich in nordsüdliche Richtung gebaut, und Lolos Ecke liegt im Nordosten; es ist die heilige Stelle eines Hauses. Du glaubst mir nicht.» Herausfordernd reckte sie das Kinn. «Aber du siehst doch, wie viel besser es mir geht.»

Er schlug die Hände vor dem Gesicht zusammen. «Und ich hatte geglaubt, es läge an mir; was war ich doch für ein Narr!»

Sie lachte. «Ja, an dir auch. Vor allem an dir. Als ich klein war, hat mir Hugo erzählt, dass Lolo nach seinem Tode

auferstanden und als lebender Leichnam umhergeirrt sei.»
Sie erzählte von dem kruden Glauben der Madagassen, von
den Orakelmännern, von mittelalterlich anmutenden Got-
tesurteilen, von unsichtbaren Gräbern und vergossenem
Tierblut und von Zanahary, dem höchsten Wesen. Nach
einer Weile bemerkte Seth, dass das alles gar nicht so
fremdartig war, wie es klang. Auch die Matrosen glaubten
an derlei Dinge, an die Zauberkraft ihrer Tätowierungen,
an verfluchte Männer, die wie der biblische Jonas Stürme
oder Flauten sandten, die nur ihr Tod wieder vertreiben
könne. Und ein seltsames ‹höchstes Wesen› war sogar mitten in Paris verehrt worden, damals zu den wirren Zeiten
der Revolution. Während er ihr zuhörte, erschien es ihm
nicht mehr völlig unmöglich, mit einer solchen Frau irgendwo in der Zivilisation zu siedeln.

«Wohin mit uns, Noëlle?» Er warf das Glas in die Höhe
und fing es auf. Ihre Augen weiteten sich angesichts dieser Respektlosigkeit. Rasch steckte er es in den Korb zurück. «Wohin? In das weltoffene Batavia der Niederlän-
der? In den dortigen verseuchten Straßen zu leben, kann
einen allerdings die Gesundheit kosten. Indien? Oder der
Hafen Kupang auf den Inseln Niederländisch-Indiens,
wo einstmals die Ausgesetzten der Bounty nach ihrer unfasslich langen Reise in einer Barkasse an Land gegangen
sind?»

Sie kaute an einem Daumennagel. «Ich fürchte, ich habe
keine Ahnung von der Welt. Du musst mich für dumm
halten.»

«Auf keinen Fall. Woher solltest du das auch wissen?
Höchstens aus den Erzählungen Hodouls, oder?»

«Wenn du nach Indien willst, gehe ich mit dir nach Indien», murmelte sie.

Er nickte. Doch überall würde Großbritannien den mächtigen, gierigen Arm nach ihnen ausstrecken. Welche Möglichkeiten gab es noch? Ihm wollten keine einfallen.

«Aber wäre es möglich», sagte sie zögerlich, «dass du und Commandant Mullié zuvor in Praslin haltmacht, um Hugo zu holen?» Er schluckte.

«Noëlle, das ist unmöglich.»

Langsam nickte sie. Er wünschte sich, sie würde aufbegehren, wieder zornig werden. Doch sie ließ still die Tränen laufen. «Ich weiß.»

Nach einem kurzen, aber erholsamen Schlaf erwachte sie allein. Sie erschrak – Thierry war fort; man hatte ihn gefunden, geholt, getötet. Dann beruhigte sie sich. *Sie* würde man töten, nicht jedoch ihn. Außerdem war dort noch seine Arzttasche, ohne sie wäre er niemals gegangen. *Was zweifelst du auch an seinem Wort?*, schalt sie sich. *Hab Vertrauen.*

Ihre Blase drückte wieder, und sie überlegte, ob sie auf ihn warten solle, damit er ihr half. Doch da das Ungeheuer auf ihrem Rücken schlief, wagte sie es allein. Es kostete Schweiß, Mühe und Zeit, während der sie die Zähne fest zusammenpresste. Dann war es geschafft; sie saß aufrecht. Sie hielt sich eine Schale unter und kroch nach draußen, um sie zu entleeren.

«Noëlle! Gott, was tust du?»

Er kam den Pfad vom Strand heraufgestürmt und ging vor ihr in die Hocke. Seine Hände umfassten ihre Schultern.

«Es ist alles in Ordnung», sagte sie.

Sie wartete auf einen Tadel, doch er lächelte. «Gut.» Wie oft er lächelte, und auf wie viele unterschiedliche Arten er es konnte! Warm und innig, und natürlich spöttisch, aber auch heiter, schelmisch, was ihn wie einen großen Jungen wirken ließ. Und sie hatte anfangs geglaubt, er könne es kaum ... Manchmal aber verlor sich das Lächeln, und dann war es, als kehrte er in jene Zeit zurück, als ihn das Leben im Übermaß gebeutelt hatte. Dass es so war, erzählte beredt die böse Narbe auf seiner Brust.

«Du hast mir niemals erzählt, wie es dazu kam», sagte sie und berührte mit einem Zeigefinger seine Brust. Er stutzte, und schon reute es sie, aus heiterem Himmel in der Wunde gebohrt zu haben. Wie um sich zu schützen, legte er eine Hand auf die verschandelte Tätowierung.

«Doch, ich glaube, ich sagte, dass es ein Entermesser war.»

Er log. Sie hatte im Hospital genug Wunden gesehen. Von Peitschen, Stöcken und auch Macheten. Sie wusste genau, dass eine einfache Schnittwunde ganz anders aussah, und er als Arzt sollte wissen, dass er sie nicht so leicht täuschen konnte. «Du weißt so viel über mich», murmelte sie. «Aber ich nichts über dich. Ich habe kein Recht, dich zu fragen, aber ...»

Sein Zeigefinger hob ihr Kinn an. «Du hast dasselbe Recht, das jeder Mensch hat. Du bist frei. Vielleicht nicht vor dem Gesetz dieser kleinen Insel Mahé, aber das zählt nicht mehr.»

Das stimmte nicht; überall, wo sie hinging, würde man sie einfangen und zurückschicken. Aber sie wollte sich nicht ablenken lassen, indem sie weiter über ihr Schicksal nachgrübelte. «Gut, ich bin so frei, dich zu fragen. Und die Wahrheit zu hören.»

«Die Wahrheit. Also, die Wahrheit willst du hören …» Er legte die Arme auf die Knie und verschränkte die Finger. «Es waren Piraten. Eine bunt zusammengewürfelte Mannschaft; sie brachten das Schiff auf, auf dem ich damals diente, die *Néréide*. Mit dem Entermesser wollten sie den Namen des Schiffes von meiner Brust tilgen. Warum, weiß ich nicht, aus Lust am Quälen. Deshalb sieht der Schnitt auch so … seltsam aus. Ich musste eine Zeitlang auf ihrem Schiff als Bordarzt dienen. Auf Sainte Marie, dem Piratenstützpunkt an der madagassischen Ostküste, gelang mir die Flucht. Ich heuerte auf ein paar anderen Kaperfahrern an und gelangte schließlich auf die *Bellérophon* unter d'Ourniers Kommando. Ich stamme aus einem Ort an der bretonischen Küste, einem winzigen Fischernest, dessen Namen ich vergessen habe. Meine Eltern waren verarmte Adlige, die zu Zeiten der Revolution Opfer des sogenannten Septembermassakers wurden. Und ich besaß eine Schwester, die früh starb, weil sie lebensschwach war.»

Er hatte die Worte herausgestoßen wie eine zu entledigende, äußerst unangenehme Pflicht. Als er geendet hatte, atmete er stoßweise wie nach einem langen Lauf. Sein harter Blick verwirrte sie.

«Ist es genug … fürs Erste?», fragte er. «Wir haben später noch viel Zeit, alte Familiengeschichten auszutauschen.» Sie entdeckte ein neues Lächeln: krampfhaft und freudlos. Sie war geneigt zu sagen, falsch.

Aber da irrte sie sich gewiss. Sie kannte die Menschen doch kaum. Zumindest die weißen nicht.

«Leg dich wieder hin, Noëlle.» Er half ihr, aufzustehen, und führte sie in die Hütte zurück, wo sie auf ihre Matratze sank. «Ich besorge etwas zu essen. Es dunkelt bald. Schade, dass wir keinen Fisch fangen können. Aber selbst wenn wir etwas hätten, um Feuer zu machen, wäre es viel zu gefährlich. Also behelfen wir uns weiter mit Obst.»

«Ja», murmelte sie.

«Ich will auch noch einmal hinunter, schauen, was sich vis-à-vis tut. Du musst dir keine Sorgen machen, wenn ich ein Weilchen fort bin.»

«Ja.»

Er bückte sich und strich ihr über das verschandelte Haar. Sie versuchte sich an einem Lächeln. Ob es ihr wohl gelang? Und war ihres jetzt auch so unecht?

Wenn sie in der Nacht erwachte, war es weniger wegen der Schmerzen, sondern um sich zu vergewissern, dass Thierry noch bei ihr war. Dass sie lebte und hier war, hier auf Saint Anne. Frei. Noch nicht frei, aber bald. Wenn alles gutging. Seltsamerweise verspürte sie keine Furcht vor der kommenden Aufregung der Flucht. Nicht einmal der Gedanke, Onkel Hugo nicht mehr zu sehen, quälte sie allzu sehr. Wie kam das? Sie drehte sich auf die Seite, das Ungeheuer missachtend. Es war, weil ihr Verstand von der Flucht erzählte, nicht ihr Herz. Ihr Herz hatte immer noch nicht begriffen, dass all dies wirklich geschah. Auch nicht Thierrys gestrige Unaufrichtigkeit, die sie nicht einzuordnen vermochte. Irgendetwas war in seiner Vergangenheit geschehen, das er ihr nicht anvertrauen wollte. Vielleicht brauchte es nur Zeit. Sie fasste in ihre kurzen Haare, wie um sich zu vergewissern, dass die letzten Tage kein Traum gewesen waren. Törichte, wirre Gedanken! Glücklicherweise schlief sie schnell wieder ein, und als der Morgen graute, fühlte sie sich erfrischt.

Thierry war nicht da. Sie fasste den Mut, ein paar Schritte zu gehen, rappelte sich auf die Füße und zog sich sein Hemd über, das er ihr hingelegt hatte. War heute nicht der Tag, an dem sie die weiteren Schläge hätte empfangen sollen? Es erschien ihr unfasslich. Sie musste vorsichtig sein. Langsam, darauf bedacht, dass kein Fernrohr sie von Mahé aus sehen könne, ging sie den Pfad hinunter zum Strand. Sie erschrak – frische Stiefelabdrücke im Sand! *Sei nicht dumm; sie gehören Thierry,* ermahnte sie sich. Wo war er? Sie folgte den Spuren. Die See lag ruhig; über den Himmel zogen nur ein paar kleine Wolken; nichts erinnerte an den gestrigen langen Regen. Sogar die Palmen rauschten nur leise, und so hörte sie deutlich ein Aufschluchzen.

Er hockte im Schatten eines Granitfelsens, Haare und Kniebundhose nass; wie es schien, hatte er Heil und Trost im Meer gesucht. *Auch in der Lust am Meer sind wir uns gleich,* dachte sie. Er hatte die Knie angezogen, die Ellbogen darauf gestützt – und die Hände vor dem Gesicht. Die Finger gekrümmt und zitternd, wischte er sich ständig mit der Handkante über die Augen. Seine Schultern bebten.

Was hast du? Doch sie spürte, diese Frage zu stellen, war ihr nicht bestimmt. Langsam wich sie zurück und als sie sicher war, dass er sie nicht bemerken würde, drehte sie sich um und lief wieder den Hang hinauf.

5.

Er wusste nicht, was ihn dazu gebracht hatte, zum Strand hinunterzugehen und auch dort die Lage zu sondieren. Eingebung vielleicht. Glück oder Gottes Fügung. Die Barkasse, die am Wassersaum dümpelte, gehörte nicht der *Bellérophon*. Es war Lieutenant Dubois, der am Heck saß und fünf seiner Männer befahl, auszusteigen und die Insel abzusuchen. Sie warfen ihre Musketen auf den Rücken und stapften durch das kniehohe Wasser. In ihren Gesichtern war deutlich zu lesen, was sie davon hielten. Seth stieß einen unhörbaren Fluch aus und zog sich zurück. Fünf lustlose, untrainierte Soldaten waren fünf zu viel.

Er rannte zurück zu Noëlle, die auf ihrer Matratze saß und gedankenverloren das Glas mit der Skeletthand in den Händen wog. «Soldaten», zischte er, und sie ließ es erschrocken fallen. «Du musst aufstehen. Warte hinter der Hütte auf mich.»

Sie kämpfte sich auf die Füße. «Was tust du?», rief sie, als er begann, einige ihrer Sachen zu zertreten und auf andere mit den Füßen Erdreich und Laub zu schaufeln. «Nicht, du störst die Geister!»

«Es geht um dein Leben, Noëlle», fauchte er sie so heftig

396

an, dass sie zurückwich. «Nicht um die Befindlichkeiten irgendwelcher Verstorbenen! Komm ...» Er nahm seine Arzttasche und zog Noëlle mit sich hinaus. Ein Blick zurück: Sah die Hütte aus, als sei hier seit einiger Zeit niemand gewesen? Er hoffte es. Draußen waren bereits die Stimmen der Männer zu vernehmen. Herrgott, hätte Dubois nicht einen Tag länger nachlässig sein können? Seth zerrte Noëlle mit sich hinter die Hütte; sie wankte und kämpfte darum, nicht vor Schmerzen zu stöhnen. Rasch holte er aus seiner Tasche ein Stück Leinen, das er ihr in den Mund stopfte. Halb zog, halb trug er sie in die dichte Vegetation, fort von den Hütten, tiefer hinein in den Wald. Hinter einem Felsblock fand er eine Mulde, vielleicht ein Erdloch, in das man nachts die Sklaven gesperrt hatte. Noëlle wimmerte, als er sie mit sich hinunterzwang. Tief kauerte er sich in den Schatten, einen Arm um sie gelegt, die andere Hand auf ihren Mund gepresst. Es dauerte ihn, so grob mit ihr umgehen zu müssen. Sie weinte, hielt aber still.

Irgendwo über ihnen raschelte das Geäst, und jemand fluchte kräftig. Noëlle barg das Gesicht in seiner Halsbeuge. *Alles gut, alles gut,* flüsterte er ihr in Gedanken zu. Hatte er sein Skalpell noch in der Hosentasche? Er wünschte sich seinen Degen herbei, eine Pistole; andererseits war er kein herausragender Kämpfer und würde selbst bewaffnet gegen Dubois' Truppe schwerlich bestehen können.

«Wenn sie nicht in der Hütte war, wird sie auch nicht hier in der Wildnis sein», erhob sich eine Stimme über die der anderen. «Was sollen wir hier denn Stein für Stein absuchen? Ich würde darauf wetten, dass sie tatsächlich ertrunken ist, wie es der Commandant der *Bellérophon* sagte.»

Die Schritte näherten sich. Über ihnen standen die Männer. Allein der Felsen versperrte ihnen die Sicht. Wären sie pflichtbewusst, so müssten sie seitwärts denselben Weg in die Tiefe nehmen, den er und Noëlle herabgerutscht waren. Schwierig war das nicht.

«Also zurück zum Strand, Männer.»

Die Geräusche verebbten. Seth zog Noëlle das Tuch aus dem Mund.

«Sie sind fort», wisperte sie.

«Vielleicht. Wir müssen hier warten, bis wir ganz sicher sind. Wenigstens eine Stunde.» Er schlug nach einer Mücke in seinem Nacken. Gemütlich würde es nicht werden. Dann lehnte er sich an die Muldenwand und versuchte sich ein wenig zu entspannen. Er bemerkte, dass Noëlle ein Bein auf seine Schenkel gelegt hatte. Kühn legte er eine Hand auf ihre Hüfte und schob die Fingerspitzen unter sein Hemd, das sie trug. Kein Widerspruch.

«Was macht dein Rücken?»

«Es geht.»

Sie warteten. So still, dass eine kleine Eidechse auf eines seiner ausgestreckten Beine kam und sich sonnte. Noëlle rührte sich nicht mehr, sodass er glaubte, sie müsse eingenickt sein. Durst begann ihn zu plagen. Unwichtig. Fast vergaß er angesichts des zauberhaften Einblicks in ihr Hemd die Gefahr. Ihre kleinen Brüste lagen im Schatten und hoben und senkten sich sanft. Da war die Narbe des Brandzeichens, beschattet von seinem Hemd. Korallenfeuer, so nannten manche Sklaven diese Male, da sie aufwendig und verschnörkelt gestaltet und rötlich glänzend waren. Wie Kapitelinitiale eines schönen Buches; ein malerischer Schmuck für verzweifelte Menschen. *Beide sind wir mit hübschen Bildern auf der Brust fürs Leben gezeichnet*, dachte er. In diesem Augenblick fühlte er sich mit ihr so verbunden wie niemals zuvor. «Du gehörst mir», sprach er leise in ihr Haar. «Nicht als meine Sklavin, sondern als meine Frau. Ich liebe dich, Noëlle, Weihnachtsmädchen.»

In der Nacht hatte er heimlich seiner Verzweiflung über all die Lügen freien Lauf gelassen. Wie eine Sklavin hatte er Noëlle behandelt, wie einen Menschen, der der Wahrheit nicht wert war. Es war Zeit, dem ein Ende zu machen. Vielleicht erlosch dann ihre Zuneigung. Er musste es wagen.

Jetzt, da sie ihn offenbar völlig fasziniert von seinem Geständnis mit großen Augen ansah.

Jetzt.

«Noëlle.»

«Ja?»

«Ich …» Weiter kam er nicht. Sie reckte den Kopf und küsste ihn. Küsste seinen Hals, sein Schlüsselbein. Ihre Lippen wanderten hinab zu seiner Tätowierung und küssten auch die *Nereid*. Und auch wenn das alles ein wenig unbeholfen wirkte, so keuchte er auf, als sie gezielt eine Hand auf sein Gemächt legte. «Wo hast du das gelernt?»

«Nirgends. Die Geister flüstern es mir gerade zu.»

Leise lachte er auf. «Gute Geister, gutes *gris-gris*.»

Seine Hand schlüpfte gänzlich unter das Hemd und tastete sich hinauf. Als seine Fingerspitzen ihre Brüste fanden, zuckte Noëlle zusammen und schnappte nach Luft, lustvoll, wie ihm schien. Sie war fast nackt; er konnte sich dieser Tatsache nicht verschließen. Ebenso wenig, dass sie zu seinem grenzenlosen Erstaunen begann, seine Culotte aufzuknöpfen. Mit einem Mal ging alles schnell, wie ein Traum, der nicht zäh, sondern fließend war. Sie schob sich auf ihn, er zog sie – er wusste nicht, wie es geschah. Plötzlich war da Widerstand, erneute Schmerzen; er sah es an ihrem verzerrten Gesicht. *Mute ihr das nicht zu*, flüsterte eine leise Stimme. Doch sein Körper, der danach gierte, Leben zu schenken, gerade ihr, der dem Tod Entronnenen, war viel zu mächtig. Im Angesicht des Untergangs wurden sie beide zu Tieren, die nur noch der Instinkt vorantrieb. Ihr erhitzter Leib umschloss ihn, und er half ihr, die Arme um ihn zu legen, um Halt zu finden. *Einmal will ich dies erleben*, schienen ihre blitzenden Augen zu sagen, und sie lächelte. Einmal nur, mochte kommen, was wollte. Sie wiegte sich auf ihm, langsam, sehr behutsam. Er achtete darauf, ihren Rücken nicht zu berühren, während er gleichzeitig versuchte, mit einem Ohr bei dem zu bleiben, was sich auf der Insel tat. Dennoch erschien ihm dieses sanfte Beisammensein wie der Sprung in eine andere Welt, wo es nur lustvolle Hitze, die Gier nach dem Leben gab – ein Tanz in der Wildnis, wo der Wind die Blätter um sie rauschen ließ und Zweige ihre Köpfe streiften.

Danach atmeten sie beide schwer. Behutsam strich er Noëlle das schweißnasse Haar aus der Stirn.

Jetzt! Er musste mit ihr reden. Doch sie lächelte wie eine Katze, die mit dick gefülltem Magen am Ofen saß. Egal, sie hatten Zeit. Auf eine halbe Stunde kam es nicht an.

«Ich bin so erhitzt», murmelte sie mit halb geschlossenen Augen. «Bitte hilf mir, das Hemd auszuziehen.»

Sie streckte die Arme aus, und er zog es ihr über den Kopf. Dann schmiegte sie sich wieder an ihn. Er lauschte auf das, was sich am Strand tat – nichts als Blätterrauschen und Vogelgezwitscher ringsum. Er meinte ein Geräusch zu hören, von dem er dachte, es könne zu Zanahary passen. Wenigstens einer hatte seine Freiheit erlangt, ohne wieder um sie bangen zu müssen.

Etwas an dem Brandzeichen erregte seine Aufmerksamkeit. War das möglich? Oder narrten ihn seine Augen? Mit der freien Hand zog er die Tasche heran und fingerte nach seiner Brille.

Wahrhaftig.

Es war nicht das ‹H› der Hodouls, das dort gerötet und wulstig prangte …

Q.

Verblüfft hielt er den Atem an. Hätte er dies nicht längst erkennen müssen? Nun, entblößt hatte er Noëlle erstmals während der Bestrafung erblickt – sie hatte ihre Chemise vor die Brust zu halten versucht, und an der Gräting hatte er nur ihren Rücken gesehen. Danach hatte sie stets auf dem Bauch gelegen. Natürlich war ihm dennoch nicht verborgen geblieben, dass sie schöne kleine Apfelbrüste besaß. Doch aus Taktgefühl hatte er nicht geglotzt, natürlich nicht. Und sie war stets darauf bedacht gewesen, sich mit dem Laken zu bedecken. Nicht nur aus Scham?

«Thierry?»

«Ja?»

«Ich wollte es dir so gerne auch längst sagen. Aber ich kam nicht mehr dazu. Oder ich wagte es nicht. Aber jetzt möchte ich dir sagen, dass ich … dass ich auch dich …»

«Ja?»

Ein Knall riss ihr die Worte von den Lippen. Zugleich mit ihr fuhr er zusammen. Doch ein Schuss aus einer Muskete war es nicht.

Kanonendonner.

IV

*Um große Dinge zu leisten, müssen wir leben,
als ob wir nie sterben würden.*

Luc de Clapiers, Marquis de Vauvenargues
Schriftsteller, Philosoph
1715 – 1747

I.

«Ist das die *Bellérophon*?», flüsterte Noëlle. «Kommt sie, uns zu holen?»

«Mit Salutschüssen? Wohl kaum.» Es hörte sich auch nicht an, als leerte ein fremdes Schiff zum Willkommensgruß seine Geschützbatterie. Erneut donnerte es über der See. Er langte nach dem Teleskop und sprang auf. «Warte einen Augenblick, ich sehe nach.»

Er rannte den Hang hinauf. Oben erblickte er in südöstlicher Richtung nicht nur ein Schiff, sondern deren drei. «Jesus Christus», fluchte er leise in sich hinein. Eilig zog er das Teleskop auseinander und hielt es vors Auge, obwohl es gar nicht nötig war; deutlich flatterte am Heck eines der Schiffe, einer großen Fregatte, der Union Jack. Dieser Besuch würde nicht so glimpflich ablaufen wie der der *HMS Tethys*, dessen war er gewiss. Und das lag nicht allein daran, dass er dank des Freibeuters Bonnet von der brennenden Lunte auf Mauritius wusste. Sondern weil diese Fregatte offenbar hinter der kleineren Brigg her war, und bei dieser handelte es sich um die lange erwartete *Montagu*.

«Was ist da los?», fragte Noëlle neben ihm.

«Capitaine d'Ournier ist eingetroffen, leider hat sich in

405

seine Wade ein englischer Jagdhund verbissen. Verdammt! Der Brite muss die *Montagu* völlig überraschend ins Gebet genommen haben – am Heck und am Großmast ist sie beschädigt. Auf hoher See wäre sie verloren.» Er sah die hektisch auf dem Oberdeck umherlaufenden Männer; auf dem Poopdeck versuchte d'Ournier das Chaos zu ordnen und zu retten, was zu retten war.

«Und das Schiff dort hinten?»

Er suchte mit dem Fernrohr in der Richtung, in die Noëlle zeigte. «Das ist Bonnets *Iphigénie*.» Die Sicht war schlecht; Wolken beschatteten das Meer, und der weiter draußen einsetzende Regen verschluckte Bonnets Schiff. Vom Hafen her kam die *Bellérophon* – Mullié wollte seinem Kapitän zu Hilfe eilen. «Ich schätze, du wirst gleich deine erste Seeschlacht erleben, Noëlle.» Er ließ das Teleskop sinken und rieb sich die Augen. Mit allem hatte er gerechnet, doch nicht mit dieser Wendung der Dinge, die vermutlich alles nur mehr schlimmer machte. Viel schlimmer, wie er nach einem weiteren Blick durch das Teleskop erkannte: Der Brite war nicht allein. Aus Nordost kam eine weitere Fregatte. Beide waren bis an die Zähne bewaffnete Zweidecker.

«Drei gegen zwei», sagte Noëlle. Sie hatte eindeutig die besseren Augen.

«Drei Franzosen gegen zwei perfekt auf den Seekrieg vorbereitete Engländer, und das ist ein ganz anderes Kräfteverhältnis. Außerdem sieht es ganz danach aus, als würde Bonnet die Beine in die Hand nehmen. Bleiben nur noch zwei Franzosen. Die *Montagu* ist eine kleine Brigg mit nur zehn Karronaden auf dem offenen Hauptdeck. Anderthalb gegen zwei.»

Der Ausgang dieser Schlacht stand fest.

Er entdeckte Mullié vor der Kapitänshütte der *Bellérophon*, die Hände auf dem Decksgeländer, und sah ihn Befehle brüllen. Mit seinem im Wind wehenden Locken, dem dunkelblauen Uniformrock und dem Zweispitz mit der Kokarde in den französischen Farben mochte man glauben, Surcouf selbst sei zurückgekehrt und lenke mit Leidenschaft, List und Schussfestigkeit sein Schiff. Aber die *Bellérophon* würde sich bei aller Tapferkeit nicht gegen die beiden Briten behaupten können. Eine Kanonenkugel fegte durch das Vorbramsegel und schlug einen Holzsplitterregen aus dem Fockmast. Als der Angreifer nach Steuerbord drehte, glitt sein Heck in Seths Blickfeld: *Thunderer* prangte in goldenen Lettern unterhalb der Heckfenster. Ein wahrhaft passender Name. Die Geschützpforten beider Batteriedecks standen offen; die Kanonen schickten der *Bellérophon* eine volle Breitseite, und die Drehbassen auf der Steuerbordreling beschauerten sie mit Kartätschengeschossen. Pulverdampf wallte über der See. Schon glaubte Seth zu spüren, wie sich seine Nasenlöcher mit dem Gestank verklebten. Wie oft hatte er das erlebt, wie oft seinen eigenen Kampf auf der Krankenstation gekämpft, während um ihn herum alles zu explodieren schien. Mit einem Schlag war er wieder dort, wo er zwei Drittel seines Lebens verbracht hatte: unter Deck, umhüllt von Holz, Moder und Blut. Diese Wochen auf den Séchellen, sie waren nur ein Opiumtraum gewesen, zu schön, um wahr zu sein. Sein Ansinnen, hier leben zu wollen, hier oder auf einer anderen paradiesischen Tropeninsel, kam ihm mit einem Mal lächerlich vor. Der Traum eines Narren. Vorbei.

Mullié wollte dem Angreifer die eigene Steuerbordseite zuwenden, um das Feuer zu erwidern. Die *Bellérophon* war flinker, doch sie hatte keine Chance; ihre schwächere Artillerie richtete wenig gegen das englische Eichenholz und die Kupferverkleidungen unter der Wasserlinie aus. Seth wusste nur zu gut, was sich innerhalb des feindlichen Rumpfes tat: Die mit der Neunschwänzigen und endlosen Übungen gedrillten Männer dichteten die Einschusslöcher ab, luden die Kanonen, rannten sie aus, zündeten die Lunten, und die Pulverjungen standen schon mit der Munition für die nächste Breitseite bereit, und über allem hallten die Schlachtrufe durch die Decks: *Für England! Ihr faulen Schweine! Zehn Schläge für den, dessen Kanone als letzte feuert! Tretet den Fröschen in die Ärsche! Für England! Für den König!* Diese Männer waren nicht einfach eine Mannschaft, sie waren eine schwitzende, brüllende, zornige Maschine.

Die *Bellérophon* erbebte unter dem Geschützregen. Ihre Fockmastsegel waren zerfetzt, die Vorbramrah schlug wie eine gefällte Tanne auf das Deck auf. Eine Kugel flog längs über das Deck und riss mindestens vier Männer mit sich. In all dem Qualm war Mullié nicht mehr zu sehen.

Wäre ich doch jetzt dort, dachte Seth. *Dort ist mein Platz. Mein Gott, Jean!*

Er atmete auf, als er seinen Freund auf der Treppe zum Hüttendeck entdeckte. Er schien unverletzt. Doch das Durcheinander konnte er nicht mehr ordnen. Anders als auf der *Thunderer*, wo sich Glockengeläut und das Pfeifen der Bootsmänner in all dem Lärm Gehör verschafften. Ein Peloton rotberockter Seesoldaten nahm steuerbords Auf-

stellung und schickte Salven aus ihren Brown-Bess-Ge-
wehren; alles erschien Seth auf grausame Art vertraut. Hilflos trieb die manövrierunfähige *Bellérophon* zwischen den
Inseln leewärts – auf Saint Anne zu.

«Sie wird auflaufen. Sie ist verloren.» Die eigenen Worte
klangen ihm kühl in den Ohren. Dies war das Schiff, das
sieben Jahre seine Heimat gewesen war. Dort starben Männer, die er ebenso lange kannte.

Er spürte Noëlles Hand; warm schlossen sich ihre Finger um seine. Sie blickte zu ihm auf. «Ich kann noch gar
nicht glauben, was ich da sehe», murmelte sie.

«Geht mir auch so. Es ist nicht zu begreifen.» Er schüttelte den Kopf. Beide Schiffe waren so nah, dass er einzelne
Befehle hören konnte, sogar Mulliés Stimme, die ihn aus
seiner Erstarrung riss. Er drückte Noëlle das Teleskop in
die Hand. «Ich muss dorthin.»

«Thierry! Du willst allen Ernstes in diese Hölle?»

«Ich muss; sie brauchen meine Hilfe.» Er packte ihren
Kopf und presste einen Kuss auf ihre Stirn. «Falls du es vergessen hast: Ich bin ein Korsar, ich war schon oft in dieser
Hölle. Es ist meine Berufung. Du bleibst hier und ver-
steckst dich, verstanden?» Da sie nicht sofort zustimmte,
schüttelte er sie. «Hast du das verstanden?»

Heftig nickte sie. Er rannte in die Hütte, griff nach seiner
Arzttasche und hastete den Pfad hinunter. Die Rufe der
Männer steigerten sich zu verzweifeltem Gebrüll, als das
Schiff knirschend auf dem Sand aufkam. Bevor er die De-
ckung der Vegetation verließ, überprüfte er die Lage. Die
Bellérophon lag mit leichter Schlagseite auf dem Strand;
einige Granitfelsen hatten den Rumpf eingedrückt, jedoch

oberhalb der Wasserlinie. Hinter ihr, fast im Pulverqualm verborgen, wehte stolz die britische Flagge. Es war Wahnsinn, auf ein Schiff zurückzukehren, welches gleich kapitulieren würde, doch er konnte die Männer nicht im Stich lassen. Nicht Mullié. Er lief über den Strand. Dort auf dem Schiff musste er nicht nur helfen, er musste sich einem gründlich verkorksten Leben stellen.

Ein Mann sprang von der Reling in den Sand. Es war der *maître voilier*. Noch lebte er, doch Seth, der an seiner Seite kniete, würde das Blut, das ihm aus dem zerfetzten Oberschenkel sprudelte, nicht stillen können. Jemand entdeckte ihn und warf ihm eine Strickleiter herab. Kurz darauf schwang er sich über die Bordwand. Hier oben stank es nach Pulver, nach Hitze und Sterben. Verletzte wankten umher; andere lagen auf den blutigen Planken oder unter der herabgestürzten Rah. Alles war übersät von Holzsplittern und den Eisennägeln der feindlichen Kartätschen. Tapfer waren sie, die Franzosen; wer noch kämpfen konnte, hatte sich an der Backbordreling aufgestellt und schoss aus Musketen und Pistolen, was das Zeug hergab.

«Nehmt sie unter Beschuss!», brüllte Mullié überflüssigerweise. «Stopft den elenden Sauerkrautfressern das große Maul! Holt ihre Flagge herunter!» Er war heiser geschrien, während von drüben eine mit Sprachrohr verstärkte Stimme die Übergabe forderte. «Thierry! Mein Gott, Thierry, was tust du hier?» Mullié stapfte auf ihn zu.

«Wir hatten doch ausgemacht, dass du mich holst», erwiderte Seth. «Es hätte aber etwas weniger spektakulär sein dürfen.»

Mullié grinste über das ganze blutüberströmte Gesicht. «Hauptsache, du bist hier. Wie sehe ich aus?»

«Wie ein angestochenes Bordeauxfass, nur nicht so rundlich. Lass mich das ansehen.» Seth fand in all dem Blut eine Wunde an der Schläfe, in der ein Splitter steckte. Gott sei gedankt, es sah schlimmer aus, als es war. Mullié hielt still, während er ihn inmitten dieses Tohuwabohus mit mehreren schnellen Nadelstichen versorgte. «Du solltest unter Deck gehen …»

«Und wem überlasse ich das Kommando? Barrat ist tot; dort drüben unter dem Bramsegel liegt er.»

«Wie es aussieht, gibt es nichts mehr zu befehligen, Jean. Du musst dich ergeben, und zwar schnell.»

«Was fällt dir ein?» Mullié riss sich los. «Geh auf deine Station, verdammt, wieso bist du noch nicht unten?»

«Commandant, Commandant!» Einer der Toppsgasten kam, über die Verwundeten steigend, auf Mullié zu. Er deutete westwärts. «Sehen Sie! Der andere Brite schießt Brandkugeln auf die *Montagu!*»

Mullié eilte zum Heck und erklomm das Poopdeck. Seth verzichtete darauf, auch d'Ourniers Schiff beim Sterben zuzusehen, und machte, dass er unter Deck kam. In den Mannschaftsquartieren entdeckte er zwei Männer, die sich in ihre Hängematten geschleppt hatten; sie waren tot. Die wahre Hölle fand sich wie erwartet im Batteriedeck. Wuchtige Splitter aus dem Rumpf geschossener Planken waren quer durch das Deck gefegt. Zwei Geschütze hatte es von ihren Lafetten gehauen; darunter lag ein Mann begraben. Kugeln, Pulverbeutel, Lunten und Kartätschengeschosse lagen verstreut. Die überlebenden Kanoniere mühten sich, Brandherde zu löschen; keiner machte noch Anstalten, ein Geschütz klarzumachen. Seth trommelte ein paar Männer zusammen und befahl ihnen, die Verletzten in die Krankenstation zu bringen. Dort stand völlig hilflos Le Petit und versuchte das Chaos zu ordnen.

«Schadensmeldung, Le Petit.»

Der Schiffszimmermann starrte ihn nur an.

«Machen Sie Schadensmeldung!», schrie Seth. Er schlug ihm ins Gesicht. Le Petit erwachte wie aus einem Höllenschlaf, stammelte die Namen jener, die ihm bereits unter dem Amputationsmesser weggestorben waren, und zeigte ihm, um wen es am schlimmsten stand. Was folgte, war die Abfolge albtraumartiger und sehr vertrauter Bilder. Seth tauchte ein in eine Welt, in der es nur Schreie und den Gestank des Blutes gab, herausquellende Eingeweide und Ausscheidungen. Seine Hände schienen sich ohne sein Zutun zu bewegen. Er amputierte zersplitterte Beine, verschloss sie mit heißem Öl, da ihm zum ordentlichen Vernähen die Zeit fehlte, pulte Musketenkugeln mit bloßen Fingern heraus, schrie einen heulenden Jungen an, für mehr Sand auf dem Boden zu sorgen, schlug einem sterbenden Matrosen ins Gesicht, um ihn noch einmal ins Leben zurückzuholen, hörte das Einschlagen weiterer Geschosse und spürte das Beben des Schiffes. Stunden, so schien es ihm, vergingen. Stunden, in denen sich der sture Mullié nicht ergab. Doch das konnte nicht sein; die *Bellérophon* war längst tot. Irgendwo in diesem Wahnsinn entsann sich Seth für ein paar Sekunden jener Frau, die er auf der Insel zurückgelassen hatte. War sie vernünftig genug, sich in der Erdmulde zu verstecken und dort auch zu bleiben? Wäre er es an ihrer Stelle? Wohl kaum.

Der Letzte, dem er die Augen zudrückte, war Antoine. Es war, wie aus einem Rausch zu erwachen, und die plötzliche Erschöpfung wollte ihn übermannen. Er wischte sich mit dem nackten Unterarm über das schweißnasse Gesicht.

Es war still geworden. Still bis auf das gewaltige Rauschen in seinen betäubten Ohren.

Le Petit sagte etwas zu ihm, das er zunächst nicht verstand. Auch der Schiffszimmermann war über und über mit Blut besprizt. Er nickte in Richtung der Niedergangsluke, wo zwei rotberockte Soldaten herabsprangen, die Musketen im Anschlag. Sie schritten über die Toten hinweg; zwei weitere sicherten ihre Rücken. Schließlich blieben sie vor dem Behandlungstisch stehen.

«Vorwärts!», befahl einer der Briten und deutete mit dem aufgepflanzten Bajonett hinauf. Seth ahnte die Worte mehr, als dass er sie hörte

«Wir sind hier noch nicht fertig», erwiderte er.

«Vorwärts, vorwärts!» Mehr als ein gebelltes ‹Allez› beherrschte der Mann offenbar nicht. Seth hob zum Zeichen, sich zu fügen, die Hände.

«Ich danke Ihnen für unsere gute Zusammenarbeit», raunte er dem Schiffszimmermann zu. «Aber ich fürchte, diese ist nun endgültig beendet.»

«Fürchte ich auch», murmelte Le Petit.

Die Bajonettspitzen im Rücken, gingen sie den Soldaten voraus. Seth wünschte sich, wenigstens die Hände säubern zu können. In Ermangelung eines Tuches rieb er sich das Blut an seinen Culottes ab, was ihm einen schmerzhaften Stich ins Rückgrat einbrachte. Man befahl ihm, stillzustehen, und fesselte seine Hände auf dem Rücken.

Die Sonne blendete ihn, als er hinter Le Petit an Deck stieg. Das Schiff war in Feindeshand: Etliche Rotröcke hatten sich an den Bordwänden aufgereiht und hielten die Besatzung der *Bellérophon* mit ihren Musketen in Schach. Auch einige der englischen Matrosen waren herübergekommen. Seth sah allzu Vertrautes: ihre gestreiften Hemden und geteerten Zöpfe, die *hold-fast*-Tätowierungen auf Handrücken, die indischen Sepoys und die schwarzen Freigelassenen. Die Offiziere in ihren dunkelblauen Uniformen, die golden gesäumten Zweispitze mit den schwarzen Kokarden zackig unter die Achseln geklemmt. Die pickligen und vor Aufregung rotgesichtigen Midshipmen, in deren Reihen ihn sein Vater einst so gern gesehen hätte. Alle hatten auf die *Bellérophon* herübergeentert, um die Übergabe des Schiffes aus nächster Nähe zu beobachten. Es schien, als könne auf der *Thunderer* kein Mann mehr sein, doch Seth wusste, dass das Schiff noch etliche Ameisen in den Tiefen seines Baus barg. Die Seeleute tuschelten, lachten und stießen sich in die Seiten. Als der leise, doch eindringliche Ton einer Bootsmannpfeife ertönte, verstummten sie.

Der fremde Commandant machte einen langen Schritt von der Planke, welche die beiden Schiffe verband, auf das Deck der *Bellérophon*.

Ein Mann fortgeschrittenen Alters, doch von kräftiger, gesunder Statur. Er schien an der Schulter verletzt zu sein, was Seth vermutlich als Einzigem auffiel, denn der Commandant verbarg seine Schmerzen mit entschiedener Disziplin. Er rückte den Zweispitz und den Kragen seines eleganten Uniformrocks zurecht, während er den Blick schweifen ließ. Die unerbittliche Härte der Royal Navy sprach aus seinen dunkelbraunen Augen. Als er Seth sah – nach Jahren zum ersten Mal –, verengten sie sich.

Seth musste einen tiefen Atemzug tun. In seine Handflächen rann kalter Schweiß. Dass es sich bei dem Commandanten der *Thunderer* um Bartholomew Sullivan handelte, überraschte ihn durchaus nicht. Ebenso wenig hatte dieser offenbar keine Mühe, an seine, Seths, Anwesenheit zu glauben. Vielleicht hatte er Seth Morgan nicht auf der *Bellérophon* vermutet, auch nicht auf einem französischen Schiff. Doch dass er sich in diesem Archipel aufhielt, schien ihn nicht zu überraschen. Seth sah, wie Sullivan all die kleinen Puzzleteile, die er seit jenem schicksalhaften Tag mit sich herumtrug, hervorholte, umherrückte und nun in ihre endgültigen Positionen schob.

Dreizehn Jahre … in diesem Augenblick waren sie zu einem Nichts geschrumpft.

Bartholomew Sullivan schritt auf ihn zu. «Bonjour, vieil ami», sagte er lächelnd. «Comment allez-vous?»

Seth straffte den Rücken. «Ihr Akzent ist ein wenig steif, Sir; bleiben wir besser beim Englischen. Ihr alter Freund bin ich nicht, und ich gestehe, dass es mir schon besser ging, aber danke der Nachfrage.»

«Mr. Morgan … Hatte ich bis eben noch einen kleinen Zweifel gehegt, ob wirklich Sie es sind und keine Fata Morgana, so haben Sie mir mit Ihrer vorlauten Klappe den letzten Beweis geliefert. Sie sind älter geworden; Ihr Mundwerk aber ist eindeutig noch das alte.»

«Und an Ihrer Arroganz hat sich auch nichts geändert, wie ich mit Freuden feststelle.»

«Wie fühlt man sich so als ... Froschfresser?»

«Bedaure, Sir, Frösche stehen hier nicht auf der Speisekarte. Aber ich kann Ihnen Flughund empfehlen.»

Sullivan winkte einem Matrosen. «Knebeln Sie ihn, Mr. Wright, bevor ich mir noch mehr dieser lausigen Scherze anhören muss.»

«Das wird nicht nötig sein», sagte Seth, «ich habe nicht die Absicht, noch länger für Sie Seite zu pfeifen.»

Sullivans Faust war schnell; krächzend rang Seth nach Atem, noch bevor er begriff, dass sie in seinem Magen gelandet war. Er krümmte sich. Zwei stinkende Matrosenhände zwangen ihm einen Knebel zwischen die Zähne und verknoteten ihn im Nacken. Sullivan verpasste ihm einen zweiten Hieb. Er sank auf die Knie und sackte vornüber. Seinen Mageninhalt würgte er dem Knebel entgegen, glaubte ihn wieder fressen zu müssen, und er kämpfte darum, nicht zu ersticken. Aus der Reihe der Kadetten hörte er verhaltenes Gelächter und einen gebrüllten Befehl, still zu sein. Dann befahl Sullivan in seinem steifen Französisch Mullié, den Degen auszuhändigen.

«Ich be'errsche Ihre Sprache leidlich, Monsieur le Capitaine», entgegnete der Franzose.

Vermutlich war Seth der Einzige, der die Bitterkeit aus seiner Stimme heraushörte. Mit dem Griff voraus überreichte Mullié seinen Degen.

«Danke, Monsieur ...»

«Jean-Auguste Mullié, Commandant der *Bellérophon*.»

«Wussten Sie, welchen falschen Penny Sie an Bord haben?»

Mullié senkte die Lider, als er Seths Blick erwiderte.

«Nein, Monsieur Sullivan. Ich wusste es nicht.» *Warum hast du mich betrogen?*, schien er zu sagen. *Ich nannte dich meinen Freund.*

* * *

Sie sah, wie man ihn niederschlug. Sie biss sich in die Hand, um nicht aufzuschreien. Natürlich hatte sie es nicht in der Erdmulde ausgehalten; bald darauf war sie zu den Hütten zurückgekehrt und hatte versucht, in diesem verqualmten Tumult auf der *Bellérophon* etwas zu erkennen. Doch dann hatte sich der Pulverdampf verzogen. Thierry, was tat man ihm an? Sie rannte den Pfad hinunter. Was sie dagegen unternehmen wollte, wusste sie nicht. Nichts; es gab nichts, was in ihrer Macht stand. Sich den Briten zu Füßen werfen? Thierry würde es beschämen, jedoch nicht helfen. Vielleicht fand sich ein Boot, mit dem sie nach Mahé gelänge, um Hilfe zu holen. Auch das ein unsinniger Gedanke: Was sich hier tat, konnte den Siedlern nicht entgangen sein. Sicherlich waren sie alle am Hafen versammelt. Trotzdem, sie musste laufen, musste sich an die Hoffnung klammern, irgendetwas ausrichten zu können. Thierry wenigstens einen guten Gedanken schicken, kraftvolles Mana, sodass er aufzustehen imstande wäre.

Zwischen zwei Kokospalmen blieb sie stehen. Vor ihr breitete sich der weiße Sand des Strandes aus, eine sanfte Rundung, an deren Ende, nah bei den Granitfelsen, die *Bellérophon* aufgelaufen war, wie ein harpunierter Wal.

Ein Knall; zugleich sah sie Mündungsfeuer aufblitzen. Jetzt lag einer der französischen Matrosen im Sand. Einem

417

weiteren stieß der Engländer das Bajonett in den Nacken. Drei, vier Rotröcke liefen am Strand umher, die Musketen feuerbereit. Der Schütze lud hastig nach.

Eine der Musketen deutete in ihre Richtung. Sie wollte fortlaufen, doch ihre Beine bewegten sich nicht. Die beiden Männer, die auf sie zueilten, begannen sie augenblicklich mit gierigen Blicken zu verschlingen.

«Who are you, girl?»

Schon standen sie vor ihr und zerrten sie gänzlich aus der Deckung.

«A slave, it seems.»

Einer packte das Hemd am Ausschnitt und riss es ein Stück auf, zielsicher, als wüsste er, dass sie auf der Brust ein Brandzeichen trug. Es rutschte ihr über beide Schultern.

«You're right. And pretty tits!»

Sie stieß ihn mit beiden Händen fort, wirbelte herum und rannte den Strand entlang.

«And a tortured back … Stay!»

Nach wenigen Schritten war sie eingeholt; sie wurde gepackt und zum Stehen gezwungen. Kräftige Hände schüttelten sie, redeten auf sie ein. Die Männer zerrten sie mit sich zum Schiff. Die gebellten Befehle verstand sie nicht, die Gesten umso deutlicher: Sie sollte die Strickleiter hinaufklettern. Ihre Hände umklammerten die Stricke. Es war seltsam – genau das hatte sie sich die ganze Zeit gewünscht: auf die *Bellérophon* zu steigen, die sie in ein neues, ungewisses Leben bringen würde. Nun ja, ungewiss war es in jedem Falle. Der Gedanke an Thierry trieb sie hinauf, das Ungeheuer, das sich wieder in ihren Rücken verbiss, missachtend. Kaum war sie über die Reling auf ein zerstör-

418

tes Deck voller Soldaten und Gefangener gesprungen, rannte sie dorthin, wo sie ihn vom Strand aus gesehen hatte. Die rotberockten Männer lachten und griffen nach ihr.

«Thierry!»

Zwei Engländer führten ihn zu einer Planke, die beide Schiffe miteinander verband. Fast hätte sie ihn nicht erkannt: Über und über war er mit Blut bespritzt, und in seinen dunkelblonden Haaren, die ihm wirr ins Gesicht hingen, klebte ebenfalls Blut.

«Thierry!»

«Er ist nicht Thierry.» Es war Commandant Mullié, der ihr in den Arm fiel und sie aufhielt. Was redete er da? Sie riss sich los; sie musste Thierry erreichen, bevor er auf dem fremden Schiff unerreichbar war. Flink entkam sie allen Zugriffen, und das Gelächter schwoll an. Mit einem Fuß schon auf der Planke, drehte sich Thierry um.

«Noëlle!», sagte er leise. «Um Gottes willen, was habe ich dir gesagt?»

Ein Mann, offenbar der Commandant, brüllte einen Befehl, und ein Matrose griff nach ihr. Gefährlich schien er ihr nicht – er war alt und lächelte begütigend. Thierry wandte sich an ihn. «Tun Sie ihr nichts.» Ihm schien die fremde Sprache leicht über die Lippen zu gehen. Und auch die Antwort des alten Matrosen verstand er offenbar, denn er nickte.

«Mein Wort drauf, ihr geschieht nichts.»

«Thierry ...»

Er presste die Lippen zusammen. «Mein Name ist Seth Morgan», sagte er mit einer seltsam harten Stimme.

«Scheint so, als würden wir jetzt die Rollen tauschen. Ich …»

Der Soldat, der ihn auf das andere Schiff zwingen wollte, gab ihm einen Stoß. «Rüber mit dir, Froschmann!»

«Adieu», sagte Thierry.

Adieu? Jetzt schon der Abschied? So plötzlich? Hatte sie nicht eben noch in seinen Armen gelegen? Hatte er ihren Rücken nicht eben noch mit seinem Hemd gesäubert? War er nicht eben erst im Hospital in sein Clavichordspiel versunken gewesen, und sie hatte seinen Klängen gelauscht? *Närrin, hier spielt der Tod,* dachte sie. *Sag ihm, dass du ihn liebst, und sag es schnell. Auch wenn es weder dir noch ihm noch etwas nützt.*

Er sah sie an, schien wahrhaftig auf diese Worte zu warten. Nein, gewiss täuschte sie sich. Er hatte sich in sein Geschick ergeben.

«Thierry …», begann sie. «Ich …»

«Mach schon, dass du hinüber kommst.» Der Soldat schlug ihm die Handkante in den Nacken.

Noëlle. Ganz deutlich sah sie ihren Namen auf Thierrys Lippen. Allein in diesem Wort glaubte sie alles zu erkennen: eine Bitte um Vergebung, ein Dank für ihre kurze Zeit, ein erneutes Bekennen, dass er sie liebte. *Ich will es glauben.*

«Auch ich liebe dich», flüsterte sie. Das war es, was sie ihm hatte sagen wollen. Endlich war es über ihre Lippen gekommen. Doch er wandte sich ab und stieg auf das andere Schiff. Sie war sicher, dass er sie nicht mehr gehört hatte.

«Er ist kein Froschmann.» Der diese unverständlichen

Worte sprach, war der Commandant, der nun heranschritt und sie herablassend musterte. «So, hat er dir den Frosch vorgespielt», sagte er auf Französisch. «Vergiss ihn, er ist es nicht wert. Ein Meuterer, ein Verbrecher, ein Lügner sowieso. Er stammt aus London, und dort wird er auch zum Trocknen aufgehängt wie William Kidd. Ah, du weißt nicht, was das heißt? Hängen wird er, und zwar geteert und in Eisen gelegt für ein paar Jahre.»

Sie hielt Thierrys zerrissenes Hemd vor der Brust zusammen. Das Gehörte war an ihre Ohren geprallt, doch weiter nicht; sie akzeptierte es nicht, stieß es zurück, wollte hoffen, wollte leben. Mit ihm.

«Er ist ein Engländer, hast du das kapiert?» Der Commandant rief einem Mann etwas zu, das wie ein Befehl klang: «Schaffen Sie die Frau in die Barkasse, Wright. Die Gefangenen bleiben vorerst unter Bewachung auf dieser Insel.»

«Aye, Sir.»

2.

Einer der Matrosen gab ihr seine Jacke, die ihr weit um die
Schultern flatterte. Trotz der Kleidung und des schönen
Wetters fror Noëlle zum ersten Mal in ihrem Leben erbärmlich. Erfahren zu haben, dass Thierry Carnot ein Brite
namens Seth Morgan war, ihn blutüberströmt und gefesselt zu sehen, war ähnlich schlimm gewesen, wie an die
Gräting gefesselt worden zu sein. Ein Hohn böser Geister:
Du darfst nichts lieben und nichts haben; es wird dir entrissen.
Während dieser trüben Gedanken bemerkte sie kaum, wie
die Barkasse in den Hafen gelangte; plötzlich wurde sie an
der Schulter gerüttelt, und zwei Männer zogen sie den Steg
hinauf. Ein weiteres Boot hatte hier festgemacht, und zwei
Barkassen, die des anderen britischen Schiffes, lagen nah
am Strand. Rotberockte Soldaten hatten sich überall verteilt. Sämtliche Siedler standen dichtgedrängt in Grüppchen, suchten beieinander Schutz. Auch Lieutenant Dubois hatte sich mit seinen wenigen Männern eingefunden,
doch sie wirkten nicht minder verloren.

Ein Brite deutete auf die aufgehängte Gräting; offenbar
wollte er wissen, was es damit auf sich hatte. Monsieur Le
Roy trat vor und wies seinerseits auf Noëlle, die mit fest um

sich geschlungenen Armen und eskortiert von den Matrosen auf die Straße trat.

«Sie wurde zu hundert Schlägen verurteilt», sagte er.

Der Soldat drehte sich zu ihr um und musterte sie vom verschandelten Kopf bis zu den nackten Füßen. Er winkte einem anderen, der ihm übersetzte; dieser sagte zu Le Roy: «Sie sieht nicht so aus, als hätte sie sie schon bekommen.»

«Nein … Sir … nach zehn Hieben floh sie», erwiderte dieser.

Der Commandant der *Thunderer* trat vor. Noëlle hatte nicht bemerkt, dass auch er auf der Barkasse gewesen war. Die Anwesenheit des Mannes, in dessen Gewalt Thierry war, ließ sie erschaudern. Aus voller Kehle rief er, an die Siedler gewandt: «Captain Philip Beaver, Commandant von Seiner Majestät Schiff *Nisus* …» Er deutete hinter sich auf die weiter draußen ankernde Fregatte. «… lässt euch sagen, dass hier britisches Recht herrscht! Sämtliche Sklaven sind unverzüglich freizulassen! Eine Kommission wird eingesetzt, die darüber berät, wie die Kolonie fortan zu bewirtschaften ist. Jeder Klage wird Gehör geschenkt. Regressforderungen sind unzulässig!»

«Unerhört!» Es war Poupinel, der hervortrat und mit seinem feinen Spazierstock auf Noëlle deutete. «Sie hat mich niedergeschlagen. Und beinahe hätte sie die Tochter des Gouverneurs umgebracht. Dass sie davonkommt, ist britisches Recht?»

«Mäßigen Sie sich.» Breitbeinig und mit den Fäusten an den Seiten baute sich der Commandant vor ihm auf. «Gehört Ihnen diese Sklavin?»

Eingeschüchtert starrte Poupinel zu ihm hoch. «Sie gehört den Hodouls», sagte er deutlich leiser und deutete zu der Gruppe vor dem Lädchen, darunter Monsieur Hodoul und seine Gattin.

Bartholomew Sullivan schritt zu ihnen; im Vorbeigehen griff er nach Noëlles Arm und zog sie mit sich. Aller Augen folgten ihr, und die Blicke waren teils bitterböse. Sullivan schob sie vor Monsieur und Madame Hodoul, die sich an den Händen gefasst hatten.

«Hodoul …» Er lächelte kühl auf den beleibten Korsaren hinab. «Nicht gerade ein unbekannter Name in diesen Gewässern, wenn auch nicht so berühmt wie der Surcoufs. Um die Jahrhundertwende haben Sie sechs Schiffe Seiner Majestät aufgebracht.»

«Sieben», erwiderte Monsieur Hodoul hoheitsvoll. Er hielt still, während der Blick seines Gegenübers verächtlich über den Palmblatthut, den Brokatrock, die Culottes und dann die Palmblattschuhe schweifte – eine Aufmachung, die dem Engländer sonderbar vorkommen musste. «Nicht zu vergessen eine eroberte Festung an der indischen Küste.»

«Wo Sie später auch im Verlies saßen, nicht wahr? Der sogenannte ‹Friede von Amiens›, der für Napoléon nichts anderes als eine Atempause für den nächsten Krieg darstellte, kam Ihrer Hinrichtung leider zuvor. Wussten Sie, dass eines der Schiffe, die Sie versenkten, von Captain Beaver befehligt wurde?»

«Tut mir leid, ich kann mich nicht erinnern.»

«Er dafür umso besser. Er wird sich freuen, Sie wiederzusehen, sobald er seinen Fuß auf die Insel setzt.»

«Die Freude ist ganz meinerseits.»

Die ganze Kolonie, so schien es, hatte den Atem angehalten, um diesen Schlagabtausch verfolgen zu können. Noëlle glaubte die Blicke wie tausend Nadeln auf sich zu spüren. Commandant Sullivan war noch nicht fertig: «Sind Sie dafür verantwortlich, dass man diese Frau so schlimm zurichtete?»

Hodouls Wangenmuskel zuckte. «Es geschah im Namen des ganzen Volkes.»

Bartholomew Sullivan rieb sich über das Kinn. Die andere Hand hing auffällig schlaff herab. «Ich werde das Urteil prüfen, und gnade Ihnen Gott, wenn ich da eine Unregelmäßigkeit entdecke. Wo lebte sie eigentlich? In einem Erdloch, an einer Kette an einem Baum?»

Vor unterdrücktem Zorn waren Hodouls Lippen fast weiß. «In einer Kammer unter dem Dach meines Hauses», stieß er hervor.

«Und Sie haben's vermutlich besser.»

«Das ist anzunehmen.»

«Dann sollten Sie und Ihre Gattin doch einmal ausprobieren, wie es sich in dieser Kammer schläft …»

«Was heißt das?», warf sich Madame Hodoul in die Bresche. «Wollen Sie meinen Gatten enteignen? Mit welcher Befugnis?»

«Chérie …» Er tätschelte begütigend ihren Arm. «Sei still.»

«Das ist ein Skandal!», beharrte sie. Tränen durchfurchten ihr Gesichtspuder. Noëlle wünschte sich wie so oft in letzter Zeit weit fort.

«Ich bin von Captain Philip Beaver beauftragt, die britische Autorität zu repräsentieren», sagte Bartholomew Sullivan. «Und er wurde bevollmächtigt von Robert Townsend

Farquhar, dem Governor von Mauritius. Ich würde vorschlagen, dass Sie Ihre Beschwerde an die Kolonialregierung in Port Louis richten. Ich habe dafür keine Zeit, und Captain Beaver ist noch an Bord.»

Man wollte ein Exempel statuieren – ausgerechnet an ihr. Und offenbar war sie noch Sklavin genug, nicht gefragt zu werden, ob sie diesem beschämenden Tausch zustimmte.

«Noëlle», hob Madame Olivette die weinerliche Stimme. «Wir mochten dich doch, und wir haben dich immer gut behandelt. Dir alle Freiheiten gewährt!»

Noëlle wollte sagen, dass sie doch gar nichts dafür konnte. «Sie mochten mich wie ein Schoßhündchen», entfuhr es ihr stattdessen.

«Wie kannst du das sagen!», heulte Madame Hodoul.

«Geh schon.» Der Commandant schob Noëlle fort. Sie machte ein paar unsichere Schritte. All die Blicke wollten sie erdrücken.

«Noëlle …», rief Hodoul. «Es tut mir leid.»

Sie wirbelte herum und warf sich in Madames Arme. «Mir auch! Verzeihen Sie meine Worte! Es ist nur, ich bin so verwirrt.»

«Das sind wir alle.» Madame Hodoul drückte sie an sich, während sie mit der freien Hand in ihr Taschentuch schniefte.

«Nun geh, Noëlle. Tu, was man dir sagt», raunte Hodoul.

«Sie haben hier nichts mehr zu sagen!», brüllte Bartholomew Sullivan so laut, dass jeder Umstehende zusammenzuckte. Madame Hodoul hob eine Hand, als wolle sie verhindern, dass ihr ein Sturm Laub ins Gesicht fegte. In der einsetzenden Stille trat der Prinz vor, machte vor Sullivan einen tiefen Kratzfuß und stellte sich als wahrer König von Frankreich vor. Der erste Soldat fing an zu prusten, der zweite; dann war der Strand von Gelächter erfüllt. Noëlle machte, dass sie fortkam.

* * *

Wieder Kanonendonner. Sie schreckte aus dem Schlaf hoch. War das ein Traum gewesen? Oder der Auftakt einer neuerlichen Schlacht? Noëlle sprang von ihrer Matratze auf. Natürlich hatte sie die Nacht wie gewohnt in ihrer Kammer verbracht und nicht etwa, wie es ihr nun zustünde, in einem der unteren Räume. Gar im Schlafgemach der Madame, die ihrerseits selbstverständlich keine Anstalten gemacht hatte, es ihr anzubieten …

Vor zwei Tagen schien ihre Welt vollkommen unwirklich geworden zu sein – als ihr die ersten zehn von hundert Peitschenhieben den Rücken aufgerissen hatten. Doch die gestrigen Ereignisse hatten dies noch übertroffen. Thierry Carnot sollte ein Brite namens Seth Morgan sein? Alle Sklaven frei? Die *Bellérophon* zerstört, Commandant Mullié gefangen auf Saint Anne?

Und was geschah *jetzt*?

Eilig kämpfte sie sich in ihr Kleid und hastete ins erste Geschoss, hinauf auf die Balustrade. Hier am Eck standen noch die Korbsessel und das Tischchen, an denen Monsieur und Madame Hodoul so gerne ihr Frühstück eingenommen hatten. Niemals hätte Noëlle dieses Eck ohne

Aufforderung betreten. *Jetzt dürfte ich mich sogar in die Sessel setzen*, ging es ihr flüchtig durch den Kopf. Sie wagte nur, die Lehnen zu berühren, als sie an die Balustrade trat und auf das sonnige Meer hinausblickte. Pulverdampf wallte an den Längsseiten der beiden britischen Schiffe. Kein Gefecht – man hatte Salut geschossen. Vom Schloss her kam militärischer Trommelwirbel. Sie drehte sich um und sah, wie die britische Flagge über die Wipfel der mächtigen Drachenblutbäume hinauskroch. Nicht die weiße Kapitulationsflagge wie zu früheren Zeiten. Sondern der Union Jack.

Sie betrachtete die Reste des Frühstücks, ein paar Brocken Maniokbrot in einem Körbchen. Sperbertauben und ein Webervogel stritten sich darum. Die Vögel ließen sich nicht stören, als Noëlle ein Stück nahm und sich in den Mund steckte. *Gestern wäre es Diebstahl gewesen.* Sie kehrte in den Schatten des Esszimmers zurück. Es war still im Haus. Was wohl Bouffon und Savate und all die anderen Sklaven taten? Der alte Savate hatte zu den neuerlichen Ereignissen nur den Kopf geschüttelt: *Was soll ich denn machen? Für Lohn auf einer Plantage schuften? Geld ist zwar gut, aber zu teuer.*

Im Ankleidezimmer Monsieur Hodouls rumpelte es. Sie folgte seiner erbosten Stimme. In der Tür stehend sah sie, wie er, in seinen seidenen Banyon gehüllt, vor dem Kleiderschrank hin- und herlief.

«Das nicht. Das auch nicht. Das kommt mit. Und das auch.» Alles zerrte er heraus und warf es zu Boden. Zwei große Seekisten waren bereits mit Kleidern gefüllt. Die schüchterne Coquille mühte sich, die Hemden und Fracks zusammenzulegen. Noëlle ging mühsam in die Knie, wollte mit anpacken, doch Hodoul winkte sie zurück. «Du nicht! Du bist nicht mehr meine Sklavin, und es soll doch alles seine Richtigkeit haben. Coquille, pass auf, das geht auch mit weniger Falten!»

Im Aufstehen hob Noëlle eine Weste hoch und gab sie dem wie üblich eingeschüchtert wirkenden Mädchen. «Monsieur Hodoul, haben Sie die Schüsse gehört? Man hat die britische Flagge über dem Schloss hochgezogen.»

«Ja, ich hörte es», schnaubte er. «Es interessiert mich nicht.»

«Darf ich fragen, weshalb Sie packen?» Wollte er wieder eine Bootspartie machen? Nein, das hier sah anders aus.

Er hielt inne und wischte sich mit dem Halstuch über das Gesicht. «Natürlich darfst du. Madame und ich gehen.»

«Endgültig?»

«Ja. Ich kämpfe nicht um dieses Haus, mag Beaver ein Heim für entlassene Sklaven daraus machen; mir ist es gleich.»

«Aber warum, Monsieur Hodoul?»

Er trat zu ihr, legte eine Hand auf ihren kurzgeschnittenen Schopf und ließ sie seufzend sinken. Dann trat er wieder vor den halb geplünderten Schrank. «Ich werde ganz sicher nicht hierbleiben und abwarten, ob mir dieser impertinente Bartholomew Sullivan einen Strick aus meiner Vergangenheit dreht.»

«Aber Sie sind begnadigt worden!»

«Ja. Aber was glaubst du, weshalb ich die Séchellen als Alterssitz wählte? Weil wir hier weitgehend Ruhe vor den selbsternannten Herren der Welt hatten. Das ist vorbei. Ich habe keine Lust, auf Gedeih und Verderb dem *Goodwill* dieser Leute ausgeliefert zu sein. Es war schön hier, aber die Welt hat noch viele schöne abgelegene Plätze. Geh zu meiner Frau; sie möchte sich von dir verabschieden. Sie liegt mit Kopfweh in ihrem Boudoir.»

«Ja, Monsieur Hodoul.»

Zögernd wandte sie sich um; da zog er sie an sich, umarmte sie fest und drückte ihr einen feuchten Kuss auf die Wange. «Au revoir, Weihnachtsmädchen.» Es waren seine letzten Worte; danach fuhr er fort, mit Coquille zu schimpfen. Noëlle klopfte an die Tür des Boudoirs und folgte dem zarten «Herein». Der Abschied fiel schweigend aus. Madame Hodoul, die angekleidet auf dem Bett lag, ergriff ihre Hände und drückte sie. Noëlle waren die Schultern schwer, als sie den Raum verließ. Mit den Briten würde es besser werden für sie und alle Sklaven; trotzdem fühlte es sich an, als würde ihr die Welt unter den Fingern zerbröseln.

Ein rotberockter Soldat stand mit aufgepflanztem Bajonett im Garten des Châteaus. Was gab es da zu bewachen? Die Flagge? Den ‹Stein der Besitzergreifung›, den die Siedler während der Revolution selbst verschandelt hatten, indem sie die königliche Lilie und den Namen des Hauses Bourbon herausgeschlagen hatten? Während ihrer bisherigen Besuche hatten die Briten diesem hässlichen Granitwürfel keine Aufmerksamkeit geschenkt. Aber diesmal war alles anders.

Noëlle beeilte sich, an dem Stein vorbei den Aufweg hinaufzulaufen. *Nicht zu Boden sehen, das brauchst du nicht mehr*, ermahnte sie sich. Es war schwierig. Sie war jetzt –

nun, eine Herrin ganz bestimmt nicht; sie wusste einen Haushalt nicht zu leiten – aber auch keine Sklavin mehr. Frei. Sie war frei, diesen Weg entlangzugehen, diesen und nicht den hinüber zur Küchenhütte. Sie raffte ihr blau-weiß kariertes Kleid und stieg die Freitreppe hinauf. Frei, vor dem Soldaten, der stramm in der Loggia neben der Tür stand, nicht den Kopf beugen zu müssen. Dennoch knickste sie wie gewohnt. Freundlich blickte er nicht. Eher herablassend. Sie war frei, doch immer noch schwarz mit zu viel Milch im Kaffee.

Er hinderte sie nicht, anzuklopfen. Statt des Türhüters öffnete ihr ein weiterer Soldat. Sie waren überall – wie die Ameisen, die sich auf den Tischen über die Zuckertöpfchen hermachten. Nur nicht so winzig. Zwei Tage waren vergangen, seit sie über die Insel hergefallen waren. Zwei Tage, seit Thierry Carnot – Seth Morgan – in ihrer Gewalt war. Dass der von allen verehrte Arzt ein Betrüger war, einer der verhassten Engländer, war das beherrschende Thema auf der Straße. *Womöglich war er gar kein Arzt?*, konnte man allenthalben erregt tuscheln hören. *Die Briten sind doch Knochenhauer, die ihre Ausbildung an ausgebuddelten Leichen und an Gefängnisvolk machen. Und war er nicht irgendwie anders? Hätte man's nicht merken müssen?* Gegen diesen Skandal verblasste sogar das Schicksal der *Bellérophon* und der *Montagu*, die gänzlich im Meer, nahe dem Ort, an dem auch die *La Flêche* lag, untergegangen waren. Nicht einmal der Einfall der Engländer vermochte die Gemüter so sehr zu erregen. Außerdem würden die Sauerkrautfresser, so hoffte man immer noch, ja sicher bald verschwinden, auch wenn sie kräftiger mit dem Säbel rasselten als früher. Der Gouverneur würde es schon richten. Dass in der Nacht Monsieur Hodoul nebst Gattin auf seiner Schaluppe verschwunden war, war fast keine Erwähnung wert. *Die sehen wir bestimmt nicht wieder,* hatte Madame La Geraldy vor ihrem belagerten Lädchen geschwatzt. *Sind vielleicht auf ihre Schatzinsel geflohen und tafeln in diesem Moment am Strand einer versteckten Bucht.*

Noëlle konnte sich noch immer nicht vorstellen, die beiden vielleicht nie wiederzusehen. Doch die Sorge um Thierry – *Seth, Seth, er heißt Seth* – ließ diesen Stich bedeutungslos erscheinen.

Staunend betrachtete sie, was sich im großen Empfangsraum tat. Sicherlich zwei Dutzend Rotröcke wuselten umher, saßen am großen Tisch, der mit Schriftstücken und Seekarten überladen war, oder hockten in den Fauteuils und tranken Tee. Das Portrait Napoléons war fort, stattdessen hing dort das eines Mannes, bei dem es sich vermutlich um George III. handelte. Ob der Gecko, der dahinter sein Domizil hatte, auch diesen Herrn mochte? Dass die Briten sich die Mühe gemacht hatten, in einer mit Männern und Waffen vollgestopften Barkasse ein Gemälde vom Schiff hierher zu transportieren, bewies mehr als alles andere, dass sie es dieses Mal ernst meinten.

«Was du wollen hier?» Ein Soldat kam auf sie zu. Durchtrainiert, hart, nicht schmerbäuchig wie die französischen Pendants. «Weg, du …»

«Das ist doch die Sklavin, der man Hodouls Haus gab.» Der Mann, der ihm ins Wort gefallen war, sagte in ordentlichem Französisch: «Was ist Ihr Begehr, Madame?»

Unsicher knickste sie. «Ich möchte zum Gouverneur.»

Jäh kam ihr der Gedanke, dass Quéau de Quinssy das vielleicht nicht mehr war.

Der Mann nickte. «Wie Sie wünschen, Madame. Archie!», brüllte er quer durch die Halle. Einer der jungen Seekadetten rannte herbei und stand stramm. «Bringen Sie die Dame zu Governor Quincy.» Auch das sagte er auf Französisch, als wolle er sich darin üben, und der junge Mann runzelte angestrengt die Stirn. «Bei der Gelegenheit übergeben Sie ihm diesen Brief.»

«Aye, Sir!», schrie der Kadett.

Noëlle räusperte sich. Das klang irgendwie falsch. «Verzeihen Sie – er heißt Quinssy.»

«Wie auch immer. Wieso sind Sie noch nicht weg, Archie?»

Der Junge nahm den Brief entgegen und wieselte in Richtung der hinteren Treppen. Noëlle musste sich beeilen, mit ihm Schritt zu halten. Den Korridor im Obergeschoss versperrte Madame de Quinssy, die mit dem Kammerdiener Fouquet sprach. In ihrer hochgeschlossenen und düsteren Toilette wirkte sie zum ersten Mal passend gekleidet. Noëlle blieb stehen und senkte den Kopf.

«Was willst du hier?» Die Gouverneursgattin marschierte auf sie zu. Den Brief riss sie aus der Hand des Kadetten, der ein schüchternes «De rien, Madame» krächzte. Sie drehte den Brief mehrmals herum und übergab ihn schließlich Fouquet, der dezent an die Schlafzimmertür klopfte.

«Ich möchte bitte mit Seiner Exzellenz sprechen», sagte Noëlle.

Madame de Quinssy betrachtete sie von unten bis oben.

«Ich weiß schon – du bist wegen dieses Hochstaplers hier. Dich hat er doch auch getäuscht, oder nicht?»

Noëlle nickte.

«Und trotzdem willst du dich für ihn verwenden?»

«Ja, Madame.»

«Weil er ein englischer Quacksalber ist, geht es meinem Gatten schlecht. Mir war er ja von Anfang an suspekt, aber alle sind ihm förmlich nachgerannt, um sich von ihm blenden zu lassen. Poupinels Unfähigkeit hat es ihm leicht gemacht. Nein, Noëlle. Du wirst nicht vor meinen Gatten treten und ihn mit dieser Geschichte belästigen. Ganz bestimmt nicht, und ganz bestimmt nicht *du*!»

«Madame?» Fouquet verneigte sich. Das Silbertablett, auf das er den Brief gelegt hatte, war leer. «Seine Exzellenz bittet Noëlle herein.»

«Sie wird ihn nur aufwühlen, das bekommt ihm nicht!»

«Noëlle soll hereinkommen!», kam ein Knurren aus dem geöffneten Schlafzimmer.

«Bitte.» Madame de Quinssy schob sich mit gerafftem Kleid an dem Seekadetten vorbei, der sich eilig an die Wand drückte, und verschwand in einem der anderen Zimmer. Fouquet bat Noëlle mit einer Handbewegung, einzutreten. Vorsichtig reckte sie den Kopf. Quéau de Quinssy winkte sie aus seinem riesigen Bett heran, während seine andere Hand den aufgefalteten Brief hielt.

«Hört, hört!», knurrte er. «In seinem gestrigen Brief schrieb Beaver noch von den Séchellen. Und heute nennt er sie die ‹Seychellen›.»

«Er wird sich verschrieben haben, Exzellenz», sagte Fouquet.

434

«Nein, das ist britischer Hochmut! Noëlle, setz dich doch. Entschuldige, wenn ich dich warten lasse, aber dieser Brief duldet keinen Aufschub. Fouquet, gehen Sie in dem Chaos meinen Schreiber suchen. Oder nein, setzen Sie das Antwortschreiben selbst auf.»

«Sehr wohl, Exzellenz.» Der Kammerherr verschwand und kehrte bald darauf mit Briefpapier und Schreibzeug zurück. Er setzte sich an den kleinen Tisch, auf dem das Schiffsmodell noch immer seiner Vollendung harrte. Das Diktat war hohe Politik, von der Noëlle wenig verstand: Der Gouverneur bat seinen Gegenspieler, den britischen Capitaine, in das Schloss. Man solle doch bei einem guten Glas Wein über das weitere Geschick der Kolonie verhandeln; gewiss käme man zu einer Einigung – wie schon bei den früheren Besuchen der Briten, die freundlich und in beiderseitigem Einvernehmen stattgefunden hätten. Er riet dazu, das Eigentum der Siedler sowie seine Stellung als Gouverneur anzuerkennen, dann werde man sich friedlich unterwerfen. Eilig schrieb Fouquet die Worte auf. Schließlich ließ Quinssy erschöpft den Kopf sinken.

«Suchen Sie in meinen Unterlagen nach der Abschrift der gleichen Übereinkunft, die ich vor einigen Jahren mit einem gewissen Capitaine Wood schloss; damit Capitaine Beaver sieht, dass wir friedlich miteinander auskommen können. Und jetzt geben Sie her.»

Fouquet streute Sand auf den Brief und blies ihn wieder herunter. Dann trug er alles auf dem Silbertablett ans Bett. Quinssy tauchte die Schreibfeder in das Tintenfässchen, unterzeichnete und gab den Brief Fouquet.

Der hob die Brauen. «Quincy, Exzellenz?»

435

Noëlle reckte den Kopf. Er hatte den Namen des Gouverneurs ausgesprochen wie zuvor der Soldat. Quinssy warf die Schreibfeder fort, sodass sich ein schwarzer Fleck auf seinem Laken ausbreitete.

«Beaver weiß natürlich, wie ich heiße. Es ist ein kleiner, aber deutlicher Hinweis, dass ich bereit bin, ein Untertan der britischen Krone zu werden. Wer soll denn von denen an meiner statt regieren? Sie wollen die Herrschaft, und zwar vollkommen. Diesmal werden Versprechungen allein, in Zukunft gute Untertanen der britischen Krone zu sein, nicht reichen. Entweder werde ich jetzt britisch, oder man setzt uns einen britischen Gouverneur vor die Nase.»

«Um Gottes willen, Exzellenz», murmelte Fouquet. «Das wäre entsetzlich.»

Umständlich faltete der Diener das Papier zusammen. Noëlle räusperte sich.

Quinssy drehte den Kopf nach ihr. «Ich hörte, du bist jetzt frei.»

«Ja, Exzellenz.»

«Sehr schön», sagte er müde. «Ich schätze, ich kann nicht mehr von dir verlangen, dein gutes Curry zu kochen, wenn Philip Beaver mich besucht. Wenn er sich denn dazu herablässt. Dies ist bereits meine zweite Einladung, die ich an ihn schicke; die erste hat er eiskalt ausgeschlagen. Als sei unsere Insel es nicht wert, dass ihr Sand seine Stiefel beschmutze. Er scheint entschlossen, stur auf der *Nisus* zu verharren.»

«Ich würde sehr gerne weiterhin für Sie kochen.»

«Allerdings würde er auf Knochen herumkauen, wie der letzte englische Besuch. Das lassen wir doch lieber. Die Briten haben ohnehin ein Auge auf dich, wie es scheint – ich werde mich hüten, sie zu erzürnen, indem ich dich niedere Arbeiten tun lasse. Aber jetzt zu dir.» Schwer aufstöhnend tupfte er sich mit einem Zipfel seines Lakens das bleiche Gesicht. «Das ist alles ... noch zu viel für mich; ich fühle mich entsetzlich. Was kann ich für dich tun?»

Sie erhob sich von dem Stuhl, auf dem sie sich niedergelassen hatte. «Exzellenz ...» Sie trat an das Bett und hob die gefalteten Hände. «Ich bitte Sie, helfen Sie Monsieur ... Morgan. Bitten Sie den englischen Capitaine, dass man gnädig sein solle. Der Docteur hat bestimmt nichts Böses getan!»

«Nichts Böses? Meuterei, so hörte ich. Das ist ein schlimmes Vergehen. In britischen Augen so schlimm, als hätte man ein Attentat auf den Ersten Lord der Admiralität verübt.»

Sie dachte an die Narben auf Seths Rücken. Auch er hatte seinen Anteil an Peitschenhieben erhalten, und das sicher nicht unter Capitaine d'Ourniers Kommando. Von einem Schiff flüchten zu wollen, das einen Menschen so behandelte, erschien ihr alles andere als verwerflich. *Falls es so gewesen ist*, dachte sie. Letztlich wusste sie nichts. Nur dass Seth ein Lügner war. Aber ein böser Mensch, der den Tod verdiente – niemals.

«Ich flehe Sie an.»

«Weißt du ...» Der Gouverneur warf ihr unter schweren Lidern einen scharfen Blick zu. «Ich habe ziemlich bald geahnt, dass er dich mag. Zu sehr mag. Ich hatte ihm geraten, sich dich aus dem Kopf zu schlagen. Wäre es gegen den Wind geredet, dir den gleichen Rat zu geben?»

Augenblicklich musste sie an das denken, was auf Saint Anne geschehen war. Sie auf Seths Schoß ... Schamlos wie eine gierige Wespe hatte sie sich auf die lockende Frucht gestürzt. Wie eine Herrin, die sich einen Sklaven nahm ... Rasch senkte sie die Augen.

«Natürlich wäre es das», beantwortete er selbst die Frage. «Fouquet, fügen Sie ein Postskriptum an: Ich bitte darum, dass man mit Seth Morgan gnädig verfahren solle. Er ist ein fähiger Arzt, der sich um die Kolonie verdient gemacht hat. Er hat mich von einem grausamen Leiden befreit. Ein solcher Mann verdient es, dass man ihm eine zweite Chance gibt, weiterhin der Menschheit zu dienen.»

«Ich danke Ihnen», murmelte Noëlle.

Er wies den Kammerdiener an, den Brief unten abzugeben, und Fouquet verließ den Raum. Erschöpft ließ Quéau de Quinssy die Lider sinken. «1789 war es, als Matrosen ein englisches Schiff in ihre Gewalt brachten, ihren Capitaine aussetzten und davonsegelten. Da der Mann es schaffte, die enorme Strecke bis zum nächsten Posten der Zivilisation zurückzulegen, erfuhr man davon – es erschütterte die gesamte Nation. Für die Briten war 1789 ein Schicksalsjahr, genau wie für uns, und das aus Gründen, die sich durchaus ähnelten: Niederes Volk erhob sich gegen die Herrschaft. Du entsinnst dich der Geschichte?»

«Ja, Exzellenz.» Seth hatte davon erzählt.

«Eben auch, um zu verhindern, dass in London geschähe, was in Paris geschah, tat man alles, um die Meuterer zu finden. Verstehst du: Das, was Seth Morgan getan hat, ist unverzeihlich. Daher solltest du nicht hoffen, dass unser Gnadengesuch Gehör findet.»

Er atmete schwer, die lange Rede hatte ihn seiner Kräfte beraubt. Die Tür schwang auf, Fouquet kehrte zurück. Auf seinem Tablett balancierte er jetzt ein braunes Glasfläschchen.

«Das Laudanum, um das Sie die Briten gebeten hatten, Exzellenz.»

«Danke, Fouquet.» Mühsam schob sich Quinssy ein Stück hoch und angelte nach einer Porzellantasse auf dem Nachttisch. «Wie dosiert man das?»

«Ich weiß nicht …»

«Darf ich?» Noëlle stand auf und nahm das Fläschchen an sich. Auf einem Teetischchen fand sich eine Karaffe mit Wasser. Sie schüttelte einen graugesprenkelten Hausgecko heraus, der es sich am Grund der Tasse bequem gemacht hatte, füllte sie mit einer Mischung, die ihr angemessen schien, und reichte sie dem Gouverneur.

«Gott segne dich, Noëlle. Du bist ein gutes Mädchen.» Er bedachte sie mit einem warmen Blick, dann trank er und ließ sich in die Kissen zurücksinken. Sie wollte mit Fouquet, der sich wieder zurückzog, den Raum verlassen, doch Quinssy deutete auf einen Hocker an seinem Bett. «Bleib doch noch eine Weile bei mir. Siehst du meine Schnecken irgendwo?»

Sein Atem kam schwer und gleichmäßig; die ersten Schnarchtöne setzten ein. Nun gut, wenn er wollte, dass sie seinen Schlaf bewachte, warum nicht? Sie schaute hinter das Bett, auch darunter, dann strich sie das Kleid glatt und setzte sich. «Nein, Exzellenz.»

«Meine Lieben … Paul und Louis, Marie Antoinette und die kleine Duchesse … Ich glaube, die Engländer haben sie erschreckt. Meine Glücksboten, sie sind fort … Ich habe das Heft nicht mehr in der Hand. Ich genese, doch das alles kam zu früh, ich war noch zu geschwächt, um es abzuwenden. Und jetzt? Jetzt bin ich ein alter, kranker Mann, der seine Autorität verloren hat …»

Sie wollte ihn trösten, ihm sagen, dass er das zu schwarz sähe. Aber das war ja nicht der Fall.

Im Halbschlaf begann er von alten Zeiten zu sprechen, von Louis XVI., dem während der Revolution Geköpften, und dass er gemeinsam mit ihm in den Wäldern von Paris gejagt hatte. «… der nahende Tod ließ ihn sich Gott zuwenden. Ich bin sicher, der tapfere Mann ist jetzt im Paradies … Und ich … ich hatte es schon zu Lebzeiten erreicht. Ich … habe meine Inseln so sehr geliebt. Ich hätte es verdient, dass sie nach mir benannt werden.» Er schlug die Augen auf; seine Stimme bekam noch einmal Kraft. «Stattdessen beehrte man Hofschranzen, die es kaum zu schätzen wussten, dass irgendein Felshaufen auf der anderen Seite der Erdkugel ihre Namen trägt. Was hat's denn den Vicomte Moreau de Séchelles, Finanzminister unter Louis XV., geschert? Nichts … gar nichts … Ich werde vergessen werden, Noëlle.»

«Das glaube ich nicht», murmelte sie. Das alles war nicht für ihre Ohren bestimmt. Madame de Quinssy oder Joséphine, die wieder wohlauf war, sollten an ihrer statt hier sitzen.

Er öffnete ein Auge. «Was sagen denn deine Geister dazu?»

«Dass Ihr Volk Sie nie vergessen wird, Exzellenz.»

Matt lächelte er. «Noëlle …» Er streckte eine Hand aus.

Zögernd ergriff sie sie. «Noëlle, ich bitte dich um Vergebung für das, was geschehen ist. Monsieur Morgan sagte, dass ich es hätte verhindern können. Er hatte recht – wenn ich es wirklich gewollt hätte … Aber ich war zu feige.»

Noch ganz deutlich spürte sie ihren Rücken, doch das Ereignis lag ihrem Gefühl nach lange zurück; zu viel war seitdem geschehen. Zu viel gab es, um das sie sich jetzt sorgen musste. «Ich verzeihe Ihnen.»

«Danke.» Er ließ die Hand auf das Bett fallen. Diesmal, so glaubte sie, werde er wirklich einschlafen. «Ich … vergebe es mir … niemals.»

Er schlief. Leise erhob sie sich und ging.

3.

In all diesem Wirrwarr tat jeder, was er wollte. Sie stand nur dabei. Davon hatte sie genug – es war an der Zeit, auszuprobieren, wie sich ein Dasein als freier Mensch anfühlte. Sie lief hinauf in Madame Hodouls Ankleidezimmer und öffnete die Schränke. Genügend Kleider waren vorhanden. *Alles gehört dir, wenn du es willst.* Das Kleid mit dem blauweiß karierten Vichy-Muster genügte ihr nicht, sie wählte eines, das schlicht war, doch aus mauvefarbener Seide. Offenbar hatte Madame Hodoul es zurückgelassen, weil sie dem schmalen Schnitt längst entwachsen war. Noëlle passte es wie angegossen. Dazu warf sie sich ein weißes Fichu um die Schultern.

Niemand begegnete ihr, als sie das Haus verließ. Die Gärtner, die sonst die Blumenrabatten und Obstbäume hegten, ließen sich nicht blicken. Erst als sie fast schon am Hafen war, fiel ihr auf, dass sie barfuß war. Aber das machte nichts, gutes Schuhwerk war auch bei den feinen Herrschaften Mangelware. Mit durchgedrücktem Rücken überquerte sie die Straße. Unter den Blicken patrouillierender Rotröcke standen die Siedler beisammen und beredeten mit heftigen Gesten die neue Lage. Die Debatten verebbten; die Köpfe drehten sich in Noëlles Richtung. Unter all den scharfen Blicken begann sie ihre Frechheit zu bereuen. Eine ehemalige Sklavin, die sich herausnahm, wie eine weiße Frau aufzutreten!

«A black pearl!» Einer der Soldaten pfiff ihr nach, ein anderer lachte. Sie zwang sich, es zu ignorieren und dennoch auf den Steg zu treten. Wem gehörten jetzt die Boote der Hodouls? Gewiss nicht ihr, ebenso wenig wie das Haus; wenn die neuen Herrscher es an sich nehmen wollten, würden sie es einfach tun. Doch niemand hinderte sie daran, in eines der Kanus zu steigen und das Paddel zu ergreifen. Ein paar Matrosen, die auf dem Steg saßen und die nackten Beine baumeln ließen, lachten, als sie das Paddel ins Wasser tauchte. Und verstummten rasch, als sie geschickt und schnell davonfuhr.

Die Ahnen hießen es gut. All die inneren Stimmen hatten sie gedrängt, bis sie es nicht mehr ertragen hatte, zu warten, nutzlos durch die viel zu großen Räume zu wandern, das Schweigen der fast unsichtbaren Dienerschaft über sich ergehen zu lassen. Und dann auch noch diese ständigen Gedanken an Seth. Den Betrüger, den Lügner. Sie dachte daran zurück, wie sie ihn am Strand von Saint Anne beobachtet hatte: verzweifelt, weinend. Nachdem er ihr seine falsche Geschichte erzählt hatte.

Alles in ihr verzehrte sich danach, die richtige zu hören. Aus seinen Munde.

Ihn frei zu wissen, wie sich selbst.

Helft, ihr Ahnen, helft …

Sie hatte sich schon einmal – im Schutz der nächtlichen Dunkelheit – zu einem Schiff gestohlen; damals auf die

Bellérophon, und es war gut gewesen. Das würde es auch diesmal sein. Ihr Rücken schmerzte noch immer, doch es war auszuhalten. Leider ankerte die *Nisus* weiter draußen, sodass sie alle Muskeln spürte. Doch bald war es geschafft. Sie streckte sich nach dem Ankertau, um sich daran festzuhalten und zu verschnaufen. Glücklicherweise war der Wellengang schwach. Den Plan, sich heimlich auf das Schiff zu schleichen, hatte sie recht schnell verworfen: Hier gab es zu viele und zu wachsame Leute, und so dauerte es auch nur wenige Augenblicke, bis Laternenlicht auf sie fiel.

Zwei Soldaten hatten ihre Musketen auf sie gerichtet. Langsam ließen sie sie sinken.

«Damn, a woman!»

«A whore?»

«What else?»

Sie riefen einen Mann herbei, dem ein ganzer Rattenschwanz neugieriger Matrosen folgte. Auf Französisch rief er: «Was wollen Sie, Lady?»

«Ich möchte zu Capitaine Philip Beaver», rief sie hinauf.

«Der Captain hat sich jeglichen Damenbesuch verbeten.»

«Er ist ein bisschen zu alt für dich, Schätzchen!»

Die Matrosen lachten leise und verstummten rasch, als sich ein Mann mit Zweispitz näherte. «Smith, bringen Sie die Dame zurück an Land. Und Sie, Cox, melden sich zu Beginn Ihrer Freiwache, zwecks Bestrafung wegen frecher Klappe.»

«Aye, Sir.»

Betretene Gesichter. Ein Matrose kletterte flink herab, sprang ins Boot und ergriff das Paddel. Sie wusste, dass es zwecklos war, zu intervenieren. Zwischen Furcht und verzweifeltem Zorn wankend, hielt sie still, bis er ganz in der Nähe der *Thunderer* vorbeifuhr. Sie überlegte nicht. Sie hörte auf die Stimmen der Ahnen, die ihr zuflüsterten: *Spring. Jetzt.*

* * *

Sie stopften ihm das Maul. Verräter, hast ein Froschfresser sein wollen. Also friss die verdammten Frösche. Was genau er fraß, als man ihm den Kopf ins Bilgenwasser tauchte, wusste er nicht. Er ertrank, starb, ertrank wieder, starb noch einmal, Hunderte Male. Immer wieder rissen sie ihm den Kopf heraus, dass er japsend nach der von bösen Miasmen durchdrungenen Luft schnappen konnte. Und dann zwangen sie ihn, erneut zu sterben. So macht doch endlich ein Ende, hätte er gerne gefleht, wenn sie ihm die Gelegenheit dazu gegeben hätten. Doch er starb wieder, dieses Mal an dem Knebel, den sie ihm zwischen die Zähne rammten. Er starb und starb; sein Tod trat ein, als sie ihn auf die Knie zwangen und seine Hose herunterzerrten. Und dann noch einmal, als sie ihm mit ihren Stiefeln in den Bauch traten. Die Überfahrt ist lang, Froschfresser. Du wirst dich noch danach sehnen, in London zum Trocknen aufgehängt zu werden. Ein letzter Tritt, ein allerletztes Sterben. Doch das verdammte Leben kehrte immer wieder zurück wie ein falscher Penny.

«Haben Sie so was schon mal gesehen? Eine Hure, die zu einem Schiff schwimmt? Die hat's aber nötig! Wer möchte sie als Erster?»

Johlen, Gelächter, Klatschen ringsum.

«Fragen Sie die Dame doch lieber, wen sie möchte. Sie, Mr. Tyrrell, doch sicher nicht.»

«Ich kann aber die Franzmannsprache nicht.»

«Dann soll jemand übersetzen. Kadett McCormick, holen Sie den Steuermannsmaat, der kann's!»

Der Kadett salutierte und hastete über das Deck, wo die neugierige Besatzung ihm eine Gasse frei machte. Bald darauf kehrte er mit einem Matrosen zurück. Der musterte Noëlle von oben bis unten. Sie war sich bewusst, dass die nasse Seide an ihr klebte wie eine zweite Haut. Trüge sie nicht noch eine Chemise unter dem Kleid, wäre sie nackt.

«Seid ihr blind, Kerls? Das ist doch die, die gestern auf der *Bellérophon* war. Die dann an Land gebracht wurde. Und jetzt taucht sie wieder auf …»

«Wie'n falscher Penny.»

Das Gelächter schwoll zu ohrenbetäubendem Getöse an. Noëlle wünschte sich, irgendetwas von diesem fremden Geplapper zu verstehen. Hatten die Ahnen wirklich recht gehabt? Oder hatte böses Mana sie in die Irre geleitet? Nach dem Sprung ins Wasser war es ihr gelungen, sich unbemerkt dem großen Schiff zu nähern und an den vorspringenden Brettern der Bordwand hochzuklettern, trotz des lästigen Kleides. Doch sie war rasch entdeckt worden. Grob hatte man sie über die Reling gezerrt. Triefend nass machte sie alles andere als einen respektablen Eindruck. Die weißen Siedler hatten in ihren Erzählungen manchmal von Wölfen gesprochen, die über Schafe herfallen wollten; ein Bild, das sich ihr bisher nur schwer erschlossen hatte, da es weder das eine noch das andere auf den Inseln gab. Eigenartigerweise musste sie jetzt daran denken. Sie duckte sich, als sich ein Mann vor ihr aufbaute, und schielte nach der Reling. Besser, wieder hinunterzuspringen … Nein, sie musste es durchstehen, komme, was wollte. Sie musste zu Seth.

«Madame?» Er zog seinen schwarzen Filzhut und schwang ihn übertrieben nach hinten. «Was können wir für Sie tun?»

Erleichtert vernahm sie das vertraute Französisch. «Ich möchte zu Commandant Bartholomew Sullivan.»

Er drehte sich um und übersetzte auf spöttische Art die Worte. Sie wartete auf das Gegröle, das dem unweigerlich folgen musste. Doch nur einige lachten verhalten; die meisten blieben ernst.

«Lieutenant Bartholomew Sullivan wird erfreut sein, eine so nasse Katze in seiner Koje begrüßen zu dürfen!» Der Mann wedelte mit seinem Hut und stieß einen johlenden Laut aus.

Einer der Umstehenden legte ihm die Hand auf die Schulter. «Schon vergessen, Will, dass gestern jemand auf die Gräting gezogen wurde, wegen eines harmlosen Scherzes? Mit dem Commandanten ist derzeit nicht gut Kirschen essen, also halt die Fresse.»

Betretenes Schweigen breitete sich aus. «Ich komme wegen Seth Morgan», sagte Noëlle in die Stille hinein.

«Sie will zu dem Verräter. Deshalb ist sie hier! Von wegen Hure …»

Sie streckte den Rücken. *Du bist frei. Du bist eine Frau, der man Respekt zollt. Vergiss es nur nicht.* «Ich … ich nehme an, dass es unmöglich ist, zu ihm geführt zu werden.»

«Da nehmen Sie allerdings richtig an, Madame.»

«Daher bitte ich Sie, mich zum Commandanten zu bringen, damit ich ihm mein Anliegen unterbreiten kann.»

«Sie will mit dem Commanding Lieutenant sprechen ... Hört ihr? *Sprechen* will sie mit ihm. Nichts anderes.»

«Darf ich fragen ...» Sie schluckte. Es kostete Kraft, da sie sich vor der Antwort fürchtete. «Darf ich fragen, wie es Mister Morgan geht?»

«Wie soll's ihm gehen? In seiner Haut würde jetzt nicht einmal eine Ratte stecken wollen.»

Ihr entschlüpfte ein verzweifelter Laut. Sie musste sich zwingen, nicht die Hände vor das Gesicht zu schlagen. «Bitte bringen Sie mich zu Mister Sullivan.»

Der Mann übersetzte; man tuschelte und beriet, und schließlich nickte er. «Folgen Sie mir, Madame.»

Er führte sie nach achtern, eine der seitlichen Treppen hinauf aufs nächste Deck, vorbei an dem mächtigen Steuerrad, wo, von der laternenbestückten Kampanje überschattet, der Eingang zur Capitainshütte war. Er nahm eine Laterne an sich und öffnete die Lamellentür. Stickige Düsternis empfing sie. Im fahlen Licht der Laterne entdeckte Noëlle einen Tisch mit Karten und Navigationsbesteck, Regale mit weiteren Rollen, komplizierten Instrumenten, einem Globus – es war ein wenig wie im Behandlungsraum des Hospitals, nur war hier alles verankert und gesichert. Der Mann klopfte an die rückwärtige Tür. Auf das «Come in» riss er seinen Hut herunter und steckte den Kopf hindurch.

«Der Commandant sagt, Sie dürfen eintreten», erklärte er, offenbar überrascht von dieser Entscheidung. Er schob sie zur Tür, tippte zum Gruß an die Hutkrempe und kehrte aufs Deck zurück.

Es war die Offiziersmesse, die sie betrat. Überraschend geräumig, mit einem großen Esstisch und sogar einem Canapé unterhalb der schrägen Heckfensterfront. Bartholomew Sullivan erhob sich aus einem Sessel. Dieses Mal trug er keinen Uniformrock, und so war deutlich zu sehen, dass er auf unnatürliche Art den linken Arm vor der Brust hielt.

«Guten Abend ... Wie war noch Ihr Name, Madame?»

«Noëlle.» Nur Noëlle, sonst nichts. Sie war keine Madame und würde es auch nie sein.

«Ja, richtig, Noëlle. Das Weihnachtsmädchen.» Er ging zu einer Kommode, nahm eine kegelförmige Glaskaraffe und trug sie an den Tisch. Dann zwei Gläser, die er füllte. Der Wein war rot, nicht cremefarben wie der Palmwein. Wie von selbst schloss sich ihre Hand um das dargereichte Glas. Er trank, sie trank. Sie schmeckte Bitterkeit und Süße.

«Aus Bordeaux», sagte er. «Es ist ja nicht so, als würden wir alles, was aus Frankreich kommt, nicht mögen.»

«Und wir trinken gerne Tee.» Hatte sie wirklich *wir* gesagt? Sie hatte in ihrem ganzen Leben vielleicht drei Tassen getrunken – heimlich.

«Sehen Sie – wir werden schon miteinander auskommen.» Ob er damit sie beide oder die Siedler und die Besatzer meinte, ließ er offen. «Wie kommt es, dass Sie so durchnässt sind? Wurden Sie von einem kräftigen Guss überrascht? Allerdings habe ich gar nicht gemerkt, dass es regnet.»

Sie schüttelte den Kopf. «Ich bin hergeschwommen.»

«Tatsächlich? Um *was* hier zu tun?»

449

«Um zu Seth Morgan zu gelangen, Monsieur le Commandant.»

«Aha.» Er schwieg und trank. Langsam kam er näher. Er war groß, sicherlich noch größer als Seth, die breiten Schultern fast zu wuchtig für sein gerüschtes Seidenhemd. Dicht vor ihr, viel zu dicht, trank er schließlich die Neige und lachte schallend. «Ihr seid schon ein seltsames Völkchen! Wissen Sie, wer erst vor einer Stunde hier war? Dieser Schusterssohn, der allen Ernstes ein Abkomme von Louis XVI. sein will. Behauptet, er habe geheime Pläne, mit denen eine Armee Paris erobern könne. Gott, der Mann lebt seit zig Jahren hier; der begreift doch gar nicht mehr die Welt. Will sich andienen, damit wir ihm auf Napoléons Thron helfen. Und hat noch nicht einmal mitbekommen, dass er mit seinem Anliegen hinüber zur *Nisus* hätte gehen sollen. Captain Beaver ist derjenige, der bald wieder in Europa sein wird, ich jedoch nicht. Und auch Beaver würde diesen Kerl höchstens in Ketten mitnehmen, um ihn dann in England sofort in einem Irrenhaus abzugeben. Wahrscheinlich sind die Pläne dieses ‹Prinzen› noch verrückter als jene Napoléons, von dem die Gazetten sagen, er wolle mit Luftschiffen oder Unterwasserschiffen oder mittels eines Tunnels in England einfallen.» Dicht vor Noëlles Augen streckte Sullivan einen Zeigefinger in die Luft und bewegte ihn hin und her. «Durch Schächte soll die französische Armee Atemluft bekommen. Klingt lustig, oder? Unsere Kriegsflotte wird sich mächtig erschrecken, wenn plötzlich die Marseillaise aus den Tiefen des Kanals erschallt.»

Erneut lachte er. Sie fand nichts daran lustig, seinen Humor hässlich, anders als bei Seth, obwohl dieser Witz auch aus seinem Munde hätte kommen können.

«Sagen Sie, Madame Noëlle, sind alle Franzosen so blöde?»

«Sie können es vielleicht nicht mit der Gerissenheit der britischen Marine aufnehmen», sagte sie. «Aber die Franzosen sind stolz, lebensfroh und leidenschaftlich. Sie streiten gern und machen dumme Fehler ...»

«Wie jenen, Sie zu peitschen?»

«... aber sie können auch bereuen und verzeihen. Ich glaube, Mr. Morgan hat das erkannt, und darum konnte er auch hier Fuß fassen. Wenn Sie das auch wollen, dann ...»

«Dann?», lauerte er, und fast verschluckte sie, was sie hatte sagen wollen. Die Sklavin, die sie neulich noch gewesen war, wollte wieder Oberhand ergreifen und sie niederdrücken.

«Dann zeigen Sie Milde, Monsieur Sullivan.»

«Na, ich weiß nicht.» Er kehrte zu seinem gepolsterten Sessel zurück und ließ sich darauf niedersinken. Sein Gesicht verzog sich, und er legte eine Hand an den offenbar verletzten Arm. «Diese Milde hat hoffentlich nicht zum Ziel, Morgan freizulassen? Das werde ich niemals tun, denn ich habe noch eine gesalzene Rechnung mit ihm offen, die erst bezahlt ist, wenn er baumelt; außerdem wäre ich zu einer Begnadigung sowieso nicht befugt. Das könnte nur Seine Majestät.»

«Ich weiß. Aber bitte, lassen Sie mich mit ihm sprechen. Ich will mich wenigstens ... verabschieden.»

Darüber schien er lange nachzudenken, während er sich

den Arm rieb. Unwillkürlich entschlüpfte es ihr: «Sind Sie verletzt?»

«Eine Kugel in der Achsel. Die Wundränder haben sich geschlossen. Das Ding plagt mich zwar, aber sich den Arm von einem unserer unfähigen Bordchirurgen aufschneiden zu lassen, ist keine ernsthafte Option, wenn man noch alle Sinne beieinander hat. Ich weiß, was Sie jetzt sagen werden!», schrie er mit einem Mal, obwohl sie den naheliegenden Gedanken nicht hatte aussprechen wollen. «Aber ich denke nicht daran, Morgan an mich heranzulassen, und zwar aus ganz anderen Gründen. Gott verfluche ihn! Verrecken soll er in seinem Loch da unten! Zur Hölle mit diesem Mann!»

Er sprang auf, und sie wich zur Tür zurück. Bartholomew Sullivan war, auf andere Art, nicht weniger seltsam als der Prinz. Die Seele verseucht von seinem Hass, die Brust erfüllt von nichts als Rache.

«Lassen Sie mich zu ihm», sagte sie fest, obwohl ihr Inneres vor Furcht zitterte. Überzeugt, gleich unter lautem Geschrei abgewiesen zu werden, staunte sie, als er nickte.

«Der Maat, der Sie herbrachte, soll Sie zu ihm führen. Danach werden Sie an Land gebracht, ohne einen weiteren Umweg über mich; denn ich habe keine Lust, mir Ihre Klagen über Morgans schlechte Behandlung anzuhören. Also lassen Sie sich hinunter in die Bilge bringen, wenn Sie so viel Mut haben. Und nehmen Sie sich ruhig Zeit!», fügte er mit süffisantem Grinsen hinzu.

Schwarze Hände griffen nach ihm. Knoteten die Lederschnur in seinem Nacken auf, zogen den Knebel zwischen seinen Zähnen hervor. Er dachte, dass es schmerzen müsse, so sehr hatte er sich darin festgebissen. Doch es ging ganz leicht. Endlich konnte er wieder richtig atmen. Ein nasses Tuch fuhr über sein Gesicht, holte den blutigen Rotz aus seiner Nase. Er würgte wieder, doch nachdem er sich bereits hundertmal erbrochen hatte, wollte jetzt nichts mehr kommen. Er versuchte zu ergründen, wem diese Hände, die ihn nicht schlugen, gehörten. Es kostete Kraft, in der Düsternis etwas zu erkennen, und Kraft war das Letzte, was er noch aufbringen konnte. Laternenlicht blendete ihn.

«Ich bin's», sagte jemand. Er sah, wie sich Lippen bewegten. «Joker.»

Joker? Wer, zur Hölle, trug einen so albernen Namen? Seth leckte sich über die blutigen Lippen. An zwei Zähnen ertastete er scharfe Kanten, die vorher nicht dagewesen waren. «Mein Blatt ist so beschissen, das rettet auch kein Joker mehr.»

«Erkennen Sie mich nicht, Monsieur le Docteur?»

«Gib mir noch ein paar Sekunden ... Du bist der Sklave, der Noëlle schlug und dem ich dafür am liebsten den Hals umgedreht hätte.»

«Stimmt.»

«Und was willst du jetzt hier? Falls du mich verprügeln willst, kommst du zu spät – ich schätze, du kannst hier nur noch die Reste von mir aufkehren.» Allmählich klärten sich seine Sinne vollends, und endlich begriff Seth, dass er, gefesselt an einen Eisenring in den Spanten, mit dem Hintern und den Füßen im grässlich stinkenden Bilgenwasser hockte, in der tiefsten Tiefe des Schiffes. Auf den Steinbrocken, die den Kiel stabilisierten, hatte man Käfige aufge-

453

baut: für die Schildkröten, die man hier als lebenden Proviant stapeln würde. Und für ihn – seinen Käfig würde man jedoch später auf dem Deck aufstellen, damit das, was in London von ihm ankam, ein wenig mehr war als ein verrottetes Stück Fleisch.

«Was ich hier will? Ihnen zu trinken geben.»

Joker hielt ihm einen Humpen mit verdünntem Bier an die Lippen. Der Durst, der die ganze Zeit wie eine schlafende Schlange gelauert hatte, sprang Seth mit aller Macht an. Gierig trank er. Das Einzige, was er seit seiner Festnahme bekommen hatte, waren die unfreiwilligen Schlucke aus der Bilge gewesen, als man seinen Kopf untergetaucht hatte. Ein Wunder, dass er von Durchfall bisher verschont geblieben war. «Danke», keuchte er, als Joker den Humpen zurückzog. «Wie kommst du überhaupt hierher?»

«Ich hab angeheuert. Jetzt kann ich ja wählen.» Joker verzog höhnisch das tätowierte Gesicht. «Plantagenarbeit oder niedrigsten Dienst auf einem Schiff. Ich hab mir gedacht, ich hau lieber ab, bevor ich Poupinel doch noch umbringe.»

«Hast recht, das Schwein ist es nicht wert, seinetwegen grausam verbrannt zu werden. Wobei, vielleicht macht man ja die alte Guillotine wieder klar. Dann lohnt sich's vielleicht doch – unter dem Fallbeil zu sterben, ist nicht gar so schlimm.»

In dem nachtschwarzen Gesicht zeigten sich helle Zähne. «Ich glaube nicht, dass die Briten auf französische Art töten wollen.»

Seth lachte heiser. Seine Kehle schmerzte, wie alles an ihm. «Weißt du, wann man in See zu stechen gedenkt?»

«Übermorgen schon, sobald die Schiffe überholt und beladen wurden. Der Marinelieutenant wird allerdings hierbleiben, hörte ich. Vielleicht ist das ja eine gute Nachricht für Sie, Docteur.»

«Dass Bartholomew Sullivan mich nicht persönlich der Admiralität übergeben kann? Ja, das ist es.» Verdammt, wo blieb Sullivan? Wollte er ihm nicht ins Gesicht spucken? Ihn beschimpfen, noch einmal in den Magen boxen, ihn bepinkeln oder was auch immer? Nicht ein einziges Mal hatte er sich blicken lassen. Mürbe wollte er seinen Gefangenen machen. Vielleicht saß er jetzt in seiner Kajüte und ersann für seine Untergebenen einen Plan, wie man dem Verräter Seth Morgan während der grausam langen Überfahrt das Leben schwermachen konnte. Es nicht selbst tun zu können, musste ihn hart ankommen.

«Außerdem ist jemand hier, der Sie sehen will, Monsieur le Docteur. Noëlle.»

Noëlle war hier? Jesus Christus, wollte sie sich das wirklich antun? «Joker, nein», krächzte er, doch der ehemalige Sklave war bereits auf dem Weg zur Leiter. Flink nahm er die ersten Stufen, langte hinauf und hob Noëlle an der Taille herunter. Dann gab er ihr die Laterne und kletterte hinauf.

Unwillkürlich schloss Seth die Augen. Sie war hier. Gott, sie wiederzusehen, hatte er nicht mehr zu hoffen gewagt. Aber wollte er das wirklich? Wollte er, dass sie ihn in diesem Zustand sah? Wollte er in ihr Gesicht blicken und Unverständnis, gar Zorn darin lesen, dass er sie belogen hatte? Vielleicht war sie nur darum gekommen: ihm zu sagen, dass sie ihn für ein erbärmliches, feiges Schwein hielt.

455

Geh, dachte er, *lass uns einander in besserer Erinnerung behalten.*

Sie hob die Sturmlaterne und balancierte über den Ballast. Dieses feine Seidenkleid hatte er an ihr noch nie gesehen. Wer hatte ihr das gegeben? Und wofür? Es war im Stil des französischen Empire geschnitten; eines der seltenen Kleidungsstücke hier, die nicht altmodisch waren. Und es war feucht; nur allzu deutlich ließ es Noëlles feine, geschmeidige Glieder erahnen. Die Beine, die sich noch vor kurzem über seinen Schoß geschwungen hatten ... Diese Hand, die sich so freizügig seines Geschlechts bemächtigt hatte ... Er hatte viel geträumt in letzter Zeit, reichlichen Unfug, aber dieser Traum war doch der unsinnigste von allen gewesen. Jedenfalls konnte er hier und jetzt nicht mehr glauben, dass es wirklich geschehen war.

Schließlich stand sie vor ihm, knapp anderthalb Yards entfernt. Doch das schmutzige Bilgenwasser war eine unüberwindliche Hürde. Vielleicht war das gut so. Vielleicht ...

Mit der freien Hand raffte sie das Kleid und machte einen langen Schritt herunter. Das Wasser kroch ihr bis zu den Waden. Sie ließ den Stoff fallen und ging vor ihm in die Hocke.

«Noëlle, was tust du ...»

«Dich ansehen.»

Er schloss die Augen. Nicht nur, weil das Licht der Laterne, die sie vor sein Gesicht hob, ihn blendete. Auch, weil er nicht das Entsetzen sehen wollte, das ihre hübschen Züge gleich verzerren würde.

«Was haben sie dir nur angetan ...»

«Das wird alles wieder», murmelte er.

«Aber nur, wenn du hier herauskommst.» Er spürte ihre Fingerspitzen, die zart wie ein Lufthauch über seine Schrunden wanderten. «Hier unten wird sich das alles entzünden.»

«Ja, die Miasmen sind hier durchaus ein wenig schlecht.»

«Was sollen wir nur tun?»

«Wie, du kommst her und hast keinen Plan?», fragte er schmerzlich lächelnd. Ihr Daumen strich über die rissigen Mundwinkel, dann über seinen Mund. Plötzlich spürte er ihre Lippen auf seinen. Gierig begann sie zu saugen; ihre Zunge glitt in ihn. Welch ein köstliches Geschenk in dieser Hölle ... Er musste grässlich schmecken, doch schleunigst verwarf er diesen Gedanken und genoss den letzten Rest jener paradiesischen Zeit, in der er hier gelebt hatte.

Als sie sich zurückzog, wagte er, die Augen zu öffnen. Langsam, sehr, sehr vorsichtig. Sie hatte die Laterne an einen Nagel irgendwo über ihm gehängt, sodass die Wölbung ihrer Stirn und ihrer Wangen hell leuchtete, während ihre Augen im Schatten lagen. Ihr Blick war schwer zu deuten.

«Ich nehme an», sagte er und schluckte, «du willst die Geschichte jetzt hören.»

«Nur, wenn es die wahre ist, Seth Morgan. Seth, Seth ... Es bereitet mir ein wenig Mühe, es richtig auszusprechen.»

«Aus deinem Munde kann es sich gar nicht schlecht anhören. Also gut, die Wahrheit. In Gedanken habe ich sie dir schon oft erzählt.»

«In Gedanken sind wir alle Helden.»

«Ja. Nun, was ich dir über mich sagte, war eigentlich gar

nicht so falsch. Es war eben nur die ... französische Fassung.» Lügen, alles Lügen? Nicht ganz. Er hatte sich so weit als möglich der Wahrheit anzunähern versucht, um sich in seinem Seemannsgarn nicht zu verstricken. Und um sich nicht gar so schäbig zu fühlen. Schon früher in London, in Gesellschaft von Toms Bande, hatte er weniger aus Überzeugung gelogen, sondern weil er geglaubt hatte, er müsse es tun. Jeder tat es, und die Ehrlichen waren nicht die, die es schafften, abends ohne knurrenden Magen ins Bett zu gehen. Spätestens als Tom ihn und Doc Gillingham in die Falle gelockt hatte, hatte er begriffen, dass die Wahrheit einen nicht weit brachte. Niemandem hatte er seitdem trauen wollen, nicht trauen dürfen. Den Predigten seines Vaters verdankte er es, dennoch niemals beim Lügen die Skrupel abgelegt zu haben. Kein leichtes Erbe. «Wo fange ich an?»

«Am Anfang. Wer *bist* du?»

«Haben wir so viel Zeit?»

«Vertändele sie nicht.»

Sie war hartnäckig, aber es gefiel ihm. «Also gut.» Tief atmete er die stickige Luft ein. «Ich stamme wirklich aus einem Fischerdorf, und mein Vater war tatsächlich ein verarmter Adliger. In jungen Jahren sorglos, ein weltferner Mann, der Komponist werden wollte. Das geerbte Geld verspekulierte er in irgendwelchen Geschäften, die ihm vermeintlich wohlgesinnte Menschen aufschwatzten; dann gab ihm die drastisch erhöhte Kriegssteuer den Rest. Mit seinen Kindern hatte er auch kein Glück: Meine Schwester Bess war das Opfer einer unfähigen Hebamme und als sie fünf wurde, versuchte ein Pfuscher an ihr derbe und sinn-

458

lose Therapien. Sie stammelte und schielte nur noch; ein hässliches Mädchen, muss man sagen. Mein Vater hasste sie. Ich habe sie geliebt.»

Er hielt inne. Die Worte waren erstaunlich flüssig gekommen. Leicht. Als rede er sich etwas von der Seele. Wie dumm, dass er es nicht früher getan hatte. Ein *grande erreur*. Aber im Nachhinein sagte sich das leicht. «Seit ich denken kann, träume ich davon, es besser zu machen. Einst hoffte ich sogar, sie heilen zu können. Eine Utopie war das. So wie dieses auf Sklavenleid errichtete Paradies.» In einer trotzigen Bewegung nickte er in die Richtung, wo er Mahé vermutete.

Noëlles Augen waren groß. «Von Bess weiß ich», sagte sie.

«Wie kann das sein?»

«Du hast ihren Namen im Schlaf erwähnt. Mehrmals. Ich wusste nur nicht, was das Wort bedeutete.»

Er tat einen krächzenden Laut. «Also doch. Ich hab im Schlaf geschwätzt. Bist du sicher, dass du alles, was jetzt kommt, noch gar nicht weißt?»

«Seth …»

«Ja, schon gut. Also, wir zogen nach London, wo mein Vater als Lehrer eine Anstellung suchte. Ich musste Arbeiten im Hafen tun.» Er erzählte von James Gillingham, dem Lithotomisten, vom *Wundersamen Steinschneiderzelt* und vom Holly's Inn Court. Von seiner Sehnsucht, ein richtiger Arzt zu werden, was mangels Geld nicht möglich gewesen war. Von jenem Augenblick, da er und Doc Gillingham von Bartholomew Sullivan gepresst worden waren – seine Stimme kam schnell, hastig; er wusste nicht, wie viel Zeit sie besaßen, und plötzlich war der Wunsch, sich ihr zu offenbaren, geradezu unerträglich. Noëlle lauschte, Mund und Augen offen; kaum ein Wort entschlüpfte ihren Lippen. Er erzählte davon, dass Sullivan ihn von Anfang an drangsaliert hatte, weil ihm seine große Klappe zuwider gewesen war. «Drei Jahre machte Sullivan mir das Leben zur Hölle. Ich wünschte ihm alles an den Hals, was es gab: die Pocken und die Syphilis und den Tod. Dabei war er nicht viel schlimmer als die anderen Schinder in Lieutenantsuniformen.»

Er schwieg. Jetzt wurde es wieder schwierig. *Mach's Maul auf! Mach's zu!* Bartholomew Sullivans Stimme hallte in seinem Kopf. Das Knallen der Neunschwänzigen. Sein eigenes Geheul, wenn er in den Wanten aufgehängt worden war, tagelang die Planken hatte schrubben müssen, Sullivans Stiefel wieder und wieder putzen, manchmal sogar mit der Zunge. «Irgendwann war meine Dienstzeit um. Ich kehrte nach Wapping zurück und fand meinen Vater als verbitterten Säufer. Er sagte, Bess habe sich an einen Kerl in der Drury Lane gehängt. Es gibt kaum einen mieseren und gefährlicheren Ort in ganz London. Ich hatte erwartet, dass sie nicht das Leben einer Lady führen würde, doch *das* war ein Schock. Ich fragte meinen Vater nach der Adresse und schlug ihn nieder, als er sagte, er wüsste es nicht. Ich konnte es nicht ertragen, in dieses ausdruckslose Gesicht zu starren. Danach ging ich weg. Ich fand eine Anstellung als Gehilfe bei einem Chirurgen. Und während ich …»

Er stockte.

«Ja?»

Was sollte er sagen? Dass er nachts Leichen hatte aus-

∗ 460 ∗

graben müssen, für anatomische Studien, während er tags durch London gestreift war, um Bess zu finden? Drei lange Jahre? Mit sechzehn hatte er sich zu der Entscheidung durchgerungen, sie müsse tot sein. Anders hatte er die Ungewissheit nicht länger ertragen. Tagelang hatte er sich besoffen, es sich Glas für Glas mühsam in den Schädel gehämmert. An einem Sonntag hatte er dann beschlossen, das Saufen bleiben zu lassen, den Montag darauf sein Geld zusammengekratzt und sich für die Prüfung des Royal College of Surgeons angemeldet. Als Schiffschirurgenassistent war er schließlich wieder zur See gegangen. Der Bedarf an Medizinern war aufgrund des Krieges gewaltig; jeder Quacksalber hatte auf einem Schiff Seiner Majestät sein Auskommen finden können. Schnell war er aufgestiegen, hatte auf mehreren Schiffen gedient ... Die Worte ballten sich in seinem Mund wie ein Klumpen, den er ausspeien wollte, aber das war nicht möglich, er konnte nur krächzen. Auch hinter seinen Augen baute sich ein Druck auf, der immer stärker und schmerzhafter wurde. Noëlle hob eine Hand, legte sie an seine Wange. Da spürte er die Tränen laufen. Er wollte es nicht. Er schüttelte den Kopf.

«Bess ... Bess ... Sie ist tot, und ich weiß nicht, ob es so ist.» Das Geheul, das er ausstieß, sein Körper, der wie unter einem Hieb zitterte, widerte ihn an.

Noëlle raffte ihr Kleid, schob sich über ihn und legte die Arme um seine Schultern. Er bettete das Gesicht in ihrer Halsbeuge, wie sie es zuvor bei ihm getan hatte. Am ganzen Leib erbebte er, weinte die Verzweiflung heraus, das alte böse Tier, das er mit aller Kraft und endgültig in den Käfig gesperrt zu haben glaubte. Bess, Bess, Bess. Sie könnte leben. Irgendwo. Geschlagen und gepeinigt wie er. Unfähig, etwas dagegen zu tun. Vor Sorge verzweifelt, wie er, weil sie nicht wusste, wo er war.

Die Sehnsucht wollte ihn in tausend Stücke sprengen. Ebenso die verzweifelte Gier, die Arme um Noëlle zu legen. Er riss an den Fesseln, wimmernd und keuchend. Ein Teil seiner Selbst glitt aus ihm heraus, weil er sein Geheul so erbärmlich fand. Wollte hinaus, zurück in die Hütten von Saint Anne, zurück in die Zeit, als er noch hatte hoffen dürfen, ein Leben mit Noëlle zu beginnen. Wollte hinauf zu Sullivan, ihn erwürgen. Wollte eine Kanone stopfen, abfeuern, erst das eine verfluchte Schiff untergehen lassen, dann das andere. *Lasst uns doch in Ruhe!*, schrie dieser Teil. *Könnt ihr nicht Frieden geben?* Der andere verlor sich an Noëlles Schulter, war nur noch ein Gefäß für ihren Trost, spürte ihre Hände und das sanfte *«Schsch, ist ja gut»* an seinem Ohr.

4.

Auf der HMS Equity traf ich wieder auf Sullivan. Ich war achtzehn, und er war immer noch Lieutenant. Er hatte sich verändert: War milder geworden, ging freundlich mit mir um. Ich weiß nicht, weshalb; vielleicht hatte er so etwas wie ein Gewissen entdeckt und wollte etwas gutmachen. Ich ging darauf ein, und er glaubte wohl irgendwann, ein Freund zu sein. Ich lächelte, wenn er lächelte, und kehrte er mir den Rücken zu, erdolchte ich ihn in Gedanken. Nach wie vor hasste ich ihn aus tiefstem Herzen. Es war irgendwo in den Weiten des Pazifiks, als wir von drei schnellen Piratenkorvetten angegriffen wurden. Eine wilde Mischung aus Franzosen, Indern und sogar ein paar Engländern. Sie setzten die Equity auf ein Riff auf. Wer den Kampf überlebt hatte, den setzten sie in unserer Barkasse aus. Mich holten sie an Bord, weil sie keinen Schiffsarzt hatten.

Mein Gehilfe sollte ebenfalls bleiben – nur, der war im Gefecht gestorben. Jeden hätte ich nun wählen können, hätte behaupten können, er sei es. Ich weiß es noch genau: Bartholomew Sullivan stand von den Planken auf, wo sich alle hatten niederkauern müssen, und wartete, dass ich auf ihn deutete. Seinen Uniformrock hatte er wohlweislich noch während des

Kampfes entsorgt. Er sah mich an. Überzeugt, ich müsse ihn wählen, schließlich waren sämtliche Vorgesetzten bereits Fischfutter. Und – ja, irgendwie glaubte er, ich trüge ihm nach so langer Zeit nichts nach. Verdammt, in diesem Augenblick hasste ich ihn wie nie zuvor. Ich deutete auf irgendeinen Matrosen, dem ich so das Leben rettete.

Sullivan musste in die Barkasse. Er schrie noch, dass er mir das nicht verzeihen würde. Endlich, endlich würde er seinen gerechten Lohn empfangen, dachte ich. Doch letztlich hatte ich, wie bei Bess, keine Gewissheit. Die Sorge, er könne, wie einstmals der Captain der Bounty, das Unmögliche vollbracht und einen Außenposten der Zivilisation erreicht haben, ließ mich nie los. Zu Recht, wie du siehst ...

Bereits drei Wochen später wurden die Piraten von Freibeutern aufgebracht. Franzosen waren es. Mit den Engländern hatten sie keine Gnade; sie töteten sie sofort. Ich gab mich als Franzose aus. Als dämlich und fast stumm, damit ich nicht verriet, dass ich die Sprache noch nicht gut beherrschte. Sie steckten mich zu ihrem Smutje. Die folgende Zeit verbrachte ich damit, Kartoffeln zu schälen, den Idioten zu spielen und heimlich die Sprache zu lernen. Und in der Nacht schlich ich mich ins Kabelgatt und versuchte das Bild der Nereid, das ich mir zwei Jahre zuvor hatte tätowieren lassen, herauszuschneiden. Weiter als das verräterische HMS kam ich nicht, also verwandelte ich den Rest in ein französisches Schiff namens Néréide.

Mehr und mehr wurde ich zu einem Franzosen, der damals noch nicht Thierry Carnot hieß. Pierre ... ich glaube, Pierre nannte ich mich zunächst. Ich wusste, dass ich immer mehr zu dieser Figur wurde, je länger ich sie spielte. Aber was hätte ich denn tun sollen? Du kennst ja die Geschichte der Bounty-Meuterer? Einige von ihnen, die sich nicht an der Meuterei beteiligt hatten und unfreiwillig auf dem Schiff geblieben waren, weil kein Platz mehr in Captain Blighs Barkasse war, wurden trotzdem in Ketten nach England gebracht und vor das Kriegsgericht gestellt. Kein Mensch würde mir die Geschichte, wie ich zum Franzosen wurde, abkaufen. Schon gar nicht mit Sullivan im Nacken. Ich schwor mir erneut, niemandem je zu vertrauen. Niemandem. Bess war fort, und ich würde allein bleiben für den Rest meines Lebens.

Mehrmals wechselte ich das Schiff, und vor sieben Jahren kam ich auf die Bellérophon. Auf ihr gab es Zeiten, da fühlte ich mich ... besser. Es war ein schöner Name für ein schönes Schiff: Der verfolgte Held, der das geflügelte Pferd Pegasus besteigt und sich in die Lüfte erhebt. Doch für den Hochmut, hinauf in den Olymp fliegen zu wollen, wurde er bitter bestraft ...

«Seth!», rief sie plötzlich. Sie tastete an seiner Hüfte entlang und wühlte in seiner Tasche. «Tatsächlich, du hast immer noch dein Skalpell in deiner Culotte.» Sie zog es heraus. «Ich schneide dich los ...»

Er hatte nur kurz an sein Skalpell gedacht und es dann wieder vergessen; mit gefesselten Händen wäre er ohnehin nicht herangekommen. Weshalb hatte man es ihm nicht abgenommen? Wahrscheinlich, weil er über und über mit dem Blut der Sterbenden beschmiert war; da hatte niemand Lust gehabt, ihn genauer zu durchsuchen. Auch die anderen Männer, die später wie die Tiere über ihn hergefallen waren, hatten es nicht bemerkt.

«Schneide mich besser nicht los. Wenn man mich hier

ohne Fesseln erwischt, haben wir beide nichts zu lachen, und nützen wird es uns auch nichts.»

«Es ist Nacht. Wir schleichen uns von Bord ...»

Sein Herz schlug schneller. Hoffnung keimte auf. Wollte ersterben und wallte wie heiße Glut wieder in ihm hoch. Hatten sie eine Chance? Jeden Augenblick würde Joker zurückkommen und Noëlle holen. Und wenn er das Blatt wenden half? *Hätten wir Zeit für einen Plan, vielleicht dann ...* «Noëlle, ich fürchte, ich werde mich allein durch meinen Gestank verraten.»

«Hör mit deinen Scherzen auf», fauchte sie. «Die nützen dir nichts!»

«Ach, weißt du, manchmal ...»

«Hör auf, hör endlich auf damit, ich will es nicht hören!» Sie schlug ihm ins Gesicht. Links, rechts, einmal, zweimal, ein drittes Mal. Er staunte. War das die Sklavin Noëlle, die stets den Blick gesenkt und die durchaus forsche Zunge im Zaum hielt? Ja, es war Noëlle, seine Noëlle; sie hatte ihn schon einmal geschlagen: als sie in der Gefängnishütte nicht ein noch aus gewusst hatte. Er hielt still, genoss es fast, denn aus ihrer Wildheit sprach die Angst um ihn.

«Du liebst mich immer noch, Noëlle», sagte er ihr auf den Kopf zu. «Trotz meiner Lügen.»

«Wie könnte ich nicht ...» Noch ein Schlag, noch ein Aufschluchzen.

Sie beide würden darunter bitter zu leiden haben, später, wenn sie wieder getrennt waren. Jetzt jedoch sorgte diese Erkenntnis, während sie heulend ihre Schellen austeilte, für ein sinnloses, dummes, rauschhaftes Gefühl von Glück.

«So ist's recht, Madame», kam es von der Treppe her. «Geben Sie ihm, was er verdient.»

«Was ...», murmelte sie, aus dem Rausch erwachend. Mit zittrigen Fingern strich sie sich die Strähnen aus dem Gesicht. Langsam wandte sie sich um.

Bartholomew Sullivan stieg die letzte Stufe herab und trat auf den Ballast. «Mir war so, als sollte ich einmal nachsehen, was sich hier tut. Der Neger da draußen hat anscheinend kein Zeitgefühl – aber das kriegt er noch beigebracht. Auch wenn es ein Genuss ist, zuzusehen, wie Sie zuschlagen: Verlassen Sie jetzt die Bilge, Madame.»

«Ja. Einen Augenblick noch. Ich möchte ihm adieu sagen.»

«Dann sagen Sie es. Ich warte.»

Sie drehte sich Seth zu. Umarmte ihn, küsste seine Wange.

Er spürte ihre Hände an den Handgelenken. Etwas schnitt in seine Haut, und er begriff, was sie vorhatte.

«Noëlle», flüsterte er, «lass es ...»

«Nein, ich gebe nicht auf.»

«Was tun Sie da?», schrie Sullivan. Die Steine rumpelten, als er heranstürmte und Noëlle an der Schulter zurückriss. «Elende Sklavenhure, wolltest du mich hereinlegen? Du ...»

Sie drehte sich; ihre Hand, die das Skalpell hielt, ruckte hinauf, schoss vor, zielte auf seine linke Achsel. Doch Sullivan war schneller und schlug ihr die Faust in den Magen. Aufstöhnend krümmte sich Noëlle und stürzte. Schmutzwasser schwappte hoch. Sullivan hob das Bein, um sie zu treten. Seth zerrte an den Fesseln. Kaum wagte er zu hoffen, dass Noëlle sie angeschnitten hatte, doch sie rissen. Er wankte auf die schwachen Füße und warf sich Sullivan mit aller verbliebenen Kraft entgegen. Der riss eine Stein-schlosspistole hoch und donnerte den Lauf gegen seine Schläfe.

Seth fand sich bäuchlings im Wasser wieder. Auf ihm landete ein Gewicht. Die Steine, meinte er in seiner Be-nommenheit und begriff, dass es Sullivan war. Dessen kräf-tigen Händen, die ihn eisern niederhielten, hätte er schon in gutem Zustand nicht genügend entgegenzusetzen gehabt. Um ihn gab es nichts als Schwärze, dreckige Schwärze, Blitze von rasendem Schmerz. Er fraß das Wasser; seine Lungen gierten nach Luft. Sullivan brüllte. Noëlle schrie. Eine Hand packte seine Haare und zerrte seinen Kopf nach oben. Sie gehörte Noëlle, begriff er; sie verschaffte ihm eine winzige Gelegenheit, nach Luft zu schnappen. Dann sackte sein Kopf wieder in die Tiefe. Jetzt hatte er ein wenig mehr Kraft. Wieder gellte ihre Stimme, unter Wasser nur ein dumpfer Laut. Sie verstummte. Die Sorge um sie trieb ihn zu einer unmöglichen Bewegung – plötzlich war er auf der Seite, rammte den Ellbogen hinauf unter Sullivans Kinn. Der sprang von ihm herunter, über Noëlle hinweg, die halb im Wasser lag. Seth wuchtete sich hoch.

Sullivan stand über Noëlle und hielt ihr die Pistole an die Schläfe.

Er atmete schwer. Das Wasser troff aus seinen Haaren und mischte sich mit dem Blut, das ihm aus der Nase rann. Seth wusste nicht, ob er ihn dort getroffen hatte. Vielleicht war es Noëlle gewesen.

«Rühr dich nicht, Morgan, sonst findet sich ihr Gehirn

an der Beplankung wieder. Groß wird der Fleck sicher nicht sein.»

«Sie haben sich noch nie auf einen guten Witz verstanden, Sullivan.»

Er erkannte, dass Sullivan hier und jetzt seine Rache wollte. Zurück nach London, hinauf aufs Execution Dock, dort tanzen, wo einst William Kidd jahrelang gebaumelt hatte? Eine lächerliche Strafe gegen die, in das Gesicht seines Gegners blicken zu müssen, in jenem Moment, da er Noëlle erschießen würde.

Bartholomew Sullivan lächelte. Sein Zeigefinger um den Abzug zuckte.

«Tun Sie das nicht, Sir.»

Seth glaubte im ersten Augenblick, selbst gesprochen zu haben. Doch die Stimme war von der Leiter her gekommen. Er wagte einen Blick: Der Tumult hatte die Mannschaft herbeigelockt. Zwei der Männer standen auf dem Ballast; die anderen drängelten sich auf der schmalen Treppe.

Einer wagte sich zu nähern. Er hielt eine Laterne vor. «Sir, tun Sie das nicht», wiederholte er.

«Wieso nicht?», fauchte Sullivan. «Ich handele aus Notwehr – ihr könnt es alle bezeugen. Und das werdet ihr auch!»

Der Mann beeilte sich zu nicken. «Ja, gewiss, Sir. Aber, Sir …» Er zögerte. Ein anderer drückte ihm den Ellbogen ins Kreuz und nickte mit dem Kinn, dass er weitersprach. Mit der freien Hand riss er sich den Filzhut vom Kopf. «Verzeihen Sie die Störung …»

«Herrgott!», schrie Sullivan.

«Ein Boot kam eben von der *Nisus*. Captain Beaver lässt

ausrichten, dass er mit Seth Morgan zu sprechen wünscht. Man soll ihn zu ihm bringen. Die Dame ebenso; man soll sie aus Hodouls Haus holen. Dass sie hier ist, hat er anscheinend nicht gewusst.»

«Zur Hölle, wozu das alles?»

«Das hat er nicht gesagt, Sir.»

In Sullivans wutverzerrter Miene spiegelte sich der Wunsch, Noëlle schnell noch abzuknallen. Die Vernunft siegte. Er trat einen Schritt zurück und schob die Pistole in das Halfter.

«Spritzen Sie die beiden vorher mit der Pumpe ab. Eine Eskorte von zehn Mann an seine Seite! Er ist imstande und springt unterwegs ins Meer.»

«Aye, Sir.»

«Bis später, Morgan», sagte Sullivan. «Die Sache ist nur aufgeschoben.»

«Das ist ja die von vorhin! Und klatschnass ist sie immer noch.» Wie gierige Sperbertauben auf einer Stuhllehne, so reihten sich die Matrosen an der Reling der *Nisus* auf, um zuzusehen, wie Noëlle und Seth die Strickleiter hinaufkletterten. «Also hat sich's der Captain anders überlegt und will sie doch?»

«Ihr lernt's wohl nie! Maul halten, allesamt! Kadett Smith – zeigen Sie den beiden den Weg!»

«Sir! Jawohl, Sir!»

Noëlle hastete hinter Seth und dem Seekadetten über das Deck. Alles ging so schnell, dass sie kaum begriff, was geschah. Erneut betrat sie die Hütte des Capitaines, dieses Mal auf einem anderen Schiff. Statt in die große Offiziers-

470

messe wurden sie und Seth jedoch zu einem schmalen Korridor geführt, an dessen Ende der Kadett an eine Lamellentür klopfte. Kurz darauf betrat sie hinter Seth eine Kajüte. Recht geräumig, mit einer sicherlich einen Meter breiten Koje, einem kleinen Tisch und einem Sekretär aus Tropenholz. Im Bett lag ein Mann.

Er hob sich auf einen Ellbogen und winkte dem Kadetten, wieder hinauszugehen.

«Darf ich mich vorstellen: Capitaine Philip Beaver», sagte er. «In der Gegenwart der Dame werden wir das Französische bevorzugen. Das ist Ihnen doch recht, Mr. Morgan?»

«Selbstverständlich, Sir.»

Er lächelte in ihre Richtung. «Das Französische gehört zu einer guten Offiziersausbildung; schließlich ist es im Krieg von ungeheurem Vorteil, seinen Feind zu verstehen, und irgendwie sind wir ja immer miteinander im Krieg. Ich muss mich für die widrigen Umstände entschuldigen. Aber so setzen Sie sich doch.»

Noëlle wechselte einen Blick mit Seth, der so verwirrt dreinschaute, wie sie sich fühlte, und gemeinsam ließen sie sich auf den beiden Sesseln nieder. Welche widrigen Umstände meinte Beaver? Wusste er, dass man Seth wie ein Stück Vieh in der Bilge eingesperrt hatte? Man hatte ihm ein sauberes Matrosenhemd und eine lange schwarze Hose gegeben, dazu ein paar ausgetretene Schuhe und ein Halstuch. Und ein Stück Seife – trotzdem verströmte er einen modrigen Geruch, und sie, die darauf verzichtet hatte, sich zum Waschen zu entkleiden, nicht minder. Falls Capitaine Beaver den Geruch bemerkte, so ließ er sich nichts anmerken. Er war in Seiner Exzellenz Alter, mit grauen Haaren, die zu einem dünnen Zopf gebündelt waren, und zwei langen, dicken Koteletten an den Wangen. Offenbar war er unter dem Laken nur mit einem Rüschenhemd bekleidet.

«Verzeihen Sie mein ungebührliches Äußeres. Aber den wahren Gentleman zeichnet Erhabenheit in allen Situationen aus, finden Sie nicht auch, Mr. Morgan?»

«Wir sahen sicherlich alle schon stattlicher aus.»

«Wahr gesprochen.» Philip Beaver langte nach mehreren Schriftstücken auf dem Tisch und betrachtete sie. «Dies sind Briefe von Governor Quincy», sagte er. «Mehrmals bat er mich, in seinem Haus Quartier zu nehmen. Um ihn nicht zu düpieren, habe ich ihm schließlich erklärt, warum ich das Schiff nicht verlassen möchte: Es wäre derzeit eine Quälerei.» Er hob den Kopf und blickte Seth an. «Seit Wochen leide ich unter Blasenkoliken. Mehrmals sind mir kleine Steine abgegangen, es war gelinde gesagt die Hölle auf Erden. Quincy berichtete mir daraufhin, was Sie mit Hilfe der Dame vollbracht haben. Daher habe ich mich dazu durchgerungen, mich ebenfalls dieser Operation zu unterziehen, und bitte Sie hiermit, es zu tun.»

Schweigen erfüllte den Raum. Noëlle musterte Seths Gesicht. So still und zugleich fassungslos hatte sie ihn noch nie gesehen. Das Holz ringsum knarrte; die Deckenlampe flackerte. Er hob eine Hand an die Stirn und schüttelte den Kopf.

«Das ist doch hoffentlich kein Nein», sagte Beaver.

«Das ist es nicht.»

«Gut. Und die Dame? Will sie ihren Teil dazu beitragen?»

«Ja, Capitaine», murmelte sie.

472

«Sehr gut. Ich habe mich übrigens ein wenig mit der Materie auseinandergesetzt und stieß dabei auf die Geschichte eines Verbrechers, der sich als Übungsobjekt zur Verfügung stellen musste, vor langer Zeit, als die Lithotomie noch in den Kinderschuhen steckte. Sie werden sie kennen, Mr. Morgan ...»

«Ich entsinne mich eines Satzes, den ich lange nicht vergessen habe: ‹Nachdem man ihn lange genug untersucht und in seinem Körper herumgewühlt hatte, gab man ihm seine Eingeweide in bester Ordnung zurück ...›»

Beaver schaute erschrocken; offenbar war ihm dieses Detail unbekannt. «Nun ...» Er räusperte sich. «... mir ist an dieser Geschichte vor allem in Erinnerung geblieben, dass er gesundete und der König ihn begnadigte. Übrigens ein Franzose. Das ist mein Angebot an Sie, Mr. Morgan: Wenn Sie Erfolg haben und ich es überstehe, werde ich so bald wie möglich unter Segel gehen. Sullivan wird hierbleiben, als verlängerter Arm der Kolonialregierung in Port Louis. Leicht wird er's nicht haben; ich wette, die Kolonisten werden ihm auf der Nase herumtanzen, sobald sie sich an seine bellende Hundenatur gewöhnt haben. Das ist dann allerdings nicht mehr mein Bier. In London werde ich mich bei Seiner Majestät für Sie verwenden. Auch wenn die Erfolgsaussichten eines Gnadengesuchs nicht sehr hoch sind: Sie dürfen hoffen, denn auch von den Bounty-Meuterern sind einige begnadigt worden. Was sagen Sie dazu?»

Noëlle sah Seth sprachlos.

«Was – was sagen die Sterne, wann es geschehen soll?», fragte er, noch sichtlich verblüfft. Am liebsten wäre sie zu ihm gestürzt und hätte ihn umarmt. Hoffnung! Was zählte mehr als das?

«Was haben die Sterne damit zu tun, Mr. Morgan? Wenn es in Ihre Pläne passt, und ich denke, das tut es, dann beginnen Sie bitte sofort. Sofern Sie sich dessen fähig fühlen. Ich habe mich entschlossen, also will ich es so schnell wie möglich hinter mich bringen.» Beaver begann zu pfeifen, wie ein Junge es im dunklen Keller tat. «Kennen Sie das nicht?», fragte er Seth, der ihn zunehmend verwirrt anblickte. «Frère Jacques. Ein französisches Kinderlied.»

«Ich hörte gelegentlich, wie es jemand sang. Immer dann, wenn ich auftauchte. Was passiert denn, wenn Bruder Jacob die Glocken läutet?»

«Dann kommt er und schneidet einem die Steine heraus», entgegnete Beaver mit einem Grinsen.

«Wir können sofort anfangen.» Seth streckte den Rücken. Er warf ihr einen Blick zu, der sagte: *Bist du bereit?* Seine plötzliche Zuversicht ergriff auch sie. Sie würden es schaffen. Die Ahnen raunten es ihr zu.

Epilog

Seine Schenkel klatschten gegen ihre schweißnasse Haut. Kraftvoll stieß er sie, bis er sich aufbäumte und seine lange aufgestaute Lust hinausschrie. Aus schmalen Augen sah er zu, wie sie den Kopf ins Kissen warf. Den Mund weit aufsperrte, wie eine neuerliche Einladung, und sich über die vollen Lippen leckte. Was für ein Weib.

Bartholomew Sullivan ließ sich auf die Seite fallen. Ein Prachtweib. Bereits vom Alter gezeichnet, doch wunderbar anzufassen. Und erfahren war sie, weiß Gott; sie vereinte alle Künste, die er je kennengelernt hatte.

Ihm kam ein unangenehmer Gedanke.

«Hast du auch mit Seth Morgan geschlafen?»

Sie stieß einen langen Atemzug aus und rekelte sich. «Mit wem?», fragte sie schlaftrunken.

«Mit dem Arzt.»

«Ach, Sie meinen den, der sich Thierry Carnot nannte.» In einer grazilen Geste legte sie die Handfläche an die Stirn und seufzte. Ihre üppige Brust bebte. Lächelnd drehte sie den Kopf nach ihm um. «Wenn Sie wirklich interessiert, wie er im Bett ist, sollten Sie Félicité fragen; mit ihr hatte er eine Nacht verbracht. Mir ist er aus dem Weg gegangen.

475

Ich habe kaum drei Sätze mit ihm gewechselt. Nein, das stimmt nicht.» Madam Helen setzte sich auf und umschlang ein Bein. In dieser Haltung hatte sie ein Bäuchlein, was ihr gut stand. Die Brüste luden ein, noch einmal zuzufassen, und er setzte sich auf und streichelte sie. Lustvoll aufstöhnend ließ sie sich auf die Hände zurücksacken. Er rieb und knetete, nahm die Lippen zu Hilfe und fühlte sich um Jahre zurückversetzt, fast wie ein Kind, das an der Mutterbrust saugte.

Gänzlich sank sie auf das Laken und betrachtete die Zimmerdecke des *La Maison Confortable*, während sie gedankenverloren an einem Finger kaute. «Einmal flanierten wir am Strand, da unterhielten wir uns ein wenig länger. Ich hatte den Eindruck, dass er mich ausfragte. Hm, ich weiß nicht … Er sah mich immer so an, als sei ich ihm nicht geheuer.»

«Sie sind Engländerin. Kannten Sie ihn vielleicht?»

«Sie sagten, er sei aus London?»

«Ja.»

Sie begann an ihrem Finger zu lutschen, ein Anblick, der ihn wahnsinnig machte. «Da war ich noch nie. Ich lebte in Portsmouth.»

* * *

Seth hob eine Hand vor Noëlles Gesicht, strich über ihre Stirn, dann die Nase hinab, über die Lippen, das Kinn, den schlanken Hals … und weiter hinab, wo er den Ausschnitt ihres Kleides ein Stück herabzog. Bis das Korallenfeuer sichtbar war. Ein rotes Muster auf dunkler Haut. «So», sagte er gewichtig. «Was ist nun *deine* Geschichte? Sklavin der Hodouls? Weshalb ist das Zeichen des Gouverneurs auf deiner Haut?»

Sie blickte an sich hinunter. Schmerz leuchtete in ihren dunklen Augen auf, als entsinne sie sich der Qualen, als man das brennende Eisen zwischen ihre Brüste gepresst hatte.

«Wie alt warst du?», fragte er.

«Dreizehn. So ganz genau erinnere ich mich gar nicht. Damals hatte ich meine Kochkünste entdeckt, und der Gouverneur war davon sehr angetan. Er und Monsieur Hodoul kamen überein, dass ich auch für ihn kochen dürfe, wenn er dies wünsche. Eines Abends sagte mir Monsieur Hodoul, man habe bei einem Billardspiel und viel Wein ausgemacht, dass ich Quinssys Zeichen tragen solle, als Bekräftigung für das Abkommen.»

«Verrückte alte Narren», brummte er.

«Madame Hodoul meinte ein wenig später, ihr Gatte habe nur eingewilligt, weil Seine Exzellenz den Freibeutern Unterstützung gewähre. Er sah es als Dank, aber es missfiel ihm, dass ich nicht sein Zeichen trug. Nun, mir auch. Ich wollte doch so gerne die Tochter der Hodouls sein. Eine Zeitlang zumindest, als ich noch sehr jung war. Dieses Zeichen war mein – wie würdest du es nennen – mein Menetekel, dass ich nirgends richtig hingehöre.»

Sie starrte auf seinen Finger, als warte sie auf etwas. Der Finger zog einen kleinen Kreis und wanderte schließlich noch ein wenig tiefer.

«Mr. Morgan, wir sind da!», rief Cox.

Seth riss die Hand zurück und richtete sich auf. «Bringen Sie das Boot so dicht an den Strand, wie Sie können, Mr. Cox.»

«Aye. Mehr als auf Rufweite wird man uns nicht lassen.»

«Das genügt.»

Es musste genügen. Der weiße Strand von Saint Anne näherte sich. Dort war auch das Wrack der *Bellérophon*. *Gute Billy Ruff'n*, entsann er sich des alten Spitznamens, den er ihr gegeben hatte, *wenn du schon sterben musstest, so hast du dir einen schönen Ort ausgesucht*. Daneben hatte man Unterstände aus Palmwedeln errichtet. Die gefangenen Freibeuter hockten beieinander; einige schlenderten über den Strand. In einigem Abstand patrouillierten Rotröcke, die Musketen geschultert.

Seth nahm den Sprachtrichter und hielt ihn vor den Mund. «Commandant Mullié! Ich möchte Commandant Mullié sprechen!»

Zögernd erhob sich einer der Männer und trat unter dem Schatten des Palmblattdaches hervor. Von der anderen Seite kam einer der Soldaten. Er griff jedoch nicht ein, als Mullié an den Wassersaum trat.

«Was willst du – Seth?», rief Mullié herüber.

Er war nah genug, dass Seth das Sprachgerät beiseitelegen konnte. «Mit dir reden. Es ist vielleicht die letzte Gelegenheit unseres Lebens.»

«Lass mich raten. Du willst mich um Pardon bitten, dass du mich nach Strich und Faden jahrelang betrogen hast.»

«Ja.»

Mullié warf seine Locken zurück und verschränkte die Arme. «Ist das nicht ein bisschen billig?»

«Ist es, aber eine kostbarere Entschuldigung kann ich dir

nicht anbieten. Du siehst …» Seth wies auf die Marinesoldaten in der Barkasse. «… ich bin auch nicht ganz frei in meinem Tun.»

«Wo bringt man dich und Noëlle denn hin?»

«Nach Praslin. Capitaine Beaver gewährte uns, bei den dortigen Siedlern leben zu dürfen, bis die Krone über das Gnadengesuch entschieden hat.»

«Ja, ich hörte davon. Du hast ihn erfolgreich operiert. Herzlichen Glückwunsch. Mein Schicksal dagegen ist ein Kerkerloch in Port Louis oder der Galgen in London, da mache ich mir nichts vor.»

Klang er bitter? Auf die Entfernung war das nicht zu sagen. Seth wünschte sich, mit ihm beisammensitzen zu können, jeder ein Glas Palmwein in der Hand. Irgendwo, wo sie sich noch einmal in die Augen blicken konnten.

«Wir müssen weiter, Mr. Morgan.» Cox warf einen unruhigen Blick zu den Soldaten am Heck.

«Adieu, Jean.»

Mullié hob eine Hand. «Adieu, Thierry.»

Gott schütze dich, Jean. Seth ließ sich neben Noëlle auf das Sitzbrett fallen.

* * *

Jean-Baptiste Quéau de Quincy wartete, dass der Engländer etwas sagte. Das war natürlich unsinnig – der arme Mann würde keinen Laut von sich geben. Es war ein Vorteil, reden zu können, ohne dass Widerspruch kam. «Von Ihrem Kollegen hätte ich mir auch ab und zu gewünscht, dass sein Mundwerk nicht gar so vorlaut wäre. Aber er war ein kluger Mann. Sie sind es auch, Mr. Unbekannt. Jeder auf seine Art. Es tut gut, sich einem Docteur anzuvertrauen. Und Ihnen kann man ja wirklich alles sagen; es bleibt in jedem Falle unter uns.»

Er stützte sich auf seinen Gehstock und verlagerte das Hinterteil, das er behutsam auf der Bettkante abgesetzt hatte. Man konnte nicht anders sagen, als dass Monsieur Morgan gute Arbeit geleistet hatte. Das Sitzen und das Scheißen waren nach wie vor eine schmerzhafte Angelegenheit, doch von Stunde zu Stunde wurde es besser. Jeden Tag lief er ein wenig mehr durch das *Établissement*, um die alten Knochen wieder geschmeidig zu bekommen. Er musste auf dem Posten sein. Capitaine Beaver hatte ihn kurz vor seiner Abreise wissen lassen, dass die Kolonialregierung ihn vorerst nicht durch einen anderen Mann ersetzen wolle. Sofern er sich als treuer Untertan der britischen Krone erwies. Marinelieutenant Sullivan hockte im Salon und wälzte Schriftstücke, hörte sich die Klagen der Siedler an und verzweifelte. Quincy lächelte in sich hinein. Es war nur eine Frage der Zeit, bis er auf ihn zukommen und ihn um Hilfe bitten würde. Dieser stolze, grobe Mann, der es nicht wagte, sich unter Poupinels Messer zu legen, um eine lästige Musketenkugel loszuwerden! Er würde sich noch wünschen, weit weg zu sein.

Dass Noëlle fort war, traf Quincy hart. Er hatte sie gebeten, doch einmal vorbeizuschauen. Vorerst jedoch hatten sie und Seth Morgan nicht die Absicht; erst wollten sie das Ergebnis des Gnadengesuchs abwarten. Was danach passierte, nun, das stand in den Sternen …

«Ja, Noëlle, das ist eine ganz andere Geschichte», sagte er.

«Ihnen kann ich sie ja erzählen. Es ist eine Last, sie mit sich herumtragen zu müssen. Immer schweigen zu müssen. Kennen Sie meine Frau? Nein, wie sollten Sie auch? Bis heute verzeiht sie mir nicht, dass ich zu Beginn unserer Ehe einen Seitensprung tat. Mit einer Schwarzen. Schlimmer noch: einer Sklavin. Als das Kind in den Brunnen gefallen, will sagen, geboren war, verlangte sie, dass ich es fortgab. Ich wollte nicht schon wieder das Elend einer Scheidung durchmachen; außerdem war ich frisch hier im Amt und sorgte mich natürlich um meine Reputation. Sie schweigen, Monsieur le Docteur? Allzu viel gibt es zu diesem vertuschten Skandal auch nicht zu sagen. Das Wohl der Kolonie geht mir über alles. Die Seychellen sollen gedeihen, sollen blühen, ein Arkadien inmitten des Ozeans sein. Vielleicht geschieht ja eines Tages, dass sich Schwarz und Weiß, Briten und Franzosen auf Augenhöhe begegnen. Eine Rousseau'sche Utopie, ich weiß ... Oh, einmal wenigstens sollten Sie Noëlle gesehen haben! Sie besitzt die Noblesse des weißen Mannes. In der Nacht stahl ich mich mit dem kleinen Säugling hinaus. Ich brachte sie ins *Maison*, zu einer Frau, die mir einiges schuldig war, da ich sie davor bewahrte, nach Australien deportiert zu werden. In der Weihnachtsnacht war das ...»

Die Miene des Engländers blieb natürlich unbewegt. Nun, er wäre vielleicht auch dann nicht schockiert, wäre er wach und bei Sinnen. Im britischen Königshaus, hieß es, geschahen weitaus skandalösere Dinge.

Quincy erhob sich ächzend und lüpfte seinen von Échalas hergestellten Sonnenhut. «Ich empfehle mich, Monsieur le Docteur. Und wünsche Ihnen noch einen schönen Aufenthalt.»

Langsam, vorsichtig einen Schritt vor den anderen setzend, verließ er das Krankenzimmer, durchquerte das verlassene Behandlungszimmer und trat in die Sonne hinaus. Es begann bereits zu dämmern; die Flughunde kamen und stimmten ihr Konzert an. Er blickte hinüber zum Schildkrötengehege. Allein Esmeralda war geblieben; die anderen hatten die Engländer geholt. «Was du wohl schon alles gesehen hast, Mädchen?», sagte er. «Und was du noch alles sehen wirst?»

Auf seinen Stock gestützt, nahm er den Marsch zurück ins Schloss Bellevue auf sich. O ja, es ging schon viel besser. Er begann zu pfeifen.

* * *

Damals hatte er gesagt, er liebe sie. Natürlich hatte sie gewusst, dass das nur hübsches Getue war. Ein Mann wie er – ein mächtiger Gouverneur, frisch im Amt und voller Ehrgeiz – verliebte sich nicht in eine schwarze Sklavin. Vielleicht überhaupt nicht in eine Frau. Er liebte sich, seine Berufung, Frankreich, das Königshaus.

Vielleicht sogar Noëlle. Das Leben ihrer Tochter, das sie nur aus der Ferne hatte beobachten können, ließ diesen wagemutigen Schluss zu. Immer hatte er über Noëlle seine schützende Hand gehalten. Bis er sie letztlich doch zurückzog, als Noëlle hatte bestraft werden müssen. Nichts ging ihm höher als das Gedeihen der Kolonie. Nichts.

Sie hatte er nicht geliebt. Nur ihren Körper: groß und schlank wie eine Palme, die Brüste klein, die Hüften fast

482

knochig. Das Üppige mochte er weniger. *Im Bett bin ich ein Asket*, hatte er einmal gesagt und gelacht, und sie hatte die Bedeutung nicht verstanden.

Dann war das Kind geboren, und er hatte sie zu sich gerufen und gesagt: *Du wirst niemals mehr mein Haus betreten. Du wirst abseits auf irgendeiner Plantage einer Arbeit nachgehen. Meine Gattin verlangt das, also füge dich. Schweige für den Rest deines Lebens, dann wird es Noëlle gutgehen. Es tut mir leid, dass ich dir so weh tun muss. Aber die Madame macht uns beiden sonst die Hölle heiß.* Er hatte seine großen blauen Augen, in die sie sich beinahe verliebt hätte, zum Himmel gedreht und die Hände gefaltet. *Du kennst sie ja.*

Und sie hatte geschwiegen. Hatte Noëlle von weitem betrachtet und tief den Kopf gesenkt, wenn diese zufällig in ihre Nähe geblickt hatte.

Aber jetzt war alles anders.

Jetzt durfte sie alles sagen. Sie war frei.

Vor einigen Tagen war Noëlle mit Seth Morgan hinüber nach Praslin gesegelt. Seitdem saß sie häufig hier am Strand und wälzte die schmerzhaften Gedanken und Erinnerungen. Schließlich raffte sie sich auf und ging zum Hafen.

«Wann fährt das nächste Versorgungsboot nach Praslin?», fragte sie ein paar müßig beisammensitzende Fischer.

Sie glotzten sie an, als hätten sie einen Geist gesehen. «Gleich morgen früh, wenn die Sonne aufgeht», sagte einer.

Ein anderer schlug sich auf die Schenkel. «Man erlebt derzeit lauter Überraschungen. Jetzt kann sogar das lange Elend reden.»

«Wieso willst du da denn hinüber, Échalas?»

«Weil ich es will.»

Weil ich frei bin, das zu tun, dachte sie und kehrte in ihre Hütte zurück.

Kurzes Nachwort

Es wäre leichter, jene Romanfiguren aufzuzählen, die erfunden sind. Dazu gehören natürlich Seth und Noëlle. Die meisten Personen haben gelebt, vom Gouverneur Jean-Baptiste Quéau de Quincy, vormals Quinssy, bis hin zum kuriosen «Prinzen», den aufsässigen Pompé und Castor und auch Bartholomew Sullivan. Der während eines Seegefechtes um die Insel Mauritius verletzte britische Marinelieutenant besaß die undankbare Aufgabe, ein Auge auf die neuen Untertanen zu werfen. Er repräsentierte die britische Oberhoheit, befreite die Sklaven und verbot ihren Handel. Doch es heißt, man habe auf den abgelegeneren Inseln weiterhin Sklavenhandel betrieben, Sullivan ausgiebig an der Nase herumgeführt und gründlich zermürbt. Erst mehr als zwei Jahrzehnte später wurde die Sklaverei endgültig abgeschafft. Der gewitzte Gouverneur Quincy durfte die Kolonie unter britischer Herrschaft noch einige Jahre leiten, bevor er 1827 starb.

Auch Esmeralda lebte wirklich, und sie tut es heute noch; man nimmt an, dass sie die älteste Schildkröte der Welt ist. Sehen kann man sie auf Bird Island, einer der äußeren Inseln der Seychellen. Wie sie irgendwann einmal von Mahé dorthin gekommen sein soll – wer weiß?

Mein Dank geht an Katharina Dornhöfer und an Stefanie Kruschandl, an Natalja Schmidt und Julia Abrahams. Und an Gabi Dörrschuck, die jedem erzählte, welch schwere Bürde es doch sei, auf die Seychellen reisen zu müssen, nur um eine Autorin bei ihrer Recherchereise zu begleiten.

Auf eine der Seychelleninseln – Cousine Island – einmal meinen Fuß zu setzen, war ein alter, eigentlich von vorneherein nicht erfüllbarer Traum. Betreten dürfen sie nur Hotelgäste, aber dort zu wohnen, ist nur etwas für Leute mit sehr, sehr dickem Portemonnaie – Paul McCartney z. B. hat dort seine Flitterwochen verbracht. Mein Traum wurde aber fast wahr: Ich konnte sie von Praslin aus täglich sehen, und einmal flog ich mit einer Twin Otter ganz dicht darüber. Dass es dazu kommen konnte, ist einem Trend geschuldet, den man Love & Landscape nennt: Romane mit Abenteuer und Herz, die in früherer Zeit und eben dort spielen, wo man gerne Urlaub machen möchte. Mein Dank gilt also vor allem Ihnen, liebe Leserinnen, die mir diese besondere Recherchereise ermöglicht haben.

Isabel Beto, November 2013

Glossar

Adresse – *Veralteter Begriff für eine Briefnachricht.*

Anatomisches Theater – *In früheren Jahrhunderten ein Hörsaal, der ähnlich wie ein Amphitheater mit halbrunden, aufsteigenden Zuschauerrängen ausgestattet war.*

Ancien Régime – *Der Absolutismus, die Zeit der Bourbonenherrschaft vor der Französischen Revolution.*

Arkadien – *Eine Landschaft auf der Peloponnes, im übertragenen Sinne ein Zufluchtsort für eskapistische Phantasien besonders in Zeiten des Barock.*

Batavia – *Niederländische Handelsniederlassung auf Java, heutiges Jakarta.*

Batteriedeck – *Das Schiffsdeck, auf dem die Geschützbatterie, die Gesamtzahl der Kanonen, aufgestellt war. Der Begriff «Ein-, Zwei- oder Dreidecker» für ein Kriegsschiff bezieht sich auf die Anzahl der Batteriedecks.*

Bedlam – *Kurzform für das Bethlem Royal Hospital in London, bereits im Spätmittelalter für Patienten mit psychischen Krankheiten errichtet und berühmt für deren brutale und menschenunwürdige Behandlung. Im Englischen bedeutet «Bedlam» so viel wie Tollhaus.*

487

Boudoir – *Kleines, privates Damengemach.*

Louis Antoine de Bougainville – *Offizier, 1729–1811, der als erster Franzose die Welt umsegelte. In seinem Reisebericht «Reise um die Welt» festigte er das idealisierte Bild des Edlen Wilden, das Philosophen wie Rousseau geschaffen hatten.*

Bourbonen – *Französisches Adelsgeschlecht, herrschte u. a. in der Zeit vor der Französischen Revolution.*

Brigg – *Zweimastiges Segelschiff.*

William Cheselden – *Englischer Chirurg und Urologe, 1688–1752, berühmt für die Weiterentwicklung der Lithotomie und seine anatomischen Studien.*

Chignon – *Schneckendutt.*

Cockpit – *Hahnenkampfarena, beliebt in Londons Hinterhöfen während der frühen Neuzeit.*

Conciergerie – *Teil des Palais de la Cité in Paris, diente als Gefängnis und Versammlungsort des Revolutionstribunals während der Französischen Revolution.*

James Cook – *Englischer Weltumsegler, Entdecker und Kartograph, 1728–1779, wurde während seiner letzten Expeditionsreise auf Hawaii von Einheimischen erschlagen.*

Culottes – *Kniebundhosen.*

Diebesfänger – *Zivile Kopfgeldjäger, die in England, als es noch keine organisierte Polizei gab, für Recht und Ordnung sorgen sollten. Oft stammten sie selbst aus dem kriminellen Milieu.*

Établissement du Roi – *Niederlassung des Königs, auch: Établissement du Jardin du Roi, Niederlassung des Gartens des Königs. Der Name der französischen Siedlung auf Mahé.*

Execution Dock – *Ein Dock an der Themse in London, das die britische Admiralität für öffentliche Hinrichtungen nutzte.*

Fichu – *Brusttuch, bedeckte Hals und Dekolleté.*

Frère Jacques – *Französisches Kinderlied (Bruder Jakob), bezieht sich vermutlich auf den Steinschneider und Dominikanermönch Frère Jacques Beaulieu, 1651 – 1720, der glockenläutend durch die Lande zog und seine Dienste anbot.*

Fürstenspiegel – *Belehrende Schriften für die Erziehung junger Fürsten und Adelsangehöriger.*

Galion – *Schmale Plattform vor dem Bug eines Segelschiffes.*

Geitau – *Tau, mit dem ein Rahsegel gerefft wird.*

HMAV – *His Majesty's Armed Vessel (Seiner Majestät bewaffnetes Fahrzeug), im Gegensatz zu Linienschiffen (HMS, His Majesty's Ship) eine Bezeichnung für kleinere Schiffe mit geringerer Anzahl an Waffen und Besatzung.*

Höchstes Wesen – *Während der Französischen Revolution von Maximilien de Robespierre eingeführter Religionsbegriff, der den christlichen Gott ablösen sollte.*

Île Bonaparte – *Während der Zeit Napoléon Bonapartes der Name für die Insel La Réunion.*

Île de France – *Von 1715 bis zur Eroberung der Briten 1810 der Name für die Insel Mauritius.*

Karronade – *Kleinere Kanone mit geringerer Reichweite.*

Kauterisation – *Gewebszerstörung mittels eines Brenneisens oder Verätzung, um eine Blutung zu stillen.*

Kew Garden – *Royal Botanic Gardens, botanischer Garten in Kew, London.*

William Kidd – *Schottischer Freibeuter und Pirat, 1645 – 1701, seine geteerte und in Kettenbändern gelegte Leiche diente für drei Jahre als Abschreckung.*

Klarierung – *Das Abwickeln der Formalitäten beim Ein- oder Auslaufen eines Schiffes.*

Kokarde – *Ein ursprünglich rundes militärisches Abzeichen.*

Konkrement – *Eine feste Ablagerung innerhalb des Körpers.*

Kopra – *Getrocknetes Kokosnussfleisch.*

Korvette – *Kleineres Kriegsschiff.*

Laudanum – *Opiumtinktur, galt in der frühen Neuzeit als Allheilmittel mit beruhigender und schmerzlindernder Wirkung.*

Lavabo – *Waschbecken mit Kanne.*

Liberté, egalité, fraternité – *Das Motto «Freiheit, Gleichheit, Brüderlichkeit» entstand bereits während der Aufklärung und wurde eine Parole der Französischen Revolution.*

Linienschiff – *Kriegsschiff, so bezeichnet, weil es während einer Seeschlacht mit den anderen angreifenden Schiffen des Flottenverbandes eine Linie bildete.*

Lithotomie – *Die Entfernung von Blasensteinen.*

Louis Capet – *Ludwig XVI., 1754 – 1793, letzter König von Frankreich vor der Revolution, wurde unter dem aufgezwungenen Namen Capet (nach Hugo Capet, einem Vorfahren) durch die Guillotine hingerichtet.*

Magnetische Kur – *Alte pseudowissenschaftliche Heilmethode, die davon ausging, dass Magnetismus eine Wirkung auf die Körperenergie habe. Im 18. Jh. eine beliebte Modekur.*

Maître calfat – *Kalfatmeister, überwachte das ordnungsgemäße Abdichten des Schiffsrumpfes, das Kalfatern.*

Maître voilier – *Segelmachermeister, verantwortlich für die Instandhaltung der Segel.*

Manntau – *Tau zur Sicherung der Matrosen.*

Marie Antoinette – *Erzherzogin von Österreich, Königin von Frankreich, Gemahlin von Ludwig XVI., 1755–1793, folgte während der Revolution ihrem Gemahl auf das Schafott.*

Mars – *Mastkorb, Plattform oberhalb des unteren Mastes.*

Miasma – *Schlechte Dämpfe, Gerüche oder Luft, die man, noch ohne Kenntnis von Bakterien und Viren, für Überträger von Krankheiten hielt.*

Midshipman – *Seekadett in der Royal Navy, konnte nach seiner Lehrzeit Offizier werden.*

Molly – *Im 18. Jh. englische Bezeichnung für männliche Homosexuelle.*

Mouche – *«Fliege», Schönheitspflästerchen.*

Navigationsbesteck – *Kursdreiecke und Zirkel, zur Navigation auf Seekarten.*

Horatio Nelson – *Britischer Admiral und Lord, 1758–1805, gewann wichtige Seeschlachten gegen die französischen Seestreitkräfte, starb in der Schlacht von Trafalgar.*

Notabeln – *Die «Angesehenen», Mitglieder der gesellschaftlichen Oberschicht.*

Phlebotomie – *Aderlass, vermeintliches und eher schädliches Allheilmittel, angewandt von der Antike bis ins 19. Jh. hinein.*

Picandou – *Ein Ziegenkäse.*

Pidgin – *Eine stark vereinfachte Mischung unterschiedlicher Sprachen, aus der sich erst später eine echte Sprache, das Kreol, bildet.*

Piroge – *Einbaum mit erhöhter Bordwand und Mast.*

Port Louis – *Hauptstadt von Mauritius, vormals Île de France.*

Prise – *Gekapertes Schiff oder Ladung, die Beute einer Kaperfahrt.*

Pulveraffe – *I.d.R. Jungen, dienten auf Kriegsschiffen als Läufer hinter der Geschützbatterie, um für Munitionsnachschub zu sorgen und Brandherde zu löschen.*

Rahnock – *Das Ende einer Rah, eines waagerechten Rundholzes, welches das Rahsegel trägt.*

Rigg – *Takelung eines Segelschiffes.*

Royal College of Surgeons – *Der heute noch existierende Berufsverband der Chirurgen von England und Wales.*

Saint Malo – *Hafenstadt in der Bretagne, berühmt und gefürchtet als Heimat französischer Freibeuter.*

Savoir-vivre – *Im Französischen Begriff für gutes Benehmen.*

Schot – *Tau, mit dem ein Rahsegel gesetzt wird.*

Schusswasser – *Eine Tinktur aus Weingeist und unterschiedlichen Beigaben zur Behandlung von Wunden, um Entzündungen vorzubeugen.*

Seite pfeifen – *Militärischer Gruß mittels einer Bootsmannspfeife, wenn hohe Offiziere oder Gäste an Bord kommen oder von Bord gehen.*

Sepoy – *Indische Soldaten im Dienst der Royal Navy in Indien bzw. dem Indischen Ozean.*

Septembermassaker – *Massenhysterie zur Zeit der Französischen Revolution, während der im September 1792 inhaftierte Adlige abgeschlachtet wurden.*

Souper – *Leichtes Abendessen.*

Stückpforte – *Klappen in der Bordwand, welche die Öffnungen für die Kanonen verschlossen.*

Südkontinent – *Terra Australis, der in der frühen Neuzeit vermutete große südliche Kontinent, von dem man annahm, dass er als Gegengewicht zu der Landmasse auf der Nordhalbkugel existieren müsse. Erst James Cook erbrachte auf seiner ersten Expeditionsreise den Gegenbeweis.*

Robert Surcouf – *Französischer Korsar und Reeder aus Saint Malo, 1773–1827, der um die fünfzig britische Schiffe aufbrachte.*

Toppsgast – *Matrose, der an den Mastspitzen, den Masttopps, arbeitete.*

Versetzboot – *Boot, das Lotsen auf ein Schiff oder zurück in den Hafen bringt.*

Jean-Antoine Watteau – *Maler des französischen Rokoko, 1684–1721.*

Eine Liebe, so mächtig wie der Amazonas

Manaus, 1896: Gegen ihren Willen wird die junge Berlinerin Amely mit einem reichen Verwandten in Brasilien verheiratet. Der deutlich ältere Kilian Wittstock ist einer der verschwenderischen Kautschukbarone, die zu dieser Zeit das Amazonasgebiet beherrschen. Amely ist seiner Brutalität hilflos ausgeliefert. Bis zu dem schicksalhaften Tag, an dem sie von einem Indianer entführt wird. Im Urwald lernt Amely, was Liebe bedeutet, und sie beschließt, um ihr Glück und ihre Zukunft in Brasilien zu kämpfen.

rororo 25701

Das für dieses Buch verwendete FSC®-zertifizierte Papier
Holmen Book Cream liefert Holmen, Schweden.